형사 콜롬보 2

형사 콜롬보 2

- ◆ 제독이여 안녕
- ◆ 자승자박
- ◆ 카리브해 살인사건

One more thing...

리처드 레빈슨·윌리엄 링크 지음

김석희 옮김

섬앤섬

차 례

옮긴이 머리말 · 6

제5편 제독이여 안녕

제1장 얼굴 없는 살인자 · 13
제2장 사라진 시체 · 41
제3장 무너지는 알리바이 · 81
제4장 두 번째 살인 · 113
제5장 죄를 새기는 시계 · 143

제6편 자승자박

제1장 살의의 무게 · 175
제2장 시가를 입에 문 들개 · 215
제3장 닫힌 퇴로 · 282
제4장 죽은 사람으로부터 걸려온 전화 · 328

제7편 카리브해 살인 사건

제1장 시한장치 독약 · 357
제2장 사막으로 가는 뜨거운 길 · 414
제3장 산호초의 손톱자국 · 492
제4장 죽은 자의 귀환 · 563

옮긴이 머리말

소설로 만나는
20세기 최고의 추리 드라마 '형사 콜롬보'

　이 책은 드라마 〈형사 콜롬보〉의 소설판을 우리말로 옮긴 것이다.
　〈형사 콜롬보〉는 20세기 후반에 미국에서 텔레비전 드라마로 제작된 범죄수사물로, 그 양과 질, 인기에서 최고의 걸작으로 평가받고 있다.
　이 드라마는 원래 2편의 파일럿으로 제작되었다가(각각 1968년 2월과 1971년 3월에 방영), 1971년 9월부터 본격 시리즈로 제작되어 1978년 5월까지 43편이 NBC에서 방영되었고, 11년의 긴 휴지기를 거친 뒤 1989년 2월부터 2003년 1월까지 24편이 ABC에서 방영되었다. (우리나라에서는 1974년 4월부터 9월까지 KBS에서, 1981년 9월부터 1982년 10월까지 KBS에서, 1994년 1월부터 1995년 1월까지 SBS에서 주말 저녁이나 심야에 방영되었다.)
　작년(2021년)에는 〈형사 콜롬보〉의 런칭 50주년을 기념하여 NBC에서 재방을 했는데, 북미 전역에 콜롬보 열풍이 새삼 일었다고 한다. (우리나라에서도 '월드 클래식 무비'에서 방영되었다.)
　〈형사 콜롬보〉가 이처럼 인기를 얻어 성공을 거둔 이유는 많겠지만, 요약하면 다음 세 가지를 들 수 있겠다.

첫째는 '형사 콜롬보'라는 캐릭터의 매력(여기에는 콜롬보 역을 맡은 배우 피터 포크의 뛰어난 연기가 큰 몫을 했다). 170센티미터도 안 되는 작은 키에 후줄근한 레인코트를 걸친 채, 고물 승용차인 '털터리' 푸조를 타고 사고 현장을 돌아다닌다. 어디에든 불쑥 나타나 실내에서도 독한 시가 연기를 연신 뿜어대지만, 그 멍청한 표정과 어눌한 말투, 꾀죄죄한 옷차림 등 형사답지 않게 어리숙해 보이는 몰골 때문에 범인(아직은 용의자)은 그만 경계심을 풀고 만다. 그런 범인을 상대로 콜롬보는 별 의미도 없는 일을 가지고 잡담을 늘어놓다가 떠나려고 출입문으로 다가간다. 범인이 마음을 놓을 때쯤 콜롬보는 돌연 몸을 돌리면서 "그런데 한 가지만 더…" 하면서 의표를 찌르는 질문을 던진다. 에피소드마다 클라이맥스를 이루는 대표적인 장면이다.

둘째는 스토리의 전개 방식. 〈형사 콜롬보〉는 특이하게도 도입부에서 살인범이 누구인지 시청자(책의 경우는 독자)에게 밝히고, 콜롬보가 용의자를 물색하고 범인을 잡아내는 과정을 보여준다. 미스터리 기법 중에서 '도서추리'라고 불리는 형식인데, 도서는 '도치서술倒置敍述'의 줄임말로, 서술의 전후를 뒤바꿨다는 뜻이다. 추리물은 결말부에 이르러 "범인은 바로 너다!"를 밝혀내는 것이 보통인데, 초반부에 미리 "범인은 바로 나다!"라고 답을 내놓았으니, 시청자의 흥미와 호기심은 '콜롬보는 어떻게 꼬리를 잡아서 범인을 궁지로 몰아넣을까'에 따르는 콜롬보와 범인의 심리적 밀당과 대결, 궁지에 몰리는 범인의 내적 갈등과 초조함 같은 감정에 쏠리게 되는 것이다. 범인은 처음부터 밝혀져 있지만, 그 범행의 트릭을 간파하는 과정이나 동기를 알기 위해서는 마지막까지 보고 싶어지게 마련이고, 이런 욕구를 자극하는 것이야말로 〈형사 콜롬보〉의 매력이라고 할 수 있다.

셋째는 미국 상류층의 탐욕과 비리를 고발하는 주제의식. 일반적인 추리물에서는 살인범이 악당이거나 전과자인 경우가 많은 반면, 〈형사 콜롬보〉에서는 살인범이 의사나 변호사, 회사 중역, 스타 등 지위나 명성이 있는 지식인이나 유명인사인 경우가 많고, 범행 동기도 권력욕이나 유산을 노린 탐욕인 경우가 많다. 그래서 범인은 콜롬보 때문에 궁지에 몰리면서도 멀리 달아날 수도 없고, 그러면서도 지위와 돈을 이용하여 콜롬보의 추적을 용케 피해간다. 물론 여기에는 지능범인 그들의 주도면밀한 음모와 계략도 한몫하지만. 기득권층의 타락한 세계를 엿볼 수 있는 것, 그리고 그들이 획책한 완전범죄가 뒤엎어지는 것을 보면서 콜롬보와 마찬가지로 서민층인 시청자들은 일종의 카타르시스를 느끼게 되는 것이다.

공동 저자인 리처드 레빈슨$^{Richard\ Levinson(1934~1987)}$과 윌리엄 링크$^{William\ Link(1933~2020)}$는 미국 펜실베이니아주 필라델피아에서 태어났다. 그들은 중학교에 입학한 첫날 만났는데, 마술 트릭을 취미로 가진 게 두 사람을 친구로 만들었다. 죽이 맞은 그들은 함께 글을 쓰기도 했는데, 고등학교 시절에는 라디오 대본을 썼고, 펜실베이니아 대학에 다닐 때는 대학신문에 영화평론을 썼으며, 함께 쓴 단편소설이 《엘러리 퀸 미스터리 매거진》과 《플레이보이》에 발표되기도 했다. 둘은 이렇게 공동 창작을 통해 희곡과 라디오 드라마 대본을 쓰다가 1968년부터 〈형사 콜롬보〉라는 텔레비전 드라마 시리즈를 공동 집필하기 시작했고, 때로는 제작에도 참여했다.

그 밖에 〈권총〉, 〈내 사랑 찰리〉, 〈그해 여름〉, 〈판사와 제이크 와일러〉를 비롯한 여러 편의 텔레비전용 영화에서 협력했으며, 〈힌덴부르크〉와 〈롤러코스터〉라는 두 편의 장편 극영화에서도 파트너로 협력했다. 레빈슨과 링크는 이따금 '테드 리턴$^{Ted\ Leighton}$'이라는 필명을 쓰기도 했는데, 이 필명을 사용한 작품으로 가장 주목할 만한 것은 텔레비전용 영화인 〈엘러리 퀸: 돌아보지 마〉(1971)와 〈형사 콜롬보〉였다. 〈형사 콜롬보〉의 경우, 그들이 제안한 줄거리를 바탕으로 공저자들이 대본을 썼을 때는 테드 리턴이라는 필명을 사용했다.

〈형사 콜롬보〉의 소설판은 1972년부터 'MCA'출판사에서 나왔는데(드라마는 MCA 산하의 '유니버설 영화사'에서 제작), 소설화 작업은 출판사에서 고용한 작가들이 진행하고 레빈슨과 링크는 프로듀서이자 스토리 제안자로서 이름을 올린 것으로 보인다.

2022년 초여름, 제주 애월에서
김석희

차례

제1장 얼굴 없는 살인자
제2장 사라진 시체
제3장 무너지는 알리바이
제4장 두 번째 살인
제5장 죄를 새기는 시계

주요 등장인물

오티스 스완슨 : 제독. 스완슨 조선소의 오너
조애너 클레이 : 제독의 딸
찰스 클레이 : 조애너의 남편. 조선소 사장
스와니 스완슨 : 제독의 조카
키터링 : 제독의 변호사
웨인 테일러 : 조선소 소장
리자 킹 : 조선소의 설계기사
크레이머 형사 : 콜롬보의 부하
맥 형사 : 신참 형사
콜롬보 경위 : 로스앤젤레스 경찰청 강력계 수사반장

제1장

얼굴 없는 살인자

1

배를 타고 태평양 쪽에서 바라보면 리들랜드 섬은 살풍경한 검붉은 바위산처럼 보인다. 바다가 잔잔한 날에도 작은 섬 주위만은 언제나 거친 파도가 하얀 거품을 일으키고, 암초에서 뿜어져 오르는 물보라가 끊임없이 벼랑을 씻어내린다. 생물이 살고 있는 기미는 없다.

그러나 반대쪽인 본토에서 바라보면 섬은 울창한 숲으로 뒤덮인 살기 좋은 별천지처럼 보인다. 태평양에 면한 남쪽이 깎아지른 벼랑인 반면, 북쪽은 완만한 비탈을 이루며 사잔한 신페드로 만으로 미끄러져 들어간다.

푸른 숲속에 빨간 지붕 하나가 엿보인다. 리들랜드 섬의 주인이며 주민인 '제독'의 저택이다. 저택 아래에 펼쳐져 있는 모래밭에서 바다 쪽으로 전용 부두가 뻗어 있고, 그곳에는 언제나 호화로운 요트가 정박해 있다.

리들랜드 섬은 두 개의 얼굴을 하고 있다. 태평양 쪽의 흉악한 얼굴과 산페드로 만 쪽의 상냥한 얼굴이다. 로스앤젤레스 주민은 대부분 이 섬의 상냥한 얼굴밖에 알지 못한다. 롱비치의 동쪽 변두리까지 가면 섬의 옆얼굴을 볼 수 있고 태평양 쪽 벼랑도 살짝 엿볼 수 있지만, 그래도 아름다운 섬인 것에는 변함이 없다. 섬은 별천지 같은 얼굴만 내보이고 있는 것이다.

　섬의 뒤쪽을 본 사람은 이중인격이라는 말을 떠올릴지도 모른다. '지킬 박사와 하이드 씨'(영국의 소설가 로버트 스티븐슨의 소설) 같은 섬이라고 말할지도 모른다.

　그러나 섬에 사는 '제독'을 이중인격자라고 부르는 사람은 없을 것이다. 오티스 스완슨은 그런 사람이 아니다. 제독이라는 애칭으로 널리 알려져 있는 이 요트 제조업계의 거물은 완고하긴 하지만 이중인격자는 아니다.

　그러나 그의 집에 드나드는 사람들, 자식이나 조카나 변호사들은 머지않아 누군가의 손에 넘어갈 막대한 유산에 대해 온갖 생각을 품고 있다. 부호의 가족답게 우아하게 행동하면서도 속으로는 흉악한 마음을 가진 사람이 있었다 해도 이상할 게 없다. 남의 움직임에 눈을 빛내는 사람도 있을 테고, 남몰래 음모를 꾸미는 사람도 있을 것이다. 그리고 어쩌면 살인을 꾀하는 자도…

　그날 로스앤젤레스의 날씨는 상쾌했다. 맑게 개었을 뿐만 아니라 대기가 건조하여 습기가 없었다. 산페드로 만을 건너오는 바람은 시원했다. 살인사건 따위는 일어날 것 같지 않은 날이었다.

　본토에서 리들랜드 섬을 향해 멋진 보트 하나가 미끄러져간다. 갑판에 쳐진 텐트는 주황색과 파란색으로 칠해져 있고, 나풀거리는 술 장식까지 달려 있다. 이 배에는 친척들이 타고 있었다. 제독이라고 불리는 스완슨 씨와 아주 가까운 친척도 있고, 어쩌다 한 번 만나는 정도의 먼 친척도 있었다. 그들은 배와 마찬가지로 멋지게 차려입고 있다. 배는 한가로운 엔진 소리와 쾌활한 노랫소리를 싣고 미끄러져간다. 빠른 배는 아니다. 호화롭지도 않고 크지도 않은 보통 보트다. 그러나 눈부시게 아름다웠다. 보트는 산페드로 만에 하얀 항적을 남기며 천천히 섬으로 다가갔다.

리들랜드 섬에는 자동차를 타고 갈 수도 있다. 본토 쪽에서 두 개의 반도가 섬을 향해 뻗어 있다. 서쪽 반도에는 스완슨 조선소가 있고, 반도 끝과 섬은 다리로 이어져 있다. 이 다리를 이용하면 섬까지 자동차로 갈 수 있다. 그러나 오늘은 스완슨 조선소의 창립 기념일이었다. 친척들은 일단 본토 쪽의 요트 클럽에 모여 파티에 참석하기 전에 가볍게 한잔한 뒤 바닷바람을 맞으며 섬으로 들어가기로 했다.

반대쪽인 동쪽 반도 끝에는 해안경비대의 초소가 있고 섬과 초소 사이는 먼바다로 나가는 배의 통로로 열려 있다. 경비대 초소의 테라스에 설치되어 있는 쌍안경에도 산페드로 만을 가로질러가는 대형 보트가 비치고 있었다.

"오늘은 파티가 열리는 모양이군. 팔자 좋은 사람들이 배 위에서 법석을 떨고 있어." 쌍안경을 들여다보던 대원이 중얼거렸다.

"음주 운항인가?" 유리를 끼운 초소 안쪽에서 또 다른 대원이 만화잡지를 무릎에 내려놓으며 얼굴을 들었다.

"그럴지도 모르지. 키를 잡고 있는 사람은 맥주 깡통을 휘두르면서 노래를 부르고 있어. 고속도로라면 음주 운전으로 체포할 텐데."

"이봐, 잊지 마. 훔쳐보는 짓도 법에 저촉되는 경우가 있다는 걸." 안쪽에 있는 대원이 낮은 소리로 말하고 다시 만화잡지에 눈길을 떨구었.

키를 조종하고 있는 사람은 스완슨 씨의 조카인 스와니 스완슨이었다. 아무리 꼴사납게 취하거나 말끝마다 욕을 다는 말버릇이 고약해도, 좋은 혈통만은 아무도 숨기지 못하는 타입의 사내였다. 적당한 키에 적당한 몸집, 갈색 머리, 둥근 얼굴… 이렇다 할 특징이 없다. 그러나 푸른 눈은 놀랄 만큼 맑았다. 장난스럽게 움직이는 눈이 천진난만했다. 청춘시절이 끝나고 이미 중년에 접어든 나이인데도 짓궂은 개구쟁이의 눈 같았다. 응석받이로 자란 아이가 그대로 구김살 없는 청년이 되고, 세상의 고생을 전혀 모른 채 중년이 되어 행복한 노년을 향해 다가가는 느낌이다. 태평스럽게 놀면서 살아온 남자였다. 독신생활을 고수한 덕분에 인생의 때가 묻는 것을 면했는지도 모른다.

"오오, 콜롬비아. 대양의 보석. 자유와 용기의 섬…" 스와니 스완슨은 목청을 높여 노래한다. 독립전쟁 당시의 제독 모자를 머리에 얹고 있다. 그 밑에는 디너 재킷을 입었다. 스와니는 맥주 깡통을 바다에 던졌다. 조금 남아 있던 맥주가 깡통 입구에서 반짝이는 물방울을 날려 디너 재킷의 가슴께를 적셨다. 스와니는 큰 소리로 웃으면서 가슴을 두드린다.

"큰아버지한테 새 옷을 사달래야지."

"스와니는 죽을 때까지 큰아버지의 짐이 될 것 같군." 뱃머리 쪽에 앉아 있던 여자가 말하고는 핑크빛 모자 그늘에서 빙긋 웃었다.

"죽을 때까지라 해도 나이순으로 따지면 큰아버지가 나보다 먼저 돌아가셔. 그다음에는 조애너의 짐이 되겠지. 조애너와 찰스, 큰아버지의 딸과 사위한테 신세를 지겠지만, 나는 내 인생을 즐길 뿐이야."

핑크빛 모자를 쓴 여자의 얼굴이 흐려졌다.

"창립 기념일에 죽는 이야기를 하는 건 악취미야."

여자는 파란 쿠션에 팔꿈치를 괴고 바다를 바라보았다. 배 안에는 온갖 색깔의 쿠션이 놓여 있다. 어느 중동 국가의 하렘(이슬람 국가의 궁전이나 저택에서 부인들이 거처하는 방)과 비슷한 분위기다. 쿠션에 기댄 채 비스듬히 누워 있는 사람들이 모두 여자라면 정말로 어느 나라 궁전의 하렘처럼 보일 것이다. 이 배는 주인인 스와니 씨의 취향에 맞춘 배였다. 바다를 좋아하는 사람의 배라기보다는 바다에서 떠들썩하게 놀기를 좋아하는 사람의 배다. 텐트의 술장식이 바람에 나풀거렸다. 주황색과 파란색 헝겊에 황금색 술로 가장자리를 둘렀다.

키 근처에 누워 있던 변호사 키터링이 윗몸을 일으켰다.

"이봐, 기사 양반. 아직도 도착하지 않았나? 이 택시, 너무 느린 거 아냐?"

"손님, 죄송하지만 저는 안전제일주의라서요."

스와니는 키를 두드리며 웃었다. 키터링은 말쑥한 양복이 구겨지는 것도 아랑곳하지 않고 다시 벌렁 드러누워 중얼거렸다.

"찰스와 조애너는 벌써 도착했나?"

"큰아버지의 살쾡이 딸과 사위 말인가요?" 스와니는 변호사를 내려다보며 싱긋 웃은 다음 말을 이었다. "걱정할 거 없어요. 그 두 사람은 이럴 때는 빈틈이 없으니까. 어쩌면 가장 먼저 도착해 있을지 몰라요. 살쾡이 조애너는 손님들의 술잔을 채우면서 돌아다니고 있겠죠. 최고급 엔진 오일을 듬뿍 따르면서…"

그러자 키터링 변호사는 따분한 듯이 중얼거렸다.

"자네의 빈정거림도 조애너에 대해서만은 제법 훌륭하군."

"악의로 받아들이면 곤란해요. 나는 조애너를 사랑하고 있다고요. 조애너의 남편 찰스도 사랑하고 있고요. 그렇지 않으면 안 되잖아요? 조애너의 아버지가 영원히 살아 있어 준다면 별문제지만…"

뱃머리에 앉아 있던 핑크빛 모자의 여자가 혀를 찼다.

"또 제독이 죽는 얘기를 하고 있군."

"너도 흥미가 있을 텐데." 스와니가 대꾸했다. "너도 큰아버지의 죽음에 관심이 있잖아? 여기 있는 사람은 모두 관심을 갖고 있지. 숨길 필요는 없어. 금액은 각각 다르지만, 오티스 스완슨이 죽으면 유산이 굴러들어올 테니까. 그렇지 않다면 창립 기념일에 이렇게 모이지도 않아."

쿠션 위에 앉거나 누워 있던 남자와 여자들은 아무 말도 하지 않았다. 표정도 변치 않는다. 심술궂은 말을 한 스와니의 얼굴에도 그늘이 없다. 멋진 날씨 이야기라도 한 것처럼 명랑하다.

섬이 점점 커지기 시작했다. 케치(쌍돛대 범선) 요트가 전용 부두에 정박한 채 호수 같은 수면에 하얀 그림자를 떨구고 있다. 50피트짜리 대형 요트다. 갓 만들었다기보다는 아직 완성되지 않은 부분이 남아 있는 새 요트다. 조종실 지붕에 새 물림쇠가 몇 개 매달려 반짝반짝 빛나고 있었다.

"우와, 회장님이 새로 만든 배로군. 멋진 배야." 키터링이 윗몸을 일으켜 스와니를 돌아보았다. "스와니, 벌써 타보았나?"

스와니는 시원스럽게 대답했다.

"저 백만 달러짜리 장난감 말인가요? 나 같은 가난뱅이 친척은 초대해주지 않아요. 배가 더러워진다고 생각하는 게 아닐까요?"

보트는 거침없이 다가간다. 부두에 키 큰 사람의 모습이 나타났다. 하얀 바지에 하얀 구두, 군청색 재킷에 나비넥타이… 대서양 항로의 여객선 선장을 연상시키는 차림으로, 선장 모자까지 쓰고 있다. 모자에서 비어져 나온 머리카락은 새하얗다. 탐스러운 턱수염도, 위로 뻗쳐오른 콧수염도 새하얗다.

"아니, 큰아버님이 손수 마중을 나오셨군." 스와니가 말했다.

키터링이 일어난다. 키터링은 눈을 가늘게 뜨고 부두의 사내를 지켜본다.

"자네 백부님은 훌륭한 분이야. 아름다운 요트를 만드니까 아름다운 사람이지. 저런 노인네는 흔치 않아."

스와니는 배의 속력을 떨어뜨렸다. 그리고 배를 부두 쪽으로 몰고 가서 눈빛이 날카로운 노인의 표정을 알아볼 수 있는 거리까지 오자 엔진을 역회전시켜 배에 브레이크를 걸었다.

"전원, 기립!" 스와니는 익살스럽게 호령하고 나서, 부두에 서 있는 오티스 스완슨에게 거수경례를 붙였다. "제독님께 대하여 경례!"

배에 타고 있던 남자와 여자는 일제히 선글라스를 벗고 웃는 얼굴로 제독에게 경례했다. 제독은 웃는 척도 하지 않는다. 오히려 당혹스러운 모습으로 눈길을 돌려 바다를 바라본다. 이윽고 보트 쪽으로 시선을 돌렸을 때는 불쾌한 표정이 뚜렷이 떠올라 있었다. 제독은 웃는 얼굴로 맞이하는 대신 가볍게 고개를 끄덕이고, 노인이라고는 생각할 수 없을 만큼 민첩한 동작으로 배에 올라탔다. 그러고는 아직도 거수경례를 붙이고 있는 사람들을 천천히 둘러보고 나서 입을 열었다.

"모두 잘 왔다. 하지만 나한테 봉사할 필요는 없어. 나는 광대극을 싫어하거든. 광대극을 보고 있으면 등골이 오싹해져. 이제는 그만 끝내주게."

2

손님들의 웅성거림이 홀에서 들려온다. 웃음소리가 요란하고, 흥분한 목소리가 여기저기서 터져나오고, 술잔 부딪치는 소리가 울린다. 연회장으로 통하는 문은 반쯤 열려 있다. 조애너 클레이는 작은 방에서 술병들이 놓여 있는 카운터에 몸을 기댄 채 불안한 손놀림으로 술잔에 술을 따랐다. 얼음은 이미 녹아서 거의 없어졌다. 그런데 조애너는 그것도 알아차리지 못하는 모양이다. 조애너는 상당히 취해 있었다. 갈색 액체를 꿀꺽 마신 조애너는 얼굴을 찡그렸다.

"술이 왜 이렇게 미지근해."

키가 큰 아버지 오티스 스완슨을 닮아서 키가 크고 날씬한 여자다. 이제 젊다고는 말할 수 없지만 패션모델처럼 쭉 뻗은 몸매를 갖고 있다.

"아니, 얼음이 없잖아. 퍼디, 어떻게 된 거야?"

반쯤 열린 문에서 바텐더인 퍼디가 미끄러지듯 들어와 카운터 뒤로 돌아갔다. 그리고 얼음 조각을 조애너의 술잔에 떨어뜨린다.

"고마워, 퍼디. 이왕 수고한 김에 술도 조금만 더 줘."

퍼디는 조애너의 재촉을 받고 스카치 술병을 집어들었지만, 망설이는 표정을 지었다.

"하지만 클레이 씨께서…"

"더 이상 술을 주지 말라고 찰스가 말한 모양이군. 옛날에는 아빠가 그랬는데… 하지만 찰스는 내 아빠가 아니라 남편이야. 어쩌다 한 번씩 남편이 될 뿐이지만. 그래도 남편이지 감독자는 아니야."

조애너는 술잔을 쑥 내밀었다. 퍼디는 할 수 없이 술을 따랐다. 바로 그때 찰스 클레이의 커다란 몸이 문간에 나타났다. 명문대학의 미식축구부에서 활약한 왕년의 선수 같은 체격이다. 근육질 몸이 말쑥한 양복 안에서 유연하게 움직인다. 야성적이면서도 감미로운 얼굴이 바텐더를 보고 나무라는 표정을 짓는다. 그러나 퍼디한테는 아무 말도 하지 않고 성큼성큼 다가와 조애너의 팔꿈치를 가볍게 잡았다.

"까다로운 남편이라는 말은 듣고 싶지 않지만 이제 그만 마시는 게 좋겠어. 너무 마시면 몸에 안 좋아. 게다가 오늘은 중요한 손님들을 많이 초대했고…"

조애너는 희미한 웃음을 띤 채 아무 말도 못 들은 척 술을 마셨다.

"알코올 중독자를 아내로 둔 남편은 정말 안됐어. 보고 있으면 저절로 동정의 눈물이 흘러나올 정도라니까. 딴 여자를 만드는 것도 당연하지."

"조애너, 그만 좀 해둬."

바싹 다가선 부부 사이에서 차가운 불꽃이 튄다. 바텐더는 살짝 빠져나가 문 쪽으로 사라졌다.

"찰스, 찰스는 어디 있나?" 바텐더가 사라진 문으로 제독이 들어왔다. 제독은 찰스 클레이의 모습을 보고 걸음을 멈추었다. "찰스, 놈들을 다 쫓아내."

"놈들이라뇨?"

"카메라맨들 말이야. 함부로 플래시를 터뜨려서 눈에 거슬려. 뭐하러 그런 놈들을 불렀나? 시끄럽기 짝이 없어. 게다가 예의라고는 눈곱만큼도 몰라. 당장 쫓아내게."

조애너가 살짝 남편 곁에서 떨어지면서 요란하게 웃었다.

"아빠, 그렇게 화내고 계신 걸 사진으로 찍으라고 하는 게 어때요? 고지식한 스완슨 씨, 카메라맨을 호통치다. 이런 설명문을 붙여서 신문에 실으면 좋은 광고가 될 거예요."

제독은 딸에게 시선을 옮겼다.

"너 또 취했구나."

"네, 취했어요. 하지만 사업에 광고가 없어서는 안 된다는 것쯤은 알코올 중독에 걸린 여자도 다 알고 있다고요."

"사업! 광고!" 제독은 더러운 것을 뱉어내는 듯한 어조로 말했다. "그런 건 시시해. 내가 지금까지 한 일은 사업과도 광고와도 관계가 없어."

"하지만 제독님…"

찰스가 끼어들자 제독은 그를 손으로 제지하며 말을 이었다.

"자네가 무슨 말을 하고 싶은지는 알고 있네. 시대가 달라졌다고 말하고 싶겠지? 확실히 시대는 달라졌어. 옛날에는 지위를 자랑하고 싶다는 이유만으로 요트를 만드는 놈은 없었지. 상담을 마무리짓기 위한 응접실로 요트를 만들고 싶어 하는 놈도 없었어. 모두 바다를 좋아하니까 요트를 만들었지. 나는 그런 사람을 위해 일했어. 나 자신도 바다를 좋아하고 요트를 좋아하니까. 그건 사업이 아니고, 따라서 광고할 필요도 없어."

"하지만 아빠." 조애너는 갑자기 남편의 허리에 팔을 둘렀다. 차가운 불꽃을 튀기고 있던 부부가 아버지 앞에서는 서로를 위로하는 다정한 한 쌍이 되었다. "찰스는 잘하고 있어요. 작년에는 매상을 갑절로 늘렸잖아요. 그건 아빠도 알고 계실 텐데요."

"암, 알고말고. 부채도 갑절로 늘어났지. 정말 대단한 사업가야, 찰스 클레이는…"

그러자 찰스는 동요하는 기색도 없이 부드럽게 말했다.

"물론 부채도 두 배로 늘어났습니다만, 그건 장부상의 액수일 뿐입니다. 세금을 줄이려면 그렇게 하는 게 좋습니다."

"남들 눈까지 속이면서 살찌고 싶나? 나는 살찌게 해달라고 부탁한 적이 없어. 요트를 만들고, 마음이 내키면 바다에 나가지. 그게 내 꿈이야. 너희들과는 달라. 돈으로 살찌고 싶다고는 생각해본 적도 없어." 성난 목소리가 문밖에까지 날아갔다.

그때 변호사 키터링이 얼굴을 내밀었다.

"회장님, 너무 흥분하지 마십시오. 혈압에 좋지 않습니다."

제독은 뒤를 돌아보고 고압적으로 말했다.

"자네가 나설 자리가 아니야. 가족끼리 얘기하는 중이니까. 변호사한테 볼일이 있을 때는 내가 부를 테니 아무 때나 주제넘게 나서지 말게."

키터링 옆에서 스와니가 익살스러운 얼굴을 쑥 내밀었다.

"가족끼리 얘기하는 중이라고요? 그럼 저도 끼워주십시오. 덜떨어진 가족이라서 미안하지만, 그래도 가족의 일원이니까요." 스와니는 샴페인 잔을 두 손에 하나씩 들고 방으로 들어와 술잔 하나를 제독에게 내밀었다. 그러고는 쾌활하게 말했다. "말다툼은 나중에 해결합시다. 손님들이 돌아간 뒤에 말입니다. 지금은 건배만 하고 있으면 됩니다. 차례로 건배합시다. 제독을 위해, 조선소를 위해, 푸른 바다를 위해, 요트를 위해, 바람을 위해⋯ 원하신다면 배좀벌레조개를 위해 건배해도 좋고요. 그러다 보면 손님들은 돌아갈 겁니다."

"나는 종업원들을 위해 건배하고 싶다." 제독의 목소리는 어느새 부드러워져 있었다. 제독은 진지하게 말을 이었다. "창립 기념일은 옛날에는 종업원들을 위해 있었지. 손님들 따위는 부르지 않았어. 물에 젖어 축 늘어진 스펀지 같은 놈도, 거드름 피우는 벼락부자들도 모습을 보이지 않았어. 부두에 천막을 쳐놓고 모두 술을 마시곤 했지. 아침부터 해질녘까지… 바닷바람을 맞으면서 계속 술을 마셨어."

"알았어요, 아빠. 내년부터는 종업원 위로잔치도 열기로 해요."

조애너가 약간 다소곳하게 나오자 찰스가 재빨리 그 뒤를 이어받았다.

"그러니까 오늘은 우선 손님들 앞에 얼굴을 내밀어주십시오. 잠깐이라도 좋으니까."

"싫다." 조용한 목소리였지만, 제독은 양보할 기색을 보이지 않았다. "스펀지 같은 놈이나 벼락부자들한테는 볼일이 없어."

"하지만 제독님…" 찰스는 목소리를 낮추어 반박한다. "저 사람들은 좋은 고객입니다. 저도 좋아하진 않지만 손님은 소중히 대해야 하니까요. 잠깐이라도 좋으니까 얼굴을 내밀어주세요. 안 그러면 저 사람들 중에는 말 많고 까다로운 사람도 있어서…"

"아니, 난 싫어." 제독은 주머니에서 회중시계를 꺼냈다. 금시계인데 가느다란 금줄이 단추 구멍과 연결되어 있다. 제독은 실눈을 뜨고 문자반을 읽고 나서 시계를 주머니에 도로 집어넣었다. "난 이제 돌아가겠네. 새 요트에 아직 끝내지 못한 일이 남아 있어서…"

나가려는 제독의 팔을 조애너가 움켜잡았다.

"아빠, 부디 해요. 때로는 우리 말도 좀 들으세요."

제독은 딸의 얼굴을 똑바로 바라보았다.

"조애너, 너는 바보야."

조애너 뒤에 서 있던 찰스가 거들었다.

"잠깐이라도 좋습니다. 가족이 모두 함께 사람들 앞에 얼굴을 보여서 나쁜 소문을 깨끗이 없애버리고 싶습니다. 사이좋은 모습을 보여주고 싶어요. 가족 사이에 문제가 있어서 우리 회사가 위험하다는 소문이 나돌고 있으니까요."

"그건 좋지 않군. 큰아버지, 이번 한 번만 꾹 참으시고 찰스 말대로 하세요." 스와니가 끼어들었다. 스와니는 힘없이 웃으면서 찰스와 제독의 얼굴을 번갈아 살피고 있다가 말을 이었다. "저는 남들 앞에 나설 수 있는 가족이 아닙니다. 무능하고 쓸모없는 녀석이죠. 저에 비하면 찰스는 훌륭합니다. 어쨌든 이 조선소를 맡아서 꾸려나가고 있으니까요. 남들이 우리 가족을 두고 이러쿵저러쿵 떠들어대게 내버려두는 건 좋지 않습니다. 그러니까 큰아버지, 이번 한 번만…"

"남들이 뭐라고 하든 난 상관없어." 제독은 다시 목청을 높였다. "스완슨 조선소는 내 거야. 찰스가 도와주지 않아도 얼마든지 해나갈 수 있어. 훌륭한 조선소야. 거기에 비하면 조애너, 너는 글러먹었어. 바보 멍청이야. 찰스 클레이 같은 녀석과 결혼하다니… 그걸 내버려 둔 나도 바보였지."

제독은 찰스한테 시선을 옮기며 말을 이었다.

"그렇게 깜짝 놀란 것 같은 얼굴은 하지 말게. 뜻밖이라고 말하고 싶겠지만 나는 다 짐작하고 있어. 자네 목적이 눈에 뻔히 보여. 자네의 계획을 망쳐주지. 이제 곧 알게 될 거야." 제독은 날카로운 눈으로 세 사람을 둘러보았다. "너희들 모두 속으로 노리고 있는 것을 내가 모조리 망쳐버리겠어. 그때 가서 우는소리는 하지 마라. 나한테는 이제 가족이 없어. 한 사람도 없다는 판단을 내렸어."

제독은 연회장과 반대쪽 문으로 나가버렸다. 기운찬 걸음걸이로 혼자 내 갈 길을 간다는 듯이 나갔다. 그 모습을 지켜보던 스와니가 한숨을 내쉬었다. 찰스는 혀를 찼다.

"찰스, 그렇게 멍하니 서 있어봤자 별수없잖아." 조애너가 술을 한 모금 들이켜고 나서 덧붙였다. "손님들을 잘 대접해줘. 아버지와 우리 사이에 금이 가 있는 건 숨길 수 없지만, 나와 당신은 사이좋은 부부라는 걸 보여줘야지. 설령 거짓말이라도 그 정도 연기는 해내야 해. 부부는 가족의 최소 단위니까."

찰스가 대답하기 전에 스와니가 끼어들었다.

"그 가족에 나도 끼어들고 싶군. 잊지 마. 나도 가족이니까."

조애너는 웃으면서 술잔을 내려놓았다.

"어머나, 미안해요. 우리 셋이 함께 있으면 어떻게든 되겠죠. 사이좋게 나란히 서서 사진을 찍읍시다." 조애너는 오른손으로는 스와니의 팔에 매달리고, 왼손으로는 남편의 팔을 잡고 문 쪽으로 걸어갔다. 문간에서 조애너가 찰스에게 속삭였다. "찰스, 멋진 연기를 보여줘. 아빠가 참석하지 못하는 이유도 그럴듯하게 둘러대고. 혈압이 갑자기 올라갔다든가… 하지만 대단치는 않다고 덧붙이는 걸 잊으면 안 돼."

연회장으로 들어가려 할 때 젊은 여자가 창밖을 질러갔다. 찰스가 걸음을 멈추었다.

조애너가 말했다.

"아아, 저 애가 당신의 새 여자 친구구나. 제법 예쁜데. 당신이 밤늦게까지 조선소에 있는 이유를 알겠어. 저런 애랑 함께 있으면 사무실을 떠날 수 없겠지."

그러나 찰스는 마지막까지 듣지 않았다. 젊은 여자와 함께 멀어져가는 제독의 뒷모습이 보였다. 찰스는 반대쪽 문을 향하여 달려가기 시작했다. 스와니도 함께 달렸다.

문밖에는 모래밭이 펼쳐져 있었다. 제독은 산책을 즐기는 걸음걸이로 부두를 향해 다가간다. 제독 곁에 바싹 붙어 있는 것은 조선소 설계부에 근무하는 리자 킹이었다. 아직 학생티가 가시지 않은 아가씨. 청바지 차림에, 위로 올려 빗은 꽁지머리를 등 뒤로 늘어뜨리고 있었다. 할아버지와 손녀가 나란히 걷고 있는 것처럼 보인다. 그러나 애인처럼 보이기도 한다.

제1장 얼굴 없는 살인자 25

"제독님…" 찰스가 제독을 부르며 달려갔다. "요트 손질은 나중에 하세요. 파티에도 참석하지 않고 그런 일을 하고 계시는 게 손님들 눈에 띄기라도 하면 곤란합니다. 나중에 저도 도와드릴 테니까, 손님들이 갈 때까지만 참아주십시오."

뒤늦게 달려온 스와니가 숨을 헐떡이면서 말했다.

"큰아버지, 저는 나중에 도와드리겠다는 쩨쩨한 말은 하지 않겠습니다. 지금 당장 도와드릴게요. 무슨 일을 하면 됩니까?"

그러고는 부두에 정박해 있는 요트를 향해 걸어가기 시작했다.

제독이 고함을 질렀다.

"참견하지 마라, 스와니!"

그러자 리자가 말했다.

"우리끼리 할 수 있어요."

"우리?" 스와니는 고개를 돌려 눈을 가늘게 뜨고 리자를 바라보았다.

리자는 당황한 기색도 없이 조용히 말했다.

"우리가 할게요. 오늘 하기로 예정했던 일이니까요."

"예정했다고?" 이번에는 찰스가 되물었다.

"그래요, 예정하고 있었어요. 파티가 열리는 동안 요트를 완성할 작정이었죠."

"그럼 제독님…" 찰스는 제독의 얼굴을 쳐다보았다.

제독은 고개를 끄덕였다.

"그래, 찰스. 나는 처음부터 파티에 나갈 생각이 없었어. 나한테는 요트가 더 중요해. 스펀지 같은 놈들을 상대하면서 시간을 낭비하고 싶진 않아. 자넨 늙은이의 심정을 모르는 모양이군. 인생에서 남은 시간이 적어지면 쓸데없는 일에 시간을 낭비할 수 없는 법이야. 리자, 어서 가자."

제독은 리자의 손을 잡고 걷기 시작했다. 스와니가 입을 딱 벌리고 두 사람을 지켜본다.

"돌아갑시다, 스와니." 뒤에서 찰스가 말을 걸었다. "이렇게 되면 우리끼리 해나갈 수밖에 없어요. 노인의 변덕을 상대하고 있을 수는 없으니까."

찰스는 맥 빠진 걸음으로 돌아온 스와니와 어깨를 나란히 하고 걸으면서 자신만만하게 말했다.

"늙은이가 무슨 계획을 꾸미든, 회사를 움직이고 있는 건 젊은이예요. 결국에는 우리가 이겨요. 늙은이와는 달리 우리한테는 시간이 있잖아요."

"늙은이라니…" 스와니는 발밑을 내려다보며 중얼거렸다. "나는 신세 지고 있는 큰아버지를 그런 식으로 부를 순 없어."

찰스는 스와니의 등을 탁 때렸다.

"정신 차려요, 스와니. 이제 곧 우리 시대가 될 테니까." 이것은 스와니를 격려한 말이라기보다 제 자신을 격려한 말이었는지도 모른다. 기운차게 말했지만 찰스의 얼굴은 밝지 않았다.

조애너는 술병이 놓여 있는 카운터로 돌아가 있었다. 두 사람이 들어가자 조애너는 술잔을 높이 들어 올렸다.

"불확실한 내일을 위해 건배해요. 무슨 일이 일어날지 모르는 내일을 위해. 아니, 언제 어떻게 될지 모르는 지금을 위해."

"그러지." 찰스는 순순히 받아들이고 카운터 안쪽으로 들어갔다. 그러고는 술잔을 꺼내 술을 넘치도록 따랐다. "불확실한 내일을 위해 건배."

찰스는 조애너와 술잔을 마주치고 단숨에 들이켰다. 그 모습을 가만히 지켜보고 있던 조애너는 스와니를 힐끔 살피고 나서 낮은 소리로 물었다.

"무슨 일이 있었어?"

"나중에 얘기할게."

대답하려고 하지 않는 찰스를 앞에 놓고 조애너는 창가에 서 있는 스와니에게 말을 걸었다.

"오빠, 미안하지만 먼저 손님들한테 가주지 않을래요? 손님들을 너무 오래 기다리게 했거든요. 우리도 곧 뒤따라갈게요."

"알았어." 스와니는 창가를 떠나 연회장으로 갔다.

조애너가 찰스를 재촉했다.

"자, 어서 말해봐. 무슨 일이 있었어?"

"아무 일도 없어. 다만 확신을 갖게 됐을 뿐이야."

"무슨 확신?"

찰스는 창문 쪽을 바라보았다.

"아버님은 우리를 내쫓으려 하고 있어."

"무슨 소리야?"

"알코올에 절어버린 머리로 알 수 있겠어?" 찰스는 입가에 빈정거리는 웃음을 띠었다.

"장인어른은 이 회사를 팔아치울 생각이야. 그래서 파티 따위에는 흥미가 없는 거야. 알았어?"

"뭐라고?" 조애너는 술잔을 카운터에 탁 내려놓았다. "그렇게는 안 돼. 내가 가만있지 않을 거야. 하나뿐인 외동딸이 있는데, 그건 너무 심해. 내가 아빠한테 가서 말하겠어."

찰스는 밖으로 나가려는 조애너의 팔을 움켜잡고 낮은 소리로 말했다.

"당신은 이 문제에 끼어들면 안 돼. 모두 나한테 맡겨둬." 조애너는 팔을 빼려고 몸부림쳤다. 찰스는 조애너를 꼼짝 못하게 누르면서 말을 이었다.

"아무리 바둥거려봤자 당신은 아무것도 못해. 나한테 맡겨둬. 알겠어?"

찰스는 문득 문간 쪽을 돌아보았다. 반쯤 열린 문으로 연회장의 웅성거림이 들려온다. 그러나 문간에는 아무도 없다. 찰스는 발소리를 죽여 문으로 살금살금 다가가더니, 느닷없이 문을 활짝 열었다. 많은 손님들의 모습이 보였지만 문 근처에는 아무도 없었다.

"뭘 하고 있는 거야?" 조애너가 말을 걸었다.

찰스는 문을 닫고 조애너에게 돌아왔다.

"누군가가 우리 이야기를 엿듣고 있는 것 같아서… 문간에 사람이 있었던 것 같은 기분이 들었어."

"누가 들으면 곤란한 이야기는 아니잖아. 아빠가 정말로 조선소를 팔아 치울 작정이라면…"

"그러니까 그 일은 나한테 맡겨둬. 당신한테 해롭게 하진 않아. 걱정하지 마. 자, 파티장에 가서 건강한 모습을 보여줍시다."

찰스는 일단 닫았던 문을 활짝 열어젖혔다. 그 얼굴에는 미소가 가면처럼 달라붙어 있었다.

3

백발의 오른쪽 절반이 붉게 물들어 있었다. 방금 흘린 피다. 피는 책상 위에 있는 스탠드 불빛을 받아 갓 칠한 페인트처럼 빛나고 있었다. 흰색과 빨간색으로 나뉜 머리카락이 어릿광대의 가발처럼 보인다. 그러나 머리 아래의 얼굴은 어릿광대의 표정을 짓고 있지 않았다. 퀭한 눈이 천장을 향한 채 굳어 있다.

분명히 죽어 있었다. 제독이라고 불린 사내는 기다란 몸을 바닥에 눕힌 채 숨이 끊어져 있었다. 피는 마룻바닥으로 흘러나와 붉은 웅덩이를 이루고 있었다. 그 웅덩이가 조금씩 커지고 있다. 사방에 튄 핏자국은 이미 갈색 반점으로 말라붙어 있었다.

조용하다. 한밤중이다. 멀리서 파도 소리가 들려온다.

제독은 서재에서 죽어 있었다. 큰 방은 아니다. 옛날 범선의 선장실과 비슷한 구조로 되어 있다. 바닥에는 카펫을 깔지 않았고 벽에 벽지도 바르지 않았다. 차분한 색깔의 나무가 그대로 드러나 있다. 한쪽 벽에는 바다에 관한 책과 해도가 빽빽이 꽂혀 있고, 그 위에 커다란 바퀴 모양의 키가 걸려 있다. 창문 사이의 벽에는 기압계가 매달려 있다. 책상 위의 스탠드는 등잔을 본뜬 것이다.

삐걱거리는 돛대 소리가 들려올 것 같은 방이었다. 머리가 깨진 제독은 의자에서 미끄러져 바닥에 넘어진 모양이다. 하반신이 뒤틀려 있고 다리는 책상 밑에 놓여 있다. 책상은 어질러져 있다. 편지 더미가 무너져 있다. 쓰러질 때 제독의 팔이 건드렸는지도 모른다.

싸운 흔적이 곳곳에 남아 있다. 창문에 걸린 커튼 하나가 레일에서 반쯤 벗겨져 축 늘어져 있다. 의자가 뒤집혀 있다. 잉크병이 바닥에 나동그라져 있다. 손수건과 브로치도 바닥에 떨어져 있다.

찰스는 좀 떨어진 창가에 서서 제독을 내려다보고 있었다.

얼굴이 땀에 흠뻑 젖어 있다. 가늘게 떨리는 손은 곤봉 같은 밧줄걸이를 움켜쥐고 있다. 그것은 밧줄을 감아서 고정시키는 데 쓰이는 50센티 정도의 참나무 막대다. 옛날 범선에는 없어서는 안 될 필수품이었다. 백병전이 벌어지면 무기로도 쓰인 단단한 몽둥이다. 양쪽 끝은 키 손잡이처럼 둥글게 되어 있다. 매끄러운 머리에 피가 엉겨붙어 있었다.

찰스는 제독한테서 밧줄걸이로 시선을 옮겼다. 주머니에서 손수건을 꺼내어 밧줄걸이의 머리를 닦는다. 하얀 손수건이 금세 붉게 물들었다. 밧줄걸이의 몸통 부분까지 깨끗이 닦고 나서 찰스는 손수건으로 밧줄걸이를 싸들고 벽으로 다가갔다. 거기에는 많은 밧줄걸이가 걸려 있었다. 벽의 널빤지를 파낸 구멍에 열 개 정도의 밧줄걸이가 진짜 범선의 뱃전처럼 가지런히 꽂혀 있다.

딱 하나 비어 있는 구멍에 찰스는 손에 들고 있던 밧줄걸이를 꽂아 넣었다. 그리고 다시 손수건으로 닦았다. 부지런한 가정부가 은그릇을 닦듯 시간을 들여 정성껏 닦았다.

찰스의 입에서 한숨이 새어 나왔다. 찰스는 피투성이가 된 손수건을 보고 잠시 망설이다가 바지 주머니에 집어넣고 벽에서 떨어졌다. 방 한가운데에 서서 제 손을 내려다본다. 이제 손은 더 이상 떨리지 않았다.

찰스는 노인을 바라보고 바닥에 흩어진 것들을 바라보았다. 찰스의 눈이 한 곳에 멈추었다. 은빛으로 반짝이는 것이 있다. 작은 꽃잎 모양의 브로치였다.

찰스는 바닥에 쪼그리고 앉아서 브로치를 뚫어지게 바라보았다. 겁먹은 표정이 분노로 바뀌었다. 찰스는 브로치를 주워 주머니에 집어넣었다. 바로 옆에 떨어져 있는 파란 손수건도 집어들었다. 찰스는 제독의 죽은 얼굴을 힐끔 바라보고 얼른 눈길을 돌렸다. 그러고는 도둑질하는 현장을 들키기라도 한 것처럼 황급히 문 쪽으로 걸어갔다.

찰스는 문 앞에서 걸음을 멈추고 잠시 문과 마주 서 있다가, 천천히 고개를 돌려 시체를 바라보았다. 책상 위의 스탠드가 만드는 둥근 빛의 고리 안에 노인이 꼼짝도 않고 누워 있다. 찰스는 문 옆의 스위치로 손을 뻗어 불을 켰다. 그러고 나서 방을 정리하기 시작했다. 쓰러진 의자를 원래대로 돌려놓고, 허물어진 편시 더미를 다시 차곡차곡 쌓아놓고, 잉크병을 책상 위에 올려놓았다. 피투성이가 된 손수건으로 잉크병을 살짝 닦아서 사기 지문을 지웠다.

그런 다음 나무 벤치에 올라가 레일에서 반쯤 벗겨진 커튼을 살펴보았다. 헝겊이 찢어진 것은 아니다. 힘껏 잡아당겼기 때문에 커튼을 레일에 끼우는 쇠고리가 벌어져 있었다. 찰스는 고리를 다시 조여 레일에 끼워 넣고 벤치에서 내려왔다. 커튼은 원래대로 되었다.

찰스는 천천히 방을 둘러보았다. 그 순간 갑자기 얼굴이 굳어졌다. 무슨 소리가 난다. 옆방은 거실이고, 거실 밖에 복도가 있다. 그쪽에서 문을 두드리는 듯한 소리가 들려온다. 찰스는 거실과 서재를 잇는 문을 열었다. 틀림없는 노크 소리가 응답이 없는 것에 초조해졌는지 더욱 크고 조급하게 들려온다.

찰스의 시선이 도망갈 길을 찾아 바쁘게 움직인다. 출구는 없었다. 노크 소리가 나고 있는 복도 쪽 문 외에는 출구가 없다. 찰스는 고개를 돌려 서재 창문을 바라보았다. 달아날 길은 그 창문뿐이었다.

"제독님, 약속한 것을 가져왔습니다." 복도에서 누군가가 외치고 있다. "문을 열어주세요, 제독님. 약속한 것을 가져왔습니다." 조선소 소장인 웨인 테일러의 목소리였다. "제독님, 무슨 일이십니까?"

서재로 돌아가려던 찰스의 걸음이 멈추었다. 찰스는 그 자리에 선 채 망설이고 있다. 복도의 목소리가 더욱 커졌다.

"제독님, 왜 그러십니까? 접니다. 테일러예요. 무슨 일이십니까?"

찰스의 발걸음이 마침내 복도로 향했다.

"잠깐만 기다려요." 찰스는 이렇게 대답하고 나서 손을 뒤로 돌려 서재 문을 닫고 거실을 가로질렀다. 여느 때의 자신만만한 걸음걸이로 돌아가 있었다. 찰스는 아무렇게나 문을 열었다. "아아, 소장님."

"아니, 찰스… 자넨가?"

복도에 서 있던 웨인 테일러는 뜻밖에 찰스를 보고 당황한 모양이었다. 손에 활과 화살을 짜맞춘 것 같은 모양의 작은 철제 도구를 들고 있다. 자동조타장치의 각도조정기였다. 웨인은 찰스의 어깨 너머로 방을 들여다보았다.

"제독님한테 볼일이 있는데…"

"지금 통화 중이세요. 용건은 내가 듣지요. 그걸 제독님께 전해주면 되는 겁니까?"

찰스는 각도조정기를 가리켰다.

"그래." 웨인은 고개를 끄덕이고 손에 들고 있던 각도조정기를 내려다보았다. "요트의 윈드베인(풍향을 알아보기 위한 깃발 또는 바람개비) 상태가 좋지 않으니까 이걸 갖다 달라고 부탁하셨다네. 제독님은 오늘 밤 바다에 나가겠다고 하셨어."

찰스의 얼굴에 놀란 빛이 나타났다. 그 표정은 이내 기대를 담은 표정으로 바뀌었다. 찰스는 눈을 빛내면서 낮은 소리로 확인했다.

"오늘 밤 바다에요? 하지만 벌써 12시인데요. 바다에 나갈 것 같은 기색은 보이지 않던데…"

테일러가 웃었다.

"제독님의 버릇이라네. 화가 나면 바다에 나가시지. 옛날부터 그랬어. 기분 좋을 때는 낮에 나가시고 화가 나면 밤에 나가신다네. 혼자 계시고 싶은 거지. 어떤가? 제독님은 아직도 펄펄 뛰고 있나?"

"아니, 많이 가라앉으셨어요." 무심한 투로 대답했지만 찰스는 뭔가를 곰곰 생각하고 있는 모양이었다. 테일러에게 얼굴을 돌리고 있지만 어딘가 먼 곳을 보고 있다. 그 멍한 표정을 테일러는 알아차리지 못했다.

"그럼 안심했네." 테일러는 고개를 끄덕이고 나서 말했다. "자네들도 그 양반을 너무 괴롭히지 말게. 시대에 뒤떨어졌다느니 뭐니 하는 말은 하지 마. 태어날 때부터 바다의 사나이니까. 바다가 변치 않는 한 제독님의 사고방식도 변치 않아. 두세 시간만 밤바다에 나가 있으면 완전히 기분이 좋아져서 내일 아침에는 또 쾌활한 제독님으로 돌아오겠지만…"

"그렇기만 하면 얼마나 좋겠습니까?" 이렇게 말하고 웃었을 때 찰스는 마음속으로 어떤 결단을 내리고 있었다.

먼 곳을 향하고 있던 눈이 테일러에게 초점을 맞추었다. 그리고 고개를 돌려 뒤를 돌아보았다. 찰스는 닫힌 서재 문을 바라보고 나서 테일러에게 웃는 얼굴을 돌렸다.

"각도조정기는 내가 전해드리지요. 잠깐만 기다리세요, 소장님. 나도 이제 돌아갈 테니까 같이 갑시다."

찰스는 조정기를 받아들고 서재로 갔다. 문을 살짝 열고 안으로 들어가자 찰스는 시체에게 말을 걸었다.

"제독님, 웨인이 왔습니다. 각도조정기를 가져왔네요."

찰스는 시체 옆에 쪼그리고 앉아서 노인의 주머니를 뒤졌다. 그리고 바지 주머니에서 열쇠뭉치를 꺼내어 제 주머니에 집어넣었다. 찰스는 일어서서 복도에 있는 테일러한테도 들리도록 다시 한번 시체에게 말을 걸었다.

"예, 알겠습니다, 제독님. 나머지 문제는 내일 다시 의논하지요. 안녕히 주무세요. 아아… 웨인이 즐거운 항해가 되었으면 한다는 말을 전해달라더군요. 그럼 이만 가보겠습니다."

찰스는 방을 돌아다니면서 창문이 모두 잠겨 있고 커튼이 제대로 닫혀 있어 밖에서 들여다보일 염려가 없다는 것을 확인한 뒤, 서재 문손잡이에 달린 자동 잠금장치를 눌러놓고 밖으로 나왔다. 문을 닫자 손잡이 안에서 용수철이 튀어 문이 자동적으로 잠겼다.

찰스는 복도로 나와서 웨인 테일러와 나란히 걸었다.

"무척 늦게까지 일하는군, 찰스." 테일러가 말했다.

"예." 찰스는 고개를 끄덕였다. "제독님의 태도가 확실치 않아서 의논하는 데 시간이 걸려요. 그 일로 소장님한테 물어보고 싶은 게 있습니다."

"뭔데?"

"제독님은 조선소를 어떻게 할 작정일까요? 어딘가에 팔아버린다는 얘기도 있는 모양이던데, 못 들으셨습니까? 만약 판다면 소장님 신분에도 당연히 영향이 미칠 테니까 뭔가 얘기가 있었을 텐데…"

테일러는 고개를 저었다.

"그런 얘기는 못 들었네. 지금은 자네가 사장이야. 경영에 관한 건 자네가 결정하잖나. 물론 오너는 여전히 제독님이지만… 회사는 제독님 명의로 되어 있으니까 원한다면 조선소도 팔지 못할 거야 없겠지. 그렇게 되지 않았으면 좋겠지만…" 테일러는 큰 소리로 웃고 나서 말을 이었다. "나는 이제 늙은이야. 회사가 팔리면 내가 맨 먼저 해고를 당할걸. 새 주인한테는 제독님과 비슷한 고지식한 늙은이는 눈에 거슬릴 테니까. 자네 눈에 내가 거슬리는 것과 마찬가지지."

테일러는 또 웃었다.

"그렇지 않습니다. 소장님은 유능한 분이세요. 눈에 거슬리다니, 당치도 않습니다."

두 사람은 바깥 주차장으로 나왔다.

"바람이 좋군." 테일러는 하늘을 쳐다보며 중얼거렸다. "항해에는 딱 알맞은 바람이야. 나도 함께 바다에 나가고 싶지만 그만두겠네. 제독님은 되살아나기 위해 바다에 나가는 거니까."

그 말을 듣고 찰스는 얼굴을 찡그렸다.

"안녕히 가세요, 소장님."

찰스는 자기 차로 다가가 문을 열고 운전석에 올라탔다.

멀어져가는 찰스를 지켜보고 나서 테일러는 자기 차에 올라탔다. 운전석에 앉자 테일러는 한숨을 내쉬었다.

"회사는 팔리고 늙은이는 해고인가? 새삼스러운 얘기도 아니지." 테일러는 혼자 중얼거리고 나서 시동을 걸었다.

4

섬과 육지를 잇는 다리는 길이가 500미터쯤 된다. 너비는 자동차 두 대가 간신히 엇갈려 지나갈 수 있을 정도다. 나무로 만들었기 때문에 어쩐지 불안하다. 타이어 밑에서 나무가 삐걱삐걱 울렸다. 헤드라이트는 바닥과 가느다란 난간만 비추고 있다. 그 밖에는 캄캄했다. 바다도 하늘도 보이지 않는다. 찰스의 자동차는 어둠 속에 걸린 다리를 굴러간다. 단조롭고 위험한 길이었다.

헤드라이트 안에 경비원 초소가 어렴풋이 떠오른다. 다리가 끝났음을 알리는 표지이기도 하다. 초소를 지나면 단단한 육지이고 어엿한 도로도 있다. 경비원이 이마에 손을 얹고 밖으로 나왔다. 헤드라이트 불빛이 눈에 부신 모양이다. 경비원은 운전석이 바로 옆에 올 때까지 얼굴을 잔뜩 찡그리고 있었다. 그러나 자동차 안의 찰스를 알아보자 그 얼굴이 갑자기 풀렸다.

"아, 클레이 사장님."

찰스는 차를 세웠다.

"윌리, 졸고 있었던 거 아냐?"

"천만에요. 라디오를 듣고 있었습니다." 초소에서 노랫소리가 흘러나온다. "이 근처에는 인가가 없기 때문에 마음껏 크게 틀어놓고 들을 수 있지요."

"그거 좋군. 그런데 윌리, 지금 몇 시나 됐지?"

경비원은 손목시계를 들여다보았다.

"12시 15분, 이제 16분이 되려는 참입니다. 정확합니다. 방금 라디오 시보에 맞추었으니까요."

"12시 16분인가?" 이렇게 되풀이하고 나서 찰스는 손을 들었다. "많이 늦었군. 그럼 수고하게."

자동차 앞바퀴가 단단한 땅바닥에 올라서고, 이어서 뒷바퀴가 다리를 떠났다. 진동이 없어지고 바퀴 소리도 조용해진다. 길은 곧 두 갈래로 나뉘었다. 왼쪽으로 구부러지면 조선소 구내로 들어간다. 오른쪽 길은 산페드로 통하는 일반도로다. 찰스는 오른쪽 길로 들어섰다. 속력을 높여 산페드로로 향한다.

5분도 지나기 전에 찰스는 요트 항구의 주차장에 도착했다.

조명 때문에 주차장은 대낮처럼 환하다. 찰스는 커다란 트레일러 옆에 차를 세웠다. 트레일러 그늘에서 야자나무 숲으로 들어가 곧장 요트 항구로 갔다. 수많은 요트가 물 위에서 잠들어 있다. 찰스는 클럽 열쇠로 철문을 열고 잔교로 나갔다.

사람의 모습은 어디에도 없다. 4분의 1톤짜리 요트 위에 드러누워 있던 셰퍼드가 문득 고개를 들고 찰스를 쳐다보았지만 짖지는 않았다.

찰스는 배에 올라탔다.

배 안에 불을 켰다. 정박하고 있을 때는 잔교의 전신주에서 전기를 끌어다 쓴다. 조타실로 들어가 선실로 내려갔다. 배 모양에 따라 점점 가늘어진 뱃머리 부분에 돛을 넣어놓는 작은 벽장이 있다. 찰스는 벽장 문을 열고 돛 밑에서 산소통과 잠수복을 꺼냈다.

입고 있던 옷을 벗고 재빨리 잠수복으로 갈아입는다. 그리고 제독의 주머니에서 꺼내온 열쇠뭉치를 제 허리띠에 끼운다. 이어서 마스크를 쓰고 산소통을 짊어진다. 찰스는 예비 산소통 하나를 안고 갑판으로 나왔다.

주위를 둘러보고 사람이 없는 것을 확인한 다음, 찰스는 고물(배의 뒤쪽)로 돌아갔다. 줄사다리를 늘어뜨리고 천천히 아래로 내려간다. 물소리가 나지 않도록 조용히 물속으로 들어간다. 그래도 희미하게 물소리가 났다. 꽤 떨어져 있는 4분의 1톤짜리 요트 갑판에 드러누워 있던 셰퍼드가 몸을 일으키더니, 코를 쿵쿵거리며 공기 냄새를 맡았다. 이번에도 짖지는 않았다.

리들랜드 섬의 전용 부두 밑에서 검은 물체가 떠올랐다. 산페드로 만을 건너온 찰스가 수면 밖으로 얼굴을 내밀었다. 예비 산소통을 한 손에 들고 부두로 기어오르자 제독의 새 요트로 다가가 산소통과 마스크를 조종실에 던져넣었다. 그런 다음 등을 구부리고 종종걸음으로 모래밭을 지나 곧장 제독의 집으로 갔다. 달이 뜨지 않은 밤이었다.

서재 문을 여는 데 조금 시간이 걸렸다. 열쇠뭉치 가운데 어느 열쇠가 맞는지 알 수 없었기 때문이다. 잠수복에서 물방울이 떨어져 바닥을 적셨다.

안으로 들어간 찰스는 제독의 시체를 문까지 운반했다. 어깨를 잡고 질질 끌고 갔다. 머리의 출혈은 이미 멈춰 있었다. 찰스는 허리띠에 끼워둔 헝겊을 꺼내어 바닥의 피를 깨끗이 닦았다. 참극의 흔적은 사라졌다. 바닥에 너부러져 있는 시체 외에는 어떤 흔적도 남지 않았다.

몇 분 뒤에 찰스는 제독의 요트로 시체를 옮겼다. 숨이 찼다. 잠수복 안에서 폐도 심장도 터질 것만 같았다. 무거운 시체를 갑판에서 조종실로 질질 끌고 갔다. 제독의 발이 삭구(배에서 쓰는 로프나 쇠사슬 따위)에 닿아 덜그럭거렸다.

찰스는 제독의 집으로 돌아가 윈드베인과 선장 모자를 가져왔다. 테일러가 가져온 각도조정기도 배로 옮겼다.

조종실에서 한숨 돌렸을 때 시계가 울렸다. 나침반 위에 시계가 있었다. 어렴풋이 빛나는 야광 바늘이 1시를 가리키고 있었다.

찰스는 제독의 몸에서 재킷과 바지를 벗겨 잠수복 위에 걸쳤다. 그리고 선장 모자를 썼다. 옷차림만은 제독과 똑같이 되었지만, 하얀 턱수염과 콧수염은 어쩔 도리가 없다. 찰스는 재킷 옷깃을 세워 턱을 덮었다. 재킷에서는 희미하게 피 냄새가 났다.

찰스는 돛을 접은 채 엔진을 써서 부두를 떠나 해안경비대 초소가 있는 산페드로 만의 출구로 방향을 잡았다.

갓 건조한 배는 새 차와 마찬가지였다. 엔진도 키도 조용하고 부드럽게 움직인다. 선체 어디에도 느슨해진 데가 없어서 마음에 걸리는 소리는 들리지 않는다. 그러나 조종실에는 새로 칠한 니스 냄새에 섞여 피 냄새가 가득했다. 드러난 노인의 발이 하얀 막대기처럼 굴러 있었다.

섬 동쪽으로 돌아가자 초소의 불빛이 보이기 시작했다.

엔진 소리가 들렸는지 초소 테라스에 서치라이트가 켜지고 창백한 불빛이 수면을 미끄러져 다가왔다. 불빛은 요트를 포착하고 그 자리에 멈추었다.

찰스는 재킷 옷깃에 턱을 더 깊이 묻었다. 테라스에서 스피커 소리가 들린다.

"제독님이십니까? 거기 타고 계신 분은 제독님 맞지요?"

찰스는 앞을 바라본 채 싱긋 웃고 나서 재빨리 한 손을 높이 치켜들었다. 초소와는 100미터쯤 떨어져 있다. 서치라이트는 요즘 이 일대에서 화제가 되어 있는 제독의 새 요트를 포착하고 조종실에 있는 제독인 듯한 사람의 모습을 잡았지만, 그 사람의 얼굴까지는 또렷이 비춰주지 못했다.

눈부신 불빛이 찰스의 얼굴을 스치고 지나갔다. 제독의 시체는 조종실 그늘에 놓여 있었다. 시체의 하얀 발을 서치라이트가 순간적으로 스쳤지만 되돌아오지는 않았다. 서치라이트가 꺼지고 스피커 소리가 외쳤다.

"제독님, 동북동풍 12노트입니다. 더없이 좋습니다. 느긋하게 즐기고 오십시오."

찰스는 초소의 불빛을 향해 손을 흔들었다.

10분 뒤에 요트는 돛에 바람을 안고 달리고 있었다. 엔진은 이제 꺼져 있었다. 뱃머리를 때리고 옆구리에서 고물 쪽으로 흘러가는 파도 소리와 돛을 지나가는 바람 소리밖에는 아무 소리도 들리지 않는다. 네 장의 돛이 잔뜩 부풀어 있었다. 별이 빛나는 하늘을 향해 뻗어 오른 주돛대는 바람이 불어가는 쪽으로 약간 기울어져 있었다.

찰스는 재킷과 바지를 벗어 다시 시체에 입혔다. 모자도 피로 물든 백발에 씌웠지만, 고물 쪽으로 시체를 끌고 가는 도중에 벗겨져 갑판 위를 데굴데굴 구르다가 어두운 바다로 사라졌다.

그때 이물 쪽에 있는 앞돛이 역풍을 받아 아래 활대와 함께 기세 좋게 방향을 바꾸었다. 돌아오는 활대에 하마터면 머리를 맞을 뻔했지만 찰스는 허리를 굽혀 간신히 충돌을 피했다.

찰스는 문득 시체를 나르던 손을 멈추고 바람에 흔들리는 활대를 쳐다보았다. 굵은 목재를 말끔히 다듬어 만든 활대는 돛대를 축으로 하여 좌우로 고개를 흔들고 있었다.

찰스는 시체를 안아 올렸다. 비틀거리면서도 간신히 노인의 머리를 활대 높이까지 끌어 올리자 피에 물든 머리를 흔들리는 활대에 대고 문질렀다. 그런 다음 바닥에 내려놓았다. 찰스는 다시 어깨로 숨을 몰아쉬면서 노인을 고물 쪽으로 운반했다.

찰스는 두 손으로 시체를 밀어냈다. 제독의 시체가 대구루루 굴렀다. 크게 부릅뜬 푸른 눈이 찰스를 잠깐 바라보았지만, 아무 저항도 없이 방향을 바꾸어 백발과 함께 어둠 속에 잠겼다. 하얀 거품이 이는 수면이 제독을 삼키고 작은 물기둥을 뿜어 올렸다. 그 물기둥도 눈 깜짝할 사이에 사라졌다.

찰스는 조종실로 돌아가 윈드베인을 가져다가 고물에 고정시켰다. 그리고 다시 조종실로 돌아가 산소통을 짊어지고 마스크를 쓰고 오리발을 신었다. 찰스는 예비 산소통을 집어든 다음, 빠뜨린 일은 없는지 확인하기 위해 배를 둘러보았다.

요트는 섬의 동쪽으로 나간 뒤 본토 해안선을 따라 북쪽으로 올라가고 있었다.

돛을 활짝 펴고 맞바람을 받으며 항해했다. 이제 돛을 늦추자 배는 거의 정지했다. 뱃머리가 천천히 남쪽으로 돌아갔다. 축 늘어진 돛이 커다란 빨래처럼 바람에 펄럭이고 있었다.

산페드로의 불빛이 보였다.

찰스는 잠수복 손목에 감은 나침반으로 방향을 확인하고 바다에 뛰어들었다. 그리고 수면 밑의 얕은 곳을 골라 산페드로 해변을 향해 헤엄치기 시작했다.

제2장

사라진 시체

1

맑게 갠 아침이었다. 산페드로 만과 어깨를 나란히 뻗어 있는 가로숫길을 낡아빠진 자동차 한 대가 달려가고 있었다. 녹슨 파이프에서 나오는 시커먼 배기가스가 주택가의 맑은 공기를 더럽혔다. 경주용 자동차 못지않게 엔진 소리는 요란하지만 속력은 아주 느리다. 머플러가 망가진 모양이다. 엔진 자체도 낡아서 덜커덩거린다. 거무튀튀한 차체는 흙먼지를 뒤집어써서 칙칙하고, 여기저기 씨그러지거나 긁힌 상처가 나 있다.

차가 갑자기 멈춰 서더니 아까보다 더 지독한 매연을 내뿜으며 후진했다. 그리고 야자나무에 둘러싸인 붉은 벽돌집 앞에 멈췄다. 도로 연석에 하얀 페인트로 163이라는 번지수가 적혀 있다.

자동차 문이 삐걱거리며 열리더니 사내 하나가 내렸다. 이곳 호화주택가에 사는 사람 같지는 않다. 차와 마찬가지로 낡아빠진 모습이다. 후줄근한 레인코트에서 후줄근한 바지가 삐져나와 있고, 그 밑에는 흙먼지가 허옇게 뒤덮인 구두가 있다. 걷기 시작하자 벌어진 코트 사이로 넝마조각

같은 넥타이가 엿보였다. 무거운 짐이라도 짊어진 사람처럼 어깨를 축 늘어뜨리고 등을 구부정하게 굽힌 채 걸어간다. 며칠째 빗질하지 않은 듯 헝클어진 곱슬머리가 바람에 흩날린다.

사내는 짙은 눈썹 밑의 눈을 가늘게 뜨고 문을 바라보았다. 투박한 턱에 손을 대고 문지른다. 거뭇거뭇 돋아난 수염이 득득 소리를 냈다. 움막에서 자고 있다가 억지로 끌려나온 듯한 모습이었다. 잔뜩 찡그린 표정이다. 그러나 초인종을 누르자마자 그 얼굴이 느슨해졌다. 눈 깜짝할 사이에 붙임성 있는 웃음이 얼굴에 번져 찡그린 표정을 감추었다.

문이 열리고 조애너 클레이가 얼굴을 내밀었다. 가운을 걸치고 있다. 조애너는 크게 하품을 하고 나서 사내를 바라보았다. 어딘지 모르게 초점이 맞지 않는 눈이다. 몸도 가늘게 흔들리고 있다.

"어머나, 배달부라면 뒷문으로 돌아가세요. 가정부가 거기 있으니까."

"아니, 아닙니다. 나는…" 사내는 황급히 코트 주머니를 뒤졌다.

"배달부가 아니라고요? 수리공이라도 역시 뒷문으로 돌아가세요. 가정부가 아니면 몰라요. 난 수리공을 부른 적도 없고…" 이렇게 말하고 조애너는 문을 닫으려고 했다.

하지만 사내의 구둣발이 재빨리 문틈으로 끼어들었기 때문에 문은 완전히 닫히지 않았다.

"나는 콜롬보 경위입니다. 로스앤젤레스 경찰청에 있는… 그런데 배지가…" 사내는 구두를 문틈에 끼운 채 코트 안주머니를 뒤졌다.

조애너는 사내를 말똥말똥 쳐다보았다. 그때 문이 활짝 열리고 뒤에서 찰스가 나타났다. 잠옷을 평상복으로 갈아입고 손에는 커피잔을 들고 있다.

"도대체 이게 무슨 소동이죠?"

콜롬보는 천천히 구둣발을 빼고 찰스를 쳐다보았다. 한참 동안 바라보고 있었지만 아무 말도 하지 않는다.

"무슨 일이죠?" 찰스가 다그치듯 물었다.

콜롬보는 찰스의 얼굴에서 눈을 떼지 않고 계속 주머니를 뒤진다.

"배지를 어디에다 잊어버린 모양입니다."

"아까 하신 말씀으로는 경찰관인 모양인데, 이 근처에 배지는 떨어져 있지 않았어요. 경찰로 돌아가서 신고하는 게 어때요?"

찰스가 문을 닫으려고 하자 콜롬보의 구둣발이 재빨리 움직여 다시 문틈으로 들어갔다.

"오티스 스완슨 씨를 아시지요?" 콜롬보는 태평스럽게 말했다. 말없이 고개를 끄덕이는 찰스를 보고 콜롬보는 말을 이었다. "모를 까닭이 없지요. 어쨌든 부인의 아버지니까. 애칭은 제독이고, 스완슨 조선소의 오너…" 그러고는 머리를 북북 긁적였다. "그런데 그 스완슨 씨가 지금 어디 있는지 아십니까? 내가 찾고 있는 건 배지가 아니라 스완슨 씨인데…"

콜롬보는 찰스와 조애너를 번갈아 바라보며 이를 드러내고 웃었다. 상대의 기분을 살피면서 물건을 팔려고 알랑거리는 세일즈맨 같았다.

"조선소 사무실에 계실 겁니다. 아니면 아직도 리들랜드 섬에 계실까?" 찰스는 대답하고 나서 약간 굳은 어조로 물었다. "그런데 제독님한테는 무슨 볼일이죠? 낯선은 도대체…"

"콜롬보라고 합니다. 로스엔젤레스 경찰청의 콜롬보 경위…" 콜롬보는 한 손을 들고 선언하듯 말했다. "실은 말입니다. 요트 때문에 찾아왔습니다. 케치라고 하던가? 제독의 그 요트 때문에 이렇게 아침부터 실례한 겁니다."

조애너가 놀라서 소리를 질렀다.

"아빠의 요트가 어떻게 됐나요?"

"아니, 어떻게 된 건 아닙니다." 콜롬보는 이마를 북북 긁으면서, 잘 기억나지 않는 것을 이야기하듯 더듬거리는 투로 말했다. "요트 자체는 아무 이상도 없습니다. 다만 표류하고 있었던 것뿐이지요. 해안경비대의 보고에 따르면 난바다를 표류하고 있었답니다. 그래서 항구로 끌어왔다는 거예요. 거기에는 아무 문제도 없습니다. 문제는 전혀 없어요. 그런데 요트가 난바다에서 발견되었을 때 그 배에는 아무도 없었답니다. 제독도 타고 있지 않았고, 아무튼 텅 비어 있었다네요. 그 점이 아무래도… 나는 지금 해안경비대 초소로 가는 길인데…"

조애너의 무릎이 허물어지기 시작했다. 찰스가 얼른 조애너를 부축했다.

"괜찮아?"

"괜찮아요. 하지만…" 조애너는 겁먹은 눈으로 찰스를 쳐다보았다. "찰스, 어젯밤에는 도대체… 당신은 어디에…"

찰스는 아내의 질문에는 대답하지 않고 콜롬보에게 말했다.

"경위님, 나도 함께 가겠습니다. 조금만 기다려주세요. 금방 준비하고 나올 테니까."

"그렇습니까? 이거 죄송합니다." 닫히기 시작한 문을 향해 콜롬보는 말했다. "기다리는 동안 정원을 좀 구경하고 싶은데, 괜찮겠습니까? 전망이 그만이군요."

콜롬보는 현관 앞을 떠나 잔디밭을 지나서 정원으로 나갔다. 산페드로 만이 한눈에 보인다. 리들랜드 섬도 보인다. 콜롬보는 숨을 깊이 들이마시고 코트 주머니에서 시가를 꺼냈다. 불을 붙인 다음, 불 꺼진 성냥개비를 버리려고 주위를 둘러보았다. 손질이 잘된 잔디밭은 푸르렀다. 콜롬보는 성냥개비를 주머니에 쑤셔 넣었다.

그때 "반장님!" 하는 굵은 목소리가 들리더니, 이마가 벗어진 덩치 큰 사내가 정원으로 들어왔다. 옥수수털 같은 머리카락이 정수리에 몇 가닥 남아 있을 뿐이다. 그 머리카락이 불안하게 흔들렸다. 젊은 사내가 그 뒤를 따라온다.

"뭔가, 크레이머?" 콜롬보가 퉁명스럽게 말했다.

"뭐라니요? 당장 오라고 해서 이렇게 달려왔는데요."

"아니, 내가 묻고 있는 건 자네 뒤에 있는 사람 말이야. 본 적이 없는 젊은인데, 뭐하러 왔지?"

크레이머라고 불린 형사는 뒤에 서 있는 젊은이를 돌아보았다.

"시어도어 앨빈스키입니다."

"앨…?"

"앨빈스키요." 젊은이가 앞으로 나서서 자기소개를 했다. 유능한 변호사처럼 멋진 양복을 입고 있다. 나이에 비해 수수한 넥타이를 매고, 진주를 박은 넥타이핀이 살짝 엿보인다.

콜롬보는 마음에 들지 않는다는 듯이 젊은이를 똑바로 바라보고 나서 바다 쪽으로 시선을 돌렸다.

"반장님…" 크레이머 형사가 뒤에서 설명했다. "시어도어 앨빈스키는 이번에 우리 과에 배속된 신참입니다. 경찰학교에서 수석을 다투는 수재였답니다."

"수재라고?" 콜롬보는 뒤를 돌아보았다. "그래서 과장이 실습을 하라고 보낸 모양이군."

"예, 그렇습니다. 잘 부탁합니다, 반장님." 앨빈스키는 앞으로 걸어가서 손을 내밀었다.

콜롬보는 그 손을 잡고 떨떠름한 어조로 말했다.

"나야말로 잘 부탁하네."

"그런데 반장님, 저는 무슨 일을 하면 됩니까?"

"글쎄." 콜롬보는 바다를 바라보았다. "내가 시가를 너무 많이 피우는 것 같거든 주의를 주게. 집사람이 귀찮게 잔소리를 해서…"

콜롬보는 앞장서서 현관 쪽으로 걷기 시작했다.

집 안에서는 찰스와 조애너가 마주 서 있었다. 찰스는 아내의 눈을 똑바로 들여다보며 말했다.

"부엌에 커피가 있으니까 마시는 게 좋겠어. 뜨거운 커피를 블랙으로 마시라고."

그러나 조애너는 부엌으로 갈 기색을 보이지 않았다.

"찰스, 어젯밤에는 어디 갔었어? 저녁 먹을 때까지는 분명히 함께 있었어. 그 후 할 일이 있다면서 나갔잖아? 당연히 여자를 만나러 갈 거라고 생각했기 때문에 나는 요트 클럽으로 술을 마시러 갔어. 그다음은 기억이 안 나. 언제나 그래. 하지만 당신은 어제 침대에서 자지 않았던 것 같은데, 어디 갔었어?"

"거실 소파에서 잤어. 여기서…" 찰스는 소파를 가리켰다. "혼자 잤어. 당신이 집에 돌아와 있는 줄은 몰랐어. 어차피 새벽까지 마시고 올 거라고 생각했으니까."

조애너는 쓴웃음을 지었다.

"정말 어이없는 부부군. 이래도 부부라고 말할 수 있을까?"

"어떻게 생각하든, 그건 당신 자유야."

조애너는 커피를 가지러 부엌으로 갔다. 그리고 커피를 따르면서 찰스에게 말을 걸었다.

"어젯밤에 정말로 일하러 갔다면 아빠를 만났겠네?"

"그래, 만났지." 거실로 돌아온 조애너를 바라보면서 찰스는 낮은 소리로 덧붙였다. "당신도 어젯밤에 아버님을 만난 거 아냐?"

조애너는 두통을 느낀 것처럼 얼굴을 찡그렸다. 그러고는 찰스한테서 시선을 피하며 말했다.

"기억이 안 나. 취했기 때문에…"

"술김에 만나러 갔겠지. 두 부녀 사이에 무슨 일이 있었는지 모르지만,

이 일에 끼어들지 말라고 분명히 말해두었는데 당신은 아버님을 만났어. 그렇지?"

찰스의 목소리는 낮았지만 딱딱하게 긴장된 울림이 담겨 있었다. 대답을 기다리며 번득이는 눈이 조애너의 얼굴을 살핀다.

"취해서 확실한 건 말할 수 없지만, 아빠는 만나지 않았던 것 같아. 만나고 싶지도 않았고…" 조애너는 남편을 바라보며 말을 이었다. "그보다 찰스, 아빠가 어젯밤에 바다에 나가겠다고 하셨어?"

"그래, 그런 말을 들었지. 그 얘기는 테일러 소장한테 처음 들었지만, 아버님은 밤늦게 바다에 나갈 작정이었던 것 같아. 마음을 가라앉히기 위해 혼자 조용히 있고 싶으니까 배를 타겠다고 테일러한테 말한 모양이야."

"테일러? 그럼 당신은 소장도 만났어? 조금은 일도 한 모양이네." 조애너는 커피를 홀짝이고 얼굴을 찡그렸다. "요트는 도둑맞은 거 아닐까? 누군가가 아빠의 요트를 훔쳐냈다가 도중에 힘에 부치니까 버리고 간 게 아닐까?"

찰스는 기묘한 물건이라도 보는 듯한 눈초리로 조애너를 바라보았다.

"경찰이 기다리고 있으니까 나는 가봐야 해. 당신은 취했을 때의 일을 생각해봐. 생각나지 않는 게 오히려 좋을지도 모르지만…"

"모르겠어." 조애너는 찰스의 시선을 피해 부엌으로 갔다. "찰스, 어젯밤에 나를 침대로 데려다준 게 당신이 아니라면 누구지? 난 적어도 당신보다는 먼저 집에 돌아와 있었고, 누군가가 나를 침대까지 데려다줬다는 얘기가 되는데…"

"그것도 찬찬히 생각해봐."

현관 앞에서는 콜롬보와 앨빈스키가 대화를 나누고 있었다.

"자네를 뭐라고 부르면 되나? 시어도어?"

앨빈스키는 몸을 딱딱하게 긴장시키고 대답했다.

"저어, 맥이라고 불러주십시오. 맥이면 됩니다."

"맥?" 콜롬보는 앨빈스키의 얼굴을 똑바로 쳐다보았다. "맥이라… 그럼 자네한테는 스코틀랜드인의 피도 섞여 있나 보군."(Mac은 '…의 아들'이라는 뜻으로, 스코틀랜드의 켈트인이 이름에 썼다—옮긴이)

"아니, 전혀 섞여 있지 않습니다. 다만 어릴 때부터 사람들이 그렇게 불렀기 때문에…"

"스코틀랜드 혈통도 아닌데 맥이라고?" 콜롬보는 중얼거렸다.

그때 현관문이 열리고 찰스가 나왔다.

"오래 기다리셨습니다."

"아니, 천만에요." 콜롬보는 알랑대는 투로 대답했다. "아, 기회가 있을 때 소개해두지요. 이쪽의 덩치 큰 사내는 크레이머 형사. 그리고 저쪽의 젊은이는 맥 형사, 신참이지요."

"큰일인가 보군요. 형사가 세 사람이나 출동하다니." 찰스는 현관 계단을 내려가면서 말했다. "그런데 해안경비대는 왜 경찰에 먼저 연락을 취했을까요. 왜 나한테는 연락하지 않았을까요. 우리는 스완슨 회장님의 유일한 직계 가족입니다. 게다가 나는 스완슨 조선소 사장이고, 그건 경비대원들도 다 알고 있을 텐데…"

그러나 콜롬보는 찰스의 이야기를 듣고 있지 않았다. 그가 듣고 있는 것은 시계 소리였다. 손목시계를 귀에 바싹 대고 있다.

"저어, 죄송하지만…" 콜롬보가 말했다. "지금 몇 시나 됐습니까? 내 시계가 서버려서요. 태엽을 분명히 감아주었는데 죽어버린 모양이에요."

찰스는 자기 손목시계를 들여다보았다.

"8시 20분이 좀 지났습니다."

"이거 굉장하군요." 콜롬보는 찰스의 손목을 잡고 시계를 들여다보았다. "잡지 광고에서 본 적이 있어요. 한 면을 몽땅 사용한 천연색 광고였는데… 롤렉스지요? 대통령이나 스타들이 애용한다는 그 유명한 롤렉스 시계… 햐, 이거 정말 놀라운데요. 실물을 보는 건 처음입니다. 완전 방수, 충격 방지, 자기 방지, 그리고 1년에 1초나 2초밖에 틀리지 않는 정확함… 게다가 이건 뭡니까? 이 작은 건… 수압계인가요? 별의별 장치가 다 붙어 있군요. 정말 놀랍습니다."

찰스는 콜롬보의 손에서 팔을 뺐다.

"네, 좋은 시계예요. 나처럼 시간에 쫓기는 사업가한테는 딱 알맞은 시계지요. 그보다 경위님, 설명 좀 해주시지 않겠습니까? 해안경비대는 왜…"

"정말 훌륭하군요." 콜롬보는 아직도 미련이 남은 듯 찰스의 손목을 내려다보고 있다. "나도 그런 시계를 갖고 싶은데, 비싸겠지요? 어떻습니까? 천 달러쯤 주어야 하나요?"

찰스는 대꾸도 하지 않고 차고를 향해 걷기 시작했다.

2

요트는 해안경비대 부두에 묶여 있었다. 손상된 흔적은 어디에도 없었다. 전체 길이가 50피트인 새 요트는 깨끗했고 하얀 페인트 색깔이 선명했다. 돛은 활대에 감겨 있고 두 개의 돛대가 높이 솟아 있다.

그 앞에 경비대의 모터보트가 서 있었다. 고물에 감긴 밧줄은 요트의 뱃머리와 연결되어 있었다. 요트 앞에는 제복 경찰관 한 명이 서 있었다.

콜롬보는 잔교로 나가면서 자못 감탄한 듯 소리를 질렀다.

"하아, 정말 놀랍군. 이게 케치인가? 난 훨씬 더 작은 배인 줄 알았는데… 차로 운반할 수 있을 정도의 작은 배일 거라고 생각했는데…"

"케치는 돛대가 두 개인 쌍돛대 범선을 말하는 겁니다." 찰스는 이물(배의 앞쪽) 쪽에 있는 높은 돛대를 가리키며 말을 이었다. "저게 주돛대고,

뒤에 있는 짧은 돛대가 뒤돛대입니다. 뒤돛대가 키보다 뒤에 있으면 욜이라고 하지요."

크레이머와 맥은 고개를 끄덕였고 콜롬보는 코트 주머니에 두 손을 찔러넣은 채 멍하니 서 있다.

"그렇군요." 콜롬보도 이윽고 맞장구를 쳤지만, 이해한 것 같지도 않았고 흥미도 없어 보였다. 콜롬보는 콧등을 계속 문지르고 있다.

찰스가 말을 이었다.

"아까 차 안에서도 설명했지만 제독님은 어젯밤에 바다에 나간 모양입니다. 그 일과 관련해서 내가 알고 있는 건 다 말씀드렸습니다. 그리고 나와 테일러 소장이 섬에서 나왔을 때 제독님한테는 특별히 이상한 점이 없었습니다. 정신적으로나 육체적으로나 건강한 상태였지요. 나는 건강한 제독님을 만난 뒤에 섬을 떠났습니다."

"그 일이라면…" 콜롬보가 끼어들었다. "경찰관들이 오늘 아침 일찍 여러 방면을 맡아서 조사했습니다. 조사 결과는 당신 말과 일치합니다. 경비회사의 경비원이 당신을 기억하고 있더군요. 섬을 경비하고 있는 경비원 말입니다. 하지만 그 경비원은 당신이 돌아가는 건 보았지만 제독이 요트를 타고 나가는 건 보지 못했답니다. 그 점이 아무래도 애매해요."

"보지 못한 게 당연하죠." 찰스는 섬을 가리켰다. "여기서 보면 섬과 반도가 겹쳐 있지요? 섬의 기슭은 보이지 않고 경비원 초소도 보이질 않습니다. 섬에 가려서 보이질 않아요. 그래서 요트가 나가는 게 경비원 눈에는 들어오지 않은 겁니다. 물리적으로 보이지 않게 되어 있어요. 하지만 여기 해안경비대 초소에서는 잘 보였을 겁니다. 이곳과 섬 사이가 먼바다로 나가는 수로가 되어 있으니까요."

콜롬보는 눈앞의 바다를 보았다.

"그렇습니까? 전혀 몰랐습니다. 크게 참고가 되겠군요."

"도움이 되었다니 기쁩니다만…" 찰스는 부드럽게 말했지만 콜롬보의 옆얼굴을 바라보는 찰스의 눈은 험해져 있었다. "그런데 경위님, 이럴 때는 언제나 경찰이 끼어드는 겁니까? 가족보다 먼저 경찰에 연락이 가고, 경찰관이 맨 먼저 현장에 달려오는 겁니까? 이런 사고가 일어났을 때 말입니다."

"사고요?" 콜롬보가 불쑥 말했다. "사고인 게 확실하다면 살인 담당 형사는 끼어들지 않습니다."

"살인 담당이라고요?" 찰스가 소리를 질렀다.

콜롬보는 놀란 표정을 지었다.

"내가 말하지 않았던가요? 나는 로스앤젤레스 경찰청 강력계에서 살인사건을 전담하고 있는 콜롬보 경위입니다."

"그럼 제독님은 살해된 겁니까?"

콜롬보는 손사래를 쳤다.

"아니, 천만에요. 그런 말은 하지 않았습니다. 혹시나 해서 와본 것뿐이에요. 단순한 사고일지도 모르지요. 만약 제독이 요트에서 떨어졌다면 지금쯤 누군가가 구해주었을지도 모릅니다. 그렇다면 공연한 헛소동으로 끝나겠지요. 너무 걱정하지 마세요."

이 말을 남기고 콜롬보는 요트 고물로 올라갔다. 아직 새 요트이고, 게다가 부드러운 요트 슈즈만 신고 다녀야 하는 갑판을 콜롬보는 더러운 구두로 마구 짓밟고 다녔다. 콜롬보는 삭구에 발이 걸려 넘어질 뻔하다가 돛대를 지탱하고 있는 로프를 붙잡고 매달렸다. 그것을 보고 크레이머 형사가 갑판 위로 뛰어 올라갔다. 뒤질세라 맥도 그 뒤를 따랐다.

큰 요트지만 세 남자가 올라타자 갑판이 좁아 보였다. 크레이머와 맥은 신기한 듯 조종실을 들여다보고 뒤돛의 활대를 움직여보았다. 만원 전철에서 인파에 떠밀리듯 콜롬보는 조금씩 밀려나 배꼬리까지 왔다. 그 앞에는 바다밖에 없다. 콜롬보는 배꼬리에서 바다 쪽으로 튀어나간 윈드베인을 붙잡고 매달렸다. 버팀대치고는 어쩐지 불안하다.

"이게 뭡니까?" 콜롬보는 움켜쥐고 있는 것을 내려다보며 찰스에게 물었다. 키 언저리에서 막대가 뻗어 있고, 거기에 길이가 50센티미터쯤 되는 작은 돛 같은 것 두 개가 거의 직각으로 교차하는 형태로 달려 있다. 돛은 막대를 축으로 하여 좌우로 움직였다. 일종의 바람개비다.

"윈드베인이라고 합니다."

"윈드베인? 무엇에 쓰는 겁니까?"

찰스는 고물 쪽으로 다가갔다. 갑판은 만원이기 때문에 잔교에 선 채 말했다.

"키에 연결해서 자동조타장치로 이용합니다. 풍향에 대해 키의 각도를 일정하게 유지하는 장치지요. 바람에 대한 각도를 미리 결정하여 장치해두면 그다음에는 윈드베인이 키를 자동으로 조정해주기 때문에 배는 항상 일정한 방향으로 달리지요. 그런 기계장치입니다. 어젯밤에 테일러 소장이 각도조정기를 가져왔더군요. 윈드베인이 말을 잘 듣지 않은 모양인데, 제독님은 그걸 고쳐서 바다에 나간 것 같습니다."

설명을 끝내고 나서 찰스는 엄격하게 물었다.

"경위님, 여기는 뭐하러 오셨습니까? 요트를 연구하러 오신 건가요? 그런 데서 대체 뭘 하고 있는 거죠?"

콜롬보는 윈드베인을 가볍게 두드리며 태평스럽게 대답했다.

"장면을 재현할 자료를 모으고 있지요. 이런 자질구레한 것들을 확인해서 장면을 머릿속으로 재현해보는 겁니다. 뜻밖에 도움이 돼요. 사건이 일어났을 때의 장면을 자세히 조립해보면…"

"사건요? 경위님은 아까 사고일지 모른다고 말했을 텐데요."

이 말에는 대답하지 않고 콜롬보는 주돛대를 쳐다보았다.

"이렇게 큰 배를 혼자서 조종하다니 도저히 믿을 수가 없군요. 바다 한가운데에서 이렇게 큰 배에 제독 혼자 타고 있는 장면을 아무래도 상상할 수가 없어요. 그래서 솔직히 말하면 어디서부터 어떻게 조사해야 좋을지 짐작도 가지 않습니다. 그래서 요트를 여러 모로 연구해보려고 생각한 겁니다."

"반장님…" 크레이머 형사 뒤에서 젊은 맥이 쾌활한 소리로 말했다. "요트에 대해서라면 저도 조금은 알고 있으니까 도와드릴게요."

콜롬보는 맥의 얼굴을 쳐다보았다.

"여긴 너무 좁으니까 잔교로 내려가게. 크레이머, 자네도 내려가." 두 사람을 쫓아낸 뒤 콜롬보는 중얼거렸다. "이렇게 큰 배를 혼자서…"

"혼자 움직이는 것도 어려운 일은 아닙니다." 찰스는 크레이머와 맥의 옆을 빠져나가 갑판 위로 올라갔다. "덩치는 커도 이 요트는 혼자 조종할 수 있도록 설계되어 있거든요. 예를 들면 그 윈치(권양기)…" 찰스는 콜롬보의 발치에 있는 윈치를 가리켰다. "그건 전동 윈치인데, 이 요트에는 모든 돛을 혼자서 올리거나 내릴 수 있는 설비가 갖추어져 있지요. 아까 설명한 자동조타장치도 있고요. 그 밖에도 강력한 엔진, 레이더, 음파탐지기…"

"그렇군요." 콜롬보는 고개를 끄덕였다. "그렇다면 제독은 혼자 이 배를 몰면서 잠을 잘 수도 있었겠군요. 느긋하게 밤바다를 즐기면서 말입니다. 그런데 왜 바다에 떨어졌을까요? 그 섬은 어떻게 생각하십니까?" 콜롬보는 한쪽 눈썹만 치켜 올려 찰스를 바라보았다. 그리고 잠시 후에 다시 다그쳐 물었다. "클레이 씨, 이상하다고 생각지 않으십니까?"

눈이 실눈으로 변해 있다. 그런데 치켜 올라간 눈썹은 꼼짝도 하지 않는다. 분명히 상대가 어떻게 나오는지 살피고 있다. 상대의 반응을 읽으려고 정신을 집중하고 있다. 반쯤 감긴 눈꺼풀 사이로 반짝이는 눈이 엿보인다. 찰스는 고개를 돌리며 말했다.

"아무리 안전한 배라도, 아무리 잔잔한 바다에서도 사고는 일어날 수 있습니다. 원래 그런 법입니다."

"모두 다 모였군요." 우렁찬 목소리가 나더니, 해안경비대원이 다가왔다. 두 사람이다. 둘 다 제복 어깨에 화려한 휘장을 달고 있다.

앞장선 경비대원이 찰스에게 말을 걸었다.

"클레이 씨, 뒤돛대를 조사해보셨습니까?"

찰스는 눈을 빛냈다.

"아니, 여기 계신 경위님은 아직 아무것도 조사하지 않았습니다."

"안녕들 하십니까? 나는 콜롬보라고 합니다." 콜롬보는 핏자국이 남아 있는 보조 활대는 쳐다보지도 않고 재빨리 잔교로 내려갔다. 잔교에서 소개가 시작되었다.

"이쪽은 크레이머 형사, 이쪽 젊은이는 맥 형사, 신참이지요."

"안녕하십니까? 저는 오코너 소위이고, 이쪽은 제퍼슨이라고 합니다." 소개가 끝나자 오코너는 옆에 서 있는 제퍼슨을 가리켰다. "제퍼슨은 어젯밤 당직이었습니다. 오늘 아침 퇴근했지만, 다시 불려왔지요. 어젯밤의 선박 출입에 관한 정보가 필요하실 것 같아서…"

콜롬보는 흥미 없다는 듯 다시 요트로 올라갔다. 그리고 조종실에서 오코너에게 말을 걸었다.

"잠깐 올라와주실래요." 경비대원들이 올라가자 콜롬보가 말했다. "이렇게 큰 배를 정말로 혼자서 움직일 수 있는 겁니까?"

"스완슨 제독이라면 '퀸 메리'호도 혼자 움직일 수 있을 겁니다."

제퍼슨이 말하자 오코너가 말을 받았다.

"그분은 정말 훌륭한 뱃사람이지요. 기술에서도, 지식에서도, 체력에서도 아마 최고일 거예요. 이보다 큰 1인승 요트를 설계하고 있다는 말도 들었고…"

"오코너 소위." 찰스가 끼어들었다. "나는 벌써 설명했어요. 제독님 혼자서도 이 배를 쉽게 움직일 수 있다고. 하지만 경위님은 왠지 내 말을 믿어주지 않네요."

찰스는 곁눈질로 콜롬보의 안색을 살폈다. 콜롬보의 표정에는 아무 변화도 나타나지 않는다. 경비대원들을 바라보는 얼굴은 여전히 살가운 웃음을 띠고 있다. 찰스는 오코너를 재촉했다.

"아까 보조 활대 이야기를 한 것 같은데, 무슨 단서라도?"

"아닙니다." 오코너는 고개를 저었다. "보조 활대가 아니라 보조 윈치를 말한 겁니다." 이렇게 말하면서 오코너는 콜롬보의 발치를 가리켰다.

찰스는 기대가 빗나가자 휙 고개를 돌렸다.

"그 윈치의 상태가 별로 안 좋습니다. 그리고 좌현의 돛줄걸이도 느슨해져 있고… 제독은 좀 애를 먹었을지 몰라요. 저 돛줄걸이 때문에…"

이렇게 말하면서 오코너는 조종실 근처에 있는 돛줄걸이를 가리켰다.

"이거 말입니까? 이게 돛줄걸이인가요?" 콜롬보는 갑판의 작은 쇠붙이를 들여다보았다. "이건 뭣에 쓰는 겁니까?"

"지브의 돛줄을 고정하는 겁니다. 지브는 뱃머리에 있는 작은 삼각돛인데, 두 장이 한 쌍으로 되어 있지요. 그 돛줄을 거기에 고정하는 겁니다. 보조 윈치는 뒷돛을…"

오코너의 설명을 들으면서 콜롬보는 고개를 설레설레 저었다.

"도무지 모르겠군요. 요트가 어떻게 움직이는지 아직도 전혀 모르겠어요. 어젯밤의 장면도 머리에 떠오르지 않고요. 죄송하지만 어젯밤에 제독이 출항했을 때의 상황을 이야기해주시면 좋겠는데…"

"예, 여기 기록을 가져왔습니다." 제퍼슨은 파일에 끼운 서류를 들고 콜롬보 앞으로 나갔다. "기록이라 해도 간단한 거지만… 제독이 어젯밤 출항한 시각은 오전 1시 7분. 배에 탄 사람은 제독 한 사람뿐입니다. 그 밖에는 아무도 없었어요. 풍속은 12노트, 풍향은 동북동이었습니다."

콜롬보는 고개만 끄덕이고 있을 뿐, 아무것도 물으려 하지 않는다. 그래서 찰스가 대신 물었다.

"뭔가 이상한 점은 없었나요?"

제퍼슨은 곰곰 생각하듯 하늘을 쳐다보았다. 그러다가 되물었다.

"배에 말입니까? 아니면 제독한테 말입니까?"

"어느 쪽이든…"

"이상한 점은 어느 쪽에도 없었습니다. 만사가 순조로워 보였어요. 배도 제독도…"

"안전줄은 어땠습니까? 끊어져 있는 것 같지 않던가요?"

"그건 모르겠습니다. 하지만 안전줄이 끊어져 있었다면 출항하기 전에 고쳤을 겁니다."

"안전줄은 또 뭡니까?" 콜롬보가 조심스럽게 물었다.

"갑판을 둘러싸고 있는 가느다란 밧줄을 말하는 겁니다." 찰스가 대답했다.

"아아, 이거로군." 콜롬보는 안전줄을 내려다보며 고개를 끄덕였다. 그러고는 다시 제퍼슨을 돌아보았다. "난바다에서 이 배를 발견했을 때도 이상이 없었나요?"

"발견한 사람은 제퍼슨이 아니라 접니다." 오코너가 말했다. "오늘 아침 일찍 순찰하다가 발견했지요. 그때도 이상은 없었습니다. 탄 사람이 보이지 않는다는 점만 빼고는… 키도 완전했고, 로프가 어디에 걸려 있지도 않았고, 선체에 해초가 엉겨붙어 있지도 않았습니다."

"그렇습니까? 이거 정말 고맙습니다." 콜롬보는 무뚝뚝하게 인사하고 요트에서 내려왔다. "덕분에 참고가 많이 되었습니다, 오코너 소위."

콜롬보는 손을 흔들어 해안경비대원들을 보냈다. 잔교에서 기다리고 있던 크레이머와 맥은 진척이 없는 수사에 지쳐 있었다. 멀어져가는 경비대원들을 지켜보다가 맥이 크레이머에게 귓속말을 했다.

"선배님, 그 변호사한테는 가지 않아도 되는 겁니까?"

"뭐?" 잘 들리지 않았는지 크레이머가 되물었다.

그러자 맥의 목소리가 높아졌다.

"변호사 말입니다. 정보를 제공한 그 변호사…"

콜롬보와 찰스가 동시에 고개를 돌려 맥을 쳐다보았다. 먼저 입을 연 것은 찰스였다.

"변호사라니, 키터링 말입니까? 그 사람이 경찰에 보고한 모양이군. 그렇지요? 키터링이 뭐라고 하던가요?"

찰스는 얼굴을 붉히며 맥에게 다가왔다. 맥보다 머리 하나가 더 크다. 떡 벌어진 어깨와 두툼한 가슴은 맥과 비교가 되지 않았다. 그런 찰스가 바싹 다가서서 따지듯 묻자 젊은 맥은 어쩔 줄 몰라 겁먹은 눈으로 콜롬보를 바라보았다.

콜롬보는 맥을 보고 있지 않았다. 입을 딱 벌리고 눈을 크게 뜬 채 찰스를 바라보고 있다. 이윽고 눈이 보통 크기로 돌아오고 입이 서서히 닫혔다. 콜롬보는 코트 주머니에 두 손을 찔러넣고 찰스에게 다가갔다.

"클레이 씨, 이 일은 비밀로 해둘 작정이었지만, 우리 팀에 있는 신참이 아무래도 사인을 잘못 읽은 모양입니다. 하지만 화를 내실 필요는 없을 텐데요."

찰스는 콜롬보를 돌아보았다. 분노를 억누르려고 움켜쥔 손이 부들부들 떨리고 있었다.

"당신들한테 화를 내고 있는 게 아닙니다. 키터링한테 화가 난 거지. 제독님 신상에 무슨 일이 일어났다는 걸 알고 경찰에 먼저 알리다니, 그런 변호사가 어디 있습니까? 너무 심하지 않나요? 이건 길거리의 밀고자나 마찬가지가 아닙니까?"

"그 심정은 충분히 이해합니다. 하지만 그것도 평소의 관계로 결정되는 게 아닐까요? 신뢰관계 같은 게 맺어져 있지 않을 때는 이야기가 곧장 경찰에 전해지지요."

"그럼 내가 신뢰받지 못한다는 겁니까?"

콜롬보는 고개를 저었다. 턱밑 군살이 희미하게 떨렸다.

"그렇게는 말하지 않았습니다. 하지만 나는 아까 클레이 씨가 화를 내는 걸 보고 댁에는 상당한 내분이 있구나 하고 생각했지요. 문득 그런 생각이 떠올랐을 뿐입니다."

"내분이 있으면 어떻다는 겁니까? 제독의 실종과 그게 무슨 상관이죠?"

콜롬보는 더러운 구두를 내려다보면서 중얼거렸다.

"관계가 있다고 생각합니다. 제독에게 변고가 생겼을 때의 장면을 상상해볼 때 상당히 도움이 되지요. 솔직히 말하면 드디어 단서를 하나 잡은 기분입니다."

"이건 게임이 아니에요." 찰스는 콜롬보에게 성큼 다가섰다. "태평스럽게 놀고 있을 수는 없습니다. 사실은 단 하나뿐이에요. 내 장인어른이 실종됐습니다. 정황으로 보면 심각한 사고가 일어났을 가능성도 생각할 수 있어요. 장면을 재현하면서 즐기고 있을 여유가 없다는 말입니다. 그런데 당신은…"

콜롬보는 날아오는 돌멩이를 피하듯 목을 움츠리고 손을 얼굴 앞으로 내밀었다. 그러다가 그 손을 내리면서 말했다.

"바다 쪽은 해안경비대가 총동원돼서 수색하고 있습니다. 걱정이 되겠지만 바다 쪽은 일단 그쪽 전문가한테 맡겨둘 수밖에 없습니다. 그런데 지금까지의 경과라고 할까… 지금 문제가 되어 있는 변호사 말인데요… 아니, 실은 우리 집사람 오빠가 덴버에 살고 있는데, 그 처남이 교통사고를 일으켰을 때도 변호사가 문제가 되었지요. 그 변호사는 일보다 송어낚시를 더 좋아해서…"

"경위님, 나는 당신 처남의 문제 따위에는 흥미가 없어요."

찰스가 이야기를 가로막자, 콜롬보는 뺨이라도 얻어맞은 것처럼 볼에 손을 대고 고개를 숙였다.

"당연한 말씀입니다." 콜롬보는 이렇게 중얼거리고 나서 고개를 숙인 채 말을 이었다. 마치 구두 끝에 적혀 있는 것을 낭독하는 듯한 모습이었다. "변호사의 이름은 키터링. 어젯밤에 제독이 키터링 씨한테 전화를 걸어서 오늘 아침 일찍 만나고 싶다고 했답니다. 그래서 키터링 씨는 지정된 시간에 제독의 집으로 갔지요. 그런데 제독이 없었습니다. 새 요트도 없었고요. 그래서 키터링 씨는 해안경비대에 연락했고, 이어서 우리한테도 연락해왔습니다. 그렇게 된 거예요."

"나한테는 아무런 연락도 않고… 그 얼간이 같은 자식이…"

콜롬보는 자기가 욕을 먹은 것처럼 얼굴을 찡그렸다. 그러고는 시가를 입에 물고 주머니를 뒤졌다. 찾고 있는 성냥이 보이지 않는 모양이다. 코트 주머니를 샅샅이 뒤지고, 바지 주머니를 더듬고, 양복 안주머니에까지 손을 집어넣었다.

"저어, 죄송하지만 성냥 갖고 계십니까?"

콜롬보가 조심조심 말을 걸자 찰스는 가슴을 약간 뒤로 젖히면서 말했다.

"난 담배를 피우지 않습니다. 그런 나쁜 습관과는 인연이 없어요."

"크레이머, 성냥 좀 빌려주게." 콜롬보는 시가를 입에 문 채 덩치 큰 형사에게 말했다.

크레이머가 바지 주머니에 손을 집어넣자 젊은 맥이 그를 제지했다.

"반장님, 담배는 삼가시는 게… 사모님이 시가를 못 피우게 하시니까, 그걸 반장님께 일깨워주는 게 제가 해야 할 일이라고 하셨잖아요."

콜롬보는 맥을 바라보고 시가를 코트 주머니에 도로 집어넣었다. 그러고는 못마땅한 얼굴을 찰스에게 돌렸다.

"클레이 씨, 나는 변호사를 편들 생각은 추호도 없습니다. 하지만 이 경우 키터링 씨가 당황한 것도 무리는 아니지요. 변호사한테는 매우 중요한 용건이 있었어요. 제독은 유언장을 고쳐 쓰고 싶다고 말했으니까요. 이건 매우 중요한 용건입니다. 그런데 가보니 제독이 없었습니다. 어떤 식으로 유언장을 고치려고 했는지도 모릅니다. 그러니 당황하는 게 당연하지 않습니까?"

"유언장을 고쳐 쓴다고요?" 찰스는 소리를 질렀지만, 뒷말을 잇지 못했다.

"그렇습니다, 클레이 씨. 제독은 오늘 아침에 유언장을 고쳐 쓸 작정이었어요. 그걸 알고 있었던 사람은 누구일까. 그걸 알면 확실한 장면을 그려볼 수 있겠는데… 그럼 이만 실례합니다."

콜롬보는 찰스를 남겨놓고 고물차를 향해 걷기 시작했다. 후줄근한 레인코트 자락을 바닷바람이 스치고 지나갔다.

3

'스완슨 조선소'라고 적힌 고풍스러운 나무 아치를 지나 콜롬보의 고물차는 드라이독(배를 만들거나 수리할 때 해안에 배가 드나들 수 있도록 땅을 파서 만든 구조물)으로 다가갔다. 자동차 문이 삐걱거리며 열리자 콜롬보와 크레이머가 내리고 뒷좌석에서는 맥이 내렸다.

새로 만들거나 수리하고 있는 요트들이 드라이독에 늘어서 있었다. 모두 높은 받침대 위에 얹혀 있다. 바닷물 속에 잠기는 부분이 사람 키보다 높이 올라가 있고, 어느 요트나 매끄러운 밑바닥만 보인다. 드릴이 돌아가는 소리와 연마기가 윙윙거리는 소리가 귀청을 때린다.

소장인 웨인 테일러가 투박한 몸을 움직여 콜롬보에게 다가왔다.

"콜롬보 경위님이시죠? 나는 테일러라고 합니다. 이야기는 찰스한테 대충 들었어요. 제독님은 괜찮으신 걸까요? 정말로 바다에 빠지기라도 했다면 걱정이군요. 조류에 떠밀려갈 수도 있고, 위험한 상어도 있고…"

"그래서 서두르지 않으면 안 됩니다." 콜롬보는 등을 뒤로 젖히고 목을 비틀어 받침대 위에 놓여 있는 요트를 쳐다보았다. "우리도 최선을 다하고 싶지만, 아무래도 이해가 안 가는 부분이 많아서 말이죠." 콜롬보는 요트에서 테일러 쪽으로 시선을 돌리고는 목덜미를 두드리며 말을 이었다. "어젯밤에 제독은 몹시 화가 나 있었던 모양이던데…"

"펄펄 뛰었지요. 그래서 밤중에 바다에 나간 겁니다. 혼자 머리를 식히려고…"

콜롬보는 까치집 같은 머리에 손을 댔다.

"머리를 식힌다고요? 언제나 그렇게 별난 일을 했습니까?"

"드문 일은 아니지요. 제독님은 무엇보다도 바다를 좋아하니까요. 놀림 당한 아이가 엄마한테 도망치듯, 무슨 일이 있으면 바다에 나가곤 했지요. 물론 아무 일이 없어도 틈만 나면 바다에 나갔지만요. 특히 새 요트를 만든 뒤로는 아마 일 따위는 염두에도 없었을 겁니다."

"제독을 잘 아시는 것 같군요?" 콜롬보는 턱을 문지르며 눈을 치뜨고 테일러를 바라보았다. "좀 실례되는 질문일지 모르지만, 당신이 여기서 맡고 있는 역할이랄까 지위는 뭡니까?"

"나는 이 조선소를 책임지고 있습니다."

"아니, 사장은 찰스 클레이 씨가 아닌가요?"

테일러는 웃었다.

"사장은 물론 찰스지요. 찰스 클레이가 사장입니다. 나는 현장감독 같은 처지지요."

콜롬보는 계속 턱을 문질렀다.

"정말 복잡하군요. 사장은 클레이 씨, 현장 책임자는 당신, 오너는 제독… 그런데 제독과는 오래전부터 아는 사이세요?"

"오래전부터지요." 먼 옛날을 바라보듯 테일러의 눈이 가늘어졌다. "제독님의 첫 번째 배를 만든 게 바로 나였습니다. 그때 나는 아직 풋내기 견습생이었지요. 옛날 이 근처에 있었던 조선소에서 견습공으로 일하고 있었습니다. 제독님은 이 근처에 사는 부잣집 도련님이었고… 같은 나이 또래의 부잣집 도련님과 견습공이 우연히 만난 거지요. 그 후로는 단짝이 되어 지금까지 줄곧…"

"그럼 여러 가지를 알고 계시겠군요." 콜롬보는 시가를 꺼냈지만, 맥을 힐끔 보고는 주머니에 도로 집어넣었다. "주제넘은 질문 같지만 찰스 클레이 씨는 어떻습니까? 사장이 되기에는 너무 젊다고 생각지 않으십니까? 아니, 물론 제독의 따님과 결혼했으니까 뒤를 이어받는 건 당연하겠지요. 하지만 너무 젊어요. 어쩌면 부인보다 더 젊지 않을까요? 제독과 클레이 씨의 관계는 어땠습니까?"

테일러는 입을 꽉 다물었다. 얼굴이 굳어졌다. 이윽고 테일러는 성난 목소리로 입을 열었다.

"그런 질문에는 대답하고 싶지 않군요. 그런 건 아무 관계도 없잖소? 물론 찰스는 젊어요. 하지만 경영자로는 유능한 사람이오. 제독님은 나와 비슷한 노동자 타입이지요. 때로는 다툼이 있었다 해도 제독님과 찰스는 좋은 짝이오. 남이 이러쿵저러쿵 말할 필요는 없어요."

"이거 실례했습니다." 콜롬보는 이마를 북북 긁었다. "그런데 테일러 씨, 당신이 어제 그걸 수리했지요. 뭐라더라? 자동조타장치에 쓰는 각도…" 하면서 콜롬보는 한 손을 금붕어 꼬리처럼 흔들었다.

그 손을 들여다보면서 테일러가 말했다.

"아, 각도조정기요? 그걸 가져간 건 나지만 제독님한테 부탁받은 사람은 내가 아니라 포먼입니다." 이렇게 말하고 나서 테일러는 콜롬보의 등 뒤에 대고 소리를 질렀다. "어이, 포먼!"

받침대 위에 얹힌 요트 갑판에서 머리가 희끗희끗한 노인이 얼굴을 들더니, 연마기를 멈추고 아래를 내려다보았다.

"예, 뭐요?"

콜롬보는 목을 비틀어 위를 쳐다보았다.

"윈드베인에 대해서 좀 묻고 싶은데요…"

그러자 테일러가 옆에서 말했다.

"설마 그 윈드베인 때문에 제독님이 어떻게 됐다고 생각하는 건 아니겠죠?"

"천만에요." 콜롬보는 위를 바라본 채 대답했다.

테일러는 그래도 계속 물고 늘어졌다.

"윈드베인을 사고와 결부시킬 생각이라면 터무니없는 오산이오. 하물며 내가 그걸 이용해서 사고가 일어나도록 꾸몄다고 생각한다면 고소하겠소. 물론 조선소가 팔린다는 이야기는 들었지만, 그런 일로 제독님을 죽이거나 하진 않아요. 그래도 못 믿겠으면 어젯밤의 내 알리바이를 조사해보시오."

콜롬보는 위로 비틀려 있던 목을 천천히 내려 테일러를 바라보았다. 미간에 깊은 주름이 새겨져 있었다.

"판다고요? 제독이 이 조선소를 팔려고 내놓았습니까?"

테일러는 서둘러 부인했다.

"아니, 그런 건 아니오. 단순한 소문일 뿐이지. 그런 소문이 나돌고 있었지만 제독님은 아무 말도 하지 않았소."

콜롬보는 미간에 깊은 주름을 잡은 채 한쪽 눈썹만 위로 치켜 올렸다.

"유언장을 고쳐 쓴다는 소문은요?"

"유언장? 그런 걸 내가 알 게 뭐요?" 테일러는 쌀쌀하게 대답하고, 다시 위에 있는 포먼을 불렀다. "포먼, 이 경위님이 자네가 제독님한테 부탁받은 각도조정기에 대해서 묻고 싶으시다네."

요트 위의 노인은 귀가 먼 모양이다. 몸을 내밀고 한 손을 귀에 갖다 댔다.

콜롬보는 소리를 질렀다.

"윈드베인은 아무래도 좋지만, 어제 제독을 만나셨지요?"

요트 위에서 커다란 목소리가 들려온다.

"만났다고 말할 건 없고… 제독님이 여기 오셨습디다. 언제나 이 근처를 어슬렁거리지요. 만났다고 말할 만큼 격식을 차린 게 아니오."

"어쨌든 제독과 이야기를 했지요? 무슨 이야기를 했습니까?"

"이야기라 해도 고작 한두 마디였소. 윈드베인이 상태가 나쁘니까 조정기를 보내라고. 그리고 검은색 선박용 페인트와 형지도… 나는 페인트와 형지를 제독님한테 건네드리고 조정기를 찾으러 갔었소. 그것뿐이오."

"형지는 무엇에 쓰는 겁니까?"

"그런 걸 나한테 물어봐도 내가 알 수가 있나. 제독님한테 직접 물어보쇼. 페인트와 형지를 가져간 걸 보면 어디에다 글자라도 쓸 작정이었나 본데, 나는 몰라요. 본인한테 물어보면 되잖소?"

노인은 연기기 스위치를 넣고 작업으로 되돌아갔다.

"검은색 선박용 페인트에 형지라…" 콜롬보는 중얼거리며 주머니에서 수첩을 꺼냈다.

그런데 연필이 없다. 테일러가 귀에 꽂고 있던 볼펜을 내밀었다. 콜롬보의 수첩을 들여다보며 테일러가 말했다.

"그런 걸 메모해서 어쩔 셈이오? 검은 페인트와 형지, 그런 것도 기억하지 못하는 사람이 용케 형사 노릇을 하는군."

콜롬보는 수첩과 볼펜을 코트 주머니에 집어넣었다.

"아니, 펜은 돌려줘야지요. 그건 내 거니까."

콜롬보는 내민 테일러의 손바닥에 볼펜을 올려놓고 말했다.

"나는 아직도 믿을 수가 없습니다. 저렇게 크고 저렇게 돛이 많은 요트를 제독이 혼자서 움직였다는 게 아무래도…"

"누군가가 함께 있었다고 말하고 싶은 거요?" 테일러의 목소리가 또 높아졌다. "누군가가 함께 있었다, 예를 들면 내가 함께 있었다고 말하고 싶은 거요? 터무니없는 오산이오. 문외한은 모르겠지만 제독님은 그 요트를 1인승으로 설계했소. 혼자서 세계일주를 할 수 있도록 말이오."

콜롬보가 손을 번쩍 들었다.

"세계일주? 잠깐만요. 그럼 제독은 그 배로 세계일주를 할 작정이었나요? 조선소를 팔아치우고? 그래서 유언장도 고쳐 쓰고?"

"그런 건 모르겠소. 나는 그저 요트의 성능에 대해 이야기하고 있을 뿐이오. 당신처럼 일일이 의심하고 들면 말이 통하질 않아요."

콜롬보는 이마를 북북 긁었다.

"천만에요. 나는 무조건 의심하고 드는 게 아닙니다. 당신이 멋대로 트집을 잡고 시비를 걸 뿐이지."

"트집을 잡는다고?"

"아니, 이거 말투가 안 좋았군요." 콜롬보는 두 팔을 벌리고 목을 움츠렸다. "죄송합니다, 테일러 씨. 실은 집사람한테도 자주 주의를 듣는답니다. 너무 끈질기다고. 나쁜 성격이지요. 나도 알고 있습니다. 하지만 뭔가가 마음에 걸리면 끈덕지게 캐묻고 싶어집니다. 그렇게 하지 않으면 직성이 풀리질 않아요. 그래서 때로는 남을 불쾌하게 만들고 화나게 만들고… 하지만 덕분에 참고가 되었습니다."

콜롬보는 손을 내밀었다. 테일러는 못마땅한 얼굴로 그 손을 잡았다.

산페드로 만을 따라 달리는 고물차 조수석에서 크레이머 형사는 옥수수털 같은 머리카락을 계속 어루만졌다.

"복잡하군." 크레이머는 혼자 중얼거리고 운전석에 앉은 콜롬보를 돌아보았다. "반장님, 그 조선소 내부는 상당히 복잡한 것 같습니다. 유산, 경영권… 이해관계의 대립으로 다들 으르렁대고 있는 것 같아요."

"과적이야." 콜롬보는 보닛에서 피어오르는 하얀 연기를 바라보고 있었다. "이놈의 차는 나와 개를 나르는 게 고작인데 오늘은 사람을 둘이나 더 태웠으니… 크레이머, 경우에 따라서는 자네가 차에서 내려줘야겠어."

크레이머는 얼굴을 찡그렸다.

"그러니까 제 차로 가자고 했잖습니까? 제 차는 새 차니까요."

"자네가 운전하는 차를 타면 무서워서 말이야. 교통사고로 죽으면 집사람한테 미안하고…"

"그럼 각자 자기 차를 타고 다니면 되잖습니까. 항상 그랬는데 오늘은 왜…"

콜롬보는 고개를 저었다.

"에너지 위기야. 기름을 절약해야지."

"반장님." 뒷좌석에서 맥이 목을 쑥 내밀었다. "찰스 클레이도 테일러 소장도 모두 수상합니다. 둘 다 동기가 있는 것 같아요. 제독을 걱정하는 척하지만 둘 다 뭔가를 숨기고 있습니다. 동기를 눈치채이지 않으려고 필사적이에요."

콜롬보가 앞을 바라본 채 물었다.

"동기? 무슨 동기?"

"무슨 동기라뇨? 그야 물론 살인 동기죠."

"살인? 살인이라면 시체는 어디 있지?"

"시체는…" 맥은 말문이 막혀 목을 움츠렸다.

"드디어 망가졌군." 콜롬보는 차를 세우고 두 팔을 벌렸다. 보닛에서 피어오르는 수증기가 앞의 시야를 완전히 가로막고 있었다. "미안하지만 자네들은 내려서 차를 밀어주게. 이제 금방이야. 수백 미터만 가면 돼. 항구 주차장까지만 가면 되니까."

뒷좌석에 앉은 맥은 얼른 내렸다. 그러나 크레이머는 콜롬보의 옆얼굴을 잠시 바라보고 나서야 문을 열었다. 그리고 재킷을 벗어 조수석에 내던지면서 말했다.

"반장님, 이건 계획적인 거 아닙니까? 자동차 상태가 나쁘니까 처음부터 꿍꿍이속을 가지고 우리를 태운 게 분명해요. 고장 나면 밀게 하려고 … 안 그렇습니까?"

이 말에는 대꾸도 하지 않고 콜롬보는 수증기가 피어오르는 보닛을 바라보며 중얼거렸다.

"또 수리비가 들어가겠군. 유럽산 자동차는 유지비가 많이 들어서 탈이야."

4

스와니 스완슨은 자랑으로 삼는 보트에 콜롬보 일행을 초대했다. 여느 때처럼 요트 클럽에서 한잔하고 피아노를 치고 있을 때 형사들이 나타났다. 스와니는 술을 권했지만 형사들이 사양했기 때문에, 항구에 정박해 있는 보트로 형사들을 데려갔다.

스와니는 아이스박스를 열고 캔맥주를 꺼냈다. 형사들에게는 코카콜라를 건네주었다.

"검은색 페인트라… 큰아버지는 그걸 무엇에 사용할 작정이었을까요? 페인트는 여러 가지에 사용할 수 있으니까요. 아니, 무엇에든 사용할 수 있지요. 하지만 나로서는 전혀 짐작도 가지 않는군요. 어쨌든 검은색 페인트와 큰아버지의 실종은 아무 관계도 없을 겁니다."

스와니는 가느다란 손가락으로 캔맥주를 땄다. 콜롬보는 보라색 쿠션에 팔꿈치를 괴고 모로 누워 있었다. 이 배에서는 서 있을 수가 없다. 차양막이 낮기 때문에 앉거나 누울 수밖에 없다. 콜롬보가 말했다.

"나도 관계는 없다고 생각합니다. 그런데 스와니 씨, 제독이 실수로 바다에 빠질 사람이라고 생각하십니까?"

"큰아버지는 그런 사람이 아닙니다. 어쩌다 바다에 떨어졌더라도 살아서 돌아올 사람이지요." 스와니는 한쪽 눈을 찡긋해 보였다. "누구나 그렇게 생각할 겁니다. 그게 큰아버지 오티스 스완슨이에요. 고집 세고 강인한 분이죠. 그리고 바다처럼 넓은 마음을 갖고 계십니다. 나는 열네 살 때 아버지를 잃었는데, 그 후 줄곧 큰아버지 신세를 지고 있지요. 이제 곧 마흔 살이 되는데, 부끄러운 얘기지만 지금도 큰아버지한테 신세를 지면서 살고 있답니다."

"신세라면…" 콜롬보는 쿠션에서 윗몸을 일으켰다.

스와니는 빙긋 웃었다.

"큰아버지한테 월급을 받고 있지요. 1년에 한 번은 봉급도 인상해줍니다. 하지만 월급은 명목뿐입니다. 나는 일을 하지 않으니까요. 큰아버지는 돌아가신 뒤까지 걱정해서 유산도 남겨주셨지요. 유언장도 나한테 보여주셨어요."

콜롬보는 몸을 앞으로 내밀었다. 한 손을 바닥에 대고 또 한 손으로는 턱을 문지르면서 물었다.

"유언장을 보았다고요? 어떤 내용이 적혀 있었습니까?"

"자질구레한 것들이 잔뜩 적혀 있었어요. 큰아버지로서는 요컨대 내 몫의 유산은 신탁재산으로 해두었다는 걸 알려주고 싶었던 겁니다. 찰스가 욕심을 내서 내 몫까지 가로채지 못하게 말입니다. 어쨌든 나는 죽을 때까지 봉급을 받을 수 있는 몸이지요."

"찰스 클레이 씨 말인데요…" 콜롬보는 턱을 문지르던 손을 멈추고 스와니를 바라보았다. "혹시 유산의 대부분은 찰스 클레이 씨가 상속하는 거 아닙니까?"

스와니는 고개를 저었다.

"아, 아닙니다. 찰스가 아니라 조애너예요. 조애너가 큰아버지의 재산을 사실상 전부 상속합니다. 회사도요. 하지만 캘리포니아주는 부부 재산 공유제를 실시하고 있으니까, 실제로는 어느 쪽이 상속하든 마찬가집니다. 어차피 찰스의 것이 되겠죠."

말을 마치고 스와니는 주차장을 바라보며 소리를 질렀다.

"큰일 났네. 저 차에 불이 났어요!"

콜롬보는 제 부릎에 눈길을 떨구고 침착하게 말했다.

"불이 난 게 아닙니다. 과열 때문에 수증기가 나오는 겁니다. 내 차는 푸조라는 프랑스제 자동차인데, 유지비가 비싸게 먹혀요."

뒤에서 크레이머가 헛기침을 했다. 스와니는 주차장 반대쪽을 가리켰다.

"프랑스라는 말이 나왔으니 말인데, 저 배도 프랑스까지 갔다 왔답니다. 클레이 부부의 배지요. 큰아버지가 결혼선물로 준 겁니다. 두 사람은 저 배를 타고 프랑스까지 갔다 왔어요. 호화판 신혼여행이었지요."

제2장 사라진 시체 69

콜롬보는 차양막 밑에서 그 배를 내다보며 한숨을 쉬었다.
"굉장하군요. 꼭 군함 같습니다. 상갑판까지 달려 있군요. 저걸 통째로 선물하다니… 믿을 수 없는 얘깁니다." 콜롬보는 엉거주춤 일어섰다. "오늘은 배를 많이 보는 날이군요. 스와니 씨, 죄송하지만 저 배로 안내해주시지 않겠습니까? 잘 보아두었다가 나중에 이야깃거리로 삼고 싶군요."

5

"이 배는 쇠로 만들어진 거 아닙니까? 이거라면 대서양도 쉽게 건널 수 있겠군요. 햐아, 정말 호화판인데요. 마치 호텔 같네요."
콜롬보는 창문 너머로 응접실을 들여다보았다. 유리창에 비친 얼굴이 안쪽의 응접실과 겹쳐 있다. 콜롬보는 거울 앞에 선 것처럼 넥타이에 손을 대고 고개를 갸웃했다. 그러다 갑자기 얼굴을 찡그리며 유리창 앞을 떠났다.
"나는 여기서 가볍게 마시고 갈 테니까…" 응접실 문 앞에서 스와니가 손을 들었다. "경위님은 마음 편히 돌아다니면서 구경하세요."
"고맙습니다." 콜롬보는 손을 흔들고 잔교를 내려다보았다. 크레이머와 맥이 이쪽을 쳐다보고 있다. 콜롬보가 말했다. "자네들은 저쪽 클럽에서 쉬고 있어도 돼. 나는 잠깐 배를 구경할 테니까. 아, 크레이머, 클럽 전화로 자동차 수리공을 불러주지 않겠나? 부탁하네."
콜롬보는 뮤지컬 배우라도 된 것처럼 거드름을 피우며 걸어갔다. 계단이 있었다. 콜롬보는 위를 쳐다보고 나서 계단을 올라갔다. 그곳은 항구가 한눈에 바라다보이는 상갑판이었다.
조선소의 리자 킹이 앉아 있었다. 그런데 앉음새가 묘했다. 엉덩이를 갑판에 찰싹 붙이고 구부린 다리를 꼬아서 책상다리를 하고 앉아 있다.

두 손은 무릎 위에 올려놓고 눈을 지그시 감고 있다. 길게 늘어뜨린 꽁지머리가 곧게 뻗은 등줄기에서 바람에 나부끼고 있다.

콜롬보는 계단을 다 올라가서 걸음을 멈추었다. 철제난간을 움켜잡은 채 리자의 모습을 엿보고 있다가, 발소리를 죽여 살금살금 다가가서 조용히 말을 걸었다.

"왜 그러십니까? 괜찮으세요?"

리자는 아무 대답도 하지 않고 눈도 뜨지 않았다. 콜롬보는 청바지 속에서 구부러진 다리를 내려다보다가 살며시 리자의 뒤로 돌아갔다. 그리고 거기에 쪼그리고 앉아서 또 낮은 소리로 속삭였다.

"괜찮으세요?"

리자가 눈을 떴다. 그러고는 콜롬보를 돌아보며 또렷한 어조로 말했다.

"괜찮으니까 좀 조용히 해주세요."

리자는 다시 눈을 감았다. 콜롬보는 두세 번 혼자 고개를 끄덕이고 나서 발소리를 죽여 리자 곁을 떠났다. 그러나 다시 돌아와서 젊은 여자의 귀에다 속삭였다.

"실례지만, 뭘 하고 있는 거죠?"

곧게 뻗은 리자의 등줄기가 힘을 잃었다. 딱딱한 선이 느슨해져 부드럽게 구부러졌다. 표정에서도 딱딱함이 사라졌다. 리자는 눈을 뜨고 한숨을 내쉬면서 말했다.

"참선이에요."

"참선?"

"네, 초월 명상이죠. 자신을 초월하고 모든 번뇌를 초월하고 절대에 이르러 텅 빈 시간을 표류하는 거예요. 귓가에서 말을 걸면 초월할 수 없잖아요."

콜롬보는 이마를 긁었다.

"죄송합니다. 미처 몰랐기 때문에… 그런데 왜 이런 일을?"

"지금은 걱정이나 슬픔을 잊기 위해서예요. 마음을 편히 갖기 위해서라고 말하면 될까요? 긴장을 풀고 생기를 되찾기 위해서죠."

"그거 좋군요." 콜롬보는 기쁜 듯이 함박웃음을 짓고는 코트 자락을 쳐들고 갑판에 쪼그려 앉았다. "나도 걱정이나 고민이 많답니다. 긴장과 초조는 더 말할 나위도 없고요. 나도 참선을 해보고 싶은데, 어떻게 하면 됩니까?"

콜롬보는 갑판에 뻗은 다리 하나를 두 손으로 움켜잡고 억지로 구부렸다. 또 한쪽 다리는 힘껏 뻗어 막대처럼 몸을 떠받치고 있다.

"이쪽도 구부려야죠."

리자가 뻗어 있는 콜롬보의 발목을 잡고 다리를 구부리려고 하자 콜롬보가 신음소리를 냈다.

"아야! 살살 좀 해주세요. 몸이 찢어지는 것 같아서…"

"익숙해지면 괜찮아요." 리자는 발목을 붙잡은 손에 힘을 주었다.

"아야! 아파요. 그렇게 마구잡이로…" 콜롬보는 비명과 함께 뒤로 벌렁 넘어졌다. 그러고는 무릎을 손으로 누르며 낮은 신음소리를 냈다.

"괜찮으세요?" 리자가 콜롬보의 얼굴을 들여다본다.

콜롬보는 갑판 난간에 의지하여 천천히 일어섰다.

"다리가 뒤틀려버린 것 같네요…" 콜롬보는 허리를 구부린 애처로운 모습으로 서서 이마의 땀을 닦았다. "하지만 대단하군요. 덕분에 마음이 후련해졌습니다. 확실히 효과가 있어요. 참선으로 긴장을 풀다니, 정말 훌륭한 발명입니다."

"참선하는 단계까지는 가지도 않았잖아요. 몸이 너무 굳어 있어요." 리자는 웃었다. 그러고는 말을 이었다. "아저씨한테는 무리인 것 같군요. 좀 더 몸에서 힘을 빼야 해요. 힘을 주면 다리를 꼴 수 없어요."

콜롬보는 무릎을 문지르면서 물었다.

"그런데 아가씨는 누구시죠?"

"리자 킹이에요. 조선소에서 설계를 담당하고 있어요. 그런데 아저씨는요?"

"콜롬보라고 합니다. 경찰이죠."

그러자 리자의 애띤 얼굴이 흐려졌다.

"경찰요? 제독님 때문에 오셨군요. 무슨 단서라도?" 리자의 목소리가 갑자기 우울하고 무거워졌다.

콜롬보는 구두 끝을 내려다보며 물었다.

"아가씨는 제독의 친척인가요?"

리자는 고개를 저었다.

"아니요. 그보다 제독님의 행방에 대한 단서는 잡았나요?"

"죄송하지만, 그게 아직…" 콜롬보도 어두운 표정을 지었다.

항구 주차장에 찰스의 링컨 자동차가 들어와 멈춰 섰다. 옆에 콜롬보의 푸조가 주차해 있다. 차에서 내린 찰스는 더러운 차를 들여다보고 얼굴을 찡그렸다. 요트 클럽을 힐끔 바라보고 나서 찰스는 빠른 걸음으로 자기 배를 향해 다가왔다. 문득 고개를 들었을 때, 상갑판에 리자와 나란히 서 있는 콜롬보가 눈에 들어왔다. 찰스는 울화가 치민 듯이 혀를 찼다.

배에 올라온 찰스는 응접실에서 술을 마시고 있는 스와니를 발견했다. 찰스는 응접실 문을 열고 호통을 쳤다.

"형님이 데려왔습니까? 저 너서분한 형사를 형님이 데려왔지요!"

카운터에 기대 있던 스와니는 브랜디 술잔을 들어 보였다.

"아, 찰스. 맞아. 내가 데려왔어. 자네의 고급술을 대접해주려고… 하지만 그 형사는 근무 중에는 한 방울도 술을 마시지 않는다는군."

"바보 같으니! 알코올 중독자!"

찰스는 입속으로 욕설을 퍼붓고는 문을 닫고 상갑판으로 올라갔다. 그러나 계단 중간에서 분노를 꿀꺽 삼키고, 계단을 다 올라갔을 때는 웃는 표정을 짓고 있었다.

"경위님, 또 만났군요."

콜롬보는 발밑을 향하고 있던 얼굴을 움직이지 않고 시선만 들어 찰스를 칩떠보았다.

"아아, 클레이 씨."

찰스는 리자에게 말했다.

"리자, 경위님과 얘기했나? 여긴 왜 왔지?"

"조선소에서 제독님 얘기를 들었어요. 여기 오면 좀 더 자세한 걸 알 수 있지 않을까 생각했지만, 아무도 없길래 참선을 하고 있었어요. 이제 그만 가볼게요."

"고마워, 리자." 찰스는 웃는 얼굴로 리자를 보냈다. "제독님을 걱정해 줘서 고마워. 뭔가 알아내면 당장 조선소에 알릴 테니까…"

리자는 희미하게 고개를 끄덕이고 계단을 내려갔다. 리자의 발소리가 멀어질 때까지 찰스는 잠자코 있었다. 그러다가 두 손을 바지 주머니에 찔러넣고 말을 이었다.

"경위님, 아직도 살인사건이라고 생각하고 계세요? 사고사는 아니라고 계속 떠들고 다니시는 모양인데, 도대체 무슨 생각을 하고 계시는 겁니까?"

"좀 걸리는 게 있어서 말이죠. 여기…" 콜롬보는 투박한 집게손가락을 세워서 이마를 콕콕 찔렀다.

찰스는 싱긋 웃었다.

"장면이 확실하게 떠오르지 않나요? 경위님, 여기저기 냄새만 맡고 다니지 마시고 본청과도 연락을 취해보시는 게 어떻습니까? 장면을 확실히 하는 데 필요한 자료가 본청에 보고되어 있을 겁니다. 해안경비대가 그렇게 말했어요. 제독님의 요트에서 생각지도 않은 것을 발견했기 때문에 경찰에 연락했다고…"

"발견?" 콜롬보는 이마에 깊은 주름을 잡았다.

"그렇습니다. 그 사람들이 발견했대요. 경위님도 좀 더 신중하게 그 요트를 조사했어야 하는 건데… 아래 응접실로 내려가서 얘기합시다."

찰스는 계단을 내려갔다. 뒤따라오는 콜롬보의 무거운 발소리를 들으면서 응접실로 들어갔다. 스와니의 모습은 보이지 않는다. 마실 만큼 마시고 재빨리 돌아가버린 모양이다. 카운터에 빈 술잔만 남아 있다.

찰스는 전화기를 집어들고 다이얼을 돌렸다.

"여보세요, 찰스 클레이인데, 오코너 소위를 좀 바꿔주십시오." 상대가 나오기를 기다리는 동안 찰스는 멍하니 서 있는 콜롬보에게 말했다. "발견한 사람은 오코너 소위입니다. 소위는 보조 활대에 핏자국이 묻어 있는 걸 발견했어요. 안됐지만 이건 살인사건이 아니라 사고사라는 걸 입증하는 유력한 자료지요."

상대가 전화를 받았다. 찰스는 수화기를 입가에 갖다 댔다.

"여보세요, 오코너 소위? 바쁘실 텐데 미안하지만, 아까 경찰에 보고한 것을 콜롬보 경위에게도 좀 말해주세요. 경위님은 본청과 연락을 취하지 않아서 새로운 사실도 모르고 계십니다. 그러니까 부탁합니다."

찰스는 수화기를 콜롬보에게 건넸다. 그러나 콜롬보는 받아들려고 하지 않는다. 두 손을 코트 주머니에 찔러넣은 채 목을 움츠렸다.

"클레이 씨, 내가 들어봤자 이치피 요트에 대해서는 아무것도 모릅니다. 무슨 소린지 전혀 종잡을 수가 없어요. 그러니까 클레이 씨가 설명해주세요."

찰스는 오코너 소위에게 사과하고 전화를 끊었다. 그리고 콜롬보에게 설명했다.

"요트의 침로(나침반이 가리키는 방향, 즉 배가 나아갈 방향)가 빗나간 모양입니다. 그래서 뒤돛이 반대쪽 뱃전으로 이동했어요. 그때 뒷바람이 들어와 보조 활대가 제독의 머리를 때렸습니다. 그래서 제독은 바다에 빠졌고요. 보조 활대에 핏자국이 있었다면 그런 장면을 상상할 수 있습니다. 아시겠습니까?"

"모르겠는데요." 이해하지 못해도 전혀 안타까울 게 없다는 듯 콜롬보는 단호히 고개를 저었다. "뒤돛이라는 말은 분명 오늘 아침에 들은 것 같지만, 그게 어떤 것이었는지는 기억나지 않습니다. 그리고 제독이 바다에 빠졌다는 당신의 추측이 옳은 것인지 틀린 것인지, 난 전혀 모르겠어요. 어떻습니까. 현장에서 설명해줄 수는 없나요?"

제독의 요트는 아침과 같은 곳에 묶여 있었다.

선미 갑판에 콜롬보와 찰스, 그리고 해안경비대의 오코너 소위가 올라갔다. 크레이머와 맥 형사는 아직 오지 않은 자동차 수리공을 기다리기 위해 항구의 요트 클럽에 남았다.

갑판 위에서 콜롬보는 손을 마주 비볐다.

"자, 그럼 시작해주실까요?" 오디션에 입회한 영화사 간부 같은 말투였다.

찰스는 입을 삐죽 내밀었다.

"경위님, 나는 마술을 보여주러 온 게 아닙니다. 경위님이 모르겠다고 하셔서 설명해드리려고 생각했을 뿐인데…"

"아니, 미안합니다. 나도 모르게 그만 긴장해서… 그럼 설명을 부탁합니다."

"뒤돛이란 건 고물 쪽에 있는 이 작은 돛을 말하는 겁니다. 지금은 돛이 접혀 있지만…" 찰스는 활대에 감긴 돛을 두드렸다.

"잠깐 봐주십시오. 이게 활대, 즉 돛의 밑변을 고정하는 가로대인데, 돛대를 축으로 해서 좌우로 움직이도록 되어 있습니다. 이런 식으로…" 찰스는 활대를 좌우로 움직여 보았다. 무거운 나무는 천천히, 그러나 부드럽게 고개를 흔들었다.

"가령 경위님이 서 계신 쪽에서 바람이 불어온다고 합시다. 그러면 돛이 바람을 안고 부풀어서, 활대는 내가 있는 이쪽으로 고개를 흔듭니다. 이런 식으로…" 찰스는 활대를 자기 앞으로 끌어당겼다.

"이대로 달리고 있으면 문제는 없습니다. 그런데 배가 침로를 바꾸었다고 합시다. 또는 풍향이 갑자기 바뀌었다고 해도 좋습니다. 그래서 이번에는 내가 서 있는 쪽에서 바람이 불어온다고 합시다. 그러면 돛의 반대쪽에 바람이 닿습니다. 이것을 뒷바람이 들어온다고 하는데, 뒷바람이 들어오면 활대는 반대쪽으로 이동합니다. 그러니까 경위님 쪽으로 이동하는 거지요."

찰스는 활대를 밀어냈다. 다가오는 활대를 보고, 콜롬보는 손을 얼굴 앞으로 내밀었다. 찰스는 웃었다.

"이것을 '자이브'라고 합니다. 세로돛이 반대쪽 뱃전으로 이동한다는 뜻인데, 요트맨에게는 위험한 것 중의 하나죠."

오코너 소위가 활대 중간쯤을 가리키며 말했다.

"핏자국 같은 건 거기 묻어 있습니다. 아주 조금이지만, 아무래도 핏자국인 것 같습니다."

소위가 가리키는 곳을 들여다보고 콜롬보는 미간에 주름을 잡았다.

"어디요? 아, 이 작은 얼룩 말인가요? 그 말을 듣고 보니 색깔이 좀 이상한 것 같기도 하군요."

콜롬보는 그것을 손가락으로 만지려다가 손을 움츠렸다. 니스를 두껍게 칠한 활대에 니스 색깔보다 진한 얼룩이 있었다. 엄지손가락 끝만 한 크기인데, 얼핏 보기에는 나무옹이처럼 보이기도 하지만 옹이는 아니다.

"감식반 사람들한테 조사해보라고 해야겠군."

콜롬보가 말하자 오코너 소위가 대답했다.

"벌써 조사해 갔습니다. 내가 연락하자마자 곧바로 왔더군요. 무전기 같은 걸로 콜롬보 경위님한테도 연락이 간 줄 알았습니다."

콜롬보는 말없이 시가를 입에 물었다. 그리고 호주머니를 뒤졌지만 성냥이 없는 것을 알고는 깨끗이 단념하고 시가를 도로 주머니에 집어넣었다.

"뒷바람이 들어와서 보조 활대가 움직여 제독을 바다로 떨어뜨렸다…" 혼잣말처럼 중얼거리고 나서 콜롬보는 찰스를 바라보았다. "요트맨에게는 위험한 사태라고 하셨는데, 제독은 뛰어난 뱃사람이잖습니까. 그 정도 위험은 당연히 예측할 수 있었을 텐데요."

"물론 예측했을 겁니다. 하지만 그때 제독님에게 허점이 있었을 가능성도 생각할 수 있습니다. 고물 쪽에서 무슨 작업을 하고 있었는데, 거기에 정신이 팔려 돛에는 미처 신경을 쓸 여유가 없었다거나…"

"고물에서 작업을?" 콜롬보는 주위를 둘러보았다. 그러다가 맨 뒤에 달린 윈드베인으로 다가갔다. "이건 자동조타장치지요? 이름이 뭐라고 했더라?"

"윈드베인요." 찰스는 대답하고 콜롬보 옆으로 다가가서 윈드베인의 기둥을 잡으며 말했다. "이건 붙였다 뗐다 할 수 있습니다. 필요 없을 때는 선실에 놔두지요. 언제라도 장착할 수 있습니다. 이 기둥을 여기에 꽂기만 하면 되니까요. 꽂고 나서 나사를 조입니다. 그러면 단단히 고정되지요. 아니, 이상한데…" 찰스는 고물에서 밖으로 몸을 내밀었다. "나사가 끼워져 있지 않아요. 꽂기만 하고 고정해놓질 않았네요."

"고정하지 않았다고요? 그럼 뗄 수 있습니까?" 콜롬보는 윈드베인을 잡고 위로 잡아당겼다. 윈드베인은 간단히 빠져버렸다. "그렇군요. 아주 간단한데요."

"경위님, 다시 한번 꽂아봐주세요."

"좋습니다."

콜롬보가 작업을 시작하자 찰스는 한 걸음 물러서서 보조 활대를 잡았다.

"경위님, 장면이 보이지 않습니까? 제독님은 어젯밤 그런 식으로 윈드베인을 장착하고 있었습니다. 요트는 난바다로 꽤 멀리 나가 있었지요. 풍속은 12노트, 동북동풍이 불고 있었고요. 제독님은 손에 나사를 쥐고 있었습니다. 윈드베인을 꽂고 나서 일단 허리를 폈지요. 그래요, 지금 경위님이 하신 것처럼 말입니다. 경위님, 이쪽으로 좀 와주시지 않겠습니까?"

찰스가 손짓해 부르자 콜롬보는 고물을 떠나 뒤돛대로 다가갔다. 찰스가 말을 이었다.

"제독님은 그때 풍향이 바뀐 것을 알았습니다. 그래서 윈드베인을 고정하기 전에 조타실로 돌아가려고 했어요. 지금 경위님처럼 말입니다. 그때 갑자기 뒤돛에 뒷바람이 들어와 활대가 기세 좋게 돌아왔습니다."

찰스는 활대를 흔들었다.

콜롬보는 피할 틈도 없이 빠른 속도로 다가오는 활대를 두 손으로 붙잡아 멈추었다. 활대에 여세는 붙어 있지 않았다. 그런데도 콜롬보의 몸은 좌현 쪽으로 크게 비틀거렸다.

활대에 매달려 있는 콜롬보를 보고 찰스는 의기양양하게 소리를 질렀다.

"장면이 확실해졌지요, 콜롬보 경위님? 물론 제독님은 뛰어난 뱃사람입니다. 언제 무슨 일이 일어날지 잘 알고 있었지요. 하지만 활대가 갑자기 흔들려 순간적인 허점을 찔렀습니다. 활대에는 굉장한 힘이 가해져 있었지요. 경위님이 방금 체험하신 것과는 전혀 다릅니다. 활대는 총알처럼 움직였어요. 그리고 강력한 힘으로 제독님을 때렸습니다. 뛰어난 뱃사람인 제독님은 활대를 피하려고 허리를 굽혔을지도 모릅니다. 하지만 제독님은 키가 큽니다. 경위님보다 훨씬 크지요. 세차게 얻어맞고 바다 쪽으로 튕겨 나갔습니다. 그리고 바다에 빠졌습니다. 그렇게 된 게 분명합니다. 이건 살인이 아니라 사고예요."

콜롬보는 두통의 습격이라도 받은 것처럼 이마를 손으로 힘껏 눌렀다. 그런 자세를 취한 채 입을 다물어버렸다. 현기증을 억누르고 있는 것처럼 보이기도 했다.
이윽고 콜롬보는 천천히 손을 내리고 찰스를 바라보았다. 사람이 아니라 물건을 바라보듯 오랫동안 무표정하게 찰스의 얼굴을 바라보고 있었다. 그러다가 희미하게 고개를 끄덕이고 시선을 돌렸다.
"그 말씀이 옳은 것 같군요. 이건 사고예요. 노련한 요트맨도 피할 수 없었던 사고…" 콜롬보는 두 팔을 벌리고 목을 움츠렸다. "우리가 나설 일은 아니군요. 그럼, 나는 이만 물러가겠습니다."
잔교로 내려가는 구부정한 어깨를 향하여 찰스는 위로의 말을 던졌다.
"경위님, 수고하셨어요."
콜롬보는 코트 주머니에 손을 찔러넣고 멀어져갔다. 패배자의 힘없는 걸음걸이였다.
찰스의 입이 저도 모르게 벌어졌다.
그 순간 콜롬보가 홱 돌아섰다. 눈을 가늘게 뜨고 찰스를 바라본다.
"클레이 씨, 한 가지만 더 묻겠는데… 핏자국은 활대의 어느 쪽에 묻어 있었죠?"
"좌현 쪽입니다, 경위님." 오코너 소위가 대신 대답했다.
알았다는 듯이 콜롬보는 오른손을 가볍게 들어 보였다.
"그걸로 장면이 확실해졌습니다. 나도 요트 클럽에서 기다리고 있는 부하들한테 사고 상황을 설명해줘야 하니까요. 특히 신참 형사는 의욕에 넘쳐 있어서, 이건 살인사건이라고 굳게 믿고 있거든요."
콜롬보는 홱 돌아섰다.
또 돌아서지 않을까 하고, 찰스는 후줄근한 레인코트에서 눈을 떼지 못했다.
그러나 콜롬보는 두 번 다시 돌아보지 않고 잔교를 따라 천천히 멀어져갔다.

제3장

무너지는 알리바이

1

날이 샌 직후였다. 아직도 밤의 색깔이 남아 있는 바다는 아직도 짙은 군청색으로 물들어 있었다. 옷자락을 벌리고 수면에 펼쳐진 제독의 재킷이 연푸른색으로 보였다. 갓 떠오른 아침해가 물에 젖은 제독의 머리카락을 비추었다. 피는 물에 씻겨나간 모양이다. 제독의 머리카락은 원래대로 새하얀 색깔이 되어 있었다. 하늘에는 헬리콥터가 날고 있었다.

해안경비대 보트는 시체 옆에서 엔진을 멈춘 채 파도에 흔들리고 있었다. 갑판은 끊임없이 기울어졌다. 내원들은 플라스틱 상내로 시체를 끌어당겼다.

제독은 마치 선헤엄을 치는 자세로 머리만 수면 위로 내놓은 채 떠 있었다. 구부려서 앞으로 뻗은 두 팔이 물속에서 형체 없는 무언가를 껴안고 있는 듯이 보인다. 바지는 하얀 해초처럼 흔들리고 있었다. 크게 뜬 눈이 아침해를 바라보고 있다. 먼 길을 헤엄쳐가는 도중에 잠깐 쉬면서 갓 떠오른 태양을 바라보고 있는 것처럼 보이기도 했다.

요트가 발견된 현장에서 별로 멀지 않은 곳이었다. 헬리콥터는 그 언저리를 수없이 날아다녔다. 그런데 시체를 발견할 때까지 사흘이나 걸렸다. 하늘에서 바라보면 제독의 백발은 반짝이는 한 점에 불과했다. 파도의 물마루와 분간할 수가 없었다. 그런데 우연히 요트 경주에 쓰이는 노란색 부표가 시체 근처에 떠다니고 있어서 시체도 조종사의 눈에 띄었던 것이다.

보트에 탄 대원들은 말이 없었지만, 이런 종류의 작업에는 익숙해져 있었다. 제독의 목이 선체에 닿을 만큼 가까이 오자 둥근 쇠고리를 내렸다. 쇠고리는 시체의 목을 지나 팔에 걸렸다. 대원이 플라스틱 장대로 쇠고리를 벌리자 쇠고리는 팔에서 미끄러져 아래로 가라앉았다. 대원들은 재빨리 윈치를 움직여 쇠고리에 동여맨 와이어를 감아올렸다. 쇠고리는 제독의 겨드랑이까지 올라와 멈추었다.

대원들은 천천히, 마치 중환자를 건져 올리듯 천천히 윈치를 돌렸다. 제독은 수면을 떠나 수면으로 불쑥 튀어나간 소형 크레인을 향해 올라왔다. 하얀 바짓자락에서 물줄기가 줄줄 흘러내리다가 이윽고 물방울로 바뀌었다. 물방울은 끝없이 계속 떨어졌다. 크레인이 방향을 돌리자 물방울이 갑판을 적셨다.

한 대원이 시체를 바라보며 중얼거렸다.

"이런 일은 딱 질색이야."

이날 아침, 조애너 클레이는 아침도 먹지 않고 벌써 술에 절어 있었다. 가운만 걸친 차림으로 거실 소파에 앉아 브랜디 술잔을 기울이고 있었다. 아직 취하지는 않았다. 취할 만큼 마시지는 않았지만 눈은 초점을 잃고 여기저기를 헤매고 있었다.

"이제 좀 그만 마셔." 여름용 재킷을 걸친 찰스가 거실로 들어와서 차갑게 말했다. 의무니까 형식적으로 주의를 준다는 말투였다. 아내를 걱정하는 마음 따위는 전혀 담겨 있지 않다. 분노조차 담겨 있지 않다. 지나가는 길에 주의를 주었다는 듯이.

찰스는 현관으로 걸어갔다. 그런 남편을 조애너가 불러 세웠다.

"찰스, 아무리 애를 써도 그날 밤 일을 생각해낼 수가 없어. 어떻게든 생각해보려고 애썼지만 안 돼."

"생각해내고 싶지 않은 거 아냐?"

찰스는 거실로 돌아갔다. 조애너는 브랜디를 한 모금 마셨다.

"나는 그날 밤 일을 확실히 해두고 싶어. 하지만 요트 클럽에서 나온 뒤에 어떻게 됐는지, 아무리 애를 써도 생각나질 않아."

"그렇게 생각해내고 싶어?" 찰스의 입술이 묘하게 일그러졌다. "그렇게까지 집착한다면 내가 도와주지."

이 말을 남기고 찰스는 침실로 들어갔다. 잠시 뒤에 찰스는 손을 주먹 쥐고 돌아왔다. 그 손을 조애너의 얼굴에 가까이 가져가서 천천히 벌렸다. 손바닥 위에 브로치가 놓여 있다. 꽃잎 모양의 은색 브로치다.

"이거 본 적 없어?"

"어머나, 이건 내 브로치야."

조애너가 브로치를 집어들었다. 찰스는 고개를 끄덕였다.

"그래. 한눈에 알아볼 수 있지. 내가 당신한테 선물한 브로치니까." 찰스는 재킷 주머니에 손을 집어넣었다. "이것도 누구 건지 한눈에 알 수 있어. 당신 거야."

찰스의 손에는 파란 손수건이 놓여 있다. 조애너는 빙긋 웃었다.

"난 잃어버린 것도 많군. 이건 어디 있었어?"

찰스의 얼굴을 일그러진 미소가 스치고 지나갔다. 미소는 그대로 얼어붙었다.

"내가 주워왔어. 어디 있었는지 알고 싶어?"

"응."

제3장 무너지는 알리바이

"숨기지 마!" 찰스의 목소리가 높아졌다. "시치미 뗄 필요 없어. 어디 있었는지 알고 있을 텐데. 아무리 취했어도 그런 일을 잊을 수는 없어. 숨기지 마!"

찰스는 조애너의 어깨를 붙잡고 마구 흔들었다. 조애너의 손에서 브로치가 굴러떨어졌다.

그때 현관에서 초인종이 한가롭게 울렸다. 찰스는 몸을 일으키면서 바닥에 떨어진 브로치를 가리켰다.

"잘 넣어둬."

그러고는 현관으로 나갔다.

문밖에 콜롬보가 서 있었다. 헝클어지고 곤두선 머리카락이 비스듬히 뒤쪽에서 아침 햇살을 받고 있다. 찰스는 열린 문의 손잡이를 놓지 않았다.

"콜롬보 경위님, 또 만나리라고는 생각지도 못했는데요. 아직도 무슨 볼일이 남아 있습니까?"

콜롬보는 눈길을 떨어뜨렸다.

"볼일이라기보다 소식을 전하러 왔습니다."

"소식요? 설마 제독님이…"

"유감이지만 오늘 아침에 시체로…" 콜롬보는 말끝을 흐리며 얼굴을 들었다. 찰스의 눈을 똑바로 들여다보고 있다.

찰스는 어깨를 축 늘어뜨렸다.

"역시 돌아가셨습니까?"

"무슨 일이에요?" 조애너가 뒤에서 말을 걸었다. 가슴에 그 은 브로치를 달고 있었다. 손에 든 술잔 속에서 브랜디가 흔들렸다.

찰스는 콜롬보가 조애너를 보지 못하도록 몸을 움직였다. 그리고 낮은 소리로 말했다.

"유감이지만 아버님이 시체로…"

조애너의 얼굴이 창백해졌다. 손에서 술잔이 미끄러져 떨어졌다. 그러나 히스테리 발작을 일으키지는 않았다. 눈물도 보이지 않았다. 온몸이 가늘게 떨렸지만, 곧 멈추었다.

"각오는 하고 있었지만…"

"안됐습니다, 부인." 콜롬보는 더듬거리면서 말했다. "이럴 때 이런 부탁을 드려서 죄송하지만, 나는 시체가 안치되어 있는 곳으로 가는 중입니다. 죄송하지만 같이 가서 확인을…"

"시체 안치소에 가서 제독님의 신원을 확인하라는 거요?" 찰스의 목소리가 거칠어졌다. "당신이 보는 앞에서 확인하라는 거겠지? 그래 놓고 우리가 어떻게 반응하는지 관찰할 작정이군. 정말 뻔뻔스러운 형사야."

"아니, 천만에요. 이건 그저 형식적인 절차이고…" 콜롬보가 격렬하게 고개를 저었다.

조애너가 침착하게 말했다.

"난 괜찮아요. 아빠를 확인하러 가겠어요." 이렇게 말하고 나서 조애너는 문간을 떠났다.

찰스가 그 뒤를 따랐다. 찰스는 거실에서 조애너의 팔을 움켜잡았다.

"어쩔 셈이야. 그 브로치를 달고… 시체 안치소에는 내가 가겠어. 당신은 여기 있어. 그리고 아무도 만나지 마. 술도 마시지 말고."

이 말을 남기고 발소리도 요란하게 나가는 남편을 조애너는 멍하니 지켜보았다. 그러고는 가슴에 달린 브로치를 찬찬히 내려다보았다.

2

시체가 냄새를 풍기는 것은 아니다. 시체 안치소에 가득 차 있는 것은 약품 냄새였다. 방부제, 소독약, 그리고 향료. 그러나 그것은 시체 안치소

특유의 냄새였다.

시체를 담은 스테인리스 서랍이 두 단으로 길게 늘어서 있었다. 스테인리스에는 얼룩 한 점 없고, 바닥과 벽의 타일은 반짝반짝 빛이 날 만큼 깨끗하고, 천장의 조명은 눈부시게 환하다. 깨끗하고 그늘이 없고 기능적인 창고지만, 코를 찌르는 특유한 냄새가 사람을 겁먹게 한다. 그 냄새를 맡으면, 싫어도 금속 서랍 안에 들어 있는 시체를 연상하게 된다.

찰스의 이마에 땀이 배어 나왔다. 앞장서서 걸어가는 콜롬보의 발소리가 유난히 크게 울렸다. 콜롬보는 유리로 칸막이된 방 앞에서 걸음을 멈추었다. 문을 열고 찰스에게 들어오라고 손짓한다.

그때 찰스는 깨달았다. 콜롬보의 얼굴에도 땀이 배어 있다. 게다가 창백해져 있다. 금방이라도 기절하지 않을까 걱정스러울 만큼 새파랗게 질려 있다. 형사라면 이런 일에는 익숙해졌을 텐데 부들부들 떨고 있다.

방 한가운데에 들것이 놓여 있었다. 머리끝에서 발끝까지 완전히 덮은 시트가 사람 모양으로 부풀어 있었다. 출입문 반대쪽에 머리가 있는 것은 한눈에 알 수 있었다. 그 머리 근처에 안경을 쓴 흰옷 차림의 사내가 서 있었다. 사내는 말없이 고개를 끄덕였다. 찰스는 그 사내에게 다가갔다. 콜롬보는 방구석으로 가버렸다.

하얀 가운을 입은 사내는 세심하게 손질한 아름다운 손을 갖고 있었다. 여자 손처럼 통통하고 매끄러운 손이었다. 그 하얀 손이 부드럽게 움직여 시트 자락을 잡았다. 이어서 그 손은 움직인 것 같지도 않게 재빨리 움직여 시트를 걷었다.

제독의 얼굴과 어깨가 드러났다. 이제 눈은 감고 있었다. 사내의 손보다 훨씬 더 창백한 살덩어리가 백발과 수염에 싸인 채 거기에 있었다.

찰스는 제독의 머리 왼쪽이 움푹 들어가 있는 것을 알아보았다. 주름살이 눈에 띄었다. 살아 있을 때는 젊어 보인 얼굴이지만, 표정이 사라지자 나이가 노골적으로 드러났다.

찰스는 혼잣말처럼 중얼거렸다.

"제독님이 맞아요."

사내의 손이 재빨리 움직여 제독의 얼굴에 시트를 덮었다. 찰스는 얼굴 모양으로 부풀어 오른 시트 곁을 떠났다. 그리고 방구석에 있는 콜롬보에게 말했다.

"제독님이 맞습니다."

콜롬보는 시체에서 고개를 돌린 채 문으로 다가갔다. 찰스도 그 뒤를 쫓듯이 문으로 걸어갔다.

"잠깐만요… 여기 서명 좀 해주십시오."

흰옷 차림의 사내가 클립보드에 끼운 서류를 내밀었다. 그 하얗고 통통한 손이 볼펜을 쥐고 있었다. 볼펜을 받아들 때 하얀 손의 부드러운 손가락이 찰스의 손에 닿았다. 손이 떨려서 서명이 제대로 되지 않았다.

콜롬보는 스테인리스 서랍 앞을 거의 뛰듯이 걸어갔다. 문을 열고 현관으로 통하는 복도로 나왔을 때야 콜롬보는 겨우 평소의 걸음걸이를 되찾았다. 그리고 이 주머니 저 주머니를 뒤져 꾸깃꾸깃한 손수건을 꺼내더니 얼굴의 땀을 훔쳤다.

뒤따라온 찰스가 뒤에서 말을 걸었다.

"유감이지만 장인어른은 시체로 발견되었군요. 하지만 사고사인 게 확실하니까, 살인사건 담당 형사가 나설 일은 아닌 것 같은데요."

콜롬보는 뒤를 향해 한 손을 들어 보이고는 계속 걸어서 작은 로비로 나갔다. 거기서 문을 열고 밝은 햇살이 내리쬐는 주차장으로 나갔을 때야 콜롬보는 걸음을 멈추었다. 콜롬보는 결승점에 막 뛰어든 마라톤 주자처럼 두 팔을 벌리고 몇 번이나 심호흡을 되풀이했다. 시체 안치소에서 줄곧 숨을 멈추고 있었던 게 아닌가 싶을 만큼 요란하게 숨을 헐떡이고 있다.

한바탕 심호흡을 한 뒤 콜롬보는 다시 손수건으로 얼굴을 닦았다. 그리고 손수건을 꺼낸 김에 손까지 닦고 나서 꾸깃꾸깃한 손수건을 주머니에 쑤셔 넣었다. 그 손이 갈색 종이봉지를 움켜잡고 주머니에서 나왔다.

"클레이 씨, 이건 제독의 주머니에 들어 있던 유류품입니다."

콜롬보는 종이봉지 안에 든 것을 꺼냈다. 지갑, 열쇠뭉치, 가느다란 금줄. 금줄 한쪽에는 고리가 달려 있고, 다른 한쪽 끝에는 아무것도 달려 있지 않다. 거기서 툭 끊어진 모양이다. 콜롬보는 사슬을 집어들었다.

"이게 끊어져 있었어요. 시곗줄일까요?"

"시계? 그러고 보니 제독님은 금줄에 매단 시계를 갖고 있었어요. 순금제 구식 회중시계인데… 디자인은 새것이었지만… 그걸 언제나 몸에 지니고 있었지요. 항상…"

말하는 도중에 찰스의 얼굴에 문득 망설이는 빛이 떠올랐다. 눈이 허공을 헤맸다. 자신의 회중시계를 꺼내려는 것처럼 손이 옆구리 쪽으로 뻗어갔다. 그 움직임을 콜롬보의 눈이 좇았다. 그것을 깨닫고 찰스는 무의식중에 손을 내렸다. 기다리고 있었다는 듯이 콜롬보가 말했다.

"그렇습니다. 그 시계는 조끼 주머니에 들어 있었을 겁니다. 금줄은 조끼 가슴에 달려 있었으니까요. 그런데 시계는 사라져버렸어요. 어디에도 없습니다. 이 금줄 끝에 달려 있던 시계는 어디로 가버렸을까요?"

"시계가 없었다고요? 그거 참 이상하군요." 뭔가를 생각해내려는 것처럼 찰스는 긴장한 표정을 지었다.

"시계는 어디 있을까요?" 콜롬보가 눈을 가늘게 뜨고 다그쳐 물었다.

"그걸 내가 어떻게 알겠습니까?" 찰스는 무뚝뚝하게 대답했다. "바다에라도 떨어졌겠지요."

"바다라고요? 다른 곳에 떨어져 있을 가능성도 생각할 수 있지요." 콜롬보는 이마에 손을 댔다. "나도 생각을 좀 해보겠습니다."

콜롬보는 이마에 손을 댄 채 걷기 시작했다. 너저분한 고물차로 다가간다. 찰스는 콜롬보에게 말을 걸었다.

"경위님은 아까 내 질문에 대답하지 않았습니다."

콜롬보는 걸음을 멈추고 홱 돌아섰다.

"질문이 뭐였지요?"

"시체가 발견되고 사고사라는 게 확실한데, 어째서 살인사건 담당 형사가 내 주위를 어슬렁거리느냐고 물었습니다."

"아아, 그거요?" 콜롬보는 찰스에게 돌아왔다. 그러고는 이상하게 부드러운 표정으로 말했다. "부검 결과 타살로 여겨지는 자료가 발견되었기 때문이지요. 검시관은 상당한 확신을 가지고 있더군요. 제독은 바다에 떨어지기 전에 이미 죽어 있었다고. 폐 속에 들어 있던 물의 양으로 보아 익사는 절대 아니라는 겁니다. 사인은 머리 측면의 두개골 함몰… 둔기 같은 걸로 얻어맞은 모양이라고 합니다."

"그 둔기라는 건 혹시 요트의 보조 활대가 아닐까요?"

"자세한 건 좀 더 조사해봐야 알겠지만, 상처 모양으로 판단하면 흉기는 둥근 곤봉 같은 것이지 보조 활대처럼 평평한 건 아닌 모양입니다." 콜롬보의 어조는 부드럽고 애교가 있었다. 마치 신형 자동차의 성능을 설명하는 세일즈맨의 말투처럼 신바람이 나 있었다. "그리고 말입니다, 한 가지 더 덧붙이면 보조 활대의 핏자국은 분명히 좌현 쪽에 묻어 있었지요? 그렇다면 당신이 한 그 실험은 이상합니다. 발견된 시체의 상처 위치로 판단하면 핏자국은 좌현 쪽이 아니라 우현 쪽에 묻어 있어야 하는데…"

찰스는 웃었다.

"아, 그거 말입니까? 그건 쉽게 설명할 수 있습니다. 내 실험을 조금만 수정하면 됩니다. 제독님은 고물에서 선실로 가는 도중에 활대에 맞은 게 아니라, 거꾸로 선실에서 고물로 가는 도중에 맞은 겁니다. 그러면 핏자국과 상처 위치가 일치하겠지요? 그리고 둔기의 형태도 설명할 수 있는데, 활대는 옆에서 보면 평평한 널빤지 모양을 하고 있지만 아래쪽은 둥글게 깎여 있지요. 활대의 옆이 아니라 밑으로 맞았다면 둥근 곤봉으로 얻어맞은 것과 똑같은 상처가 남지 않겠어요?" 찰스의 말투는 콜롬보보다 더 부드러워져 있었다. "그러니까 생각할 수 있는 건 역시 사고사입니다. 제독님은 활대로 머리를 얻어맞고 쓰러졌다가, 잠시 뒤에 파도에 휩쓸려 바다로 떨어진 겁니다. 그렇다면 검시관의 부검 소견과도 일치하지요? 경위님, 안 그렇습니까?"

"하지만 해안경비대 이야기로는 그날 밤에 바다는 잔잔했답니다. 갑판에 쓰러진 제독을 휩쓸어갈 만큼 그렇게 큰 파도는…" 아까처럼 부드러운 어조가 아니고 애교도 없다. 콜롬보는 미련이 남은 목소리로 덧붙였다. "게다가 핏자국은 활대 아래쪽이 아니라 옆에 묻어 있었고… 그 배에는 틀림없이 또 한 사람이 타고 있었다… 그렇게 생각하는 게 자연스러워요. 분명히 누군가 또 한 사람이 타고 있었습니다."

여기까지 말하고 콜롬보는 얼른 그 자리를 떠났다. 그러고는 낡아빠진 푸조로 다가가서 문손잡이를 잡았다.

그러자 찰스는 성큼성큼 다가가서 자동차 문을 눌렀다.

"냄새나 풍기는 짓 따위는 이제 그만두시오. 내가 문제의 인물이라고 말하고 싶은 거요? 그런 무책임한 말을 하면 명예훼손으로 고소하겠소. 여기서 분명히 지적해두지만 나는 제독님의 배가 출항하기 전에 그 섬을 떠났소. 당신 말대로 그 배에 누군가 다른 사람이 타고 있었다 해도 나는 그 사람일 수가 없어요."

콜롬보는 한쪽 눈썹을 치켜 올렸다.

"그 사람일 수가 없다고 어떻게 단정할 수 있지요?"

"그런 말투는 용납할 수 없군요. 변호사를 통해서 고소하겠소."

"변호사라면 그 키터링 씨 말입니까? 당신은 그 사람을 싫어하지 않았나요? 아니, 나는 당신들 관계에 끼어들 생각이 없지만… 그 키터링 씨도 배에 타고 있지 않았다고 단정할 수는 없습니다. 요컨대 제독과 관계가 있는 사람은 모두 의심스럽다는 얘기지요. 내가 보기에는 모두 수상쩍어요. 그래서 고민하고 있는 겁니다. 그걸 용납할 수 없다면, 아예 모두 합세해서 나를 고소하는 게 어떻습니까. 그중에서 범인을 찾아내 보이겠습니다. 명예훼손 재판이 열리는 법정에서 말입니다."

찰스는 때려눕힐 것 같은 기세로 콜롬보에게 한 걸음 다가섰다. 그러고는 나직한 목소리로 말했다.

"나는 키터링에 대해 말하고 있는 게 아니오. 다른 누구에 대해서도 말하고 있는 게 아니오. 바로 모함을 받고 있는 나 자신에 대해 말하고 있는 거란 말이오. 당신은 중요한 걸 잊고 있는 모양인데, 아까도 말했듯이 나는 제독님의 배가 출항하기 전에 그 섬을 떠났소. 그리고 두 번 다시 섬으로 돌아가지 않았어요. 경비원이 증언하고 있잖소? 경비원은 내가 섬을 떠난 시간을 똑똑히 기억하고 있어요. 그 후 내가 제독님의 배를 타려고 섬으로 돌아갔다면 경비원 눈에 띄지 않을 리가 없지. 거기서는 섬에 출입하는 모든 차량을 체크하고 있으니까. 경비원은 하루 3교대로 24시간 근무…"

"알고 있습니다. 전부 다 알고 있어요." 콜롬보는 얻어맞을까 봐 경계하듯 한 걸음 뒤로 물러섰지만, 계속 밀을 이었다. "경비원이 사실을 말하고 있다는 것도 알고 있습니다. 경비원은 당신이 섬에서 나간 시간을 정확히 기억하고 있었을 겁니다. 당신 말이 맞아요. 하지만 나는 그 점이 마음에 걸립니다. 시간 말입니다. 처음부터 시간이 마음에 걸렸어요. 당신의 고급 시계를 본 뒤부터…"

콜롬보는 재빨리 찰스의 손목을 움켜잡았다. 그러고는 손목을 비틀어 찰스의 손을 자동차 지붕 위에 올려놓고 드러난 손목시계를 가리켰다.

"당신은 항상 이런 훌륭한 시계를 차고 다닙니다. 그런데 그날 밤 섬을 떠날 때 왜 경비원에게 시간을 물었을까요? 시간… 시간 말입니다, 내 마음에 걸리는 건…"

찰스는 콜롬보의 손에서 손목을 잡아뺐다. 그러나 콜롬보는 멈칫하지도 않고 즐거운 듯이 말을 이었다.

"경비원이 갖고 있는 시계는 내 시계나 다를 바 없고, 당신 시계에 비하면 장난감이나 마찬가집니다. 그런데 당신은 왜 경비원에게 시간을 물었을까요? 아무래도 시간이 문제가 됩니다. 그리고 말입니다, 평소에 당신은 손만 흔들고 경비원 초소를 그냥 지나쳤다는데, 왜 유독 그날 밤에는 차를 세웠을까요? 그리고 왜 시간을 물었을까요?"

콜롬보는 푸조의 문을 열었다. 그러고는 차에 올라타고 문을 닫은 뒤 유리창을 내리고 말했다.

"대답은 간단합니다. 당신은 섬을 떠난 시간을 경비원에게 확인시키고 싶었어요. 기억시키고 싶었던 겁니다. 뭔가 그럴 필요가 있었기 때문이지요."

콜롬보는 시동키를 돌렸다. 시동기는 불쾌하게 삐걱거리는 소리를 냈지만 엔진은 좀처럼 걸리지 않는다.

찰스는 입술을 깨물고 나서 말했다.

"나에게 도전장을 내민 셈이군."

그때 엔진이 걸렸다. 콜롬보는 액셀을 밟아 엔진을 고속으로 회전시키면서 그 요란한 소음 속에서도 들리도록 목청을 높였다.

"어떻게 받아들여도 좋습니다. 다만 당신은 어디까지나 수상쩍은 사람들 가운데 하나에 불과하고, 수상쩍은 사람은 잔뜩 있습니다. 그럼 이만 실례…"

콜롬보는 주차장에 검은 연기를 남기고 사라졌다.

3

해안경비대 초소는 밝은 햇살에 감싸여 있었다. 하얀 난간을 둘러친 테라스에 콜롬보가 서 있고, 그 양쪽에 크레이머와 맥이 서 있다. 콜롬보는 테라스에 장착된 쌍안경을 들여다본다. 제독의 요트를 잠시 바라보고 있다가, 각도를 바꾸어 섬에 초점을 맞추고 섬의 왼쪽 수로를 바라보았다. 이윽고 콜롬보는 쌍안경에서 눈을 떼었다.

"이 후미는 무척 복잡하군. 너무 복잡해서 지형이 머리에 잘 들어오질 않아."

"반장님, 저 안에 훌륭한 지도가 있는데요." 맥이 유리창을 끼운 초소 안을 가리켰다.

콜롬보는 고개를 끄덕이고 문을 열었다. 세 사람은 줄지어 좁은 초소 안으로 들어갔다. 콜롬보는 벽에 붙은 지도를 쳐다보았다.

"오코너 소위, 미안하지만 지형을 좀 설명해주세요."

"지형요?" 오코너 소위는 책상 앞에서 엉거주춤 일어섰다.

그러나 맥이 손사래로 제지했다.

"괜찮습니다. 내가 설명할게요." 이렇게 말하고는 헛기침을 하고 나서 지도 앞에 섰다. "이런 것쯤은 물론 반장님도 아시겠지만 만약을 위해서 설명하자면 지도의 위쪽, 즉 여기가 북쪽이고 이 아래쪽이 남쪽입니다. 그러니까 북쪽에 있는 이 커다란 육지가 본토이고, 여기가 요트 항구, 그 바로 옆에 있는 것이 요트 클럽, 그리고 거기서 곧장 아래로, 즉 남쪽으로 내려온 곳에 있는 이것이 리들랜드 섬입니다. 제독의 집이 있는 섬이죠. 섬의 왼쪽, 즉 서쪽에 있는 이 선은 반도와 섬을 잇는 다리이고, 이 반도에는 제독의 조선소가 있습니다. 그리고 반대쪽에 있는 이 동쪽 반도와 섬 사이가 수로로 되어 있고, 반도에 찍혀 있는 이 붉은 점이 초소, 즉 우리의 현재 위치입니다."

"저어, 이런 말은 하고 싶지 않지만 좋은 설명은 아닌 것 같아." 콜롬보가 중얼거렸다. "지도를 설명할 때는 대개 현재 위치를 먼저 밝히고 나서 다른 장소를 설명하는 법이야. 그런데 자네는 순서가 뒤바뀌었잖아? 그 바람에 내 머리가 더 복잡해졌어. 그런데 본토와 섬 사이의 거리는 얼마나 되나?"

"1마일입니다." 맥이 즉석에서 대답했다.

"1마일이라고? 꽤 멀군." 콜롬보는 턱을 문지르며 말하고는 책상 앞에 앉아 있는 오코너 소위를 돌아보았다. "어떻습니까? 본토에서 섬까지 아무한테도 들키지 않고 헤엄쳐갈 수 있을까요? 낮이 아니라 밤이라고 가정하면 말입니다."

"수영은 금지되어 있습니다." 소위가 얼굴을 들고 대답했다. "이 후미 일대는 수영금지 구역으로 되어 있습니다. 배가 많고 출입도 빈번하니까 여기서 헤엄을 치다가는 배와 충돌하거나 스크류에 말려들 우려가 있지요. 그래서 금지하고 있습니다. 물론 개중에는 몰지각한 자들도 있어서 취한 김에 바다에 뛰어들기도 합니다. 그런 분별없는 녀석들을 적발하는 것도 이 초소의 임무지요."

"그렇군요. 하지만 내가 묻고 싶은 건 그런 분별없는 사람들에 대해섭니다. 법을 어기더라도 몰래 헤엄을 치지 않으면 안 될 사정이 있어서 한밤중에 요트 항구 같은 데서 섬을 향해 헤엄쳐가기 시작했다고 합시다. 아무한테도 들키지 않고 헤엄칠 수 있을까요?"

"아아, 그런 얘기인가요?" 오코너 소위는 목을 움츠렸다. "경위님이 무슨 생각을 하고 계시는지는 대충 짐작이 갑니다. 하지만 그건 어려울 겁니다. 항구 주위는 아주 밝습니다. 한밤중에도요. 조명 설비가 잘되어 있거든요. 그래서 대낮처럼 환합니다. 항구 주차장에서 야간에 야구경기도 할 수 있을지 모릅니다. 그만큼 밝으니까 헤엄을 치면 사람들 눈에 금방 띄고 맙니다. 그리고 선상 파티를 하는 사람들도 있고요. 그런 사람들은 바다에 나가기 위해 배를 가지고 있는 게 아니라 파티를 열기 위해 배를 세워두지요. 유독 그런 사람들은 밤늦게까지, 때로는 아침까지 갑판에서 술판을 벌이고 떠들어대지요. 헤엄치는 사람이 있으면 틀림없이 눈에 띄게 될 겁니다. 물론 헤엄쳐서 섬에 가는 게 불가능하지는 않습니다. 운이 좋으면 남들 눈에 띄지 않고 끝까지 헤엄칠 수 있을지도 모르지요. 하지만 그럴 가능성은 아주 낮다고 말할 수밖에 없습니다."

"아마 그렇겠지요." 콜롬보는 계속 턱을 문질러댔다. "나도 불가능하다고는 생각합니다. 하지만 자동차로 갈 수 없다면 헤엄칠 수밖에 없는데…" 콜롬보는 낮은 소리로 중얼거리고 다시 지도를 바라보았다.

그때 유리창 밖 테라스에 사람이 나타났다. 조선소장 테일러였다. 테일러는 문에서 목만 들이밀고 무뚝뚝하게 말했다.

"부탁한 것을 가져왔소. 섬 창고에 있습디다. 나는 바빠서, 여기다 놓고 돌아가겠소."

그러고는 재빨리 사라졌다.

"저 사람이 뭘 가져왔지?"

콜롬보는 테라스로 나갔다. 하얗고 두꺼운 종이가 몇 장 놓여 있고, 그 위에 선박용 페인트 통이 놓여 있다.

뒤따라 나온 크레이머 형사가 설명했다.

"제독이 마지막 날 조선소에서 가져간 겁니다. 혹시 참고가 될지도 모른다고 생각해서 소장한테 찾아달라고 부탁해두었지요."

"형지와 선박용 페인트인가?"

콜롬보는 쪼그리고 앉아서 형지 한 장을 집어들었다. 하얀 종이 한가운데가 글자 모양으로 깨끗이 도려내져 있다.

"이건 A자군." 콜롬보는 형지를 오코너 소위에게 보여주었다. "이건 무엇에 쓰는 겁니까?"

"글쎄요. 돛을 넣어두는 로커에 이름자를 새기거나 아니면 선체에…" 오코너 소위는 잠깐 생각하고 나서 눈을 빛냈다. "아, 알았다!"

콜롬보는 고개를 끄덕였다.

"아, 그렇군요. 제독은 새 요트에 이름을 새길 작정이었어요. 그 요트는 아직 선체에 이름이 적혀 있지 않습니다. 갓 태어나서 이름이 없지요. 제독은 요트 이름을 뭐라고 지을 작정이었을까요?"

콜롬보는 잔교에 옆구리를 대고 서 있는 요트를 내려다보며 크레이머와 맥을 불렀다.

"넓은 곳으로 내려가세. 글자 맞추기 놀이를 하는 거야."

형지의 크기는 사방 30센티미터 정도였다. S자가 두 장, A자와 L자와 I자가 각각 한 장씩이었고, 작고 둥근 구멍만 뚫린 것이 한 장 있었다. 잔교로 내려간 콜롬보는 주위에 여섯 장의 종이를 늘어놓았다. 콜롬보는 그 종이들을 둘러보고 턱에 손을 댔다.

"어디서부터 시작할까? 제독이 최후에 생각하고 있었던 것을 알 수 있는 단서가 될지도 몰라. 가망은 별로 없지만…"

"알았다!" 위의 테라스에서 오코너 소위가 외쳤다. "세일스(SAILS)예요. 한 자도 남지 않고 딱 들어맞습니다. 돛이라는 뜻이죠."

크레이머 형사는 잔교에 쪼그리고 앉아서 소위가 말한 대로 글자를 늘어놓고 나서 허리를 폈다.

"세일스? 하지만 요트 이름으로는 안 어울려."

"그러네요. 좀 진부하군요. '세일스'호라는 건…" 맥이 맞장구를 쳤다.

그러자 테라스 난간에 기대 서 있던 오코너 소위가 웃었다.

"그럼 다른 조합을 생각해보세요. 나는 여기서 구경이나 하고 있을 테니까."

"생각해보세." 콜롬보는 주머니에서 시가를 꺼내어 입에 물었지만 불은 붙이지 않았다. "배 이름은 여자 이름을 따는 법이야. 사일러스(SILAS)는 어떨까?"

맥은 콜롬보 말대로 글자를 늘어놓으려고 쭈그려 앉았다. 그러나 A자를 집어들고는 말했다.

"사일러스라면 남자 이름 같은데요."

"래시(LASSI)가 아닐까?"

크레이머가 말하자 맥은 고개를 저었다.

"끝에 E자가 없으면 래시라는 이름이 안 돼요."

"애스(ASS)…" 말하다 말고 콜롬보는 입을 다물었다. 그리고 잠시 후에 입을 열었다. "애슬리(ASSLI)는 어때?"

"그러네요." 맥은 'ASSLI'라고 글자를 늘어놓았다. 그런 다음 작고 둥근 구멍이 뚫린 형지를 손에 들고 콜롬보를 바라보았다. "그래도 이 구멍이 남는데요. 어떤 이름을 붙여도 이 구멍은 남습니다. 이건 어떡하면 좋을까요?"

위에서 내려다보고 있던 오코너 소위가 또 웃었다.

"그 구멍은 필요없는 게 아닐까요? 내버리는 게 어떻습니까? 하지만 아무래도 내 주장이 가장 그럴듯한 것 같은데요. 정답은 세일스예요. 돛의 복수죠. 어쩌면 배 이름이 아니라 창고문에라도 써넣을 작정이었던 게 아닐까요? 돛을 넣어두는 창고라는 뜻으로…"

"하지만 페인트가 선박용이니까…" 콜롬보는 위를 쳐다보지 않고 말했다. "바닷물에 닿을 걸 예상했다는 얘기인데, 그렇다면 이건 역시 배 이름이야."

"그럼 다시 한번 생각해봅시다." 맥은 형지를 주워 모았다.

그러자 크레이머가 손을 뻗으며 말했다.

"어디 내가 한번 해볼까. 이런 건 생각하지 말고 아무렇게나 늘어놓는 게 좋아. 장난 삼아 하다 보면 뜻밖에 정답이 나오는 법이지."

조합은 여러 가지로 생각할 수 있을 것 같았다. 그러나 어느 것이 정답이라고 단정할 방법은 없다. 따라서 형지는 제독이 죽기 직전에 가졌던 의지를 알아내는 실마리가 될 수는 없을 것 같았다. 그래도 크레이머와 맥은 형지를 늘어놓았다가 주워 모으는 일을 되풀이했다. 오코너 소위는 테라스에서 물러났다. 콜롬보는 잔교 끝으로 어슬렁어슬렁 걸어갔다.

제독의 요트 앞에 해안경비대의 쾌속선이 계류되어 있었다. 어뢰정처럼 날렵해서 무척 빨리 달릴 수 있을 것 같았다. 해군 선박과는 달리 선체가 하얗게 칠해져 있다. 뱃머리에 'COAST GUARD'라는 글씨가 새겨져 있다. 콜롬보는 그 글자를 바라보고 있었지만, 머릿속으로는 아직도 글자 맞추기를 계속하고 있었다.

뱃머리와 잔교 사이에는 검게 그늘진 수면이 있다. 거기서 거품이 올라왔다. 거품은 잔교 쪽으로 다가온다. 콜롬보는 쪼그리고 앉아서 수면을 들여다보았다. 거품은 점점 커지고, 수면이 갈라지더니 잠수복으로 감싼 얼굴이 불쑥 떠올랐다. 손이 뻗어 나와 잔교에 고정된 철제 사다리를 움켜잡았다.

잠수복을 입은 사내는 마스크를 벗고 잔교로 올라오더니 등에 짊어진 산소통을 내려놓았다.

"이봐요, 여긴 수영금지 구역이오." 콜롬보가 말을 걸었다.

잔교에 털썩 주저앉은 사내가 얼굴을 들었다. 젊은이였다. 사내는 하얀 이를 내보이며 웃었다.

"헤엄치고 있는 게 아닙니다. 보시다시피 잠수하는 거예요. 일하러요.

지금은 잠깐 쉬러 올라온 겁니다." 젊은 사내는 하품을 했다.

콜롬보는 옆에 있는 산소통에 탐욕스러운 시선을 보냈다. 그러다가 쪼그리고 앉아서 산소통을 쿵쿵 두드렸다. 젊은 사내가 콜롬보를 돌아보았다.

"망가뜨리지 마세요. 소중한 장사 도구니까."

콜롬보는 산소통을 들어 올렸다.

"편리하군. 이걸로 얼마나 잠수할 수 있지?"

"깊이 말인가요? 그거야 사람에 따라 다르죠." 젊은이는 대답하고, 젖은 머리카락을 뒤로 쓸어 넘겼다.

"그게 아니라 시간 말일세. 얼마나 오랫동안 잠수할 수 있나?"

"산소통이 꽉 차 있으면 45분 정도일까요?"

"45분이라…" 콜롬보는 산페드로 만 건너편에 있는 섬을 바라보면서 산소통을 천천히 내려놓았다.

"작업 중이라고 했는데, 바닷속에도 일이 있나?"

"있지요. 경비대의 배를 씻는 일요."

"배를 씻는다고?"

"배 밑바닥에 달라붙은 따개비 따위를 떼어내는 거죠. 쉽게 말하면 청소부예요."

"이 일을 한 지는 오래됐나?"

"아니, 아르바이트예요. 잠수를 좋아하니까요. 임시로 고용됐어요. 선박 청소 전문회사에 시간제로…"

젊은이는 갑자기 입을 다물고 콜롬보의 얼굴을 물끄러미 쳐다보았다. 다시 입을 열었을 때는 경계하는 어조가 되어 있었다.

"아저씬 누구세요? 잠수부 조합에서 왔다면 그렇게 말해주세요. 나는 일손이 모자라서 임시로 고용된 것뿐이고… 그것도 오늘 하루뿐이에요. 난 아무한테도 폐를 끼칠 생각은 없어요."

제3장 무너지는 알리바이

콜롬보는 주머니를 주섬주섬 뒤지기 시작했다. 젊은이는 그 손을 겁먹은 눈으로 지켜보았다. 달아나고 싶어졌는지 젊은이가 엉거주춤 일어났다. 콜롬보는 잠수복 어깨를 누르면서 한쪽 눈을 찡긋했다.

"난 콜롬보일세. 로스앤젤레스 경찰에 있는… 공교롭게도 배지가 어딘가로 가버려서 보이질 않는군."

"경찰이라고요? 난 아무 짓도 안 했어요." 젊은이는 변명하기 시작했다. "그야 물론 잠수부 조합에 가입하지도 않았으면서 일을 한 건 나빴어요. 하지만 오늘 하루뿐이고, 그것도 회사의 부탁을 받고 한 거예요. 말하자면 대타죠. 아르바이트 대타… 체포당할 만큼 나쁜 짓은 하지 않았다고요. 정말이에요. 난…"

콜롬보는 어린애를 달래듯 손사래를 쳤다.

"아니, 자네를 체포할 생각은 추호도 없어. 자네가 나쁜 사람이라고도 말하지 않았어. 그게 아니라, 실은 특별히 부탁하고 싶은 일이 있는데, 오늘 밤에 시간 있나?"

"예, 있어요." 젊은이는 대답하고 나서 얼굴에 경계하는 빛을 띠었다. 그러다가 홱 고개를 돌리더니 산소통을 들고 일어섰다. "싫어요. 아저씬 호모지요?"

"내가?" 콜롬보는 가슴팍을 주먹으로 두드리며 입을 딱 벌렸다. 느닷없이 권총 강도라도 만난 듯한 표정이었다. 콜롬보는 두세 번 입을 뻐끔거렸지만 말은 나오지 않고 공기만 새어 나왔다. 이윽고 콜롬보가 버럭 소리를 질렀다. "천만에!"

형지를 늘어놓고 있던 크레이머와 맥이 놀라서 콜롬보를 돌아보았다. 콜롬보는 시가를 입에 물고 고함을 질렀다.

"크레이머! 성냥!"

뭉게뭉게 연기를 토해낸 뒤에야 콜롬보의 심장은 겨우 평정을 되찾은 모양이다. 입에서 커다란 한숨이 새어 나왔다. 시가를 피우고 있는 콜롬보를 보고 맥이 안타까운 듯이 고개를 저었지만 말리려고는 하지 않았다. 크레이머와 맥은 글자 맞추는 작업으로 돌아갔다. 콜롬보는 얼굴 주위에 담배 연막을 흩뿌리며 젊은이에게 말했다.

"난 말이지, 집사람과 개를 좋아할 뿐이고 동성애자는 아니야. 부탁할 일은 수사에 협조해달라는 거야. 내 일을 좀 도와줬으면 좋겠어. 오늘 밤에…"

젊은이는 산소통을 내려놓고 웃었다.

"터무니없는 오해를 해서 죄송합니다. 사과할게요."

"아니, 괜찮아." 콜롬보는 연막 뒤에서 말했다. "미안하지만 자네 도움이 필요한 시간이 한밤중이야. 잠깐 설명하자면…"

콜롬보와 젊은이는 담배 연기를 사이에 두고 이야기를 나누기 시작했다.

4

자정이 조금 지났다. 항구는 대낮처럼 환하다. 주차장과 잔교의 조명이 수면을 밝게 비추고 있었다. 그러나 한 걸음만 그늘로 들어서면 그곳은 완전한 어둠에 휩싸여 있다.

대형 순양함이 만든 그늘 속에 콜롬보가 웅크리고 앉아 있었다. 옆에는 크레이머, 그 옆에는 잠수복을 입은 남자가 앉아 있다. 낮에 해안경비대 잔교에서 만난 젊은이다.

어둠 속에서 시가의 불빛이 흔들린다.

"다시 한 번 묻겠는데, 정말로 괜찮겠나?" 콜롬보의 목소리는 낮았다. 속삭임에 가깝다.

젊은이도 낮은 소리로 대답했다.

"괜찮습니다. 잠수에는 익숙하니까요."

"괜찮다고? 저 섬까지는 1마일이나 돼. 조류도 흐를 테고 배들도 다니고 있어. 게다가 물속에 잠기면 방향도 알 수 없게 되잖아?" 콜롬보의 어조에는 힘이 없다.

젊은이가 소리죽여 웃고는 콜롬보를 돌아보았다.

"왜 그러세요? 부탁할 땐 언제고, 이제 와서 취소하고 싶어졌나요?"

"그런 건 아니지만… 막상 하려니까 걱정이 돼서 말이야. 이 후미 일대는 위험해서 수영도 금지하고 있고…"

"그 얘기는 낮에도 들었어요." 젊은이는 재미있다는 듯이 말하고 잠수복으로 감싼 팔을 쑥 내밀었다. "이것 보세요. 여기 나침반도 붙어 있어요. 이것만 있으면 방향을 잃지 않고 갈 수 있어요. 산소도 충분하고… 걱정할 건 전혀 없다고요. 이 근처의 조류에 관해서는 저도 꽤 잘 알아요. 우리 집 정원을 걸어 다니는 거나 마찬가지인걸요. 차를 운전하는 것보다 훨씬 안전하다고요."

"하지만… 상어가 나올지도 몰라."

"괜찮아요. 잠수하고 있으니까요. 수면에서 첨벙첨벙 헤엄을 치니까 상어한테 공격당하는 거예요."

"흐음. 그런가?"

"반장님, 예정대로 합시다." 기다리다 지친 크레이머가 끼어들었다. 크레이머는 어디까지나 사무적이었다. 그는 젊은이에게 손목시계를 보이면서 말했다. "내 시계와 시간을 맞춰놓자고. 지금 12시 12분이야."

젊은이는 나침반을 달지 않은 쪽 손목을 들여다보았다.

"네, 딱 맞아요."

"뭐? 지금이 몇 시라고?" 콜롬보가 옆에서 목을 내밀었다.

"12시 12분입니다, 반장님."

크레머가 가르쳐주자 콜롬보는 자기 시계에 담뱃불을 가까이 갖다 댔다.

"내 시계는 12시 7분인데, 자네들 시계가 정확하겠지."

크레머와 젊은이는 아무 대꾸도 하지 않았다. 콜롬보는 시계를 맞추었다.

"헤엄쳐가도 정말 괜찮겠지?" 콜롬보는 다시 한 번 다짐을 받고 나서 엉덩이를 들어 올렸다. "자, 그럼 시작하세. 아까도 말했듯이 섬까지 몇 분 걸리느냐가 문제야. 그보다 더 중요한 문제는 과연 섬까지 잠수해서 갈 수 있느냐지. 이건 어디까지나 가설에 입각한 실험이니까 무리하진 말게. 위험하면 돌아와도 되니까."

"알았어요. 그럼 갑니다." 젊은이는 마스크를 쓰고 조용히 물속으로 들어갔다.

"그럼 우리도 저쪽으로 갈까요?" 크레머가 말하고는 앞장서서 걷기 시작했다.

젊은이의 모습은 벌써 물속으로 사라져 보이지 않는다.

리들랜드 섬으로 통하는 다리 앞에 초록색 시보레가 멈춰 섰다. 조수석에서 크레이버가 내려 경비 초소로 나가갔다. 운전석에는 맥이 앉아서 등줄기를 곧게 펴고 어둠 속에 걸려 있는 다리를 바라보고 있다.

크레머는 경비원에게 뭐라고 말한 다음 시보레 뒤로 돌아갔다. 그곳에는 콜롬보의 푸조가 따라와 있었다. 헤드라이트가 한쪽만 켜져 있다. 불안정한 엔진이 이따금 기침하는 듯한 소리를 냈다. 크레머는 잠시 그것을 보고 있다가 결심한 듯 말을 걸었다.

"반장님, 제 차로 옮기세요. 함께 갑시다. 반장님 차는 아무래도 상태가 좋지 않은 것 같아요."

콜롬보가 창문으로 얼굴을 내밀었다.

"안 그래. 최고로 좋은 상태야."

"하지만…" 크레이머는 다리를 가리켰다. "여기서부터는 길이 좁아집니다. 만약 도중에 엔진이 고장이라도 나면 길이 막혀서 돌아올 때 불편합니다. 아니, 그건 둘째 치고, 오늘 밤의 실험 결과도 확인할 수 없게 됩니다. 만약의 경우라는 게 있으니까요."

그러나 콜롬보는 차에서 내릴 기미를 보이지 않았다.

"기껏해야 수백 미터밖에 안 되는 다리잖아? 내 차가 아무리 고물이라 해도 그 정도는 달릴 수 있어. 그리고 나는 모르는 사람이 운전하는 차에는 타고 싶지 않아."

"모르는 사람이라니, 맥을 말씀하시는 겁니까?"

"아, 그래. 그 친구 운전 솜씨가 어느 정도인지도 모르고…"

"맥의 운전 실력이라면 제가 보증하겠습니다." 크레이머는 싱긋 웃었다. "맥은 자동차 경주에 출전할 수 있는 면허를 가지고 있다고요. 제 차를 운전해보고 싶다길래 운전대를 잡게 한 겁니다."

"아아, 그래? 자동차 경주 선수는 시보레 같은 싸구려 대중차를 좋아하나?"

콜롬보는 불만스러운 듯이 차에서 내렸다. 그러자 크레이머가 얼른 푸조에 올라타고 헐떡거리는 푸조를 후진시켜 옆으로 비켜놓았다. 앞차에서는 맥이 계속 엔진을 고속으로 회전시키고 있었다.

"왜 이렇게 시끄러워. 꼭 출발하기 전의 경주용 자동차 같잖아? 왠지 불길한 예감이 드는데…"

콜롬보는 허리를 굽히고 시보레 뒷좌석으로 들어갔다. 이어서 크레이머가 조수석에 올라탔다.

"그럼 가세, 맥."

맥은 고개를 끄덕이고 싱긋 웃었다. 콜롬보 앞에서는 한 번도 보인 적이 없는 웃음이었다. 맥은 기어를 주행 위치로 넣은 다음 액셀을 힘껏 밟았다. 뒷바퀴가 헛돌면서 요란한 소리를 냈다. 경비원이 초소에서 뛰쳐나왔다. 그러나 그때 이미 자동차는 나무다리를 덜컹덜컹 울리며 달리기 시작한 뒤였다.

진동이 굉장했다. 나무다리에 가로놓인 널빤지 위에서 타이어가 튀어 올랐다. 앞유리창 너머의 풍경은 춤을 추고 있었다. 헤드라이트 불빛을 받은 난간과 다리가 위아래로 움직이고, 좌우로 흔들리고, 때로는 비스듬히 기울어졌다.

"위험해!" 콜롬보가 뒤에서 작은 소리로 외쳤다. 안전띠를 매려고 했지만, 진동이 너무 심해서 안전띠를 붙잡고 있는 게 고작이었다. 눈을 질끈 감은 콜롬보의 몸은 좌석에서 튀어 오르고 이리저리 흔들렸다.

"조금만 참으세요. 초소에서 예정보다 훨씬 시간을 많이 잡아먹었기 때문에…" 맥은 앞을 바라본 채 무뚝뚝하게 말했다.

진동을 견디며 조금씩 방향을 수정하고 있는데, 운전대를 잡은 손에는 힘이 들어가 있지 않았다. 솜이라도 쥐고 있는 듯한 손놀림이었다. 액셀을 밟은 발은 조금도 느슨해지지 않았다.

"그렇게 달리지 마, 맥." 크레이머가 대시보드를 잡으며 주의를 주었다. "서두를 필요는 없어. 1분이나 2분쯤 늦어도 큰일 나는 건 아니니까."

그러나 맥은 못 들은 척하고 똑바로 앞만 바라보고 있었다. 눈이 움푹 들어간 느낌을 주는 옆얼굴이었다.

다리를 다 건너 섬에 올라서자 자동차는 여진처럼 가볍게 흔들린 뒤에야 겨우 안정된 자세로 달리기 시작했다. 그러나 맥은 속력을 늦추지 않았다. 곧장 모래밭으로 들어가 방파제 앞까지 오자 갑자기 핸들을 꺾었다.

뒷바퀴는 모래를 높이 차올리면서 미끄러지더니 차체를 정확히 180도 회전시키고 멈추었다.

"자, 예정 시간에 도착했습니다." 맥은 얼른 차에서 내려 뒷문을 열고 자랑스러운 듯이 말했다. "반장님, 오래 기다리셨죠? 자, 어서…"

콜롬보는 좌석에 웅크리고 앉아 고개를 푹 숙이고 있었다. 안전띠에 두 손으로 매달린 채 헐떡이듯 말했다.

"그래서 내가 싫다고 했잖아? 하마터면 죽을 뻔했어."

이를 받아서 크레이머가 조수석에서 호통을 쳤다.

"맥! 대체 어쩔 작정이야! 서두를 필요는 없다고 했잖아! 정말로 이게 무슨 소동이람. 내 새 차를 망가뜨릴 작정이었나!" 그리고 나서 콜롬보에게 사과했다. "죄송합니다, 반장님. 차가 사람을 바꾸어놓는다는 걸 깜박 잊었지 뭡니까. 맥이 이렇게 난폭해질 줄은 미처 몰랐습니다. 경비 초소까지는 평소대로 운전했는데, 거기서 갑자기…"

"거기까지 왔을 때 예정보다 늦어진 걸 알았기 때문에…" 맥은 기어드는 목소리로 말했다. 어느새 원래의 맥으로 돌아와 있었다. 눈이 움푹 들어간 듯한 느낌도 사라졌다. 당황해서 어쩔 줄을 모르는 모습이었다.

"반장님, 괜찮으세요?" 맥이 걱정스러운 듯이 손을 내밀었다.

콜롬보는 그 손에 매달려 차에서 기어나왔다.

"아, 괜찮아. 차멀미가 나는 것 말고는…" 콜롬보는 비틀거리며 모래밭으로 내려가 크게 심호흡을 하고 나서 두 다리를 내던지고 털썩 주저앉았다. 그러고는 물에서 올라온 개처럼 고개를 저었다. "자네들은 먼저 제독의 집으로 가서 조사해주게. 나는 여기서 그 젊은이를 기다리고 있을 테니까."

"알겠습니다." 크레이머는 맥을 몰아내듯 차에 태우고, 맥 대신 운전석에 올라탔다.

초록색 시보레는 천천히 모래밭을 올라갔다.

구름이 걷힌 모양이다. 높이 걸린 달이 구름장 사이로 얼굴을 내밀었다. 모래밭도 방파제도 하얗게 빛났다. 그 앞에 있는 바다가 은빛 파도를 흩날렸다. 콜롬보는 모래밭에 주저앉은 채 꼼짝도 하지 않는다. 제독의 저택 여기저기에 불이 켜졌다. 서재 유리창을 크레이머와 맥의 그림자가 가로질렀다.

콜롬보는 시가에 불을 붙였다. 그러고는 천천히 일어나서, 납신발이라도 신고 있는 것처럼 무거운 걸음으로 방파제를 걸어갔다. 방파제 끝까지 오자 그곳에 걸터앉아 코트깃을 세웠다. 콜롬보는 다리를 흔들거리면서 시가를 피웠다.

갑자기 콜롬보의 발밑에 있는 수면이 거품을 일으켰다. 이어서 젊은이의 얼굴이 나타났다. 물에 젖은 잠수복이 달빛을 받아 반짝였다.

"어이쿠, 깜짝이야." 콜롬보는 담뱃불을 손목시계에 가까이 가져가면서 말했다. "이렇게 빨리 도착할 줄은 몰랐는걸. 그리고 자네가 가까이 오는 것도 눈치채지 못했어. 전혀 보이지 않더군."

"첨벙첨벙 헤엄치면 상어가 잠에서 깨니까요." 젊은이는 웃으면서 말했다. "제가 생각했던 것보다 더 일찍 도착했네요. 그리고 쉬웠어요. 게다가 아무한테도 들키지 않았어요. 난어해도 좋습니다."

"수고했네." 콜롬보는 일어섰다. "내가 정신이 없어서 이름을 물어보는 것도 깜박 잊었는데, 이름이 뭔가?"

젊은이는 방파제로 올라와서 말했다.

"존입니다."

"고맙네, 존."

"그런데 전 이제 돌아가도 되나요?"

"그래. 정말 수고했어!"

젊은이가 다시 물속으로 들어가자 콜롬보는 달리기 시작했다. 방파제에서 모래밭으로 나가 모래를 걷어차면서 달렸다. 붉은 기와를 얹은 제독의 저택에 이르자 현관으로 들어가서 복도를 달렸다. 그러고는 흥분하여 소리를 질렀다.

"알았어, 크레이머! 놈의 수법을 알았어! 실험은 성공이야!"

콜롬보는 서재로 뛰어들어가 주위를 둘러보았다.

"크레이머! 어디 있나? 대체 어디로 가버린 거야? 크레이머!"

묵직한 책상 저편에서 옥수수털 같은 머리카락이 엿보이더니 크레이머의 얼굴이 올라왔다. 이어서 맥의 얼굴도 나타났다.

크레이머가 책상을 돌아서 다가온다. 손에 뭔가를 조심스럽게 받쳐 들고 있다. 하얀 손수건 속에서 무언가가 반짝 빛났다.

"반장님, 좀 봐주십시오. 이런 걸 발견했습니다."

콜롬보는 크레이머의 손을 잡고 손바닥을 들여다보았다.

"아니, 이건 시계잖아? 제독의 금시계야. 끊어진 금줄 끝에 달려 있던 금시계…" 시계에는 끊어진 금줄 끝도 남아 있었다. 콜롬보는 코를 북북 문질렀다. "제독의 조끼에는 줄이 절반밖에 붙어 있지 않았어. 시계는 어디로 가버렸나 했더니 이 서재에 있었군. 이곳도 전에 일단 조사했겠지?"

"그럼요. 제독이 실종된 뒤에 대충 조사했습니다. 하지만 살인사건인지 어떤지 확실치 않았고, 제독이 바다에서 죽은 줄만 알았기 때문에 형식적인 조사였지요. 죄송합니다."

콜롬보는 크레이머의 변명을 듣고 있지 않았다.

"어디 있었나? 크레이머, 시계가 이 방 어디에 있었지?"

"저깁니다." 크레이머는 책상으로 돌아가 마룻바닥에 무릎을 꿇었다. "이 밑에 있었습니다."

크레이머는 책상 서랍 밑을 가리켰다. 콜롬보는 납작 엎드려서 크레이머가 가리키는 서랍 밑을 들여다보았다.

"먼지투성이군. 하지만 또 반짝이는 게 있는데."

"유리 파편입니다." 크레이머가 대답했다. "시계 유리가 깨져서 흩어졌네요. 시계는 이 아래까지 굴러왔겠지요. 반장님, 제독은 아무래도 여기서 살해된 것 같습니다. 여기서 살해되고, 시체는 바다로 옮겨져 버려진 겁니다. 반장님은 어떻게 생각하십니까?"

콜롬보는 일어났다.

"그래, 크레이머."

맥도 손수건에 무언가를 싸서 가져왔다.

"반장님, 이런 것도 있는데요."

"뭐지?"

"립스틱입니다. 저쪽 의자 밑에서 발견했는데 먼지에 절반쯤 묻혀 있었어요. 이것도 저기까지 굴러 들어간 것 같습니다. 먼지 위에 굴러간 흔적이 남아 있으니까요." 맥은 우쭐하게 턱을 젖혔다.

콜롬보는 아까처럼 납작 엎드려 의자 밑을 들여다보았다. 그러고는 일어나서 후줄근한 코트 자락을 탁탁 털었다.

"이 방은 정말 먼지투성이군. 다시 한번 수색하고, 수색하는 김에 아예 청소를 해버리는 게 낫겠어. 이 집에 가정부는 없나?"

"제독이 죽기 얼마 전에 휴가를 얻었답니다." 크레이머는 마치 자기가 비난을 받은 것처럼 고개를 숙였다.

콜롬보는 크레이머의 손에서 손수건에 싼 시계를 받아들었다. 그리고 문자반을 보았다.

"몇 시에 멈춰 있지? 11시 58분이라… 이 시간에 시계가 바닥에 떨어져 깨졌다고 생각해도 좋을까?"

"그렇습니다, 반장님." 크레이머는 얼굴을 빛냈다. "시계가 깨진 시간이 범행 시간입니다. 찰스 클레이는 그로부터 17분 뒤에 섬을 떠났습니다. 12시 15분에 경비 초소 앞을 통과했지요. 시간이 연결되지 않습니까?"

콜롬보는 고개를 끄덕였다. 그러나 서두르지 말라는 듯 손을 들어 보이고는 맥을 돌아보았다.

"맥, 그날 밤 관계자들의 알리바이를 적어두었겠지? 좀 읽어봐주게."

"예." 맥은 양복 안주머니에서 수첩을 꺼내더니, 페이지를 넘기면서 수첩에 적힌 것을 읽었다. "자정 전후의 알리바이입니다. 우선 제독의 조카인 스와니 스완슨은 요트 클럽에서 피아노를 치면서 노래를 부르고 있었습니다. 본인의 주장 외에 목격자도 있습니다. 다음은 제독의 딸 조애너 클레이. 이 여자는 11시경까지는 분명히 요트 클럽에 있었고, 그 후 모습을 감추었습니다. 본인은 취해서 자정 전후에 어디에 있었는지 기억하지 못합니다. 목격자도 없습니다. 그리고 조애너의 남편인 찰스 클레이는 자정 전후에 이 방에 있었습니다. 본인은 제독과 일에 대한 이야기를 나누었다고 주장하고 있습니다."

맥은 담담하게 기계적으로 보고했다. 그러나 억지로 흥분을 감추고 있는지, 긴장한 표정을 짓고 있었다.

"틀림없어요. 찰스 클레이입니다." 크레이머가 가라앉은 목소리로 말했다.

콜롬보는 천천히 고개를 끄덕였다.

"조선소장 테일러와 변호사 키터링은 어떤가?"

맥은 다시 수첩을 넘겼다.

"테일러는 그 시간에 아내와 함께 텔레비전 쇼를 보고 있었습니다. 변호사 키터링은 어느 모텔에 여자와 함께 있었을 텐데, 취해서 여자 이름도 모텔 이름도 기억나지 않는답니다."

"이거 문제가 복잡해졌군…" 콜롬보는 눈을 가늘게 뜨고 미간에 주름을 잡았다. "이해관계가 있어 보이는 사람들 가운데 11시 58분 전후의 알리바이가 없는 사람은 찰스 클레이와 조애너 클레이, 그리고 변호사 키터링이군. 조애너는 취해서 아무것도 기억하지 못하고, 키터링도 취해서 기억이 확실치 않고… 하지만 여자와 함께 모텔에 있었던 것 같고… 그 여자는 누구지?"

"반장님, 조애너와 키터링은 아무래도 좋습니다." 크레이머가 초조한 듯 소리를 질렀다. "문제는 찰스 클레이입니다."

"저건 또 뭐야?" 콜롬보는 크레이머의 커다란 몸을 밀어젖히고 벽으로 다가갔다. 벽에 밧줄걸이가 늘어서서 둔탁한 빛을 내뿜고 있다. "이 곤봉 같은 건 뭐지?"

"이건 배에서 쓰는 도구의 일종인데, 로프를 잡아매는 밧줄걸이입니다." 맥이 다가와서 설명했다. "물론 요즘에는 이렇게 큰 것을 사용하지 않습니다. 이건 옛날 거예요. 범선에 설치되어 있던 것을 가져왔겠지요. 요트에 설치되어 있는 건 클리트라고 부르는 갈고리인데, 돛줄을 걸기만 하는 간단한 도구지요." 맥은 밧줄걸이를 가리켰다. "이건 해적 영화 같은 데 자주 나옵니다. 돛의 밧줄을 감아두는 거지요. 밧줄을 급히 풀고 싶을 때는 이걸 잡아 빼면 됩니다. 이렇게요."

맥은 밧줄걸이를 잡으려고 손을 뻗었다.

"아, 만지면 안 돼." 콜롬보가 맥의 손을 잡았다. "감식반 사람들한테 여기를 조사하라고 해야겠어. 아직도 뭔가가 있을 거야." 그러고는 즐비하게 늘어서 있는 밧줄걸이를 훑어보았다. "아니, 이건 이상하군. 좀 이상해…" 이렇게 말하고 콜롬보는 밧줄걸이 하나를 가리켰다. "다른 건 모두 먼지가 덮여 있는데 이것만 번쩍거리는군. 묘하게 반짝이고 있어."

크레이머도 밧줄걸이를 들여다보다가 갑자기 눈을 크게 뜨고 외쳤다.

"반장님, 이겁니다! 틀림없습니다. 그렇군요. 이게 흉기인가요?" 크레이머는 우쭐한 얼굴로 몇 번이나 고개를 끄덕였다. "범행 현장도, 범행 시간도, 흉기도 모두 확실해졌습니다. 반장님, 뭘 망설이고 계십니까? 혹시 실험이 실패했나요?"

콜롬보는 고개를 저었다.

"아니, 실험은 성공했어. 항구에서 여기까지 잠수해서 올 수 있다는 걸 알았지. 짧은 시간에 아무한테도 들키지 않고…"

"그러면 반장님…" 크레이머는 잠시 머뭇거리다가 말을 이었다. "범인은 산소통을 이용해서 여기로 돌아왔습니다. 그리고 시체를 바다에 버린 겁니다. 그 범인은 누구일까요? 시체를 버린 게 누구라고 생각하십니까?"

"찰스 클레이예요." 콜롬보보다 먼저 맥이 대답했다. "저도 그 녀석을 처음부터 수상쩍게 생각하고 있었어요."

콜롬보는 문 쪽으로 걷기 시작했다. 그러다가 두 사람을 돌아보고 한쪽 눈을 찡긋해 보였다.

"정답이야. 물론 찰스 클레이지. 제독의 시체를 바다에 버린 사람은…" 콜롬보는 복도로 나가서 중얼거렸다. "하지만 조애너와 키터링의 관계도 조사해야 해. 그리고 또 하나, 마음에 걸리는 게 있는데, 찰스가 자정 전후에 여기서 제독을 죽였다면, 자기한테 불리해질 시간을 왜 일부러 경비원에게 기억시키려고 했을까?"

제4장

두 번째 살인

1

자정이 훨씬 지났다. 찰스 클레이는 차를 차고에 집어넣고 운전석에 앉은 채 차내등을 켰다. 백미러에 얼굴을 비춰보며 머리를 가볍게 쓰다듬었다. 오랜만에 여자를 만나고 온 흔적은 어디에도 없고 출근하기 전처럼 단정한 모습이 백미러에 비쳐 있었다. 찰스는 만족하여 차에서 내렸다.

여비서와 놀고 왔다는 건 아내 조애너한테는 숨길 수 없다. 아니, 이제는 더 이상 숨길 필요도 없다. 그러나 아무리 그렇다 해도 노골적인 증거를 보여줄 수는 없는 일이다. 가령 셔츠에 무주 자국이라도 묻어 있으면 아내는 반쯤 미친 상태에 빠져 아침까지 한숨도 못 잘 게 뻔했다. 피차 모르는 척하고 지내면 집안은 평온했다. 조애너에게는 알코올 중독자라는 자책감이 있다. 거기에 커다란 약점이 하나 더 추가되었다. 외도를 즐기고 돌아온 남편이 뻔한 거짓말을 해도, 그것이 거짓말이라는 확증이 없는 한 아무 말도 못할 것이다. 우울해지거나 속상해지긴 할망정 거칠게 소동을 피우지는 못한다.

찰스는 차고 문을 닫고 현관으로 걸어갔다. 발밑에서 계속 벌레가 울었다. 집 안의 불은 꺼져 있었다. 낮은 단층 건물이 토치카 같은 윤곽을 그리며 웅크리고 있었다. 인기척은 없었다. 조애너는 외출했는지도 모른다. 집에 있다면 침실이나 현관의 불까지 끄지는 않을 터였다.

찰스는 한 손으로 주머니에 든 열쇠를 만지작거리면서, 또 한 손으로는 문손잡이를 돌려보았다. 혹시나 해서 돌려보았는데 놀랍게도 손잡이가 부드럽게 돌아갔다. 잠금장치가 잠겨 있지 않은 것이다. 조애너가 문 잠그는 것도 잊을 만큼 취한 상태로 외출했을까? 아니면 이 캄캄한 어둠 속에서 쓸쓸하게 술을 마시고 있는 것일까? 문을 밀자 문 안쪽에 달린 종이 흔들려 상쾌한 소리를 냈다. 대답하는 소리는커녕 사람이 나오는 기척도 없다. 찰스는 문을 닫은 뒤 벽에 손을 뻗어 스위치를 눌렀다. 눈부신 빛이 현관홀을 비추었다.

거실로 통하는 문이 조금 열려 있었다. 구두 끝이 들어갈 만큼 열려 있어서 그 저편의 어둠이 살짝 엿보였다. 찰스는 조용히 문을 잡아당겼다. 현관에서 흘러드는 불빛에 소파와 탁자가 희뿌옇게 떠올랐다. 무언가 움직이는 것이 있었다. 찰스는 재빨리 불을 켰다. 움직이는 것은 레이스 커튼이었다. 창문이 반쯤 열려 있었다.

탁자 위에서 빈 술잔이 반짝이고 있었다. 옆에는 거의 빈 술병이 놓여 있다. 찰스는 거실로 들어가 탁자로 다가갔다. 재떨이에는 담배꽁초가 산더미처럼 쌓여 있다. 찰스는 술잔을 집어들었다. 술잔 가장자리에 루주 자국인 듯한 얼룩이 묻어 있다. 찰스는 얼굴을 찡그렸다.

침실로 통하는 문은 닫혀 있었다. 조애너는 술을 마시고 싶어서 요트 클럽에라도 간 모양이다. 찰스는 소파에 앉아 술잔에 브랜디를 따랐다. 술잔을 입으로 가져가다가 루주 자국을 보고 또 얼굴을 찡그렸다. 찰스는 일어나서 구석의 홈바로 다가가 새 술잔에 술을 따랐다. 그리고 한 모금 마신 다음 한숨을 내쉬었다. 넥타이를 풀어 똘똘 뭉쳐서 탁자에 내려놓았다.

그때 찰스가 갑자기 움찔했다. 이상한 냄새가 났다. 찰스는 황급히 방을 둘러보았다. 그리고 브랜디 냄새를 맡아보았다. 술잔을 내려놓고 현관으로 통하는 문을 바라보다가 침실문을 돌아보고, 다시 고개를 돌려 홈바 반대쪽에 있는 벽난로를 바라보았다. 찰스는 벽난로로 성큼성큼 다가갔다.

쇠살대 위에 여자용 머리빗이 놓여 있었다. 태우려다가 도중에 그만둔 모양이다. 빗 끝이 불에 타서 눌어붙어 있다. 쇠살대 밑에는 타다 만 종이 부스러기가 있었다. 찰스는 그것을 집어들었다. 편지의 일부인 모양이다. 타자기로 친 글자가 몇 자 남아 있었다.

찰스는 침실문을 돌아보았다. 침실 쪽으로 한 걸음 내디뎠을 때 소파 옆에 있는 안락의자 그늘에서 무언가 재빨리 움직이는 게 보였다. 무언가 희뿌옇고 커다란 것이 눈부신 불빛 아래서 재빨리 움직여 의자 뒤로 사라졌다. 몇 걸음밖에 떨어지지 않은 거리였다. 찰스는 안락의자를 쓰러뜨렸다. 의자 등받이가 바닥에 넘어져 요란한 소리를 냈다. 그늘에 숨어 있던 사람이 튕기듯 일어났다. 하얀 옷을 입은 사람이었다. 쓰러진 의자를 사이에 두고 두 사람은 가까운 거리에서 서로 마주 보았다.

"난 또 누구라고." 찰스의 입에서 새어 나온 것은 이 짧은 한마디뿐이었다.

한마디 하고 나서 찰스는 얼굴을 긴장시켰다. 검은 총구가 똑바로 자기를 향한 채 정확히 가슴께를 겨누고 있는 것을 찰스는 보았다. 손이 저절로 가슴 쪽으로 올라갔다. 그 움직임을 기다렸다는 듯이 총성이 울려 퍼졌다.

가까운 거리에서 날아온 총알이 찰스의 가슴에 박혔다. 찰스의 윗몸이 뒤로 젖혀졌다. 찰스는 몸을 똑바로 세우려는 것처럼 한쪽 발을 움직여 한 걸음 뒤로 물러섰다. 뒤늦게 가슴에 도달한 손이 상처를 눌렀다. 손은 순식간에 새빨갛게 물들었다. 찰스는 눈을 크게 뜨고 상대를 바라보았다. 무슨 말을 하려고 입을 벌렸지만, 말은 나오지 않고 거품과 함께 피가 솟구쳤다. 그 순간 무릎이 꺾였다. 찰스는 허물어지듯 쓰러졌다. 한 개의 무거운 물체에 불과해진 머리가 바닥에 부딪혀 둔탁한 소리를 낸 다음 이리저리 흔들렸다. 전등을 정면으로 받아 번득이는 공허한 눈이 총을 바라보았다. 그러나 그 눈은 이미 죽어 있어서, 사라져가는 살인자의 모습을 좇으려 하지 않았다.

2

캘리포니아에는 별로 내리지 않는 비가 새벽에 잠깐 내렸다. 아침에는 길바닥에 젖은 흔적이 남아 있었지만 눈부신 햇살을 받아 마르기 시작했다. 나무와 풀은 한숨을 내쉬고 있었다. 반짝반짝 빛나는 빗방울이 매달려 나무와 풀은 모두 싱그러워 보였다. 생기를 얻은 나뭇잎들이 창밖에 펼쳐져 있었다.

그러나 콜롬보의 얼굴은 떨떠름했다. 코트 주머니에 두 손을 찔러넣고 어깨를 축 늘어뜨린 채 서 있었다. 새벽에 두들겨 깨워진 듯 수염도 깎지 않았고 부스스한 머리카락은 곤두서 있었다. 콜롬보는 이마를 잔뜩 찌푸린 채 분주히 움직이는 감식반원들을 바라보고 있었다. 그러나 그 눈은 아무것도 보고 있지 않았다. 바닥에 누워 있는 찰스 클레이의 시체도 보고 있지 않았다.

찰스의 시체를 향해 플래시가 계속 터졌다. 감식반원은 각도를 바꾸어 몇 번이나 셔터를 눌렀다. 시체 주위에 하얀 분필로 줄이 그어졌다. 하얀 가운을 입은 남자들이 시체를 들것에 실어 운반하자 바닥에는 분필로 그린 찰스의 윤곽만 남았다. 뒤틀린 모습이었다.

콜롬보는 입을 멍하니 벌린 채 닫으려 하지 않았다. 등을 둥글게 구부리고 있었다. 그렇지 않아도 구부정한 등을 둥글게 구부리고 있기 때문에 마치 난쟁이처럼 보였다. 한여름인데도 추워 보였다. 그때 옆에 있는 전화가 울렸다. 콜롬보는 수화기를 집어들고 상대의 말을 들으면서 찰스의 시체가 누워 있던 곳을 바라보았다.

"찰스 클레이 씨는 전화를 받을 수 없습니다." 콜롬보는 무뚝뚝하게 말하고 전화를 끊었다.

변호사 키터링이 뚱뚱한 몸을 무거운 듯 움직이며 다가와서 희끗희끗한 머리를 쓸어 올렸다. 흰색에 가까운 연회색 양복 차림에 새빨간 넥타이를 매고 있다.

"경위님, 어디서 걸려온 전화입니까?"

"회사 사람인 모양인데, 이름은 말하지 않더군요." 콜롬보는 다시 찰스가 누워 있던 곳을 바라보았다. 그러고는 자신에게 묻듯이 중얼거렸다. "어찌 된 일일까… 찰스 클레이가 범인이라고 생각했는데, 살해되다니… 난 도무지…"

변호사 키터링은 이마를 문지르고 있는 콜롬보를 곁눈질하면서 말했다.

"경위님, 조선소는 두 리더를 잇달아 잃었습니다."

콜롬보는 아무 대꾸도 하지 않았다 키터링의 말이 귀에 들어오지 않는다는 듯, 아니 그곳에 키터링이 있는 것조차 잊어버렸다는 듯 계속 이마만 문지르고 있었다. 변호사는 잠시 곁눈질로 콜롬보를 살피고 나서 조용히 그 자리를 떴다.

크레이머 형사가 다가와서 말을 걸었다.

"반장님."

콜롬보는 크레이머를 돌아보며 눈을 깜박거렸다.

"부인을 보았나?"

"보지 못했습니다. 조애너 씨는 집 안에 없습니다. 가정부 이야기로는 9시에 미장원에 예약해놓았다는데, 미장원에는 아직 나타나지 않았답니다." 크레이머는 손목시계를 들여다보았다. "벌써 9시 반이군요. 갈 마음이 있다면 벌써 미장원에 도착했을 겁니다."

콜롬보는 턱을 쓰다듬었다.

"클레이 부인은 어젯밤 집에 돌아오지 않은 거 아냐?"

크레이머는 고개를 끄덕였다.

"아무래도 그런 것 같습니다. 침실을 조사해봤지만 침대에는 잠을 잔 흔적이 없습니다. 클레이 씨는 집에 돌아왔을 때 습격당한 것 같습니다."

"가정부는 지금 왔나? 좀 늦은 거 아냐?"

"아니, 매일 9시 반에 오기로 되어 있답니다. 그보다 일찍 오면 부인이 아직 숙취에서 깨어나지 않아서 기분이 몹시 나쁜 상태라네요."

"그 클레이 부인이 지금 행방불명인가? 나는 뭘 하면 되지?" 콜롬보는 벽에 몸을 기댔다. 계속 주머니 속을 뒤지고 있지만 찾는 시가가 없는 모양이다. "크레이머, 담배 한 대 주게."

콜롬보는 덩치 큰 형사가 내민 담배를 입에 물었다. 크레이머가 불을 붙여주자 콜롬보는 연기를 길게 내뿜었다. 이마의 주름이 더욱 깊어졌다. 콜롬보는 담배를 입에서 떼어 뚫어지게 바라보았다.

"단내가 나는군. 종이 타는 냄새밖에 안 나. 이런 걸 피우다니 정말 용해."

크레이머는 콜롬보의 손에서 담배를 받아들고 걱정스러운 듯이 말했다.

"반장님, 괜찮으세요? 몹시 피곤하신 것 같은데…"

"괜찮지 않아." 콜롬보는 한숨을 내쉬었다. "내가 너무 쉽게 생각했어. 아주 단순한 사건이라고 생각했지. 자네도 그러지 않았나, 크레이머?"

"예, 그야 뭐…" 크레이머는 애매하게 고개를 끄덕였다.

콜롬보는 주먹으로 목덜미를 콩콩 두드리며 비난하는 듯한 눈초리를 젊은 형사에게 보냈다.

"자네도 분명히 그렇게 생각했어. 단순한 사건이라고… 제독을 죽인 자는 찰스 클레이라고 믿고 있었어. 그게 이치에도 맞았으니까. 우리가 할 일은 그것을 입증할 증거를 모으는 것뿐이었지. 증거는 착착 모이고 있었어. 나는 자네들한테 수사를 맡기고 푹 쉴 작정이었지. 그런데 범인으로 여겼던 사람이 살해돼버렸어. 사건이 어떻게 돌아가고 있는지, 난 전혀 모르겠어."

그러자 크레이머가 조심스럽게 말했다.

"반장님, 어쩌면 사건의 줄거리는 우리가 처음에 생각했던 대로인지도 몰라요. 제독을 죽인 건 역시 찰스 클레이이고, 다만 우리가 모르는 공범이 있어서 클레이와 그 공범 사이에 다툼이 생겼고, 찰스 클레이는 그 때문에 살해됐다는 식으로 정리할 수는 없을까요?" 크레이머의 말투가 점점 빨라졌다. 조심스러웠던 목소리에 확신이 담기기 시작했다. "어젯밤에 여기서 공범과 클레이가 다퉜습니다. 사건 처리 방법을 둘러싸고 내분이 일어난 겁니다. 여자용 머리빗이 반쯤 탄 채 난로에 남아 있었는데, 반장님도 기억하시죠? 제독이 살해된 방에도 여자 소지품이 남아 있었잖습니까? 루주 말입니다. 공범은 여자인지도 모릅니다. 아니, 어쩌면 주범이 여자이고…"

콜롬보는 크레이머의 이야기를 전혀 듣고 있지 않았다. 조바심내며 주머니만 뒤지고 있었다.

"본청으로 돌아가서 시가를 가져올까?"

"반장님!" 맥이 방구석에서 소리를 질렀다. 난롯가에 서서 타다 만 종이를 손바닥에 올려놓고 있었다. "반장님, 잠깐만 와주십시오."

콜롬보는 내키지 않는 태도로 벽을 떠나 천천히 난로로 다가갔다. 크레이머가 그 뒤를 따랐다. 벽난로 앞에 서 있는 맥의 얼굴이 발그레하게 상기되어 있었다. 학기말 시험에서 만점을 받은 고등학생 같은 표정이었다.

"반장님, 이 종이를 봐주십시오. 서명 같은 게 남아 있는데, 반쯤 탔지만 아무래도 제독의 서명인 것 같습니다. 그리고 수취인 이름은 완전히 남아 있습니다. 뭔가 중요한 편지가 아닐까요?"

크레이머가 그 말을 받았다.

"제독의 방에서 도둑맞은 편지가 분명합니다. 틀림없어요. 어쩌면 이것이 범행 동기인지도 모릅니다."

크레이머는 맥의 손바닥 위에 놓여 있는 종잇조각을 들여다보았다. 콜롬보도 얼굴을 가까이 댔다. 긴장한 탓인지 맥의 손이 가늘게 떨리기 시작했다. 그 움직임에 맞추어 종이도 바르르 떨렸다. 그 바람에 검게 탄 부분이 흩어져 바닥에 떨어졌다. 콜롬보는 천천히 맥의 얼굴로 시선을 옮겼다.

"그대로 꼼짝 말고 있게, 맥." 그러고는 크레이머를 돌아보았다. "변호사를 불러와. 아직 이 집 어딘가에 있을 거야."

크레이머는 방에서 뛰쳐나갔다. 콜롬보는 허리를 숙여 맥의 손에 얼굴을 바싹 들이댔다. 그리고 뭉쳐진 종이에 적혀 있는 것을 읽으려고 목을 틀었다. 종이는 똘똘 뭉쳐 있고 오른쪽 절반이 검게 타 있었다. 탄 부분이라도 타자기로 친 글자는 어떻게든 읽을 수 있었다. 빛에 비추어보면 같은 검은색 중에서도 더 짙은 색을 띤 가느다란 선이 떠올라 글자를 이루고 있었다.

"편지 초안인 모양이군. 고친 흔적이 많아. 하지만 서명까지 되어 있는 것을 보면 일단은 보내려고 봉투에 넣었다가 나중에 마음이 바뀌어서 고쳤는지도 모르지. 수취인은…"

콜롬보는 얼굴을 더 바싹 들이댔다. 그러자 맥의 손이 더욱 심하게 떨리기 시작했다.

크레이머가 키터링 변호사를 데리고 돌아왔다.

"이겁니다, 키터링 씨." 크레이머가 가리키자 키터링은 콜롬보와 얼굴을 나란히 하고 종이를 들여다보았다.

콜롬보는 옆에 바싹 다가온 키터링의 얼굴을 보고 천천히 몸을 뺐다. 그러고는 뒤에 서서 키터링의 연회색 양복을 바라보았다.

"양복이 아주 좋은데요. 마치 피서지에서 휴가를 즐기고 있는 사람 같군요."

키터링은 콜롬보의 말에는 아무 반응도 보이지 않고 종이를 들여다본 채 말했다.

"분명히 이건 제독이 쓴 편지입니다. 수취인은 유명한 수산물 가공회사고요. 이 회사가 계속 제의를 해왔습니다. 조선소를 사고 싶다고… 다각 경영이라고 하나요? 요트 제조를 발판으로 삼아 레저 산업에도 손을 뻗칠 작정이었던 모양입니다. 아무래도 제독은 회사를 팔아치울 생각을 했었나 보군요. 매매 조건을 확인하고 있는 걸 보니…" 키터링은 편지에서 눈을 떼고 콜롬보를 돌아보았다. "그쪽은 상당히 좋은 조건을 제시하고 있었습니다. 시설만이 아니라 종업원도 지금과 똑같은 노동 조건으로 몽땅 인수하겠다고… 벌써 2년이 넘도록 매매 의사를 타진하고 있었지요."

콜롬보는 목 언저리를 북북 긁고 나서 그 손으로 턱수염을 쓰다듬었다.

"키터링 씨는 알고 있었습니까? 제독이 회사를 매각할 생각이라는 걸 알고 있었나요?"

키터링은 고개를 저었다.

"제독은 좀처럼 본심을 털어놓지 않는 사람이라서요. 비밀주의를 철저히 지키는 독불장군이었지요. 나는 물론 그분의 고문변호사였지만 상담을 받은 적이 없습니다. 뭐든지 그분 혼자 결정하고 나는 그가 결정한 일을 사무적으로 처리하거나, 상대가 있는 경우에는 그쪽에 전달하거나, 그런 역할만 맡았지요. 법률적인 문제와 관련해서 제독의 질문을 받은 적은 있지만, 그 밖의 일에 대해서는 제독이 나한테 의견을 묻거나 자신의 생각을 들려준 적이 한 번도 없었습니다."

"키터링 씨 외에 제독한테 자문을 의뢰받은 사람은 없습니까?"

"없을 겁니다. 그분은 남에게 자문을 구하는 습관을 갖고 있지 않았어요. 무슨 일에든 지나치다 싶을 만큼 자신만만했고… 항상 혼자서 요트를 타고 있는 것 같았지요. 무슨 어려움에 직면해도 혼자 힘으로 빠져나오곤 했답니다."

키터링은 어깨를 으쓱하고 나서 갑자기 화제를 바꾸었다.

"그런데 조애너는 아직 찾지 못했습니까?"

콜롬보는 천천히 고개를 저었다.

"걱정되십니까? 클레이 부인의 행방을 모르는 게?"

키터링의 넉살 좋은 얼굴이 약간 굳어졌다. 그러나 말투는 여전히 부드러웠다.

"역시 걱정이 되는군요. 나는 조애너의 고문변호사는 아니지만 오랫동안 사건 사이니까요. 조애너가 어릴 적부터 알고 있었지요. 무관한 사이라고도 말할 수 없고…" 키터링은 하얀 구두코를 잠시 내려다보다가, 날씨 이야기라도 하는 듯한 어조로 말을 이었다. "경위님, 설마 조애너를 의심하고 있는 건 아니겠죠? 이 집에 없다는 이유만으로 조애너가 용의자가 되진 않겠지요?"

콜롬보는 키터링의 하얀 구두를 내려다보았다.

"왜 그런 생각을 하시죠?"

키터링은 싱긋 웃었다. 난처한 듯한 웃음이었다.

"조애너는 지금 의심받기 쉬운 처지에 놓여 있으니까요. 조애너는 그렇게 제멋대로이고, 성격도 불같이 격렬하고, 부부 사이도 좋지 않았고…"

"클레이 부인이 용의자 가운데 하나인 건 사실입니다. 누구나 의심받을 가능성이 있어요. 그런데 클레이 부인은 제독의 유산을 전부 상속하겠지요?"

"그럼요. 조애너가 상속할 겁니다. 조카인 스와니에게도 조금은 물려주겠지만, 그건 그저 성의를 표시하는 정도에 불과하고 막대한 재산은 거의 다 조애너한테… 하지만 그렇다고 해서 조애너가…"

"나는 관계자 모두 의심스럽다고 말했습니다. 클레이 부인은 어디까지나 용의자 가운데 하나일 뿐이고…" 콜롬보의 눈썹이 한쪽만 치켜 올라갔다. 그 때문에 얼굴 전체가 일그러진 것처럼 보였다. 일그러진 얼굴 한복판에서 눈이 가늘어졌다. "모두가 의심스럽다고 말했습니다. 예를 들면 당신은 클레이 씨의 시체를 처음 발견한 사람입니다. 아침 일찍 이 집에 왔다가 시체를 발견했지요. 제독 사건도 당신이 알려준 게 발단이 되었습니다. 당신은 제독이 실종되었을 때 맨 먼저 경찰에 신고한 사람입니다. 어찌된 셈인지 당신은 사건마다 가장 먼저 접하는군요. 이건 어찌된 일일까요? 물론 우연의 일치일 수도 있습니다. 하지만 대답해주시겠습니까? 이렇게 아침 일찍 이 집에 온 이유가 뭐죠? 요전에는 피해자인 제독과 만나기로 되어 있었다고 했는데, 이번에도 피해자인 클레이 씨와 만날 약속이라도 하셨나요?"

변호사는 콜롬보의 눈을 똑바로 바라보았다. 그러고는 긴장을 풀려는 듯 하얀 이를 내보이며 웃었다.

"대담한 말씀을 하시는군요, 경위님. 하필이면 변호사를 의심하시다니, 너무 대담하지 않습니까?" 부드러운 말투였다. 분노의 빛도 흥분한 기색도 없이 침착하고 부드러운 어조를 허물어뜨리지 않았다. "하기야 의심하는 게 당연한 일인지도 모르지요. 시체를 처음 발견한 사람은 으레 의심받는 입장에 놓이는 모양이니까요. 틀에 박힌 수사의 정형이라고나 할까요? 경찰은 우선 가까운 곳에 의심의 눈길을 돌리는 법이지요. 하지만 나는 범죄와는 관계가 없습니다. 경위님 말씀대로 오늘 아침에는 찰스와 여기서 만나기로 되어 있었습니다만…"

"무슨 용건이었죠?"

"그건 나도 모릅니다. 만나면 알 수 있었겠지만, 내가 여기 와서 보니 찰스는 이미 죽어 있었습니다. 용건은 말하지 않았지요. 본인이 직접 만나자고 한 게 아니니까요. 어젯밤 늦게… 물론 일 때문에 늦어졌지만, 새벽녘에 집에 돌아갔더니 스와니가 전화로 찰스의 말을 전해주더군요. 찰스가 내일 아침에 집으로 와달라고 하더라고…"

콜롬보의 치켜 올라간 눈썹이 원래 위치로 돌아왔다.

"스와니 씨는 언제나 그런 역할을 맡고 있나요?"

키터링은 웃었다.

"스와니의 좋은 점은 밤에 잠을 자지 않는다는 겁니다. 꼭 올빼미 같아요. 밤중에 누군가에게 급히 연락을 취하고 싶은데 연락이 안 될 때는 스와니한테 전갈을 부탁해놓고 잠을 자지요. 스와니는 꽤 꼼꼼한 성격이라서, 상대가 받을 때까지 몇 번이든 전화를 겁니다. 게다가 스와니는 한밤중에 전화를 걸어도 상대가 별로 기분 나빠하지 않습니다. 구제 불능의 건달이지만 스와니한테는 묘한 재능이 있지요. 나도 몇 번 전갈을 부탁한 적이 있는데, 스와니는 편리한 메신저예요."

"그렇군요." 콜롬보는 고개를 끄덕였다.

키터링은 손목시계를 보았다. 회중시계만큼 커다란 금시계였다.

"아뿔싸. 벌써 시간이 이렇게 됐나? 다음 약속이 있어서 나는 이만 실례하겠습니다. 경위님, 뒷일을 잘 부탁합니다."

키터링은 재빨리 방에서 나갔다. 키터링이 현관 복도로 나가 거실문을 닫으려 할 때 콜롬보가 그를 불러 세웠다.

"저어, 키터링 씨, 한 가지만 더 묻겠는데…" 콜롬보는 한 손을 들고 문간에 서 있는 키터링에게 다가갔다. "무례한 질문이라서 죄송하지만, 한 가지만 더 묻겠습니다. 다름이 아니라 제독이 살해된 날 밤에 어디 계셨습니까?"

문간에 멈춰 선 키터링은 바지 주머니에 두 손을 찔러넣고 뚱뚱한 배를 약간 내밀듯이 몸을 젖혔다. 콜롬보를 지켜보는 얼굴에 거의 천진난만한 미소가 번져갔다.

"경위님, 그날 밤 일은 잊고 싶어도 잊을 수가 없습니다. 돌아가신 제독님에게는 미안하지만 나에게는 실로 행복한 밤이었지요. 젊은 여자와 함께 모텔에 있었습니다. 하지만 그건 벌써 경찰관에게 말했을 텐데요."

"내가 알고 싶은 건 그 모텔의 이름입니다. 어딥니까?"

"좋은 모텔이었어요. 하지만 유감스럽게도 어느 모텔이었는지 기억이 나질 않는군요. 요트 클럽에서 조금 더 가면 모텔이 몇 군데 모여 있는 곳이 있어요. 그중 하나였던 것 같은데 아무래도 확실치가 않습니다. 꽤 취해 있었거든요. 하지만 알리바이가 필요하다면 열심히 찾아보겠습니다. 모텔 안으로 들어가면 어느 모텔이었는지 확실히 알 수 있을 겁니다."

"같이 간 여자는 누굽니까?"

콜롬보가 묻자 키터링은 의미 있는 웃음을 흘렸다.

"젊은 여자였어요. 이름은 모릅니다. 정식으로 소개받은 상대는 아니에요. 어느 파티에서 만났지요. 말하자면 하룻밤 내 항구에서 쉬었다 간 느낌입니다. 새벽에는 훌쩍 떠나버렸어요. 결국 하룻밤의 즐거움으로 끝났지요. 남자도 나만 한 나이가 되면 들러주는 배도 거의 없으니까요. 내 항구에 잠시라도 머물러주는 배가 있으면 이름도 신분도 따지지 않습니다. 좀 한심한가요?"

키터링은 불룩 튀어나온 배를 두드리며 웃었다.

콜롬보는 갑자기 치통을 느낀 것처럼 볼에 손을 대고 얼굴을 찡그렸다.

"반장님, 잠깐만…" 크레이머가 콜롬보에게 귀엣말을 했다. "조애너 클레이의 행방을 알아냈습니다. 방금 순찰차에서 무선으로 연락이 들어왔어요."

"좋아." 콜롬보는 말하고 거실에 남아 있는 맥을 돌아보았다. "맥, 손에 들고 있는 그 종이를 감식반으로 가져가서 가능한 한 글자를 복원해달라고 부탁하게. 그대로 손에 올려놓고 살며시 차에 타면 돼. 부서지면 안 되니까 조심해서 운반하도록."

맥은 몸을 뻣뻣하게 긴장시킨 채 조심조심 방에서 나갔다. 콜롬보와 크레이머는 현관문을 열었다. 키터링은 거실로 돌아가 맥이 문 너머로 사라지는 것을 지켜보고 나서 수화기를 집어들었다. 그러고는 문에 등을 돌린 채 다이얼을 돌렸다. 키터링은 상대의 이름을 말하고 나서 수화기를 들고 기다렸다.

콜롬보가 문간으로 돌아왔다. 키터링을 보고 한 손을 들면서 말을 걸려다가, 벌린 입을 다물고 뚱뚱한 변호사의 뒷모습을 바라보았다. 이윽고 변호사가 수화기에 대고 낮은 소리로 말하기 시작하자 콜롬보는 문간에서 모습을 감추었다.

3

요트 클럽에는 아침 식사 냄새가 진동하고 있었다. 달걀과 베이컨 냄새, 커피 향기가 고여 있고, 포크와 나이프를 움직이는 소리, 웃거나 이야기하는 웅성거림이 끊이지 않았다. 항구에 요트를 묶어둔 사람들의 아침 식사 시간이었다.

스와니는 조용히 피아노를 치고 있었다. 밤새 마신 술기운으로 눈이 붉게 충혈되어 있었다. 하얀 재킷 어깨에 갈색 머리카락이 한 올 떨어져 있었다.

스와니에게는 지금이 슬슬 잠자리에 들 시간이다. 아침 식사를 냄새만 맡고 배로 돌아간다. 그러고는 오후 늦게 눈을 뜬다. 활기를 되찾은 몸과 기분으로 아침 겸 점심을 먹고, 또 술을 마시기 시작한다. 스와니는 이런 일과를 빠짐없이 되풀이하고 있었다. 아름다운 피아노곡을 밤새도록 무료로 쳐주는 손님이기 때문에 클럽에서도 스와니를 환영하고 있었다.

조애너 클레이는 화장실 옆 전화부스를 나왔다. 안색이 하얀 드레스만큼 창백했다. 상당히 취해 있었다. 걸음걸이가 불안정했다. 무릎에 힘이 들어가지 않는 모양이었다. 조애너는 비틀거리며 카운터로 다가가 등받이 없는 높은 의자에 기어오르듯 앉아서 브랜디를 주문했다.

그런 조애너를 스와니가 물끄러미 바라보고 있었다. 피아노를 다 치자 스와니는 카운터로 다가왔다. 그리고 조애너 옆에 앉아서 쾌활하게 말을 걸었다.

"왜 그래? 얼굴이 몹시 창백한데. 마치 죽어가는 사람 같군. 또 숙취야?"

"여느 때의 숙취와는 달라요."

조애너는 힘없이 웃었지만 얼굴은 환해지지 않았다. 조애너는 술잔에 가득 담긴 술을 단번에 절반쯤 들이켰다. 스와니가 손뼉을 치며 장단을 맞추었다.

"그래, 그래야지. 실컷 마시고 나서 집에 가서 자면 돼. 깨어나면 개운해질 거야. 찰스가 화를 낼 것 같아서 걱정돼?"

그러자 조애너의 창백한 얼굴이 일그러졌다 입술이 와들와들 떨렸다. 무슨 말을 하려고 입을 뻐끔거렸지만 말이 나오지 않았다. 스와니가 조애너의 얼굴을 들여다보았다.

"왜 그래?"

두 남자가 카운터로 다가와서 조애너와 스와니를 사이에 두고 양쪽에 앉았다.

스와니 옆에 앉은 사람은 옥수수털 같은 머리카락이 정수리에 약간 남아 있는 크레이머였다. 조애너 옆에는 콜롬보가 앉았다.

바텐더가 다가와서 두 형사를 수상쩍다는 듯이 바라보았다. 그러다가 우선 나이가 많은 콜롬보에게 말을 걸었다.

"뭘 주문하시겠습니까?"

콜롬보는 대답하지 않고 바텐더 뒤에 있는 커다란 거울을 바라보았다. 거기에 조애너의 얼굴이 비쳐 있다.

"클레이 부인, 즐겁게 지내고 계시는데 죄송하지만 잠깐 드릴 말씀이 있습니다. 여기서는 곤란하니까 밖으로 나가주시겠습니까?"

"이봐요, 형사님." 조애너보다 먼저 스와니가 쾌활하게 외쳤다. 그러고는 윗몸을 내밀고 조애너 옆에 앉아 있는 콜롬보에게 손을 내밀었다.

콜롬보는 그 손을 가볍게 잡았다. 바텐더는 형사라는 말을 듣고 재빨리 물러갔다.

"클레이 부인, 오늘 아침에 어디 있었는지 말씀해주실래요?" 콜롬보의 목소리는 낮았다. 거의 속삭임에 가까웠다.

콜롬보는 질문하고 나서 거울에 비친 조애너의 표정을 살폈다. 조애너는 흔들거리는 머리를 콜롬보 쪽으로 쑥 내밀었다.

"미장원에 가 있었어요. 어때요? 이 헤어스타일, 제법 괜찮죠?"

콜롬보는 조애너의 머리를 힐끔 바라보았다.

"좋군요. 하지만 부인은 미장원에 가지 않았습니다. 예약은 했지만 가지 않았어요. 그렇지요?"

조애너는 창백한 얼굴에 힘없는 미소를 떠올렸다.

"어땠는지 기억나지 않아요. 완전히 취해버려서…"

"그렇습니까?" 콜롬보는 카운터에 두 팔꿈치를 괴고 손에 턱을 올려놓았다. "전해야 할 소식이 있는데… 클레이 부인, 밖으로 좀 나가주시겠습니까?"

"밖으로요?" 조애너는 뒤의 창문을 돌아보고 눈부신 듯 눈을 가늘게 떴다. "모처럼 청하시니까 밖에 나가고 싶은 마음은 굴뚝 같지만, 저기까지 걸어갈 수 있을지 모르겠군요."

"그렇다면 할 수 없지요." 콜롬보는 두 손을 턱에서 떼어 카운터에 올려놓았다. "슬픈 소식이지만, 남편 되시는 찰스 클레이 씨가 자택에서 돌아가셨습니다. 타살인 것 같습니다."

조애너는 가볍게 고개를 끄덕였다. 스와니가 의자에서 내려와 성큼성큼 다가왔다.

"찰스가 살해됐다고요? 당치도 않은 소리는 하지 마세요. 나는 어젯밤에 전화로 찰스와 이야기했어요. 그때는 팔팔하게 살아 있었다고요."

콜롬보는 스와니를 무시하고 조애너의 창백한 얼굴을 바라보고 있었다.

"놀라지 않는 것 같군요." 콜롬보는 조용히 말하고 눈을 가늘게 떴다. "왜 놀라지 않죠? 남편이 죽은 걸 미리 알고 있었나요? 아니면 변호사 키터링 씨한테서 전화가 걸려왔기 때문인가요? 왜 그 사람은 몰래 부인한테 연락했을까요? 왜 그 사람은 나한테 거짓말을 하고 부인이 있는 곳을 숨겼을까요? 무엇 때문이죠?"

조애너는 요란하게 웃고 나서 술잔에 남은 브랜디를 목구멍으로 흘려 넣었다.

"이상하군요. 키터링은 왜 나한테 친절할까요? 가르쳐주세요, 경위님."

"가르쳐드릴 테니 여기서 나갑시다." 이렇게 말하고 콜롬보는 의자에서 몸을 일으켰다.

콜롬보는 앞으로 몸을 굽히고 손님들 사이를 헤치며 문으로 걸어갔다. 한 번도 뒤돌아보지 않는다. 조애너가 당연히 따라오리라고 굳게 믿고 있는 모양이다.

"흥." 조애너는 코웃음을 쳤지만, 브랜디를 한 잔 더 주문하고는 천천히 의자에서 내려왔다.

스와니가 손을 잡아주었다.

"그만두는 게 좋겠어, 조애너. 형사를 상대할 필요는 없어. 찰스가 살해되었다는 말은 터무니없는 소리야. 네 마음을 흔들어놓은 다음 큰아버지에 대해 뭔가를 알아내려는 수작이야. 그만두는 게 좋겠어, 조애너. 내가 집까지 바래다줄 테니까."

"찰스가 죽었다는 말은 거짓말이 아니에요."

조애너는 스와니의 손을 뿌리쳤다. 그리고 한 걸음 내디딘 순간 무릎에서 힘이 빠져 몸이 한쪽으로 기울어졌다. 그와 동시에 머리가 앞으로 푹 수그러졌다. 그래도 브랜디 술잔은 놓치지 않은 채 비틀거리며 문으로 걸어갔다.

스와니는 멍하니 그 뒷모습을 지켜보았다. 그리고 옆에서 크레이머에게 낮은 소리로 물었다.

"찰스가 살해됐다는 게 정말입니까?"

크레이머는 고개를 끄덕이고 수첩을 꺼냈다.

"당신도 어젯밤의 행적을 설명해주시죠. 그리고 어젯밤의 클레이 부인에 대해서 알고 있는 것도 말씀해주시고…"

밖으로 나온 조애너는 눈을 감았다. 아침 햇살이 너무나 눈부시게 눈을 찔렀다. 햇빛은 눈꺼풀을 꿰뚫고 알코올로 탁해진 머리를 갈기갈기 찢었다. 정신을 잃을 것 같았다. 조애너는 현기증을 억누르며 꼼짝도 않고 서 있었다.

햇빛을 받은 창백한 피부는 거칠어져 있었다. 벗겨지기 시작한 화장 밑에서 입가나 눈가에 새겨진 잔주름이 또렷이 드러났다. 손에 든 술잔 속에서 브랜디가 흔들려 반짝반짝 빛났다.

조애너는 살며시 눈을 떴다.

하얗게 펼쳐진 주차장 안에 콜롬보의 땅딸막한 모습이 서 있었다. 까치집같이 곤두선 머리가 아침 햇살을 받아 반짝이고 있다. 그것이 왠지 묘하게 우스워 보여서 조애너는 쿡쿡 웃었다.

콜롬보는 더러운 자동차 문을 열고 계속 손짓을 하고 있었다. 그것도 우스워 보여서 조애너는 소리 없이 실실 웃었다.

브랜디가 조금 엎질러져 손가락을 적셨다. 조애너의 눈에는 그 손가락이 죽은 물고기의 배처럼 보였다. 조애너는 브랜디를 엎지르지 않도록 조심해서 걸었다. 콜롬보 앞까지 오자 조애너는 안도의 한숨을 내쉬었다. 그러고는 너저분한 소형 자동차를 찬찬히 바라보았다.

"어머나, 무척 작은 차군요. 그리고 너무 더러워요. 숙녀가 탈 자동차가 아닌 것 같은데요."

"조금만 참아주세요." 귓가에서 콜롬보가 말했다. 차분하고 상냥하다고까지 말할 수 있는 목소리였다.

조애너는 술잔을 손에 든 채 조수석에 올라타고 콜롬보는 보닛을 돌아 운전석에 올라탔다. 앞유리창 너머의 하늘에 수많은 요트의 돛대들이 겹쳐 있다. 그러나 콜롬보는 차를 움직일 기색도 없이 코트 주머니에 손을 찔러넣은 채 조애너와 나란히 앉아 있을 뿐이었다. 그러다가 줄지어 늘어선 돛대를 바라보며 무심한 목소리로 말했다.

"사람이 둘이나 살해됐습니다. 한 사람은 부인의 아버지이고 또 한 사람은 부인의 남편입니다. 부인과 아버지의 사이도, 부인과 남편의 관계도 별로 좋지 않았다고 하더군요. 아니, 정확히 말하면 서로 미워하는 사이였지요. 하지만 제독은 딸인 부인을 사랑했고, 찰스 클레이 씨도 한때는 아내인 부인을 사랑했을 겁니다. 그런데 둘 다 죽어버렸어요. 누군가에게 살해당했습니다. 누가 그랬을까요?"

"내가 그랬다고 말하고 싶으신 건가요?" 조애너는 입가를 일그러뜨리며 웃었다. "아버지 살해와 남편 살해… 중죄군요. 두 번 사형당할지도 몰라요."

"재판은 내 임무가 아닙니다. 내 임무는 범인을 찾는 겁니다."

"그럼 찾아보세요. 나 같은 주정뱅이 여자는 상관하지 마시고, 얼른 범인을 찾아내서 사태를 확실히 밝혀주세요."

조애너는 문손잡이를 잡았다. 녹이 슬었는지 비명을 지르듯 삐걱거리는 문을 억지로 밀어 열고 주차장 아스팔트에 발을 내렸다. 조애너가 비틀거리며 일어섰을 때 차 안에 있는 콜롬보가 낮은 소리로 말했다.

"이런 걸 발견했는데…" 콜롬보는 한 손으로 핸들을 쥔 채 몸을 비틀어 또 한 손을 조애너에게 내밀었다. 손바닥에 여자용 머리빗이 놓여 있었다. "이걸 본 적이 없습니까?"

"있어요." 조애너는 될 대로 되라는 듯이 대답하고는 어깨를 으쓱하고 다시 조수석에 올라탔다. "내 빗이니까 본 적은 있지요. 거기에 여러 가지 물건을 잊어버리고 온 모양이군요. 찰스는 브로치와 손수건을 주워다 주었는데 형사님이 주워온 건 빗뿐인가요? 그 밖에도 여러 가지가 있었겠죠?"

"예, 그렇습니다." 콜롬보는 코트 주머니를 뒤져 제독의 서재에 있었던 립스틱을 꺼냈다. "이런 것도 있더군요."

"기가 막혀. 소지품을 몽땅 여기저기 뿌리고 다녔나 봐요. 립스틱까지 잊어버리다니… 정말 놀랐어요." 이렇게 말했지만 조애너는 전혀 놀란 것 같지 않았다. 무관심해 보이기까지 했다. 다만 하고 싶은 말을 빨리 끝내고 깨끗이 매듭을 지어버리고 싶다는 듯, 말투에 거침이 없어졌다. "어쩔 수 없으니까 솔직히 고백할게요. 경위님이 추측하신 대로 난 키터링과 바람을 피웠어요. 찰스는 브로치와 손수건을 어디서 발견했는지 말하지 않았지만, 내 외도를 눈치챘다는 걸 넌지시 암시했어요. 하지만 그 사람은 아무 말도 하지 못했죠. 먼저 바람을 피운 건 자기니까요. 마누라가 자기를 흉내냈다고 해서 화를 낼 수는 없잖아요? 상당히 불쾌한 것 같았지만, 빗대어서 넌지시 빈정거렸을 뿐이에요. 나는 시치미를 뗐죠. 하지만 이것만은 분명히 말해두겠어요. 나는 키터링과 바람을 피우기 위해 남편을 죽일 만큼 바보가 아니에요. 키터링과 함께 잔 건 딱 한 번뿐이었어요. 그런 변호사 따위는 좋아하지도 않아요." 조애너는 단숨에 말하고 나서 조그맣게 한숨을 내쉬었다. "그저 찰스한테 화풀이할 셈으로, 전부터 추근거리던 키터링한테 하룻밤 봉사했을 뿐이에요. 그 사람과의 일은 별로 기억나지 않아요. 그날 밤에는 완전히 취해버려서 모텔에 도착한 뒤의 일은 전혀 기억이 없어요. 제정신이었다면 그런 배불뚝이 영감탱이와 함께 모텔에 갈 리가 없잖아요? 여러 가지 물건을 그 모텔에 놓고 온 것도 그 때문이에요. 찰스는 어떻게 내 외도를 냄새 맡았을까요? 미행이라도 했을까요? 그 사람이라면 충분히 그럴 만하죠. 내 약점을 잡아놓고 그걸로 자기 외도를 정당화하려는 수작이었으니까. 더러운 놈이에요. 여기저기 냄새나 맡고 다니면서 내가 잊어버린 물건을 주워다가, 그걸 움직일 수 없는 증거라는 듯이 나한테 내밀다니… 그런데 경위님은 찰스가 미처 보지 못한 것을 주워 와서 이렇게 가져다주었군요."

콜롬보는 묘한 생물이라도 보는 듯한 눈초리로 제 손에 놓여 있는 립스틱을 들여다보았다.

"모텔요?" 콜롬보는 립스틱에 묻듯이 말하고는 조애너를 바라보았다. 이마에 깊은 주름이 새겨졌다. "이 립스틱과 머리빗은 모텔에서 주운 게 아닙니다. 빗은 댁의 벽난로에서 발견했어요, 마치 증거품을 태우려다가 다 태우지 못한 것 같은 상태로 난로 속 쇠살대 위에 있었지요. 그렇습니다. 분명히 말하자면 부인이 중요한 증거물을 처리하려 하고 있을 때 남편인 찰스 클레이 씨가 나타났고, 그래서 부인은 클레이 씨를 총으로 쏘아 죽였다… 이렇게 상상하고 싶어지는 현장 상황이었지요. 물론 흉기는 아직 발견되지 않았지만…"

콜롬보는 입을 다물고 치뜬 눈으로 조애너를 바라보았다. 밑에서 밀어 올리는 듯한 시선이었다. 조애너는 숨을 죽였다. 그리고 입가에서 술잔을 떼어 무릎 위에 내려놓았다.

"설마…"

그러자 콜롬보는 눈을 치뜬 채 날카롭게 말했다.

"나는 사실을 말씀드리고 있는 겁니다. 빗은 찰스 클레이가 살해된 현장에 있었어요. 모텔이 아닙니다. 말이 나온 김에 말씀드리면 립스틱은 제독이 살해된 현장으로 여겨지는 곳에 있었어요. 이건 분명한 사실입니다. 내가 이 눈으로 확인했으니까요. 둘 다 살인 현장에 있었습니다. 마치 부인이 그 현장에 있었다는 것을 증명하듯이 말입니다."

조애너는 목에 손을 댔다. 웃어 보이려고 했지만 얼굴은 일그러질 뿐이었다.

"모텔이 아니라고요?" 가냘픈 목소리가 입술에서 새어 나왔다. 조애너는 술잔을 꽉 움켜쥐고 겁먹은 눈으로 콜롬보를 바라보았다. "그럼 경위님, 나는…"

"의심받아도 어쩔 수 없는 처지입니다. 나는 결코 부인의 외도에 흥미가 있는 게 아닙니다. 두 사람을 죽인 범인을 알고 싶을 뿐이지…" 이렇게 말하고 나서 콜롬보는 갑자기 빙긋 웃었다. 눈에 장난기 어린 빛이 떠올랐다. "하지만 걱정하지 마세요. 나는 부인이 범인이라고는 말하지 않았습니다. 부인도 용의자 중의 한 사람이지만 범인이라고 단정한 건 아닙니다. 되도록 자세히 설명해주세요. 제독이 살해된 날 밤 부인의 행적에 대해서…"

"잘 기억나지 않아요." 조애너는 힘없이 고개를 저었다. "어쩌면 그날 밤 아빠를 만나서 얘기했을지도 몰라요. 마음에 걸리는 일이 있었으니까요. 하지만 아빠를 죽이지는 않았어요. 아무리 취했어도 살인은 하지 않아요. 아빠를 미워했지만 죽이고 싶다고 생각한 적은 없어요. 그런 생각은 한 번도 하지 않았어요. 믿어주세요."

조애너는 매달리듯 말했지만, 콜롬보의 목소리는 냉정했다.

"기억하고 있는 것만이라도 좋으니까, 그날 밤의 행적을 설명해주십시오. 우선 요트 클럽에서 술을 마셨지요?"

조애너는 힘없이 고개를 끄덕였다.

"마셨어요. 저녁을 먹고 나서 8시경부터 줄곧 마셨죠. 그때 키터링이 와서 추근대기 시작했어요. 사람들 앞이라 농담조로 나를 유혹했지만, 그게 처음은 아니니까 키터링의 속셈이 뭔지 잘 알고 있었죠. 남편을 딴 여자한테 빼앗기고 쓸쓸해서 술을 마시고 있는 여자의 허점을 이용할 작정이었던 거예요. 나도 농담조로 좋다고 말해줬죠. 그리고 밀회 장소도 내가 정했어요. 그 모텔에 먼저 가서 기다려달라고… 키터링은 반신반의하는 표정이었어요. 하지만 기뻐하는 것 같더군요."

"몇 시에 만나기로 했습니까?"

"시간은 정하지 않았을 거예요. 조금만 더 마시고 갈 테니까 먼저 가서 기다려달라고 했던 것 같아요. 정말 비참한 기분이었죠. 좋아서 어쩔 줄 모르는 키터링의 능글맞은 얼굴을 본 순간 술기운이 반쯤 달아나버렸어요. 키터링이 나간 뒤에 또 술을 마셨죠. 스와니 오빠와 함께 노래도 부르고…"

"스와니 씨도 그 자리에 있었나요?"

"오빠는 늘 클럽에 있어요. 거기서 살고 있는 거나 마찬가진걸요. 클럽에서 술을 마시면서 피아노를 치죠. 아무짝에도 쓸모없는 사람이지만 피아노만은 잘 쳐요. 마음만 먹으면 피아노 연주로 먹고살 수도 있을 거예요."

조애너는 클럽 쪽을 돌아보았다. 피아노 소리는 들리지 않는다.

"모텔에는 몇 시쯤 도착했습니까?"

"기억나지 않아요. 오빠나 아니면 누군가가 택시를 불러준 것 같아요. 현관으로 갈 때 다리가 비틀거려서 넘어지는 바람에 어떤 사람의 술을 엎지른 게 기억나요. 그리고 오빠가 현관까지 데려다준 것도 기억하고 있어요. 오빠는 나를 껴안다시피 해서 택시까지 데려다주었어요. 핸드백도 갖다주었고요. 모텔에 도착한 뒤의 일도 말할까요?"

"아니, 됐습니다." 콜롬보는 고개를 저었다. 그러고는 고양이가 세수하듯 투박한 손으로 이마부터 코까지 문질렀다. "그런데 시간이 확실치 않군요. 그리고 자세한 건 아무것도 기억하질 못하니… 생각해내지 않으면 곤란합니다. 그때가 마침 제독이 살해될 무렵이니까요. 어젯밤에는 어땠습니까? 찰스 클레이 씨가 살해된 어젯밤에는?"

"집에서 찰스를 기다리고 있었어요. 밤 1시까지는… 그래도 돌아오지 않길래 여기로 왔어요."

"그래서 아침까지 줄곧 여기 있었나요?"

조애너는 고개를 끄덕였다.

"아침까지 계속 마셨어요. 하지만 밖에 나간 적도 몇 번 있어요. 찰스가 돌아왔는지 상황을 보려고 집에 돌아갔죠. 그런데 창문에 불빛이 보이지 않길래 아직도 돌아오지 않은 줄 알고 다시 여기로 돌아왔어요."

"상황을 보려고 집에 간 시간도 기억나지 않습니까?"

"기억나지 않아요. 평소에는 그런 짓을 하지 않는데 어젯밤에는 왠지 마음에 걸려서 집 앞까지 몇 번 가보았어요. 찰스한테 꼭 말해두고 싶은 일이 있는 것 같아서… 하지만 지금은 무슨 말을 하려고 했는지도 기억이 안 나요." 조애너는 한숨을 내쉬었다. "어쩔 도리가 없어요. 구제 불능이에요. 알코올 중독에 걸린 여자는 쓸쓸함을 달래려고 술을 마시는 동안 아버지가 돌아가시고 남편이 죽고, 그래서 전보다 더 쓸쓸해져서 술과 함께 오래오래 살아가겠죠."

조애너는 브랜디를 한 모금 마셨다. 한 줄기 눈물이 볼을 타고 흘러내렸다. 콜롬보는 헛기침을 했다.

"클레이 부인, 나는 부인의 변호사는 아닙니다. 하지만 말해두지 않으면 안 되겠군요. 부인은 불리한 입장에 놓여 있습니다. 아주 불리한 입장이지요. 클럽에 있었던 스와니 씨의 증언도 들어보겠지만, 이대로 가면 불리합니다."

"나더러 어쩌라는 거예요?" 조애너는 쇳소리를 지르며 콜롬보를 돌아보았다. "머리가 알코올에 절어버려서 어제 일도 오늘 일도 모두 몽롱하고 확실치 않아요. 아빠가 돌아가신 날 밤의 일은 더더욱 확실치 않아요. 짙은 연기 속을 들여다보는 것 같아요. 하지만 나는 죽이지 않았어요. 아빠도 남편도 죽이지 않았어요. 절대로…"

그때 스와니가 화가 나서 시뻘게진 얼굴을 창문으로 들이밀었다.

"그래요. 조애너는 아무 짓도 하지 않았습니다. 나와 마찬가지로 술은 많이 마시지만, 나쁜 짓은 절대로 하지 않아요. 이런 차에 가둬놓고 취조를 하다니, 너무 심한 거 아닙니까?"

조애너가 손을 흔들었다.

"괜찮아, 오빠. 난 의심받아도 어쩔 수 없는 입장이고, 아빠가 돌아가신 날 밤에 몇 시쯤 여기서 나갔는지도 기억나지 않아요."

"그거라면 내가 기억하고 있어." 스와니가 얼굴을 환히 빛냈다. "11시가 좀 지나서였어. 네가 클럽을 나간 건 11시쯤이야."

"그런 것 같습니다." 크레이머가 콜롬보 쪽 창문으로 다가와 수첩을 뒤적거리면서 말했다. "스와니 씨는 밤 10시 조금 전에 배를 탔답니다. 가슴이 답답해져서 클럽을 나와 배를 타고 후미를 한 바퀴 돌고 왔답니다. 한 시간 정도였지요, 스와니 씨?"

스와니는 고개를 끄덕이고 나서 말했다.

"그래요. 한 시간쯤 배를 탔습니다. 배를 얼마나 오래 탔나 하고 클럽에 돌아가서 시계를 보았더니 11시가 조금 지났더군요. 그때 조애너가 택시를 불러달라고 했어요. 그래서 나는 택시를 불러주고 조애너를 택시까지 바래다주었습니다."

콜롬보는 스와니를 바라보았다.

"분명히 11시쯤입니까? 12시쯤이 아니고요?"

"틀림없습니다." 스와니는 자신 있는 어조로 대답했다. "분명히 12시보다 훨씬 전이었어요. 12시쯤이라면, 나는 사람들과 함께 노래를 부르고 있었으니까요. 클럽에서는 언제나 그렇게 하고 있습니다. 12시가 되면 손님들이 모두 노래를 부르기 시작하지요. 내가 지휘를 맡습니다. 곡은 날마다 다르지만 내가 선곡해서 12시 1분 전부터 노래하기 시작합니다. 12시를 1초라도 지나면 벌써 내일이 되니까 이틀에 걸쳐 노래를 부르는 셈이 되지요. 즐거워요. 실없다고 말하면 실없는 짓이지만, 그것도 주정뱅이의 즐거움입니다."

"그렇습니까?" 하면서 콜롬보는 립스틱과 머리빗을 코트 주머니에 도로 집어넣었다.

스와니가 문을 열었다.

"이젠 조애너를 데려가도 되지요?"

콜롬보는 고개를 끄덕였다.

스와니는 끌어안다시피 하여 조애너를 차에서 내려주었다. 하얀 드레스와 하얀 재킷을 입은 두 사람은 밤새워 야회를 즐긴 연인들처럼 서로에게 매달린 채 비틀비틀 걸어갔다.

스와니는 노란 스포츠카에 조애너를 태웠다. 스포츠카는 굉음을 울리며 달려갔다. 조애너에게는 남편의 장례식을 치러야 할 일이 기다리고 있었다.

4

멀어져가는 스포츠카를 유리창 너머로 지켜보고 나서 콜롬보는 천천히 차에서 내렸다. 그리고 곧장 주차장을 가로질러 요트 항구 쪽으로 걸어갔다. 힘없는 걸음이었다. 덩치 큰 크레이머가 경호원처럼 바싹 붙어서 따라왔다.

"어렵군. 앞이 꽉 막혔어. 이런 일은 별로 없는데…"

"반장님, 지금까지 생각했던 대로 생각해보는 게 어떻습니까? 제독을 죽인 건 역시 찰스 클레이이고, 공범과 다투다가 살해됐을 가능성 말입니다. 그런 각도에서 생각해보면…"

콜롬보는 고개를 저었다.

"찰스 클레이는 무죄야. 내 직감이지만, 죽은 그 사람은 결백해."

"그럼 새로운 각도에서 범인을 찾아내야 하는데…" 크레이머는 불만스러운 모양이었다.

그때 멀리서 부르는 소리가 들렸다.

"반장님!" 맥이 주차장을 달려오고 있었다. 콜롬보 앞까지 오자 맥은 숨을 헐떡이면서 말했다. "타다 남은 종이는 감식반에 갖다주었습니다. 그리고 이왕 거기까지 간 김에 조사 결과가 나오기를 기다리고 있었지요. 아직 다 끝나진 않았지만, 역시 제독은 조선소를 매각할 작정이었던 모양입니다. 내용으로 보아 그건 금방 알 수 있었다는 겁니다."

"수고했어." 콜롬보의 대답은 무뚝뚝했다. 콜롬보는 항구의 철망 앞에 서서 물었다. "맥, 감식반에서 다른 말은 하지 않던가?"

"다른 증거물은 조사가 다 끝났습니다." 맥은 수첩을 펼쳤다. "제독의 서재에서 발견된 립스틱에는 지문이 묻어 있지 않았답니다. 시계에도 지문은 없었고요. 깨끗이 닦여 있었다는 뜻이지요."

"그런 것쯤은 나도 알고 있어." 콜롬보는 주머니에서 립스틱을 꺼내 보였다. 이어서 빗을 꺼냈다. "이것에도 지문은 묻어 있지 않아. 조사하지 않아도 알고 있어. 지문이 있다 해도 그건 내 거야."

맥은 수첩을 뒤적거렸다.

"그 밖에는 서재에 있던 밧줄걸이인데요, 제독을 죽인 흉기라는 게 확실해졌습니다. 제독의 머리에 난 상처와 완전히 일치한답니다."

"하지만 밧줄걸이에도 지문은 없었군. 그렇지?"

맥은 미안한 듯이 고개를 끄덕였다.

"예, 유감이지만 그렇습니다. 밧줄걸이의 머리 부분은 깨끗이 닦여 있었답니다. 하지만 반장님, 적어도 그게 제독을 죽인 흉기라는 것만은 확실해졌고…"

"맥…" 콜롬보는 감식 결과에는 전혀 흥미를 보이지 않고 말했다. "자네 혹시 시가 같은 건 갖고 있지 않겠지?"

맥은 고개를 저었다. 콜롬보는 안타까운 듯이 고개를 끄덕였다.

"그렇겠지. 경찰학교에서 수석을 다툰 수재가 담배를 피울 리가 없지. 그런 사람은 대개 담배를 피우지 않아. 아까운 거야, 담배 피우는 시간이… 그럴 시간이 있으면 공부를 하겠지."

"반장님, 저도 담배를 피우는데요." 맥이 항변하듯 말했다.

그러나 콜롬보는 깨끗이 무시하고 크레이머를 돌아보았다.

"크레이머, 자넨 어떻게 생각하나? 그 스와니라는 자는 구제 불능의 건달이지만, 그래 봬도 꽤 상냥한 친구야. 뭔가 숨기고 있는 게 아닐까? 누군가를 감싸고 있거나… 아까 클럽에서 얘기해보니까 어때?"

크레이머는 잠깐 생각하고 나서 대답했다.

"제가 받은 인상으로는 숨기는 게 전혀 없는 것 같습니다. 숨기면 태도나 표정에 그대로 드러나는 타입이에요. 그보다 저는 조애너와 관련해서 제독이 살해된 날 밤 그의 알리바이를 추궁해보았는데, 그 사람은 아무래도 결백한 것 같습니다. 제독의 시계는 11시 58분을 가리킨 채 망가져서 멈춰 있었습니다. 그 시간이 범행 시간이라면 스와니는 결백합니다. 아까도 반장님한테 말했지만 12시 전에 이 클럽으로 돌아와서 사람들과 함께 노래를 불렀으니까요. 그런 뒤에는 줄곧 클럽에 있었고요. 그리고 어젯밤에도 스와니는 제독이 살해된 날 밤과 마찬가지로 배를 타고 후미를 한 바퀴 돌았답니다. 밤중에 배를 타는 건 그 사람의 버릇인 모양입니다."

콜롬보는 고개를 끄덕이고는 눈을 가늘게 뜨고 항구를 둘러보았다. 하얀 요트가 천천히 잔교를 떠나가고 있었다.

"기분 좋겠군, 이런 날 배를 타고 바다에 나가면… 저런 요트를 갖고 있는 사람은 행운아야… 저건 '마리'호인가?"

멀어져가는 요트의 고물에 '마리 J'라는 글씨가 또렷이 새겨져 있었다.

"마리 J…" 다시 한 번 중얼거리고 나서 콜롬보는 눈을 크게 떴다. 그리고 집어삼킬 듯이 요트를 바라보다가 홱 고개를 돌렸다.

콜롬보는 크레이머와 맥을 번갈아 바라보며 낮은 소리로 말했다.

"알았어."

"뭘 알았는데요?" 크레이머가 되물었다.

콜롬보는 이마에 손을 대었다가 그 손을 뚫어지게 바라보며 손금이라도 읽는 것처럼 천천히 말했다.

"그 형지… 제독이 새 요트에 어떤 이름을 붙이려고 했는지 알았어. 나도 참 멍청했지. 하지만 이젠 확실히 알았어. 제독은 조선소를 팔아치우려고 했을 뿐 아니라 유언장도 대폭 수정할 작정이었어. 새 요트의 이름에서 그걸 상상할 수 있지. 제독의 유산과 관계 있는 자들을 다시 한 번 조사해봐야겠어."

"누구부터 조사할까요, 반장님?" 맥이 신난 투로 물었다.

콜롬보는 뚫어지게 바라보고 있던 손을 내리고 태평스럽게 말했다.

"그 전에 리자 킹을 만나봐야겠어. 나한테 참선을 가르쳐준 조선소 아가씨 말이야. 그 아가씨가 이 사건의 열쇠를 쥐고 있어. 본인은 모르고 있지만‥"

콜롬보는 철망에서 몸을 떼고 자동차를 향해 걷기 시작했다. 돌진하듯 빠른 걸음으로 몸을 앞으로 굽히고 부지런히 걸었다. 후줄근한 코트 자락이 펄럭였다. 콜롬보는 고물차 문을 열고 크레이머와 맥을 돌아보았다.

"제독의 서재에서 발견된 물건에 지문이 없었다는 건 상당히 중요한 발견이야. 특히 제독의 시계에 지문이 없었다는 건 아주 중요해. 그 시계는 망가져서 멈춰 있었어. 제독이 머리를 얻어맞고 쓰러졌을 때 망가진 것처럼 보이지. 범행 시간을 알려주는 열쇠처럼 보여. 하지만 이상하잖아? 그건 회중시계야. 지문이 하나도 묻어 있지 않다는 건 이상해. 제독의 지문이 잔뜩 묻어 있어야 할 텐데, 그렇지 않다는 건 이상한 일이야." 콜롬보는 굵은 손가락을 세워서 관자놀이를 가리켰다. "머릿속을 좀 정리하고 곰곰이 생각해봐야겠어. 시가 연기를 머리에 듬뿍 집어넣고 생각해봐야지. 나는 먼저 본청으로 돌아가서 시가를 피울 테니까, 자네들은 미안하지만 조선소의 리자 킹을 만나서 오늘 밤 만날 약속을 받아두도록 해."

콜롬보는 차에 올라타고 시동을 걸었다. 털터리 푸조는 검은 연기를 뭉게뭉게 내뿜으며 주차장을 빠져나갔다.

맥은 얼굴 앞에 자욱이 낀 연기를 손사래로 쫓으면서 말했다.

"저 차는 이제 곧 배기가스 규제에 걸려서 벌금을 물 겁니다."

크레이머 형사가 무뚝뚝하게 대꾸했다.

"그보다 반장님의 담배 연기가 먼저 걸릴걸. 어쨌든 반장님 혼자서 캘리포니아의 공기를 오염시키고 있으니까 말이야."

제5장

죄를 새기는 시계

1

잠시 폐가처럼 변해 있던 리들랜드 섬의 저택에 사람들이 모였다. 키터링 변호사의 캐딜락이 반도와 섬 사이에 놓인 다리를 건너왔다. 조선소장 웨인 테일러의 시보레도 다리를 건너왔다. 조애너 클레이는 빨간 MG를 몰고 왔다. 조애너는 취해 있지 않았다. 제독의 저택 앞에 주차해 있는 순찰차 두 대를 보고 조애너는 눈살을 찌푸렸다. 조애너는 차에서 내려 현관으로 걸어갔다. 그리고 순찰차 안에 있는 경찰관에게 말을 걸었다.

"수고가 많으시네요. 살인범을 체포하러 오셨나요?"

경찰관은 아무 대답도 하지 않고 운전대 위에 펼쳐놓은 신문을 넘겼다.

오전 9시였다. 반도로 이어진 다리는 아침 햇살을 받아 하얀 나무 난간이 금속처럼 반짝이고 있다.

마지막으로 콜롬보의 푸조가 크레머의 시보레를 뒤에 거느리고 다리를 건너왔다. 아침 햇살 속에서 푸조의 지저분함은 유난히 눈에 띄었다. 차체에 난 상처와 움푹 찌그러진 곳도 유난히 눈에 띈다. 푸조는 기어가듯이 다리를 건넜다. 뒤따라오는 시보레가 금방이라도 푸조를 들이받을 것 같았다.

푸조는 현관 앞에 멈춰 섰다. 조수석에서 리자 킹이 내려 뒤로 묶은 꽁지머리를 매만졌다. 운전석에서 나온 콜롬보가 리자의 팔꿈치를 잡았다.

"리자 양, 드디어 때가 왔어요. 힘을 내세요."

리자는 어두운 표정을 짓고 있었다. 겁먹은 눈으로 현관문을 바라보며 중얼거렸다.

"전 아무래도…"

"괜찮아요. 너무 심각하게 생각지 마세요. 하기야 심각해지지 말라고 말하는 게 무리일지도 모르지만, 적어도 자신감은 가져주세요. 자신에게 긍지를 가질 것, 그것만은 절대로 잊지 마세요. 불안할지도 모르지만, 내가 이렇게 옆에 있잖습니까."

콜롬보는 리자를 떠밀듯이 하여 현관문으로 다가갔다. 크레이머가 앞으로 돌아가서 문을 열었다.

서재 입구에서 맥이 심각한 얼굴로 기다리고 있었다. 네 사람은 줄지어 안으로 들어갔다.

서재에 가득 고여 있는 것은 담배 연기만이 아니었다. 적개심으로 뒤틀린 침묵이 가득 차 있었다. 조애너와 키터링과 테일러, 세 사람은 전혀 모르는 남남처럼 제각기 다른 방향을 향해 멀찌감치 떨어져 앉아서 입을 다물고 있었다. 테일러는 창가에 의자를 가져다 놓았고, 키터링은 벽의 밧줄걸이 근처에 앉아 있었다. 조애너는 제독의 책상에 한쪽 팔꿈치를 괴고 앉아서 오늘의 첫술을 마시고 있었다. 조애너는 술잔을 책상 위에 내려놓고 콜롬보와 함께 들어온 리자를 바라보았다. 그러고는 부자연스럽게 놀란 소리를 질렀다.

"어머나, 경위님도 대단하시네요. 그 작은 물고기를 낚아 올렸군요."

이 말에 리자가 민감한 반응을 보여 몸이 굳어졌다. 콜롬보는 조금도 개의치 않고 쾌활하게 인사했다.

"안녕들 하십니까? 오늘도 날씨가 좋군요. 여기 모인 분들은 서로 아는 사이일 테니까 소개할 필요도 없겠지요?"

조애너가 술잔을 들어 올리며 입가를 일그러뜨렸다.

"그럼요, 모두 아는 사이예요. 소개하실 필요도 없어요." 그러고는 리자를 가리키며 말했다. "저 여자도 잘 알고 있어요. 어떤 계집앤지 너무나 잘 알고 있죠."

콜롬보는 아무렇지도 않게 리자의 어깨를 두드리며 말했다.

"좋습니다. 모두 아는 사이라니 잘됐군요. 오늘은 가까운 사람끼리 모여서 파티를 연다는 기분으로 임해주십시오."

테일러 소장이 부스스해진 반백의 머리를 쓸어 올리며 투덜거렸다.

"마음에 안 들어. 파티라니… 난 바쁜 사람이야. 게다가 원래 파티 같은 건 딱 질색이야. 돌아가신 제독님과 마찬가지로…"

변호사 키터링이 옆자리 의자에서 몸을 내밀었다. 머리는 테일러와 같은 반백이지만, 길게 자란데다 단정하게 빗질이 되어 있었다.

"나도 바빠요. 느긋하게 파티나 즐기고 있을 겨를이 없어요. 경위가 꼭 와 달라고 해서 어쩔 수 없이 오긴 왔지만… 하지만 시간이 너무 오래 걸리면…"

"아니, 오래 걸리진 않습니다." 콜롬보는 손사래를 치고 나서 다시 방을 둘러보았다. "자, 그럼 곧바로 시작합시다. 관계자들은 전부 모인 모양이니까."

맥이 옆에서 말했다.

"반장님, 스와니 스완슨 씨가 아직…"

콜롬보는 쓸데없는 말은 하지 말라는 듯 맥을 힐끔 노려보았다. 그러나 방에 있는 세 사람에게 던진 말은 부드러웠다.

"스와니 씨도 이제 곧 오실 겁니다. 모두 바쁘시다니까 먼저 시작합시다."

"나는 시간이 많아요." 조애너가 말했다.

그러자 변호사 키터링은 조애너를 힐끔거리면서 말했다.

"그런데 나는 바쁩니다. 특히 아침에는 몹시 바빠요. 아침부터 술이나 마실 수 있는 팔자가 아니에요."

조애너가 되받았다.

"그 대신 밤이 되면 시간이 남아돌아서 아무 여자나 꼬시고 다니죠."

키터링은 당황한 듯 고개를 숙였다. 창가의 벽에 기대 있던 테일러가 말했다.

"콜롬보 경위님, 시작하다니, 대체 뭘 시작한다는 거죠?"

"솔직히 말씀드리면…" 콜롬보는 테일러에게 다가가서 창문으로 바다를 내다보며 중얼거렸다. "나도 무엇을 하러 왔는지 잘 모르겠습니다."

"뭐라고?" 테일러가 호통을 쳤다. "실없는 짓은 그만두시오! 시간이 남아돈다면 또 모르지만, 나는 바빠요. 당장 돌아가겠소."

테일러는 문 쪽으로 걷기 시작했다. 키터링도 의자에서 엉거주춤 일어섰다. 조애너만 움직일 기미를 보이지 않았다.

"아니?" 창밖을 내다보고 있던 콜롬보가 바다를 가리켰다. "잠깐 봐주십시오, 테일러 씨. 저걸 잠깐…"

테일러는 마지못해 돌아와서 창문으로 밖을 내다보았다. 조애너와 키터링도 제각기 다른 창문으로 밖을 내다보았다. 제독의 요트가 돛을 펄럭이며 부두로 다가오는 게 보였다. 타고 있는 사람은 딱 하나. 선실에서 천천히 키를 돌리고 있었다. 군청색 재킷에 하얀 바지. 머리에는 선장 모자. 배가 부두에 닿으려 할 때 사내는 밧줄을 움켜잡고 가볍게 뛰어내렸다. 밧줄을 계선주(배를 매어두기 위해 부두에 세워놓은 기둥)에 매고 나서 사내는 이쪽을 향해 걸어오기 시작했다. 선장 모자에서 하얀 머리가 비어져 나와 있었다. 그리고 하얀 콧수염이 보인다.

"아니!" 조애너가 짤막하게 비명을 질렀다.

"제독님?" 테일러가 불쑥 외쳤다.

"말도 안 돼…" 하면서 키터링은 재빨리 창가에서 떨어졌다.

콜롬보도 창가를 떠나 서재 한가운데에 서서 머리를 긁적이며 말했다.

"이거 실례했습니다, 여러분. 악의는 없었습니다. 잠깐 실험을 해본 것뿐이니까 신경 쓰지 마십시오."

"실험이라고?" 테일러가 고개를 돌려 분노에 불타는 눈으로 콜롬보를 노려보았다.

콜롬보는 고개를 끄덕였다.

"예, 실험입니다."

서재 문이 열리고 스와니가 들어왔다. 손에 백발 가발과 모자를 들고 있었다. 하얀 콧수염은 붙인 채였다. 스와니는 그것을 떼어내고 웃으면서 말했다.

"아하, 여러분. 내 변장도 꽤 그럴듯한 모양이군요. 모두 깜짝 놀란 얼굴을 하고 있으니 말입니다. 형사님한테 부탁을 받고 이 스와니 스완슨이 한바탕 연극을 한 겁니다. 어때요? 제독님과 똑같지요? 유령이 나온 줄 알았나요?"

조애너가 요란하게 웃었다. 어딘지 모르게 비명과 흡사한 웃음이었다.

"사람을 놀려도 분수가 있지." 테일러가 내뱉듯이 말했다.

"그리고 천박한 장난이야." 키터링이 덧붙였다.

스와니의 쾌활한 얼굴이 흐려졌다. 콜롬보는 스와니의 어깨를 두드렸다.

"수고하셨습니다. 덕분에 참고가 되었습니다. 협조해주셔서 고맙습니다."

이렇게 말하고 나서 콜롬보는 백발 가발을 받아들었다.

"여러분을 오늘 모이게 한 것은 다름이 아니라 사건을 빨리 해결하기 위해섭니다. 제독이 누구에게 어떻게 살해되었는가? 그리고 찰스 클레이 씨는 누가 죽였는가? 그것을 한시라도 빨리 밝히고 싶어 한다는 점에서는 저도 여러분과 마찬가집니다."

콜롬보는 문득 천장을 쳐다보았다. 그 자세로 눈을 가늘게 뜨고 혼잣말처럼 아무렇지도 않게 말했다.

"살인범은 지금 이 방에 있습니다."

조애너가 또 요란하게 웃었다.

그 웃음소리가 사라지자 서재는 숨 막힐 듯한 침묵에 휩싸였다.

콜롬보는 천장을 쳐다본 채 꼼짝도 하지 않았다. 테일러는 콜롬보를 노려볼 뿐 한마디도 하지 않았다. 키터링은 두 발 사이의 마룻바닥만 뚫어지게 바라보고 있었다.

침묵을 깨뜨린 것은 스와니였다. 스와니는 그 자리의 분위기를 누그러뜨리려는 마음이 생생히 드러난 목소리로 머뭇거리면서 말했다.

"여러분… 대체 왜들 이러십니까? 그렇게 입을 꽉 다물고 있으니… 살인범이 여기 있을 리가 없잖습니까? 잠자코 있으면 형사한테 의심받아요. 아까 그 말은 짓궂은 농담입니다. 여기 살인범이 있다니…"

키터링이 헛기침을 하고 나서 입을 열었다.

"콜롬보 경위, 변호사 앞에서 그런 터무니없는 중상모략을 입 밖에 낸 이상, 그만한 각오는 되어 있겠지요? 나는 당신을 모욕죄로 고소할 작정이라는 것을 여기서 밝혀두겠소. 모욕이라면, 아까 그 실험이란 것도 지독한 모욕이오. 우선 그 실험의 참뜻을 밝혀주시오."

"물론이죠." 콜롬보는 얌전하게 대답하고 천장에서 시선을 내렸다.

"제독은 살해된 날 밤 요트를 타고 해안경비대 초소 앞을 지나갔습니다. 요트에 탄 사람은 분명 제독이었다고 경비대원은 증언했습니다. 그래서 제독이 바다에서 사고를 당했을 가능성이 우선 떠올랐지요. 하지만 방금 해본 실험으로도 아셨을 겁니다. 제독으로 변장하기는 쉽습니다. 게다가 어두운 밤중이라면 훨씬 더 쉽지요. 찰스 클레이는 그날 밤 그렇게 해서 항구를 나갔던 겁니다."

테일러가 조애너를 바라보며 말했다.

"역시 그 녀석이었나? 찰스로군. 내가 생각한 대로야. 나는 그 녀석이 했다고 생각했어. 나는 여기서 그 녀석을 만났지. 아무래도 태도가 이상했어. 역시 찰스가 제독님을 죽였군."

"나는 찰스가 죽였다고는 말하지 않았습니다." 콜롬보는 앞질러가는 청중을 달래듯 손을 내저었다. "나도 처음에는 깜박 속았습니다. 찰스 클레이가 범인이라고 생각했지요. 하지만 찰스는 그 후에 살해당했습니다."

"공범이 있어서, 그 공범이 찰스를 죽인 거요." 테일러가 조애너한테 눈길을 쏟은 채 말했다.

콜롬보는 고개를 저었다.

"내가 말하고 싶은 건 그런 게 아닙니다. 찰스 클레이는 제독으로 변장해서 제독의 시체를 바다로 운반했습니다. 살인이 아니라 시체유기죄에 해당한다고 말하고 싶군요. 찰스 클레이는 제독의 시체를 바다로 운반해서, 사고로 위장하여 바다에 버렸습니다. 요트에 여러 가지 조작을 했지요. 그리고 헤엄쳐서 집으로 돌아왔습니다."

"아마 잠수복을 입고 헤엄쳐서 왔겠죠?" 조애너가 자기와는 아무 관계도 없는 남의 일을 이야기하듯 말했다. 그러고는 술잔에 술을 따랐다.

키터링이 부드러운 웃음을 지으며 콜롬보를 바라보았다.

"찬물을 끼얹는 것 같아서 미안하지만, 찰스는 왜 그런 번거로운 짓을 했을까요? 자기가 죽이지 않았다면 일부러 위험을 무릅쓰면서 시체를 버리러 갈 필요가 없잖습니까? 정말로 자기가 죽이지 않았다면 말입니다."

"클레이 씨는 아무리 번거로운 짓도 마다하지 않았을 겁니다." 콜롬보는 태연히 말하고 조애너를 바라보았다. "그 사람은 아내가, 그러니까 조애너 씨가 제독을 죽인 범인이라고 믿었으니까요. 아무리 번거로운 뒤처리도 마다않고 해냈을 겁니다."

"내가 아까부터 말하고 싶었던 게 바로 그거요." 창가에 있던 테일러가 주먹을 불끈 쥐며 말했다. "조애너가 공범이오. 클레이 부부가 공모해서 제독님을 죽인 거란 말이오. 그런 다음 조애너는 남편까지 죽여버렸소. 조선소 사장이 되어 아침부터 밤까지 술을 퍼마시고 싶어서…"

"흥, 누가 다 쓰러져가는 회사의 사장이 될 줄 알아요?" 조애너가 코웃음을 쳤다.

그러자 키터링이 부드러운 어조로 말했다.

"경위님, 조애너가 범인이라면 내가 변호를 맡겠습니다. 재판에서 반드시 이길 테니까요."

조애너가 또 코웃음을 쳤다.

"이봐요, 키터링. 내 변호사도 아닌 주제에 보호자인 척 나서지 말아요. 나와 당신은 그런 사이가 아니에요. 우리 관계를 오해받으면 당신도 제독이나 찰스를 죽일 동기를 갖게 돼요. 게다가 아주 강력한 동기를…"

키터링이 얼굴을 붉혔다. 그는 고개를 숙이고 넥타이를 늦추었다. 그러나 아무 말도 하지 않았다.

"왜 또 그렇게 발톱을 세우는 겁니까?" 스와니가 다시 광대 노릇을 떠맡고 나섰다. "형사님이 말씀하시는 건 아내에 대한 찰스의 지극한 애정에 대해서예요. 아내가 범인이라고 믿은 찰스는 애정 때문에

번거로운 뒤치다꺼리를 맡았다고 형사님은 말하고 있는 거라고요. 조애너, 찰스는 네가 생각하는 것보다 훨씬 더 너를 사랑하고 있었어."

조애너가 술을 들이켜고 나서 말했다.

"웃기지 마요. 애정이라니…"

테일러도 차갑게 말했다.

"나도 찰스와 조애너 사이에 애정이 있었다고는 도저히 믿을 수 없어. 하지만 유대가 있었던 건 확실해. 두 사람은 공통된 이해관계로 깊이 묶여 있었어. 바로 유산이지. 그래서 둘이 짜고 제독님을 죽인 거야. 조애너는 아버지를 죽였으니, 남편을 죽이는 것쯤 문제도 아니지."

"아닙니다." 콜롬보는 고개를 저었다. "내가 말하고 싶은 건 부부의 애정이 아닙니다. 찰스 클레이는 아내가 아니라 돈을 사랑했습니다. 그 돈에 대한 애정을 말하고 있는 겁니다. 만약 아내가 제독을 죽였다면 찰스는 막대한 손실을 보게 됩니다. 캘리포니아 법률로 정해져 있지요. 조애너 씨가 아버지를 살해한 죄로 유죄 판결을 받으면 유산을 받을 수 없게 됩니다. 따라서 조애너 씨의 남편인 찰스한테도 유산이 들어오지 않습니다. 안 그렇습니까, 키터링 씨?"

갑자기 콜롬보가 부르자 변호사는 고개를 번쩍 들었다. 그리고 새하얀 손수건을 꺼내어 이마의 땀을 닦았다.

"맞습니다. 법에 그렇게 되어 있지요. 아내 조애너가 유산을 상속하지 못하면 남편인 찰스의 주머니에는 한푼도…" 키터링은 더듬거리는 어조로 말하고 조애너를 훔쳐보았다.

조애너는 등을 곧게 펴고 대꾸했다.

"하지만 나는 아빠를 죽이지 않았어요."

"조애너, 분명히 넌 죽이지 않았어." 스와니가 책상으로 다가가 뒤에서 조애너의 손을 잡았다. "넌 아무도 죽이지 않았어. 아무리 취해 있었다

해도 아버지나 남편을 죽일 수 있을 리가 없어. 괜찮아, 조애너. 그렇게 정색할 필요는 없어."

"하지만…" 콜롬보도 조애너에게 다가와서 책상을 주먹으로 두드렸다. "제독은 여기서 살해되었습니다. 이 책상 바로 옆에서…"

"여기서?" 스와니는 작은 소리로 말하고 창가로 뒷걸음쳤다.

조애너는 동요하는 빛도 없이 책상에 한쪽 팔꿈치를 괴고 있었다. 콜롬보는 책상 주위의 바닥을 가리켰다. 미간에 주름이 잡혔다.

"제독은 이 언저리에서 죽은 것 같습니다. 이곳에 여러 가지 물건이 떨어져 있었어요. 남편 찰스 클레이 씨는 여기 왔다가 제독의 시체와 부인의 소지품을 발견했지요. 그래서 그만 아내가 살인을 저질렀다고 생각했지요. 범행 현장에 조애너 씨의 소지품이 떨어져 있었으니까요."

조애너가 몸을 움직였다. 그리고 가슴에 단 브로치를 위에서 내려다보았다. 꽃잎 모양의 작은 은빛 브로치였다.

"이 브로치… 이것도 모텔이 아니라 여기 있었나요?"

모텔이라는 말을 듣고 키터링이 또 한 번 이마의 땀을 닦았다. 조애너는 가슴에서 브로치를 떼어냈다. 그러고는 마치 브로치가 흉기라도 되는 것처럼 얼른 책상에 내려놓고 그 손을 무릎에 문질렀다.

"찰스는 사건이 일어난 뒤에 이걸 나한테 돌려주었어요. 어디서 발견했는지는 말하지 않았어요. 이상한 질문을 하고… 그날 밤에 어디 갔었느냐고… 그래서 나는 찰스가 모텔까지 미행한 줄로만 여기고…"

조애너는 멍하니 키터링을 바라보았다. 키터링은 점점 더 깊이 고개를 숙였다.

콜롬보는 두 사람의 모습을 번갈아 바라보고 나서 브로치를 집어들었다.

"범행 현장에는 조애너 씨가 제독을 죽였다고 여겨지게 하는 것들이 잔뜩 있었습니다. 손수건도 있었고 립스틱까지 있었지만 그건 찰스 클레이의 눈에 띄지 않았습니다. 그러나 클레이 씨는 아내의 범행이라고 믿어버렸습니다. 그 순간 어딘가 손에 닿지 않는 곳으로 가버릴 유산이 머리에 떠올랐겠지요. 그래서 황급히 시체를 숨겼습니다. 그게 제독의 실종 사건이 된 겁니다. 하지만 시체가 떠오르고 보니 사고사로 위장하기에는 무리가 있었지요. 클레이 씨는 무척 당황했을 겁니다. 자칫하면 시체유기죄 외에 살인죄까지 덮어쓰게 될지도 모르는 위험한 짓을 저질렀으니까요. 상당히 초조했을 겁니다. 그러던 찰나에 살해되고 말았습니다."

"누가 죽였는지, 빨리 결론을 말하시오." 테일러가 말했다.

콜롬보는 희미하게 웃었다.

"차차 확실해질 테니까 너무 초조하게 굴지 마십시오, 테일러 씨. 어쨌든 클레이 씨는 자기가 가장 의심받는 입장에 있다는 걸 잘 알고 있었습니다. 동기에 관해서는 그가 가장 뚜렷한 동기를 갖고 있었지요. 그래서 관계자들에게 여러 가지를 묻기 시작했을 겁니다."

"관계자라면 나도 포함되나요?" 스와니가 가슴에 손을 대고 물었다.

"여러 가지란 대체 뭐요?" 테일러가 다그치듯 물었다.

"예, 여러 가지지요." 콜롬보는 고개를 끄덕이고 주머니에서 시가를 꺼냈다. 그러고는 시가에 불을 붙여 연기를 토해내고 나서 천천히 말을 이었다. "동기라면, 이 조선소를 팔아치우려는 제독의 계획도 동기가 될 수 있습니다. 제독은 철저한 비밀주의였던 모양이지만, 조선소가 매각되면 조선소 사장인 찰스 클레이는 처지가 곤란해집니다. 그건 누가 보아도 분명하지요. 그래서 찰스 클레이는 걱정이 된 나머지, 제독의 계획을 관계자들이 어느 정도나 알고 있는지 탐색하기 시작했지요."

"아, 그거라면 나도 찰스한테 질문을 받았어요." 스와니가 기억을 더듬듯 천장을 쳐다보았다. "언제였는지는 확실치 않지만 아마 제독님이 실종된 뒤였을 겁니다. 찰스가 웬일로 나한테 술을 사주면서, 제독님이 무슨 계획을 꾸미고 있는 모양인데 알고 있느냐고 묻더군요. 하지만 조선소를 매각할 계획에 대해서는 그 전에 찰스한테 들었거든요. 나는 이상한 질문을 하는구나 생각하면서 그렇게 말해줬더니 찰스는 상당히 당황하는 눈치였어요. 벌써 말했던가 하면서, 이건 미묘한 이야기니까 비밀로 해달라는 말을 남기고 돌아갔지요."

콜롬보는 시가를 피우면서 피어오르는 연기를 눈으로 좇으며 말했다.

"그렇게 여기저기 묻고 다니기 시작하자 제독을 죽인 범인은 찰스 클레이가 시체를 바다로 가져가서 버렸다는 것을 눈치챘습니다."

스와니는 곤란한 말을 해버렸다는 듯 손으로 입을 틀어막는 시늉을 했다. 다른 세 사람은 몸을 바싹 긴장시킨 채 한마디도 하지 않았다.

콜롬보는 담배 연기에서 눈을 떼지 않고 말을 이었다.

"애당초 진범은 조애너 씨를 살인범으로 만들 작정으로 살인 현장에 여러 가지 단서를 남기고 갔습니다. 그런데 정작 중요한 제독의 시체가 현장에서 바다로 옮겨져버렸습니다. 조애너 씨를 범인으로 만들기가 어려워졌지요. 그래서 곤란해져 있을 때 찰스 클레이가 탐색을 하기 시작했습니다. 그래서 진범은 제독의 시체를 옮긴 게 찰스라는 것을 눈치챘지요. 동시에 진범은 찰스와 조애너 부부가 공모해서 살인을 저지른 것처럼 꾸밀 생각을 해냈습니다. 테일러 씨, 당신이 아까부터 주장하고 있는 공모설이지요."

테일러는 이런 지적을 받고도 대꾸하지 않고 땅딸막한 등을 돌려 창밖을 내다보았다.

콜롬보가 말을 이었다.

"진범은 다시 한번 잔꾀를 부리기로 마음먹었습니다. 살인을 입증할 만한 증거물을 클레이 씨 집에 남겨놓고 제삼자로 하여금 발견하도록 했지요. 증거물은 제독의 편지였습니다. 편지를 읽을 수 있을 정도로 태워서 난로에 두었습니다. 그리고 편지를 태운 사람이 조애너 씨인 것처럼 보이도록 하기 위해 조애너 씨의 머리빗도 난로에 떨어뜨려 놓았지요. 진범은 안심하고 그런 일을 하고 있었을 겁니다. 찰스 클레이도 조애너 씨도 그날 밤에는 외출한다는 걸 알고 있었을 테니까요. 그런데 찰스가 뜻밖에 일찍 돌아왔습니다. 그리고 진범의 얼굴을 보고 말았지요. 그래서 진범은 찰스를 쏘았던 겁니다."

"분명히 밝혀주세요. 그 진범이 누굽니까?" 키터링이 방구석에서 땀을 닦으며 말했다.

콜롬보는 천천히 창가로 걸어갔다. 그러고는 테일러와 나란히 서서 밖을 내다보며 쾌활한 소리로 말했다.

"테일러 씨, 바깥 날씨가 상쾌해 보이는군요. 모두 함께 모래밭에 나가서 잠시 숨을 돌리지 않겠습니까? 물론 보여드리고 싶은 것도 있고요. 바쁘신데 죄송하지만 잠깐만 시간을 내주십시오. 그렇게 오래 걸리진 않습니다."

콜롬보는 문으로 걸어갔다. 테일러도 더 이상 투덜거리지 않았다. 키터링도 말없이 콜롬보 뒤를 따랐다. 사람들은 줄지어 서재 밖으로 나갔다.

2

태양은 벌써 꽤 높이 떠올라 있었다. 모래밭에 반사되는 햇살이 눈부셨다.

저택 앞의 야자나무 숲을 지나 모래밭으로 나가자 사람들은 눈을 가늘게 떴다. 변호사 키터링은 가슴주머니에서 선글라스를 꺼내어 썼다.

조애너는 브랜디 술잔을 눈앞에 들어 올리고 벌써 갈지자걸음을 걷고 있었다. 스와니는 부두 쪽으로 먼저 뛰어가버렸다.

부두는 무더웠다. 콘크리트가 화덕 위의 프라이팬처럼 열기를 내뿜으며 하얗게 빛나고 있었다.

콜롬보는 인솔자처럼 사람들을 거느리고 앞장서서 제방 위로 올라가 곧장 요트로 다가갔다. 코트를 걸친 콜롬보는 몹시 더워 보였다. 콜롬보는 리자와 나란히 걸으면서 꾸깃꾸깃한 손수건으로 계속 얼굴과 목을 닦고 있었지만 코트를 벗을 낌새는 보이지 않았다. 콜롬보는 이마에 손을 대고 요트를 바라보았다. 요트에는 스와니가 타고 있었다.

"형사님, 당장 시작할까요?" 요트 위에서 스와니가 말했다.

그러자 콜롬보는 손사래를 치며 말했다.

"아니, 아직 안 됩니다. 좀 이따가 해주세요."

이어서 콜롬보는 맥을 손짓으로 불렀다.

"맥, 부탁해."

맥은 커다란 슈퍼마켓 종이봉지를 안고 앞으로 나왔다. 콜롬보는 봉지를 들여다보며 형지 몇 장을 꺼냈다. 이미 사용한 것인 듯 형지의 겉면은 모두 검은색 페인트로 더러워져 있었다. 뒷면은 눈부시게 하얗다.

"자, 그럼 여러분…" 콜롬보는 두 손으로 형지를 들고 마치 마술을 시작하기 전의 마술사처럼 말했다. "여기 있는 건 문제의 형지입니다. 제독이 돌아가시기 직전에 이리로 가져온 거지요. 제독은 이 요트에 배 이름을 써넣을 작정이었던 모양인데, 유감스럽게도 뜻을 이루기 전에 돌아가셨습니다. 여기서 퀴즈를 하나 내겠습니다. 제독은 요트에 어떤 이름을 붙이려고 했을까요? 힌트는 이 형지에 있습니다." 그러고는 형지를 제방 위에 늘어놓기 시작했다. "보시다시피 S자가 두 장 있습니다. L과 I와 A가 각각 한 장씩, 그리고 동그란 구멍이 뚫린 게 한 장, 모두 합해서 여섯 장입니다. 이것을 조합해서 배 이름을 생각해보세요."

"한심하군. 나는 더워서 퀴즈 같은 건 할 마음이 없소." 키터링은 말하고 넥타이를 풀어 주머니에 집어넣었다.

"그렇게 거드름 피우지 말고 정답을 가르쳐줘요. 경위님은 벌써 문제를 풀었을 거 아녜요?" 조애너가 말했다.

그러자 콜롬보는 고개를 끄덕이고 요트의 고물 쪽으로 걸어갔다. 배 위에서는 스와니가 콜롬보와 보조를 맞추어 이동했다. 배 이름이 적혀 있는 것으로 여겨지는 부분에 시트가 드리워져 있었다. 글자는 시트에 가려 보이지 않는다.

"여러분, 외람된 일이지만 우리 경찰이 스완슨 제독 대신 배 이름을 써넣었습니다. 한번 봐주십시오." 콜롬보가 말하고는 갑판에 서 있는 스와니에게 소리쳤다. "자, 시트를 걷어주세요."

두꺼운 헝겊이 슬금슬금 올라가고 밑에서 검은 글씨가 나타났다. 새하얀 선체에 아직 마르지 않은 검은 글씨가 선명했다. 'LISA.S'였다.

"리자!" 조애너가 놀라서 소리를 질렀다. "리자, 넌 찰스만이 아니라 아빠하고도 관계가 있었던 거야?"

리자는 약간 가슴을 뒤로 젖히고 조애너를 바라보았다.

"찰스 클레이 씨가 나한테 관심을 가졌던 건 사실이에요. 하지만 전 그분에게 전혀 흥미가 없었어요. 클레이 씨가 관심을 보여주는 게 오히려 귀찮았어요."

"어머나, 그래? 너한테는 봉급 사장보다 조선소 오너이고 유산도 많이 남겨줄 제독님이 더 매력이 있었다는 거네. 아빠가 배에다 네 이름을 붙여준 걸 보니 기분이 어때?" 조애너는 빈정거리듯 말하고는 술잔을 입으로 가져갔다.

키터링이 소리 내어 웃었다.

"경위님, 모처럼 퀴즈를 내셨는데 그건 정답이 아닙니다. 저 아가씨의 성은 킹이에요. 리자 킹. 그렇다면 마지막 머리글자는 K여야 한다고요. 'LISA.S'가 아니라 'LISA.K'말입니다. 킹의 K자는 어디로 가버렸죠?"

"아니, 이게 아마 정답일 겁니다." 스와니가 말하고 요트에서 내려왔다. 제방에 내려선 스와니는 마지막 S자를 가리켰다.

"이 S자는 틀림없이 스완슨의 머리글자 S예요."

"리자 스완슨?" 조애너가 말했을 때 그 이름이 갖는 충격적인 의미가 제방 위에 서 있는 사람들에게 뚜렷이 전해졌다.

순간 당황한 침묵이 흘렀다. 사람들의 시선이 리자의 젊은 몸에 쏠렸다.

키터링이 외쳤다.

"그럼 제독님은… 스완슨 회장님은 리자와 결혼할 작정이었나?"

테일러가 신음소리를 냈다.

"손녀라고 해도 좋을 아가씨와?"

조애너가 쉿소리로 웃었다. 배를 움켜잡고 술잔에서 브랜디를 쏟으면서 웃어댔다.

스와니가 말했다.

"역시 사실이었군. 아까 제독으로 변장에서 이 요트에 탔을 때 배 이름을 얼핏 보았어요. 그리고 S자의 의미에 대해 여러 가지로 궁리하면서 배를 몰았지요. S는 혹시 스완슨이 아닐까 하는 생각이 문득 들더군요. 하지만 믿을 수가 없었어요. 큰아버지의 이름과 리자를 하나로 묶을 수가 없었지요. 나이 차이가 너무 많이 나니까요. 반신반의한 채 요트에서 내렸어요. 조금 전까지도 반신반의하는 상태였지만…"

조애너가 또 웃어댔다. 콜롬보가 관현악단 지휘자처럼 두 손을 번쩍 쳐들었다.

"여러분, 조용히 해주세요, 조용히." 콜롬보는 쳐들었던 손을 내리며 말했다. "진범이 살인을 저지른 가장 큰 동기는 이겁니다. 스완슨 제독이 리자 양과 결혼한다. 그러면 유산의 행방이 크게 달라진다. 진범은 그렇게 생각했습니다. 여러분, 아시겠지요? 이 숨겨진 사실을 제외하면 이번 사건은 있을 수 없습니다. 이 사건은 조선소 매각 문제와 유산 문제가 얽힌 살인사건입니다. 따라서 범인은 유산과 관계가 있는 사람들 중에 있습니다."

"그렇다면…" 테일러가 담배에 불을 붙이면서 말했다. "진범은 역시 찰스일 가능성이 짙어지겠군. 찰스나 조애너, 아니면 저기 있는 스와니… 모두 스완슨 집안 사람이오. 유산과 관계있는 세 사람 가운데 범인이 있소. 나는 스완슨 집안과는 피 한 방울 섞이지 않은 남이니까 아무 관계도 없소. 돌아가게 해주시오."

"나도 마찬가집니다." 키터링이 재빨리 말했다.

콜롬보는 우선 테일러에게 지적했다.

"테일러 씨, 당신이 스완슨 집안과 피가 섞이지 않은 건 사실입니다. 하지만 제독과는 오랜 친구였어요. 그것도 상당히 친한 친구였지요. 당연히 유산의 일부를 받게 될 거라고 생각할 수 있습니다. 안 그렇습니까, 테일러 씨? 당신도 유산의 행방에는 남다른 관심을 갖고 있었어요. 게다가 조선소가 팔리면, 소장인 당신 입장은 불안정해집니다. 살인 동기는 당신도 갖고 있어요."

그러고 나서 콜롬보는 키터링을 돌아보았다.

"키터링 씨, 당신도 제독의 가족은 아니지만 오랫동안 제독과 교제했습니다. 유산의 일부를 받을 수 있다는 점에서는 테일러 씨와 마찬가지예요. 유산의 행방에는 역시 관심이 있었을 겁니다. 게다가 당신은 변호사로서 누구보다도 먼저 제독의 뜻을 알 수 있는 입장에 있었어요.

유언장을 고쳐 썼다면 당신은 그것도 알고 있었을 겁니다. 실제로 제독이 살해된 이튿날 아침에 당신은 중요한 일로 제독을 만나기로 되어 있었어요. 중요한 일이란 유언장을 고쳐 쓰는 일이었지요. 당신은 그걸 미리 알고 있었습니다."

콜롬보는 눈을 치뜨고 키터링을 바라보았다. 미간과 이마에 깊은 주름이 새겨져 있다. 키터링은 말문이 막혀 고개를 숙였다. 스와니가 농담조로 말했다.

"그렇다면 나를 포함해서 관계자 네 명이 모두 수상쩍다는 얘기가 되는군요. 죽은 찰스까지 포함하면 다섯 명이에요. 제독님을 죽인 범인은 이 다섯 명 가운데 있습니다. 아니, 어쩌면 다섯 명이 공모했는지도 모르지요. 나를 포함한 다섯 명이 일치단결해서 스완슨 큰아버지를 죽이고, 그 후에 내분을 일으켜 찰스를 죽였다는 추리는 어떻습니까?"

"그럴 가능성도 생각할 수 없는 건 아닙니다." 콜롬보는 눈을 가늘게 떴다. "하지만 찰스 클레이는 용의자에서 제외해도 좋을 것 같습니다. 그 사람은 섬을 떠날 때 경비원에게 일부러 시간을 기억시키기 위해 잔꾀를 부렸습니다. 그 시간은 제독이 살해됐다고 추정되는 오후 11시 58분에서 약 20분 뒤였습니다. 제독의 살해 현장을 범행 추정 시간 20분 뒤에 떠났다는 사실이 밝혀지면 당연히 의심을 받습니다. 그런데 찰스 클레이는 왜 자기한테 불리한 시간을 경비원에게 기억시켰을까요?"

콜롬보는 사람들을 둘러보고 나서 말을 계속했다.

"대답은 간단합니다. 찰스는 제독이 살해된 시간을 몰랐던 겁니다. 다시 말해서 찰스는 제독을 죽이지 않았습니다. 제독이 죽은 것도 그가 여기 오기 훨씬 전에 그랬을 거라고 생각한 게 분명합니다. 그는 제독이 사고로 죽은 것처럼 보이게 하려고 애를 썼어요. 경비원에게 시간을 기억시킨 것도 자기가 돌아간 뒤에 제독이 혼자 배를 타고 바다에 나갔다가 사고를 당한 것처럼 보이게 하려고 그랬던 겁니다. 따라서 찰스 클레이는 용의자에서 제외해도 좋다고 생각합니다."

콜롬보는 손가락 네 개를 세웠다.

"남는 용의자는 네 명입니다. 관계자 네 명 가운데 범인이 있다고 나는 생각합니다."

조애너가 격분해서 소리쳤다.

"리자를 관계자에 포함시키지 않는 이유를 듣고 싶군요. 리자도 당연히 관계자 가운데 하나예요. 용의자는 찰스와 리자를 포함해서 여섯 명이 되어야 해요. 어쩌면 저 계집애는 법률적으로는 벌써 아빠와 결혼한 게 아닐까요? 아빠가 죽으면 자동적으로 유산이 굴러오게 되어 있는 거 아니냐고요? 어때, 리자 스완슨?"

"잠깐만 기다려주십시오." 콜롬보는 옆에 서 있는 리자의 어깨에 손을 올려놓으며 말했다. "여기는 너무 덥지 않습니까? 나는 너무 더워서 머리가 어찔어찔하군요. 어쩌면 일사병에 걸릴지도 몰라요. 병이 나면 집사람이 하도 걱정을 해서… 이제 형사 따위는 집어치우라고 한답니다. 여러분, 바쁘신데 이리 가라 저리 가라 해서 죄송하지만, 안으로 들어가주시지 않겠습니까? 안에서 자세한 걸 이야기하겠습니다."

콜롬보는 리자를 껴안다시피 하여 걷기 시작했다. 크레머와 맥이 양쪽에서 두 사람을 호위하며 보조를 맞추었다.

남은 네 사람은 서로 얼굴을 마주 보았다. 그 표정에는 모두 망설이는 빛이 떠올라 있었다. 그러나 조애너가 먼저 콜롬보를 따라 걷기 시작했다. 세 남자는 다시 한번 얼굴을 마주 보고 나서 어슬렁어슬렁 저택 안으로 걸어갔다. 서로 한마디도 나누지 않고 멀찌감치 떨어져서 우연히 같은 방향으로 걷고 있는 남남처럼 걸어갔다.

도중에 스와니가 뛰기 시작했다. 소년처럼 기운차게 모래를 박차면서 조애너를 따라잡고, 콜롬보 일행을 추월하여 저택 안으로 들어갔다.

서재에는 에어컨이 없었다. 그러나 활짝 열린 창문으로 바람이 들어와 시원했다.

콜롬보는 한숨을 내쉬었다. 조애너는 제독의 책상으로, 키터링은 벽 앞의 의자로, 테일러는 창가 의자로, 저마다 서재에서 나갔을 때와 같은 장소로 돌아갔다. 콜롬보 일행은 방 한가운데에 섰다. 그 옆에 스완이가 섰다.

"수고를 끼쳐서 죄송합니다." 콜롬보는 실내를 천천히 거닐면서 말했다. "아까 하던 이야기를 계속하지요. 리자 양도 용의자에 포함시키라는 요구가 나왔지만, 리자 양은 여기에서 살인 동기가 없는 오직 한 사람입니다. 그 이유를 당사자인 리자 양이 직접 설명하겠습니다."

콜롬보는 리자에게 고개를 끄덕였다. 리자는 격렬하게 고개를 저었다.

"난 싫어요, 경위님. 이 사람들한테는 말이 통하지 않는다고요. 믿어주지 않을 거예요. 돈 생각으로 머리가 꽉 차 있는 사람들은 도저히 믿을 수 없을 거예요."

"안 그래." 조애너가 술잔에 술을 따르면서 말했다. "우린 서로 믿을 수 있지 않을까? 공통점이 있으니까. 너도 돈에 눈이 멀었겠지? 그래서 그런 노인네와 결혼할 마음이 났던 거야. 우린 다 비슷해."

"난 돈 같은 건 탐나지 않았어요. 갖고 싶지 않았다고요!" 이렇게 외치고 리자는 조애너에게 다가갔다. 그리고 책상 앞에 서서 단호하게 말했다. "돈도 나이도 상관없어요. 당신들은 믿을 수 없을지 모르지만, 돈이나 나이 차이가 끼어들 틈이 없는 애정도 있는 법이에요. 제독님은 세상에서 제일 멋진 분이셨어요. 곁에 있기만 해도 나는 마음이 편안하고 행복해질 수 있었어요. 우린 서로 사랑했다고요. 우린 함께 긴 항해를 떠날 예정이었어요. 내가 그분께 요구한 건 그것뿐이에요. 함께 바다를 나누어 갖자는 것뿐이었죠. 그 대신 나는 그분의 평온한 여생을 함께할 작정이었어요. 둘이서 세계의 바다를 느긋하게 돌고 오기로 되어 있었죠."

스와니가 손가락을 딱 울렸다.

"알았다! 그래서 제독이 저 요트를 만들었군. 은퇴할 작정이었어. 조선소도 팔아치우고, 바다 여행을 즐기면서 여생을 보낼 생각이었어."

방안을 거닐고 있던 콜롬보가 스와니를 힐끔 바라보았다.

"스와니 씨, 당신은 그걸 방금 깨달은 게 아니라 오래전부터 알고 있었던 거 아닙니까? 그래서 어떻게든 손을 쓸 필요가 있었던 거 아니에요?"

그러고 나서 콜롬보는 뒷짐을 지고 동물원의 곰처럼 어슬렁어슬렁 걸으면서 말했다.

"리자 양, 이왕 말이 나온 김에 유언에 대해서 이 사람들한테 말해주세요. 제독이 유언장을 고쳐 쓸 때 당신이 뭐라고 조언했는지 말해주세요."

"뭐라고? 유언장을 벌써 고쳐 썼다고?" 테일러가 말했다.

그러자 스와니가 흥분하여 소리를 질렀다.

"키터링, 그게 정말이오? 새 유언장을 쓸 때 입회했습니까?"

키터링은 멍하니 입을 벌리고 리자를 바라보고 있다가, 갑자기 어깨를 축 늘어뜨리며 말했다.

"나는 몰라. 다른 변호사한테 새 유언장을 만들게 했나 보지."

"그래요." 리자는 책상 앞을 떠나 창가로 다가가서 바다를 내다보았다. "나는 결혼을 승낙하는 조건으로 그분께 이런 다짐을 받았어요. 나한테는 한푼도 남겨주지 말라고⋯ 그런 유언장을 만든다면 결혼하겠다고 말했어요."

스와니가 놀라듯이 휘파람을 불었다. 리자는 아랑곳하지 않고 말을 이었다.

"그분은 내 조건을 받아들였어요. 그리고 돈벌레들한테는 이제 진절머리가 나니까 유언장을 완전히 고쳐 쓰겠다고 말했어요. 돈은 아무한테도 남겨주지 않겠다고… 조애너 씨한테 신탁재산을 약간 남기고, 우리가 배를 타고 세계를 돌아다니는 데 필요한 경비를 준비하고, 나머지는 몽땅 기부해버리겠다고… 그래서 그런 유언장을 만들었어요. 그날 아침 그걸 키터링 변호사한테 전하기로 되어 있었죠."

"그건 너무해." 조애너가 신음했다.

테일러는 벌떡 일어섰다.

"그런 얘기는 듣지 못했어. 난 믿지 않아."

스와니가 한심한 소리를 냈다.

"그럼 난 어떻게 되지?"

키터링은 말없이 방바닥만 내려다보고 있었다.

콜롬보는 방안을 거닐면서 말했다.

"당신들 가운데 누군가가 제독의 그런 계획을 알고 있었습니다. 전부 알지는 못했다 해도, 리자 양과 제독의 관계는 대충 눈치채고 있었어요. 그래서 유언장을 고쳐 쓰지 못하게 하려고 제독을 죽여버렸지요. 유언장이 이미 바뀌었다는 사실까지 알았다면 범인은 체념하고 제독을 죽이지는 않았을 겁니다. 그걸 범인이 몰랐다는 것은 범인에게나 제독에게나 불행이었습니다. 물론 리자 양에게도 불행이었지요. 두 번째 살인은 그 연장선상에서 일어났습니다. 범인이 첫 번째 살인을 숨기기 위해 저지른 겁니다. 따라서 동일범의 소행인 거죠. 그런데…"

콜롬보는 걸음을 멈추고 코트 주머니에 손을 집어넣었다. 주머니 속에서 뭔가를 움켜쥐고 손을 뺐다. 그리고 그 손을 귀에 눌러댔다. 조용한 방안에서 희미하게 째깍거리는 소리가 들렸다. 콜롬보는 스와니에게 성큼성큼 다가가 손에 쥔 것을 그의 귀에 갖다 댔다. 그리고 미소를 지으면서 말했다.

"제독의 회중시계입니다."

스와니는 목을 비틀어 콜롬보의 주먹을 바라보았다.

"설마…"

콜롬보는 스와니의 반응을 무시한 채 곧장 창가의 테일러에게 다가갔다. 그리고 테일러의 귀에 주먹을 갖다 댔다.

"제독의 회중시계입니다."

테일러는 눈을 감고 시계 소리를 들으면서 중얼거렸다.

"눈으로 보지 않고는 제독의 시계인지 아닌지 모르겠군."

콜롬보는 방을 가로질러 반대쪽에 앉아 있는 키터링 앞에 섰다. 그리고 주먹을 쑥 내밀었다. 키터링은 아무 흥미도 보이지 않고 방바닥을 내려다본 채 말했다.

"한심해."

콜롬보는 책상으로 다가가 조애너에게 주먹을 내밀었다.

"제독의 회중시계입니다."

조애너는 술잔을 내려놓고 콜롬보의 주먹을 잡아서 귀에 갖다 댔다.

"이 소리는 분명히 들은 기억이 있어요. 어릴 적에 장난감 삼아 갖고 놀다가 아빠한테 꾸지람을 듣곤 했죠."

콜롬보는 활짝 웃었다. 그러나 눈은 웃고 있지 않았다. 가느다랗게 뜬 콜롬보의 눈이 조애너를 살피고 있었다.

"예, 틀림없이 제독의 시계입니다." 콜롬보는 천천히 손을 벌렸다. 그리고 끊어진 줄 끝을 잡아서 회중시계를 사람들에게 보여주었다. "제독의 금시계입니다. 이건 망가져 있었습니다. 하지만 내가 나중에 시계 수리공한테 부탁해서 수리했기 때문에 지금은 이렇게 움직이고 있지요. 이 시계는 이 서재의 이 책상 밑에 떨어져 있었습니다." 콜롬보는 한쪽 무릎을 꿇고 책상 밑을 가리켰다. "여기 떨어진 채 바늘은 멈춰 있었습니다. 11시 58분을 가리킨 채 멈춰 있었지요. 여기가 제독의 살해 현장입니다. 망가진 채 바닥에 떨어져 있는 제독의 시계가 11시 58분을 가리키고 있었다면, 그것은 당연히 범행 시간을 가리키는 것으로 해석되어 알리바이 추궁도 그 시간 전후에 집중될 수밖에 없습니다."

"잠깐만." 테일러가 다급한 목소리로 끼어들었다. "그때쯤 나는 여기서 찰스를 만났소. 윈드베인의 각도조정기를 가져왔더니 제독님은 보이지 않고 찰스가 방에서 나왔지요. 그게 12시경이었소. 범행 시간과 찰스가 여기 있었던 시간이 딱 일치하잖소?"

"그건 모르는 법이에요., 테일러." 스와니가 즐거운 듯이 말했다. "당신이 먼저 와서 죽여놓고는 모르는 척 시치미를 떼고 돌아왔을 수도 있잖아요?"

"이 새끼가!" 테일러가 벌떡 일어서자 콜롬보가 달랬다.

"모두 조용히 해주세요. 이 시계는 망가진 채 떨어져 있었습니다. 하지만 조사해봤더니 지문이 하나도 묻어 있지 않았어요. 주인인 제독의 지문도 묻어 있지 않았습니다. 이상하지 않습니까?"

키터링이 바닥을 내려다본 채 작은 소리로 말했다.

"그렇다면 범인이 시계에 잔꾀를 부렸을 가능성이 있군요. 범행 시간을 11시 58분으로 위장하기 위해 시계를 부수고 바늘을 돌려놓았을지도 몰라요." 키터링은 천천히 고개를 들었지만, 콜롬보와 시선이 마주치는 것을 피하면서 물었다. "누굽니까? 그런 잔꾀를 부린 놈이 대체 누구죠?"

콜롬보는 시계를 주머니에 집어넣고 다시 방안을 오락가락하기 시작했다.

"누구일까요? 시곗바늘을 움직인 사람은 누구일까요? 조애너 씨가 범인처럼 보이도록 잔꾀를 부린 인물은 과연 누구일까요? 이왕 말이 나온 김에 키터링 씨한테 묻겠는데, 조애너 씨가 제독을 죽인 혐의로 유죄 판결을 받을 경우 가장 많은 이익을 얻는 사람은 누구죠? 물론 유언장이 아직 바뀌지 않았다고 가정할 경우에 말입니다."

키터링은 무릎을 문지르면서 천천히 말했다.

"조애너가 살인을 저질렀다면 유산을 받을 수 없습니다. 그렇게 되면 남편인 찰스 클레이도 유산을 받지 못합니다. 그렇다면…" 키터링은 방 한가운데에 서 있는 스와니를 바라보았다. "유산은 몽땅 스와니한테 갑니다. 조카인 스와니가 재산을 몽땅 물려받게 됩니다."

스와니가 비명을 질렀다.

"그만두세요, 키터링. 마치 내가 살인을 저지른 것 같잖아요?"

방구석까지 간 콜롬보가 걸음을 멈추더니, 발꿈치로 반 바퀴를 돌아서 스와니를 바라보았다.

"스와니 씨, 당신은 어떻게 생각하세요? 시곗바늘을 바꿔두는 건 범인이 알리바이 조작에 써먹는 고전적인 수법인데…"

스와니는 헐떡이듯 입을 뻐끔거렸다.

"형사님… 저는 지금 받는 돈으로도 만족하고 있었고…"

"하지만 제독이 리자 킹과 결혼하면 이야기는 달라지죠. 당연히 유언장을 고쳐 쓰게 될 겁니다. 당신도 태평스럽게 있을 수는 없잖습니까? 게다가 시간에 이상하게 구애받고 있었던 건 당신뿐입니다. 12시경에는 클럽에 돌아가서 노래를 부르고 있었다고 계속 강조하셨지요."

콜롬보는 장난스럽게 한쪽 눈을 찡긋했다. 스와니는 도움을 청하듯 방을 둘러보았다.

"하지만…"

"또 있습니다, 스와니 씨." 콜롬보는 얼굴을 한 번 쓱 문질렀다. 그러자 가면을 벗듯이 미소가 사라졌다. 한쪽 눈썹이 위로 올라갔다. "스와니 씨,

당신은 그날 밤 조애너 씨가 모텔에 간 것을 알고 있었습니다. 조애너 씨가 정신을 잃을 만큼 취해 있었다는 것도 알고 있었고요. 택시까지 데려다주면서 조애너 씨의 핸드백에서 립스틱과 손수건과 머리빗을 빼낼 수도 있었지요. 그것만이 아닙니다. 당신은 조애너 씨가 제독한테 화가 나 있었다는 것도 알고 있었어요. 다시 말해서…" 콜롬보는 투박한 손가락을 쑥 내밀어 스와니를 가리켰다. "당신은 조애너 씨를 살인범으로 만들기에 더없이 유리한 입장에 있었습니다. 살인을 계획할 동기는 다른 사람들과 마찬가지지만, 그 계획을 실천하고 게다가 죄를 남에게 덮어씌울 수 있다는 점에서는 당신이 가장 유리한 입장에 있었습니다. 조건이 모두 갖추어져 있었어요. 그래서 당신은 제독을 죽였습니다. 그런 다음 조애너의 집에서 잔꾀를 부리고 있을 때 찰스한테 들켰고, 그러자 찰스도 죽였지요. 스와니 씨, 당신이 두 사람을 죽인 겁니다."

스와니의 태도에 미묘한 변화가 나타났다. 심약해 보이는 표정이 사라졌다. 굳은 표정이지만 자신감에 뒷받침된 투지가 엿보였다. 눈이 이상하게 번득였다. 스와니는 거친 걸음으로 조애너에게 다가가더니, 조애너의 손에서 술잔을 빼앗아 단숨에 들이켰다.

"증거 있어요?" 스와니는 책상에 한 손을 짚고 콜롬보를 똑바로 바라보았다.

콜롬보는 코트 주머니에 두 손을 찔러 넣었다.

"증거는 없습니다." 콜롬보는 태연히 말했다. "당신 집을 수색하면 찰스 클레이를 쏜 권총이 나올지도 모르지요. 하지만 기대하지는 않습니다. 당신은 머리가 좋으니까 총은 벌써 바다에 버렸겠죠. 증거는 없습니다. 하지만 중요한 증언이 있습니다. 이 방에 있는 모든 사람의 증언…"

"증언?"

콜롬보는 주머니에서 좀 전의 시계를 꺼냈다.

"나는 이 회중시계에 대해서 여러분의 감상을 물었습니다. 하지만 이 시계를 보여주지는 않았지요. 발견했을 때는 완전히 망가져 있어서 도저히 움직일 형편이 아니었습니다. 째깍째깍 소리를 내면서 움직인다는 건 생각지도 못할 일이었지요. 나는 아까 시계를 수리했다고 말했는데, 수리공은 껍데기만 남기고 안에 든 기계를 통째로 바꿨습니다. 이게 망가진 시계 속에 들어 있던 내용물입니다." 콜롬보는 주머니에서 갈색 종이봉지를 꺼내어 귀에 댔다. "진짜는 움직이지 않습니다. 아까 여러분에게 들려드린 시계 소리는 가짭입니다. 테일러 씨는 실물을 보지 않으면 제독의 시계인지 아닌지 모르겠다고 하셨습니다. 사실 그렇습니다. 키터링 씨는 한심하다고 말했고, 조애너 씨는 착각해서 이 소리를 들은 적이 있다고 했습니다. 그런데 스와니 씨, 당신은 뭐라고 하셨지요?"

스와니는 콜롬보를 노려볼 뿐 대답하려고 하지 않았다.

조애너가 대신 대답했다.

"'설마'라고 했어요."

콜롬보는 고개를 끄덕였다.

"내가 말하는 증언이란 바로 그겁니다. 여기 있는 사람들이 모두 들었습니다. 스와니 씨가 '설마'라고 말하는 것을…" 콜롬보는 스와니에게 한 걸음 다가섰다. 그러고는 마치 권총을 겨누듯 손가락 끝으로 스와니의 가슴을 가리켰다. 그리고 또 한 손으로는 천천히 턱을 쓰다듬었다. "당신만 '설마'라고 했습니다. 제독의 시계가 망가진 것을 아는 사람은 당신뿐이니까요. 스와니 씨, 당신이 여기서 제독을 죽이고 시계를 부수고 바늘을 돌려놓았습니다. 그렇지요?"

콜롬보는 허리를 굽히고 또 한 발짝 다가섰다.

스와니의 손에서 술잔이 미끄러져 바닥에 떨어졌다. 술잔이 산산조각으로 부서졌다. 바닥에 번져가는 브랜디를 스와니는 물끄러미 바라보고 있었다. 그리고 얼굴을 들자마자 재빨리 몸을 움직였다. 스와니는 문을 향해 달리기 시작했다.

그러나 크레이머가 조금 더 빨랐다. 크레이머는 문 앞에 버티고 서서 두 팔을 벌렸다. 그 커다란 몸을 보고 스와니는 고꾸라질 듯한 자세로 멈춰 섰다. 스와니는 잠시 그 자세를 허물지 않았다. 문을 향해 달린 행동의 의미를, 그리고 모든 사람의 시선이 자기 등에 쏠려 있는 것의 의미를 곰곰 생각하는 듯한 모습이었다. 어쩌면 어릿광대 짓으로 그 자리를 얼버무릴 방법을 궁리하고 있었는지도 모른다.

이상하게 길게 느껴지는 시간이 흘렀다. 스와니가 갑자기 고개를 푹 떨구었다. 몸에서 힘이 빠졌다. 스와니는 앞으로 구부렸던 몸을 천천히 일으켜 뒤로 돌아섰다. 놀면서 인생을 살아온 사람의 얼굴에 짙은 피로의 그림자가 고여 있었다.

스와니는 콜롬보에게 힘없는 미소를 던지면서 쉰 목소리로 말했다.

"끝났군요… 경위님, 내 우아한 생활은 어차피 끝났어요."

콜롬보도 어깨에서 힘을 빼고 고개를 끄덕였다.

"예, 끝났습니다, 스와니 씨. 하지만 당신은 두 남자의 인생도 끝내 버렸어요."

스와니는 두 팔을 벌렸다. 그 몸짓만이 혈통 좋은 한량의 면모를 간직하고 있었다. 스와니는 취한 사람처럼 비틀거리는 걸음으로 콜롬보에게 다가갔다.

"어차피 막은 내렸어요. 기념으로 한잔하고 싶은데 클럽까지 함께 가주시겠습니까?"

콜롬보는 희미하게 고개를 끄덕였다.

"좋습니다. 하지만 나는 마음이 맞는 친구하고만 술을 마시니까, 클럽까지 함께 가긴 하겠지만 술은 마시지 않겠습니다. 칠리 스튜나 먹게 해주세요."

콜롬보는 앞장서서 방문을 열었다.

아까보다 더 더워진 밖을 향하여 모두 무거운 걸음을 내딛었다.

조애너만 서재에 남았다. 깨진 술잔을 내려다보면서 조애너는 중얼거렸다.

"난 정말로 아빠를 죽이지 않았나…"

그러고는 브랜디 술병으로 손을 뻗었다. 병째로 입에 대고 마시다가 사레가 들려 한바탕 기침을 하고 얼굴을 찡그렸다. 이윽고 조애너는 천천히 일어나 비틀거리면서 문으로 다가갔다.

서재에는 아무도 남지 않았다.

범선의 선실과 비슷하게 꾸민 천장 낮은 방에 파도 소리가 울렸다. 좁은 창문 너머에 펼쳐져 있는 바다는 대낮의 강렬한 햇살을 받아 끝없이 반짝이고 있었다.

차례

제1장 살의의 무게
제2장 시가를 입에 문 들개
제3장 닫힌 퇴로
제4장 죽은 사람으로부터 걸려온 전화

주요 등장인물

마일로 제이너스 : '제이너스 엔터프라이즈'회장
유진 스태퍼드 : 헬스클럽 경영자
버디 캐슬 : '제이너스 엔터프라이즈'사 비서실장
제시카 콘로이 : 마일로 제이너스의 여비서
루스 스태퍼드 : 유진 스태퍼드의 아내
시어도어 슐츠 : 헬스클럽 경영자
에드 머피 : 체육관 잡역부
로이스 레이시 : '트라이콘 전자'의 전직 사원
해리 레시터 : 마일로의 고문 변호사
리케츠 형사 : 콜롬보의 부하
콜롬보 경위 : 로스앤젤레스 경찰청 강력계 수사반장

제1장

살의의 무게

1

 장애물이나 훼방꾼이 생겼을 때는 피해서 가는 것이 아니라 그대로 밀어제치고 가는 것이 마일로 제이너스의 방식이었다. 마일로 제이너스에게 그것은 사업의 원칙이기 이전에 삶의 철칙이었다. 그래서 마일로는 시어도어 슐츠에게 폭력을 행사했다. 정확히 말하면 비서실장인 버디 캐슬을 시켜서 슐츠를 때리게 했다.
 그때 마일로는 '머스탱'의 핸들을 쥐고 있었다. 차는 샌디에이고 고속도로를 시속 80마일로 달리고 있었다. 뒷좌석에는 버디와 슐츠가 앉아 있었다.
 "그래? 회장님한테 끝까지 거역할 셈이군. 당신, 별로 똑똑하지 못하구먼." 버디 캐슬은 욕설을 묘하게 부드러운 어조로 포장하여 지껄이고는, 느닷없이 주먹을 쳐들어 슐츠의 복부에 힘껏 처박았다.
 슐츠가 낮게 신음하며 고개를 앞으로 꺾자, 샌드백처럼 퉁퉁한 턱에 버디의 두 번째 펀치가 날아갔다. 슐츠는 반동으로 몸을 크게 젖혔다가 좌석에서 나동그라졌다. 그 자초지종을 백미러로 보고 있던 마일로는 핸들에서 오른손을 떼어 좌석 뒤로 돌리더니, 슐츠가 굴러떨어진 바닥을 손으로 더듬었다. 슐츠의 뻣뻣한 곱슬머리가 손에 닿았다. 마일로와 동갑인 쉰세 살의 슐츠는 바닥에 나자빠진 채 늙은 몸뚱이를 비참하게 떨면서 끙끙대고 있었다.

마일로는 왼손으로 핸들을 잡고 오른손으로 슐츠의 머리를 쓰다듬으면서 조용히 말했다.

"운동 부족이군, 시어도어 슐츠. 나도 쉰세 살이지만 자네 같은 뚱보는 아니니까 숨을 헐떡이는 일은 별로 없지. 평상시에 운동을 하는 게 중요해. 그리고 음식은 되도록 적게 먹고 말이야. 그리고 맑은 공기… '제이너스 헬스클럽'의 세 가지 원칙을 잊으면 곤란해."

"빌어먹을!"

바닥에 엎어져 있던 슐츠의 머리가 마일로의 손에서 홱 빠져나갔다. 다음 순간, 헐떡이며 윗몸을 일으킨 슐츠가 뒤에서 굵은 팔을 뻗어 마일로의 목을 휘감았다. 반격을 전혀 예상하지 못했던 마일로는 재빨리 오른손을 들어 슐츠의 팔을 잡았지만 때는 이미 늦었다. 통나무처럼 굵은 슐츠의 팔이 마일로의 목을 점점 깊이 옥죄었다. 슐츠의 거친 숨결이 전력으로 질주하는 기관차의 엔진 소리처럼 마일로의 귓가를 스치고 있었다.

마일로는 산소를 들이마시려고 입을 딱 벌렸다. 액셀을 밟는 다리의 힘이 빠져 차는 급격히 속력을 떨어뜨렸다. 마일로는 본능적으로 백미러를 보았다. 분노로 일그러진 슐츠의 얼굴이 있고, 그 뒤에서는 대형 트럭의 쇳덩어리 같은 보닛이 급속도로 다가오고 있었다. 추돌당한다고 생각한 순간 오른발이 액셀을 밟고 있었다. 뒤따라오던 트럭은 브레이크 소리와 요란한 경적을 동시에 울리며 꽤 거리를 벌렸다.

마일로는 왼손으로 핸들을 잡은 채 목을 마구 흔들어 슐츠의 팔에서 빠져나가려고 했다. 뒤에서는 다시 트럭이 브레이크를 밟으며 경적을 울렸다. 버디 캐슬이 뭐라고 외치면서 슐츠를 떼어내려고 했다. 그러나 슐츠는 팔을 늦추지 않고 계속 마일로의 목을 졸랐다.

차는 폭력의 로프에 묶인 세 사람을 태우고 미친 개처럼 좌우로 흔들렸다. 마일로는 뒤에 바싹 다가오는 트럭을 생각할 여유가 없었다. 왼손도 이제는 핸들을 떠나 슐츠의 팔을 움켜잡았다. 그 순간 차는 오른쪽으로 크게 돌았다. 흐릿한 시야 속에서 마일로는 백미러 속의 트럭이 동시에 오른쪽으로 돌기 시작한 것을 보았다.

마일로는 제 입에서 흘러 떨어지는 침의 차가운 감촉을 의식하면서 왼손을 뻗어 핸들을 왼쪽으로 꺾었다. 이미 멈춰 서기 시작한 차는 서서히 왼쪽으로 방향을 틀었다. 그 옆을 트럭의 거대한 차체가 굉음과 함께 스쳐 지났다. 트럭의 초록빛 차체가 햇빛을 반사하고, 반들반들 닳아버린 타이어는 검은빛 고리가 되어 바람을 날리며 통과했다. 마일로의 차는 트럭이 일으킨 바람에 밀리듯 중앙분리대 쪽으로 미끄러졌다. 속력이 많이 떨어져 있었는데도 분리대의 강철 펜스에 닿은 충격은 엄청났다. 왼쪽 사이드미러가 떨어져 나가고 펜더(바퀴 덮개)는 얇은 은박지처럼 벗겨졌다.

머스탱은 충돌한 반동으로 다시 오른쪽으로 밀려난 뒤에야 겨우 멈춰섰다. 마일로는 호흡이 편해진 것을 깨달았다. 슐츠의 굵은 팔은 여전히 목에 휘감겨 있었지만 목도리처럼 힘이 없었다. 불안을 느낀 마일로가 버니 캐슬에게 말했나.

"죽은 거 아냐?"

버디는 대답하지 않았다. 마일로는 백미러를 보았지만, 눈을 감은 슐츠의 투실투실한 얼굴이 비쳐 있을 뿐이었다. 마일로는 슐츠의 팔을 풀어낸 뒤 시동키를 돌렸다. 슐츠가 걱정되지만, 고속도로 위에 주차하는 것은 위험했다. 뒤에서는 차량의 물결이 끊임없이 밀려오고 있었다. 차들은 아슬아슬한 순간에 마일로의 머스탱을 보고 급히 오른쪽으로 피해 갔다.

시동이 걸렸다. 마일로는 깜빡이를 켠 뒤 살짝 액셀을 밟아보았다. 차가 움직이기 시작했다. 왼쪽 펜더가 크게 떨어져 나가긴 했지만 다른 이상은 없는 듯했다. 머스탱은 샌디에이고 고속도로의 흐름을 타고 다시 남쪽으로 내려가기 시작했다.

"이봐 버디, 어떻게 됐어?" 마일로가 다시 물었다.

버디 캐슬의 쉰 듯한 목소리가 돌아왔다.

"어떻게 되고 말고 할 것도 없어요."

백미러에서는 슐츠의 얼굴이 사라지고 그 대신 머리가 헝클어진 버디의 얼굴이 나타났다. 버디는 자못 불만스러운 듯이 중얼거렸다.

"제가 말씀드린 대로예요. 자동차 안에서 이야기에 결말을 짓는 건 좋지 않습니다. 무슨 일이 일어날지 모르니까요."

마일로는 버디의 말을 무시하고 다시 물었다.

"어떻게 됐어? 죽었나?"

"아뇨, 죽진 않았어요. 기절했을 뿐…"

마일로는 안도의 한숨을 내쉬며 차의 속력을 높였다. 그때 슐츠가 크게 신음 소리를 냈다. 뚱뚱한 몸이 바닥에서 일어나더니 천천히 좌석으로 기어올랐다. 백미러에 두 개의 얼굴이 나란히 보였다. 마일로는 다시 상담을 시작했다.

"이봐 슐츠, 좀 어때? 당신 클럽에서 쓰는 스포츠용품은 모두 '그린 이글'에서 일괄 구매하는 형태로 해줄 수 없을까? '그린 이글'은 우리 자회사야. 자네도 알다시피 '제이너스 엔터프라이즈'는 자회사들의 집합체지. 헬스클럽도 스물한 곳이나 돼. 당신도 그중 하나를 경영하고 있으니까 잘 알겠지만, 회사 전체의 운영을 책임지고 있는 나로서는 자회사들의 번창도 생각하지 않을 수 없어. 스포츠용품은 '그린 이글'에서 구매해주게."

시어도어 슐츠는 말없이 듣고 있었지만, 아까처럼 대놓고 반박하지는 않았다. 거역하면 어떤 꼴을 당하는지 깨달았기 때문이다.

"어때, 슐츠? 동의하는 거지?" 마일로는 앞을 바라본 채 물었다.

"어때, 슐츠? 회장님 말씀대로 할 거야, 아니면…" 버디가 위협하자 슐츠는 희미하게 고개를 끄덕였다.

"회장님, 좋답니다." 버디는 앞좌석에 대고 말한 다음 불쾌한 듯 중얼거렸다. "말귀가 꽤 어두운 놈이군. 처음부터 얌전히 회장님 뜻에 따랐으면 아픈 꼴은 당하지 않았을 텐데 말이야. 덕분에 나까지 죽을 뻔했잖아."

마일로 제이너스는 빙긋 웃으며 말했다.

"슐츠, 우리 회사는 건전한 헬스클럽이야. 아까처럼 남의 목을 조르는 일은 삼가줬으면 좋겠네. 우리 클럽의 신용이 떨어지면 안 되니까 당신의 살인미수는 덮어두지. 이것으로 당신은 나한테 두 번이나 빚진 셈이 됐어. 첫 번째는 당신이 클럽 회원인 그 뚱뚱한 과부한테 손을 댔을 때… 그때도 클럽의 신용을 지키기 위해 내가 쉬쉬하면서 수습했지. 그러니까 당신도 오늘 있었던 일은 남한테 떠들지 마. 하지만 이 머스탱의 수리비는 당신이 내줘야겠어. 청구서를 보낼게. 슐츠, 어때?"

백미러 속에 비친 슐츠의 창백한 얼굴이 희미하게 고개를 끄덕이는 것을 확인한 뒤 마일로는 깜빡이를 켰다. 펜더가 떨어져 나간 은색 머스탱은 천천히 오른쪽으로 다가가 아테시아 대로로 빠지는 인터체인지로 접어들었다.

2

쉰세 살이 되어도 20대의 체격을 유지하는 남자는 모든 남자의 로망이고 모든 여자에게 동경의 대상이라는 것을 마일로 제이너스는 알고 있었다. 따라서 '제이너스 헬스클럽'의 가장 큰 상품은 바로 자신의 육체라는 것도 마일로는 잘 알고 있었다.

마일로는 최대의 상품이자 가장 효과적인 간판이기도 한 그 육체를 텔레비전 카메라 앞에 드러내고 30분 동안의 '제이너스 스포츠 쇼'를 여느 때처럼 멋지게 해낸 뒤, 로스앤젤레스 텔레비전 방송사 로비로 나왔다.

"마일로 제이너스 씨." 로비의 스피커에서 무드 음악처럼 달콤한 여자 목소리가 흘러나왔다. "마일로 제이너스 씨, 사무실에서 전화가 왔습니다. 가까운 구내전화로 받아주세요."

마일로는 접수창구로 다가갔다. 재빨리 마일로를 알아본 아가씨가 애교가 철철 넘치는 미소를 띠며 수화기를 집어들어 마일로에게 건넸다. 마일로는 한쪽 눈을 찡긋하고는 수화기를 받아들었다.

"마일로 제이너스요."

"잠깐만 기다리세요." 교환원의 목소리도 달콤했다.

"여보세요, 회장님이세요?" 비서실에 있는 제시카의 목소리가 들려왔다. 허스키한 목소리였지만, 그 목소리가 사랑의 쾌락에 젖어 떨릴 때를 마일로는 알고 있었다.

"아아, 제시카."

"잠깐만 기다리세요. 실장님을 바꿔드릴게요."

잠깐 사이를 두었다가 버디 캐슬의 굵은 목소리가 흘러나왔다.

"회장님, 일이 귀찮아질 것 같습니다."

"슐츠 때문이야?"

"슐츠는 걱정 없습니다. 그놈은 부에나파크의 클럽에서 얌전히 지내고 있습니다. 문제는 채스워스의 클럽인데, 아주 정색을 하고 덤벼드네요."

"유진 스태퍼드가?"

"예. 그놈은 슐츠와는 달리 머리가 좋거든요. 빨리 손을 쓰지 않으면…"

"어떤 식으로 덤벼든다는 거야?" 마일로는 낮은 소리로 물었다.

"그놈의 장기 있잖습니까. 과연 전직 국방부 공무원다운 수법이죠."

"회계감사?"

"맞습니다. 오늘 아침에 보러 갔더니 책상 위에 장부를 산더미처럼 쌓아놓고 있는 거예요. 제 얼굴을 보고도 눈 하나 깜짝 않고 회장님을 고소할 자료를 모으는 중이라고 지껄이더라고요."

"알았네." 마일로는 태연히 대답했지만, 버디가 말하는 것보다 훨씬 더 난처한 사태였다. 마일로는 입술을 깨물었다. 섣불리 굴었다가 상대가 법적인 조치를 취하여 소송이 벌어지면 낭패다. 그러나 마일로는 아무렇지도 않다는 투로 말했다. "걱정할 거 없어. 내가 잘 설득할 테니까… 제시카를 좀 바꿔주게."

일단은 만반의 대비를 해두지 않으면 안 된다. 재판에서 증거로 제출될 우려가 있는 재료는 남겨두지 않는 게 상책이다.

제시카가 전화를 받았다.

"여보세요?"

"제시카, 지금 이 통화도 녹음하고 있나?"

"네, 회장님."

"지금 통화는 전부 지워. 그리고… 나는 슐츠의 클럽에 가서 청구서를 건네주고 채스워스의 스태퍼드한테 들를 테니 그리 알아."

마일로는 수화기를 접수창구 아가씨한테 돌려주었다. 그녀는 황홀한 눈빛으로 마일로를 바라보았다. 걱정 없어. 이 여자는 통화 내용을 듣지 못했을 거야.

마일로는 텔레비전 카메라 앞에서 보이는 것과 같은 미소를 아가씨한테 선물하고 로비를 나왔다.

3

 '제이너스 헬스클럽'이라는 간판을 내걸고 있는 체육관은 로스앤젤레스에 스물한 군데나 있었다. 불과 3년 동안 잇따라 생겨난 체인점들이다. 프랜차이즈 형태로 독립채산제를 채택하고 있어서, 본사인 '제이너스 엔터프라이즈'에 일정한 출자금만 내면 누구나 '제이너스 헬스클럽' 간판을 내걸 수 있었다.

 로스앤젤레스에는 수많은 헬스클럽이 있지만, 텔레비전 쇼에 출연하는 마일로의 싱싱한 육체가 무엇보다 효과적인 선전이 되어, 스물한 곳의 '제이너스' 체인점들은 모두 천 명이 넘는 회원을 자랑하고 있었다. 그 회원들은 모두 텔레비전에서 보는 마일로 제이너스처럼 되기를 갈망하는, 이른바 제이너스교의 독실한 신자들이었다.

 유진 스태퍼드의 클럽은 로스앤젤레스 북쪽 변두리, 노르만 호수 근처의 채스워스 거리에 있었다.

 수리가 끝난 머스탱은 은색 차체를 반짝이며 체육관 주차장으로 미끄러져 들어갔다. 마일로는 유리문을 열고 관엽식물이 늘어서 있는 로비를 지나 두꺼운 합판문을 열었다. 그곳은 비만한 중년 남녀와 노인들이 '고문'을 받는 방이었다.

 넓은 헬스장 안에는 실내 자전거와 무거운 바벨, 로잉 머신 등, 비만한 몸뚱이에서 땀과 신음을 쥐어 짜내기 위해 고안된 온갖 고문 도구가 즐비하게 놓여 있었다. 각각의 고문 도구에는 운동복을 입은 비만한 몸뚱이들이 매달려 있고, 젊은 트레이너들이 구령과 미소를 뿌리며 그 사이를 나비처럼 날아다니고 있었다.

 "제이너스 회장님." 발치에서 누군가가 말을 걸었다. 복부 근육을 단련하는 고문대 위에 벌렁 누워 있는 찰리였다. 찰리는 그런 자세로 가벼운 바벨을 들어 올리고 있었다. 머리카락이 완전히 성글어져 대머리가 엿보이는 머리에 커다란 땀방울이 반짝이고 있다. 찰리는 바벨을 목 언저리까지 내리고 잠시 쉬었다.

"회장님 덕분에 컨디션이 아주 좋습니다."

"보기에도 날씬해졌군요. 하지만 그런 자세로 바벨을 드는 건 위험해요. 프로라면 모르지만 아마추어는 그만두는 게 좋습니다. 손이 미끄러지면 큰일이니까요. 바벨이 그 잘생긴 코를 짓뭉개버릴 거예요. 운이 나쁘면 가슴이나 목에 떨어져 즉사할 수도 있어요."

"아니, 괜찮습니다. 가벼운 거니까요. 그리고 이건 뭐니뭐니해도 효과가 가장 좋아요."

찰리는 온몸을 진동시키듯 힘주어 바벨을 들어 올렸다. 마일로는 찰리의 불룩한 아랫배를 내려다보며 말했다.

"정말 날씬해졌네요."

마일로는 헬스장을 가로질러 사우나실로 통하는 복도로 나왔다. 거기서 버디 캐슬이 그를 기다리고 있었다.

"자네도 왔나?"

"비서실장이니까요. 놈은 사무실에 있습니다. 하지만 차 안에서 이야기를 매듭짓는 건 피하는 게 좋겠어요. 지난번 같은 꼴은 당하고 싶지 않으니까."

"차는 벌써 고쳤어."

"그만두세요, 회장님. 차는 안 됩니다."

마일로는 싱긋 웃었다.

"농담이야. 여기서 이야기를 매듭짓기로 하지. 스태퍼드는 어때?"

"아직도 장부나 서류 따위를 냄새 맡고 있습니다. 코가 좋은 놈이니까요."

"오늘은 나 혼자서 이야기하겠네. 자네는 먼저 본사로 돌아가게."

버디 캐슬은 딱딱한 얼굴을 찡그렸다. '이야기를 매듭짓는 일'은 버디의 전문이었다. 그런 일에 써먹기 위한 비서실장이고, 그런 일에 써먹기 위한 완력이었다. 버디는 자기 존재를 무시당했다고 느끼고 화가 난 모양이다.

"버디, 상대는 두뇌파야. 우선 나 혼자 슬쩍 속을 떠보고, 필요하다고 생각되면 자네를 부를 테니까 본사에서 기다려."

"알겠습니다, 회장님." 버디는 목을 움츠리고 멀어져갔다.

마일로는 복도 끝에 있는 사우나실 앞에서 오른쪽으로 구부러졌다. 사무실은 뒷골목에 면해 있는 그 복도 끝에 있었다.

마일로는 철문을 살짝 밀었다. 등받이가 머리 위까지 올라오는 가죽의자에 와이셔츠 차림의 유진 스태퍼드가 앉아 있었다. 20년 동안 국방부에 근무한 관리 근성은 아무래도 버릴 수 없는지, 와이셔츠는 새하얗고 넥타이는 검은색이었다.

헬스클럽 경영자답게 스포티한 차림을 하라고 몇 번이나 충고했지만, 유진 스태퍼드는 완강하게 검은 양복을 고수하고 있었다.

"어이, 유진."

마일로가 말을 걸자 스태퍼드는 서류 그늘에서 고개를 들고 굵은 검은 테 안경을 벗었다. 그의 눈이 번쩍 빛났다.

"아, 회장님, 꼭 좀도둑 같군요. 노크도 않고 몰래 들어오다니…"

"인사 한번 독하군." 마일로는 애써 쾌활하게 말하고 스태퍼드의 책상으로 다가갔다.

"보디가드인 버디 캐슬한테 급히 연락을 받았겠지요?"

"버디는 보디가드가 아니라 비서실장일세."

"하마터면 회장님의 그 귀여운 보디가드를 두들겨 팰 뻔했지 뭡니까. 너무 무례하게 굴어서요. 무례하다는 점에서는 회장님과 좋은 콤비라고

할 수 있지만요…"

마일로는 책상 옆 테이블 위에서 김을 내고 있는 커피포트로 다가가면서 조용히 말했다.

"다시 한 번 말해두지만 버디 캐슬은 보디가드가 아니라 비서실장일세."

전열기 위에 올려놓은 커피가 보글보글 끓고 있었다. 전열기의 온도조절장치가 고장 난 모양이다. 마일로는 화상을 입지 않도록 살짝 유리포트를 집어들고 스태퍼드를 돌아보았다.

"커피잔은 어디 있나?"

"허락도 없이 내 커피를 마시지 마세요. 내 재산을 실컷 먹어놓고는…"

"뭘 그렇게 흥분해서 그래?" 마일로는 커피포트를 전열기 위에 도로 내려놓고 천천히 책상 앞으로 돌아갔다. "유진, 너무 흥분하는 건 안 좋아. 스트레스는 혈압을 높이지. 그리고 위액 분비에도 이상을 일으켜 위궤양의 원인이 된다네."

"나는 혈압도 정상이고 위장 상태도 지극히 정상입니다. 정상이 아닌 건 내 은행 예금이에요. 당신 덕분에 예금이 이상을 일으켜 전혀 늘어나질 않네요. 제이너스 씨, 당신 참 대단한 사람이에요. 남의 돈을 미용식으로 삼아서 살고 있으니 말입니다. 당신이 젊음을 유지하는 비결을 나도 드디어 알게 됐지요."

스태퍼드는 마일로를 쳐다보며 일그러진 미소를 떠올렸다. 그 미소는 마일로의 빛나는 앞길을 가로막는 훼방꾼의 음흉한 웃음이었다. 마일로의 마음속 어딘가에서 어떤 목소리가 속삭였다. 훼방꾼은 밀어제쳐라! 걸림돌은 제거하라! 그러나 마일로는 끝까지 냉정하게 말했다.

"유진, 뭐가 그렇게 마음에 안 드나?"

"모든 게 마음에 안 듭니다!" 스태퍼드는 외치듯이 말하고는 책상 위에 산더미처럼 쌓인 서류를 둘러보았다. 눈이 꿈틀꿈틀 경련을 일으키고 있었다. "여기 있는 서류 전부가 마음에 안 들어요. 예를 들면 이겁니다."

가늘게 떨리는 손가락이 종이 한 장을 집어들었다. 스태퍼드의 얼굴에 또다시 일그러진 미소가 번져갔다.

"이게 무슨 서류인지 아세요?"

마일로가 손을 뻗자 스태퍼드는 얼른 종이를 끌어당겼다.

"이건 중요한 서류예요. 당신한테 건네줄 수는 없습니다. 고소하여 재판이 벌어졌을 때 증거물이 될 테니까…"

스태퍼드는 의자와 함께 반 바퀴를 돌아 마일로에게 등을 반쯤 돌리고는 서류를 읽었다.

"이건 '그린 이글'에서 보낸 스포츠용품 납품서예요. 일금 3,650달러. 대단한 액수지요. 하지만 제이너스 씨…" 스태퍼드는 의자를 원래대로 돌리면서 마일로를 쳐다보았다. "이것과 똑같은 물건을 슈퍼마켓에서도 팔고 있는데 값이 얼마인지 아세요? 반값이에요, 반값…"

"하지만 품질이 달라. '그린 이글'에서 만드는 건 고급품뿐이니까, 슈퍼마켓에서 파는 싸구려와는 비교가 안 돼."

"'그린 이글'을 편들고 싶어 하는 심정은 충분히 이해합니다." 스태퍼드는 빈정거렸다. "어쨌든 '그린 이글'은 당신 회사니까요. 그 밖에도 당신 회사는 많지요. 사무용품을 만드는 '센추리 문구', 가구를 만드는 '루이슨 가구'등등… 이 체육관에 있는 비품들도 모두 당신 회사 제품이죠. 그런데 당신 회사는 실제로는 아무것도 만들지 않아요. 슈퍼마켓에서 파는 상품에다 그럴듯한 브랜드를 붙이는 게 당신 회사에서 유일하게 하는 일이죠. 그리고 거기에 두 배 내지 세 배의 값을 붙여서 각 체인점에 팔아먹는 겁니다. 정말 좋은 장사 아닙니까?"

시어도어 슐츠도 똑같은 말을 했다. 마일로는 그때 슐츠에게 한 말과 같은 말을 시작했다.

"유진, 자네가 이 클럽을 인수했을 때 나는 분명히 말했어. 이 클럽에 납품하는 업자는 정해져 있다고. 그건 자네도 납득했고, 나와 자네가 서명한 계약서에도 분명히 적혀 있네. 이제 와서 그게 싫다고 해도…"

"하지만 계약서에는 납품업체가 모두 당신 회사라는 얘기는 적혀 있지 않아요. 쓰는 걸 깜박 잊었다고 말할 작정이세요?"

"내가 먹는 이익금은 조금밖에 안 돼. 그보다 스물한 군데나 되는 체인점의 질을 유지하기 위해서는 모든 비품을 집중 관리하는 시스템이 필요해. 고객을 상대하는 이상 평판을 떨어뜨리는 일은 피하고 싶으니까…"

스태퍼드는 손가락을 딱 울려 마일로의 말을 가로막았다.

"돈도 집중 관리할 수 있다는 겁니까? 하지만 나는 이 사업을 계속하면 할수록 손해를 보고 있어요. 구조가 그렇게 되어 있단 말입니다. 나는 국방부에서 20년 동안 일했어요. 그 퇴직금을 전부 당신한테 투자했지요. 15만 달러만 내면 체인점을 하나 가질 수 있다는 건 확실히 매력적이었어요. 하지만 투자한 15만 달러는 몇 년이 지나도 회수할 수가 없습니다. 수익금을 몽땅 당신이 빨아먹어버리니까요. 내 월수입은 국방부에서 일할 때의 봉급과 거의 비슷합니다. 무엇 때문에 국방부를 그만두었는지 모르겠어요. 내 15만 달러는 도대체 어디로 사라진 거죠?" 스태퍼드는 의자에서 일어나 책상 너머로 몸을 내밀었다. "제이너스 씨, 논은 어떻게 됐습니까? 번 돈은 어디로 가버렸죠?"

"수익금은 없네." 마일로는 반박했지만, 이제 스태퍼드를 설득할 수 없다는 것은 알고 있었다. 마일로는 이 훼방꾼을 제거하는 방법을 궁리하고 있었다. 머릿속으로는 가능한 여러 가지 방법을 구체적으로 생각하면서 마일로는 기계적으로 지껄였다. "번 돈은 광고비와 사업확장비에 써버렸어. 재투자한 셈이지. 그러니까 내가 성장하면 그만큼 자네 장래도 밝아지는 거야."

"꿈 같은 얘기군요. 어수룩한 사람들이야 그 수법에 넘어갈지 모르지만, 나를 그렇게 간단히 속일 수는 없어요. 20년 동안 국방부에서 회계감사 업무에 종사한 내가 이런 사기꾼 회사의 구조를 간파하지 못할 줄 아세요? 당신이 더러운 수법으로 팔아넘긴 물건은 클립 하나에 이르기까지 샅샅이 조사할 작정입니다. 그렇게 해서 확실한 증거를 잡고야 말겠어요. 이 산더미 같은 서류 속에 그 증거는 얼마든지 있습니다. 나는 이 서류에 달라붙어 증거를 찾은 다음, 증거가 갖추어지면 당장 당신을 고소할 겁니다. 내주 초에라도 법적인 조치를 취할 작정이에요."

마일로는 애써 미소를 지으며 천천히 뒷걸음쳤다. 그는 손을 뒤로 돌려 문을 열면서 말했다.

"무슨 얘기를 하는지 전혀 모르겠군. 마치 내가 부정을 저지르고 있다는 투인데…"

"아직도 시치미를 뗄 작정이세요?" 스태퍼드는 놀란 듯한 표정을 지으며 책상 서랍을 열고 뭔가 작은 메모를 꺼내더니 목청을 높였다. "그럼 '볼링브루크 여행사'에 대해서도 모르세요? 영국 맨체스터에 본사를 둔 여행 대리점인데…"

스태퍼드는 작은 종잇조각을 흔들어 보였다. 마일로는 사태가 예상보다 훨씬 나쁜 쪽으로 진행되고 있다는 것을 알고 바싹 긴장했다. 스태퍼드는 마일로의 반응을 재빨리 알아차린 모양이다. 만족스러운 듯이 고개를 끄덕이고는 희미한 웃음을 지으며 말했다.

"이 '볼링브루크'도 당신의 지배를 받는 회사인 모양이대요. 이 회사에 대해서는 우연히 알았지만 나는 금방 눈치챘지요. 아, 이거구나. 당신이 번 돈을 해외로 빼돌리기 위한 위장 회사구나… 어때요, 그렇지요?"

마일로는 문간에 선 채 냉정을 가장하며 말했다.

"그런 회사는 모르네. 들어본 적도 없는 이름이야."

"이렇게 뻔한 것까지 잡아뗄 수 있다니, 참 대단하십니다. 하지만 이제 얼마 남지 않았어요. '볼링브루크'에 관한 자료를 모두 갖추어 고소하는 날이 기다려지는군요. 외환관리국에서도 조사에 나설 텐데, 그때 당신이 무슨 말을 할지 궁금하네요." 스태퍼드는 의기양양하게 말하고는 의자에 느긋하게 몸을 기대며 말을 이었다. "또 한 가지 즐거움이 있습니다. 증거가 갖추어지는 대로 당신에게 당한 사람들을 모아 공동으로 고소할 작정인데, 그때 텔레비전 쇼에서 당신이 어떤 얼굴을 할지, 그걸 보고 싶어 즐거운 마음으로 기다리고 있지요."

"그거 아주 괜찮은 취미로군." 마일로는 말투가 거칠어지려는 것을 간신히 억누르며 말을 이었다. "즐거움이 많아서 좋긴 하지만, 모두 병적이고 불건전한 즐거움뿐이라 걱정일세."

"아니, 건전하고 희망에 찬 즐거움도 있습니다. 당신을 고소한 뒤에는 체인점 주인들끼리 잘 의논해서, 제이너스의 이름을 뗀 건실하고 새로운 '엔터프라이즈'를 만들겠다는 꿈이지요…"

"그렇군." 마일로는 애써 억지웃음을 지으며 말을 이었다. "새 회사 이름이 설마 '스태퍼드 엔터프라이즈'는 아니겠지?"

"좋은 이름이 있으면 가르쳐주시죠."

마일로는 손을 뒤로 돌려 문을 열고 복도로 나왔다.

"유진, 자네는 너무 과로하고 있어. 느긋하게 쉬지 않으면 안 돼."

문을 닫으려 할 때 책상 앞에 앉은 스태퍼드가 한 손을 들면서 말했다.

"충고는 고맙지만, 당신도 과로하고 있어요. 아니, 과로했지요. 이제 감옥에서 천천히 쉬게 될 겁니다."

무거운 철문이 닫히고 와이셔츠 차림의 스태퍼드가 시야에서 사라졌을 때 마일로는 스태퍼드를 제거할 방법은 하나밖에 없다고 생각했다.

귀찮은 일이지만 스태퍼드는 문자 그대로 없애야 할 존재가 되었다.

4

　마일로는 초여름 햇살이 쏟아지는 주차장으로 나왔다.
　여느 때와 다름없는 낯익은 풍경이고, 수십 대의 자동차가 차체를 반짝이며 늘어서 있을 뿐인데, 그 반짝거림이 이상할 만큼 눈부시게 느껴졌다. 마일로는 다른 별에 혼자 착륙한 여행자처럼 불안한 기분이 들었다.
　스태퍼드가 알아서는 안 될 것을 알아버렸기 때문에 마일로는 하고 싶지 않은 일을 해야 할 처지가 되었다. 그것도 되도록 빨리. 이를테면 오늘 밤…
　그 전에 우선 '볼링브루크'사에 연락하여 증거가 될 만한 서류를 모두 처분해야 한다.
　시간 여유가 없는 것이 마일로를 초조하게 만들었다. 할리우드에 있는 본사로 돌아갈 때까지 30분 동안 스태퍼드를 제거할 방법을 결정하지 않으면 안 된다. 확실하고 절대로 안전한 방법을.
　마일로는 머스탱의 운전석으로 미끄러져 들어갔다. 핸들에 두 손을 대본다. 그러나 익숙한 차마저 묘하게 서먹서먹한 느낌이었다. 흔들리지 않는다고 확신했던 일상이 마일로한테서 떨어져 나갔다. 아니, 떨어져 나간 것은 마일로 자신이었다.
　이럴 때는 한잔하고 싶다. 아니면 여자를… 마일로는 제시카를 생각했다. 시동키를 돌려 엔진을 걸었다. 그때 열린 창문으로 누군가의 손이 불쑥 들어왔다. 깜짝 놀라 고개를 들자 눈앞에는 버디가 걱정스러운 얼굴로 서 있었다.

"어떻게 됐습니까?" 버디가 물었다.

"본사에 돌아가 있으라고 했는데, 여기 있었나?" 마일로는 놀란 것을 감추려고 퉁명스럽게 말했다.

그러나 버디 캐슬은 마일로의 당혹감을 눈치채지 못한 모양이다.

"그 자식이 뭐랍디까?"

"걱정할 필요 없네. 체육관 문을 닫은 뒤에도 늦게까지 남아 있을 작정인 모양이지만, 그래 봤자 대단한 일은 할 수 없어." 이렇게 말하고 나서 마일로는 스태퍼드를 없애기 위한 준비 공작이 이미 시작되었음을 깨달았다. 마일로는 거의 무의식중에 하나의 방향을 정하고 그 준비에 착수했던 것이다.

"여기 남아서 그놈을 지켜볼까요?" 버디가 말했다.

하지만 마일로는 낙관적인 어조로 버디를 말렸다.

"그럴 필요 없네. 녀석이 아무리 조사해봤자 아무것도 알아내지 못해. 그리고 녀석은 벌써 자신감을 잃은 모양이야. 가능하면 사과하고 화해하고 싶은 눈치를 보이더라고. 그냥 내버려두면 돼. 느긋하게 있으면 아무 일 없어." 그러고는 버디의 팔을 토닥이며 말을 이었다. "그래, 오늘 밤 우리 집에서 파티라도 하세. 자네는 그 아가씨를 데려와. 이름이 뭐랬지? 요전에 찰리네 파티에 데려온 귀여운 아가씨…"

"프리다 말인가요?"

버디는 별로 내키지 않는 듯 중얼거렸지만 마일로는 쾌활하게 말했다.

"그래, 프리다. 좋은 아가씨더군. 꼭 데려오게. 그리고… 지난달 스웨덴에서 열린 세계 보디빌딩 대회에서 우승한 우리 클럽 소속의 로키를 알고 있지? 지금 그 친구를 써서 우리 '엔터프라이즈'의 광고를 찍고 있다네. 홍보에는 모든 수법을 다 써야 하니까. 그런데 그 견본 필름이 완성됐어. 오늘 밤에 한잔하면서 사람들의 의견을 듣고 싶네. 특히 자네 의견을."

버디의 표정이 겨우 누그러지는 것을 확인한 뒤 마일로는 급히 시간을 계산하고 다시 버디의 팔을 토닥였다.

"그럼 기다리고 있겠네. 파티는 9시에 시작이야."

자기 차 쪽으로 천천히 걸어가는 버디를 지켜보면서 마일로는 머스탱을 출발시켰다.

5

할리우드에 있는 본사에 도착했을 때는 스태퍼드 제거 계획의 청사진이 세부에 이르기까지 완성되어 있었다. 그리고 마음의 준비도 되어 있었다.

그러나 본사 건물 안으로 들어선 마일로는 벽시계가 6시 5분을 가리키고 있는 것을 깨달았다. 제시카 콘로이의 근무시간은 6시까지였다. 오늘밤에는 제시카가 반드시 필요하다. 만약 제시카가 없으면…

마일로는 종종걸음으로 로비를 빠져나가 회장실로 향했다. 유리문 너머로 비서실 책상 앞에 앉아 있는 제시카의 모습이 보였다. 가슴을 시원스럽게 드러낸 순백색 투피스가 아름다웠다. 아무도 없는 방안에서 혼자 피어난 청초한 한 떨기 백합 같았다.

달려온 것을 눈치채이지 않도록 호흡을 가다듬고 나서 마일로는 살짝 유리문을 열었다.

제시카는 읽고 있던 잡지에서 눈을 들었다. 마일로는 미소를 지으며 제시카에게 다가갔다.

"아직도 있었군. 퇴근한 줄 알았는데…"

"아직 할 일이 남아 있나 보다고 생각했기 때문에…" 제시카는 애인이 아니라 비서로서 말하고 있었다. 회사에 있을 때는 둘 사이에 엄격한 선을 긋는 것이 제시카의 습관이었다.

"이제 할 일은 없어."

"하지만 퇴근해도 좋을 때는 밖에서라도 전화를 주시잖아요. 아무 연락도 없이 늦으신 건 처음이에요."

"연락하려고 생각했을 때는 차가 벌써 고속도로에 진입해 있었어. 미안해." 마일로는 변명했지만, 여느 때의 자신과 다르다는 것을 지적받자 문득 불안해졌다. 오늘 밤에 중대한 실수를 저지르지나 않을지.

"제시카, 부탁이 있는데…" 마일로는 드디어 본론을 꺼냈다. 알리바이를 조작하기 위해서는 어떻게든 제시카의 협력을 받아야 한다. "오늘 밤 9시부터 우리 집에서 파티를 열기로 했어. 그런데 난 7시 반에 중고차 판매상인 베이커를 만나야 해. 집에는 9시가 좀 지나서야 도착할 것 같은데, 내가 갈 때까지 손님들을 접대해주면 고맙겠어. 물론 제시카한테 다른 스케줄이 있다면 할 수 없지만…"

"다른 스케줄이 있을 리가 없잖아요." 비서로서의 단단한 방어막이 약간 흔들리고, 애인으로서의 얼굴이 아름다운 미소가 되어 피어났다.

제시카는 새끼사슴처럼 날씬한 여자였다. 군살이 전혀 없는 미끈한 몸매를 가지고 있었다. 그러나 패션모델에게 흔히 볼 수 있는 납작한 느낌의 여자는 아니었다. 젖가슴과 엉덩이는 풍만하여 잘록한 허리를 더욱 돋보이게 했다.

"손님 접대에 최선을 다할게요. 당신을 위한 일인걸요."

마일로는 유리문 너머를 힐끔 바라보았다. 퇴근 시간이 지났기 때문에 복도에는 아무도 없었다. 마일로는 제시카의 몸을 끌어당겼다. 제시키의 웃는 얼굴이 문득 흐려졌다.

"당신, 오늘은 어딘지 모르게 좀 이상한 것 같군요."

"왜?" 마일로는 움찔 놀라면서 물었다.

제시카는 아버지뻘이라 해도 좋은 나이의 마일로에게 안겨, 머리를 마일로의 어깨에 기대면서 중얼거렸다.

"평소의 자신감을 어딘가에 두고 온 것 같아요."

후각과도 비슷한 여자의 직감은 마일로의 변화를 정확하게 냄새 맡고 있었다. 마일로는 난생처음으로 여자에게 두려움을 느꼈지만, 그것을 눈치채이지 않도록 낮은 소리로 말했다.

"지쳐서 그래. 피곤하니까 자신감도 약해진 것처럼 보이겠지."

"당신이 피곤하다니, 별일이네요."

"제시카가 상냥하게 대해주면 기운이 날 거야." 마일로는 키스로 얼버무렸다.

제시카는 오랫동안 다정하게 입을 맞추고 나서 물었다.

"집 열쇠는요?"

"문 옆 우편함에 들어 있어."

"알았어요."

제시카는 살짝 몸을 떼고 책상으로 다가가서 오른쪽 두 번째 서랍을 열었다. 그 서랍에는 전화 통화를 녹음하는 녹음기가 들어 있다.

"오늘 녹음한 테이프를 정리한 뒤에 퇴근하겠습니다."

비서의 말투로 돌아간 제시카에게 마일로는 아무렇지도 않은 어조로 말했다.

"괜찮아. 그건 그냥 놔둬도 돼. 그보다 파티에 늦지 않도록 서둘러줘. 몇 시쯤 갈 수 있지?"

"8시 반에는 가 있을게요."

"좋아. 그럼 집에 돌아가서 준비해줘." 바쁘게 나가는 제시카를 향해 마일로는 쾌활하게 말을 걸었다. "그리고 칫솔 잊지 마. 오늘은 금요일이야. 주말에는 우리 집에서 느긋하게 즐기자고."

제시카는 손을 흔들고 복도로 나갔다.

6

마일로 제이너스는 제시카의 책상에 앉았다. 전화 통화를 녹음하는 녹음기는 책상 오른쪽 두 번째 서랍에 들어 있었다. 그 서랍은 열린 채여서 커다란 녹음기가 내다보였다.

마일로는 다시 한번 복도를 힐끔 바라보고 나서 천천히 몸을 굽혀 바닥 카펫 위에 한쪽 무릎을 꿇었다. 녹음기는 정교한 기계 특유의 둔탁한 빛을 띠고 마일로의 눈앞에 있었다. 30분간 녹음할 수 있는 5인치 테이프가 장착되어 있었지만, 대부분은 녹음이 끝나 릴에 감겨 있었다.

마일로는 되감기 버튼을 눌렀다. 그러자 릴이 급속도로 회전하여 테이프를 되감기 시작했다. 자기테이프는 은은하게 빛나는 암갈색 흐름이 되어 헤드 사이를 미끄러졌다. 투명한 플라스틱 릴이 작은 신음 소리를 낸다. 테이프가 첫 부분까지 되감기자 마일로는 테이프를 재생했다.

스피커에서 제시카의 목소리가 흘러나왔다.

"네, '제이너스 엔터프라이즈'입니다."

이어서 남자 목소리가 말한다.

"나는 아닐드인데…"

필요한 건 이 목소리가 아니다. 마일로는 테이프를 빨리 돌렸다. 암갈색의 가느다란 흐름을 잠시 지켜본 뒤에 다시 재생 버튼을 눌렀다. 그러나 다음에 스피커에서 흘러나온 목소리도 마일로가 찾고 있는 목소리가 아니었다.

마일로는 혀를 차며 다시 테이프를 빨리 돌렸다. 그의 손가락은 몇 번이나 재생 버튼과 고속 버튼 사이를 왕복했다. 기계를 조작하는 마일로의 손가락은 점점 땀에 젖기 시작했다. 마일로는 손목시계를 보았다. 시간은 아직 충분했다. 그래도 마일로는 초조했다. 땀에 젖은 손가락이 버튼에서 미끄러져 허공을 훑었다.

"진정해. 금방 찾을 수 있어." 마일로는 소리 내어 자신을 격려했다.

그는 천천히 재생 버튼을 눌렀다. 그 순간 찾고 있던 목소리가 스피커에서 흘러나왔다. 마일로는 테이프를 조금 뒤로 되감고 나서 다시 재생시켰다.

우선 제시카의 목소리가 들렸다.

"네, '제이너스 엔터프라이즈'입니다."

그 뒤에 나온 것은 분명 유진 스태퍼드의 목소리였다.

"아, 제시카. 나야, 스태퍼드. 회장님 계셔?"

"지금 로스앤젤레스 텔레비전 방송국에 가 계신데요."

"아 참, 그렇지. 돈벌이를 위한 사기 쇼를 또 하고 있군."

"전하실 말씀은요?"

"아니, 됐어. 회장님의 보디가드가 내 주위를 냄새 맡고 다니는 걸 그만두게 하려고 생각했는데… 됐어, 내가 직접 말하지. 또 전화할게. 그럼 끊어, 제시카."

전화가 거칠게 끊기는 소리.

마일로는 살짝 테이프를 멈추었다. 그 얼굴에 미소가 번져갔다.

마일로는 천천히 일어났다. 부자연스러운 자세로 웅크리고 있었기 때문에 허리가 뻐근했다. 그는 왼손으로 가볍게 허리를 두드리면서 오른손으로 책상 가운데 서랍을 열었다.

필요한 것은 금방 찾아냈다. 빨간 사인펜과 테이프를 붙이는 셀로판테이프, 그리고 가위. 가위는 손톱을 깎는 데 쓰는 작은 것이었지만 그걸로 충분했다. 마일로는 다시 녹음기 앞에 웅크리고 앉아 테이프를 조금 되감고 나서 다시 재생했다.

"네, '제이너스 엔터프라이즈'입니다."

마일로는 제시카의 목소리가 끝났을 때 테이프를 멈추고 사인펜 뚜껑을 열었다. 그리고 헤드 커버 사이로 사인펜 끝을 집어넣어 테이프의 재생 헤드에 닿아 있는 부분에 표시를 했다. 그런 다음 다시 테이프를 돌렸다.

"아, 제시카. 나야, 스태퍼드. 회장님 계셔?"

스태퍼드의 목소리가 거기까지 흘러나왔을 때 마일로는 재빨리 테이프를 멈추고 다시 사인펜으로 표시를 했다.

그리고 살짝 테이프를 꺼냈다. 암갈색 테이프에 표시된 빨간 사인펜 자국은 알아보기 어려웠다. 그러나 빛을 반사하는 정도가 다르기 때문에 어떻게든 알아볼 수 있었다. 마일로는 그 부분을 가위로 잘랐다. 그런 다음 테이프를 오른쪽으로 더듬어갔다. 알아보기 어려운 붉은 사인펜 자국을 또 하나 찾아내어 가위로 잘랐다.

길이 1미터 정도의 테이프가 릴에서 잘려 마일로의 손에 들어왔다. 마일로는 그 테이프를 책상 위에 놓고 끊어져 있는 두 릴의 테이프를 접착테이프로 이은 다음 왼쪽 릴에 되감았다.

일을 끝내고 마일로는 손목시계를 보았다. 제시카가 퇴근한 뒤 아직 15분밖에 지나지 않았다. 그러나 마일로에게는 한 시간 넘게 지난 것 같은 기분이 들었다.

마일로는 책상 위에 놓여 있는 1미터 정도의 테이프를 조심스럽게 감아서 봉투 속에 집어넣었다. 그 봉투를 셔츠 주머니에 넣으려다가 문득 손을 멈추었다. 테이프에 접힌 금이 생기면 곤란하다. 마일로는 봉투를 오른손 끝으로 집어들고 책상 앞을 떠났다.

유리문까지 오자 걸음을 멈추고 만약을 위해 다시 한번 생각해보았다.

다 끝났나? 잊어버린 건 없나? 그러자 문득 잊어버린 게 생각났다. 마일로는 허둥지둥 책상으로 돌아가 가운데 서랍을 열고 접착테이프를 꺼내 5센티쯤 잘라서 새끼손가락에 감았다.

잊어버린 일을 생각해낸 행운에 감사할 여유는 없었다. 마일로는 오히려 이런 중대한 일까지 잊고 있던 자신에게 불안을 느꼈다.

7

저물녘의 샌타모니카 만에는 달콤한 향기가 있었다. 태평양의 바닷바람이 어디선가 꽃내음을 실어오는 모양이다.

달콤한 향기는 마일로 제이너스의 서재에도 흘러들고 있었다. 그러나 마일로는 열려 있는 창문을 거칠게 닫고 블라인드도 내렸다. 그러자 수평선을 진홍빛으로 물들이고 있는 저녁놀이 시야에서 사라지고 파도 소리도 들리지 않게 되었다.

마일로는 불을 켰다. 책상 위의 스탠드도 켰다. 그런 다음, 아직 녹음하지 않은 새 테이프와 녹음기를 책상 위에 올려놓고 일을 시작했다.

새 테이프를 녹음기에 걸고 오른쪽으로 조금 감은 다음 가위로 잘랐다. 둘로 잘린 테이프 사이에 스태퍼드의 목소리가 들어 있는 1미터 정도의 테이프를 끼워 넣었다. 새끼손가락에 감겨 있던 접착테이프로 그 테이프의 양쪽 끝을 새 테이프에 고정시켰다. 손가락 끝만을 이용하는 섬세한 작업이었다.

마일로는 문득 뭔가 중대한 일을 잊고 있다는 생각에 사로잡혔다. 뭘 잊어버린 것일까? 하나로 이어진 테이프를 왼쪽 릴에 감으면서 마일로는 열심히 생각했다.

테이프를 다 감았을 때에야 겨우 생각이 났다. 날마다 거르지 않고 계속해온 저녁 트레이닝을 오늘은 하지 않았다. 생각해내고 보니 아무것도 아닌 일이었다. 그러나 끊임없이 이어져온 생활의 리듬이 흐트러진 것에 화가 났다. 여느 때라면 수영장에서 힘껏 헤엄을 치고 있을 시간이었다. 그런 다음 모래밭에 나가 전력으로 질주한다. 쉰세 살의 육체를 20대의 젊음 속에 묶어두기 위해서는 하루도 빼놓을 수 없는 트레이닝이었다. 스태퍼드에 대한 새로운 분노가 치밀어올랐다.

"빌어먹을 자식!" 낮게 중얼거리고, 마일로는 녹음기의 재생 버튼을 눌렀다. 아무것도 녹음되지 않은 테이프가 잠시 미끄러진 뒤 방금 새로 끼워 넣은 테이프가 헤드에 닿았다. 그러나 스피커에서 흘러나온 것은 스태퍼드의 목소리가 아니었다. 말이 안 되는 기묘한 지저귐이었다.

"제기랄!" 이번에는 자신에게 욕설을 퍼부었다. 1미터 정도의 테이프를 거꾸로 연결해버린 것이다. 스피커에서 흘러나온 것은 역회전한 스태퍼드의 목소리였다. 마일로는 맥이 탁 풀리고 자신감이 사라졌다.

이 일을 끝까지 해낼 수 있을까? 이런 종류의 일은 역시 버디 캐슬에게 시켜야 하지 않을까? 버디라면 좀 더 냉정하게 일을 처리하지 않을까? 그러나 마일로는 이런 의문을 애써 삼키고 테이프를 다시 연결하는 작업에 착수했다.

이 일은 역시 내가 하지 않으면 안 돼. 스태퍼드를 없애는 것은 폭력 행위이기 이전에 치밀한 두뇌 노동이야.

그는 테이프를 다시 연결하고 시험해보았다.

"아, 제시카. 나야. 스태퍼드. 회장님 계셔?"

스태퍼드의 목소리가 서재에 울려 퍼졌다. 마일로는 녹음기를 책상 위의 전화기 옆에 놓았다. 그런 다음 서재에서 나가 옆에 있는 거실로 가서 전화기를 집어들었다. 그는 전화기를 뒤집어 드라이버로 밑판을 떼어냈다.

찾는 코드는 금방 발견되었다. 그는 그 코드를 잡아떼었다.

마일로의 집 안에 들어와 있는 전화회선은 두 개인데, 서재와 거실의 전화기는 같은 회선에 연결되어 있었다. 외부에서 걸려온 전화는 어느 쪽에서나 받을 수 있다. 그러나 전화기에는 착신램프가 달려 있어서, 바깥 회선과 이어져 있을 때나 한쪽을 사용하고 있을 때는 또 다른 전화기의 램프가 켜지도록 되어 있었다.

마일로는 이 장치를 망가뜨렸다. 거실 전화기의 착신램프가 켜지지 않게 해두면 서재 전화기의 수화기가 내려져 있어도 거실에서는 모른다. 작업은 끝났다.

마일로는 방에서 나왔다. 두뇌 노동은 아직도 많이 남아 있지만, 우선은 폭력 행위를 마쳐야 한다. 20대의 젊음을 유지하고 있는 육체가 스태퍼드의 비만한 몸뚱이를 덮치게 된다. 마일로는 열쇠를 우편함 옆에 놓아두고 정원으로 나왔다.

풀장 옆을 지나 어스름 속에 작은 실루엣으로 떠올라 있는 창고로 들어갔다. 수도공사를 하러 온 인부가 남기고 간 짧은 쇠파이프가 그곳에 있을 터였다. 그는 더욱 짙은 어둠이 가득 차 있는 창고 선반을 손으로 더듬었다. 두껍게 쌓인 먼지를 더듬던 손가락이 드디어 쇠파이프를 찾아냈다.

차가운 감촉과 묵직한 무게가 손에 닿았을 때 마일로는 마침내 자신감을 되찾았다. 이것만 있으면 염려 없어! 공격용 흉기라기보다는 방어용 무기로 보이는 20센티미터 길이의 쇠파이프를 마일로는 바지 주머니에 쑤셔 넣었다.

마일로는 다시 풀장 옆을 지나 현관 앞에 세워둔 자동차 쪽으로 걸어갔다.

저녁놀이 물드는 시간은 벌써 지나고 태평양은 어스름 속에 무겁게 가라앉아 있었다. 파도 소리만 또렷이 들려왔다. 바다는 그 리듬을 흐트러뜨리지 않고 따뜻한 밤을 향해 느긋한 호흡을 계속하고 있는 것 같았다.

8

채스워스에 있는 스태퍼드의 클럽에 이르자 마일로는 주차장을 그냥 지나쳐 뒷골목으로 들어갔다. 그리고 스태퍼드의 사무실 뒷문 앞에 차를 세웠다.

창문으로 불빛이 새어 나오고 있었다.

마일로는 열쇠를 꺼내어 철문에 꽂아 넣었다. 문은 소리도 없이 열렸다. 담배 연기 자욱한 실내에 앉아 있는 스태퍼드의 뒷모습이 보였다. 와이셔츠 소매를 걷어 올리고 산더미처럼 쌓인 서류와 씨름하고 있는 스태퍼드는 마일로가 들어온 것을 알아차리지 못했다.

느슨해진 와이셔츠 옷깃으로 스태퍼드의 굵은 목이 들여다보였다. 그 목에는 수많은 주름이 새겨져 있어서 마일로의 눈에는 징그러운 파충류의 몸처럼 보였다. 그러나 스태퍼드의 목은 무방비해서, 뒤로 살금살금 다가가 단숨에 졸라버릴 수도 있을 것 같았다.

그런데도 마일로는 가학적인 욕망에 사로잡혀, 일부러 거친 소리를 내며 문을 닫았다.

스태퍼드가 홱 뒤를 돌아보았다. 마일로를 뚫어지게 바라보는 스태퍼드의 얼굴은 순간 겁먹은 빛을 띠며 얼어붙었지만, 이윽고 여유 있게 빈정거리는 표정으로 바뀌었다.

"아, 역시 내가 하는 일이 걱정되나 보군요. 그래서 정찰하러 오셨나요?"

"좋은 밤일세, 유진." 마일로는 조용히 말하고 스태퍼드의 책상으로 다가갔다.

걸으면서 바지 주머니에 손을 집어넣어 짧은 쇠파이프를 움켜쥐었다.

"조사는 잘 진행되고 있나? 필요하다면 나도 도와줄까?" 마일로는 가벼운 투로 말하고 책상 옆 테이블 위에 놓인 커피포트를 바라보았다. 온도조절장치가 망가진 전열기 위에서 포트는 하얀 수증기를 격렬하게 뿜어내고 있었다.

마일로의 시선을 따라간 스태퍼드가 빈정거리는 미소를 띤 채 말했다.

"펄펄 끓는 그 커피를 내 얼굴에 끼얹을 생각인가요? 심정은 이해하지만, 그런 짓을 했다가는 민사재판만이 아니라 형사재판에도 끌려나가게 됩니다."

"그런 꼴은 당하고 싶지 않은데…"

"현명한 생각이십니다. 나쁜 짓은 좀도둑질… 아니, 이거 실례했습니다. 사기와 절도 정도로 끝내야죠." 스태퍼드는 가죽의자 위에서 몸을 뒤로 젖히더니, 갑자기 엄격한 힐난조로 말을 이었다. "그런데 회장님, 꼭 좀도둑처럼 많은 열쇠를 갖고 있는 것 같군요. 내 사무실에도 뒷문으로 살짝 숨어들어오고…"

"여긴 자네 사무실이 아니야. 제이너스의 체인점들은 모두 내 거야. 이 클럽도 명의는 자네 것으로 되어 있지만 실제로는 내 클럽이야. 그래서 나는 스물한 곳의 체인점 어디든 마음대로 드나들 수 있는 마스터키를 갖고 있지."

"그렇군요. 지금은 그렇겠지요. 하지만 내주가 되면 그 체인점들은 더 이상 당신 게 아닐 겁니다. 그 훌륭한 마스터키를 쓸 수 있는 날도 얼마 안 남았어요. 자, 그 마스터키를 한 번 더 사용해서 들어온 곳으로 나가주시지 않을래요? 이젠 당신한테 볼일이 없으니까."

"내가 볼일이 있는데…"

"조사의 진척 상황이 그렇게도 궁금하세요? 좋습니다. 기꺼이 보고 드리죠."스태퍼드는 책상 위에 놓여 있는 커피잔을 집어들고 천천히 일어나 커피포트로 다가갔다. "나는 먼지처럼 작은 자료를 잔뜩 모았어요. 몇 달이나 걸려서 말입니다. 그 자료가 지난주까지는 쓸모없는 먼지더미였지만, 사나흘 전부터는 단순한 먼지가 아니라 엄청난 보물더미가 되기 시작했지요. 당신의 유죄를 입증할 수 있는 물적 증거가 되기 시작했단 말입니다. 특히 위장 회사의 존재가 알려지면 당신은 처벌을 면하기 어려울 겁니다. 유감이지만…"

스태퍼드는 등을 돌리고 포트의 커피를 잔에 따랐다.

무거운 침묵 속에서 마일로는 주머니에 든 쇠파이프를 힘껏 움켜잡았다. 스태퍼드는 김이 피어오르는 커피잔을 손에 들고 돌아섰다.

"오늘은 금요일이지만, 나는 주말을 반납하고 당신을 감옥에 보낼 자료를 모을 겁니다. 한 가지 충고하겠는데 이번 주말은 마음껏 즐겨두는 게 좋을 거예요. 당신에게는 마지막 주말이 될 테니까. 월요일이 되면 당신의 모래탑은 와르르 무너질 겁니다."스태퍼드는 말하고 다시 커피를 홀짝거렸다.

"커피는 몸에 안 좋아. 커피를 좋아해서는 오래 살 수 없어."

마일로가 낮은 소리로 말하자 스태퍼드는 비만한 배를 흔들며 웃어댔다.

"그런 걱정은 안 해도 돼요. 적어도 감방보다는 환경이 좋은 곳에서 살 테니까 당신보다는 오래 살 겁니다. 그보다 당신이 더 걱정이군요. 감옥에서는 틀림없이 운동 부족이 될 테고, 당신이 자랑하는 그 몸뚱이도 한 달만 지나면 뒤룩뒤룩 살찐 돼지처럼 변해버릴 테니 말입니다."

"그렇게는 안 돼!"

마일로는 쇠파이프를 움켜쥐고 스태퍼드에게 덤벼들었다. 스태퍼드는 이런 사태를 전혀 예상하지 못했던 모양이다. 커피잔을 손에 든 채 눈을 크게 뜨고 마일로의 얼굴을 멍하니 바라보고만 있었다.

스태퍼드는 마일로의 쇠파이프가 목에 닿은 순간에야 겨우 방어를 위한 반격에 나섰다. 그 순간에도 스태퍼드는 사태를 심각하게 받아들이지 않는 것 같았다.

그는 우선 뜨거운 커피잔을 책상 위에 내려놓았다. 마일로의 살의를 믿지 못하고, 오히려 뜨거운 커피에 데는 것을 두려워한 모양이다. 그러나 커피잔을 든 왼손이 책상에 닿은 순간, 오른손을 재빨리 움직여 쇠파이프를 뿌리쳤다. 강한 힘이었다.

쇠파이프는 옆으로 흐르고, 힘이 잔뜩 들어가 있던 마일로의 몸은 순간 균형을 잃고 비틀거렸다. 그러나 앞으로 고꾸라질 뻔한 몸을 바로 세우고 보니 마일로는 스태퍼드의 등 뒤에 서 있었다. 목을 조르기에는 맞춤한 위치였다.

스태퍼드는 몸의 방향을 돌리려는 움직임을 보였지만, 마일로의 쇠파이프는 그보다 먼저 뒤에서 스태퍼드의 턱밑으로 파고들었다. 마일로는 쇠파이프의 양쪽 끝을 단단히 움켜잡고 스태퍼드의 목을 자기 쪽으로 끌어당겼다. 스태퍼드는 끙끙대면서 난폭한 짐승처럼 발버둥쳤다.

스태퍼드의 몸집은 컸다. 마일로보다 5센티미터쯤 키가 크고, 게다가 체중도 훨씬 더 나갔다. 그 거대한 몸뚱이가 격렬하게 날뛰었다. 스태퍼드의 목을 조르고 있는 마일로의 머릿속에 차 안에서 슐츠에게 목을 졸렸을 때의 고통이 되살아났다. 스태퍼드의 고통이 정확히 마일로에게 전해져왔다. 마일로는 그 고통을 한시라도 빨리 없애려고 팔에 더욱 힘을 가했다.

그 순간 생각지도 않은 일이 일어났다. 왼손이 쇠파이프에서 떨어졌다. 땀 때문에 미끄러진 것이다. 마일로는 장갑이 바지 주머니에 있는 것을 생각해내고 또 하나의 실수에 당황했다.

목에서 쇠파이프가 떨어지자 스태퍼드의 몸이 튕기듯 앞쪽으로 움직였다. 마일로는 쇠파이프를 움켜쥐고 있는 오른손을 뻗어 다시 한번 스태퍼드의 목을 잡으려고 했지만 이미 때는 늦었다. 일단 앞으로 달아난 스태퍼드는 커다란 책상 때문에 퇴로가 막힌 것을 깨닫자 돌아서서 마일로에게 덤벼들었다. 살집 좋은 두툼한 어깨가 마일로의 배에 부딪혔다. 마일로는 뒤로 몸을 젖혔다.

몸을 지탱하려고 뒤로 뻗은 손이 무언가 뜨거운 것에 닿았다. 커피포트였다. 펄펄 끓는 커피가 담긴 유리그릇이 전열기 위에서 뒤집힌 것 같았다. 테이블 모서리를 붙잡고 간신히 몸을 지탱한 마일로의 오른손에 뜨거운 물이 뚝뚝 떨어졌다. 날카로운 칼에 벤 듯한 통증이 느껴졌다. 그러나 마일로에게는 상처를 살펴볼 여유가 없었다. 스태퍼드의 거대한 몸이 문을 열고 구르듯이 복도로 나가고 있었다.

"어딜 달아나는 거야!"

마일로는 쇠파이프를 움켜쥐고 그 뒤를 따랐다. 복도에 구둣발 소리가 메아리쳤다. 스태퍼드와 마일로 사이에는 약 10미터가량의 거리가 있었지만, 이 거리는 점점 좁혀졌다.

눈에 보이는 이 성과가 허물어져 가던 마일로의 자신감을 다시 일으켜 세웠다. 마일로는 자신의 체력이 스태퍼드보다 훨씬 강하다는 것을 분명히 의식했다. 헬스장으로 들어갔을 때는 손을 뻗으면 닿을 수 있는 위치까지 스태퍼드를 따라잡고 있었다. 그러나 두번 다시 실수를 되풀이하지 않으려고 그는 거리를 더욱 좁혔다.

마일로는 이윽고 스태퍼드의 옆에 바싹 붙었다. 스태퍼드는 겁먹은 눈으로 마일로를 바라보고는 황급히 방향을 바꾸려고 했다. 마일로는 재빨리 태클을 걸었다. 상처를 입히면 안 된다고 마일로는 생각했다. 두 사람이 뒤얽혀 싸운 것을 입증할 만한 상처를 주어서는 안 된다.

마일로는 스태퍼드의 몸을 감싸 안고 헬스장 바닥에 쓰러졌다. 스태퍼드는 달리느라 체력을 완전히 소모해버렸다. 벌렁 나자빠진 스태퍼드는 마일로의 팔 밑에서 비참하게 헐떡거리고 있었다.

그러나 아직은 기력이 남아 있었다. 생존본능이라고 해야 할 안간힘이 강력한 펀치가 되어 마일로의 배를 후려쳤다. 마일로는 꾹 참았다. 순간적으로 숨을 삼켰지만, 기가 죽지 않고 스태퍼드 위에 말을 타듯 걸터앉아 쇠파이프를 목에 눌러댔다.

위를 향한 스태퍼드의 얼굴이 추하게 일그러졌다. 얼굴 전체에 땀이 번들거리고 있었다. 벌어진 입속에서 빨간 혀가 경련을 일으켰다. 구역질이라도 나는 듯 목에서 이상한 소리가 났다. 가까운 거리에 있는 그 얼굴을 보지 않으려고 마일로는 눈을 질끈 감았다. 동시에 엉덩이를 들어 올려 모든 체중을 20센티미터 길이의 쇠파이프에 실었다.

스태퍼드가 모래자루처럼 축 늘어졌다.

마일로는 얼굴을 돌리고 일어선 뒤 두 팔을 스태퍼드의 겨드랑이 밑으로 집어넣어 그 거대한 몸뚱이를 질질 끌어당겼다. 뜨거운 커피에 덴 손목이 찌르는 듯이 아팠지만, 상관하지 않고 복부 근육을 단련하는 복근대까지 스태퍼드를 끌고 갔다. 거기서 마일로는 장갑을 꼈다. 그리고 스태퍼드의 바지 주머니를 뒤져 열쇠고리에 끼워져 있는 열쇠뭉치를 꺼냈다.

마일로는 시체를 그 자리에 놔두고 탈의실로 갔다.

마일로는 자기가 한 일을 믿을 수가 없었다. 치밀한 계획을 세우고 다소의 혼란을 극복하며 계획대로 추진한 행위였지만, 그래도 악몽을 꾸고 있는 듯한 기분이었다. 죽은 스태퍼드가 벌떡 일어나 뒤에서 말을 걸어올 것만 같아 등이 근질거렸다.

마일로는 탈의실 전등을 켰다. 살풍경한 실내에서 다섯 줄로 늘어서 있는 철제 옷장이 차갑게 빛났다. 그것은 거의 다 클럽 회원을 위한 로커

였고, 직원용 로커는 한구석에 늘어서 있었다.

마일로는 스태퍼드의 로커 앞에 섰다.

로커를 열자 희미한 땀 냄새가 풍겨 나왔다. 더 이상 이 세상에 존재하지 않는 사람의 체취였다. 마일로는 약간 얼굴을 찡그리고 나서 로커 속에 손을 집어넣었다. 안에는 목욕수건과 운동복이 들어 있었다. 마일로가 경영하는 '그린 이글' 마크가 붙어 있는 운동복이었다. 운동화에도 같은 마크가 붙어 있었다.

마일로는 희미하게 웃었다. '그린 이글'은 평판이 안 좋다. 스태퍼드도 슐츠도 '그린 이글'에서 납품한 물건을 불평했다. 그러나 제멋대로 굴게 내버려둘 수는 없다. 마일로는 운동복과 운동화를 꺼냈다. 스태퍼드에게 '그린 이글'의 제품을 입혀 무덤으로 보내주자.

헬스장으로 돌아오자 마일로는 스태퍼드의 옷을 벗기고 운동복으로 갈아입혔다. 몸에 찰싹 달라붙는 군청색 운동복 때문에 더욱 군살이 돋보이는 스태퍼드의 시체를 복근대 위로 끌어올려 반듯이 눕혔다.

그러고 나서 마일로는 스태퍼드의 발치에 쪼그려 앉았다. 구두를 벗기고 운동화로 갈아 신기기 위해서였다. 땀에 젖은 발 냄새가 코를 찔렀다. 마일로는 혀를 차면서 운동화 끈을 맸다. 남의 운동화 끈을 매준 것은 난생처음이었다. 상대가 죽은 사람이라 해도 굴욕과 분노를 느끼게 하는 체험이었다.

이제 마지막 일이 남아 있었다. 마일로는 헬스장 구석에서 75킬로그램짜리 바벨을 가져왔다. 힘든 훈련을 날마다 거르지 않고 계속하는 마일로가 간신히 들어 올릴 수 있는 무거운 바벨이었다. 그 바벨을 스태퍼드의 목 위에 얹어놓았다. 쇠파이프와 거의 같은 굵기의 바벨 막대가 시체의 목을 짓눌렀다. 마일로는 스태퍼드의 두 손을 들어 올려 쇠막대를 쥐게 했다. 그 막대에는 스태퍼드의 지문이 묻었다.

마일로는 조금 떨어진 곳에서 시체를 내려다보았다. 완벽했다. 스태퍼드는 운동을 하다가 실수로 바벨을 떨어뜨려 질식사한 것처럼 보인다. 누가 보아도 그렇게밖에는 생각할 수 없을 것이다. 목에는 바벨 막대와 같은 굵기의 상처도 남아 있었다.

마일로는 스태퍼드의 시체에서 벗긴 옷과 구두를 들고 헬스장을 나왔다. 옷과 구두를 로커에 집어넣은 뒤, 사무실로 가서 책상 위에 열쇠뭉치를 놓았다. 마일로는 한숨을 내쉬고 실내를 둘러보며 자신의 지문이 남아 있을 만한 곳을 손수건으로 닦았다. 뒷문 손잡이는 특히 더 정성껏 닦았다. 그리고 카펫 위에 내팽개쳐져 있는 커피포트를 전열기 위에 올려놓고 스위치를 내렸다.

마일로는 책상 위에 흩어져 있는 서류를 바라보았다. 깨끗이 정돈된 사무실 안에서 그곳만 태풍의 습격을 받은 것 같았다. 아니, 온통 쓰레기장이었다.

어차피 쓰레기더미에 불과해… 마일로는 재빨리 서류를 긁어모아 책상 옆에 있는 자루에 쑤셔 담았다. 그 자루에도 '제이너스 엔터프라이즈'의 마크가 찍혀 있었다. 쓰레기를 치운 책상은 그제야 겨우 공무원의 책상다워졌다. 마일로는 서류를 담은 자루를 집어들고 다시 한번 사무실 안을 둘러보았다.

빼먹은 건 없다는 걸 확인한 뒤 그는 뒷문을 열고 밖으로 나왔다.

마스터키로 문을 잠그고 장갑을 벗었다. 땀에 젖은 몸에 쌀쌀한 밤공기가 상쾌했다. 살인행위가 지니는 무게는 아직도 현실의 것이 되지 않았다. 바지 주머니에 들어 있는 쇠파이프만이 묵직하게 느껴졌다. 그러나 여느 때와는 달리 밤의 정적에 묘한 이질감이 느껴져, 마일로는 다른 별에 잘못 착륙해버린 듯한 고독감을 다시 느꼈다. 그것이 살인행위가 갖는 무게였는지도 모른다.

자동차에 올라탔을 때 마일로는 오랜만에 담배를 피우고 싶다고 생각했다. 담배를 끊은 지도 어언 3년이 지났다. 그러나 지금은 그 담배가 그립다. 아니, 담배보다는 시가를 천천히 피우고 싶다. 담배가 잘 다듬어진 육체와 건강에 나쁜 것은 분명하지만, 그 독을 가슴 가득히 빨아들이고 싶었다.

수십 년 동안 흐트러질 줄 몰랐던 마일로의 정신은 극도의 긴장을 겪은 뒤 전에 없는 피로를 느끼고 있었다. 그러나 담배나 시가는 나중의 즐거움으로 남겨두자고 마일로는 자신을 타일렀다. 아직도 해야 할 일이 남아 있었다. 마일로는 조용히 차를 출발시켰다.

9

손님들은 벌써 다 모여 있었다.

버디 캐슬과 여자 친구인 프리다. 마일로의 고문 변호사인 해리 레시터와 그의 아내. '그린 이글' 사장인 데이비드 아널드와 그의 아내. 그리고 제시카 콘로이.

거실로 다가가자 손님들의 쾌활한 이야기 소리가 들려왔다. 그것은 마일로의 비호를 받으며 그가 챙기는 이익의 떡고물을 받아먹고 살아가는 사람들의 쾌활한 목소리였다. 그 목소리에 둘러싸여 있는 한 마일로는 아무 걱정 없이 느긋할 수 있을 터였다. 그러나 마일로는 점점 깊어지는 현실에 대한 위화감을 씹으면서, 그 행복해 보이는 사람들과 자신 사이에 뛰어넘기 어려운 간격이 있음을 의식하고 거실문 앞에 멈춰 섰다.

비서실장 버디 캐슬의 커다란 목소리가 들려왔다.

"…그랬더니 레니란 놈이 나를 구석으로 끌고 가서 이렇게 말하는 거예요. 버디, 나를 어떻게 할 셈이지? 잔뜩 거드름을 피우면서 말이에요. 정말 잘난 체하는 녀석이지요."

"그건 자네가 말하지 않아도 이미 알고 있었어." 말을 받은 사람은 변호사 해리 레시터였다. "알고는 있지만 자네 입으로 직접 듣고 싶었지."

"이 장사에서는 괜히 체면 차리고 머뭇거리는 건 금물이에요." 다시 버디가 말했다. "샌디에이고 사건이 그 좋은 예잖아요. 그때는…"

버디는 여자들을 의식하여 자신의 활약상을 나불나불 지껄이고 있는 모양이다. 우쭐해져서 입이 가벼워지고 있는 것 같았다. 마일로는 거실문을 열었다. 담배 연기 너머에 제시카의 천사 같은 모습이 보였다.

"늦어서 미안해." 마일로는 웃는 얼굴을 지으며 말했다.

소파나 안락의자에 제멋대로 앉아 있던 손님들이 일제히 얼굴을 들고 저마다 인사를 했다.

"너무 늦었군. 주인이 없으면 재미없잖아." 변호사 레시터가 말했다.

"빨리 보디빌딩 챔피언의 광고 필름을 보여주세요." 버디 캐슬이 말하자 그의 여자 친구 프리다가 눈을 빛내며 물었다.

"로키를 여기로 불렀다는 게 정말인가요?"

"나중에 얼굴을 내밀겠다고 했어요." 데이비드 아널드가 대신 대답했다.

마일로는 손님들의 얼굴을 내려다보며 큰 소리로 말했다.

"늦어서 미안해. 하지만 나쁜 건 그 베이커 녀석이야. 알고 있겠지? 중고차 판매점을 하는 베이커 말이야…" 손님들이 고개를 끄덕이는 것을 확인한 뒤 마일로는 말을 이었다. "그자가 헬스클럽을 열고 싶다고 해서, 오늘 그의 가게에서 의논하기로 되어 있었지. 그런데 바람맞았지 뭐야. 영업이 끝나고 문을 닫았더라고. 샌타애나(로스앤젤레스 남쪽 오렌지군의 군청 소재지)까지 일부러 갔는데… 시간만 낭비했어."

손님들은 일제히 베이커를 비난하는 소리를 냈다.

"목마르시죠?" 제시카의 몸이 살짝 다가왔다. 하늘하늘한 핑크색 드레스에 감싸인 늘씬한 몸이었다.

주위의 모든 것에 위화감을 느끼고 있는 마일로에게 제시카는 그를 현실과 이어주는 유일한 끈이었다. 마일로는 제시카의 이마에 가볍게 입을 맞추며 말했다.

"차가운 레몬주스를 만들어주겠어?"

제시카는 미끄러지는 듯한 걸음으로 홈바를 향해 걸어갔다. 홈바 카운터 위에 전화기가 놓여 있었다. 마일로는 손님들에게 쾌활하게 말했다.

"자, 그러면 기다리고 기다리던 우리 '엔터프라이즈'의 광고 필름을 보시겠습니다. 이건 견본 필름이니까 얼마든지 고칠 수 있어요. 여러분의 기탄없는 의견을 듣고 싶습니다. 그러면 잠시 그대로 기다려주세요… 서재에 가서 준비할 테니까."

마일로는 손님들에게 손을 흔들고 거실에서 나와 서재로 들어갔다.

서재 책장 가운데쯤에 영사기가 놓여 있고, 그 렌즈는 벽을 뚫어 만든 작은 창으로 거실을 내다보고 있었다. 영사기 옆의 스위치를 누르자 거실에 걸려 있는 추상화 그림이 슬금슬금 올라가고 그 밑에서 영사막이 나타났다. 그와 동시에 거실 조명이 어두워졌다.

손님들은 휘파람을 불었다. 마일로는 영사기 스위치를 넣었다. 수많은 톱니가 맞물리는 소리가 나더니 이윽고 필름을 감은 릴이 돌기 시작했다.

마일로는 렌즈 초점을 맞추어놓고 책상 앞으로 갔다. 천천히 수화기를 집어들고 다이얼을 돌렸다. 거실 홈바에 있는 전화가 울리는 소리가 들렸다. 마일로의 오른손이 재빨리 녹음기로 뻗어갔다.

"여보세요."

제시카가 전화를 받은 것을 확인한 뒤 마일로는 수화기를 녹음기 스피커에 가까이 대고 녹음기의 재생 버튼을 눌렀다. 스피커에서는 지금은 이미 이 세상 사람이 아닌 스태퍼드의 목소리가 흘러나왔다.

"아, 제시카. 나야, 스태퍼드. 회장님 계셔?"

마일로는 테이프를 멈추고 수화기를 귀에 댔다.

"네, 잠깐만 기다리세요."

제시카의 목소리를 듣자마자 마일로는 책상 옆을 떠나 재빨리 영사기 앞에 섰다. 서재문이 열리고 레몬주스를 든 제시카가 나타났다.

"스태퍼드 씨한테서 전화가 왔어요."

"고마워." 마일로는 레몬주스를 받아들고 서재를 나왔다.

거실 영사막에는 세계 보디빌딩 대회에서 우승을 차지한 로키가 올리브 기름을 발라 번들거리는 우람한 근육을 꿈틀꿈틀 움직이면서 하얀 이를 내보이며 온갖 포즈를 취하고 있었다. 영사막 아래에 장치된 스피커에서는 록 음악이 흘러나오고, 그 음악에 맞추어 관능적인 여자의 목소리가 흘러나왔다.

"사나이는 상냥해야 해요. 강하고 늠름하지 않으면 살아갈 자격이 없어요…"

마일로는 홈바의 수화기를 들고 섹시한 여자 목소리를 압도할 만큼 큰 소리를 질렀다.

"아, 스태퍼드, 지금 어디 있나?"

마일로는 희미한 어둠 속에 잠겨 있는 손님들의 반응을 지켜보았다. 손님들의 얼굴은 영사막을 향한 채 움직이지 않는다. 마일로는 자못 놀란 듯이 소리쳤다.

"뭐라고? 헬스장에 있다고? 이런 시간에?"

버디 캐슬과 변호사 해리 레스터의 얼굴이 움직여 이쪽을 바라본다.

"지금이 몇 시인 줄 아나?" 마일로는 손목시계를 보면서 말을 이었다. "벌써 9시가 지났어. 이런 시간에…"

마일로는 수화기를 손으로 덮고 영사막에서 되비치는 빛을 받고 있는 해리 레시터의 얼굴을 향해 말했다.

"스태퍼드인데, 이런 시간에 운동을 하고 있대."

변호사 해리가 소리 내어 웃었다.

"제정신이 아니군."

"아니에요. 남자는 강하고 늠름하지 않으면 살 자격이 없다고요."

해리의 아내가 대꾸하자 손님들은 웃음을 터뜨렸다. 웃음이 가라앉기를 기다려 마일로는 수화기를 다시 입에 댔다.

"스태퍼드…" 그는 아무도 없는 전화선 저편을 향해 말을 걸었다. "운동은 언제든지 할 수 있어. 그보다 우리 집에 오지 않겠나? 지금 파티를 하고 있는 중인데… 뭐라고? 지금 말인가? 모두 사나이의 자격에 대한 견본 필름을 즐기는 중이야."

해리와 버디가 큰 소리로 웃었다. 마일로는 약간 사이를 두었다가 다시 말했다.

"그래? 알았어. 하지만 혼자 할 거면 너무 격렬한 운동은 삼가는 게 좋아. 자넨 청춘이 아니라고. 그럼 월요일에 거기서 만나세."

마일로는 수화기를 내려놓았다.

"그 자식, 조사는 그만뒀나요?" 버디가 마일로를 돌아보며 물었다.

"아, 그새? 손들고 포기한 모양이야. 내 예상대로지." 마일로는 웃으면서 말했다.

"이런 시간에 운동을 하다니, 존경스럽군요." 버디가 영사막을 쳐다본 채 말했다.

"스태퍼드는 마일로 제이너스식 건강법의 표본이야."

"천만에요." 버디가 말을 받았다. "그 녀석은 나쁜 건강법의 살아 있는 견본이죠."

제1장 살의의 무게 213

영사막에는 섀도복싱을 하면서 모래밭을 달리는 로키의 모습이 비쳐 있었다. 버디의 여자 친구가 황홀한 눈빛으로 바라보면서 말했다.

"저 억센 남자가 정말로 오늘 밤에 여기 와줄까요? 이봐요 버디, 정말로 로키를 불렀어요?"

"시끄러워. 잠자코 보기나 해. 저런 놈은 겉보기만 그럴듯하지 속은 텅 빈 풍선이거나 소시지일 게 뻔해. 저런 놈보다야 내가 훨씬 더 강하지."

손님들이 입을 모아 웃어댔다. 그 소리는 이윽고 스피커에서 흘러나오는 감미로운 여자 목소리에 묻혀 사라졌다.

일은 끝났다. 스태퍼드는 사고사로 위장하여 '제거'했고 알리바이 조작도 끝났다.

마일로는 또 담배가 피우고 싶어졌다. 그러나 당연히 있을 경찰 조사가 끝날 때까지 기다리는 게 좋을 것 같았다.

마일로는 눈앞에 서 있는 제시카의 옆얼굴을 바라보았다. 영사막을 바라보는 제시카의 입가에 희미한 미소가 떠올라 있었다. 천사의 미소였다. 오늘 밤에는 저 여자를 안고 푹 잠이나 자자.

아침이 되면 이 낯익은 세계에 대한 위화감은 완전히 사라질 거야.

마일로는 차가운 레몬주스를 단숨에 들이마셨다.

제2장

시가를 입에 문 들개

1

　헬스클럽에서 일어난 참변을 가장 먼저 발견한 것은 잡역부인 에드 영감이었다. 에드 머피는 헬스장의 불을 켜자마자 헬스장 한복판에 나자빠져 있는 사람을 발견하고는, 실내 바닥을 청소하기 위해 들고 온 대걸레를 내동댕이치고 당장 구급병원에 전화를 걸었다.
　나자빠져 있는 사람이 죽어 있다는 것도, 그것이 고용주인 스태퍼드의 시체라는 것도 에드 영감은 알지 못했다. 영감은 노안경 너머로 멀리 너부러져 있는 섬뜩한 물체를 얼핏 보았을 뿐이다. 전화를 건 뒤에는 새벽의 큰길로 나가 부들부들 떨면서 구급차를 기다렸다.
　구급차가 왔을 때 에드 영감은 흰옷을 입은 사람들을 헬스장으로 안내해야 했다. 기분 사나운 일이었다. 섬뜩한 물체를 한 번 더 봐야 한다는 게 싫었고, 소독약 냄새가 나는 흰옷 차림의 남자들 옆에 있는 것도 싫었다.
　에드 영감은 흰옷 입은 사람만 보면 치과의사가 생각났다. 이를 하나씩 빼내어 마침내 몽땅 뽑아버린 괘씸한 치과의사, 윙윙거리는 드릴 소리와 은도금한 집게의 번쩍거림, 마치 주삿바늘이 잇몸을 찌를 때의 통증, 처치실의 소독약 냄새… 이 모든 불쾌한 기억이 흰옷과 결부되어 있었다. 에드 영감은 흰옷을 입은 사람이라면 식당의 주방장도 보고 싶지 않았다.

그 불쾌한 사람들에게 둘러싸여 헬스장으로 들어가자 에드 영감은 섬뜩한 물체 바로 옆까지 끌려갔다. 그때 비로소 에드 영감은 그 물체의 얼굴을 보았다.

"스태퍼드 사장님!"

벌써 죽어 있다는 것은 에드 영감도 알았지만, 아버지가 죽은 이후 시체를 이렇게 가까이에서 본 적은 한 번도 없었다. 이토록 처참한 시체는 더더욱 본 적이 없었다. 처참한 시체를 많이 볼 수 있는 전쟁터에 나가본 적도 없었다. 제2차 세계대전 때는 나이를 너무 많이 먹어서 전쟁에 나가지 않았다. 베트남 전쟁 때는 훨씬 더 나이가 들어서, 피비린내 나는 전쟁터에는 가고 싶어도 갈 수 없는 처지가 되어 있었다.

에드 영감은 스태퍼드의 시체 앞에서 도망쳤다. 흰옷 입은 사람들 가운데 하나가 영감을 쫓아와 팔을 붙잡았다.

"전화는 어디 있소?"

에드 영감은 떨리는 목소리로 전화가 있는 곳을 가르쳐주었다. 이어서 큰 소동이 벌어졌다. 순찰차가 몇 대나 달려오고 경찰관들이 떼거리로 몰려왔다. 끈질긴 경찰관들은 똑같은 질문을 몇 번씩 되풀이했다. 질문 공세에 진저리가 난 에드 영감이 헬스장 한쪽 구석에 쌓여 있는 매트 위에 주저앉았을 때, 새로 온 잡역부가 불쑥 들어왔다. 적어도 에드 영감에게는 그 사람이 새로 고용된 잡역부처럼 보였다.

사내가 걸치고 있는 게 흰옷이었다면 에드 영감은 결정적인 반감을 품었겠지만, 다행히 사내가 입고 있는 옷은 후줄근한 레인코트였다. 사내는 그 코트 가슴에 코트와 마찬가지로 구깃구깃한 종이봉지를 안고 있었다.

사내는 상당히 중요한 물건이 들어 있는 듯한 그 봉지에 매달리듯 어깨를 구부정하게 숙이고 걸어오더니 에드 영감 옆에 털썩 주저앉았다.

봉지 안에는 싸구려 위스키가 들어 있을 거라고 에드 영감은 짐작했다. 그렇다면 저 녀석은 알코올 중독에 걸린 부랑자구나. 로스앤젤레스 뒷골목을 떠돌아다니던 알코올 중독자가 복지기관의 주선으로 이 체육관에서 일하게 되었겠지.

사내는 매트 위에 주저앉아 늙은 사자처럼 한숨을 내쉬었다. 한숨과 함께 축 늘어진 뺨이 흔들렸다.

"이봐." 에드 영감이 말을 걸었다. "안됐지만 자네 일자리는 날아갔어. 헛걸음한 거라고. 자네를 고용한 사람이 죽어버렸거든."

"예?" 사내는 어깨를 굽힌 채, 묘하게 살이 출렁거리는 얼굴을 들었다.

"자네 사장이 죽었어. 이제는 이 세상에 없다고. 그러니까 자네 일자리도 없어졌어. 지금은 어수선하니까 빨리 돌아가는 게 좋아."

"예? 사장요?" 사내는 봉지를 힘껏 끌어안았다. 꾸러미가 바스락 소리를 냈다.

에드 영감은 짜증이 났다. 상대는 아직도 꿈속을 헤매고 있는지, 모처럼 친절하게 설명해주었는데도 이해하지 못하는 모양이다. 에드 영감은 사내의 귀에 입을 갖다 대고 빽 소리를 질렀다.

"자네 사장이 죽었다고!"

"예?" 사내는 벌떡 일어나면서 황급히 귀를 틀어막았다. 봉지가 바닥에 나동그라졌다.

드디어 사태의 심각성을 이해했는지 사내는 봉지를 주우려고도 하지 않고 에드 영감의 얼굴을 말똥말똥 바라보았다. 굵은 눈썹 한쪽은 올라가고 다른 쪽 눈썹은 반대로 내려가 눈을 덮었다. 묘한 윙크처럼 보이는 그 표정을 지은 채 사내는 굵은 목소리로 말했다.

"사장이 죽었다고요?"

"그래, 오늘부터 자네 사장이 될 예정이었던 스태퍼드 씨가 죽어버렸어. 거짓말인 것 같으면, 저기 누워 있으니까 자네 눈으로 직접 확인해봐."

좌우 높이가 달랐던 사내의 눈썹이 천천히 원래 상태로 돌아가고, 그와 동시에 아양 떠는 웃음이 번져갔다. 사내는 복근대 위에 누워 있는 스태퍼드를 가리키며 물었다.

"저 사람 말입니까?"

"그래. 저 사람이 스태퍼드 사장이야."

"아아, 그렇군요. 저 사람이 스태퍼드 사장이라고요?"

사내는 천천히 쪼그려 앉아 봉지를 집어들고는 걱정스러운 듯이 안을 들여다보다가, 이윽고 투박한 손을 봉지 속으로 쑥 집어넣었다. 안에서 나온 것은 위스키가 아니라 화려한 꽃무늬가 든 보온병이었다. 사내는 보온병을 귓가에 대고 살짝 흔들어보았다. 그런 다음 셰이커를 흔들듯 난폭하게 흔들었다. 보온병이 깨지지 않은 것을 확인했는지, 사내는 기쁜 듯이 웃었다.

저 녀석은 아직도 사태를 이해하지 못한 모양이군. 에드 영감은 거친 목소리로 말했다.

"이봐!"

그때 사복 차림의 젊은 형사가 다가와서 사내에게 말을 걸었다.

"안녕하세요, 콜롬보 경위님."

이 소리를 듣고 에드 영감은 악몽이라도 꾸고 있는 게 아닐까 생각했다. 저렇게 너저분한 사내가 경위라니! 스태퍼드 사장의 시체도, 경찰관들도, 소독약 냄새를 풍기는 흰옷 차림의 사내들도 모두 악몽 속에 나타난 인물들이 아닐까.

에드 영감은 머리를 흔들었다. 문득 옆을 보니 너저분한 사내도 개처럼 머리를 흔들고 있었다. 맞아, 이건 악몽이야. 에드 영감은 생각했다. 이런 어처구니없는 일이 현실 세계에서 일어날 리가 없어!

"잘 지냈나, 리케츠?" 너저분한 사내가 말했다. 그의 목소리는 분명 현실의 목소리였다.

"어젯밤 체육관이 문을 닫은 뒤에 여기서 혼자 운동을 한 모양입니다." 리케츠 형사는 시원스러운 어조로 말을 이었다. "보기에는 사고사인 것 같습니다만… 죽은 사람은 이 클럽 경영자이고, 이름은…"

"유진 스태퍼드요." 에드 영감이 끼어들었다. 그러고는 엄지손가락으로 옆의 사내를 가리키며 물었다. "이 사람이 정말로 경찰이오?"

리케츠 형사는 무서운 얼굴로 고개를 끄덕이더니, 당황해서 어쩔 줄 모르는 에드 영감을 못 본 척하고 거침없이 설명을 계속했다.

"경영자라지만, 실제로는 점장이라고 하는 게 옳을지도 모릅니다. 이 클럽은 텔레비전 쇼로 유명한 마일로 제이너스의 체인점 가운데 하나인데, 실질적인 경영자는 마일로 제이너스이지요. 스태퍼드 씨는 무슨 이유인지는 모르지만 어젯밤에 혼자서 운동을 하다가 실수로 바벨을 목에 떨어뜨리는 바람에 죽은 것 같습니다. 그러니까 이 사건은 우리 강력계와는 무관한 것으로 생각되지만, 일단 경위님도 조사해보시죠… 그리고 이 사람은 시체를 맨 처음 발견한 에드 머피 씨. 이 체육관의 잡역부랍니다."

갑자기 자기가 소개되자 에드 영감은 더욱 당황했다. 영감은 황급히 매트에서 일어나 오른손을 바지 엉덩이에 문질러 닦고는 콜롬보에게 내밀었다. 콜롬보는 그 손을 힘없이 쥐고 한숨을 내쉬었다.

"리케츠, 우선 커피를 좀 마시고 싶군. 이야기는 그다음에 하기로 하지…"

콜롬보는 보온병 마개를 열었다. 에드 영감은 유행 따위는 전혀 몰랐지만, 빨간 꽃무늬가 그려진 이 보온병은 아무리 보아도 초등학교 저학년 여자애가 소풍갈 때 가져갈 만한 물건이지 너저분한 중년 남자와는 전혀 어울리지 않았다. 훔친 물건이라면 또 모르지만… 에드 영감은 아직도 의심스러운 눈초리로 콜롬보를 바라보고 있었다.

콜롬보는 김이 모락모락 피어오르는 커피를 홀짝거리고는, 마치 추운 밤에 따뜻한 목욕물 속에 들어갔을 때처럼 과장된 한숨을 내쉬었다.

"지금 몇 시지?"

"6시 반입니다." 리케츠 형사는 콜롬보에게 대답하고, 뒤를 돌아보며 큰 소리로 물었다.

"어이, 노먼, 지문은 다 떴나?"

"예, 끝났습니다. 이젠 시체를 만져도 됩니다." 노먼이라고 불린 사내도 큰 소리로 대꾸했다.

"좀 가만!" 콜롬보는 손가락을 입술에 대고 말했다. "제발 소리 지르지 말게. 수면 부족 때문에 머리가 쿵쿵 울리는군."

"아, 죄송합니다." 리케츠 형사는 순순히 사과하고 목소리를 낮추었다. "스태퍼드 씨는 심장마비를 일으킨 것 같습니다."

커피잔을 입술에 댄 채 콜롬보가 눈을 들었다. 눈썹 사이에 깊은 주름이 새겨져 있다. 콜롬보가 언짢은 얼굴로 물었다.

"부검 결과가 벌써 나왔나? 아니면 자네가 형사에서 검시관으로 전업한 건가?"

리케츠가 대답에 궁하여 우물쭈물하고 있을 때 제복 경찰이 다가왔다.

"콜롬보 경위님, 전화 왔는데요. 저쪽 사무실에서 받으시죠." 경찰관은 이 말만 끝내고 가버렸다.

콜롬보는 커피잔과 보온병을 들고 천천히 일어섰지만, 문득 난처한 얼굴로 에드 영감을 바라보았다.

"미안하지만 사무실이 어디죠?"

"이쪽입니다." 에드 영감은 앞장서서 걷기 시작했다.

콜롬보는 커피를 홀짝거리면서 천천히 따라왔다. 에드 영감은 스태퍼드의 사무실 문을 열고 한껏 아양 떠는 웃음을 지으며 말했다.

"여깁니다."

"아아, 고맙습니다." 콜롬보는 안으로 들어가, 스태퍼드의 책상 위에 커피잔을 내려놓고 수화기를 들었다. "여보세요… 당신이야? 이 시간에 무슨 일이야? 지금이 몇 신 줄 알아?"

콜롬보는 문 앞에서 상황을 살피고 있는 에드 영감을 돌아보며 물었다.

"지금이 몇 시라고 했지요?"

"아까 그 형사님은 6시 반이라고…"

"아직 6시 반밖에 안 됐어. 나는 졸려. 밤새도록 야근했다니까… 알고 있다고? 알면서 사건 현장으로 전화하면 어떡해?"

부인의 전화라는 것을 눈치채고 에드 영감이 눈치 빠르게 자리를 비켜주자, 콜롬보의 말투가 갑자기 상냥해졌다.

"당신도 이렇게 일찍부터 전화를 걸면 잠이 부족해서 안 돼. 뭐? 누가 온다고? 해리와 에셀이? 캐서린과 지미 삼촌도? 게다가 쌍둥이까지? 그거 큰일이군. 거절할 순 없나? 맞아, 거절하는 건 좋지 않지. 식사? 뭘 대접하면 좋으냐고? 요전에는 뭘 대접했지? 스파게티? 스파게티도 좋잖아? 같은 거라도 상관없어… 응, 똑같은 음식을 대접하는 건 실례지만, 나디리 메뉴를 결정하라고 해도…" 콜롬보는 발치에 놓인 휴지통을 내려다보다가 갑자기 말했다.

"아, 잠깐만 기다려." 그러고는 휴지통 속에서 하얀 종이상자를 꺼냈다. 중화요리의 배달용 포장상자였다. "좋은 생각이 있는데, 중화요리는 어때? 그런 건 만들 수 없다고? 응, 그건 그래. 하지만 배달해주는 중화요리라면 좋잖아? 내가 아는 중식당이 있어."

콜롬보는 빈 상자를 눈앞으로 들어 올려 거기에 인쇄되어 있는 주소를 읽었다.

"이 근처에 있는 음식점이야. 내가 돌아가는 길에 사갈게… 걱정하지 마. 적당히 골라잡아서 10인분 정도면 되겠지? 돈은 내가 대신 낼 테니까 나중에 가계비에서 돌려주겠지? 안 된다고? 내 용돈으로 사라고? 아아, 알았어. 그래, 가계비에는 그런 여유가 없지. 좋아, 내가 용돈을 줄이지 뭐. 그럼 끊어."

콜롬보는 수화기를 내려놓고, 그 자리에 많은 구경꾼이라도 있는 것처럼 한 손을 들어 올리며 목을 움츠렸다.

콜롬보는 중화요리가 들어 있던 빈 상자를 겨드랑이에 낀 다음, 커피 잔과 보온병을 두 손에 들고 책상 옆을 떠났다. 그 순간 상자가 겨드랑이 밑에서 미끄러져 카펫 위로 떨어졌다. 콜롬보는 난처한 표정으로 상자를 잠시 내려다보고 있다가, 커피잔과 보온병을 책상 옆 테이블에 내려놓고 바닥에 쪼그려 앉았다.

콜롬보는 상자를 집어들려다가 문득 손을 멈추었다. 붉은 카펫 위에 검은 얼룩이 있었다. 콜롬보는 그 얼룩을 손으로 만져보고, 그다음에는 코를 바싹 들이대고 냄새를 맡았다. 카펫에서 위로 올라온 콜롬보의 시선이 테이블 위에 놓여 있는 빈 커피포트에 멎었다.

콜롬보는 천천히 일어나 커피포트 속을 들여다보았다. 그러고는 카펫의 얼룩과 손에 든 상자를 번갈아 바라보았다. 콜롬보는 갑자기 두통이 나는 듯 손바닥을 이마에 대고, 그런 자세로 격렬하게 머리를 흔들었다.

잠시 후 콜롬보는 이마에서 손을 떼었다. 그런 다음 빈 상자 뚜껑을 입에 물고 보온병과 커피잔을 두 손에 들고는 방에서 나왔다.

헬스장 매트 위에 주저앉아 있던 에드 영감은 콜롬보의 모습을 보고 경찰을 '개'라고 부르는 이유를 알 것 같았다. 빈 도시락 상자를 입에 물고 있는 콜롬보의 모습은 영락없는 개였다. 그것도 그냥 개가 아니라 뒷골목의 쓰레기통을 뒤지고 다니는 들개였다. 들개는 헬스장 한복판에 있는 시체 쪽으로 어슬렁어슬렁 걸어갔다. 들개는 번쩍번쩍 빛나는 헬스장 바닥과 대조되어 더욱 너저분해 보였다.

에드 영감은 매트에서 천천히 일어났다. 분노가 치밀어올랐다. 깨끗이 닦아놓은 마룻바닥을 들개가 더럽히는 것을 참을 수가 없었다.

"이봐요! 당신, 경위인가 하는 사람!" 에드 영감이 소리를 질렀다. 그러고는 콜롬보를 가리키며 다가갔다.

"예? 나 말입니까?" 콜롬보가 뒤를 돌아보았다. 들개 입에서 종이상자가 툭 떨어졌다.

"그래, 당신. 멋대로 돌아다녀서 바닥을 더럽히면 곤란해."

에드 영감은 상자를 집어들어 콜롬보에게 쑥 내밀었다. 커피잔과 보온병으로 두 손이 차 있는 콜롬보는 에드 영감이 내민 상자를 난처한 듯이 바라보고 있다가, 도움을 청하듯 리케츠 형사를 불렀다. 리케츠가 다가오자 콜롬보는 에드 영감이 들고 있는 상자를 턱 끝으로 가리키며 말했다.

"그 상자에 인쇄되어 있는 주소를 적어두게. 그런 다음 그 식당에 가서 어젯밤 스태퍼드 씨가 어떤 음식을 주문했는지 알아보게. 아니, 됐어. 식당에는 내가 가지. 마침 다른 볼일도 있으니까. 주소만 적어둬."

리케츠는 에드 영감의 손에서 종이상자를 받아들었다. 에드 영감은 리케츠의 구두를 가리키며 말했다.

"당신도 곤란해. 더러운 구두로 헬스장을 돌아다니다니. 이곳은 운동화를 신지 않으면 출입금지야."

리케츠는 자기 구두를 내려다보고, 다음에는 콜롬보의 얼굴을 쳐다보았다.

에드 영감은 다시 콜롬보에게 덤벼들었다.

"바닥에는 왁스를 듬뿍 칠해서 반들반들하게 닦아놓았다고. 어젯밤에 한 시간이나 걸려서 닦은 거란 말이오. 그런데 구두를 신고 돌아다니면 어떡해?"

그러고는 콜롬보의 더러운 코트 가슴께에 검지손가락을 들이대며 말을 이었다.

"경위라면 사건 현장의 우두머리잖소. 우두머리가 칠칠치 못하니까 졸개들도 모두 칠칠치 못한 게 당연하지. 여길 봐요. 바닥이 온통 경찰의 발자국투성이 아니냐고."

"죄송합니다." 콜롬보는 일단 사과하고 나서 리케츠에게 말했다. "시체는 이제 가져가도 좋으니까, 모두 여기서 나가라고 말해주게."

콜롬보는 어깨를 잔뜩 구부리고 헬스장 구석에 쌓여 있는 매트 쪽으로 갔다. 에드 영감은 전과를 올린 것에 기분이 좋아져서 콜롬보를 따라갔다. 얌전한 들개라면 불만은 없다고 에드 영감은 생각했다. 두 사람은 다시 어깨를 나란히 하고 매트 위에 걸터앉았다. 콜롬보는 밖으로 실려 나가는 시체를 바라보면서 말했다.

"헬스장 바닥은 정말 번쩍번쩍 빛나는군요."

"그렇게 하는 게 내 일이지. 이렇게 넓으니까 왁스를 칠하는 것만 해도 보통 일이 아니라고."

"운동화를 신지 않은 사람은 들어올 수 없습니까?"

"그럼. 나도 이렇게 운동화를 신고 있잖소. 마룻바닥은 금방 상하니까 잘 돌봐주지 않으면 안 돼요. 옛날부터 헬스장 바닥은 으레 나무로 만들지. 콘크리트나 철판은 안 돼. 플라스틱 바닥도 있긴 있지만, 정통 헬스장은 마룻바닥이어야 해요. 관리하기는 힘들지만…"

"죄송하게 됐습니다. 커피 한 잔 드시겠습니까?"

에드 영감은 콜롬보가 내민 커피잔을 들여다보고는 고개를 저었다.

"아니, 커피는 위장에 안 좋거든. 마일로 제이너스 사장을 본 적이 있소? 그 양반 말로는…"

그때 콜롬보가 갑자기 일어났다. 그는 바닥의 왁스에 새로운 발자국을 만들면서 부지런히 헬스장 한복판으로 걸어갔다.

"아, 이봐요!" 에드 영감이 당황하여 그를 불렀다.

그러나 콜롬보는 그 목소리를 무시하고 시체가 있었던 언저리까지 걸어가더니, 한쪽 무릎을 꿇고 바닥에 쪼그려 앉았다.

"영감님, 잠깐만 이리 좀 와주세요." 콜롬보는 바닥을 뚫어지게 바라보며 소리를 질렀다.

부르지 않아도 가주마! 에드 영감은 발소리도 거칠게 콜롬보에게 다가갔다.

"이봐요, 도대체 몇 번이나 말해야…"

"영감님, 잠깐 여기를 봐주세요. 발자국이 잔뜩 찍혀 있어서 알아보기 어렵지만, 여기와 거기 그리고 저기…"

콜롬보는 바닥을 가리켰다. 두껍게 칠한 왁스를 희뿌옇게 흐리며 점점이 흩어져 있는 발자국 사이에 유난히 눈에 띄는 발자국이 몇 개 있었다. 그것은 거의 다 발끝 부분만 찍힌 발자국이었지만, 시체가 있었던 옆에는 발꿈치로 반 바퀴 돈 듯한 둥근 발자국도 있었다.

콜롬보는 눈을 가늘게 뜨고 바닥을 바라보며 밀했다.

"저기 매트 있는 곳에서 보니까 빛의 상태 때문에 아주 또렷이 보였어요. 저기 사무실 쪽에서 여기까지 경찰관들 발자국보다 훨씬 또렷한 발자국이 이어져 있잖습니까."

"정말 그러네." 에드 영감이 말했다. "이건 그냥 걸은 발자국이 아니라, 바닥을 싹싹 문지른 듯한 자국인걸. 누군가가 힘차게 달린 것처럼…"

"한 사람일까 아니면 두 사람일까…" 콜롬보는 자문하듯 중얼거리고는 얼굴을 바닥에 들이댔다. 그러다가 눈을 치켜뜨고 에드 영감의 얼굴을 쳐다보았다. "죄송하지만 그 안경을 잠깐…"

에드 영감은 돋보기안경을 콜롬보에게 건네주었다. 콜롬보는 그 안경을 쓰고 바닥에 납작 엎드려 있다가 갑자기 안경을 벗었다. 에드 영감은 안경이 깨지면 큰일이라는 듯이 콜롬보의 손에서 급히 안경을 빼앗았다. 콜롬보는 무언가에 열중하여 큰 소리로 말했다.

"영감님, 잠깐 봐주세요. 여기 갈색 구두약 자국 같은 게 있지요? 보세요. 여기…"

에드 영감은 노안경을 쓰고 콜롬보 옆에 무릎을 꿇었다. 과연 콜롬보가 가리키는 곳에 갈색으로 빛나는 얼룩이 있었다. 바닥 색깔과 비슷해서 알아보기 어렵지만, 구두약이라는 말을 듣고 보니 확실히 그렇게 보이기도 한다.

콜롬보는 그 얼룩을 손가락 끝으로 살짝 문질렀다. 그런 다음 고개를 갸웃하고는 그 손가락을 바라보면서 천천히 일어났다.

"영감님, 스태퍼드 씨의 로커를 보고 싶은데요."

"좋아요." 에드 영감은 걷기 시작했다.

"아, 잠깐만요." 콜롬보는 손을 들어 에드 영감을 불러 세우고는, 매트로 돌아가 보온병에 컵을 씌워 코트 주머니에 넣었다. 코트 주머니가 크게 부풀어, 그렇지 않아도 옆으로 퍼진 콜롬보의 몸매를 더욱 강조했다. 그리고 걷기에도 불편한 것 같았다. 주머니에 감자를 잔뜩 채워 넣은 것처럼 보인다. 콜롬보는 한 손으로 주머니 위를 누르면서 에드 영감을 따라 탈의실로 갔다.

"직원용 로커는 저 구석이오."

"고맙습니다." 콜롬보는 스태퍼드의 로커 앞에 섰다. 그러고는 손잡이에 볼펜 끝을 끼워 덜컹덜컹 흔들었다. "잠겨 있는데요."

"당연하지. 잠글 수 있으니까 로커라고 하는 거 아니겠소. 도둑맞지 않도록 로커를 잠가놓았겠지."

"하지만 어젯밤에 스태퍼드 씨가 운동을 하고 있을 무렵에는 클럽에 아무도 없었다면서요? 도둑맞을 걱정도 없는데 로커를 잠가둔 걸 보면 스태퍼드 씨는 꽤나 조심성이 많은 사람인가 보군요." 콜롬보는 에드 영감을 돌아보며 물었다. "이 로커는 열 수 없나요?"

에드 영감은 주머니에서 열쇠뭉치를 꺼냈다. 열쇠고리에는 20개 정도의 열쇠가 주렁주렁 매달려 있었다.

"로커의 마스터키도 분명 있을 텐데…"

에드 영감이 열쇠를 찾는 작업에 착수하자 콜롬보는 그 손을 들여다보면서 말했다.

"열쇠가 무척 많군요. 스태퍼드 씨의 사무실 열쇠도 있습니까?"

"있지요. 청소할 때 필요하니까."

"그렇군요. 어젯밤에는 스태퍼드 씨의 방에 들어가지 않았나요?"

에드 영감은 열쇠 찾는 작업을 그만두고 콜롬보의 얼굴을 똑바로 쳐다보았다. 눈이 부신 듯 눈을 가늘게 뜨고 있는 콜롬보를 향하여 에드 영감은 소리를 질렀다.

"이봐요, 도대체 무슨 소리요… 내가 그 양반 방에 몰래 들어가 무슨 짓이라도 했다는 거요? 말을 그렇게 함부로 하는 게 아니야."

"아니, 그런 뜻으로…"

"까불지 마!"

"아니, 절대 그런 뜻으로…" 콜롬보는 큼직한 손을 황급히 내저으며 말했다. "다만 어젯밤에 스태퍼드 씨의 방을 청소했는지 알고 싶어서…"

"청소를 할 수 있을 리가 없지. 스태퍼드 씨가 방에서 일을 하고 있었으니까. 괜히 얼버무리지 마쇼!"

"아니, 나는 다만… 책상 옆 카펫에 얼룩이 묻어 있는 것을 보았기 때문에… 그건 커피 얼룩인가요?"

"얼룩? 난 몰라요. 그저께는 아무것도 없었소. 그 카펫은 바꾼 지 얼마 안 된 새 거요."

"알았습니다. 크게 참고가 되었습니다." 콜롬보는 머리를 숙이고 나서 다시 말을 이었다. "그런데 이 로커 열쇠는?"

"지금 찾고 있잖아!" 에드 영감은 불쾌한 듯이 말했다. 그러고는 열쇠 찾는 작업을 다시 시작하더니, 이윽고 열쇠 하나를 골라내어 로커에 끼워 넣었다.

콜롬보는 그 열쇠를 돌린 다음 볼펜을 손잡이에 끼워서 잡아당겼다. 안에서 스태퍼드의 구두가 굴러떨어졌다. 콜롬보는 그 구두를 집어들고 혼잣말처럼 중얼거렸다.

"흐음, 갈색이군…"

"대체 무슨 말을 하고 싶은 거요?" 에드 영감이 뒤에서 구두를 들여다보며 말했다. "헬스장에 갈색 얼룩이 묻어 있다고 해도 스태퍼드 씨가 이 구두를 신고 헬스장을 돌아다녔다는 증거는 안 돼. 구두를 신고 헬스장에 들어가면 안 된다는 건 스태퍼드 씨도 잘 알고 있거든. 바로 이 클럽의 사장이니까. 그리고 갈색 구두는 별로 드문 것도 아니잖소. 스태퍼드 씨가 아니더라도 갈색 구두를 신는 사람은 잔뜩 있다고."

"그건 그래요." 콜롬보는 순순히 인정하고 구두를 로커에 다시 집어넣었다.

헬스장 입구까지 돌아왔을 때 리케츠 형사를 만났다.

"아, 반장님…" 리케츠 형사가 그를 불러 세웠다. "출입문도 창문도 전부 조사해봤는데요, 어디에도 억지로 비틀어 연 흔적은 없습니다. 이건 역시 사고사로 보는 게…"

"아아, 박사님!" 콜롬보는 리케츠의 설명을 무시하고 헬스장 저쪽 구석에 있는 사내에게 말을 걸었다. "박사님, 잠깐만요…"

박사라고 불린 키 큰 사내는 수염이 더부룩한 얼굴을 이쪽으로 돌리더니, 반들반들 닦은 마룻바닥을 아무렇게나 밟으며 걸어왔다. 에드 영감이 또 울상을 지었다.

"사인은 뭡니까?" 콜롬보가 수염 사내에게 물었다.

그러자 수염 사내는 신중하게 말을 고르며 대답했다.

"아직 자세한 건 모르지만, 겉으로 보기에는 운동하는 도중에 손이 미끄러져서 바벨을 목에다 떨어뜨린 모양이오. 숨통이 짜부라졌어요."

"숨통요?"

"목에 바벨 막대 자국이 남아 있습니다. 숨통이 짜부라진 건 확실하지만, 그 전에 심장마비로 죽었을 가능성도 배제할 순 없지요."

"심장마비라고요?"

"그렇지 않으면 독살당했거나."

"독살이라니?"

"그 사람은 어젯밤 중화요리를 먹은 모양인데, 그 요리에 독약이 들어 있었을 가능성도 생각할 수 없는 건 아니지요. 이 부근에서 활동하는 갱단이 무슨 이유 때문인지 몰라도 음식에 독약을 탔을 수도…"

"갱단요?" 콜롬보가 소리를 질렀다.

"아니면 단순한 식중독이거나, 또는 너무 과식해서 위장에 구멍이 났거나…"

"저어, 박사님…" 콜롬보는 고개를 저으며 말했다. "도대체 무슨 말씀을 하고 싶은 겁니까? 나는 머리가 복잡해서…"

"내가 말하고 싶은 건 많은 가능성이 있다는 거요. 그러니까 지금 단계에서는 아무것도 알 수 없다는 것이지요. 알겠소? 부검 결과가 나올 때까지 기다리세요."

부검이라는 말을 듣고 에드 영감은 그제야 겨우 수염 사내의 정체를 알았다. 흰옷은 입고 있지 않지만 틀림없는 의사다. 치과의사는 아니지만, 괘씸한 치과의사의 사촌뻘인 것은 분명하다.

에드 영감은 슬금슬금 뒷걸음쳤다. 그런 에드 영감을 콜롬보가 불러 세웠다. 그러고는 굵은 손가락으로 귀를 후비면서 말했다.

"영감님, 아까부터 물으려고 했는데⋯ 어젯밤 헬스장 바닥을 닦은 게 몇 시쯤입니까?"

"문을 닫은 직후니까, 6시쯤부터였소. 그러니까 끝난 건 7시쯤인가? 그때 스태퍼드 씨는 아직 사무실에 있었지요."

콜롬보는 턱에 손을 대고 생각에 잠겨 있다가, 마치 반창고라도 떼어 내듯 그 손을 싹 내리면서 중얼거렸다.

"그렇군요. 7시경에는 바닥에 벌써 왁스가 칠해져 있었군요. 그 뒤에 누군가가, 스태퍼드 씨가 아닌 누군가가 여기서 운동을 했을 가능성은 없습니까? 저어⋯ 스태퍼드 씨가 아닌 누군가가 구두를 신고 여기서 뛰어다니거나 굴러다녔을 가능성은?"

"그런 건 생각할 수도 없어요."

에드 영감이 퉁명스럽게 말하자, 콜롬보는 고개를 끄덕이며 한 손을 쳐들었다.

"정말 고맙습니다, 영감님. 크게 참고가 되었습니다."

에드 영감도 말없이 손을 들어 보이고, 콜롬보와 수염 사내 곁을 떠났다. 한푼도 이득이 없는 일 때문에 실컷 이용당하고 시간만 잔뜩 낭비한 것 같은 생각이 들었다. 에드 영감에게는 바닥을 닦는 일이 남아 있었다.

"빌어먹을 경찰놈들, 빨리 꺼져버려라." 에드 영감은 복도를 걸으면서 작은 소리로 중얼거렸다. 에드 영감의 긴 생애에서 최악의 아침이었다.

2

흡족한 마음에는 파도 소리도 유난히 부드럽게 들렸다.

제시카 콘로이가 눈을 떴을 때 마일로는 벌써 침대에 없었지만, 열어젖힌 창문으로 산들바람과 함께 파도 소리가 흘러들었다. 가늘게 뜬 제시카의 눈에 하얀 레이스 커튼이 흔들리는 것이 보였다. 제시카는 침대에서 훌쩍 내려왔다.

그녀는 샤워를 한 뒤 창가로 다가갔다. 모래톱이 아침 햇살에 반짝이고 있었다. 부서지는 파도도 수많은 빛의 알갱이처럼 보였다.

정원의 풀장에서는 마일로가 물보라를 일으키며 헤엄을 치고 있었다. 싱싱한 육체는 물을 타고 풀장 끝까지 돌진했다가, 거기서 돌아서면서 물속으로 잠수해 들어갔다. 햇볕에 탄 몸이 푸른 물속에서 선명한 선을 그리다가, 이윽고 물 위로 떠오르자 다시 팔은 물을 헤치고 다리는 물을 걷어찼다. 마일로는 상당히 빠른 속도로 헤엄치고 있었다.

제시카는 가져온 작은 여행가방을 열고는 비키니 수영복을 꺼내어 입었다.

1층으로 내려가 정원으로 통하는 문에 손을 댔을 때 현관에서 초인종이 울렸다. 제시카는 잠깐 망설이는 기색을 보였지만, 미소를 띠고 목을 움츠리고는 현관으로 성큼성큼 걸어갔다.

사내는 문을 등진 채 바다 쪽을 바라보며 현관에 서 있었다. 후줄근한 레인코트의 등에다 대고 제시카가 말을 걸었다.

"무슨…"

후줄근한 코트가 휙 움직이더니, 까치집 같은 머리를 인 얼굴이 이쪽을 돌아보았다. 사내는 순간 숨이 막힌 듯이 눈을 크게 떴다. 비키니 차림의 제시카는 저도 모르게 반걸음 물러섰다. 사내는 눈만이 아니라 입도 딱 벌리고 있었다.

제시카는 이 남자가 달려들어 물어뜯는 게 아닐까 생각했지만, 이윽고 사내의 입은 천천히 닫히고, 그와 함께 크게 뜨였던 눈도 보통 상태로 돌아갔다. 아니, 눈은 보통 상태를 지나 가늘어졌다. 사내는 자신 없는 듯이 발치로 시선을 떨어뜨렸다.

"무슨 일로 오셨죠?"

제시카가 다시 말을 걸자 사내는 두 손을 코트 주머니에 찔러넣고 꼼지락거렸다. 주머니 안에 용건을 적은 메모가 들어 있기라도 한 것 같았다. 그러나 사내가 주머니에서 꺼낸 것은 메모가 아니라 피우다 만 시가 토막이었다. 사내는 시가를 입에 물고 아래를 내려다본 채 곤혹스러운 목소리로 말했다.

"저어…" 사내는 말을 끊고 입에서 시가를 떼어내어 다시 코트 주머니에 넣었다.

제시카는 그 주머니를 내려다보았다. 이 사람 주머니는 재떨이인가? 아니면 쓰레기통? 제시카는 다시 사내의 얼굴을 바라보며 격려하듯 말했다.

"무슨 일로 오셨어요?"

"저어…" 사내는 제시카를 절대로 보지 않기로 결심한 것처럼 완강하게 발치를 내려다본 채 말을 이었다. "저어, 잠깐 묻고 싶은 게 있어서…"

"그게 뭔데요?" 제시카는 사내가 곤혹스러워하는 원인이 바로 자신의 비키니 차림이라는 것을 알아차리고 장난스럽게 웃었다.

사내는 계속 발치를 내려다본 채 말했다.

"저어… 여기가 마일로 제이너스 씨 댁 맞습니까?" 사내는 마치 실수로 다른 집 문을 두드린 것처럼 송구스러워하고 있었다.

"맞아요. 여기가 마일로 제이너스의 집인데요." 제시카가 대답했다.

"아, 그렇습니까…"

사내는 용무를 마쳤다는 듯이 휙 돌아서더니 현관 계단을 내려가기 시작했다. 그러다가 문득 걸음을 멈추고는 엉덩이 주머니에 손을 집어넣어, 이번에는 커다란 배지를 꺼냈다. 그러고는 다시 제시카 쪽으로 돌아섰다.

"저어… 로스앤젤레스 경찰에 있는 콜롬보 경위인데요…"

"어머나, 경찰이세요? 어서 들어오세요." 제시카는 뒤로 물러서면서 말했다. "무척이나 부끄러움이 많은 분이시군요."

콜롬보는 안으로 들어가자 그제야 겨우 제시카의 얼굴을 바라보았다.

"실례가 많았습니다. 잠깐 현기증이 나서… 눈앞에 생각지도 않게… 멋진 광경이 나타났기 때문에…"

"나 말인가요?"

"예, 아가씨는 제이너스 씨의 따님이신가요?"

"아뇨." 제시카는 웃으면서 말했다. "마일로는 독신이에요. 저는 마일로의 비서이고, 이름은 제시카 콘로이라고 해요."

콜롬보의 얼굴이 다시 곤혹스럽게 흐려졌다.

"비서요? 하지만…" 콜롬보는 잠시 말문이 막혔다. "제이너스 씨는 분명 쉰 살이 넘었다고…"

"맞아요. 쉰세 살이에요." 제시카는 웃으며 대답했다.

그러자 콜롬보는 봉긋하게 솟아오른 제시카의 젖가슴을 바라보며 혼잣말처럼 중얼거렸다.

"쉰세 살치고는 상당히 건강한 모양이군요."

"네, 지금도 풀장에서 헤엄치고 있는걸요. 올림픽 선수처럼 원기왕성하게…" 제시카는 자랑스럽게 말하고 거실로 들어갔다.

콜롬보는 코트 앞자락을 여미고 뒤를 따랐다.

"저어, 나는 몇 살쯤 되어 보입니까?"

거실 한구석에 어깨를 움츠리고 서 있는 콜롬보의 모습을 찬찬히 바라보고 나서 제시카는 위로하듯 말했다.

"남자한테는 나이 같은 건 문제가 되지 않잖아요? 내가 보기에 경위님은 한창 일할 나이 같은데요."

콜롬보는 기쁜 듯이 웃고는 묘하게 기운찬 걸음으로 다가와 소파에 털썩 주저앉았다. 그러고는 코트 주머니에서 다시 시가를 꺼냈다.

"죄송하지만, 성냥 좀…"

제시카는 테이블에서 라이터를 집어 내밀었다.

"지금 마일로를 불러올게요."

"죄송합니다."

콜롬보는 짧은 다리를 꼬고 시가에 불을 붙였다.

3

마일로 제이너스는 풀장에서 올라와 잔디밭에 서서 심호흡을 했다. 싱싱한 잔디가 발바닥에 상쾌한 자극을 주었다. 햇빛이 물에 젖은 몸을 포근히 감싸고 있었다. 컨디션은 여느 때처럼 더할 나위 없이 좋았다. 힘차게 헤엄을 친 뒤에 흐트러진 호흡도 금방 가라앉았다. 마일로는 의자에 앉아 눈을 감았다. 아침 해가 눈꺼풀 안쪽을 진홍빛으로 물들이고, 파도 소리는 부드러운 바다의 맥박이 되어 귀에 닿았다.

어젯밤의 사건은 모두 먼 옛날 일처럼 여겨지고, 현실에 대한 위화감도 풀장 물로 씻겨버린 듯 말끔히 사라졌다. 오른쪽 손목의 덴 자국이 스태퍼드의 사무실에서 벌어진 난투를 생생히 기억나게 해주었지만, 마일로의 만족스러운 일상은 이미 온전하게 복원되어 있었다. 태풍이 휘몰아친 하룻밤이 지난 새벽처럼 상쾌했다. 산들바람도 파도 소리도 햇빛도 더없이 좋았다.

마일로는 만족스러운 한숨을 내쉬며 일어섰다. 비키니 차림의 제시카가 이쪽으로 달려오는 것이 보였다. 날씬하고 유연한 다리가 풀장 옆 잔디를 걷어찬다. 날렵한 새끼사슴을 보는 듯한 광경이었다.

"마일로, 손님이 오셨어요." 숨을 헐떡이며 제시카가 말했다. "콜롬보라는 사람인데, 경찰인가 봐요. 무슨 일인지는 모르지만…"

드디어 왔구나! 마일로는 얼굴을 찌푸렸지만, 곧 느긋한 표정으로 돌아갔다.

"경찰이라고? 무슨 일이지?"

마일로는 의자 위에 벗어놓은 가운을 집어들고 집 안으로 들어갔다.

거실에는 싸구려 시가의 역한 냄새가 진동했다. 소파 등받이 위로 불쑥 튀어나와 있는 헝클어진 머리가 보였다. 그것은 소파 위에 떨어진 새 둥지처럼 보이기도 했다. 마일로는 천천히 소파 앞으로 돌아가 웃는 얼굴로 말을 걸었다.

"어서 오세요. 마일로 제이너스입니다."

콜롬보는 벌떡 일어나 후줄근한 코트 자락을 펄럭이며 다가와서 손을 내밀었다.

"콜롬보 경위입니다. 로스앤젤레스 경찰청에 있는…"

마일로는 투박한 손을 잡으며 말했다.

"경찰관이 우리 집에 온 건 처음입니다. 무슨 일로 오셨죠?"

"아니 뭐, 대단한 일은 아닙니다만…" 콜롬보는 말하면서 발치를 내려다보았다.

마일로는 콜롬보를 얕보았다. 경위라고 했지만, 아무리 봐도 경위로는 보이지 않는다. 눈매는 흐리멍덩하고, 옷차림은 칠칠치 못하고, 동작도 묘하게 굼떴다. 형사로는 아마 삼류일 거야. 마일로는 안심했다. 이 정도 형사라면 문제없어.

발치를 내려다보고 있던 콜롬보가 얼굴을 들고 제시카를 힐끔 바라보았다.

"저 아가씨와도 얘기했지만, 제이너스 씨가 너무 젊어서 깜짝 놀랐습니다. 몸이 마치… 20대 청년 같아서…"

콜롬보는 제시카의 가슴께를 바라보다가 황급히 시선을 바닥으로 떨어뜨렸다. 눈 둘 곳을 몰라서 쩔쩔매고 있는 모양이군. 마일로는 싱긋 웃으며 말했다.

"콜롬보 씨, 젊음을 유지하는 건 간단합니다. 신선한 공기와 운동 그리고 적당한 식사. 이 세 가지 원칙만 잘 지키면 건강과 젊음을 유지할 수 있지요."

"칠리(다진 소고기에 강낭콩, 양파, 토마토, 칠리 가루를 넣고 뭉근하게 끓인 매콤한 스튜. '칠리 콘 카르네'인데 그냥 칠리라고 부른다) 같은 건 별로 좋지 않겠지요?" 콜롬보는 시가를 입에 물면서 말했다.

"칠리요? 그 매운 멕시코 음식 말입니까? 물론 좋지 않지요. 그리고 담배도 안 좋습니다."

마일로가 말하자 콜롬보는 황급히 시가를 입에서 떼며 얼굴을 찡그렸다.

"그럼 나는 낙제군요?" 콜롬보는 시가를 가만히 바라보고 있다가 다시 말을 이었다. "젊음을 유지한다는 건 무척 힘든 일이네요. 나는 도저히… 하지만 우리 집사람은 제이너스 씨의 은혜를 입고 있답니다."

"무슨 말씀이신지?"

"작년 여름에 집사람은 갑자기 자기가 살이 찌기 시작했다고 생각했지요. 그래서 고민하기 시작했답니다. 하지만 곤란하게도 집사람은 고민거리가 있으면 갑자기 식욕이 늘어나거든요. 그래서 마구 먹어대기 시작했어요. 굉장한 기세로… 그러니까 점점 더 살이 찌고, 그래서 고민이 더 심해지고, 식욕도 따라서 늘어나고, 체중도 부쩍 늘어나고… 이거야말로 구제할 길 없는 악순환이었지요. 그러고 있을 때 집사람이 우연히 제이너스 씨의 텔레비전 쇼를 보았던 겁니다. 이건 정말 길 잃은 어린 양이 하느님을 만난 것 같았지요."

"효과는 있었나요?" 마일로가 물었다.

"있고말고요. 즉효였지요. 하기야 놀랄 만큼 열심이었으니까요. 제이너스 씨의 말을 하나부터 열까지 그대로 지키고… 음식은 물론 운동도 날마다 했답니다. 반듯이 누워서 다리를 올렸다 내렸다, 허리를 비틀고, 다리에 머리를 문질러대고…"

"그래서 부인께서는 여위어지셨나요?"

제시카가 옆에서 말하자 콜롬보는 깜짝 놀란 듯 제시카의 얼굴을 빤히 쳐다보며 대답했다.

"아니, 여위어지진 않았습니다. 비만증은 나았지만… 저어, 뭐라고 할까, 뚱뚱하지 않다는 것과 여위었다는 건 좀 다르지요? 제시카 씨도 여윈 건 아니에요."

"그럼 부인은 아름다워지신 거네요."

마일로가 말하자 콜롬보는 윙크를 하며 싱긋 웃었다.

"뭐, 그런 셈이죠. 하지만 나는 곤란해요. 그 후 우리 집 식생활이 완전히 달라져서, 맥아니 콩이니, 이른바 건강식품이 식탁을 차지해버렸거든요. 칠리 같은 건 집에서는 도저히 먹을 수 없어요. 스테이크도 먹을 수 없고요. 그래서 내 처지가 보통 힘들어진 게 아닙니다."

"하지만 부인이 아름다워지면 좋지 않습니까?"

마일로가 타이르듯이 말하자 콜롬보는 다시 한번 윙크를 하고는 목을 움츠렸다.

"그야 그렇지만…"

그 웃는 얼굴을 향하여 마일로가 말했다.

"콜롬보 씨, 그런데 우리 집에는 무슨 일로 오셨습니까?"

콜롬보의 얼굴에서 웃음이 사라졌다.

"실은 마일로 씨, 나쁜 소식을 가져와서 마음이 내키진 않지만… 유진 스태퍼드 씨와는 아는 사이였지요?"

"'사이였지요'라니요?" 마일로가 되물었다.

"안됐지만 스태퍼드 씨가 돌아가셨습니다."

제시카의 입에서 작은 비명이 새어 나왔다. 마일로는 부자연스럽게 보이지 않을 정도의 연기를 했다. 손을 입으로 가져가 신음을 삼키는 듯한 몸짓을 해 보였다. 그렇게 연기를 하면서 마일로는 콜롬보의 반응을 살폈다. 그러나 콜롬보도 마일로의 반응을 살피고 있는 것 같았다. 짙은 눈썹 밑에 있는 눈이 가늘어진 채 마일로의 얼굴을 가만히 응시하고 있다.

마일로는 비로소 당황하여 콜롬보의 얼굴에서 눈길을 돌렸다.

"설마!"

"정말입니다."

"어떻게 죽었습니까?"

"어젯밤에 혼자 헬스장에서 운동을 한 모양이에요. 그러다가…"

"심장마비군. 내 그럴 줄 알았어." 마일로가 중얼거렸다.

콜롬보는 무례하다고 말할 수 있을 만큼 끈질기게 마일로의 얼굴을 바라보고 있었다. 굴속에서 사냥감을 노리고 있는 짐승 같은 눈초리였다.

"제이너스 씨, 사인에 대해 뭔가 짐작 가는 거라도 있습니까?"

콜롬보는 불이 꺼져버린 시가를 입에 물었다.

"어젯밤에도 스태퍼드한테 주의를 주었지요. 밤이 늦었으니까 너무 격렬한 운동은 하지 말라고. 트레이너가 없을 때 혼자 운동하는 건 위험하거든요. 특히 그만큼 나이가 들면…"

"제이너스 씨는 다르겠지요?" 콜롬보는 입을 일그러뜨리며 웃었다. 눈에서 짐승 같은 빛이 사라지고, 다시 구제할 길 없는 삼류 형사의 얼굴로 돌아갔다.

"확실히 나는 다릅니다. 나라면 아무리 힘든 운동도 견딜 수 있지요. 하지만 스태퍼드는… 그래서 내가 주의를 주었던 겁니다."

"그렇다면 어제 스태퍼드 씨를 만나셨습니까?"

이 질문을 기다리고 있던 마일로는 증인인 제시카의 얼굴을 쳐다보며 말했다.

"어젯밤에 스태퍼드가 전화를 했더군요."

"몇 시쯤입니까?" 콜롬보는 다그쳐 물었다.

그러나 마일로는 제시카에게 대답을 시키는 게 좋겠다고 판단했다.

"제시카, 그게 몇 시쯤이었지?"

"확실히 기억하고 있는 건 아니지만…" 제시카는 은색 매니큐어가 반짝이는 손가락을 이마에 대고 잠시 생각하다가 대답했다. "아마 9시가 좀 지나서였을 거예요. 회장님이 돌아온 직후였으니까…"

"그건 메모를 해놔야겠군요." 콜롬보는 코트 주머니에서 검은 수첩을 꺼내며 말했다. "미안하지만 연필 좀…"

제시카가 바로 옆에 있는 장식상에서 볼펜을 집어 건네주었다.

"고맙습니다." 볼펜을 받아든 콜롬보는 그러나 메모할 기색은 보이지 않고, 닫힌 수첩을 흔들며 물었다. "그런데 스태퍼드 씨는 그때 뭐라고 하던가요?"

마일로는 자신의 알리바이와 관련된 중요한 사실을 콜롬보가 메모하지 않는 것에 화가 났다. 모처럼 애써 조작해둔 알리바이인데…

"9시에 전화를 해서… 아니, 9시가 좀 지나서였지…" 마일로는 콜롬보의 머릿속에 요점을 확실히 넣어두려고 전화가 걸려온 시간을 되풀이해서 말했다. "나는 곧 전화를 받고 이야기를 나누었는데…"

"그때 체육관에 스태퍼드 씨 외에 다른 누군가가 있는 것 같지는 않던가요?"

콜롬보는 분명 타살일 가능성을 생각하고 있는 모양이었다. 형사인 이상 그것은 당연한 일이겠지만, 마일로는 콜롬보의 의혹을 빨리 해소해야만 했다. 지저분한 머릿속에 깃들어 있는 사소한 의혹에 불과하겠지만… 마일로는 풍채가 시원치 않은 형사를 바라보며 말했다.

"스태퍼드는 혼자 있다고 하더군요. 그래서 나는 운동하는 걸 말리려고 했던 겁니다. 하지만 스태퍼드는 고집불통이라서…"

"나도 고집불통이라는 말을 자주 듣습니다만…" 콜롬보는 볼펜 끝으로 머리를 긁으면서 말했다.

마일로는 이야기가 옆길로 빗나가는 것에 초조해졌다.

"고집 센 사람은 곤란해요. 모처럼 충고를 해줘도 귓등으로도 듣지 않으니까요. 어젯밤에는 우리 집에서 파티를 했거든요. 그래서 스태퍼드도 파티에 초대했지만, 스태퍼드는 벌써 운동복으로 갈아입었다고, 30분쯤 운동을 하고 나서 집에 돌아갈 작정이라고 하더군요."

마일로는 슬픈 듯이 고개를 저으며 콜롬보를 보았다. 형사의 얼굴에는 아무 표정도 없었다. 그래서 마일로는 말을 계속했다.

"평소에 늘 운동하는 사람이라면 문제가 없지만, 스태퍼드는 이따금, 마치 한 달 치 운동을 한꺼번에 해치우는 것처럼 격렬하게 운동하는 편이었지요. 그런 건 좋지 않습니다. 본인은 갑자기 초조감에 사로잡혀서 단번에 살을 뺄 생각이겠지만, 몸은 운동 부족이라 둔해져 있고 내장이나 혈관도 약해져 있지요. 그런 건 아주 위험해요. 심장마비를 일으킨 것도 이상할 게 없지요. 아까운 사람이었는데…"

콜롬보는 수첩으로 이마를 두드리며 말했다.

"사인은 아직 확실치 않습니다. 가능성은 수도 없이 많지요. 스태퍼드 씨는 바벨을 이용해서 운동하고 있었던 모양인데, 손이 미끄러지는 바람에 바벨이 목에 떨어져 질식사한 것처럼 보이기도 합니다."

"어머나, 끔찍해라!" 제시카는 자기 목에 바벨이 떨어지기라도 한 것처럼 목에 손을 댔다.

콜롬보도 굵은 목을 천천히 어루만지며 말했다.

"숨통이 짜부라진 모양이에요. 검시관 말로는 바벨 막대에 숨통이 짓눌려 짜부라진 흔적이 있다고…"

제시카의 몸이 크게 흔들렸다. 마일로는 재빨리 그 몸을 떠받치며 말했다.

"옷을 갈아입는 게 좋지 않을까? 추워 보이는데."

제시카는 말없이 고개를 끄덕였다. 콜롬보는 자못 미안해하는 어조로 말했다.

"불쾌한 이야기를 해서 죄송합니다."

콜롬보는 마일로에게 손을 내밀었다. 제시카는 힘없이 웃으며 2층으로 올라갔다.

콜롬보는 그 뒷모습을 지켜보며 말했다.

"모처럼 주말을 즐기시는데 불쾌한 이야기로 주말을 망쳐버려서…"

"천만에요. 스태퍼드는 내 좋은 동업자였지요. 하다못해 사인만이라도 빨리 알 수 있으면 좋겠는데…"

마일로는 콜롬보가 내민 손을 잡았다. 지극히 평범한 악수일 터였다. 그러나 콜롬보는 불필요하게 오랫동안 손을 잡고 놓지 않는다. 콜롬보의 시선은 마일로의 손목 언저리에 쏠려 있었다. 마일로는 황급히 손을 끌어들이려고 했지만 콜롬보는 손에 힘을 주었다.

이윽고 콜롬보는 마일로의 손을 들어 올리며 말했다.

"아프시겠군요. 손목에 생긴 상처는 작은 거라도 무척 아픈 법이지요. 나도 경험이 있지만…" 콜롬보는 외과의사처럼 손목을 얼굴에 바싹 들이댔다. "이건 뜨거운 것에 덴 자국인데… 척 보면 압니다. 화상이에요."

"맞아요." 마일로는 고개를 끄덕이고 나서 변명했다. "화상입니다. 오늘 아침에 수염을 깎으려다가 그만 뜨거운 물을 뒤집어썼지요."

콜롬보는 마일로의 얼굴을 똑바로 쳐다보았다. 아까처럼 무례할 만큼 끈질긴 시선이었다.

마일로는 눈부신 빛을 받은 것처럼 눈을 가늘게 떴지만, 그 순간 문득 생각이 났다. 오늘 아침에는 아직 수염을 깎지 않았다. 마일로의 왼손이 반사적으로 움직여 턱을 가렸다.

콜롬보는 쥐고 있던 마일로의 왼손을 놓아주고는 미소를 지으며, 마일로가 변명하기 전에 선수를 쳐서 제멋대로 마일로를 변호하기 시작했다.

"아아, 화상을 입었기 때문에 수염을 깎지 못했군요. 그런 겁니까?"

"맞습니다."

마일로가 턱에서 손을 떼자 이번에는 콜롬보가 자기 턱에 손을 댔다.

"실은 나도 오늘 아침에는 아직 수염을 깎지 못했답니다. 새벽에 일어나 채스워스에 있는 클럽으로 달려가는 바람에…"

"경찰이라는 직업도 쉬운 게 아니군요." 마일로는 낭패한 기색을 감추려고 사교적인 미소를 지어 보였다.

"아니, 괴롭긴 하지만 즐거움도 많습니다. 예를 들면 제이너스 씨 같은 유명인사도 이렇게 만날 수 있으니까요." 콜롬보도 지지 않고 사교적인 말을 늘어놓았다. "스태퍼드 씨 댁에 가봤더니 아무도 없더군요. 그분도 제이너스 씨처럼 독신인가요?"

마일로는 이야기가 겨우 무난한 방향으로 돌아간 것에 안도의 한숨을 내쉬었다.

"몇 달 전부터 별거하고 있습니다. 부인 루스는 베벌리힐스(로스앤젤레스 근교에 있는 주거지역)에 살고 있지요."

"아, 그렇습니까?" 콜롬보는 고개를 크게 끄덕이고 나서 현관 쪽으로 걸어갔다. 콜롬보는 현관문을 열고 나가려다가 갑자기 멈춰 섰다. "아, 그리고… 중화요리는 몸에 좋지 않겠지요? 오늘 밤 우리 집에 처가 식구들이 모여서 중화요리 파티를 할 예정인데…"

"별로 찬성할 수는 없지만, 사람은 저마다 나름의 즐거움을 갖고 있으니까요. 간섭하는 말은 하지 않는 게 내 신조랍니다."

"제이너스 씨는 전형적인 미국인이군요. 남은 남이고 나는 나다—라고 생각하는 점이…" 콜롬보는 웃으며 경례라도 하듯 오른손을 번쩍 들어 올렸다. "그럼… 실례 많았습니다."

콜롬보는 문밖으로 나갔다. 어이구, 겨우 내쫓았구나. 마일로가 이렇게 생각했을 때, 현관 계단을 내려가던 콜롬보가 갑자기 멈춰 서더니, 마일로의 허를 찌르듯 홱 돌아섰다.

"아 참, 하나만 더… 나도 손목에 화상을 입은 적이 있는데, 내 경우에는 뜨거운 물이 아니라 뜨거운 커피였어요. 우리 집사람이…" 콜롬보는 도중에 말을 꿀꺽 삼켰다가 이었다. "아니, 그만둡시다. 동료들한테 자주 주의를 듣지요. 걸핏하면 집사람 얘기를 꺼내는 게 낱이라고. 나쁜 비릇이지요. 그럼…"

콜롬보는 손을 흔들고 다시 돌아서서 계단을 내려갔다.

마일로는 문을 닫았다. 불쾌했다. 마일로는 콜롬보에게 잡혔던 손을 살펴보았다. 저 녀석은 겉보기보다 날카로운지도 몰라. 아니면 겉보기처럼 우둔한 녀석인지도 모르지. 어쨌든 날카로움과 우둔함을 아울러 갖춘 불쾌한 녀석인 것만은 사실이야.

마일로는 화장실에 들어가 콜롬보에게 잡혔던 손을 북북 문질러 씻었다. 그리고 나서 수염을 깎기 시작했다.

4

베벌리힐스에 있는 트레이크 아파트 12층. 방 두 개와 부엌이 딸린 작은 아파트지만, 고급 가구와 전망 좋은 테라스에 둘러싸인 쾌적한 공간에서 루스 스태퍼드는 혼자 우울하게 술을 마시고 있었다.

남편이 갑자기 죽었다는 소식을 받고 검은 상복으로 갈아입었지만, 슬픔보다는 분노가 치밀어올라 아무리 술을 퍼마셔도 취하지 않았다.

분노는 자신에 대한 것이었다. 남편이 이렇게 빨리 죽을 줄 알았다면 좀 더 사이좋게 지낼걸… 후회가 뒤섞인 분노 속에서 마음은 썰렁하기만 했다.

루스는 위스키 술잔을 손에 든 채 거울 앞에 섰다. 옛날의 미모는 단정한 얼굴 윤곽 속에 희미하게 남아 있지만, 슬픔이라기보다는 황폐함이라고 말해야 할 그림자에 둘러싸여 보기에도 애처로운 모습이 거울에 비쳐 있었다.

알코올의 영향이 이미 배어 나오고 있었다. 쓸쓸함을 달래기 위한 술은 어제오늘 마시기 시작한 게 아니다. 남편과 별거한 직후부터 벌써 몇 달 동안 날마다 술을 마셨다. 거의 하루 종일 술에 취해서 보낸 몇 달이었다.

그러나 오늘은 좀처럼 취하지 않는다. 고문과도 같은 말짱한 정신 속에서 쓰디쓴 물에 불과한 술을 계속 퍼마시고 있다. 루스는 왼손에 든 술잔을 입으로 가져가면서 오른손으로 거울에 비친 뺨을 살짝 어루만졌다. 가엾고 추한 여자! 그때 현관에서 초인종이 울렸다.

문밖에 서 있는 사람도 가련한 인간이었다. 피곤한 기색을 체취처럼 풍기고 있는 중년 사내였다. 루스는 〈세일즈맨의 죽음〉이라는 연극에 나온 주인공을 생각했다.

"어서 오세요. 아저씨는 뭘 팔고 다니시죠?" 루스는 문에 기댄 채 아무렇게나 말했다.

"저어… 루스 스태퍼드 부인이신가요?" 사내는 조심스럽게 입을 열었다.

루스가 고개를 끄덕이자 사내는 코트 주머니에 손을 찔러 넣었다.

가짜 반지라도 팔 작정인가? 루스는 생각했다. 아니면 예쁜 단추? 사내의 두 손은 주머니 속에 숨어서 꼼지락거리며 좀처럼 나오지 않는다. 혹시 권총이라도 들어 있는 게 아닐까? 그래도 상관없다고 루스는 생각했다. 지친 여자가 지친 강도에게 사살당한다면 그건 그것대로 아름다운 종말이라고 말할 수 있었다.

루스는 술잔을 들어 올리며 사내에게 윙크를 보냈다. 사내의 오른손이 드디어 주머니에서 빠져나왔다. 그 손이 움켜쥐고 있는 것은 가죽 지갑이었다. 그것을 펼치자 은빛 배지가 보였다.

"콜롬보 경위입니다. 로스앤젤레스 경찰에 있는…"

루스는 실망했다. 가련한 중년 여자에게는 극적인 사건이 더는 일어나지 않는 모양이다.

"어서 들어오세요."

루스는 소파에 주저앉았다. 콜롬보는 구부정한 자세로 씩씩하게 안으로 들어와 루스 앞에 앉았다. 그 움직임을 보고 루스는 사내의 모습에서 피곤한 기색을 느낀 건 착각이었다는 것을 깨달았다. 피곤한 빛을 띠고 있는 것은 콜롬보가 아니라 그 낡아빠진 코트였다.

"오늘 경찰분이 오신 건 벌써 두 번째예요. 정말 친절하세요. 오늘 아침에 오신 분은 유진이 죽었다는 걸 알려주었지요. 그런데 경위님은 뭘 알려주실 건가요?"

"실은 알고 싶은 게 몇 가지 있어서요." 콜롬보는 주머니에 손을 집어넣어 시가를 꺼내더니 아무렇게나 입에 물고, 성냥이라도 찾는 것처럼 탁자 위를 두리번거리다가 문득 정신을 차린 듯 송구스러워하며 말했다. "아, 실례했습니다."

시가는 황급히 코트 주머니 속으로 돌아갔다.

"괜찮아요. 어서 피우세요. 나도 술을 마시고 있으니까요. 저기 홈바에 술이 잔뜩 있으니까, 경위님도 원하신다면 마음대로 골라 드세요."

"아니, 괜찮습니다. 근무 중이고…"

"그래요? 그렇다면 시가라도 피우세요. 나는 괜찮으니까."

"이럴 때 시가를 피워서야 말이 됩니까. 시가는 몸에도 안 좋고…"

"그러지 마시고…"

"아니, 사실 나는 시가를 싫어한답니다."

콜롬보라는 사내는 상당히 고집쟁이인 것처럼 보였다. 루스는 미소를 지으며 말했다.

"좋으실 대로 하세요. 그런데 경위님, 뭘 알고 싶으신지 모르지만 나는 별로 도움이 될 것 같지 않군요. 최근의 그이에 대해서는 잘 알지 못하니까요."

"이야기하고 싶지 않은 심정은 충분히 이해합니다. 어쨌든 가장 사랑하는 사람을 잃으셨으니까…"

"네." 루스는 일단 고개를 끄덕였다. "하지만 내가 그이를 잃은 건 어젯밤이 아니라, 정확히 말하면 몇 달 전이에요. 아니, 그보다 훨씬 더 오래전이죠. 우리는… 몇 년 전에 외아들을 잃었답니다. 베트남 전쟁에서요. 해병대에 지원했거든요. 그 애가 전사한 뒤 우리 가족은 단둘이 되었답니다. 20년 만에 처음으로… 신혼 시절처럼 부부만 남은 거예요. 그런데 우리에게는 그때 같은 젊음이 남아 있지 않았죠. 있는 건 슬픔뿐…"

루스는 술잔을 입에 댔다. 상대가 처음 만난 남자인데도 자신이 가볍게 나불대고 있다는 것은 그녀도 알고 있었다. 그것이 추태라는 것도 알고 있었다. 그러나 루스는 오랜만에 지껄이고 싶었다. 억누를 수 없는 충동이었다. 루스는 문득 생각했다. 나는 역시 취해 있는 걸까.

"우리 부부는 노상 말다툼만 했어요. 아들에게 해병대에 지원하라고 권한 건 남편이었지요. 그래서 나는 그 일로 그이를 탓했답니다. 그이는 또 그이대로, 이제 와서 그걸 탓해봤자 무슨 소용이냐고 화를 내고… 그이도 마음 아프다는 점에서는 나와 마찬가지였지요. 말다툼이 끝나도 사사건건 참지 못하고 화를 내고… 결국 우리는 어쩔 수 없이… 심하게 말다툼을 한 끝에 별거하게 된 거예요."

"알겠습니다. 흔히 있는 일이죠."

확실히 어디에나 널려 있는 이야기였다. 당사자에게는 가슴이 찢어질 것처럼 괴로운 이야기도 듣는 사람에게는 어디에나 있는 흔해 빠진 이야기일 뿐이다.

루스는 빈 술잔을 들고 일어나서 홈바로 걸어갔다.

"경위님, 멋대로 지껄여서 미안해요. 그런데 뭘 알고 싶으시죠?"

"내가 알고 싶은 건 남편의 건강상태입니다. 혹시 심장병이나 고혈압 같은 질병을 앓고 계셨나요?"

"병은 없었어요. 심장도 혈압도 정상이었고요." 루스는 술잔에 위스키를 가득 채웠다. 그러고는 콜롬보를 돌아보며 문득 머리를 스친 의문을 입 밖에 냈다. "그런데 왜 그러시죠? 오늘 아침에 온 경찰은 남편이 바벨에 깔려 죽었다고 했는데, 병으로 죽었나요?"

"아니, 그런 건 아직…" 콜롬보는 말꼬리를 흐리며 머리를 북북 긁었다.

루스는 소파로 돌아와 콜롬보의 얼굴을 바라보았다. 고집 센 사람에게 어울리는 네모난 얼굴에서 뭔가를 읽으려고 했지만 아무것도 읽을 수가 없었다. 콜롬보의 눈은 굵은 눈썹 그늘에 숨어 남몰래 잠을 즐기고 있는 것처럼 보였다.

"경위님은 무슨 부서에 계시죠?"

콜롬보의 굵은 눈썹이 한쪽만 올라갔다. 그 눈썹 밑에서 드러난 한쪽 눈이 루스를 바라보았다. 양쪽 눈을 다 사용하기가 귀찮다는 태도였다. 이 사람은 고집스러운 데다 상당히 게으르군.

"강력계에 있습니다. 살인사건을 맡고 있지요. 하지만 지금 상태로는 이런저런 가능성을 검토하고 있을 뿐이고…" 콜롬보는 이렇게 말하고 나서야 겨우 나머지 한쪽 눈도 마저 떴다. "남편께서는 누군가와 싸우고 있지 않았습니까? 남편에게 원한을 품고 있는 사람이나 적이 될 만한 사람, 사업이나 개인적인 관계로 특별히 남편과 심하게 싸운 사람은 없었습니까?"

루스는 빈정거리는 미소를 띠며 대답했다.

"사업 때문에 싸운 상대는 마일로 제이너스예요. 개인적인 관계로 싸운 사람은 루스 스태퍼드, 즉 나고요."

"아니, 부인은 빼고요. 그런데 제이너스 씨와 싸운 이유는 뭡니까?"

"돈벌이를 둘러싼 대립이죠. 이것도 흔해 빠진 이야기일지 모르지만 두 사람은 걸핏하면 언쟁을 벌였어요. 그리고 남편은 그 클럽을 팔아버릴 작정이었던 것 같아요. 별거한 뒤에 나와 남편의 연락을 맡고 있는 변호사한테 들었는데, 남편은 가까운 장래에 그 클럽을 매각할 작정이었나 봐요. 마일로 제이너스와의 대립이 갈수록 심해져서 클럽 경영에 싫증이 났나 보다고 생각하지만…"

루스는 콜롬보의 눈이 이상하게 빛나기 시작한 것을 알아차렸다. 콜롬보는 미간에 주름을 잡고, 결승선에 들어가기 직전의 경주마라도 보고 있는 듯한 눈초리로 루스를 바라보고 있었다. 루스는 술잔을 탁자 위에 내려놓으며 말했다.

"경위님은 살인사건을 맡고 있다고 하셨는데, 그렇다면 남편은 사고로 죽은 게 아닌가요? 경위님은 뭘 알고 싶으세요? 남편의 적이니 남편의 건강이니, 왜 그런 것에 흥미를 가지시죠?"

"그건, 왜냐고 물으셔도…" 콜롬보의 손이 꼼지락거리더니 코트 주머니에서 시가를 꺼냈다. 시가를 입에 물려다가, 그제야 그 무의식적인 행동을 깨닫고 시가를 주머니에 쑤셔 넣었다.

"경위님, 살인사건일 가능성을 염두에 두고 나를 슬쩍 조사하러 오셨다면, 분명히 말해두지만 나한테는 남편을 죽일 동기가 있었을지 몰라요. 어쩌면 죽일 기회도 있었을지 모르죠." 루스는 다시 제 입이 가벼워져가는 것을 의식했지만, 상관하지 않고 말을 이었다. "하지만 이것만은 말해두겠어요. 싸움은 했지만 나는 남편을 사랑하고 있었어요. 오늘 아침에야 겨우 깨달았지만 나는 진심으로 남편을 사랑하고 있었어요. 그걸 깨닫는 게 너무 늦었지만…"

루스의 눈에 눈물이 가득 고였다. 콜롬보는 추운 듯이 코트 앞자락을 여미고 고개를 숙였다. 그런 콜롬보를 루스는 오래전부터 알고 있는 듯한 기분이 들었다. 이상한 남자였다. 몸집은 시원치 않고, 고집쟁이에다 게으름뱅이고, 게다가 의심이 많아 보였지만, 그래도 어딘가에 상냥한 따뜻함이 있어서, 그것이 루스를 지껄이게 하고 눈물을 흘리게 할 만큼 마음을 따뜻하게 해준 것 같았다.

"이런 와중에 이상한 이야기를 꺼내서 죄송합니다." 콜롬보는 고개를 숙인 채 엉덩이를 들어 올렸다.

루스는, 콜롬보는 거의 아무 말도 하지 않고 자기 혼자만 일방적으로 지껄였다는 것을 깨달았다.

"어머나, 벌써 가시게요?" 루스는 콜롬보를 타박한 것을 후회하면서 천천히 일어섰다.

콜롬보는 문 앞까지 가더니 갑자기 돌아섰다.

"한 가지만 더 묻겠는데, 남편은 어떤 계기로 마일로 제이너스 씨를 알게 됐습니까?"

"계기요?" 루스는 먼 옛날 일을 생각하듯 천장을 쳐다보았다. 시선이 천장을 이리저리 헤맸다. "3년 전에 어느 파티에서 소개를 받았던 것 같아요. 누가 소개했는지, 장소가 어디였는지는 기억나지 않지만…"

"고맙습니다." 콜롬보는 문을 열었다. 그러나 복도로 나가자 또다시 뒤를 돌아보았다. "아 참, 중요한 걸 잊고 있었군요. 혹시 레이시라는 사람을 아십니까?"

"레이시요?" 루스는 들어본 적도 없는 이름이었다. "모르는 사람인 것 같은데요."

"그렇습니까. 남편 사무실 달력에 레이시라는 이름이 많이 적혀 있었어요. 레이시한테 전화, 레이시 사무실로 연락 등등… 잊어버리지 않으려고 적어놓은 비망록 같은 건데, 최근에 자주 만나고 있었던 것 같습니다."

"죄송해요. 나는 전혀 짐작도…"

"아니, 괜찮습니다. 그보다 오늘은 정말 죄송하게 됐습니다. 불쾌한 이야기를 가져와서…"

문이 닫히고 루스는 소파를 향해 걷기 시작했다. 그때 문득 생각이 났다. 루스는 문 쪽으로 달려가 문을 열고 소리를 질렀다.

"콜롬보 씨!"

그러자 엘리베이터를 향해 복도를 걸어가던 코트의 뒷모습이 천천히 돌아섰다.

"생각났어요, 경위님!"

루스가 외치고 손짓을 하자 콜롬보는 코트 주머니를 누르며 종종걸음으로 돌아왔다.

"레이시라는 사람이 누군지 생각났어요. 로이스 레이시라는 사람이죠?"

"글쎄요, 이름까지는… 달력에는 그냥 레이시라고 성만 적혀 있었으니까요."

"틀림없이 로이스 레이시일 거예요. 국방부 시절에 가깝게 지낸 친구인데, '트라이콘 전자'라는 회사에서 경리를 보는 사람이었어요."

"경리를요?" 콜롬보의 표정이 갑자기 밝아졌다.

그 표정을 보고 루스는 기뻤다. 어떤 도움이 될지는 모르지만, 어쨌든 콜롬보를 조금이라도 기쁘게 해줄 수 있었기 때문이다.

"고맙습니다. 협조해주셔서 정말 고맙습니다."

콜롬보는 고개를 숙이고 루스를 떠났다.

루스가 지켜보는 줄도 모르고 콜롬보는 복도에 멈춰 서서 코트 주머니에 손을 집어넣어 시가를 꺼냈다. 루스는 살짝 문을 닫고 중얼거렸다.

"귀여운 고집쟁이."

5

신문에는 사고사로 발표되었다. 스태퍼드가 죽었다는 사실보다, 한창 유행하고 있는 헬스클럽에서 운동용 바벨에 깔려 죽는 사고가 일어났다는 사실에 신문들은 흥미를 보였고, 기사도 그 점을 유독 강조하고 있었다. 그러나 기사로는 사소한 것이어서, 어느 신문이나 1단 정도로 다루고 있었다.

시어도어 슐츠는 신문에 나와 있는 기사를 믿지 않았다. 작은 표제를 본 순간 슐츠는 직감적으로 스태퍼드가 살해당한 것을 확신했다. 자동차 안에서 마일로 제이너스에게 협박당하고 버디 캐슬에게 얻어맞았을 때처럼 슐츠의 뚱뚱한 몸에 뜨거운 분노가 치밀어올랐다.

자동차 안에서 협박당했을 때 슐츠는 반격에 나서서 마일로의 목을 졸랐다. 결국에는 마일로의 말대로 할 수밖에 없었지만, 그렇기 때문에 더욱 스태퍼드가 살해당한 것이 화가 났다.

"그 자식이 터무니없는 짓을 저질렀군!"

슐츠는 축 늘어진 뱃살을 출렁이며 사무실 안을 돌아다녔다. 손닿는 곳에 마일로가 있다면 다시 한번 목을 졸라주고 싶었다. 슐츠는 〈로스앤젤레스 타임스〉를 둥글게 말아 바닥에 내팽개쳤다. 그러고는 그 위에 발을 올려놓고 꾹꾹 힘주어 밟았다. 그러나 구두 밑에 있는 게 밉살스러운 마일로의 몸이 아니라는 사실이 증오심을 더욱 깊게 했다.

"빌어먹을!"

슐츠는 쪼그려 앉아 신문지를 집어들고는 책상 옆 휴지통을 향해 힘껏 던졌다. 그 순간 옆구리에 심한 통증을 느끼고 슐츠는 신음을 토했다. 보디가드인 버디 캐슬에게 얻어맞은 후유증이었다. 겉으로는 멀쩡하지만 속으로 골병들게 만든 그것은 과연 전문가다운 솜씨였다. 슐츠도 젊은 시절에는 주먹질로 위험한 다리를 건너면서 돈을 번 사람이기 때문에 전문가의 구타 방식은 당장 알아볼 수 있었다.

"각오하고 있어라! 이 새끼야…"

슐츠는 옆구리를 누르며 책상으로 다가가 전화기로 손을 뻗었다. 그는 수화기를 들고 굵은 손가락으로 버튼을 거칠게 두드렸다.

"네, 로스앤젤레스 경찰청입니다." 젊은 여자 목소리가 수화기에서 흘러나왔다.

그러자 슐츠는 호통치듯이 말했다.

"강력계 형사를 바꿔주시오!"

"강력계의 누구를 찾으십니까?" 젊은 여자는 노래하는 듯한 목소리로 되묻는다.

"아무나 좋아요. 아니, 살인사건을 밀고하려는 거니까, 알맞은 형사한테 당장 연결해주시오."

"잠깐만 기다리세요." 여전히 노래하는 듯한 목소리였다.

잠시 후 전화기 저편에서 헛기침을 하는 남자 목소리가 들려왔다.

"여보세요." 멍청하게 들리는 목소리였다.

"당신 누구요?" 슐츠는 추궁하듯이 물었다.

"네? 나는 강력계 형사인데요…"

"이름과 직책은?"

"아, 콜롬보, 콜롬보 경위입니다만…" 반은 자고 있는 듯한 얼빠진 목소리였다.

어쨌든 경위쯤 되는 사람이 전화를 받은 건 다행이라고 슐츠는 생각했다.

"이봐요, 중요한 정보니까 잘 들으시오." 슐츠는 전화가 역탐지될 것을 경계하여 빠른 말투로 지껄이기 시작했다. "헬스클럽에서 죽은 유진 스태퍼드 사건 말인데, 그건 사고가 아니라 살인이오. 마일로 제이너스란 자가 비서실장인 버디 캐슬을 시켜서 저지른 살인이란 말이오. 마일로 제이너스는 이를테면 갱단 두목이나 마찬가지요. 비서실장이라는 이름의 보디가드를 이용해서 돈을 뜯어내고 있다, 그런 말이오. 거역하는 사람은 그 보디가드란 놈한테 얻어맞거나 살해당하고 있소. 우선 비디 캐슬의 진과를 조사해보시오. 그놈은 그 방면의 전문가요."

또 옆구리가 아파서 슐츠는 숨이 막혔다. 그러자 전화기 저편에 있는 사내가 이제는 완전히 잠에서 깨어난 목소리로 대답했다.

"잠깐만요. 제보하는 분은 누구십니까? 네? 누구시죠?"

"나는 믿을 만한 정보통이오."

"죄송합니다. 나는 콜롬보라고 하는데, 마일로 제이너스 씨에 대한 정보가 또 있으면…"

"콜롬보 씨, 미안하게도…" 슐츠는 상대의 말을 가로막았다. "나는 짭새와 게이를 아주 싫어하오. 더 이상 경찰한테 서비스할 수는 없어요. 젊은 시절에 충분히 귀여움을 받았으니까. 이젠 경찰 얼굴을 보거나 목소리를 들으면 두드러기가 날 지경이오."

"말은 그렇게 하지만, 당신은 지금… 잠깐만… 끊지 말아요."

슐츠는 잔뜩 쉰 목소리로 아우성치는 수화기를 귀에서 떼어내며 말했다.

"콜롬보 씨, 또 마음이 내키면 전화하리다. 충분히 조사해보시오. 그럼 이만."

슐츠는 거칠게 전화를 끊었다. 조금 기분이 좋아졌다. 슐츠는 의자에 털썩 주저앉아 짧은 다리를 책상 위에 올려놓았다.

"어디 두고 보자, 마일로. 네가 감방에 들어가면 클럽 스물한 개는 몽땅 내가 차지해주마." 낮게 중얼거리고 나서 슐츠는 어깨를 흔들며 웃기 시작했다. 그러나 그 웃음은 오래 계속되지 않았다. 슐츠는 옆구리에 손을 대고 얼굴을 찡그렸다. "빌어먹을."

6

요트 잔교까지 50미터 정도를 남겨놓았을 때에야 겨우 마일로 제이너스는 속력을 떨어뜨렸다. 그리고 호흡을 가다듬기 위해 가볍게 물 위에 떠서 헤엄쳤다. 6월의 바다는 아직 차가웠지만, 격렬하게 몸을 불태운 뒤에는 오히려 상쾌한 기분을 안겨주었다.

물을 헤치는 손은 부드러운 바다의 감촉을 만지작거리며 춤추고, 크게 뜬 눈은 샌타모니카 만의 깊고 푸른 바다와 막 동이 트기 시작한 드넓은 하늘을 번갈아 바라보았다. 그것은 모두 마일로가 누리는 세계였다. 마일로는 그 세계가 흔들리지 않으리라는 것을 믿어 의심치 않았다. 나는 늙어 죽을 때까지 바다와 하늘과 젊음을 계속 누릴 수 있을 거야.

마일로는 잔교 앞에서 숨을 깊이 들이마시고 바닷물 속으로 들어갔다. 모래에 박혀 있는 잔교 말뚝이 또렷이 보이는 곳까지 잠수하자 발로 조용히 물을 찼다. 수면의 조용한 파동 때문에 바닷속으로 비쳐드는 햇빛이 미묘하게 흔들려, 바다 밑의 하얀 모래 위에서 빛과 그림자가 아름다운 무늬를 이루며 춤을 추고 있었다. 바다는 표정이 풍부하게 살아 있다고 마일로는 생각했다. 그것은 아침마다 되풀이 확인해온 일이었다.

바다 밑바닥이 급속히 올라와 물가가 가까워졌음을 알렸다. 마일로는 물 위로 떠올라 파도를 맞으며 물가 모래 위에 드러누웠다. 샤워를 하듯 잠시 그대로 꼼짝도 않고 누워 있었다. 그러다가 이윽고 천천히 일어나 걷기 시작했다.

젖은 모래가 마른 모래로 바뀌고, 이른 아침이지만 벌써 햇빛의 온기를 머금은 감촉이 발바닥에 전해져왔을 때, 마일로는 물결무늬가 새겨진 모래 위에 두 손을 짚고 팔굽혀펴기를 시작했다.

누군가가 이름을 부르고 있었다. 마일로는 팔굽혀펴기를 계속하면서 얼굴을 들었다.

이쪽을 향해 모래밭을 달려오는 누더기 같은 모습은 틀림없는 콜롬보였다. 풀어헤친 코트 자락을 펄럭이면서 무거운 몸을 질질 끌듯이 달려오고 있었다.

마일로는 아래를 보며 팔굽혀펴기를 계속했다. 하루 중에서도 가장 좋은 한때인 상쾌한 아침을 무례하게 쳐들어와 어지럽히는 사내에 대한 분노가 솟구쳐올랐다. 마일로는 얼굴을 붉히며 팔굽혀펴기를 계속했다.

"제이너스 씨, 안녕하십니까?" 머리 위에서 숨을 헐떡이는 콜롬보의 목소리가 들렸다. "댁에 갔더니 파출부인 듯한 여자가 제이너스 씨는 바다에서 헤엄치고 있다고 가르쳐주더군요."

"아침마다 2마일쯤 헤엄을 칩니다." 마일로는 이렇게 말하면서 일어났다. "그런 다음 다시 2마일쯤 달리지요. 당신도 함께 달리는 게 어때요?"

"달린다고요? 아니, 나는 안 됩니다. 평발이라서요." 콜롬보는 두 팔을 벌려 보였다.

"그거 참 안됐군." 이 말을 남기고 마일로는 모래밭을 달리기 시작했다.

"잠깐만… 제이너스 씨, 잠깐만요…"

당황한 듯한 목소리가 뒤에서 들려왔지만 마일로는 상관하지 않고 모래를 걷어찼다. 콜롬보는 숨을 헐떡이며 쫓아왔다.

"제이너스 씨, 할 얘기가 있는데요."

"이야기는 달리면서도 할 수 있어요."

마일로가 앞을 바라본 채 말하자 콜롬보는 조그맣게 신음소리를 냈다.

"제이너스 씨, 실은 부검 결과가 나와서요… 스태퍼드 씨는 역시 숨통이 눌려서 질식사…" 콜롬보 자신도 질식할 것처럼 헐떡이며 말을 끊었다.

마일로는 하늘과 바다가 갑자기 밝아진 것을 느꼈다. 그러나 안도감을 눈치채지 못하도록 언짢은 목소리로 물었다.

"그건 처음부터 알고 있었잖소?"

"그런데…" 콜롬보는 종종걸음으로 달리면서 말을 이었다. "부검 결과… 다른 것도 알게 됐어요… 그게 내… 고민거리라서… 사소한 거지만…"

"사소한 고민은 운동을 하면 사라집니다."

"그렇습니까?" 콜롬보는 금방이라도 쓰러질 것처럼 앞으로 고꾸라지면서도 필사적으로 마일로를 따라 달렸다. "그런데 이상한 것이… 스태퍼드 씨는 사고를 당하기 직전에 기름진 음식을 잔뜩 먹었더군요… 중화요리를…"

"중화요리?"

"예." 콜롬보는 고개를 끄덕이고 나서, 마일로의 얼굴을 괴로운 듯이 쳐다보며 말을 이었다. "제이너스 씨… 어딘가에 좀 앉아서… 얘기하는 게… 저어… 차분하게 말할 수 있을 것 같은데…"

"나는 이대로가 좋아요. 어서 얘기해보세요." 마일로는 매정하게 말했다.

콜롬보는 수난자처럼 슬프게 고개를 저었다.

"저녁 7시가 조금 지나서 먹었답니다. 기름진 중화요리를… 잔뜩."

"그건 몸에 좋지 않은데…"

콜롬보는 그 한마디에 크게 격려를 받은 듯이 씩씩하게 말했다.

"그럼요, 안 좋지요. 게다가 그 직후에 그런 격렬한 운동을 하다니… 좀 이상하다고 생각지 않으세요?"

"뭐가요?"

"그러니까… 중화요리를 잔뜩 먹은 뒤에 그렇게 격렬한 운동을 한다는 게 말입니다."

모래밭이 끝나고 태평양 연안 도로가 나왔다. 횡단보도 신호가 노란색인 것을 보고 콜롬보는 기쁜 듯이 외쳤다.

"저기요 제이너스 씨, 교통신호는 지키겠지요? 초록색이 될 때까지 기다려야…" 이렇게 말하고 콜롬보는 길가에 쪼그리고 앉았다. "어떻습니까? 이상하다고 생각지 않으세요? 식사를 한 직후에 격렬한 운동을 하다니… 그게 내 사소한 고민거리입니다만…"

"스태퍼드라면 할 만한 짓이지요." 마일로는 가볍게 제자리뛰기를 하면서 대답했다. "워낙 성미가 급한 사람이니까."

"하지만…" 콜롬보가 입을 열었을 때 신호가 초록색으로 바뀌었다.

마일로는 단숨에 돌진했다. 황급히 뒤따라가던 콜롬보가 갑자기 뒤에서 비명을 질렀다. 마일로가 돌아보니 횡단보도 한가운데에 쓰러져 있는 콜롬보가 보였다. 한쪽 구두가 벗겨져 길바닥에 나뒹굴고 있었다.

마일로는 웃으면서 말을 건넸다.

"콜롬보 씨, 빨리 건너지 않으면 신호가 바뀝니다. 빨리 오세요!"

콜롬보는 허둥지둥 일어나 구두를 집어들고 달려왔다. 한쪽 발이 맨발이라서 몸이 좌우로 뒤뚱거렸다. 횡단보도를 다 건넌 콜롬보가 구두를 신으려고 할 때 마일로는 재빨리 달리기 시작했다.

"제이너스 씨! 잠깐만요, 제이너스 씨!"

콜롬보는 릴레이 경주의 배턴을 쥐듯 구두를 움켜쥐고 쫓아왔다.

"그래요, 그런 식으로 계속하세요, 콜롬보 씨." 마일로는 싱긋 웃으며 말을 걸었다. "무릎을 좀 더 높이 올리고! 팔은 좀 더 힘차게!"

콜롬보는 힘없이 무릎을 올렸다. 마일로는 태평양 연안 도로를 떠나 점토질 벼랑을 나선형으로 올라가기 시작했다.

"어때요? 기분이 상쾌하지 않나요?"

이제는 말할 기력조차 잃어버린 콜롬보는 구두를 쥔 손을 축 늘어뜨린 채 희미하게 고개를 끄덕였다.

"하루에 30분만 하면 효과가 그만입니다. 하지만 하루도 거르지 말고 매일 해야 해요."

마일로는 마지막 난관인 돌계단을 뛰어오르기 시작했다. 그가 자기 집 정원으로 나왔을 때 콜롬보의 모습은 이미 보이지 않았다. 마일로는 풀장 주위를 가볍게 한 바퀴 돈 뒤 땀을 씻기 위해 풀장으로 뛰어들었다. 일단 깊이 잠수했다가 몸에 힘을 빼고 천천히 떠올랐다.

수면 위로 나와 머리를 흔들어 물방울을 털었을 때 넝마처럼 축 늘어진 콜롬보가 돌계단 위로 기듯이 올라왔다. 그러고는 비틀비틀 풀장 옆에 있는 의자로 다가가더니 쓰러지듯 털썩 주저앉았다.

마일로는 풀장에서 나오자 주먹을 쥐고 섀도복싱을 하면서 콜롬보의 창백한 얼굴을 내려다보았다.

"어때요? 기분이 다시 태어난 것 같지 않아요?"

"네… 아니…" 콜롬보는 손에 든 구두를 내던지고 숨을 헐떡이면서 대답했다. "아니, 이제… 다시 태어났다기보다… 저어… 죽을 것 같은 기분인데요."

"담배는 치명적이니까 끊는 게 좋아요." 마일로는 충고하고 나서 물었다. "다른 이야기는 없소?"

콜롬보는 크게 고개를 끄덕였다.

"할 이야기는 있지만… 숨이 차서… 잠시 쉬게 해주세요… 구역질도 나고…" 콜롬보는 신음하듯 말하고는 의자에 축 늘어져버렸다.

"어서 편히 쉬세요."

마일로는 섀도복싱을 그만두고 다시 풀장으로 뛰어들었다. 그는 천천히 헤엄치면서 풀장 옆에 앉아 있는 콜롬보를 관찰했다. 탈진 상태였던 콜롬보는 이윽고 겨울잠에서 깨어난 곰처럼 벌떡 일어나 내팽개친 구두를 집어들더니 숨기듯 살짝 뒤로 돌렸다. 마일로는 풀장 끝에서 방향을 바꿨다. 다시 의자를 바라보자 콜롬보는 구두 속의 모래를 몰래 화단에 버리고 있었다. 마일로는 25미터를 천천히 두 번 왕복하고 나서 풀장에서 나와 콜롬보에게 다가갔다.

콜롬보는 무릎 위에 구두를 올려놓고 만지작거리고 있었다. 끊어진 구두끈을 이어 구멍에 집어넣으려 애를 쓰고 있지만, 매듭이 구멍에 걸려 잘 들어가지 않는 모양이다. 콜롬보의 손가락은 가늘게 떨리고 있었다. 스태퍼드에게 운동화를 신겨준 기억이 문득 마일로의 머리를 스쳤다.

마일로는 잠깐 얼굴을 찌푸리며 물었다.

"콜롬보 씨, 할 얘기란 게 뭡니까?"

콜롬보는 원망스러운 듯 마일로를 쳐다보았다.

"네?"

"뭔가 할 얘기가 있다고 하셨는데…" 마일로는 낯빛 하나 변하지 않고 말했다.

"할 얘기요?" 콜롬보는 무릎 위에 올려놓은 먼지투성이 구두를 내려다보다가 말했다. "아아, 그렇지. 캐슬 씨에 대해 물어볼 생각이었어요."

"버디 말인가요? 버디는 내 회사 비서실장인데…" 이야기가 뜻밖의 방향으로 전개되는 기미에 당황하면서도 마일로는 아무렇지도 않은 얼굴로 심호흡을 했다.

"알고 있습니다. 그 사람과는 오래전부터 아는 사이신가요?"

"글쎄요, 그렇다고 말할 수 있겠지요." 마일로는 경계하면서 적당히 얼버무렸다. 그러고는 펀치백 쪽으로 달려갔다.

콜롬보는 여전히 구두끈을 만지작거리면서, 소문 이야기라도 하는 듯한 어조로 소리를 질렀다.

"그 사람, 꽤 유별난 사람이더군요."

"무슨 뜻이죠?" 마일로는 펀치백을 두드리며 되물었다.

"그러니까…" 콜롬보는 구두를 내려다본 채 대답했다. "그 사람 경력이 말입니다… 상당한 수완꾼인 모양이에요."

"범죄 경력을 말하는 거요?"

마일로가 선수를 치자, 콜롬보는 천천히 고개를 들었다.

"그럼 알고 계셨나요?"

"버디의 전과라면 훤히 알고 있지요. 플로리다에서 1년 동안 감옥에 갇혀 있었소. 사기죄로. 하지만 벌써 4년 전 일이오."

"내가 조사해본 바로는…" 콜롬보는 다시 무릎 위에 올려놓은 구두로 시선을 떨어뜨렸다. "캐슬 씨가 체포된 것은 한 번만이 아닙니다. 석유채굴권을 미끼로 아무것도 모르는 투자자한테 백만 달러 가까운 돈을 사취한 적도 있더군요. 그 밖에는 폭력사건이 많고… 어쨌든 상당한 수완꾼이에요."

"버디가 나쁜 게 아닙니다." 마일로는 완강한 어조로 잘라 말했다. "나쁜 건 버디가 사귀고 있던 친구들이죠. 친구가 나빴던 거예요."

"지금은 좋은 친구와 사귀고 있다는 건가요?" 콜롬보는 고개를 숙인 채 말했다.

그것이 신랄한 빈정거림인지, 아니면 지극히 당연한 사교적인 언사인지, 마일로에게는 짐작이 가지 않았다. 그러나 마일로는 이야기를 무난한 쪽으로 끌고 가려고 애썼다.

"콜롬보 씨, 구두끈이라면 우리 집에도 있는데…"

"아니, 됐습니다." 콜롬보는 겨우 매듭을 구멍에 집어넣는 데 성공하여 구두를 신었다. "요즘은 경찰관의 부패가 문제 되고 있을 때니까, 구두끈 하나라도…"

"그럼 안으로 들어가서 시원한 음료라도 한잔 드시죠." 마일로는 이렇게 말하고 콜롬보 쪽으로 돌아왔다.

그렇게 말하면 콜롬보가 당장 돌아갈 거라고 마일로는 예상하고 있었다. 그러나 콜롬보는 천천히 엉덩이를 일으키더니 기쁜 듯이 웃었다.

"고맙습니다. 그렇게 달렸더니 목이 바싹 말랐어요."

마일로는 거실에 들어가 홈바 앞에 섰다. 홈바의 찬장은 커다란 거울로 막혀 있었다. 뒤따라온 콜롬보는 거울을 쳐다보며 감탄의 소리를 질렀다.

"정말 훌륭한 가구군요. 나는 이래봬도 가구에 관해서는 좀 까다로운 편이라서…"

"그거 좋군요."

마일로는 거울에 손을 댔다. 그러자 거울이 미끄러지듯 부드럽게 내려가고, 술병이 가득 늘어서 있는 찬장이 나타났다.

"우와, 굉장한데요." 콜롬보는 다시 감탄의 소리를 지르고 나서 말을 이었다. "저어, 마일로 씨, 난 술은 안 됩니다. 근무 중이라서… 가능하면 주스 같은 거로…"

"마침 잘됐군요. 나도 주스를 마시려던 참인데… 아주 신선한 주스를…"

마일로는 쪼그려 앉아 장식장 옆의 냉장고에서 당근을 꺼내더니, 콜롬보의 눈에 띄지 않도록 살짝 홈바의 믹서기 속에 집어넣었다. 마일로는 믹서기의 스위치를 켜고 나서 콜롬보를 돌아보았다.

"콜롬보 씨, 한 가지 물어봐도 될까요?"

"예?" 하고 눈썹을 치켜올린 콜롬보를 향하여 마일로는 천천히 말했다. "도대체 여기서 지금 뭘 하고 계시는 겁니까?"

"예?" 콜롬보의 입이 딱 벌어졌다.

"무슨 목적으로 내 집에 들어온 거죠?"

"나는 저어… 주스를…" 그러면서 콜롬보의 손은 시가라도 피우려는지 코트 주머니 속으로 들어가 부지런히 움직이기 시작했다.

"당신의 속셈을 모르겠어요." 마일로는 어깨를 으쓱하고는 홈바에 기대어 말을 이었다. "뭘 조사하러 일부러 여기까지 온 거요? 유진 스태퍼드는 사고로 죽었다는 걸 알았잖소. 물론 불행한 사건이지만, 어쨌든 그건 사고사였어요. 그런데 왜…"

콜롬보는 주머니에서 시가를 꺼내더니 주위를 두리번거렸다.

"저어, 성냥 좀…"

마일로는 홈바의 찬장에서 라이터를 집어들어 콜롬보에게 내던졌다.

콜롬보는 시가에 불을 붙이고는 소파에 털썩 주저앉았다.

"실은 제이너스 씨, 아무리 머리를 쥐어짜도 알 수 없는 게 있어서요. 그게 내 사소한 고민거리인데…"

"당신의 사소한 고민거리라면 아까 들었잖소?"

"아니, 그것과는 다른 고민거립니다. 그보다 좀 더 큰 고민거리지요."

"그럼 그 얘기를 들어볼까요."

마일로가 고개를 끄덕이자 콜롬보는 홈바를 찬찬히 바라보며 말했다.

"저 가구는 어디선가 본 기억이 있다 했더니, 옛날 우리 할아버지 집에 있던 것과 아주 비슷하군요, 저것과 똑같은…"

"콜롬보 씨!" 마일로는 짜증난 목소리로 말했다. "당신 할아버지는 상당한 부자였던 모양이군요. 이 장식장은 200년도 더 된 골동품이오."

"200년이나요? 그렇군요. 그렇겠지요." 콜롬보는 우쭐한 얼굴로 고개를 끄덕였다. 우리 "할아버지도 나처럼 가구에 대해서는 까다로운 편이어서 새 가구는 절대로 사지 않았지요. 집사람 아버지도… 지금 샌디에이고에 살고 계신데, 장인어른도 가구에 대해서는…"

"중고품과 골동품을 혼동하면 곤란한데요…"

마일로는 싱긋 웃으며 콜롬보에게 등을 돌리고는, 믹서기의 스위치를 끄고 진한 오렌지 주스를 유리잔 두 개에 따르면서 말했다.

"콜롬보 씨, 고민거리란 뭡니까?" 콜롬보가 아무 대답도 하지 않자 마일로는 콜롬보를 돌아보며 다시 말했다. "고민거리가 설마 이 장식장을 말하는 건 아니겠죠? 아니면 내가 당신 할아버지 집에서 이걸 훔쳐왔다고…"

"아니, 천만에요." 콜롬보는 시가를 뻐끔뻐끔 피우고 나서 말을 이었다. "내 고민거리는 발자국입니다."

"발자국?"

"스태퍼드 씨가 죽어 있던 헬스장 바닥에 흥미로운 발자국이 남아 있었어요. 왁스를 갓 칠한 바닥에 말입니다. 갈색 구두 발자국인데…"

마일로는 그날 밤 자기가 신고 있던 구두를 생각해내려고 애쓰면서도 아무렇지도 않게 말했다.

"그게 어쨌다는 거죠?"

"조사해봤더니, 스태퍼드 씨의 구두가 갈색이더군요. 구두도 밑창도…"

마일로는 자기 구두가 검은색이었던 것을 기억해내고 자신 있게 말했다.

"그럼 스태퍼드는 그 구두를 신고 헬스장을 돌아다녔다는 얘기가 되는군요. 그게 어째서 고민거립니까?"

"예…" 콜롬보는 비극을 연기하는 배우처럼 미간에 잔뜩 주름을 잡고는 손에 든 시가를 가만히 바라보며 말했다. "그건 그냥 평범하게 걸은 발자국이 아닙니다. 갑자기 멈춰 서거나 힘차게 돌아다니거나… 뭔가 그런 격렬한 움직임을 하지 않으면 그런 자국은 남지 않습니다. 실은 부하를 시켜서 실험을 해보았는데, 그 결과 격렬하게 날뛰지 않으면 그런 자국은 남지 않는다는 걸 알게 되었지요."

콜롬보는 시가 끝에 중요한 진리가 숨겨져 있기라도 한 것처럼 그 담뱃불을 바라보며 말을 이었다.

"스태퍼드 씨가 누군가로부터 필사적으로 도망치려고 했거나, 아니면 누군가와 격렬히 맞붙어 싸웠거나… 어쨌든 그런 흔적이 남아 있어요."

그 순간 마일로는 콜롬보가 시선을 자신에게 돌리는 게 아닐까 생각했다. 사팔눈이긴 하지만 날카로운 시선을 총구처럼 나에게 들이대고 반응을 살피는 건 아닐까. 그러나 콜롬보의 시선은 시가 끝에 박힌 채 움직이지 않았다.

"콜롬보 씨, 신선한 주스가 완성됐습니다." 마일로가 유리잔을 내밀자 콜롬보는 말없이 손을 뻗었다. "아침 식사는 아직 안 했지요? 어때요? 함께 드시면…"

콜롬보는 격렬하게 고개를 저었다.

"천만에요. 그런 폐를 끼치면…"

"폐는 무슨… 조금도 폐가 되지 않아요."

마일로는 비타민 알약이 든 병을 열어 콜롬보에게 내밀었다.

"사양하지 마시고 어서 드세요." 망설이고 있는 콜롬보의 손에 비타민을 다섯 알쯤 떨어뜨리고 나서, 마일로는 자기 몫도 꺼냈다. "이게 내 아침 식사요."

"이게요?" 콜롬보는 손바닥을 들여다보았다. "이게 아침 식사라고요?"

"그렇소. 주스와 함께 먹지요."

콜롬보는 알약을 탁자 위에 내려놓고 주스만 마셨다. 그 얼굴이 문득 심장발작을 일으킨 노인의 얼굴처럼 일그러졌다.

"왜 그러세요? 콜롬보 씨."

"이 주스…" 콜롬보는 신음하는 듯한 소리를 질렀다. "이거, 썩었어요!"

"천만에. 아주 신선한 당근 주스인데요."

"당근!" 콜롬보는 독약이라도 보는 듯한 눈초리로 주스를 바라보고 있다가, 이윽고 유리잔을 살짝 탁자 위에 내려놓았다.

"입맛에 안 맞는 모양이군요."

마일로는 알약을 입에 털어 넣고, 꿀꺽꿀꺽 소리를 내며 단숨에 주스를 마셨다. 그러고는 불가사의하다는 얼굴로 쳐다보고 있는 콜롬보에게 말했다.

"스태퍼드가 격투를 벌였다고 하셨는데…"

그러자 콜롬보는 재떨이에서 시가를 집어들어 맛있게 피우면서 대답했다.

"예, 감식반의 보고에 따르면 바닥에 묻은 갈색 자국은 스태퍼드 씨의 구두에 묻어 있는 구누약과 같은 것이랍니다. 그래서 생각했지요. 스태퍼드 씨는 구두를 신은 채 헬스장 마룻바닥을 돌아다니면 안 된다는 것을 잘 알고 있었을 텐데, 갓 왁스를 칠한 그 마룻바닥을 왜 뛰어다녔을까 하고 말입니다. 결론으로 생각할 수 있는 건 누군가를 쫓아다녔을 경우와 반대로 누군가에게 쫓겨다녔을 경우, 이렇게 두 가집니다. 쫓기고 있었다면, 그 상대는 분명 스태퍼드 씨를 해치려고 했을 겁니다. 그렇게밖에는 생각할 수가 없어요."

"해치다니요?" 마일로가 물었다.

그러자 콜롬보는 마일로의 얼굴을 말뚱말뚱 쳐다보았다. 괜찮아. 눈치 챌 가능성은 없어. 마일로는 자신을 타이르며 콜롬보의 시선을 견뎌냈다. 서로 노려보는 부자연스러운 상황이 계속되었다.

먼저 시선을 돌린 것은 콜롬보 쪽이었다. 콜롬보는 고개를 숙이더니 이마에 알레르기 질환이라도 있는 것처럼 이마를 북북 긁었다.

"이건 내 상상입니다만, 스태퍼드 씨는 바벨에 깔려 죽은 게 아니라 누군가에게 어떤 방법으로 목이 졸려 죽었고, 그 뒤에 그 누군가는 살인을 사고사로 위장하기 위해 스태퍼드 씨의 옷을 운동복으로 갈아입힌 게 아닐까…"

콜롬보의 말은 그 끔찍한 밤의 광경을 선명하게 되살려놓았다. 마일로는 콜롬보가 그날 밤의 범행을 몰래 숨어서 지켜보고 있었던 게 아닐까 하는 생각이 들었다. 그런 일이 있을 수 없다는 것은 알고 있었지만, 무능한 줄 알았던 콜롬보의 눈이 매처럼 위압적인 빛을 띠고 마일로를 덮쳤다. 그 순간 마일로는 자기가 수영복 하나밖에 걸치지 않은 것을 깨닫고 문득 추위를 느꼈다.

"실례하겠소." 마일로는 말하고 홈바 앞을 떠나 욕실로 가운을 가지러 갔다. 가운을 걸치고 거실로 돌아오자 마일로는 말했다.

"누군가가 스태퍼드를 죽인 뒤에 옷을 갈아입혔다고 하셨는데, 그건 좀 이상하군요. 내가 이미 진술했듯이 스태퍼드는 나한테 전화를 걸어왔을 때 벌써 운동복으로 갈아입었다고 말했거든요."

"그래요. 그렇습니다." 콜롬보는 소파 위에서 몸을 조금 움직였다. "그래서 머릿속이 혼란스럽습니다. 그게 내 고민거리에요."

"그 고민을 해소하도록 도와달라고 하신다면…" 마일로는 자신감을 되찾아 말을 이었다. "당신의 대담한 추리가 애초부터 잘못된 것 같다고 말쏨드리고 싶군요. 살인사건이라는 전제가 잘못되었다면 당신의 고민거리도 저절로 사라지겠지요."

"그렇군요… 정말 고맙습니다."

콜롬보는 힘차게 일어섰다. 그 움직임도 이야기를 끝내는 방식도 너무 당돌하게 여겨졌다. 내가 방심한 틈을 노려 허를 찌르는 질문을 던지는 게 아닐까? 마일로는 바싹 긴장했다.

그러나 콜롬보는 정말로 돌아갈 작정인 모양이었다. 콜롬보는 마일로에게 다가와 손을 내밀었다.

"협조해주셔서 고맙습니다. 여러 가지로 참고가 되었습니다." 콜롬보는 탁자 위에 놓아둔 비타민 알약을 코트 주머니에 집어넣으며 말을 이었다. "이건 점심용으로 받아두지요. 그리고 저 당근 주스도 잘 마셨습니다."

그때 전화벨이 울렸다.

수화기를 들자 버디 캐슬의 흥분한 목소리가 흘러나왔다.

"회장님이세요? 슐츠가 또 불평을 늘어놓고 있습니다. 그 새끼, 넌더리도 내지 않고 또 태도를 바꾸어서…"

콜롬보가 다가왔다. 허리를 구부리고 전화기를 지그시 바라보고 있었다. 마일로는 당황하여 수화기에 대고 말했다.

"지금 손님이 와 계시니까, 나중에 사무실로 다시 걸어주게."

마일로가 전화를 끊자 콜롬보가 말했다.

"램프가 망가졌군요."

느닷없는 소리라 무슨 말인지 몰라서 마일로는 되물었다.

"램프요?"

"예, 이 착신램프 말입니다. 전화가 걸려왔을 때는 이 램프가 켜지지 않나요?"

콜롬보의 굵은 손가락이 마일로가 알리바이 조작을 위해 망가뜨린 램프를 톡톡 두드리고 있었다. 마일로는 자신의 중대한 실수를 하필이면 적에게 지적당하고 가벼운 현기증을 느낄 만큼 당황했지만, 천진난만하게 웃으면서 대답했다.

"전혀 몰랐는데요. 당장 수리공을 불러야겠군요."

콜롬보도 역시 천진난만하게 손을 흔들며 말했다.

"그럼, 실례가 많았습니다."

콜롬보는 정원을 지나 밖으로 나갔다. 그 뒷모습을 지켜보면서 마일로는 다시 담배를 피우고 싶다는 강한 욕망에 사로잡혔다.

7

'트라이콘 전자' 건물에는 창문이 없었다. 사옥은 넓은 면적을 차지하고 옆으로 펼쳐져 있는데, 바깥벽을 완전히 둘러싼 암갈색 합금이 희미하게 번쩍여, 그것 자체가 전자공업의 정밀한 부품처럼 보였다. 사무 부문과 제조 부문으로 나뉘어 있는 15층 건물은 날마다 수만 명의 직원을 삼키고, 거기서 생산되는 전투기용 전자장비나 전함용 전자장비는 국방부로부터 거액의 돈을 빨아들이고 있었다.

비행장처럼 넓은 '트라이콘 전자' 주차장에 푸조 한 대가 들어왔다. 초여름 햇살을 가득 받아 주차장의 모든 차량이 눈부시게 빛나고 있는데, 그 푸조만은 어떤 광채도 없이 오로지 태양열을 흡수하고 있는 것처럼 보였다. 그것은 두껍게 칠한 왁스처럼 차체를 뒤덮은 흙먼지 때문이었다.

푸조는 외관이 더러울 뿐만 아니라 내부도 정비 불량인 게 분명했다. 꽁무니의 배기관에서는 매캐한 연기가 뭉게뭉게 뿜어져 나오고, 엔진은 연료가 모자란 탓인지 아니면 전기계통이 고장 난 탓인지, 스스로 뿜어내는 연기에 숨이 막힌 듯 기침을 하고 있었다. 푸조는 유난히 호화로운 차가 늘어서 있는 내빈용 주차장에 이르러 멈춰 섰다.

차에서 내린 작달막한 사내는 더러운 차와 어울리는 차림을 하고 있어서, 그 점에 있어서만은 균형이 맞았다. 그러나 '트라이콘 전자' 사옥으로 다가갈수록 사내의 후줄근한 코트 차림은 점점 더 불균형한 것이 되어, 사내가 정면 현관에 이르기 전에 안에서 경비원이 달려 나와 앞길을 가로막았다.

작달막한 사내는 경찰 배지를 내보이고 경비원의 제지를 뿌리쳤다. 파란색 내부 장식과 형광등 때문에 깊은 바닷속에 들어온 듯한 인상을 주는 로비로 들어서자 사내는 코트 주머니에서 시가를 꺼내어 입에 물었다. 그런 다음 성냥으로 불을 붙이고 엘리베이터 쪽으로 어슬렁어슬렁 걸어갔다. 그곳에도 경비원이 서 있었다. 경비원은 사내를 유심히 바라보고 있다가, 슬쩍 다가와서 바싹 붙어 섰다.

작달막한 사내는 넉살맞게 웃으면서 말했다.

"걱정 마시오. 나는 로스앤젤레스 경찰청에 있는 콜롬보요." 그러면서 다시 경찰 배지를 내보였다.

그러나 경비원은 배지에는 눈길도 주지 않고 콜롬보가 물고 있는 시가를 가리켰다.

"여기는 금연입니다. 그 시가는 재떨이에 버려주세요."

"아, 그래요?" 콜롬보는 고개를 끄덕였다. "하지만 이 시가는 조금 전에야 불을 붙여서 아직 몇 모금 피우지도 않았는데…"

그러나 경비원은 완강하게 주장했다.

"저기 재떨이에 버려주세요."

"하지만… 이봐요, 이 시가는 아직…"

"회사 내규입니다. 재떨이에 버려주세요." 경비원은 냉정하게 말하면서 엘리베이터 옆에 있는 재떨이를 가리켰다.

콜롬보는 시가를 손에 들고 구원을 청하듯 주위를 둘러보았다. 복도를 오가는 사람들은 있었다. 그러나 그들은 모두 회사 유니폼인 듯한 군청색 재킷을 단정하게 걸치고, 트랜지스터처럼 차갑고 무표정한 얼굴로 지나쳐갔다. 콜롬보는 그래도 계속 망설이고 있었다.

"재떨이에 버려주세요!" 경비원은 다시 재떨이를 가리켰다. "이건 도로에서 지켜야 하는 도로교통법이나 마찬가집니다. 사옥 안에서는 내규를 지켜주셔야지요. 그렇지 않으면…"

콜롬보는 슬픈 듯이 고개를 젓고는 재떨이에 시가를 비벼 껐다. 그 꽁초를 코트 주머니에 집어넣을 기색을 보였지만, 경비원과 시선이 마주치자 재떨이 한쪽 구석에다 살짝 내려놓았다. 그러고 나서 엘리베이터 앞으로 돌아가자 콜롬보는 멀어져가는 경비원에게 말을 걸었다.

"저어, 미안하지만 인사부는 몇 층입니까?"

"1층입니다." 경비원이 돌아보며 대답했다.

"1층요?" 콜롬보는 엘리베이터를 힐끔 바라보며 말을 이었다. "그러면 이 층이라는 거요?"

그러나 경비원은 돌아보지도 않고 멀어져갔다. 콜롬보는 목을 움츠리고 재떨이의 시가를 아쉬운 듯 바라보면서 걷기 시작했다.

잠시 복도를 걸어가자 오른쪽에 샛길처럼 또 하나의 복도가 나 있었다. 거기에 각 부서의 위치를 알려주는 안내판이 있었다. 콜롬보는 오른쪽으로 구부러졌다. 수십 미터쯤 가자 이번에는 복도가 교차로처럼 엇갈려 있고, 그곳 벽에도 안내판이 있었다. 인사부는 왼쪽이었다. 안내판을 따라가자 인사부 출입문이 있었다.

콜롬보는 문을 열었다. 안은 군청색 유니폼 차림으로 가득 차 있었다. 문 안쪽에 다시 좁은 복도가 있고, 카운터처럼 생긴 긴 테이블이 그 좁은 복도와 업무 공간 사이를 가로막고 있었다.

카운터 위에는 여러 부서의 이름이 적힌 금속판이 늘어서 있었다. 콜롬보는 '고용과'라고 적혀 있는 금속판 앞에 멈춰 섰다. 카운터 너머에서 군청색 유니폼 하나가 움직였다. 비쩍 마른 아가씨가 음울한 얼굴에 안경을 쓰고 있었다. 여자는 카운터로 다가와 콜롬보의 얼굴도 보지 않고 커다란 문서카드 한 장을 내놓으면서, 벌써 셀 수도 없을 만큼 여러 번 되풀이한 대사를 기계적으로 읊조렸다.

"성함부터 먼저 써주시고, 그런 다음 A, B, C, D 항목에만 기입해주세요. F항목과 E항목은 면접이 끝났을 때 인사부에서 써넣는 항목입니다. 알기 쉽게 또박또박 써주세요. 소개장은 이 카드에 클립으로 끼워주세요."

이 말만 끝내고 여자는 자기 책상으로 돌아가버렸다. 여자가 카운터 위에 놓고 간 카드에는 채용신청서라고 인쇄되어 있었다.

"저어, 죄송하지만…"

콜롬보가 한 손을 들자 여자는 책상 앞에 앉은 채 대답했다.

"펜은 거기 테이블 위에 있어요."

"죄송하지만…" 콜롬보는 턱을 문지르면서 말했다. "그게 아니라… 실은 경찰에서 왔는데요."

"왜 그걸 먼저 말하지 않았죠?" 여자는 못마땅한 얼굴로 자리에서 일어나 카운터로 돌아오더니 카드를 거칠게 낚아챘다. 그러고는 휙 고개를 돌리며 말했다. "경비 관계 일은 다른 부서에서 맡고 있으니까 E섹션의 502호실로 가보세요."

여자는 다시 카운터를 떠나려고 했다. 콜롬보는 재빨리 군청색 유니폼의 소매를 잡았다.

"저어, 취직을 부탁하러 온 게 아닙니다. 로스앤젤레스 경찰에 있는 콜롬보 경위인데…"

여자는 비로소 콜롬보의 얼굴을 정면으로 바라보았다.

"실은…" 콜롬보는 다시 말을 이었다. "여기서 일하고 있는 로이스 레이시라는 분과 연락을 취하고 싶은데요. 경찰청에서 전화했더니, 그런 일은 여기로 직접 오지 않으면 가르쳐줄 수 없다고 해서, 그래서 이렇게…"

"그런 용무라면 인사기록과 창구로 가보세요."

자기 책상이 어지간히 편한 듯, 여자는 그 말만 남기고 냉큼 돌아서서 카운터 앞을 떠났다. 콜롬보는 군청색 재킷의 뒷모습을 향해 말을 걸었다.

"인사기록과는 어디 있습니까?"

여자는 말없이 손가락으로 가리켰다. 콜롬보가 아까 지나온 방향이었다. 이제는 이쪽을 돌아보려고도 하지 않는 여자의 등을 향해 콜롬보는 가볍게 손을 들어 보이고는 카운터를 따라 되돌아갔다. 인사기록과는 바깥 복도로 통하는 출입문 바로 앞에 있고, 카운터 뒤는 유리를 끼운 컴퓨터실로 되어 있었다.

"저어…" 콜롬보가 말을 걸자 군청색 유니폼이 또 하나 움직였다. 이번에는 나이든 남자인데, 군청색 재킷 따위는 전혀 어울리지 않는 뚱뚱한 몸집을 갖고 있었다. 안경을 쓰고 있는 것은 아까 그 여자와 마찬가지였지만, 표정은 정반대여서 상냥한 웃음이 통통한 얼굴을 감싸고 있었다.

"죄송하지만, 여기서 일하고 있는 분에 대해 잠깐 알고 싶어서…"

콜롬보가 경찰 배지를 보이면서 말하자 얼굴이 통통한 사내는 기쁜 듯이 대답했다.

"무엇이든 물어보세요. '트라이콘 전자'의 종업원에 대해서는 '트라이콘 전자' 제품인 컴퓨터가 전부 기억하고 있습니다."

"실은… 여기 종업원인지 어떤지도 확실치 않지만…"

"괜찮습니다." 얼굴이 통통한 사내는 컴퓨터실을 돌아보며 말했다. "여기서 일하고 있지 않으면 그런 종업원은 없다는 대답이 나옵니다. 컴퓨터는 정직합니다. '그렇다'든 '아니다'든 간에 대답이 확실하죠. 그런데 그 사람 이름은 뭡니까?"

"레이시라고 합니다. 로이스 레이시…"

"철자는?"

"잘은 모르지만, 아마…"

얼굴이 통통한 사내의 표정이 약간 흐려졌다.

"여기서 일하고 있다면, 부서는?"

"아마 경리부일 거라고 생각하지만, 자세한 건 모릅니다."

얼굴이 통통한 사내는 점점 더 난처한 표정을 지었지만, 그래도 도전을 받은 권투선수처럼 어깨를 으쓱거리면서 말했다.

"최선을 다해보겠습니다."

사내는 컴퓨터실로 들어갔다. 유리벽 안쪽에 즐비하게 늘어서 있는 컴퓨터 사이를 사내의 뚱뚱한 몸이 분주하게 돌아다녔다. 잠시 후 사내는 링에서 내려오는 챔피언처럼 의기양양한 걸음으로 컴퓨터실에서 나왔다.

"알아냈습니까?"

콜롬보가 카운터에서 몸을 내밀자 얼굴이 통통한 사내는 손에 든 메모를 보이면서 대답했다.

"'트라이콘 전자'에는 레이시라는 사람이 다섯 명 있지만, 로이스 레이시라는 사람은 하나뿐입니다. 하지만 그 로이스 레이시는 명퇴했군요."

"명퇴가 뭐죠?"

"명예퇴직… 스스로 회사를 그만두었다는 뜻입니다."

"그렇다면…"

"이제는 여기 다니지 않는다는 뜻이죠." 사내는 끝까지 친절하게 대답했다.

"그분의 자택 주소는 알 수 없을까요? 전화번호라도…"

콜롬보가 애원하는 듯한 소리를 내자 얼굴이 통통한 사내는 찬탄하는 눈빛으로 컴퓨터를 돌아보며 대답했다.

"'트라이콘 델타 214형' 컴퓨터는 토털 시스템이죠. 얼핏 보기에 불필요한 자료도 모두 기억하고 있답니다."

사내는 엄숙한 손놀림으로 메모를 콜롬보에게 건네주었다. 쪽지에는 타자로 친 주소와 전화번호가 적혀 있었다.

"훌륭하군요!"

콜롬보가 칭찬하자 얼굴이 통통한 사내는 고개를 크게 끄덕거렸다.

"'트라이콘 전자'의 컴퓨터는 만능의 신입니다." 사내는 유리를 끼운 방 안에 늘어서 있는 신들을 향하여 다시 뜨거운 시선을 보냈다. "컴퓨터들도 경찰 수사에 협조할 수 있었던 것을 영광으로 생각할 겁니다."

콜롬보는 얼굴을 찌푸리며 말했다.

"이 회사 사람들은 모두 경찰에 협조적이군요." 그러고는 안쪽 책상에 늘어서 있는 전화를 가리키며 말을 이었다. "그런데 전화 좀 빌릴 수 있을까요?"

얼굴이 통통한 사내는 갑자기 차가운 표정을 지었다.

"전화는 로비에 있습니다. 거기서 걸어주세요."

콜롬보는 손을 흔들고 바깥 복도로 나왔다. 로비로 돌아오자 공중전화에 동전을 집어넣고 메모를 보면서 다이얼을 돌렸다. 상대는 곧 전화를 받았다.

"네, 로이스 레이시입니다."

"여보세요. 나는…" 콜롬보는 기세 좋게 입을 열었지만, 상대는 이쪽의 목소리 따위는 전혀 들리지 않는 듯 일방적으로 말을 계속했다.

"저는 지금 외출 중입니다. 녹음기가 대신 용건을 듣고 있습니다. 제가 귀가한 뒤에 전화를 드릴 테니까, 전화하신 분의 성함과 전화번호를 녹음해주십시오. 잠시 뒤에 '뚜우'하는 신호음이 들리면 용건을 말씀해주십시오."

상대가 말을 끝내자마자 부저 같은 소리가 들리고 수화기는 잠잠해졌다. 콜롬보는 미간에 주름을 잡은 채 손에 든 수화기를 바라보고 있었다. 그대로 몇 초가 지나갔다. 콜롬보는 수화기를 입으로 가져가 헛기침을 했다.

"여보세요. 나는…" 콜롬보는 여기서 다시 입을 다물고 수화기를 뚫어지게 바라보았다.

그러다가 갑자기 전화를 끊고 다시 동전을 집어넣은 다음 똑같은 번호를 돌렸다.

"네, 로이스 레이시입니다. 저는 지금 외출 중입니다. 녹음기가 대신 용건을…"

아직도 지껄이고 있는 수화기를 천천히 후크에 걸고 나서 콜롬보는 코트 주머니에 두 손을 찔러넣고 걷기 시작했다. 추운 듯이 어깨를 움츠리고 걸었다.

엘리베이터 앞까지 오자 콜롬보는 힐끔 재떨이를 보았다. 재떨이에는 아직도 시가 꽁초가 있었다. 콜롬보는 재떨이 쪽으로 몇 걸음 다가갔지만, 거기서 걸음을 멈추고는 고개를 저으며 로비 문을 열고 밖으로 나왔다.

주차장을 향해 걸으면서 콜롬보는 코트 주머니에서 새 시가를 꺼내어 입에 물었다. 불을 붙인 뒤 콜롬보의 발걸음은 갑자기 빨라졌다.

8

루스 스태퍼드는 명확한 시간관념을 잃어버린 상태였다.

병에 남은 술의 양은 시간이 결코 멈춰 있지 않다는 것을 알려주는 비정한 초침이었지만, 루스에게 시간은 끝없이 계속되는 완만한 흐름일 뿐, 낮도 밤도 의미가 없었다. 소파에 앉아 술을 마시고, 졸리면 그대로 잠을 자는 밤과 낮을 몇 번이나 되풀이했던가.

문에서 초인종이 울렸을 때 루스는 또 콜롬보가 왔구나 하고 생각했다. 그 사람 이외의 방문객은 생각할 수 없었다. 루스는 조문객조차 찾아오지 않는 버림받은 여자였다. 그녀는 술잔을 든 채 소파에서 일어나 거울로 비틀거리며 다가가 머리를 매만졌다. 그러나 아무리 매만져봤자 그 초췌한 모습은 감출 수가 없었다. 루스는 슬픈 듯이 고개를 젓고 문을 열었다.

복도에 서 있는 사람은 콜롬보가 아니었다. 꽤 낡은 검은색 양복이 그녀의 눈앞에 있었다. 서류가방을 들고 굵은 검은 테 안경을 쓴 사내가 그림자처럼 서 있었다. 지방 고등학교 수재가 그대로 어른이 되어 저도 모르는 사이에 볼품없는 중년 사내가 되어버리기라도 한 것처럼, 사내는 진심으로 자신을 부끄러워하고 슬퍼하는 것 같았다. 루스는 그 사내가 누군지 알 수가 없었다. 집을 잘못 찾아온 게 아닐까 생각했다.

"로이스 레이시입니다." 사내가 말하면서 고개를 숙였을 때에야 루스는 겨우 생각이 났다. 루스는 환영하는 미소를 지었다. 그러나 고개를 숙이고 있는 레이시는 그녀의 미소를 보지 못하고 몹시 곤혹스러워하며 자기소개를 계속했다. "2년 전, 아니 3년 전인가요… '트라이콘 전자'의 크리스마스 파티에서 부인을 뵌 적이 있습니다만… 벌써 잊으셨겠지요. 저는 남편 되는…"

"기억하고 있어요. 남편이 국방부에 있을 때 가깝게 지낸… '트라이콘 전자'의 로이스 레이시 씨죠?"

레이시는 그제야 고개를 들었지만, 루스와 시선이 마주치자 다시 고개를 숙였다.

"실은 '트라이콘 전자'는 진작에 그만뒀습니다. 부끄러운 얘기지만 해고당했지요."

"그거야 아무래도 좋잖아요. 그보다 어서 안으로 들어오세요."

루스는 문을 활짝 열었다. 레이시는 조심스럽게 안으로 들어와, 루스가 권하는 안락의자에 앉았다.

"정말 안됐습니다."

"남편 소식은 누구한테 들으셨어요?"

"실은 신문에서 읽었습니다."

신문이라는 한마디가 날카로운 가시가 되어 루스를 찔렀다. 신문에 나온 줄은 몰랐다. 비참하지만 우스꽝스러운 사고사로 신문기사에 다루어진 줄은 전혀 몰랐다. 그녀는 레이시 앞에 놓인 소파에 앉아 자조의 웃음을 지었다.

"신문이라고요? 남편이 죽었다는 소식을 친척이나 지인들한테 전해줄 사람도 없는데… 신문이 부고를 공짜로 실어주다니 고맙군요."

"스태퍼드 씨한테는 신세를 많이 졌습니다. '트라이콘 전자'를 그만둔 뒤 여러 가지 일거리를 저한테 맡겨주셔서 큰 도움이 되었지요. 뭐라고 고맙다는 인사를 드리면 좋을지…"

"천만에요. 그보다 술이라도…" 루스는 기뻤다. 한 사람뿐이지만 어쨌든 조문객이 와준 것이다. 죽은 남편을 칭찬하고 가련한 미망인을 위로해 줄 조문객이.

그러니 레이시는 냉정하게 말했다.

"괜찮습니다. 제가 '트라이콘 전자'에서 해고당한 것도 실은 술 때문이었거든요."

이 말이 루스의 귀에는 빈정거림처럼 들렸다. 미망인은 술잔을 탁자 위에 내려놓고 조용히 말했다.

"나도 술이 좋아서 마시는 건 아니에요."

그러자 레이시가 어깨를 꿈틀 움직이며 고개를 들었다. 그녀는 자기 말이 부끄러웠다. 난 취했어. 어쩔 수도 없을 만큼 취해 있어. 루스는 후회하고 나서 어색한 분위기를 누그러뜨리려고 환하게 웃어 보였다.

"확실히 술은 좋지 않아요. 정말이에요. 하지만 모처럼 오셨으니까 음료라도… 주스는 어떠세요?"

루스가 일어서자 로이스 레이시는 손을 흔들며 말렸다.

"모처럼이지만, 저는 좀 바빠서요. 실은 용건이…"

레이시는 서류가방을 무릎 위에 올려놓고는 분주한 손놀림으로 자물쇠를 열고 커다란 갈색 봉투를 꺼냈다. 루스는 당황했다. 조문객인 줄 알았던 상대는 루스의 눈앞에서 물건을 팔러 온 세일즈맨으로 재빨리 변신한 느낌이었다.

"부인, 오늘은 이걸 전해드리려고 왔습니다."

레이시는 서류가 가득 들어 있는 커다란 봉투를 내밀었다. 루스는 자기한테는 아무 의미도 없어 보이는 그 봉투를 무심히 받아들었다. 루스가 필요로 하는 것은 서류가 아니었다. 고인이 된 남편에 대해 함께 추억을 나눌 수 있는 말상대, 오직 그것뿐이었다. 그녀는 봉투를 탁자에 내려놓으며 말했다.

"이게 뭐죠?"

"스태퍼드 씨한테 부탁받은 조사 보고서예요. 실은 아직 끝나지 않았지만 조사비를 선불로 300달러나 받았기 때문에…" 레이시는 미망인의 얼굴을 힐끔 바라보며 말을 이었다. "솔직히 말씀드리면 300달러는 이제 제 수중에 남아 있지 않습니다. 부인께서 조사를 계속하길 바라신다면…"

"아니, 조사는 이제 됐어요. 난 관심 없어요."

루스가 딱 잘라 거절하자 레이시는 입술을 깨물었다. 레이시는 틀림없는 세일즈맨이었다. 스태퍼드가 갑자기 죽는 바람에 고객을 하나 잃고, 그 구멍을 메우기 위해 미망인을 고객으로 얻으려고 안달하는 세일즈맨이었다. 루스는 차갑게 물었다.

"그런데 이건 무슨 조사 보고서죠?"

레이시는 한 가닥 희망이 남아 있다고 판단했는지, 얼굴을 빛내며 대답했다.

"내 전문 분야는 회사법에 관한 조사입니다. 그래서 스태퍼드 씨도 몇 번 저를 이용해주셨는데, 이번 조사는 헬스클럽의 마일로 제이너스에 관한 조사였습니다."

"제이너스!"

제이너스라는 이름을 듣자 루스는 정신이 번쩍 드는 것 같았다. 루스의 술 취한 의식은 불쾌한 현실로 끌려 올라와 격렬하게 흔들렸다. 남편은 왜 그런 조사를 부탁했을까? 그래, 제이너스와는 다툼이 끊이지 않았어. 그 일과 이 조사는 어떤 관계가 있을까? 그리고 조사와 사고사의 관계는? 그건 정말로 사고사였을까?

문득 콜롬보의 얼굴이 떠올랐다. 콜롬보도 남편의 사인에 대해 뭔가 의혹을 품고 있는 것 같았다.

"지금까지 조사한 바로는…" 레이시는 그녀의 혼란을 못 본 체하고 말을 이었다. "제이너스는 법률적으로 문제가 없다는 걸 알았습니다. 꽤 자세히 조사했지만 아무 문제도 없습니다. 스태퍼드 씨의 지시대로 납세 상황도, 계약 관계도, 경영 상태도 전부 조사했지요. 그리고 제이너스가 관계하고 있는 사업에 대해서도… 즉, 제이너스가 얻는 수익에 대해 철저히 조사해보았습니다."

레이시의 어조는 차츰 열을 띠었다. 루스는 문득 머리에 떠오른 한마디를 입 밖에 냈다.

"그러니까 횡령에 대해서 말인가요? 제이너스가 횡령을 하고 있는지 어떤지를 조사하는 게 남편의 목적이었나요?"

"분명히 말씀하시지는 않았지만, 아마 그럴 겁니다. 하지만 조사 결과는 깨끗했습니다. 상당히 악랄한 수법이지만 법망은 아슬아슬하게 피하고 있더군요."

"그래요?" 이렇게 말했을 때 루스는 스태퍼드가 느꼈을 낙담을 자신도 느끼고 있음을 깨달았다. "그러면 조사는 헛수고였던 거군요?"

"네, 유감이지만… 그러나 스태퍼드 씨는 또 한 가지 결정적인 수단이 남아 있다고 하셨지요. 그 조사는 마지막에 하기로 되어 있었는데, 요컨대 외국 회사에 관해 조사하는 겁니다. 제이너스는 그 회사를 이용해서 재무부에는 신고도 하지 않고 외국으로 송금한 모양이에요. 이게 확실해지면 그건 명백한 위법입니다." 레이시는 단정적으로 말했다.

루스는 기대를 품고 몸을 내밀었다.

"그건 어떤 회사죠?"

레이시는 힘없이 고개를 저으며 유감스러운 듯이 말했다.

"아까도 말씀드렸듯이 그건 마지막에 조사하기로 되어 있었기 때문에, 구체적인 회사 이름을 듣기 전에 스태퍼드 씨가… 부인께서도 그 회사 이름을 모르십니까?"

"몰라요."

"그렇군요…"

로이스 레이시는 마지막 희망이 끊어진 것처럼 한숨을 내쉬고는 소파 등받이에 몸을 기댔다. 그리고 탁자 위에 놓인 봉투를 뚫어지게 바라보며 무겁게 말했다.

"그러면 부인이 조사를 계속해주길 바라신다 해도 손쓸 방도가 없군요. 문제의 회사 이름을 모르면 어쩔 도리가 없습니다. 나로서는 이 조사를 계속하고 싶지만…" 이렇게 말하고 나서 레이시는 비굴한 웃음을 띠었다. "스태퍼드 씨의 뜻을 잇기 위해서라도, 그리고 저의 생계를 위해서라도 꼭 하고 싶은 일이었는데… 유감입니다."

로이스 레이시가 자리에서 일어날 기미를 보였다.

"잠깐만 기다리세요."

루스는 이 말을 남기고 침실로 갔다. 경대 서랍을 열고 화장수 병들을 헤쳐 지폐를 아무렇게나 끄집어냈다. 자기가 왜 이런 짓을 하고 있는지는 몰랐지만 가슴속에 뭔가 뜨거운 것이 있었다. 원한과 표리관계에 있는 격한 감정이 고동치며 높게 울리고 있었다.

취했다는 것도 알았고 다리가 후들거리는 것도 알고 있었지만, 남편의 사인과 남편이 하려고 했던 일에 대해서 루스는 뚜렷한 확신을 느꼈다.

그녀는 거실로 돌아와, 몇 장인지 세어보지도 않은 지폐를 레이시 손에 쥐어주었다.

레이시는 손에 쥔 지폐를 바라보며 의아한 듯이 물었다.

"부인, 이건…?"

"조사를 계속해주세요. 내가 부탁드릴게요."

"하지만…"

"손쓸 방도가 없다는 거겠죠? 하지만 오늘부터는 내가 새로운 고객이에요. 문제의 회사 이름을 알아내주세요." 루스는 단호하게 말했다.

레이시는 미망인의 얼굴을 잠시 바라보고 있다가 고개를 크게 끄덕이고 일어섰다.

"최선을 다해보겠습니다."

레이시는 고개를 숙이고 돌아서서 문밖으로 사라졌다.

다시 혼자 남은 루스는 탁자 위의 봉투를 내려다보았다. 술을 마시는 것 외에 적어도 한 가지는 할 일이 생겼다고 생각했다.

제3장

닫힌 퇴로

1

스태퍼드의 죽음은 채스워스의 클럽에도, 본사인 '제이너스 엔터프라이즈' 전체에도 아무 영향을 미치지 않았다.

먼지를 빨아들이는 진공청소기처럼 돈을 빨아들이는 제이너스의 기구에서 스태퍼드의 죽음은 볼트 하나 빠진 정도의 의미밖에 없었고, 새로운 볼트가 올 때까지 응급조치로 가까이에 있는 적당한 볼트를 끼워두면 충분했다.

임시변통의 볼트 구실은 비서실장인 버디 캐슬이 맡았다. 그러나 버디는 체육관 사무실에 가만히 앉아 있는 것을 참지 못했다. 마일로 제이너스는 잠시만 참고 지내라고 타일렀지만, 아무 일도 하지 않고 책상 앞에 앉아 있는 것은 감옥에 갇혔을 때처럼 불쾌했다. 그래서 어떻게든 구실을 붙여 밖으로만 나돌아다녔다. 밖에만 나올 수 있다면 슈퍼마켓에 가는 것도 기뻤다.

그날 아침, 버디는 사무실에 들어가자마자 커피 끓이는 전열기를 들고 밖으로 나왔다. 전열기의 온도조절장치가 망가져 있었기 때문이다. 이것을 수리한다는 핑계를 대면 적어도 반나절은 밖에 나가서 지낼 수 있었다.

버디는 사무실 앞 복도를 빠른 걸음으로 걸어서 헬스장으로 나왔다. 사무실에서 현관 로비까지는 복도가 이어져 있지만 헬스장을 통하는 게 지름길이었다. 이른 아침이라 헬스장에서 운동하는 사람은 아직 아무도 없었다. 그러나 헬스장 한복판까지 왔을 때 누군가가 큰 소리로 버디를 불러 세웠다.

"이봐, 당신!"

돌아보니 잡역부인 에드 영감이었다.

"아, 영감님, 안녕하쇼." 버디는 쾌활하게 손을 들었다.

버디는 에드 영감이 소리를 지른 이유를 알고 있었다. 에드 영감이 화가 나 있는 것도 알고 있었다. 그래서 웃는 얼굴로 얼버무리고 그 자리를 빠져나가려고 했다.

"영감님, 잠깐 수리점까지 갔다 올게요. 나 없는 동안 잘 부탁해요." 버디는 이 말을 남기고 걷기 시작했다.

그러나 한 걸음 내디뎠을 때 에드 영감이 마치 총을 겨눈 갱처럼 뒤에서 호통을 쳤다.

"거기 꼼짝 말고 서. 한 발짝도 움직이지 마!"

버디는 체념하고 돌아섰다. 에드 영감은 노인에게는 어울리지 않는 운동화를 쾅쾅 울리며 다가왔다.

"이봐! 도대체 몇 번을 말해야 알아듣겠어!" 에드 영감은 분노에 떨리는 손가락으로 버디의 구두를 가리켰다.

버디에게 에드 영감은 다루기 어렵고 거북한 상대였다. 에드 영감이 호통을 치면 마치 아버지한테 야단을 맞는 듯한 기분이 든다. 빌어먹을 영감탱이! 마음속으로는 그렇게 혀를 차면서도 버디는 장난을 치다 들킨 어린애처럼 고개를 숙였다.

"구두를 신고 헬스장 바닥을 돌아다니면 안 돼! 그게 규칙이라는 건 당신도 알고 있을 텐데!" 호통을 치는 영감의 노안경이 콧등으로 미끄러져 내려왔다.

빌어먹을 영감탱이! 버디는 다시 속으로 욕설을 퍼부었다. 그러나 다른 사람 앞에서라면 멋대로 내뱉을 욕설도 에드 영감 앞에서는 불완전 연소로 끝나 가슴 속에 맺혀 있을 뿐이었다. 마음만 먹으면 에드 영감쯤 단번에 때려눕힐 수도 있었다. 그러나 버디는 최면술에 걸린 것처럼 손을 댈 수가 없다. 어쩌면 나는 이 영감을 좋아하는지도 몰라. 이런 생각이 들자 이번에는 자신을 욕했다. 얼빠진 녀석!

"구두를 벗어!" 에드 영감이 호통을 쳤다.

"그건 너무한데요."

버디가 항의했지만, 에드 영감은 한 걸음도 물러설 기미를 보이지 않았다. "불평하지 말고 어서 벗어! 이 못된 놈아, 이 늙은이가 어떤 심정으로 바닥을 닦는지 알아? 날마다 번쩍번쩍하게 닦는 건 바닥이 사랑스럽기 때문이지. 당신 같은 못된 놈이 이 소중한 바닥에 상처를 입히는 건 참을 수가 없어!"

"영감님, 알았어요. 앞으로는 절대로 안 그럴 테니까…"

"안 돼. 당장 구두를 벗어!" 에드 영감은 고개를 젓고 나서 뒤를 돌아보았다. "여기까지 찍혀 있는 당신 발자국은 내가 깨끗이 닦아놓겠어. 그 대신 당신도 구두를 벗어. 늙은이 말은 듣는 게 좋아."

"마음대로 하쇼! 빌어먹을 영감탱이!" 마침내 욕설을 지껄였지만 버디는 쪼그려 앉아서 전열기를 바닥에 내려놓고 마지못해 구두를 벗었다.

"그래야 착하지." 에드 영감은 만족스러운 듯이 고개를 끄덕이고는 멀어져갔다.

버디는 전열기를 겨드랑이에 끼고 두 손에 구두를 한 짝씩 들었다.

"어휴! 저 빌어먹을 영감탱이!" 버디는 작은 소리로 욕설을 씨부렁거리면서 현관 로비로 나갔다. 로비 소파에 앉아서도 계속 투덜거리면서 거칠게 구두끈을 맸다.

각오해라, 빌어먹을 영감탱이야! 오늘은 하루 종일 돌아오지 않을 테니까! 전열기를 수리한 뒤에는 샌타모니카로 나가서 뉴포트비치까지 드라이브나 하자. 아니, 이제 전열기 수리 따위는 필요 없어! 곧장 뉴포트비치로 가서 해가 질 때까지 헤엄이나 치자!

유리문을 열고 밖으로 뛰어나온 순간, 누군가가 또 버디를 불러 세웠다.

"캐슬 씨! 버디 캐슬 씨죠?"

초여름인데 레인코트를 입은 사내가 다가왔다. 더운지, 그 후줄근한 코트 앞을 칠칠치 못하게 열어젖히고 있다.

"우리 클럽은 정원이 꽉 차서 더 이상 회원을 받을 수 없어요." 버디가 소리를 질렀다. "아니면 혹시 일자리를 구하러 오셨나? 하지만 우리 체육관에서 일하려면 체격이 좋아야 해요. 당신 같은 사람을 고용했다가는 클럽 이미지만 떨어뜨리겠군요."

코트 차림의 사내는 고개를 저으면서 다가왔다.

"나는 경찰에 있는 콜롬보라고 합니다."

경찰이라는 말을 듣고 버디의 방어본능이 갑자기 고개를 쳐들었다. 버디는 저도 모르게 한 걸음 물러섰다. 얼굴에는 억지웃음이 지극히 자연스럽게 번져갔다.

"경찰이 무슨 일로 나를…"

"지난 며칠 동안 어떻게든 캐슬 씨한테 연락을 취하려고 했지만 좀처럼 연락이 되지 않아서… 하지만 오늘은 운이 좋았네요. 여기 왔더니 마침 당신이… 어디 나가시는 참인가요?"

"뭐, 그저 좀…" 버디는 애매하게 어물거렸다.

경찰관 앞에서는 매사를 애매하게 얼버무려두는 게 좋아. 어떤 함정을 파놓았을지 모르니까… 이것은 쓰라린 체험을 통해 얻은 확신이었다.

"아, 그 전열기가 망가졌나요?" 콜롬보는 버디가 들고 있는 전열기를 가리켰다. "온도조절장치가 망가진 모양이군요. 커피를 데우면 순식간에 뜨거워져서 위험하지요. 그래서 수리하러 가는 건가요?"

"뭐, 그렇지요." 버디는 희미하게 고개를 끄덕이고 나서 물었다. "그런데 나한테는 무슨 일로?"

콜롬보는 코트 주머니에서 검은 표지의 수첩을 꺼냈다. 그리고 다시 주머니에 손을 집어넣었다. 주머니에서 나온 것은 손가락만 하게 작아진 몽당연필이었다. 콜롬보는 크레용을 쥐는 초등학생처럼 그 연필을 쥐고는 천천히 수첩을 펼치며 말했다.

"실은 이 클럽의 사장이었던 스태퍼드 씨의 사인에 대해 조사하고 있습니다."

그건 사고사가 아니냐고 물으려다가 버디는 말을 꿀꺽 삼켰다.

"사인에 좀 의심스러운 점이 있어서요." 콜롬보는 수첩에 눈길을 떨어뜨렸다. "대단한 건 아니지만 일단 조사는 해두어야 하니까요."

"나는 아무것도 몰라요. 그날 밤 여기에 있지도 않았고…"

"잡역부인 에드 머피 씨는 당신이 저녁때까지 여기 있었다고 하던데…" 수첩을 뒤적거리면서 콜롬보는 혼잣말처럼 중얼거렸다.

빌어먹을 영감탱이! 버디는 에드 영감이 쓰고 있던 노안경을 머리에 떠올렸다. 그 돋보기로 몰래 나를 감시했구나! 그러나 버디는 부드럽게 말했다.

"영감이 그렇게 말하던가요? 그렇다면 저녁때까지 여기 있었을지도 모르죠."

콜롬보는 수첩을 내려다본 채 말을 이었다.

"당신은 여기를 떠난 뒤에 제이너스 씨 댁으로 갔지요? 그렇습니까?"

콜롬보는 분명 알리바이를 조사하고 있다. 버디는 신중하게 대답했다.

"맞아요. 제이너스 회장님 댁으로 갔습니다. 파티가 있어서요."

"몇 시쯤 도착하셨죠?"

"8시 반이나 9시경이었을 겁니다."

버디가 천천히 말하자 콜롬보는 수첩에서 얼굴을 들었다. 콜롬보는 눈부신 것도 아닌데 묘하게 눈을 가늘게 뜨고는 말을 이었다.

"저녁 6시경에 이곳을 떠나서 9시경에 제이너스 씨 댁에 도착했다면, 시간이 너무 많이 걸린 것 같은데요."

나는 아무것도 몰라! 버디는 이렇게 외치고 싶은 것을 필사적으로 억누르며 말했다.

"일단 내 아파트에 들렀지요. 옷을 갈아입으러요. 아파트를 나온 게 7시 반쯤이었을 겁니다." 버디는 문득 생각이 나서 얼굴을 빛냈다. "그래요. 그러고 나서 프리다를 데리러 갔어요. 프리다 버크요. 거짓말인 것 같거든 프리다한테 물어보세요. 나는 프리다를 차에 태우고 제이너스 회장님 댁으로 갔어요. 그래서 시간이 많이 걸린 거예요."

콜롬보는 몽당연필로 수첩에 뭐라고 적어넣었다.

버디는 위기에서 벗어났다는 걸 직감했다. 하마터면 위험할 뻔했다. 자칫하면 사건에 말려들 참이었다. 사건… 틀림없이 사건 냄새가 난다. 그것도 보통 사건이 아니라 살인사건… 온갖 나쁜 짓에 손을 댔지만 살인만은 하지 않았던 버디는 제 주위에 살인 냄새가 진동하는 것에 두려움을 느꼈다. 절대로 말려들고 싶지 않다. 그러기 위해 필요하다면 마일로 제이너스의 일에서 손을 떼도 좋다. 마일로 제이너스… 설마 그가… 버디는 조심스럽게 물었다.

"이봐요, 대체 뭘 냄새 맡고 다니는 겁니까? 마치 스태퍼드가 살해를 당하기라도 한 것 같은 말투인데…"
"그런 말은 하지 않았어요. 그런데 왜 그런 말을?"
콜롬보의 눈이 버디를 보았다. 이번에는 활짝 뜬 커다란 눈이었다. 버디는 도망치려는 태도를 보였다.
"어쨌든 난 바빠서… 이만 실례합니다."
버디가 자동차 쪽으로 걷기 시작하자 콜롬보는 매달리듯 말을 걸었다.
"캐슬 씨! 버디 캐슬 씨. 한 가지만 더…" 버디가 돌아보자 콜롬보는 코트를 펄럭이며 다가왔다. "당신도 제이너스 씨의 회사 주식을 갖고 있나요?"
버디는 일단 부인하려고 생각했지만, 나중에 조사해서 진상이 밝혀지면 오히려 불리해진다고 판단하고 고개를 끄덕였다.
"얼마 안 되지만…"
콜롬보는 그것을 수첩에 적어넣고 말을 이었다.
"실은 제이너스 씨의 회사에 대해서 좀 더 자세히 알고 싶은데… 회사가 어떤 식으로 운영되고 있는지, 그 점을 좀… 레이시 씨와도 만나서 잠깐 이야기를 들었습니다만…"
"누구를 만났다고요?"
"레이시 씨요. 로이스 레이시. 오늘 아침에야 겨우 만날 수 있었지요."
콜롬보는 반응을 살피듯 버디를 힐끔 바라보았다. 그러나 버디로서는 처음 듣는 이름이었다. 그래서 지극히 자연스럽게 받아넘겼다.
"모르는 사람인데요. 만난 적도 없고 들어본 적도 없는 이름이에요."
"그렇습니까?" 콜롬보는 고개를 끄덕이고 검은 수첩을 주머니에 집어넣었다.
버디가 보기에 그 수첩에는 자기한테 불리한 사실이 잔뜩 적혀 있는 것만 같았다. 그래서 버디는 딱 잘라 말했다.
"어쨌든 나는 아무것도 몰라요. 회사에 대해 조사하고 싶으면 제이너스 회장님한테 직접 물어보세요. 그 양반은 독불장군처럼 혼자 회사를 경영하니까… '제이너스 엔터프라이즈'를 한 손에 틀어쥐고 있지요. 나 같은 시시한 고용인한테 뭔가를 알아내려 해봤자 헛수고예요."

 이렇게 말했을 때 버디는 결심을 굳혔다. 뭔가 수상쩍은 냄새가 나기 시작한 제이너스의 회사는 당장 그만두자. 나야 원래 철새처럼 떠돌아다니는 속편한 인생이 아니더냐. 이상한 일에 말려들기 전에 예금통장을 주머니에 집어넣고 다시 여행이나 떠나자. 동부라도 좋고 남부라도 좋다. 번거롭고 귀찮은 일은 딱 질색이야.

 빨간 스포츠카에 올라타자 버디는 콜롬보에게 손을 흔들며 작은 소리로 중얼거렸다.

 "수고하세요, 경찰 나리."

 버디는 시동을 걸고 핸들을 힘껏 꺾었다. 캘리포니아의 태양이 머리 위에서 크게 회전하여, 이윽고 뒤에서 버디의 목덜미를 비추었다.

<h2 style="text-align:center">2</h2>

 시어도어 슐츠는 사랑하는 자주색 재규어를 몰고 로스앤젤레스 시내로 들어갔다.

 앞쪽에 로스앤젤레스 경찰청 건물이 보이기 시작했을 때 슐츠는 문득 생각난 것처럼 갑자기 핸들을 오른쪽으로 꺾었다. 바로 뒤따라오던 차가 하마터면 추돌할 뻔하다가 불쾌한 경적을 울리며 급브레이크를 밟았다. 타이어가 짐승이 울부짖는 듯한 소리를 냈다.

 슐츠는 백미러로 그 차를 보았다. 낡아빠진 중고차, 구식 푸조의 원형을 간신히 간직하고 있는 고철 같은 차에는 그 차에 딱 어울리는 중년 사내가 앉아서 핸들을 붙잡고 있었다.

슐츠는 깜빡이를 켜고 길가로 다가가면서 속도를 떨어뜨려 그 고물차를 통과시키려고 했다.

추월할 때 푸조의 주인은 이쪽을 힐끔 곁눈질했다. 사내는 입을 뾰족 내밀고 느긋하게 휘파람을 불고 있는 것 같았다. 재규어 옆을 빠져나간 푸조는 천식 환자 같은 소리를 내며 단숨에 속도를 높여, 배기관에서 연기를 뭉게뭉게 토하면서 로스앤젤레스 경찰청 주차장으로 달려갔다. 마치 불난 자동차 같았다. 슐츠는 그 연기 때문에 사랑하는 재규어가 단번에 더러워진 듯한 기분을 느꼈다.

슐츠는 불쾌한 것을 보았다는 듯이 혀를 차고는 공중전화 앞에서 차를 세웠다. 그러고는 검은 중절모를 쓰고 차에서 내렸다.

슐츠는 수화기를 들고 동전을 집어넣은 다음, 굵은 손가락을 다이얼에 집어넣고 거칠게 돌렸다.

"네, 로스앤젤레스 경찰청입니다." 지극히 사무적인 여자 목소리가 들려왔다.

"강력계로 돌려주시오."

"무슨 용건이신가요?"

"아, 글쎄 어서 연결해주기나 해요. 콜롬보라는 형사가 있을 거요. 급한 용건이 있소."

"잠시만 기다려주세요."

슐츠는 초조해하면서 로스앤젤레스 경찰청 건물을 쳐다보았다. 이윽고 전화 저편에서 젊은 남자의 허스키한 목소리가 들려왔다.

"네, 강력계인데요. 무슨 용건이시죠? 나는 강력계에 있는…"

"당신하고는 상관없는 일이오." 슐츠는 지나치게 정중한 남자의 말을 가로막았다. "콜롬보 씨를 바꿔주시오."

"콜롬보 경위님 말씀이세요? 네, 잠깐만 기다리십시오… 아, 경위님은 지금 잠깐 외출 중인데요…"

"외출 중? 어디 갔지?"

"글쎄요… 경위님의 일정은 극비로 되어 있어서 외부인에게는 알려드릴 수가 없습니다."

"댁은 누구요?"

"네, 윌슨이라고 합니다. 콜롬보 경위님의 직속 부하로서 수사 활동을 하고 있지요. 용건이 있으시면 내가 듣겠습니다."

슐츠는 공무원다운 딱딱한 어조가 마음에 들지 않았다.

"당신은 안 돼. 콜롬보는 언제쯤 돌아오지?"

"경위님의 일정은 극비라서 내가 대신…"

"시끄러워. 알았어. 그럼 나중에 다시 전화하지."

슐츠가 전화를 끊으려고 했을 때 전화 속 목소리가 갑자기 높아졌다.

"아, 잠깐만요. 지금 막 경위님이 돌아오셨습니다. 잠깐만 기다려주세요."

전화 저편에서 잠시 대화가 오간 뒤, 들은 기억이 있는 쉰 목소리가 들려왔다.

"전화 바꿨습니다. 콜롬보입니다. 누구시죠?"

"나요. 기억하고 있소? 버디 캐슬에 대해서는 조사했겠지요?"

"아아, 당신이군? 물론 조사해봤지요. 큰 도움이 되었습니다."

"그래서 어떻게 됐소? 벌써 체포했소?"

"아니, 좀 더 조사해봐야…"

"뭘 그렇게 우물쭈물하고 있는 거요? 빨리 잡아서 감방에 처넣어요. 마일로 제이너스도 함께."

"네… 당신도 꽤 성마른 사람이군요. 우리 집사람과 똑같아요. 그런데 또 뭔가 흥미로운 정보라도 있나요?"

콜롬보의 얼빠진 목소리에 슐츠는 왠지 친밀감을 느끼고 있었다.

"아아, 또 하나… 주는 것 없이 미운 경찰 나리한테 보고할 거리를 생각해냈지."

"호오, 그거 잘됐군요. 그런데 지금 어디서 전화하는 겁니까? 바로 요 앞에 있는 공중전화지요?"

슐츠는 하마터면 엎드리면 코 닿을 곳에 있다고 말할 뻔했다. 그는 하얗게 빛나는 로스앤젤레스 경찰청의 위압적인 사각형 건물을 쳐다보았다.

"만약 가까운 곳에 있다면 잠깐 뵐 수 없을까요?"

슐츠는 순간 움찔했다. 경찰청 안에서 콜롬보가 내려다보고 있는 듯한 기분이 들어, 황급히 건물에 등을 돌리고 모자를 눌러 썼다. 눈앞에 젊은 남자가 멈춰 서서 미소를 짓고 있었다.

콜롬보가 다시 말을 걸었다.

"어떻습니까. 이 근처에 맛있는 칠리를 파는 식당이 있는데, 내가 살 테니까 거기서 잠깐…"

칠리란 말을 듣자 슐츠는 무시를 당한 기분이 들어서 위협적인 목소리로 말했다.

"나는 경찰 나부랭이한테 그따위 음식이나 대접받을 만큼 형편없는 놈이 아니야. 이봐, 쓸데없는 말을 나불나불 지껄이지 말고 잘 들어!"

"예."

슐츠는 눈앞에 서 있는 젊은 남자에게 저리 가라는 듯이 턱짓을 하며 무서운 눈으로 노려보았다. 사내는 고개를 갸웃하고는 싱글싱글 웃으며 달려갔다.

"마일로 제이너스는 유령회사를 통해서 돈을 해외로 빼돌리고 있어. 조사해봐. 그 회사 이름은 '볼링브루크'야."

"아, 잠깐만요. 지금 메모할 테니까… 예, 됐습니다. 뭐라고 하셨지요?

볼링…"

"볼링브루크'. 그럼 이만…"

"잠깐만요! 정말로 성마르시군요."

"당신은 정말로 끈질기고."

"예, 다들 그렇게 말하지요. 그런데 좀 묻고 싶은 게 있는데, 혹시 로이스 레이시라는 사람을 모르십니까?"

"모르겠는데… 그럼 콜롬보 씨, 나는 성마른 사람이야. 지금 당장이라도 조사를 시작해. 전화는 이걸로 끝이야."

"그렇게 냉정한 말씀은 마시고요. 그럼 한 가지만 더! 당신 이름은 뭡니까?"

슐츠는 또다시 그 유도에 넘어갈 뻔했다.

"정말 끈질기군!" 슐츠는 한마디 내뱉고는 수화기를 부숴버릴 듯이 전화를 끊었다.

문득 재규어를 바라보자 좀 전의 젊은 남자가 자동차 문에 기댄 채 친밀하게 손을 흔들고 있었다. 내 사랑하는 차에 파리가 앉아 있군! 슐츠는 성큼성큼 다가가서 남자의 멱살을 움켜잡고 욕설을 퍼부었다.

"당장 꺼져! 이 게이 놈아!"

그러자 젊은 남자는 비틀비틀 뒷걸음치면서 중얼거렸다.

"냉정한 사람."

3

수화기를 내려놓고 얼굴을 들었을 때 제시카 콘로이는 콜롬보의 웃는 얼굴을 보았다. 유리문 너머에서 콜롬보는 크게 손을 흔들고는 구부정한 자세로 사무실에 들어왔다.

"오랜만입니다."

콜롬보는 책상 앞에 서서 제시카를 내려다보았다. 제시카는 웃는 얼굴로 콜롬보를 마주 보며 대답했다.

"지난번엔 수영복 차림으로 실례했어요."

콜롬보는 당치도 않다는 듯이 크게 손을 내저으며 말했다.

"아닙니다. 아가씨는 비키니도 어울리지만, 단정한 옷차림도 잘 어울리는군요."

"그래요? 이렇게 하고 있으면 비서다워 보이나요?" 제시카는 웃으면서 말하고 나서 머리를 살짝 매만지며 물었다. "그런데 우리 회장님께 볼일이 있어서 오셨나요?"

"뭐, 대단한 볼일은 아니지만, 잠깐…"

"회장님은 지금 채스워스의 클럽에 계세요." 제시카는 오후부터 줄곧 되풀이하고 있는 대사를 또다시 되풀이했다.

"채스워스?" 콜롬보가 고개를 갸웃하며 물었다. "스태퍼드 씨가 돌아가셔서, 그 대리를 맡고 있는 건가요?"

"네, 맞아요." 제시카는 고개를 끄덕이고 나서, 사무실까지 찾아온 손님이나 전화를 걸어온 사람한테는 아직 한 번도 하지 않은 말을 입 밖에 냈다. "실은 스태퍼드 씨가 돌아가신 뒤 비서실장인 캐슬 씨가 그 클럽의 임시 책임자가 되었는데, 캐슬 씨가 오늘 아침에 클럽을 나간 뒤로 행방불명이에요. 아파트에 전화를 걸어도 받지 않고… 제가 회장님 부탁을 받고 아파트 관리인한테 전화했더니, 캐슬 씨는 벌써 딴 데로 이사를 갔다는 거예요."

"호오, 그래요?" 콜롬보는 크게 고개를 끄덕였지만, 그 얼굴은 오히려 즐거워 보였다.

그때 전화벨이 울렸다. 제시카는 녹음기 스위치를 누르면서 수화기를 들었다.

"네, '제이너스 엔터프라이즈'입니다."

상대는 마일로 제이너스를 찾고 있었다. 제시카는 이미 진절머리가 날 만큼 되풀이하고 있는 설명을 또다시 늘어놓고 나서 이렇게 덧붙였다.

"죄송하지만 채스워스의 클럽으로 다시 걸어주세요. 전화번호를 말씀 드리겠습니다."

제시카는 번호를 말하고 수화기를 내려놓으면서 테이프도 멈추었다. 녹음기는 열려 있는 책상 서랍 속에 들어 있었다. 제시카의 오른쪽 위에서 두 번째 서랍이었다.

콜롬보가 헝클어진 머리를 책상 너머에서 쑥 내밀어 녹음기를 들여다 보았다.

"그 녹음기는 전화와 연결되어 있나요?"

제시카가 고개를 끄덕였다. 콜롬보는 윗몸으로 제시카의 책상을 완전히 뒤덮으면서 몸을 더욱 앞으로 내밀었다. 제시카는 저도 모르게 몸을 뒤로 뺐다.

"재미난 장치군요. 하지만 도대체 무엇 때문에 이런 걸…" 콜롬보는 이렇게 묻고 나서 겨우 윗몸을 일으켰다.

"회장님의 지시예요. 만약을 위해 이렇게 하는 게 좋대요. 우리 회장님처럼 유명인사가 되면 수상한 사람들의 표적이 되기 쉬워요. 전화로 트집을 잡는 사람도 있고, 전화로 제멋대로 말해놓고는 나중에 약속을 어겼다고 협박하는 사람도 있어요. 그리고 잡지사는 전화로 인터뷰하고는 나중에 내용을 멋대로 바꿔 써요. 회장님은 몇 번이나 험한 꼴을 당했대요."

콜롬보는 크게 고개를 끄덕이면서 말했다.

"그렇군요. 유명인사는 우리가 모르는 고민을 갖고 있군요. 정말 대단합니다. 일일이 전화를 녹음해놓고 만약의 사태에 대비하다니…" 콜롬보의 표정이 갑자기 굳어졌다. 그는 다시 윗몸을 기울여 책상을 덮으며 물었다. "전화는 전부 녹음해둡니까?"

"그럼요."

"그렇다면…" 콜롬보는 미간에 주름을 잡았다. "제이너스 씨와 잘 아는 사람한테서 걸려온 전화도 전부?"

"네, 만약을 위해서 일단은…"

"그거 참 대단하군요."

콜롬보는 이제 책상에 가슴을 눌러대고 녹음기를 들여다보고 있었다. 콜롬보의 가슴에 눌려 책상 위에 놓아둔 작은 시계가 엎어지고 유리로 만든 펜 접시가 기분 나쁜 소리를 냈지만, 콜롬보는 알아차리지 못한 듯 집요하게 물었다.

"그런데 녹음이 끝난 테이프는 어떻게 합니까?"

"일단 일주일 동안 보관해둬요." 책상에서 쫓겨나면서도 제시카는 순순히 대답했다.

"보관해둔다고요? 분량이 상당할 텐데?"

제시카는 고개를 끄덕이고 책상 뒤의 캐비닛을 가리켰다.

"여기에다 요일별로 분류해서 보관해둬요. 일주일이 지나면 그 테이프를 지워서 재사용해요."

콜롬보는 괴로운 자세를 더 이상 유지할 수 없게 됐는지 겨우 윗몸을 일으켜 유리를 끼운 캐비닛을 바라보았다. 거기에는 테이프 케이스가 즐비하게 늘어서 있었다.

전화벨이 울렸다. 제시카는 책상 앞으로 의자를 가까이 끌어당긴 다음, 수화기를 들면서 녹음기를 돌렸다. 전화를 걸어온 사람은 스태퍼드 부인이었다. 다른 전화와 마찬가지로 스태퍼드 부인도 마일로 제이너스에게 볼일이 있다고 말했지만, 왠지 화가 나 있는 것 같았다. 제시카는 채스워스 클럽의 전화번호를 알려주려고 했다. 그러자 상대는 거칠게 전화를 끊었다.

콜롬보가 멋진 플레이를 본 야구팬처럼 요란하게 휘파람을 불었다. 그러고는 또다시 책상 너머에서 몸을 내밀어 녹음기를 들여다보려고 했다. 제시카는 황급히 손으로 콜롬보를 막으며 말했다.

"경위님, 이쪽으로 돌아오시면 잘 보일 거예요."

"그래도 괜찮겠어요? 죄송합니다. 나는 이런 걸 아주 좋아해서…" 콜롬보는 부리나케 책상을 돌아와 제시카 옆에 섰다. 그러고는 그 자리에 쪼그려 앉아 제시카를 쳐다보았다. "잠깐만 만져봐도 되겠습니까?"

"그러세요."

제시카는 콜롬보가 왜 녹음기에 흥미를 보이는지, 그 이유를 알 수가 없었다. 어디에나 있는 흔해 빠진 녹음기였고, 전화를 녹음하는 장치도 드물지 않은데, 콜롬보는 녹음기를 처음 본 미개인처럼 흥분하고 있었다.

콜롬보는 잠깐 테이프를 되감고 나서 재생 버튼을 눌렀다. 스피커에서 스태퍼드 부인의 화난 듯한 목소리가 흘러나왔다.

"마일로 제이너스를 바꿔줘요."

"회장님은 지금 외출 중이신데요." 제시카의 목소리였다. 제시카는 제 목소리를 듣는 게 왠지 부끄러웠는지 살짝 얼굴을 붉혔다. 녹음된 목소리는 자기 목소리가 아니라 남이 지껄이고 있는 것처럼 들린다.

"없다고? 그럼 어디 갔지?" 스태퍼드 부인의 언짢은 목소리가 흘러나왔다.

"채스워스의 클럽에 계세요."

"채스워스엔 뭐하러? 거긴 내 남편의 클럽이야. 나한테 일언반구도 없이 멋대로 드나들어도 되는 거야? 그 사람한테는 그럴 권리가 없을 텐데."

스태퍼드 부인의 목소리는 점점 더 분노를 띠었지만, 제시카의 냉정한 목소리가 뒤를 이었다.

"어쨌든 채스워스의 클럽으로 다시 걸어주세요. 회장님은 거기 계시니까요. 전화번호를 말씀드리죠…"

"번호는 나도 알고 있어! 내 남편 클럽이야!"

그리고 거칠게 전화를 끊는 소리.

콜롬보는 테이프를 멈추고 천천히 일어섰다. 코트 주머니에 두 손을 찔러넣고 무언가 생각하고 있는 모습이었다.

"스태퍼드 부인은 언제나 이런 식인가요?"

"네?" 질문의 의미를 알지 못해서 제시카는 되물었다.

콜롬보는 턱을 어루만지면서 대답했다.

"말투 말입니다. 왠지 몹시 짜증이 나 있는 것 같은데… 언제나 이런 식인가요?"

"잘 모르겠어요." 제시카는 무난하게 대답했다. "그분과는 별로 이야기한 적이 없으니까 평소에는 어떤지 잘…"

"아, 그렇군요." 콜롬보는 가볍게 고개를 끄덕인 뒤, 갑자기 허리를 숙이며 제시카에게 얼굴을 쑥 내밀었다. "하지만 스태퍼드 씨의 전화는 많이 받았겠죠?"

"그럼요." 제시카는 콜롬보가 질문하는 의도를 알지 못했지만, 어쨌든 고개를 끄덕였다.

콜롬보는 다시 허리를 펴고 테이프가 늘어서 있는 캐비닛을 바라보며 말했다.

"그렇다면 돌아가신 스태퍼드 씨의 목소리도 테이프에 많이 남아 있겠군요. 그렇죠?"

"아니, 지난 일주일 동안의 테이프밖에 남아 있지 않아요. 그리고 요즘 스태퍼드 씨한테서는 연락이 별로 없었기 때문에…"

"아아, 그래요?"

제시카가 고개를 끄덕이자 콜롬보는 책상 옆을 떠나서, 아무 말도 없이 몽유병자처럼 불안정한 걸음으로 유리문을 향해 걸어갔다. 콜롬보는 유리문에 이르자 손잡이를 잡았다. 작별인사도 하지 않고 떠나갈 것처럼 보였던 콜롬보가 태엽이 끊어진 인형처럼 갑자기 멈춰 섰다. 콜롬보는 이윽고 한 손을 들어 이마에 대고 천천히 돌아섰다.

"아!" 콜롬보의 목구멍에서 의미를 알 수 없는 소리가 새어 나왔다.

"왜 그러세요?" 제시카는 콜롬보가 무슨 발작을 일으킨 게 아닐까 하고 자리에서 일어났다.

콜롬보는 이마에 손을 댄 채 제시카에게 다가왔다. 책상 앞까지 오자 또다시 "아!" 하고 신음소리를 냈다. 그러고는 이마에서 뭔가를 잡아떼듯 기세 좋게 손을 내리더니, 그 손을 바라보면서 말했다.

"중요한 일을 잊고 있었군요. 스태퍼드 씨가 돌아가신 날 밤에 아가씨는 몇 시쯤 여기서 나갔나요? 그리고 제이너스 씨 댁에는 몇 시쯤 도착했죠?"

콜롬보의 몸에 이상이 생긴 게 아니라는 것을 알고 제시카는 다시 의자에 앉았지만, 왠지 이상한 느낌이 드는 질문을 받고 얼굴을 찡그렸다.

"사무실에서 나간 건 6시가 조금 지나서였어요. 그때 회장님은 사무실에 남아 계셨죠. 그리고 제가 회장님 댁에 도착한 건 8시 반쯤…"

여기까지 대답했을 때 제시카는 그제야 겨우 알아차렸다. 콜롬보는 스태퍼드 씨의 죽음에 대해서 뭔가 의혹을 품고 있구나. 예를 들면 살인일 가능성에 대해서… 제시카는 저도 모르게 몸서리를 쳤다. 그런 터무니없는 일이 있을까? 하지만 스태퍼드가 죽은 뒤 경찰이 움직이기 시작했다는 건 스태퍼드의 죽음에 의문점이 있다는 증거가 아닐까? 실제로 저 형사는 지금 내 알리바이를 조사하고 있는 거야.

제시카는 창백한 얼굴로 말했다.

"경위님은 제 알리바이를 조사하고 계신 건가요? 만약 그렇다면 그날 밤 제 알리바이는 완벽해요. 스태퍼드 씨가 전화를 걸어왔을 때, 그러니까 그분이 아직 살아 있을 때 저는 회장님 댁에 있었거든요. 증인도 여럿 있어요. 파티를 하고 있었으니까요."

"실은 나도 그 점 때문에 혼란에 빠져 있습니다만…" 콜롬보는 이렇게 말하고 코트 주머니에서 검은 표지의 수첩을 꺼냈다. "아가씨가 제이너스 씨 댁에 도착했을 때 제이너스 씨는 아직 귀가하지 않으셨지요?"

이야기가 마일로한테까지 뻗어가자 제시카는 더욱 불쾌해졌다.

"경위님은 도대체 뭘 조사하고 계신 거죠? 저나 회장님한테 스태퍼드 씨를 죽일 만한 동기라도 있다는 건가요?" 정색을 하고 묻는 순간 제시카는 문득 불안해졌다.

마일로한테 스태퍼드를 죽일 동기가 없다고 잘라 말할 수는 없다. 그날 스태퍼드를 둘러싸고 마일로와 버디 캐슬은 분주한 움직임을 보이고 있었다. 그리고 버디 캐슬은 오늘 어딘가로 사라졌다. 어쩌면 마일로가 버디를 이용해서… 아니, 그럴 리가 없어. 그날 밤 스태퍼드는 전화를 해서 어느 때와 다름없는 어조로 마일로를 찾았어.

"살인 이야기 따위는 하지 않았는데요." 귓가에서 콜롬보의 목소리가 들렸다. "나는 다만 형식적으로 두세 가지를 조사하고 있을 뿐입니다. 다시 한번 묻겠는데, 아가씨가 제이너스 씨 댁에 도착했을 때 제이너스 씨는 아직 귀가하지 않았지요?"

"네, 마일로는… 아니, 회장님은 샌타애나에 있는 중고차 판매점에 들렀다 오셨기 때문에… 클럽을 신설하는 문제 때문에 그 판매점 사장과 의논할 게 있다고… 하지만 스태퍼드 씨가 전화를 걸어온 것은 회장님이 귀가한 뒤였어요. 제가 전화를 받아서 회장님을 바꿔주었으니까 틀림없어요. 그리고…" 제시카는 머뭇거렸다. 그러나 할 말은 하지 않으면 안 돼. 콜롬보에게 마일로의 무죄를 입증하기 위해. 그리고 무엇보다도 나 자신에게 마일로의 무죄를 확신시키기 위해. "…스태퍼드 씨한테서 전화가 걸려온 뒤에는 파티를 계속했어요. 파티가 끝나고 우리는… 그러니까 나와 마일로는 밤새도록 함께 지냈어요. 마일로는 밖에 나가지 않았어요. 스태퍼드 씨가 살해당했다 해도 범인은 마일로가 아니에요. 그건 내가 보증할 수 있어요."

"그렇군요. 두 분에게는 완벽한 알리바이가 있다고 말하고 싶은 거죠?" 이렇게 말하고 나서 콜롬보는 머리를 긁적였다. "하지만 내가 알고 싶은 건 그런 게 아닙니다. 스태퍼드 씨한테서 전화가 걸려왔을 때의 일을 좀 더 자세히…"

제시카는 아랫입술을 깨물었다. 되도록 정확히 대답하지 않으면 안 된다고 생각하여 신중하게 말을 골랐다.

"전화가 걸려온 건 회장님이 집에 돌아온 직후였어요. 나는 회장님을 위해 홈바에서 시원한 주스를 만들고 있었죠. 회장님은 손님들한테 광고 필름을 보여줄 준비를 하러 서재로 들어가셨어요. 그때 홈바에서 전화벨이 울렸죠."

"죄송하지만…" 콜롬보가 책상 위를 가리키며 말했다. "그 연필 좀 빌려도 되겠습니까?"

제시카가 고개를 끄덕이자 콜롬보는 연필을 집어들고 수첩을 펼쳤다.

"전화 목소리 말인데요, 그건 틀림없이 스태퍼드 씨의 목소리였나요?"

"네."

"절대로 틀림없습니까?" 콜롬보는 묘하게 끈질겼다.

"저는 스태퍼드 씨의 목소리를 전화로 몇 번이나 들었어요. 제가 하는 일의 대부분은 여기 이렇게 앉아서 밖에서 걸려오는 전화를 받아 회장님께 연결하는 일이니까요. 하지만 아무래도 제 말을 믿을 수 없다면 할 수 없죠."

"아니, 천만에요." 콜롬보는 세차게 고개를 저었다. "그런데 그때 스태퍼드 씨는 뭐라고 하던가요?"

"아, 제시카라고 말했을 거예요. 평소와 마찬가지였어요. 여느 때처럼 사무적인 말투로 회장님을 바꿔달라고…"

"잠깐만요." 콜롬보가 손을 들었다. "스태퍼드 씨는 아가씨가 전화를 받자마자 다짜고짜 아가씨 이름을 말했습니까?"

제시카가 말없이 고개를 끄덕이자 콜롬보는 들었던 손을 천천히 내리며 말했다.

"그렇다면 아가씨가 제이너스 씨 댁에서 전화를 받는 건 드문 일이 아니라, 말하자면 당연한 일인가요?"

"천만에요!" 강하게 부정하고 나서 제시카는 비로소 스태퍼드의 전화가 부자연스러웠다는 사실을 깨달았다. 분명히 그때 스태퍼드는 내가 전화를 받은 게 아주 당연하다는 투로 말을 걸어왔어. 마치 사무실로 전화를 걸어왔을 때처럼…

제시카의 시선이 저절로 움직여 녹음기를 내려다보았다. 제시카는 자기가 보고 있는 것의 의미를 알지 못했다. 그러나 금속과 플라스틱을 짜맞춘 정밀한 기계의 차가운 광택은 제시카에게 무언가를 전하려 하고 있었다. 그리고 제시카는 문득 생각해냈다. 그녀는 황급히 시선을 콜롬보에게 돌렸다. 콜롬보는 수첩에 뭔가를 적어넣고 있는 참이었다.

"그날 제이너스 씨가 갔다는 샌타애나의 중고차 판매점 말인데요…" 콜롬보는 수첩을 내려다본 채 말했다. "그 가게의 주소는 알고 계십니까?"

제시카는 책상 위의 주소록을 뒤적여 중고차 판매점 주소를 메모지에 적어서 콜롬보에게 건네주었다.

"고맙습니다."

콜롬보는 메모와 함께 빌린 연필을 코트 주머니 속에 넣고 책상 앞을 떠났다. 그러나 문 앞에서 또 멈춰 섰다.

"아 참, 한 가지만 더…" 콜롬보는 돌아서서 물었다. "제이너스 씨 댁에는 전화회선이 두 개 들어가 있지요. 6901번과 6902번."

"맞아요."

"스태퍼드 씨의 전화가 어느 번호로 걸려왔는지, 혹시 기억하고 계십니까?"

"아뇨, 그런 것까지는…"

"그렇군요. 여러 가지로 고마웠습니다." 콜롬보는 이렇게 말하고 유리문 밖으로 나갔다. 복도로 나가자 오른쪽으로 구부러져 현관 쪽으로 사라졌다.

제시카는 몸을 움츠린 채 유리문 너머의 복도를 뚫어지게 바라보고 있었다. 콜롬보가 허둥지둥 돌아왔다. 그는 문을 반만 열고 얼굴을 쑥 내밀었다.

"한 가지만 더… 스태퍼드 씨의 전화를 받았을 때 그 전화기의 착신램프는 켜져 있지 않았나요?"

제시카는 또다시 아랫입술을 깨물며 생각했다. 나중에야 어떻게 되든 정확히 대답해두고 싶었다.

"확실히 기억나진 않지만… 그때 뭔가 이상하다고 느낀 건 사실이에요. 전화가 걸려왔는데 램프가 둘 다 꺼져 있었기 때문인지도 모르죠. 하지만 확실치는…"

"알았습니다. 정말 고맙습니다. 크게 참고가 되었습니다."

콜롬보가 현관 쪽으로 사라진 뒤에도 제시카는 가만히 의자에 앉아 있었다. 그리고 콜롬보가 이제 다시는 돌아오지 않을 거라는 확신이 들었을 때 제시카는 고개를 돌려 테이프가 들어 있는 캐비닛을 쳐다보았다.

4

한밤중이 다 되었기 때문에 선셋 대로를 달리는 차량도 드물어졌다.

도로에 면한 레스토랑에서 마일로 제이너스는 루스 스태퍼드와 마주 앉아 있었다. 내키지 않는 유혹이었지만 거절할 수도 없어서 마일로는 편안한 자택을 나와 여기까지 찾아온 것이다.

상대가 마흔을 넘은 여자에다 스태퍼드의 아내라는 것도 마음에 들지 않았지만, 무엇보다도 늦은 시간의 식사를 강요당하는 게 마음에 들지 않았다. 한밤중에 나돌아다니는 것은 남은 젊음을 무모하게 낭비하는 짓이라고 마일로는 굳게 믿고 있었다. 그러나 마일로는 불쾌감을 미소로 감추고 루스의 얼굴을 바라보고 있었다. 상대의 목적은 뻔했다. 남편이 죽은 뒤의 쓸쓸함을 잊게 해달라는 거겠지. 불쾌한 서비스지만 그 정도는 참지 않으면 안 된다.

레스토랑 한쪽 구석에서 누군가가 피아노를 치고 있었다. 먼바다의 파도 소리처럼 조용한 곡이었다. 그 곡에 보조를 맞추듯 웨이터가 '칸티'(이탈리아산 스파클링 와인) 병을 받쳐 들고 다가왔다. 웨이터는 우선 루스의 술잔에 술을 따르려고 했다. 그러나 루스는 술잔을 손으로 덮었다.

"난 됐어요. 취하면 곤란하니까."

그러나 루스는 이미 꽤 취해 있었다. 입을 열면 시큼한 술냄새가 풍겨 나왔다.

"괜찮잖아요, 루스." 마일로는 루스의 손을 살짝 만졌다. 메마른 사막 같은 감촉이었다. "이봐요, 루스. 당신 기분은 이해하지만…" 마일로는 손을 다시 끌어당기며 말했다. "언제까지 슬퍼만 하고 있을 수는 없잖아요. 술 좀 마시고 기운을 내는 게 좋아요. 느긋하게 즐기는 거요."

마일로는 한쪽 눈을 찡긋했다. 루스는 거세게 고개를 저었다.

"아뇨, 괜찮아요. 난 머리를 맑게 해두고 싶어요."

마음대로 해라! 마일로는 웨이터에게 자기 술잔을 가리켰다. 웨이터는 술을 따르고 거드름 피우는 걸음걸이로 탁자 곁을 떠났다. 사라져가는 웨이터를 눈으로 좇으면서 루스는 혼잣말처럼 중얼거렸다.

"난 남편을 사랑하고 있었어요. 이제야 그걸 깨닫다니, 난 바보야." 이렇게 말하고 나서 루스는 취한 눈으로 마일로를 똑바로 바라보았다. "안타까운 일이지만 난 지금도 그이를 사랑하고 있어요. 이제는 가버린 사람을…"

"충분히 이해합니다." 마일로는 억지 연기를 강요당하는 것에 진절머리를 내면서도, 상냥한 미소를 잃지 않고 고개를 끄덕였다. 그러고는 다시 루스의 손을 잡으면서 말했다. "스태퍼드는 좋은 친구였어요. 나한테도 동업자 이상으로 친밀한…"

"그만둬요, 마일로!" 루스가 느닷없이 소리를 질렀다. 피아노 소리가 순간 헝클어졌다. 루스는 마일로의 손을 뿌리치며 말했다. "내 앞에서 연극하는 건 집어치워요. 당신이 무슨 짓을 하고 있는지 난 다 알고 있다고요."

"무슨 말을 하는 거요?" 마일로는 당황했다. 이제 루스의 목적을 알 수가 없게 되었다. 하지만 적어도 사랑을 나누자는 유혹이 아닌 것만은 확실하다. 마일로의 자존심이 작은 상처를 입었다. 마일로는 얼굴을 붉히며 슬쩍 속을 떠보았다.

"루스, 도대체 무슨 말을 하고 싶은 거요?"

루스는 술 취한 사람 특유의 일그러진 미소를 띠며 대답했다.

"당신, 내 남편의 클럽에 들어가서 주인 행세를 하고 있다죠? 마치 스태퍼드가 죽기를 기다리고 있었던 것처럼, 그가 죽자마자 재빨리 쳐들어가서…"

"아하, 그것 말이오?" 마일로는 가볍게 받아넘겼다. "나는 스태퍼드의 클럽을 빼앗을 생각 따위는 추호도 없어요. 주인이 없으니까 임시로 일을 봐주러 간 것뿐이오. 실은 비서실장한테 대리를 맡겨두었는데, 그자가 어디론가 사라져버려서…"

"당신이 없앤 거 아니에요?"

"루스, 농담이라도 그런 말을 하지 마요." 상대는 취했다고 자신을 타이르며, 마일로는 부드러운 말투를 허물어뜨리지 않았다. "오해하지 않도록 분명히 말해두지만 내가 그 클럽을 임시로 관리하고 있는 건 당신을 위해서요. 적당한 임자가 나타날 때까지 무료봉사를 하고 있는 거란 말이오. 임자가 나타나면 나는 당장 물러날 거요. 물론 그때는 당신이 스태퍼드의 유산을 손에 넣을 수 있지. 되도록 비싸게 팔아주겠소. 당신은 앞으로의 생활에 대해서는 전혀 걱정할 필요가 없어요."

"쓸데없는 참견이에요." 루스의 일그러진 미소가 한순간 분노로 변했다. 그녀는 그 바싹 마른 손으로 탁자를 톡톡 두드리면서 말을 이었다. "내가 팔아달라고 부탁했다면 별문제지만… 당신 멋대로 하게 내버려두진 않겠어요. 내가 팔지 않겠다면 어떡할 건데요? 내가 직접 경영하겠다면 어떻게 할 작정이죠?"

"루스, 경험이 없으면 할 수 없는 일이오." 순간적으로 반박해보았지만, 마일로는 중년 여자의 고집스러운 집념에 압도되어 반론을 거듭할 수가 없었다.

루스는 술 취한 머릿속에서 계속 망상을 더듬고 있는 것 같았다.

"경험 같은 건 필요 없어요. 금방 배울 수 있으니까." 이렇게 말하고 나서 루스는 의미 있는 미소를 흘렸다. "착실하게 도와줄 사람만 있으면 여자도 충분히 할 수 있는 일이에요."

마일로는 한쪽 눈을 찡긋했다.

"나더러 도와달라는 거요?"

"천만에. 당신 따위는 필요 없어요." 루스는 고개를 저었다. "후보자는 벌써 있어요. 그 사람한테 장부 적는 법을 배울 거예요. 경리를 잘 아는 사람이고, 회계상의 문제점 같은 것도 순식간에 찾아내는 날카로운 눈을 갖고 있죠. 마일로, 당신한테는 귀찮은 존재가 될지도 몰라요."

"그게 무슨 소리요?" 루스의 말투에서 단순히 짓궂은 농담이 아닌 불온한 낌새를 느끼고 마일로는 얼굴을 긴장시켰다. 그는 억지로 짓고 있던 미소가 사라지는 것을 의식하면서 몸을 앞으로 내밀었다. "그 경리 전문가란 사람은 누구요? 이름이 뭐요?"

"왜, 흥미가 동하시나 보네요?" 루스는 의자 등받이에 몸을 기댔다. "이름이야 어쨌든, 그 사람은 당신의 돈벌이 방법에 대해서 꽤 자세히 조사하고 있어요. 남편의 부탁을 받고 말이에요. 남편이 죽기 전에 부탁했대요. 클럽에 있는 장부를 토대로 '제이너스 엔터프라이즈'의 회계 내용을 조사해달라고…"

그런 짓을 해봤자 아무것도 알아내지 못할걸. 마일로는 자신만만했다. 그러나 제3자가 조사에 개입했다는 게 마음에 걸렸다.

"그 경리 전문가란 게 도대체 누구요?"

"그 사람의 신변 안전을 위해서 이름은 말하지 않겠어요. 그보다, 알고 싶은 게 있는데요…" 루스의 핏발선 눈이 살피듯 마일로를 바라보았다. "'M.J. 식품'에 대해서 가르쳐주지 않을래요? 헬스클럽 회원을 위해 건강식품을 팔고 있는 회사인데… 다른 회사의 건강식품보다 세 배나 값이 비싼 건 무엇 때문이죠?"

"그만둬요, 루스." 마일로는 손사래를 쳐서 제지했지만, 루스는 그 제지를 무시하고 말을 이었다.

"그럼 '그린 이글'사는 어때요? 그 회사가 팔고 있는 스포츠용품도 아주 비싸요. 하지만 '제이너스 스포츠클럽' 체인점들은 '그린 이글'이 아닌 다른 회사의 스포츠용품을 구매할 수 없다는데, 이건 또 어떻게 된 거죠?"

루스는 그날 밤 스태퍼드가 말한 것과 똑같은 말을 지껄이고 있었다. 정보원이 같기 때문이다. 모습을 드러내지 않는 그 경리 전문가. 하지만 아무리 수완 좋은 경리 전문가라도 클럽 장부만으로는 아무것도 알아내지 못할걸.

"루스, 요컨대 관련 회사의 물건값이 마음에 걸린다는 거요? 품질 좋은 물건을 만들려면 비용이 많이 들어요." 마일로는 그날 밤 스태퍼드에게 한 말을 되풀이했다.

"비용이라고요?" 루스는 어처구니없다는 표정을 지었다. "비용이 많이 드는 게 아니라 당신 이익이 너무 많은 거 아니에요? 그렇게 번 돈은 다 무엇에 쓰죠?"

"재투자하지요." 마일로는 변명하면서, 문득 스태퍼드의 유령과 마주 앉아 있는 듯한 불쾌감에 사로잡혔다. 때와 장소는 다르지만 이야기 내용은 스태퍼드와 언쟁한 것과 똑같았다. 마일로는 술잔을 입으로 가져가면서 말했다. "루스, 당신은 죽은 남편과 똑같군. 말투까지도…"

"그야 부부니까요." 루스는 차갑게 말했다. "사고방식까지도 비슷하지 않나요? 그이가 미워했던 사람은 나도 미워요."

"그 미움받는 사람은 아무래도 나인 것 같은데, 나야 미움을 받아도 상관없지만 이익에 대해서 잠깐 변명하자면, 내 이익은 장기적으로 보면 모두 공동출자자의 이익으로 돌아가고 있소. 설비투자, 홍보비, 사업확장비… 돌아온 이익은 이제 곧 당신 손에도 들어간다는 사실을 명심해둬요."

"그렇게 생각지 않아요." 루스는 고집스럽게 주장했다. "남편도 그렇게 생각하진 않았어요."

"그가 무슨 생각을 했는지 난 몰라요." 이렇게 말하고 나서 마일로는 갑자기 치밀어오르는 분노를 억누르지 못하고 날카롭게 추궁했다. "생각하는 건 자유고, 트집을 잡는 것도 자유지만, 증거는 있소? 나를 비난할 수 있는 확실한 근거가 있냔 말이오." 마일로는 루스가 눈을 내리까는 것을 놓치지 않았다. 그는 힘이 들어간 어조로 말을 이었다. "마치 무능한 형사처럼 제멋대로 억측하여 남을 비방하는 짓은 그만둬요. 그렇게 나를 적대시하면 좋지 않을 거요. 그 클럽이 비싸게 팔리면 당신은 죽을 때까지 편안히 놀고먹을 수 있는 팔자가 돼요. 좋아하는 술도 실컷 마실 수 있고. 그만한 미모면 남자들도 당신을 그냥 두지 않을 거요. 하지만 '제이너스 엔터프라이즈'에 괜한 트집을 잡아서 사업 전체에 해를 입히면, 결국은 그 클럽도 비싸게 팔 수 없게 될 거요."

"나를 협박하는 건가요?" 루스의 눈이 가늘어졌다. 멀리 있는 희미한 물체를 애서 확인하려는 듯한 눈초리였다.

"루스…" 마일로는 여자의 마음에 상처를 줄 것을 알면서 일부러 말했다. "당신은 몇 달 사이에 부쩍 늙었소. 젊음은 소중히 여기지 않으면 안 돼요. 젊음은 돈으로 살 수 없다지만 돈의 힘으로 묶어둘 수는 있지. 내 충고를 듣는 게 좋을 거요."

"쓸데없는 말은 하지 마요!"

"충고할 게 또 하나 있는데…" 마일로는 끝까지 냉정하게 말을 이었다. "돈이 없는 노년은 비참한 거요. 쓰레기통 속의 쓰레기나 마찬가지지. 젊음도 없고 돈도 없다는 건 생각만 해도 소름돋는 일이지. 안 그렇소? 나는 그게 싫어서 필사적으로 몸을 단련하고, 필사적으로 일해왔소. 먹느냐 먹히느냐의 비즈니스 세계에 몸을 내던져 열심히 살았지. 거기에 비하면 당신은 세상 물정을 너무 몰라요. 세상 물정을 모른 채 늙어버렸소. 그러니까 모든 걸 나한테 맡겨두는 게 좋아요. 당신 남편 스태퍼드도 세상 물정에 어두웠소. 국방부의 미지근한 물에 잠겨 있었기 때문이지. 그런데 나와 맞섰소. 역량도 모자란 주제에 말이오. 경험도 재력도 내가 훨씬 많아요. 그리고 나는 젊음도 힘도 갖고 있지."

마일로는 자기가 뱉은 말에 도취했다. 칸티 와인을 한 모금 마셔 한숨을 돌리고 다시 말을 계속했다.

"루스, 알겠소? 지금 당신 눈앞에 앉아 있는 사람은 당신의 보호자요. 어리광을 부리는 건 좋지만 반항하거나 비난하면 안 돼요." 마일로는 술잔을 루스 앞으로 밀어주었다. "자, 이걸 마시고 기운을 내요. 여자는 명랑하게 사는 게 제일이요. 고민은 남자한테 맡기고. 자, 그걸 마신 다음 내 집에 가서 함께 샌타모니카의 바다를 구경합시다."

루스는 술잔을 집어들고 의미 있는 웃음을 흘렸다.

마일로가 승리를 확신하고 고개를 끄덕이자 루스는 술잔을 든 채 천천히 일어섰다. 상당히 취했다. 몸이 불안하게 흔들렸다. 그 몸을 받쳐주려고 마일로가 일어섰을 때 루스가 들고 있던 술잔이 선명한 섬광을 그리며 재빨리 움직였다. 피할 틈이 없었다. 마일로는 얼굴에 술을 뒤집어썼다.

빈 술잔을 든 루스는 높은 소리로 웃었다. 그러다가 이윽고 그 술잔을 조용히 탁자 위에 내려놓고는 비틀거리면서 레스토랑을 나갔다.

웨이터는 막대기를 삼킨 것처럼 우뚝 서서 그녀를 지켜보았다.

마일로는 의자에 주저앉아 굴욕스러운 술을 냅킨으로 닦았다.

피아노곡은 어느새 재즈로 편곡한 '사랑의 찬가'로 바뀌어 있었다.

5

제시카 콘로이는 이미 눈물에 흠뻑 젖은 손수건을 눈에 눌러댔다. 책상 위에는 엄청난 수의 테이프가 쌓여 있었다. 일단 퇴근했다가 사무실로 돌아와 한밤중까지 조사한 테이프였다.

나쁜 예감이 적중하여 제시카는 확증을 잡았다. 접착테이프로 이은 하얀 자국이 있는 테이프가 책상 한가운데에 놓여 차갑게 빛나고 있었다. 그것은 제시카의 조사가 거둔 괘씸하고도 슬픈 전리품이었다. 절반쯤 감은 뒤 녹음기에서 벗겨낸 테이프였다. 테이프의 이음매는 한 군데뿐이지만, 앞뒤의 목소리로 판단해볼 때 잘라낸 부분은 틀림없는 스태퍼드의 목소리였다.

잘라낸 테이프의 의미는 너무나 막중했다. 제시카는 마일로가 직접 손을 댔다고는 생각지 않았지만, 버디를 살인청부업자로 이용했고, 살인을 사고사로 위장했고, 게다가 알리바이를 조작하기 위해 애인인 자기까지 이용한, 용서할 수 없는 기만극의 중심에 마일로가 있는 것만은 부정할 수 없었다.

생각해보면 제시카는 마일로에 대해 아무것도 알지 못했다. 마일로는 그저 다정한 아버지이고 상냥한 연인이었다. 그것만으로도 충분했다. 적어도 어제까지는… 그러나 이제 마일로의 다른 얼굴을 보고 말았다. 다정한 아버지와 상냥한 연인이 갑자기 추악한 짐승으로 변해버렸다. 그리고 쉰세 살이 되어도 젊음을 유지하고 있는 비결, 즉 아버지인 동시에 애인일 수 있는 비결의 꺼림칙한 내막이 모든 가식을 걷어치우고 제시카의 눈앞에 드러나 있었다. 제시카는 살아 있는 남자의 무시무시한 변모를 참지 못하고, 마치 갑자기 죽어버린 남자를 애도하듯 눈물을 흘렸다.

제시카는 편지지를 타자기에 끼워 넣었다. 은색 매니큐어를 칠한 손가락이 조용히 자판을 두드렸다.

'사랑하는 마일로에게. 나는 여행을 떠납니다. 캘리포니아의 태양과 바다가 생각나지 않도록 가능한 한 멀리 떠나겠습니다.'

제시카는 자판을 두드리던 손을 멈추었다. 그러고는 편지지를 빼내어 잘게 찢어서 휴지통에 버리고 새 편지지를 타자기에 끼워 넣었다. 흠뻑 젖은 손수건으로 눈물을 훔치고 나서 제시카는 등을 곧게 펴고 자판을 두드리기 시작했다.

'마일로 제이너스 회장님께. 개인 사정으로 사직하겠습니다. 지금까지 보여주신 호의에 감사드립니다…'

제시카는 마지막으로 사인을 한 뒤 편지지를 봉투에 넣었다. 그러고는 의자에서 일어나 책상에 산더미처럼 쌓여 있는 테이프를 캐비닛에 돌려놓는 작업에 착수했다. 솜씨 좋게 테이프를 정리하고, 마지막으로 애처로운 붕대처럼 하얀 접착테이프로 이어져 있는 테이프를 되감았다. 그녀는 잠시 망설인 뒤 그 테이프도 캐비닛에 집어넣었다.

이제 그녀와는 인연이 없는 사무실이었지만, 제시카는 마지막까지 유능한 비서로서 빈틈없이 일을 처리해두고 싶었다.

6

버디가 사라졌다. 같은 날 제시카도 사라졌다.

두 사람의 실종은 얼핏 보기에 아무 관계도 없었지만, 타이밍이 너무 잘 맞아서 마일로 제이너스는 미칠 듯한 질투에 사로잡혔다.

제시카는 젊다. 그리고 버디도 젊다. 아직 30대 중반이다. 두 사람 사이에 무슨 일이 있어도 이상하지 않다. 그러나 무슨 일이 있었다 해도 두 사람은 지금까지 그것을 완벽하게 숨겨왔다. 버디는 어디까지나 충실한 부하였고 제시카는… 눈앞에 어른거리는 제시카의 새끼사슴 같은 모습을 떨쳐버리려고 마일로는 액셀을 힘껏 밟았다. 차는 골든스테이트 고속도로를 따라 북쪽으로 올라가고 있었다. 마일로는 거칠게 핸들을 꺾어 맨 왼쪽의 추월차선으로 나갔다.

속도계는 보지 않았지만 머스탱의 엔진은 한계 회전수를 향해 급속히 으르렁거리는 소리를 높여갔다. 마일로는 자기가 마치 달아난 연인을 추적하는 흥분한 젊은이처럼 차를 몰고 있다는 것을 문득 깨닫고 액셀을 밟은 발에서 힘을 뺐다.

비참한 짓은 하지 마! 마일로는 자신을 타일렀다. 제시카 따위는 잊어버려! 그런 여자와 결혼하려고 생각한 너는 애송이 같은 꿈을 꾸고 있었던 거야! 마일로는 이제 젊은 육체가 아니라 쉰세 살의 분별 있는 정신을 향해 필사적으로 말을 걸고 있었다. 그렇게라도 하지 않으면 달아난 여자에 대한 생각 때문에 미쳐버릴 것만 같았다.

그러나 분별력이 젊음을 압도하여 여자에 대한 생각을 끊어버린 뒤에 무엇이 올지, 마일로는 알고 있었다. 여자에게 아픈 상처를 입은 굴욕감, 나잇값도 못하고 들떠 있었던 자신에 대한 굴욕감이 커다란 물마루가 되어 덮쳐올 게 뻔했다. 그 물마루는 이미 가까이까지 다가와 있었다. 굴욕의 파도는 마일로의 자신감을 흔적도 없이 씻어낼 듯했다.

제기랄! 마일로는 앞유리창 너머의 푸른 하늘을 향해 중얼거리고 나서 오른쪽 깜빡이를 켜고 난폭하게 오른쪽 차선으로 비집고 들어가, 채스워스 대로로 빠지는 인터체인지로 접어들었다.

채스워스의 클럽에 들어가 헬스장을 가로질러 사무실로 가려고 했을 때 에드 영감이 다가왔다. 입을 열려는 에드 영감을 향해 마일로는 신경질적으로 소리를 질렀다.

"영감이 뭐라고 하든 나는 구두를 신은 채 헬스장을 질러갈 거요!"
"회장님, 그건 안 됩니다."
헬스장 입구를 막아선 에드 영감을 밀어젖히면서 마일로는 호통을 쳤.
"내가 회장이야! 쓸데없이 참견하지 마!"
발소리도 거칠게 헬스장으로 들어가자 뒤에서 에드 영감의 쉰 목소리가 날아왔다.

"흥! 회장 좋아하네! 이놈이나 저놈이나 구제 불능의 못난 주제에!"
모든 사람이 패거리를 지어 반항을 시작한 것 같았다. 정확한 타이밍을 골라 정확한 행위와 말로 반항하기 시작한 것처럼 여겨지는 건 무엇 때문일까?

일종의 피해망상 같은 제멋대로의 상상일지도 모르지만, 에드 영감이 '못난 주제에'라고 말한 것이 마음에 걸렸다. 그 말은 여자에게 배신당한 끝에 결국 버림받았다고 믿고 있는 마일로를 너무나도 날카롭게 찔렀다.

마일로는 멈춰 섰다. 그 순간 마일로는 앞쪽에서 에드 영감보다 훨씬 신경 쓰이는 사람을 보았다. 믿을 수가 없어서 눈을 의심했지만, 그것은 틀림없는 콜롬보였다. 코트 대신 군청색 운동복을 입은 콜롬보였다. 콜롬보는 벨트 컨베이어가 장착된 러닝머신에 올라타고 계기판의 속도계를 바라보면서 벨트를 걷어차고 있었다. 빠른 속도는 아니지만 군청색 운동복이 거무스름하게 보일 만큼 땀을 흘리고 있다. 축 늘어진 뱃살이 셔츠 안쪽에서 꼴사납게 출렁이고 있을 게 뻔했다.

함정일지도 모른다고 마일로는 생각했다. 그러나 분노가 자제심을 압도하여 마일로는 성큼성큼 콜롬보에게 다가갔다.

"이런 곳에서 뭘 하고 있는 거요?"

콜롬보는 땀에 젖은 얼굴을 마일로에게 돌리고, 헐떡이면서도 벨트를 차는 발걸음을 멈추지 않고 말했다.

"아, 한 달 속성 코스에 등록했지요!"

마일로는 어이가 없어서 달리는 콜롬보를 멍하니 바라보고 있다가 말했다.

"우선 담배부터 끊어요. 비지땀을 흘리면서 이런 짓을 하기보다는 담배를 끊는 게 당신한테는 훨씬 효과적일 거요."

그러나 콜롬보는 걸음을 멈추지 않았다.

"이거 정말 효과 좋은데요. 벌써 다시 태어난 듯한 기분인걸요."

"당신 몸은 상당히 단순한 구조로 되어 있는 모양이군. 정신 구조도 단순해서 암시에 걸리기 쉬운 타입인 것 같고…"

콜롬보는 속도계와 거리계를 번갈아 바라보며 대꾸했다.

"다들 그렇게 말하지요. 단순하니까 고집이 세다고…" 이렇게 말하고 나서 콜롬보는 갑자기 얼굴을 찡그리며 비명을 질렀다. "아야!"

"왜 그래요?"

"아니…" 콜롬보는 손으로 눈언저리를 닦으면서 대답했다. "땀이 눈속에 들어갔어요."

"이제 그만두는 게 어때요?" 마일로는 차갑게 웃으며 말했다. "서툰 연극은 그만두는 게 좋아요. 그런 짓을 하면서 여기저기 냄새 맡고 다녀봤자 아무것도 알아내지 못할 거요. 난 숨길 게 없으니까."

"아니, 천만에요… 나는 임시회원으로서… 한 달 동안… 멋지게 살을 빼보려고…" 숨을 가쁘게 몰아쉬는 콜롬보의 얼굴이 점점 창백해졌다. 땀에 젖은 머리가 이마에 찰싹 달라붙고, 그 밑에 있는 눈은 원망스러운 듯이 천장을 쳐다보고 있다.

"콜롬보 씨, 나는 바빠서 사무실로 가봐야겠는데, 내 충고는 따르는 게 좋아요. 내 충고를 무시했다가 운동하는 도중에 죽은 사람도 있으니까. 바로 이곳에서… 당신도 이제 조금만 있으면 심장발작을 일으킬 것 같군."

"내… 심장은… 비교적 튼튼한 편이라서…" 콜롬보는 원망하는 듯한 눈으로 천장을 바라본 채 벨트를 계속 차고 있었다. 걷는 것과 비슷한 속도가 되어 있는데도 본인은 달리고 있다고 생각하는 모양이다. 마음대로 해라. 마일로는 헬스장을 나와 사무실로 들어갔다.

원래는 스태퍼드의 것이었던 책상 앞에 앉아 보았지만 아무래도 참을 수 없는 기분이었다. 담배를 피우고 싶었다. 책상 서랍을 차례로 열어보았다. 맨 아래 서랍에 아직 뜯지 않은 '던힐'이 한 갑 들어 있었다. 마일로는 금빛 테두리를 두른 그 빨간 담뱃갑을 책상 위에 올려놓았다.

마일로는 그 담배 맛을 알고 있었다. 오래전 아직 20대 초반일 때 애용했던 담배였다. 그 무렵에는 영화배우를 꿈꾸며 할리우드에서 엑스트라로 일하고 있었다. 엑스트라에게는 지나치게 사치스러운 담배였지만, 대스타가 될 수 있다는 확신이 있었기 때문에 무리를 하여 던힐을 피웠다.

그러나 마일로는 결국 흡연의 즐거움을 포기함으로써 일종의 스타가 되었다. 가혹한 길이었다. 그 길을 계속 올라가고 있을 때 스태퍼드의 반항에 부딪혔다. 루스와 버디와 제시카의 반항이 그 뒤를 따랐고, 에드 영감까지도 욕설을 퍼부었다.

스태퍼드의 반항을 빼고는 별로 해롭지 않다고 단정할 수 있었다. 적어도 마일로의 재력에 관한 한 그런 반항은 아무 해도 끼치지 않았다. 그러나 오로지 앞만 보고 달려와 이제 겨우 한숨 돌리려던 찰나에 부닥친 반항은 아팠다. 특히 제시카의 배신은 아프기 짝이 없었다.

담배를 피우고 기운을 내자 마일로는 빨간 담뱃갑을 싸고 있는 셀로판지를 찢었다. 그 순간 노크도 없이 문이 열렸다. 군청색 운동복을 입은 콜롬보가 목에 수건을 두르고 나타났다.

콜롬보는 다짜고짜 말했다.

"75킬로짜리 바벨 때문에 잠깐…"

마일로는 손에 들고 있던 던힐 담뱃갑을 바지 주머니에 집어넣고 되물었다.

"바벨이라니?"

콜롬보는 방으로 들어오자 책상 맞은편 의자에 주저앉았다. 느닷없는 질문을 던져 마일로가 어리둥절해 있는 틈에 재빨리 방으로 들어온 느낌이었다.

생쥐 같은 놈! 마일로는 주머니 안에서 담뱃갑을 꽉 쥐었다. 콜롬보는 수건으로 얼굴의 땀을 닦으면서 말했다.

"75킬로짜리 바벨 말입니다. 스태퍼드 씨의 목 위에 놓여 있던… 아주

무겁더군요. 여기 있는 트레이너의 말을 들어보니 스태퍼드 씨는 지금까지 50킬로가 넘는 바벨은 들어본 적이 없다네요. 나도 해보았지만, 도저히…"

"콜롬보 씨, 그런 걸 냄새 맡고 다니려고 일부러 옷을 갈아입은 거요?"

마일로는 콜롬보에게 욕설을 퍼붓는 일이라면 얼마든지 할 수 있을 것 같았다. 그러나 그럴듯한 반론이나 변명이 머리에 떠오르지 않는다. 분명히 머리 회전이 둔해져 있었다. 인정하고 싶지는 않지만 제시카의 실종이 남긴 후유증이다. 정신 차려. 너는 방비가 느슨해져 있어. 마일로는 자신을 타일렀지만, 그 순간 될 대로 되라는 식의 말이 입에서 튀어나왔다.

"50킬로밖에 들지 못하는 스태퍼드가 75킬로에 도전했다가 사고를 당했나 보군요. 바보 같은 짓이에요!"

"그렇습니다. 확실히 바보 같은 짓이지요. 어처구니가 없어요." 이렇게 말하면서 콜롬보는 고개를 끄덕였다.

그 순간, 어디에 숨어 있었는지 검은 수첩이 느닷없이 나타났다. 마일로는 마술이라도 보는 듯한 기분으로 콜롬보가 들고 있는 수첩을 바라보았다. 코트를 벗고 운동복으로 갈아입은 뒤에도 콜롬보는 수첩을 몸에 지닌 채 운동하고 있었던 모양이다. 아니면 운동하는 척하면서 정보를 얻어 듣다가, 마일로의 모습이 보이자 재빨리 러닝머신에 올라탔는지도 모른다. 콜롬보는 수첩을 뒤적이면서 말했다.

"75킬로짜리 바벨을 들 수 있는 사람은 이 클럽에도 그리 많지 않은 모양인데… 당신도 그중 한 사람이더군요." 콜롬보는 수첩에서 고개를 들어 마일로를 바라보았다.

수첩에는 애당초 아무것도 적혀 있지 않을지도 모른다고 마일로는 생각했다. 이야기에 그럴듯한 무게를 주거나 남의 반응을 살필 때의 소도구로 수첩을 이용하고 있는지도 몰라. 마일로는 검은 수첩을 빼앗아 갈기갈기 찢어발기고 싶은 충동을 느꼈지만, 변명이나 반론을 생각해내지 못한 채 꼴사납게 침묵만 지키고 있었다.

"제이너스 씨, 당신은 100킬로까지 들 수 있다더군요." 콜롬보가 말했지만, 깊이 추궁할 기미는 보이지 않고 이야기를 다른 데로 돌렸다. "정말 대단하던데요. 그 75킬로짜리 바벨 말입니다. 나도 해보았지만 허리까지 끌어올리는 게 고작이었어요. 그 뒤에는 아무래도 허리의 이 부근이 뻐근해서… 하마터면 삐끗할 뻔했지요."

그러면서 콜롬보는 손을 허리 쪽으로 돌렸다. 운동복에서 불룩 튀어나와 있는 배가 유난히 눈에 띄게 흔들렸다.

그런 콜롬보를 보면서 마일로는 초조했다.

"콜롬보 씨, 나는 바쁩니다. 이야기의 요점이 뭐요?"

"그러니까 지금 바로 그 요점에 들어가려는 참인데요…" 콜롬보는 다시 수첩을 펼쳤다. 그리고 수첩에 적혀 있는 것을 소리 내어 읽기 시작했다. 마치 스스로 확인하기 위해 읽는 것처럼 알아듣기 어려운 낮은 소리였다. "요점은 이렇습니다… 스태퍼드 씨는 바벨에 깔려 죽은 게 아니다. 누군가가 목을 졸라 죽였거나 때려서 죽였다. 그러니까 범인은 살인을 사고로 위장하기 위해 바벨을 이용했다. 따라서 범인은 그 바벨을 쉽게 들어 올릴 만한 완력을 가진 사람이다… 이건 다 내 상상의 산물입니다만…"

'어떻습니까, 마음에 드십니까?' 하고 묻는 것처럼 콜롬보는 희미한 미소를 띠고 마일로를 바라보았다. 그러나 굵은 눈썹 밑의 눈은 웃고 있지 않았다. 어린애처럼 노골적인 호기심을 담고 마일로의 반응을 가만히 살피고 있었다.

마일로는 어떻게든 반박해야 했다. 침묵은 곧 패배를 의미했다. 마일로는 궁지에 몰린 것을 느끼고 있었다. 그는 헛된 노력인 줄 알면서도, 목소리의 크기만으로 상대를 압도하려고 고함을 질렀다.

"나를 살인자로 만들려는 거요! 100킬로짜리 바벨을 들어 올릴 수 있다는, 오직 그 이유 하나 때문에 증거도 없이 나에게 살인자의 오명을 뒤집어씌우려는 거요! 당신은 정말 무능하기 짝이 없는 형사로군! 하필이면 나를 살인자로 만들다니!"

"그런 말은 하지 않았는데요." 콜롬보는 봐야 할 것은 벌써 전부 다 보아버렸다는 듯이 고개를 돌리며 말을 이었다. "내가 알고 싶은 건… 살인을 사고로 위장하기 위해 그 바벨을 들어 올릴 수 있는 사람이 몇 명이나 되느냐…"

"최소한 열 명은 넘어요! 대충 꼽아봐도…" 이렇게 말하고 나서 마일로는 겨우 반격의 실마리가 될 말을 찾아냈다. "만약 그게 당신 말대로 사고가 아니라 살인이라 해도, 어떻게 나를 범인으로 단정할 수 있소? 스태퍼드가 죽었다고 생각되는 시간에 나는 친구들과 함께 집에 있었는데…"

"그건 그렇습니다." 콜롬보는 고개를 끄덕이고 나서 턱에 손을 괴고 로댕의 조각 같은 포즈를 취했다. 불룩 튀어나온 아랫배를 운동복으로 감싼 '생각하는 사람'이었다.

"그런데…" 콜롬보는 '생각하는 사람'의 포즈를 허물어뜨리며 말했다. "당신은 그날 밤 분명히 9시가 좀 지나서 귀가하셨지요?"

"그래요."

"그리고 스태퍼드 씨한테서 전화가 걸려온 것은 그 직후였지요?"

"그렇소…"

"이건 메모해둬야겠군." 이렇게 중얼거리고 콜롬보는 코트 주머니를 뒤지는 듯한 손짓을 했지만, 입고 있는 옷은 주머니가 없는 운동복이었다. 콜롬보는 쓴웃음을 지으며 말했다. "죄송하지만, 연필 좀 잠깐…"

마일로는 볼펜을 건네주었다.

"쓰는 척하지 말고 제대로 써주시오. 내 알리바이를 증명하는 중요한 열쇠니까." 이것은 진심이었다. 콜롬보는 고개를 끄덕였다. 확실히 수첩에 적어넣고 있는 것 같았다. 마일로는 콜롬보의 손을 바라보면서 추궁하듯이 물었다. "콜롬보 씨, 내 알리바이에 관해서는 처음 만났을 때 얘기했을 텐데, 그때는 왜 메모하지 않았죠?"

"메모하지 않아도 다 기억하고 있으니까…"

"그렇다면 왜 이제 와서 새삼스럽게 메모를 하는 거요?"

"기억해야 할 게 늘어났기 때문에 이쯤에서 잠깐 정리를 해두려고요…" 콜롬보는 고개를 들고 볼펜을 세웠다. "스태퍼드 씨가 전화를 걸어왔을 때 당신은 그 사람을 파티에 초대했다고 하셨지요. 하지만 스태퍼드 씨는 초대를 거절했습니다. 다시 한번 묻고 싶은데, 스태퍼드 씨는 뭐라고 하면서 초대를 거절했습니까?"

마일로는 잠깐 생각했다. 지난번의 증언과 큰 차이가 있으면 안 된다. 마일로는 한 마디씩 말을 만지작거리듯 말했다.

"스태퍼드는 운동을 하겠다고 했어요. 나는 말렸지만… 벌써 운동복으로 갈아입었다면서… 30분쯤 운동을 하고 나서 집에 돌아가겠다고…"

"그렇습니까…" 콜롬보는 기특하게도 얌전한 얼굴로 메모를 하고 있다가, 이윽고 고개를 끄덕이며 얼굴을 들었다. "예, 다 썼습니다."

뜻밖에도 콜롬보는 볼펜과 함께 수첩까지 마일로에게 건네주었다. 용케도 이렇게 작게 쓸 수 있구나 하고 여겨질 만큼 작은 글씨로 메모가 되어 있었다.

"어때요? 분명히 쓰여 있지요?" 콜롬보는 싱긋 웃으며 말했다.

마일로는 다른 페이지도 들여다보고 싶어졌다. 그때 콜롬보가 말했다.

"내가 메모한 게 정확하다면, 그 밑에 서명 좀 해주실 수 없을까요?"

"서명을?" 마일로는 마치 뜨거운 것에라도 닿은 것처럼 수첩을 손에서 놓았다. 수첩은 책상 위에 떨어졌다. 콜롬보가 손을 뻗어 수첩을 집어들더니, 메모한 페이지를 다시 펼쳐서 마일로 앞에 놓았다.

"이대로지요? 그렇다면 서명해주세요."

"꼭 진술서 같군요."

"예, 약식이긴 하지만…" 콜롬보는 머리를 긁적이면서 말을 이었다. "이번 사건이 사고사든 살인이든, 당신은 이번 사건과 관계가 없다는 것을 증명하는 메모니까, 변호사와 의논하겠다느니 뭐니 하지 마시고 지금 당장 서명해두는 게 좋을 것 같은데요. 실은 내 상관이 바뀌었는데, 새로 온 상관이 하찮은 일에 까다롭게 굴어서요."

함정일지도 모른다고 속삭이는 목소리가 있었다. 상당히 방비가 느슨해져 있다고 경고하는 목소리도 있었다. 그러나 마일로는 볼펜을 집어들고 콜롬보의 작은 글씨 밑에 서명했다. 확실한 근거도 없는데 서명하기를 꺼렸다가 콜롬보한테 더 많은 의혹을 품게 하면 곤란하다고 생각했기 때문이다. 콜롬보는 수첩을 받아들자 자리에서 일어나면서 말했다.

"오랫동안 실례가 많았습니다." 문 앞까지 가자 콜롬보는 걸음을 멈추고 돌아보았다. "아 참, 한 가지만 더… 당신 비서인 제시카 씨한테 들었는데…"

제시카라는 이름이 남의 입에서 나오는 것을 듣자 마일로의 가슴은 다시 격렬하게 파도쳤다. 그러나 마일로는 애써 냉정하게 되물었다.

"제시카가 무슨?"

"제시카 콘로이 씨는 그날 밤 6시경에 사무실을 나갔다는데, 그때 당신은 아직 사무실에 남아 있었다고…"

"그런데요?"

"그런데 당신이 집에 돌아간 건 9시였지요. 그동안 세 시간쯤 시간이 비는데…"

마일로는 벌떡 일어서면서 주먹을 쑥 내밀었다.

"그게 무슨 뜻이오?"

"아니, 나는 아무것도…" 콜롬보는 날아오는 돌을 피하듯 목을 움츠렸다. "실은 아까도 말씀드렸듯이 새로 온 상관이 좀 까다로워서, 시시콜콜한 점까지 이야기의 앞뒤가 맞지 않으면 야단을 치거든요."

마일로는 분노를 꿀꺽 삼키고 말했다.

"사무실을 나간 뒤에 나는 샌타애나에 갔소. '베이커 모터스'라는 중고차 판매점에 볼일이 있었기 때문이오. 그 판매점 사장인 하워드 베이커가 헬스장을 경영하고 싶다고 해서, 그걸 의논하러 갔었소. 그런데 만나지 못했소. 가게가 벌써 문을 닫아서… 그래서 그냥 돌아왔소."

"아 참, 그렇지." 콜롬보는 갑자기 큰 소리를 질렀다. "그 얘기는 제시카 씨한테 들었어요. 이거 정말 실례가 많았습니다."

콜롬보는 몇 번이나 고개를 숙이면서 문 너머로 사라졌다.

마일로는 바지 주머니에서 던힐 담뱃갑을 꺼냈다. 손아귀에서 짜부라진 담뱃갑은 추락한 여객기의 잔해처럼 처참했다. 마일로는 던힐을 휴지통에 집어던졌다. 빌어먹을! 언젠가는 실컷 담배를 피워주마.

마일로는 책상을 빙 돌아 문 쪽으로 갔다. 갈 곳은 없었지만, 어쨌든 사무실에 가만히 죽치고 앉아 있을 수 없는 기분이었다. 복도로 나와 걷기 시작했을 때 갑자기 뒤에서 누군가가 그를 불러 세웠다.

"제이너스 씨!" 콜롬보의 목소리였다.

마일로는 돌아서면서 동시에 고함을 질렀다.

"언제까지 어정거리고 있는 거요!"

"한 가지만 더…" 콜롬보는 가까이 다가와 작은 소리로 말했다. "실은 은밀한 이야기인데요, 사무실에서 이야기하는 게…"

"아니, 여기도 괜찮아요. 사무실 공기를 더 이상 더럽히고 싶지 않으니까."

"그렇습니까?" 마일로의 신랄한 빈정거림도 전혀 통하지 않은 듯 콜롬보는 시원스럽게 말했다. "당신은 어젯밤에 스태퍼드 부인과 상당히 격렬한 말다툼을 했다더군요. 선셋 대로의 레스토랑에서…"

마일로는 화가 나서 몸이 부들부들 떨리는 것을 느꼈다.

"나를 미행했소?" 목소리까지 떨리고 있었다.

그러나 콜롬보는 부드럽게 고개를 저었다.

"아니, 천만에요. 실은 오늘 아침에 스태퍼드 부인이 경찰청에 찾아와서 다른 과 형사들한테 뭔가 좋지 않은 일을 이야기했답니다."

"다른 과라니요?"

"사기 범죄를 전문으로 다루는 과지요."

"사기?" 마일로는 루스를 저주했다. 그 알코올 중독자!

"부인은 당신과 당신 회사에 대해 온갖 비난을 퍼부었답니다. 하지만 스태퍼드 부인은 사업에 관해서는 완전한 풋내기나 마찬가지니까요."

그건 알고 있다. 그러나 마일로는 걱정이 되었다.

"어떤 비난을?"

"온갖 비난을 다 늘어놓았답니다. 당신의 경영방식에 대해서 여러 가지로…" 이렇게 말하고 나서 콜롬보는 고개를 숙였다. "사실 당신의 경영방식에 대해서는 나도 다른 소식통을 통해서 듣고 있습니다. 내 소식통은 경리 전문가요."

그 소식통에 대해서는 마일로는 걱정하지 않았다. 루스가 말했던 그 경리 전문가일 것이다. 마일로는 어깨에서 힘을 빼고 아무렇지도 않게 말했다.

"그자도 나를 사기꾼이라고 하던가요?"

"아뇨. 아슬아슬하지만 법망에는 걸리지 않는다고 하더군요. 하지만 그 얘기를 들으면 부인이 화를 내는 것도 무리는 아니라는 생각이 들고, 또… 스태퍼드 씨가 화를 낸 것도 수긍할 수 있습니다."

"이제 그만둬요!" 때릴 수 있다면 패주고 싶었다. 콜롬보는 아무 증거도 쥐고 있지 않다. 다만 코가 지나치게 좋을 뿐이다. 그 못생긴 코를 때려서 짓뭉개주고 싶었다. "콜롬보 씨, 당신한테는 이제 진절머리가 나는군. 특히 당신의 그 끈질김과 터무니없는 중상모략은 지긋지긋하단 말이오."

마일로가 힘주어 말하자 콜롬보는 낭패한 기색을 보였다.

"아니, 나는 다만… 사실관계를 확실히 해두고 싶어서…"

콜롬보의 일그러진 얼굴을 향해 마일로는 주먹이나 다름없는 말을 내던졌다.

"당신의 그 기묘한 얼굴은 이제 두번 다시 꼴도 보기 싫소. 볼일이 있으면 내 고문변호사한테 말해주시오. 그리고 한 가지 충고해두겠는데, 우쭐해져서 서투른 연극을 계속하다가는 고소당하게 될 거요!"

"아아, 잘 알았습니다."

고개를 끄덕이는 콜롬보를 그 자리에 남겨두고 마일로는 헬스장을 질러갔다.

마일로는 헬스장 출구에서 기다리고 있는 에드 영감한테도 욕설을 퍼부었다.

"불만 있나? 빌어먹을 영감탱이!"

에드 영감은 노안경을 콧등으로 미끄러뜨린 채 어안이 벙벙하여 마일로의 얼굴을 보았다.

마일로가 로비 문을 열고 밖으로 걸음을 내디뎠을 때 뒤에서 에드 영감의 목소리가 날아왔다.

"빌어먹을 영감탱이라고? 벼락 맞아 뒈질 놈아! 이따위 회사는 당장 그만둘란다!"

이렇게 해서 마일로 제이너스는 또 한 사람의 측근을 잃었다.

7

'베이커 모터스'는 샌타애나의 레드힐 가를 사이에 두고 해병대 기지 정문 앞에 자리 잡고 있었다. 손님은 대부분 젊은 군인이었기 때문에 가게에 놓아둔 중고차도 거의 다 소형 스포츠카였다. 그러나 같은 소형차라도 더러운 푸조 따위는 팔릴 리가 없었다. 그래서 어스름에 휩싸인 가게 앞에 그 푸조가 멈춰 섰을 때 점원인 제리 셰이퍼는 얼굴을 찡그렸다. 차를 팔러 온 손님이라면 쫓아버리자고 마음먹었다.

유리창 너머의 어스름 속에서 레인코트 차림의 작달막한 그림자가 움직이더니, 이윽고 문이 열렸다. 제리와 같은 나이 또래로 보이는 중년 사내였다. 그러나 말쑥한 양복 차림의 제리와는 달리 너저분하고 작달막한 사내였다.

"저어, 영업은 아직 하고 있습니까?" 사내는 가게 안에 들어오자 전혀 의미가 없는 질문을 했다.

제리는 책상 앞에서 일어나려고도 하지 않고 스포츠 신문을 펼쳐 든 채 대답했다.

"영업은 하고 있습니다. 그렇지 않다면 맥이 들어올 수 없지요."

"그건 그렇군요." 작달막한 사내는 코트 주머니에 두 손을 찔러넣은 채 말을 이었다. "나는 이 가게가 벌써 문을 닫았을 줄 알았소. 직업별 전화번호부 광고를 봤더니 영업시간이 오후 6시까지로 되어 있어서…"

제리는 스포츠 신문을 천천히 책상에 내려놓았다. 상대의 태도가 아무래도 이상했다. 뭔가 트집을 잡으러 왔을지도 모른다. 아니면, 사내의 불룩한 코트 주머니에 혹시 권총이라도 들어 있는 게 아닐까… 제리는 책상 맨 윗서랍을 살짝 앞으로 끌어당겼다. 서랍 속에서 38구경 권총이 차갑게 빛났다.

제리는 손을 서랍 속으로 넣어 권총을 쥐고는 사내를 쳐다보며 말했다.

"이봐요, 무슨 일이죠?"

"예?" 사내는 눈을 가늘게 떴다. 험악한 눈이었다. 그러나 사내는 가까운 거리에 서 있었다. 서랍 속에서 방아쇠를 당겨도 총알은 사내의 폭넓은 배 어딘가에 명중할 것이다.

"분명히 대답해요. 여긴 무슨 일로 온 거요?"

사내의 작달막한 몸이 딱딱하게 굳어졌다. 주머니 속에서 꼼지락거리고 있던 손이 딱 멈추었다. 사내의 시선은 제리의 얼굴에서 천천히 아래로 내려가 부자연스러운 형태로 서랍 속에 박혀 있는 오른쪽 손목 언저리에서 멈추었다. 사내는 그 오른손의 의미를 알아차린 모양이다. 사내의 입이 천천히 열렸다. 열린 채 잠시 멈추었지만, 이윽고 그 입에서 속삭이듯 낮은 목소리가 흘러나왔다.

"오해하지 마세요. 난 로스앤젤레스 경찰에 있는 콜롬보 경위입니다."

"배지를 보여봐요." 제리는 권총을 움켜쥔 채 말했다.

콜롬보의 오른손이 조용히 움직여 주머니 속에서 지갑을 꺼냈다. 지갑 속에 경찰 배지가 붙어 있었다.

"경찰이 무슨 일이지? 우리는 착실하게 장사하고 있는데…" 제리는 중얼거리면서 서랍에서 손을 빼내고 다시 스포츠 신문을 집어들었다.

그러자 콜롬보는 지갑을 주머니에 집어넣으면서 말했다.

"이 가게의 영업시간 말인데요… 평소에는 6시에 문을 닫는데 오늘만 특별히 늦게까지 영업하는 건가요?"

"아뇨. 6월부터는 밤 8시까지 영업하고 있습니다. 여름철에는 그래요. 댁이 본 전화번호부는 오래된 거 아니오? 만약 영업시간 때문에 불평이 있다면 사장한테 말해요."

제리는 경마란을 읽기 시작했다. 콜롬보가 조심스러운 목소리로 물었다.

"베이커 씨는 계신가요?"

"베이커 사장은 가게에 오지 않아요. 그 양반은 로스앤젤레스 전역에 많은 가게를 가지고 있는데, '베이커 모터스'는 중고차 판매점치고는 상당히 큰 회사예요. 텔레비전에 광고도 하고 있지요. 베이커 사장은 광고 제작 현장에 입회하기를 좋아하죠. 귀여운 여자 탤런트를 만날 수 있으니까."

"하지만…" 콜롬보는 책상에 두 손을 짚고 허리를 굽혔다. "이 가게는 정말로 8시까지 영업합니까? 밤마다?"

"그럼요."

"그럼 지난 금요일에도?"

"정말 끈질긴 양반이군." 제리는 신문에서 얼굴을 들었.

콜롬보는 당황한 듯 턱밑을 쓰다듬으며 말했다.

"지난 금요일에도 영업했다면, 그날 은색 머스탱을 탄 사람이 여기 오지 않았나요?"

"머스탱?" 제리는 잠깐 생각하고 나서 말했다. "안 왔어요. 머스탱도, 링컨도, 캐딜락도 오지 않았어요. 지난 며칠 동안 6시 이후에 온 손님은 당신뿐이오. 당신도 손님 축에 든다면 말이지만."

"아무도 오지 않았다고요? 금요일 밤에 이 가게는 문을 열었다. 그런데 아무도 오지 않았다… 그런가요?"

"정말 끈덕지군." 제리는 신문을 책상에 내팽개쳤다.

콜롬보는 황급히 손을 내저으며 말했다.

"아니, 미안합니다. 잘 알았습니다. 정말…"

콜롬보는 제리에게 등을 돌리면 뒤에서 제리가 총을 쏠 거라고 생각하는지, 제리 쪽을 바라본 채 천천히 뒷걸음쳐서 손을 뒤로 돌려 문을 열고는 어스름 속으로 사라졌다. 제리는 아무 일도 없었던 것처럼 다시 스포츠 신문을 읽기 시작했다.

제4장

죽은 사람으로부터 걸려온 전화

1

　새벽의 베벌리힐스를 구급차가 빠져나갔다. 요란한 사이렌 소리도, 점멸하는 경광등도 주민들의 편안한 잠을 방해하지는 않았다. 질주하는 구급차는 커튼을 흔드는 산들바람처럼 그저 그렇게 지나갔다.
　수면제를 다량 복용하고 새벽에 많은 토사물을 쏟아낸 루스 스태퍼드는 로스앤젤레스에서 일상적으로 일어나는 지극히 흔해 빠진 사건의 지극히 흔해 빠진 주인공으로서 지극히 사무적인 절차에 따라 처리되었다.
　루스는 고통을 견디다 못해 병원에 전화를 걸었지만 그것은 아무한테도 폐를 끼치지 않았다. 응급환자를 운반하는 것은 구급차가 당연히 해야 하는 일이고, 응급환자를 치료하는 것은 구급병원의 당연한 의무였다. 누구나 주어진 일의 일부를 자기 책임의 범위 안에서 하고 있을 뿐이었다. 따라서 병원은 루스에게 문병객이 한 사람도 오지 않는 데 대해 아무런 관심도 보이지 않았다. 가족이 없는 응급환자는 복지기관에 연락하여 처리하면 그만이었다.

점심때쯤 경찰에서 형사가 찾아왔을 때도 접수창구의 아가씨는 전혀 놀라지 않았다. 병원에 형사가 오는 것은 촬영소에 신문기자가 오는 것과 마찬가지로 조금도 드문 일이 아니었다. 담당 아가씨는 입원 환자 명단을 훑어보고 나서 구급병동 6호실을 가르쳐주었다.

콜롬보는 6호실 문을 살짝 열었다.

"콜롬보 경위인데요…"

루스의 머리맡에 서 있던 의사와 간호사가 동시에 뒤를 돌아보았다. 루스는 콜롬보의 목소리를 듣고 윗몸을 일으켰지만 간호사가 거칠게 도로 눕혔다. 루스는 간호사에게 머리를 짓눌리면서도 큰 소리를 질렀다.

"콜롬보 경위님! 6호실에 잘 오셨어요. 6호실은 체홉의 슬픈 소설 제목과 같지만…"

콜롬보는 손을 들어 루스에게 인사하고 나서 의사에게 물었다.

"좀 어떻습니까?"

"위스키에다 수면제를 탄 칵테일… 흔히 있는 경우죠. 환자가 토했기 때문에 목숨은 건졌지만, 아직도 상당히 흥분한 상태니까…"

"흥분하는 게 당연하잖아요?" 루스가 쇳소리를 질렀다. 의사가 입술에 손을 대서 조용히 하라는 몸짓을 했지만 루스는 듣지 않았다. "그 사람이 나를 비웃었어요. 그 사람은 남편을 속이고 있었어요. 정말 독한 사람이에요. 내가 그렇게 말했더니 히죽히죽 웃더군요. 왜 그런 사람을 그냥 내버려 두는 거죠? 경찰은 아무것도 못 하나요?"

콜롬보는 다소 거리를 두고 루스의 얼굴을 들여다보았다. 그러나 시선은 피하지 않았다. 미간에 주름을 잡고 집어삼킬 듯이 루스를 바라보았다. 루스가 어쨌든 생명의 위기를 벗어난 것 같아, 날카롭게 긴장했던 콜롬보의 얼굴에도 안도의 미소가 번졌다. 그 미소를 보고 루스는 울음을 터뜨렸다. 울면서, 오직 하나뿐인 친구로 여기는 콜롬보에게 하소연했다.

"나는 술을 마셨어요. 수면제도 먹었고요. 죽기 위해서 그런 건 아니었어요. 그저 자고 싶었어요. 조금이라도 좋으니까 푹 자고 싶었어요. 하지만 막 잠이 들려는데 마일로의 얼굴이 눈앞에 떠올라 금방 눈을 떠버렸답니다. 웃고 있는 마일로의 얼굴… 싱글싱글 웃고 있는 그 밉살스런 얼굴이… 그래서, 그래서 난…" 루스는 울음 때문에 말문이 막혀 고개를 저었다.

콜롬보의 얼굴이 흐려졌다. 의사가 콜롬보의 어깨에 손을 얹으며 말했다.

"바깥 대기실에서 기다려주세요. 지금은 곤란합니다. 자세한 건 나중에 설명해드릴 테니까…"

"선생님, 잘 부탁합니다." 콜롬보는 마치 루스의 가족인 양 의사의 손을 양손으로 단단히 움켜쥐고 나서, 루스를 돌아보며 말했다. "나는 밖에 있을 테니까 안심하고 주무세요. 아무 생각도 하지 말고 조용히 주무세요. 그 밉살스런 자는 나한테 맡기세요. 그럼…"

콜롬보는 침대에 누워 있는 사람이 어린애라도 되는 것처럼 다정하게 손을 흔들고 복도로 나갔다.

2

마일로 제이너스는 채스워스의 클럽에서 그 전화를 받았다.

상대는 스태퍼드를 찾고 있었다. 죽은 사람에게 걸려온 전화를 바꿔줄 수는 없었다. 스태퍼드는 사고로 죽었다고 마일로가 말하자 상대는 루스 스태퍼드라는 사람을 아느냐고 물었다. 안다고 대답하자 상대는 루스 스태퍼드 부인이 사고로 쓰러졌다면서, 로스앤젤레스 시립병원 구급병동에서 전화하는 거라고 말했다. 부인의 이름을 토대로 전화번호부를 몽땅 뒤져, 관계가 있을 만한 곳에 연락을 취하고 있었던 모양이다.

사고라는 말이 자살을 암시하는 것처럼 들렸다. 루스가 자살했다면 마일로 앞에서 사라진 다섯 번째 사람이 된다. 유진 스태퍼드, 버디, 제시카, 에드 영감, 그리고 루스 스태퍼드… 다섯 사람이 잇따라 죽거나 실종된 것이다.

마일로는 자기 손으로 죽인 유진 스태퍼드도 사고로 죽은 것처럼 계산하여 실종자 명단의 첫머리에 포함시켰다. 그처럼 비정해질 수 있는 자신을 보고 마일로는 자기가 이제 냉정을 되찾았다고 확신했다. 그러나 그것은 냉정이 아니라, 긴장이 한계를 넘어선 뒤에 오는 정신의 이상한 둔화를 증명하는 게 아니었을까?

마일로는 그것까지는 미처 깨닫지 못하고, 어쨌든 로스앤젤레스 시립병원으로 달려갔다.

루스가 죽는 것은 그에게나 루스 자신에게나 가장 좋은 일이라고 생각했기 때문에, 병원 접수창구에서 루스가 아직 살아 있다는 말을 들었을 때 마일로는 낙담한 빛을 감추지 못했다.

담당 아가씨는 지금은 면회사절이니까 구급병동 대기실에서 기다려달라고 말했다.

마일로는 길고 구불구불한 복도를 지나 구급병동 대기실로 갔다. 말은 대기실이지만 그곳은 분명 복도의 일부였다. 복도 구석에 있는 간호사 대기실 앞 복도에 의자 몇 개와 탁자를 놓고 관엽식물 화분으로 칸막이를 해놓았을 뿐이었다.

대기실은 대여섯 명만 앉으면 거의 찼다. 탁자 주위를 아이 하나가 뛰어다니고 있었다. 그 아이의 소란한 움직임에 정신을 빼앗기고 있던 마일로는 하나뿐인 빈자리 앞에 앉아 있는 사람이 콜롬보라는 사실을 깨닫지 못했다. 마일로는 그 빈자리에 앉은 뒤에야 비로소 맞은편에 앉아 있는 사람이 콜롬보라는 것을 알았다. 여느 때와는 달리 거칠고 난폭한 인상마저 풍기는 콜롬보의 얼굴이 탁자 너머에 있었다. 마일로는 반사적으로 일어섰다.

"달아날 필요 없어요!" 콜롬보가 소리를 질렀다.

탁자 주위를 뛰어다니던 아이가 놀라서 멈춰 서고, 대기실에 있는 사람들의 호기심 어린 시선이 콜롬보에게 쏠렸다. 그 시선은 이윽고 천천히 마일로 쪽으로 옮아갔다. 마일로는 기가 죽은 채 그 자리에 주저앉았다.

"달아날 생각 따윈 없소. 그럴 필요도 없고… 다만 루스가 어떤지 궁금해서…"

"괜찮아요. 당신에게는 유감이겠지만…"

"그건 무슨 뜻이오?" 마일로는 되물었다.

콜롬보는 팔짱을 낀 채 바윗덩이처럼 말없이 마일로를 노려보고 있다가, 문득 옆에 앉아 있는 중년 여자를 바라보고는 여자가 펼쳐 들고 있는 잡지를 움켜잡았다.

"잠깐만 빌려주세요." 콜롬보는 대답도 기다리지 않고 여자 손에서 잡지를 낚아채더니, 패션 사진들이 늘어서 있는 페이지를 찢어질 듯 팔랑팔랑 넘기면서 말했다.

"세상은 이렇게 평화로워요. 여자 하나 죽어가도 큰일 날 건 하나도 없다고요."

"콜롬보 씨, 루스는 어때요? 위험한가요?" 마일로의 목소리에는 기대감이 담겨 있었다.

콜롬보는 패션 잡지의 페이지를 한 장씩 넘겼지만, 기사는 물론 사진도 전혀 보는 기색이 없이 그저 기계적으로 손을 움직이면서 대답했다.

"당신한테는 안됐지만 루스는 건강합니다. 한때는 위험했지만… 그보다 서툰 연극은 이제 그만두는 게 어때요?"

"서툰 연극은 당신 특기가 아니던가요, 콜롬보 씨?"

대기실에 있는 사람들은 마치 탁구시합을 구경하는 관객들처럼 두 사람 사이에 오가는 말을 따라 분주하게 시선을 이리저리 움직였다.

"아니, 서툰 연극은 당신, 마일로 제이너스의 특기지요."

대합실에 있는 사람들 가운데 절반은 마일로 제이너스의 이름을 알고 있었다. 여섯 명 가운데 세 명의 시선이 마일로의 얼굴에 못박혔다. 중년 여자 하나와 뚱뚱한 중년 사내 둘이었다.

콜롬보는 패션 잡지를 끝까지 넘기더니, 잡지를 뒤집어 반대쪽에서 다시 페이지를 넘기기 시작했다.

"제이너스 씨, 당신은 스태퍼드 부인의 병세 따위는 안중에도 없어요. 오히려 부인이 죽기를 바라고 있지요. 그런데 스태퍼드 부인은 당신을 걱정하고 있더군요. 부인이 술과 약을 먹은 것도 당신이 마음에 걸려서 견딜 수 없었기 때문이오. 하지만 걱정할 필요는 없어요. 상사병 같은 건 아니니까… 스태퍼드 부인은 당신 때문에 스태퍼드 씨가 죽었다고 생각해서 걱정하고 있는 거요."

대기실에 있던 여섯 명 가운데 네 명이 잇따라 자리에서 일어났다. 콜롬보의 이야기에 흥미는 있지만 남의 이야기를 보란 듯이 엿듣고 있을 만큼은 뻔뻔하지 못한 사람들이었다.

남은 두 사람 가운데 하나는 콜롬보에게 패션 잡지를 빼앗긴 중년 여자인데, 그녀는 그 자리에 앉아 있을 정당한 권리를 주장할 수 있었다. 그리고 또 한 사람은 마일로 옆에 앉아 있는 뚱뚱한 중년 사내였다. 두 남녀는 아까 마일로 제이너스라는 이름에 반응을 보인 세 사람 가운데 속해 있었다.

중년 여자는 뛰어다니던 아들을 옆의 빈자리에 앉히고 손수건으로 그 아이의 얼굴을 닦고 있었다. 마일로는 그 여자의 모자에 달려 있는 빨간 깃털을 보면서 말했다.

"콜롬보 씨, 이렇게 사람들 앞에서 나를 모욕한 이상 당신은 고소당할 각오를…"

"제이너스 씨, 고소하고 싶으면 어서 하세요. 나는 당신이 루스 씨의 상태를 알고 싶어 했기 때문에 잠깐 설명해준 것뿐입니다. 고소하고 싶다면 얼마든지 하시죠. 마일로 제이너스, 콜롬보 경위를 고소하다! 신문에 내 이름도 대문짝만하게 나올 테니, 그거 참 영광이겠군요."

마일로 옆에 앉아 있는 뚱뚱한 사내가 몸을 꼼지락거렸다. 중년 여자는 아이의 얼굴에서 손수건을 떼고 간호사 대기실 쪽을 바라보는 척하면서 콜롬보를 힐끔 훔쳐보았다.

콜롬보는 마일로 옆에 앉은 사내에게 손을 쑥 내밀었다.

"성냥 있소?" 평소 때의 콜롬보와는 전혀 달리, 깡패가 지나가는 사람에게 말을 거는 듯한 태도였다. 물론 깡패 두목이 아닌 똘마니 같지만… 콜롬보는 시가에 불을 붙이고는 성냥을 자기 주머니에 넣어버렸다.

"이걸 거기에 좀 넣어주쇼." 콜롬보는 불 꺼진 성냥개비만 사내에게 돌려주면서, 사내 앞에 놓여 있는 재떨이를 가리켰다.

사내는 콜롬보가 시키는 대로 하고는, 그것으로 그 자리에 눌러앉을 권리가 생겼다는 듯이 의자 등받이에 머리를 기대고 옆에 앉은 마일로를 노골적으로 바라보았다. 콜롬보는 담배 연기를 중년 여자의 모자에 꽂힌 깃털 쪽으로 뿜어내면서 말했다.

"제이너스 씨, 그날 밤 당신이 집에 도착할 때까지 알리바이를 조사해봤는데, 당신 알리바이는 성립하지 않더군요."

알리바이라는 말은 중년 여자와 뚱뚱한 사내에게 적잖은 영향을 주었다. 중년 여자가 쓰고 있는 모자의 빨간 깃털이 순간 크게 흔들렸고, 뚱뚱한 사내는 달걀을 껍질째 삼킨 것처럼 요란하게 목을 울렸다. 무리도 아니었다. 두 사람은 유명인사의 스캔들을 엿들을 수 있는 행운을 얻은 것이다.

아직 신문에도 안 난 싱싱한 스캔들이고, 게다가 범죄 냄새가 풀풀 났다.

마일로는 남들 앞에서 발가벗겨지고 있는 듯한 두려움을 느끼는 동시에 끓어오르는 분노를 느꼈다.

"콜롬보 씨, 당신한테는 이제 곧 변호사한테서 연락이 가겠지만, 여기서 일단 세 가지 점만은 분명히 해두겠소. 첫째, 애당초 나는 알리바이 같은 게 필요 없소. 둘째, 나는 사무실을 나온 뒤에 베이커네 중고차 가게에 갔소. 셋째, 그건 당신도 분명히 알고 있소."

"확실히 알고 있지요. 당신은 그 가게가 닫혀 있었다고 말했소. 그런데…" 콜롬보는 패션 잡지를 옆에 앉은 여자의 무릎 위로 던지면서 말을 이었다. "베이커의 중고차 가게는 6월부터 매일 밤 8시까지 영업하고 있더군요."

마일로는 한순간 현기증과 함께 온몸이 휘청거린 듯한 느낌을 받았다. 콜롬보의 한마디는 강렬한 펀치가 되어 마일로를 때렸다. 마일로는 의자 팔걸이를 두 손으로 꽉 움켜쥐고 그 펀치를 견뎠다.

"콜롬보 씨, 당신은 직감만 가지고 사람을 판단하는 나쁜 버릇이 있군."

"다들 그렇게 말하지요. 하지만 내 직감은 별로 빗나간 적이 없어요. 당신이 뭐라고 해도 나는 자신있소."

"하지만 그 직감이 틀렸다는 걸 증명해주지." 이렇게 말하고 마일로는 변명하기 시작했다. "분명히 나는 베이커네 가게가 닫혀 있었다고 말했소. 그건 베이커의 자동차가 가게 앞에 서 있지 않았기 때문이오. 어쩌면 가게는 열려 있었을지도 모르지. 하지만 베이커의 차가 없기 때문에 나는 베이커가 벌써 퇴근하고 가게 문도 닫혔다고 생각한 거요. 그런데 당신은 내 말을 오해했소. 오해를 바탕으로 제멋대로 추리하면 견딜 수가 없지. 그렇지 않다고 당신이 주장한다 해도 나는 그걸 부인하겠소. 알았소?"

"예, 잘 알았습니다. 나는 뭐든지 잘 알고 있지요."

사내아이가 의자에서 뛰어내려 탁자 주위를 뛰어다니기 시작했다. 콜롬보는 강아지를 붙잡듯 아이를 붙잡아 옆에 앉은 어머니에게 건네며 말했다.

"가정교육이 안 좋군요."

여자는 발끈한 모양이었지만 아무 말도 하지 않았고, 그 자리를 떠나려고도 하지 않았다.

마일로는 의자에서 일어나 콜롬보를 내려다보면서 말했다.

"나는 달아나는 게 아니오. 그럴 필요가 전혀 없소. 다만 당신 얼굴을 보면 구역질이 날 뿐이오."

마일로는 이 말을 남기고 콜롬보 곁을 떠났다. 그러나 기분은 가라앉지 않았다. 콜롬보의 말은 모두 옳다. 그렇기 때문에 낭패감이나 공포심을 느끼는 것이지만, 그가 생각하기에 정론과 정의는 별개 문제였다. 그에게 정의는 정론이나 윤리와는 아무 관계도 없는 것이었다. 자기가 영유하고 있는 세계를 지키고 더욱 확대하는 것, 그게 그의 정의였다. 그런 의미에서 콜롬보는 분명 마일로의 정의를 계속 침해하고 있었다. 그런 자를 그냥 내버려 두어도 좋은가? 이런 자문이 살의와 연결되어 있다는 것을 마일로는 알고 있었다.

마일로는 걸음을 멈추고 뒤를 돌아보았다.

"콜롬보 씨, 당신 시가는 정말 싸구려군. 역한 냄새가 나서 견딜 수가 없어. 그런 싸구려 시가나 뻐끔대면서 머리를 쥐어짜봤자 아무 소용 없지. 분명히 말해두지만 나는 당신보다 몇 배 훌륭한 사람이오. 사회적 지위에서도, 재력에서도, 사고력이나 판단력에서도, 체력이나 완력에서도… 그러니까 조심하시오. 당신을 없애는 것쯤은 나한테는 식은 죽 먹기니까."

"이의 있습니다!" 콜롬보는 법정 변호사처럼 손을 들었다.

마일로는 싱긋 웃었다.

"제거당하면 곤란하다는 거요?"

"아니, 그게 아닙니다. 당신과 나의 인물 비교 말인데, 한 가지 점만 수정해줬으면 좋겠는데요. 다른 건 몰라도 머리만은 내가 당신보다 훨씬 좋을 거요."

"글쎄… 당신이 정말로 영리한 사람이라면 나를 모욕하는 말은 하지 않았을 테고, 내 앞에도 두 번 다시 나타나지 않았을 거요."

마일로는 콜롬보에게 등을 돌리고 대합실을 나왔다. 리놀륨 바닥을 밟는 발이 분노로 떨리고 있었다. 콜롬보를 죽일 수만 있다면 종신형을 받아도 상관없다고 생각했다. 쉰세 살의 분별 속에 살의라는 정열이 파고들어 활활 타오르고 있었다.

대기실의 공기가 느슨해졌다. 뚱뚱한 중년 사내는 한숨을 내쉬었고, 중년 여자는 다시 의자에서 뛰어내린 아이 앞으로 돌아가 운동화 끈을 매주었다. 끈은 양쪽 다 풀려서 축 늘어져 있었다.

"조니, 위험해. 이렇게 하고 뛰어다니면…" 중년 여자는 모자의 빨간 깃털을 흔들면서 아들의 신발 끈을 매주었다.

그 모습을 지켜보고 있던 콜롬보가 갑자기 벌떡 일어났다. 그러고는 중년 여자의 뒤로 돌아가려고 했지만 탁자 때문에 거기로 들어갈 수가 없었다.

콜롬보는 그 탁자를 중년 사내의 옆 의자에 올려놓고 뒤에서 중년 여자의 손을 들여다보았다. 중년 여자는 운동화의 한쪽 끈을 다 매고 다른 쪽 끈을 매고 있는 참이었다.

"저어, 죄송하지만 잠깐만…" 콜롬보는 중년 여자를 밀어젖히고 아이의 운동화 앞에 쪼그려 앉아 끈에 손을 댔다.

아이는 겁이 나서 얼굴을 찡그렸다. 중년 여자도 이제는 더 이상 얌전한 관객이 아니었다. 그녀는 아들을 꽉 끌어안고 콜롬보의 어깨를 밀치며 소리를 질렀다.

"아이한테 이상한 짓을 하면…" 여자는 잠깐 망설였지만, 망설이고 있을 때가 아니라고 판단했다. 여자는 간호사 대기실까지 울릴 만큼 신경질적인 목소리로 외쳤다. "아이한테 이상한 짓을 하면 경찰을 부르겠어!"

한 시간 뒤, 콜롬보는 대기실 소파에 아무렇게나 기대앉아 쿨쿨 자고 있었다.

낡아빠진 넥타이를 느슨하게 풀어헤치고 두 손을 주머니에 찔러넣은 채, 금방 소파에서 굴러떨어질 것만 같았다. 마치 구급차로 방금 실려온 알코올 중독자처럼 보였다.

다른 문병객들은 불쾌한 듯이 얼굴을 찌푸리고, 되도록 가까이 가지 않으려고 멀찌감치 거리를 두고 앉아 있었다.

그때 간호사가 다가와 콜롬보를 내려다보며 말을 걸었다.

"경위님, 전화 받으세요."

그러나 콜롬보는 눈을 뜨지 않았다. 주위 사람들은 이상하다는 눈으로 콜롬보와 간호사를 번갈아 바라보았다. 간호사는 몸을 굽혀 콜롬보의 어깨를 잡고는 힘차게 흔들면서 큰 소리로 불러댔다.

"콜롬보 경위님, 전화 왔어요. 어서 일어나세요!"

"아아…" 콜롬보는 겨울잠에서 깨어난 곰처럼 벌떡 몸을 일으켰다. "아니… 이거 미안합니다. 그만 잠이 들어버렸군요… 그런데 뭐라고 하셨지요?"

"전화 왔어요."

"아아, 그래요… 누구한테서요?"

"로이스 레이시라고 하던데요."

"로이스 레이시? 흐음… 전화는 어디 있습니까?"

간호사는 접수창구를 가리켰다. 콜롬보는 고개를 끄덕이고 천천히 일어섰다. 그러고는 접수창구로 가려다가 문득 뒤를 돌아보며 간호사에게 물었다.

"스태퍼드 부인은 좀 어떻습니까?"

"차도는 별로 없는 모양이에요. 의사 선생님은 일주일 동안 안정이 필요하다고 말씀하시고 돌아가셨어요."

"돌아갔다고요?"

"네. 아까 선생님이 그 말을 경위님께 전하려고 했는데, 주무시고 계셔서…"

"아아, 그래요… 정말 고맙습니다."

콜롬보는 주머니에서 시가를 꺼내면서 접수창구로 다가갔다.

"경위님!" 간호사가 불러 세웠다. "거기서부터는 금연이에요."

3

마일로 제이너스는 저녁놀이 물든 하늘을 오른쪽으로 보면서 샌디에이고 고속도로를 남쪽으로 달리고 있었다.

열어젖힌 창문으로 강한 바람이 불어와 마일로의 머리를 내렸다. 벼랑 끝에 서서 파도의 물보라를 뒤집어쓰는 것처럼 기분이 좋았다.

앞에 끝없이 뻗어 있는 가로등 불빛을 보면서 마일로는 무엇 때문에 달리고 있느냐고 자문했다. 샌타애나까지 가서 베이커네 중고차 가게가 콜롬보 말대로 6시 이후에도 영업하고 있는지를 확인하고 싶은 기분은 있었다. 그러나 무엇 때문에 그런 걸 확인할 필요가 있는지 마일로는 이해할 수가 없었다. 그리고 그것을 확인하고 싶다고 생각한 것은 샌디에이고 고속도로에 들어선 뒤였다.

어쩌면 그저 차를 달리고 싶었던 것뿐인지도 모른다. 아니면 도망? 마일로는 액셀을 힘껏 밟았다. 차는 자유의 환상을 준다. 계속 달리는 한 끝없이 넓은 천지가 펼쳐져 있다고 착각하게 만드는 편리한 탈것이었다. 그런 착각이 지금의 마일로에게는 필요했다. 잠깐만이라도 콜롬보의 시선에서 완전히 해방될 필요가 있었다. 그것은 생리적인 필요였다.

마일로는 샌디에이고 고속도로를 좋아했다. 그 길은 샌타모니카, 맨해튼비치, 리돈도비치, 롱비치, 뉴포트비치 등, 태평양 연안에 있는 도시들을 잇고 있기 때문이다. 그리고 그 길은 또한 샌디에이고로 이어지고, 거기서 국경을 넘어 멕시코로 통하고 있었다.

많은 범죄자들이 이 길을 지나 멕시코로 도망친다. 가는 도중에 힘이 빠져 잡혀버리는 경우도 많지만, 어쨌든 샌디에이고 고속도로는 도망칠 필요가 있는 사람에게는 자유로 가는 유일한 길이었다.

지금이라면 도망칠 수 있다고 마일로는 생각했다. 멕시코까지 도망쳐서 모든 걸 다시 시작할까. 뒷좌석에 놓여 있는 서류가방에는 언제라도 먼 여행을 떠날 수 있도록 여권과 3천 달러 남짓한 현금이 들어 있었다. 이대로 계속 달려 멕시코로 들어가면 한 달은 놀고먹으며 살 수 있다. 그동안 인생을 다시 시작할 계획을 짜고⋯ 그러나 '샌타애나 출구'라고 적힌 도로 표지판이 앞유리창에 바싹 다가왔을 때 마일로의 손은 저절로 움직여 깜빡이 스위치를 누르고 있었다.

마일로는 무거운 한숨을 내쉬었다. 인생을 다시 시작하려면 진정한 젊음이 필요하다. 그러나 마일로는 뒤에 남기고 온 왕국을 포기할 수 있을 정도의 젊음을 갖고 있지 않았다. 돈이 없는 노년은 쓰레기통 속에 버려진 쓰레기처럼 비참하다.

마일로는 새삼 젊음의 의미를 깨닫고, 나는 이제 더 이상 젊지 않다고 절실히 생각했다. 그것이 쉰세 살의 분별이었는지도 모른다. 그러나 쉰세 살의 분별은 얼마 남지 않은 자유의 가능성마저 내던져버리고 구속될 위험이 도사리고 있는 왕국으로 마일로를 다시 데려온 무분별이기도 했다.

마일로는 가난한 자유보다는 풍요로운 부자유에 도박을 걸었다.

고속도로에서 내려오자 마일로는 해병대 기지 앞에 있는 베이커의 가게를 그냥 지나쳤다.

중고차 가게는 콜롬보가 말했듯이 열려 있었다. 전등을 켠 가게 안에서 신문을 읽고 있는 남자의 모습이 차창을 가로질러 뒤쪽으로 흘러갔다. 마일로는 그대로 동쪽으로 달려 샌타모니카 고속도로로 들어선 다음, 북쪽으로 되돌아갔다.

위험이 기다리는 북쪽 방향을 바라보고, 이제는 손에 닿지 않는 탈출로를 백미러 속에 담으면서 마일로는 왕복 100마일, 시간으로 치면 두 시간을 들여 샌타모니카 만에 면해 있는 집으로 돌아왔다.

그곳은 마일로 왕국의 중심이었고, 가장 편안하게 지낼 수 있는 공간이었다. 그러나 한 줄기 불빛도 없이 캄캄한 어둠 속에 잠겨 있는 집은 하나의 거대한 납골당처럼 보였다. 마일로는 현관으로 다가가면서 죽은 자들의 성에 발을 들여놓는 도굴꾼 같은 전율을 느꼈다.

익숙한 세계에 대한 위화감이 다시 고개를 쳐들고 있었다. 샌디에이고 고속도로를 달렸기 때문이라고 마일로는 생각했다. 자유의 환상을 짐깐이나마 보았기 때문이다.

마일로는 현관문을 열고 거실을 빠른 걸음으로 돌아다니며 전등을 있는 대로 다 켜놓았다. 왕국은 광채를 되찾고 납골당 같은 음울한 그림자를 몰아냈다.

그러나 뭔가 묘한 냄새가 가득 차 있는 것 같았다. 마일로의 집과는 어울리지 않는 희미한 냄새가… 그 때문인지 마일로는 아무래도 마음을 가라앉힐 수가 없었다. 남의 손에 넘어간 자기 집을 다시 찾아온 것 같은 불쾌감을 느꼈다.

피곤한 탓이야. 마일로는 자신을 타일렀다. 샤워를 하면 기분이 개운해질 거야.

그때 홈바에서 전화벨이 울렸다. 앰프로 증폭한 소리처럼 전화벨 소리가 유난히 크게 느껴졌다. 전화조차도 여느 때와는 상태가 다르다. 마일로는 달려가서 수화기를 들었다.

"여보세요, 마일로 제이너스입니다…" 이렇게 말한 뒤 마일로는 상대의 목소리를 듣고 눈을 크게 떴다.

"아, 제시카. 나야, 스태퍼드. 회장님 계서?" 틀림없는 스태퍼드의 목소리였다. 죽은 사람이 걸어온 전화였다.

그 뒤에 이어진 침묵을 마일로는 견딜 수가 없었다. 마일로는 수화기를 내동댕이치듯 전화를 끊었다. 이상한 냄새가 강하게 코를 찔렀다. 그 순간 어떤 생각이 마일로의 머리에 번쩍 떠올랐다. 싸구려 시가 냄새다!

마일로는 서재 쪽으로 달려가 거칠게 문을 열었다.

서재의 어둠 속에 작달막한 코트 차림의 실루엣이 있었다. 입에 문 시가의 불이 빨갛게 타오르고 있었다.

"콜롬보!" 마일로는 외치면서 전등을 켰다.

눈앞이 아찔해지는 밝음 속에서 마일로가 맨 처음 본 것은 콜롬보가 아니라, 책상 전화기 옆에 놓여 묵직하게 빛나는 녹음기였다. 잠시 침묵이 흐르는 동안 비명과도 비슷한 소리가 마일로의 입술을 억지로 잡아 찢듯이 하며 터져 나왔다.

"콜롬보!"

"사소한 실험이지요." 콜롬보는 부드럽게 말하고는 테이프를 가리켰다. "죽은 사람을 살아 있는 것처럼 보이게 하는 장치를 만들었기 때문에 잠깐 보여드린 것뿐입니다."

알리바이 조작에 쓴 그 테이프는 이미 버렸다. 작은 돌멩이와 함께 비닐봉지에 싸서 샌타모니카 만에 버렸다. 해안에서 1마일 떨어진 난바다까지 헤엄쳐서 바닷속에 가라앉혔다. 마일로는 자신을 격려했다. 콜롬보는 정황증거밖에 쥐고 있지 않아. 정황증거를 토대로 위협을 가하고 있을 뿐이야.

"콜롬보, 지나친 장난은 그만두시오." 목소리는 침착성을 되찾아 얼음처럼 차가웠다.

그러나 콜롬보는 훨씬 더 침착했다. 콜롬보는 테이프를 되감으면서 말했다.

"제이너스 씨, 지나친 장난을 할 생각은 없습니다. 한 가지 사실을 증명하여 당신에게 납득시키려고 했을 뿐이지요." 콜롬보는 테이프를 녹음기에서 벗겨냈다. 그러고는 그 테이프를 가만히 바라보면서 말했다. "이 테이프란 녀석은 사람을 깜짝 놀라게 하더군요. 요전에 로이스 레이시 씨한테 전화를 걸었을 때도 전화를 받은 건 테이프에 녹음된 목소리였어요. 그런데 나는 그만 본인이 받은 줄 알고 말을 걸었지요. 그런데 알고 보니까 테이프에 녹음된 목소리에요. 왠지 바보 취급을 당한 것 같아서 화가 나더군요. 이 테이프는…" 콜롬보는 테이프를 마일로에게 내밀면서 말을 이었다. "당신 사무실에 있는 테이프를 잠깐 빌려다가 편집한 겁니다. 쐐 잘 되었지요?"

"도대체 무슨 권리로…"

"권리가 아니라 의무입니다. 경찰관의 의무…" 콜롬보는 양복 안주머니에 손을 집어넣어 갈색 봉투를 꺼내 흔들어 보였다. "이건 수색영장, 사무실과 이 집을 수색하기 위한 영장이지요. 나는 권리가 아니라 의무로 수색을 한 겁니다."

콜롬보는 본격적인 수사에 나서고 있지만 물증 따위는 찾아낼 수 있을 리가 없어. 마일로는 차갑게 웃으며 말했다.

"뭔가 재미난 거라도 찾아냈소?"

"그럼요." 콜롬보는 고개를 끄덕였다. "사무실에서 재미난 테이프를 하나 찾아냈지요. 그 테이프에는 이음매가 있더군요. 잘려나간 부분은 분명 스태퍼드 씨의 목소리였어요. 녹음기로 들어보았는데 제시카 씨의 목소리가 두 번 잇따라 나오더군요. 제시카 씨는 우선 '여보세요'하고 말한 다음, 느닷없이 '스태퍼드 씨한테서 전화 왔습니다'하고 말합니다. 즉, 잘려나간 부분은 스태퍼드 씨가 당신을 바꿔달라고 부탁하는 부분이지요."

그건 물증이 아니야. 간접적으로 나에 대한 의혹을 증명하는 것이긴 하지만, 유죄를 입증하는 재료는 되지 않아. 마일로의 얼굴에는 억지웃음이 아닌 진짜 웃음이 번져갔다.

"그래서 어쨌다는 거요? 당신이 발견한 건 누군가가 테이프를 잘라낸 모양이라는 걸 증명할 뿐이잖소. 그 누군가가 나라는 건 증명할 수 없어요. 당신의 너저분한 머릿속에 어떤 망상이 소용돌이치고 있는지, 대충은 상상할 수 있지만…"

콜롬보는 반사적으로 머리를 만졌다. 그러고는 곱슬머리를 천천히 쓸어내리며 말했다.

"그러면 내 망상이라는 것도 한번 피력해볼까요?"

"얼마든지. 어차피 시시한 원맨쇼겠지만, 공짜로 보여주겠다니 꾹 참고 구경하리다."

"고맙습니다."

콜롬보는 퇴락한 배우처럼 과장되게 절을 했다. 그리고 얼굴을 들었을 때 그 눈은 멀리 떨어진 표적을 노리는 저격병처럼 긴장감을 띠고 가늘어져 있었다.

"제이너스 씨, 당신은 그 금요일 밤 헬스장에서 스태퍼드 씨를 죽였습니다."

마일로는 말없이 콜롬보를 정면으로 노려보았다.

콜롬보는 그 시선을 마주 보며 말을 이었다.

"그런 다음 이 집으로 돌아오자 서재로 가서 전화로 거실 홈바의 전화를 불러냈지요. 아까 내가 한 것처럼 말입니다. 홈바의 전화는 당신이 생각한 대로 제시카 씨가 받았습니다. 당신은 재빨리 테이프를 돌렸지요. 이것도 아까 내가 한 것과 똑같습니다. 제시카 씨가 당신을 부르러 왔고, 당신은 거실로 가서 전화를 받았습니다. 그리고 아무도 없는 전화에다 대고 오랫동안 통화했지요. 스태퍼드 씨가 클럽에 남아서 운동을 하려 한다는 이야기까지 날조해서…"

"날조했다고?" 마일로는 자못 놀란 듯이 소리를 질렀다. "날조하고 있는 건 당신이야."

"아니, 내 눈은 틀림없습니다." 콜롬보는 자신의 사팔눈을 가리키고, 이어서 마일로를 가리켰다. "당신은 알리바이를 조작했어요. 알리바이를 만들기 위해 거실 전화기도 망가뜨렸고, 전화기의 램프 코드를 벗겨놓았지요. 그렇게 해두면 서재에서 전화를 걸어도 거실에 있는 사람에게 눈치채일 염려가 없으니까요."

그 전화기는 아직 수리하지 않았다. 착신램프 코드가 늪어신 채 홈바 위에 놓여 있다. 하지만 그렇다고 해서… 마일로는 다시 기운을 차렸다.

"당신은 아직 아무것도 입증하지 못했소. 정황증거만 가지고 세운 가설 가운데 하나를 지껄이고 있을 뿐이오. 가설이란 수없이 성립할 수 있다는 사실을 잊지 마시오. 그 담뱃재와 마찬가지로 불면 날아가버릴 애매한 증거만 가지고는…"

"담배는 치명적이라고 말한 게 누구였지요?" 콜롬보는 담뱃재를 바라

제4장 죽은 사람으로부터 걸려온 전화 345

보면서 말을 이었다. "증거가 전혀 없는 것도 아닙니다. 일단 증거다운 것은 있지요."

"있다면 어디 한번 볼까요?"

콜롬보는 고개를 끄덕이고 주머니에 손을 집어넣었다. 마일로가 이미 지겹게 본 검은 수첩이 나타났다. 콜롬보는 수첩을 뒤적이며 말했다.

"증거… 당신 서명이 들어 있는 진술서가 바로 그 증거지요. 스태퍼드 씨와 전화로 나누었다는 이야기 내용이 여기 분명히 적혀 있습니다."

마일로는 콜롬보가 무슨 말을 하려고 하는지 이해할 수가 없었지만, 여세를 얻은 말이 입에서 튀어나왔다.

"그게 어쨌다는 거요?"

콜롬보는 수첩을 보면서 말했다.

"당신은 9시가 좀 지나서 집에 돌아와 스태퍼드 씨의 전화를 받았다고 했지요? 스태퍼드 씨는 그때 아직 클럽에 있었고…"

"그렇소."

"그리고 이제부터 운동을 할 작정이라고 말했지요? 한번 인용해볼까요?"

"좋으실 대로."

콜롬보는 수첩에 적힌 것을 소리 내어 읽었다.

"스태퍼드는 벌써 운동복으로 갈아입었다고… 30분쯤 운동을 하고 나서 집에 돌아가겠다고 말했다. 그렇지요?"

"그렇소."

"틀림없습니까? 정말로 스태퍼드 씨는 운동복으로 갈아입었다고 했나요?" 콜롬보는 눈을 치켜뜨고 마일로를 바라보며 다짐을 받았다.

"틀림없소. 나는 그 수첩에 서명까지 했잖소."

"절대로 틀림없지요?" 콜롬보가 다시 다짐을 받았다.

조심해! 이렇게 외치는 소리가 마일로의 가슴속에서 들렸다. 그러나 마일로는 짜증난 목소리로 고함을 질렀다.

"정말 끈질기군! 틀림없소!"

"그렇습니까?" 콜롬보는 아래를 내려다보며 말을 이었다. "그럴 리가 없는데… 그게 정말이라면 엉망이 되는데…"

마일로는 당황했다. 역시 함정이었나?

"콜롬보 씨, 도대체 무슨 짓을 할 작정이오?"

마일로가 흥분하여 고함을 지르자 콜롬보는 재빨리 화제를 바꾸었다.

"로이스 레이시 씨라는 사람을 모르십니까?"

콜롬보는 수첩을 한 장 넘겼다. 거기에는 마일로가 상상할 수도 없는 것이 적혀 있는 것 같았다.

"모르오."

"스태퍼드 씨의 부탁을 받고 당신 회사의 경영 상태를 조사한 사람이지요. 지금은 루스 스태퍼드 부인의 부탁을 받고 조사를 계속하고 있지만…"

"그게 어쨌다는 거요?"

콜롬보는 갑자기 수첩에서 눈을 들더니 날카로운 어조로 추궁했다.

"'볼링브루크'… 이건 아시죠?"

"아니…" 마일로는 순간 기가 죽어 말문이 막혔다.

모른다고 즉각 대답했어야 하는데 콜롬보의 말투에 주눅이 들어 머뭇거린 것을 후회했다. 방비가 느슨해졌다고 생각한 순간, 콜롬보가 다그치듯 말했다.

"아니, 아실 겁니다. 영국에 있는 여행사인데, 당신이 각 체인점에서 빨아들인 수익금을 해외로 빼돌리기 위한 유령회사지요."

콜롬보의 말이 맞다. 그러나 마일로는 벌써 '볼링브루크' 쪽에 손을 써두었다. 그러니 증거가 될 만한 서류는 몽땅 처분했을 것이다.

"물론 증거는 벌써 없애버렸겠죠?" 콜롬보가 마일로의 마음을 꿰뚫어 본 것처럼 말했다.

"모르오." 마일로는 간신히 부인하는 말을 내뱉었다. "무슨 소린지 하나도 모르겠군. 그런 회사는 들어본 적도 없소. 모르는 사람 이름이나 들어본 적도 없는 회사를 마구 들먹이니…"

"아무리 그래도 '볼링브루크'는 아실 텐데요." 콜롬보는 잘라 말하고 오른손 검지를 세웠다.

마일로는 당황했지만, 무슨 일이 있어도 계속 시치미를 떼면서 버티지 않으면 안 된다. 마일로는 콜롬보의 공격을 되받아치고 어떻게든 그의 영역에서 벗어나기 위해 싸울 태세를 다시 갖추려고 했다. 그러려면 태도를 바꾸어 공세로 나갈 수밖에 없었다.

마일로는 일그러진 미소를 지으며 말했다.

"당사자인 내가 모른다는데 당신은 정말 끈질기게 물고 늘어지는군. 이런 어처구니없는 입씨름도 드물 거요. 어른스럽지 못하다고는 생각지 않소? 나는 당신의 심심풀이 말장난 따위는 도저히 상대해줄 수 없소." 마일로는 어깨를 으쓱하고는 선수를 쳐서 도박으로 나왔다. "아니면 내가 그 회사와 관계가 있다는 확실한 증거라도 갖고 있소?"

"이제 곧 알게 될 겁니다. 지금 로이스 레이시 씨가 외환관리국에 틀어박혀 조사하고 있으니까요. 당신이 외환관리법을 위반한 사실을 찾아내고 있다는 얘기지요. 당신이 스태퍼드를 살해한 직접적인 동기가 바로 스태퍼드 씨한테 고소를 당할까 봐…"

직접적인 동기라고? 아니야, 콜롬보. 진짜 동기는 좀 더 깊은 곳에 있어. 마일로는 미소를 지었다. 고소를 당하는 것보다도 스태퍼드가 내 후임자가 되는 걸 용납할 수가 없었지. 꿈의 도시에서 애써 쌓아 올린 성에서 쫓겨나고 낙하산을 타고 내려온 공무원 따위가 내 자리에 앉아 으스대는 꼴을 용납할 수가 없었던 거야. 마일로는 도전적인 웃음을 띤 채 말했다.

"그런 이유로 간단히 사람을 죽일 수도 있는 거요?"

"글쎄요, 잘 모르겠는데요." 콜롬보는 시원스럽게 말하고 어깨를 으쓱했다. "동기란 건 어디까지나 개인적인 거니까요. 좀 더 깊은 곳에 뿌리박혀 있는지도 모르지요. 그러니까 나는 모릅니다. 아니, 모른다기보다는 흥미가 없습니다."

콜롬보는 느닷없이 의자 위에 놓여 있던 종이 꾸러미를 집어들고 마일로 앞으로 쑥 내밀었다. 마일로는 저도 모르게 몸을 뒤로 젖혔다.

"그럼 다음은 신발의 마술을…"

콜롬보는 종이봉지를 의자 위에 내려놓고 한쪽 발을 획 들어 올렸다. 회색 구두가 책상 위로 올라갔다. 정확히 말하면 그것은 검은 구두였지만 묻은 먼지 때문에 회색으로 보였다. 마일로는 몸의 일부를 콜롬보에게 짓밟힌 듯한 기분이 들었다.

"콜롬보, 그만 좀 해두시오!" 마일로는 콜롬보를 찌를 듯이 손가락을 쑥 내밀었다. "그 책상은 경찰청에 있는 싸구려 책상과는 차원이 다른 거요."

"아하, 그렇습니까?" 그러나 콜롬보는 발을 내리지 않았다. 발을 내리기는커녕, 회색으로 더러워진 구두끈을 풀면서 말을 이었다. "제이너스 씨, 좀 더 이쪽으로 가까이 와보세요. 가까이에서 보지 않으면 모르니까…"

콜롬보는 일단 풀었던 구두끈을 천천히 매기 시작했다. 새끼손가락 하나만 힘차게 뻗고 잔뜩 거드름을 피우며 손을 움직였다.

"구두끈을 매는 법은 사람에 따라 다양합니다. 무의식중에 매고 있지만 순서는 사람마다 정해져 있지요."

콜롬보는 손을 멈추고 마일로의 얼굴을 쳐다보았다.

"자, 잘 보세요. 내 경우에는 끈의 첫 번째 고리가 오른쪽에 생깁니다. 이렇게요."

콜롬보는 오른쪽 고리를 흔들어 보이고 나서 왼손으로 반대쪽 끈을 가져와 나비매듭을 만들었다.

"다 매면 매듭이 생긴 곳에서 오른쪽 끈이 밑에 옵니다. 대충 이렇게 되지요." 마치 난생처음 신발끈을 매게 된 아이가 아버지한테 솜씨를 자랑하고 있는 것 같았다. "그런데 이런 방법은 스태퍼드 씨가 구두끈을 매는 방법과 같습니다."

콜롬보는 한쪽 발을 책상 위에 올려놓은 채 의자 위에 놓아둔 종이봉지 속에 손을 집어넣었다.

"참고삼아 잠깐 비교해볼까요…" 콜롬보는 종이봉지에서 네모난 꾸러미를 꺼냈다. "아차, 이건 내 도시락이니까 지금은 관계가 없군요."

콜롬보는 다시 한번 봉지 속에 손을 집어넣어 커다란 갈색 구두를 꺼내더니, 자기 구두와 나란히 되도록 책상 위에 내려놓았다.

"이건 스태퍼드 씨의 로커에 들어 있던 구둡니다. 이 끈을 좀 봐주세요." 콜롬보는 스태퍼드의 구두끈 이음매를 가리켰다. 그리고 자기 구두끈을 가리켰다. "어떻습니까. 똑같지요? 첫 번째 고리는 오른쪽으로 나와 있습니다. 매듭 있는 곳에서 오른쪽 끈이 밑에 옵니다."

마일로는 뭐가 뭔지 알 수가 없었다. 엉터리 마술사한테 속고 있는 기분이었지만, 빈정거리는 미소를 띠며 말했다.

"당신이 같다면 같겠지. 시력에는 이상이 없는 것 같으니까."

콜롬보는 마일로의 빈정거림을 묵살하고 한쪽 발을 책상 위에 올려놓은 채, 다시 의자 위의 종이봉지 속에 손을 집어넣었다. 그리고 이번에는 운동화를 꺼냈다. 깨끗이 닦은 책상 위에 세 번째 신발이 놓였다. 어디서 가져왔는지, 운동화는 새까맣게 더러워져 고약한 냄새를 풍기고 있었다. 마일로는 스태퍼드의 시체에 운동화를 신겨주었을 때 맡았던 그 불쾌한 냄새를 생각해냈다.

"자, 이번에는 아까와는 좀 다른 상황에서 끈을 매보겠습니다. 남의 신발 끈을 매주듯이 말입니다."

콜롬보는 운동화를 누르듯이 잡고는 책상 위에서 천천히 돌리기 시작했다. 거울 같은 책상 표면에 운동화 밑창의 더러움이 또렷이 새겨졌다.

"무슨 짓을 하는 거야!" 마일로는 소리를 지르며 한 걸음 앞으로 나섰다.

그러나 운동화가 빙그르르 반 바퀴 돌아 앞꿈치가 콜롬보 쪽을 향했을 때 그 앞꿈치에 숨어 있는 의미가 번개처럼 마일로를 때렸다. 매듭은 좌우가 반대가 된다! 마일로는 콜롬보가 무엇을 입증하려고 하는지를 겨우 깨달았다. 남의 구두끈을 매줄 때는 좌우가 반대가 되고 매듭이 거꾸로 생긴다! 마일로는 헬스장의 어둠 속에 쪼그려 앉아 죽은 사람의 신발 끈을 매고 있는 제 모습을 마치 남의 일처럼 생각해내고 있었다. 미련한 자식!

콜롬보는 방향을 바꾼 운동화 끈을 재빨리 맨 다음, 앞쪽을 마일로 쪽으로 돌려놓고 갈색 구두와 나란히 놓았다.

"자, 보세요. 운동화 매듭은 거꾸로 되어 있습니다. 오른쪽 끈이 위에 와 있지요?" 콜롬보는 기쁜 듯이 말하고 나서 또다시 종이봉지 속에 손을 집어넣었다.

책상 위에 올려놓은 발은 움직이지 않는다. 마치 그 발이 귀중한 증거물이라도 되는 것처럼, 또는 접착제로 책상에 붙여버리기라도 한 것처럼, 콜롬보는 괴로운 자세를 계속 유지한 채 종이봉지에서 커다란 사진을 꺼냈다.

"자, 이걸 좀 봐주세요…"

그것은 스태퍼드의 시체 가운데 발을 크게 찍은 클로즈업 사진이었다.

경찰 사진이란 묘한 것이다. 운동화를 신은 발을 찍은 것인데도, 틀림없이 시체의 일부라는 것을 알 수 있는 시체 냄새 같은 분위기를 화면에서 풍기고 있다. 콜롬보는 그 사진을 운동화 옆에 놓았다. 실물 크기로 확대한 사진이었다.

눈길을 피해서는 안 돼! 마일로는 자신에게 외쳤다.

"콜롬보 씨, 신발가게라도 차리려는 거요?" 이렇게 말하고 마일로는 책상 위를 가리켰다.

콜롬보는 들은 척도 않고 손가락으로 사진을 두드리며 말했다.

"스태퍼드 씨의 시체가 신고 있던 운동화입니다. 이쪽 운동화와 끈 매는 법이 같습니다." 그러고 나서 콜롬보는 갈색 구두와 자기 구두를 가리키며 외쳤다. "이쪽 구두끈과는 매는 방법이 정반대예요! 따라서 스태퍼드 씨는 자기 손으로 운동화를 신은 게 아닙니다. 누군가가 신겨주었습니다. 스태퍼드 씨가 죽은 뒤에 누군가가 신겨준 겁니다!"

콜롬보는 그제야 겨우 발을 책상에서 내렸다. 그러고는 한숨을 내쉬며 책상 위에 묻은 더러움을 코트 자락으로 닦기 시작했다. 그러다가 갑자기 고개를 들고 마일로를 바라보았다.

"운동화도 운동복도 스태퍼드 씨가 죽은 뒤에 누군가가 신기고 입혔어요. 그 누군가는 누구일까? 바로 당신입니다. 당신밖에 없어요."

마일로는 놀라지 않았다. 변명은 이미 준비되어 있었다.

"콜롬보 씨, 멋진 추리군요." 마일로는 두 손을 바지 주머니에 찔러넣으면서 말을 이었다. "확실히 신발이나 옷은 스태퍼드가 죽은 뒤에 누군가가 바꿔 신기고 바꿔 입힌 것 같소. 그 주장에는 나도 동감이오. 사실이 그랬던 것 같소. 하지만 그렇다고 해서 시체의 옷을 갈아입힌 사람이 반드시 나라고…"

"아니, 당신입니다." 콜롬보는 마일로를 가리켰다. 굵은 손가락은 차가운 권총처럼 허공에 멈추고, 그 끝은 정확히 마일로의 가슴을 겨누고 있었다. "틀림없이 당신이 갈아입혔어요."

"증거를 대보시오." 마일로가 콜롬보의 손가락을 향해 한 걸음 다가갔다.

손가락은 조용히 내려가 코트 주머니 속으로 사라졌다. 그리고 잠시 후 검은 수첩을 움켜쥐고 다시 나타났다.

"여기 당신의 진술서가 있습니다." 콜롬보는 수첩을 넘겼다. 그러다가 그 손을 딱 멈추고는 말했다. "당신은 스태퍼드 씨가 옷을 갈아입었다는 걸 알고 있었습니다. 죽은 사람으로부터 걸려온 전화를 받았을 때 당신은 뭐라고 했지요? 파티에 모여 있는 손님들을 향해 뭐라고 했지요? 스태퍼드 씨는 벌써 운동복으로 갈아입었다고 했지요? 그건 이 진술서에도 쓰여 있어요. 당신은 그때 이미 스태퍼드 씨가 무슨 옷을 입고 있는지 알고 있었습니다. 당신이 갈아입혔으니까 알 수밖에요. 시체가 발견되기 아홉 시간이나 전에 당신은… 오직 당신만이 시체의 상태를 알고 있었던 겁니다."

이것도 간접적인 증거에 불과해! 테이프를 조작한 사람이 밝혀지지 않는 한, 범죄를 입증하는 증거는 될 수 없어! 마일로는 자신을 격려하고 자신을 설득하려고 했다.

그러나 마일로의 마음속에서 무언가가 허물어졌다. 53년 동안 마일로를 지탱해온 강력한 기둥이 콜롬보가 늘어놓은 정황증거에 포위되어 마침내 힘을 잃고 만 것이다. 분명히 간접적인 증거에 불과하다. 하지만 그 간접적인 재료들이 모두 날카로운 바늘처럼 마일로에게 집중하여 수많은 고통을 불러일으키면서 그를 뒤흔들고 있었다.

긴 침묵이 흘렀다.

마일로도 콜롬보도 움직이지 않았다. 침묵의 의미는 무거웠다. 마일로의 패배와 콜롬보의 승리를 웅변으로 말해주는 침묵이었다.

콜롬보는 새 시가에 불을 붙여 연기를 깊이 빨아들이고 나서 말했다.

"제이너스 씨, 완벽한 알리바이 조작을 하신 것 같지만, 결국 그 완벽한 알리바이가 당신에게는 치명타였어요."

"콜롬보 씨…" 마일로는 체념의 미소를 떠올렸다. "그 시가를 한 모금만 피우게 해주지 않겠소? 전부터 줄곧 피우고 싶었소."

콜롬보는 시가를 입에서 떼고 의아한 듯이 마일로와 시가를 번갈아 보면서 말했다.

"그래도 괜찮겠습니까? 이렇게 유독한 것을 피워도…" 하면서 콜롬보는 시가를 살짝 내밀었다.

마일로는 씁쓸한 연기를 빨아들이면서 샌디에이고 고속도로를 생각했다. 자유로 가는 그 길을 끝까지 남쪽을 향해 달렸어야 하는 건데. 하다못해 뉴포트비치까지라도 달렸더라면… 로스앤젤레스에 작별을 고할 수 있었을지 몰라. 하지만 성공을 손에 넣은 꿈의 도시, 애써 쌓아 올린 내 왕국을 버릴 수는 없었어.

마일로는 잃어버린 젊음을 아쉬워했다. 젊음은 이제 육체에만 머물러 있을 뿐이었다. 콜롬보에게 진 것이 아니라 늙음에 져서 손을 든 거라고 그는 생각했다.

마일로는 시가를 콜롬보에게 돌려주면서 조용히 말했다.

"나이를 먹는 건 정말 싫은 일이오."

샌타모니카 앞바다의 파도 소리가 들려왔다.

카리브해 살인 사건
Uneasy Lies the Crown

One more thing...

차례

제1장 시한장치 독약
제2장 사막으로 가는 뜨거운 길
제3장 산호초의 손톱자국
제4장 죽은 자의 귀환

주요 등장인물

호레이스 셔윈 : 치과병원 원장
데이비드 셔윈 : 셔윈 집안의 아들. 주식 중개인
리디아 코먼 : 셔윈 집안의 딸
웨슬리 코먼 : 리디아의 남편. 치과의사
토니 리어든 : 리디아의 전남편
앨런 에번스 : 삼류 영화배우
존 밸런타인 : 변호사
프랜시스 : 셔윈 치과병원의 접수 담당
로제티 : 치과의사
크레이머 형사 : 콜롬보의 부하
콜롬보 경위 : 로스앤젤레스 경찰청 강력계 수사반장

제1장

시한장치 독약

1

 세찬 비바람과 먹구름을 동반하는 소나기가 하늘을 달리는 거대한 폭포가 되어 지나간 뒤 카리브해는 다시금 조용해졌다.
 산호초 바다는 더 이상 거품을 일으키지 않고 햇빛에 반짝이는 아름다운 푸른빛을 되찾아 평소처럼 졸린 듯한 잔물결을 모래밭으로 밀어 보내고 있었다. 순백색이어야 할 모래밭이 거무스름하게 젖어 있는 것에 소나기의 흔적이 남아 있었지만, 그것도 흔들거리며 올라가는 아지랑이와 함께 말라서 모래톱은 반짝이는 하얀색을 순식간에 되찾아가고 있었다.
 "비가 내렸다고 말하면 거짓말로 들겠어." 토니는 자메이카의 명물인 '블러디메리'(토마토주스에 럼주를 타서 만든 칵테일) 술잔을 내려놓으며 중얼거렸다.
 야자나무 잎으로 엮은 지붕을 우산처럼 펼친 해변의 작은 술집은 이제 비를 피하는 곳이 아니라 쨍쨍 내리쬐는 햇볕을 피하는 곳이 되었다. 산들바람이 지붕의 야자나무 잎을 울리며 지나갔다.

"빗발이 너무 세차서 몸에 닿으면 아플 지경이었어요." 리디아는 남편 토니에게 웃어 보였다.

술집에 손님은 그들 두 사람뿐이었다. 토니는 리디아의 드러난 어깨에 커다란 손을 올려놓았다.

"그러게. 마치 돌멩이가 쏟아져 내리는 것 같았어."

그 소나기가 지금은 먼 수평선 언저리에서 북쪽으로 올라가고 있었다. 푸른 하늘과 푸른 바다의 한 모퉁이에 검은색 커튼 같은 강우 지역을 만들며 천천히 이동해가는 것이 눈으로도 뚜렷이 보였다.

"여기 한 잔 더 주게." 토니는 원형 카운터 안에 있는 바텐더에게 말하고 나서 얼굴을 찡그렸다. 이가 아직도 아픈 모양이다. 우연히 같은 호텔에 묵고 있던 젊은 치과의사에게 응급치료를 받았지만 별로 효과가 없었던 것 같다.

"방에 가서 쉴까요?" 리디아가 말하며 의자에서 몸을 일으켰다.

그러자 토니는 리디아의 손목을 잡으며 말했다.

"아니, 괜찮아. 럼주로 소독하면 나을 거요."

토니는 바텐더한테 블러디메리 술잔을 받아서 입가로 가져갔다. 럼주의 독한 냄새를 토마토주스 향기로 없애고 피처럼 붉은빛을 띤 블러디메리는 보기보다 훨씬 산뜻한 맛을 낸다. 그러나 토니는 쓴 약을 마시듯 얼굴을 찡그린 채 단숨에 마시고 빈 술잔을 카운터 위에 내려놓았다.

"자, 그럼 가볼까?" 토니는 말하고 스노클(잠수용 호흡기구)과 수중 마스크를 집어들었다.

리디아는 망설였다. 치통에 시달리고 있는 남편을 바다로 데려가는 건 너무하지 않을까? 그러나 난바다의 산호초는 꿈같은 세계라고 남편은 말했다. 그 꿈같은 세계를 보기 위해 두 사람은 저 멀리 로스앤젤레스에서 일부러 찾아왔던 것이다.

"자, 갑시다. 치통은 이제 괜찮아졌어." 토니는 말하고, 망설이고 있는 리디아를 재촉하듯 일어섰다.

남편은 치통이 나았다고 말하지만, 그게 거짓말이라는 것은 리디아도 알고 있었다. 그러나 억지로 웃음을 짓는 남편의 얼굴을 보고 리디아는 고개를 끄덕였다. 꿈같은 세계의 매력은 남편에 대한 걱정을 억제하는 힘을 갖고 있었다. 순간적인 망설임을 떨쳐버린 것이 나중에 깊은 후회를 남기게 된다는 것을 그때는 전혀 예상하지 못했다.

젊은 치과의사는 호텔 테라스로 나가서 모래톱을 걸어가는 리디아와 토니를 내려다보고 있었다. 토니의 몸에는 이미 시한 장치된 독약이 들어가 있다. 젊은 치과의사의 입가에 미소가 번졌다. 치과의사에게 어울리는 건강하고 하얀 치아가 햇빛에 반짝였다.

두 사람을 만난 지 열흘밖에 지나지 않았지만, 그 짧은 기간에 젊은 치과의사는 두 사람과 상당히 친해져 있었다. 토니의 치통이 계기가 되었다. 어쩌면 돈 많은 환자를 만날지도 모른다고 생각해서 저 멀리 미시간주의 시골에서 일부러 가져온 진료 가방이 큰 도움이 되었던 것이다. 특히 진료 가방 밑에 숨겨온 독약이…

젊은 치과의사는 눈을 가늘게 뜨고 토니 리어든의 듬직한 뒷모습을 바라보았다. 그가 아직 어렸을 때 토니 리어든은 스크린에서 억세고 강인한 남자를 연기하는 배우였다. 토니 리어든이 주연한 탐정 영화는 미시간주 시골 마을에도 찾아와 치과의사의 어린 시절의 꿈을 부추겼다. 그는 토니가 연기하는 사립탐정을 동경한 것은 아니었다. 사립탐정이 활약하는 무대, 즉 로스앤젤레스라는 대도시를 동경했던 것이다. 그 동경은 어른이 된 뒤에도 계속되었고, 젊은 치과의사는 아버지처럼 미시간주 시골에 틀어박혀 시골 의사로 늙어버리는 것에 두려움과도 비슷한 혐오감을 품고 있었다.

산호 부스러기인 미세한 모래를 밟으며 바다 쪽으로 다가가는 토니와 리디아는 젊은 치과의사에게는 미시간주의 시골을 탈출하여 로스앤젤레스로 진입할 수 있는 기회였다.

일찍이 억세고 강인한 사나이를 연기했던 토니 리어든도 이제는 군살이 덕지덕지 몸에 붙어, 바다와 하늘로 이루어진 풍경 속에서는 어디에나 흔해 빠진 노인으로밖에 보이지 않았다. 호텔의 소형 보트를 바다로 밀어내는 모습은 어색해서 노화의 기미를 드러내고 있었다. 그 모습을 보면서 젊은 치과의사는 벌써 제 젊음의 승리를 음미하고 있었다.

리디아는 남편을 도와 호텔의 소형 보트를 바다에 띄웠다. 잔물결에 흔들리는 보트 밑바닥에서 위스키병이 무거운 소리를 내고 있었다. 리디아는 술병 옆에 과일 바구니를 내려놓은 뒤 따뜻한 물보라를 뒤집어쓰면서 뱃머리로 돌아가 바닷속의 잔모래를 박차며 배 위로 기어올랐다. 고물(배의 뒷부분) 쪽에서 배를 잡고 있던 토니는 리디아가 뱃머리에 앉는 것을 지켜본 뒤 보트를 앞쪽으로 밀어내고는 뱃전을 타고넘어 배에 재빨리 올라탔다. 보트는 체중이 무거운 토니에게 민감한 반응을 보여 고물 쪽이 물속에 깊이 잠겼다.

토니는 시동을 걸었다.

콜록거리듯 돌아가기 시작한 엔진 소리가 조용한 바다에 잔잔한 파문을 던졌을 때 모래톱 너머의 호텔에서 누군가가 움직였다. 호텔은 해변 호텔이라기보다는 산장 같은 구조로 되어 있는 이층 건물이었다. 통나무를 짜맞춘 이층 테라스에서 하얀 셔츠를 입은 남자가 높이 치켜든 손을 흔들고 있었다.

"어머나, 치과의사예요."

리디아는 뱃머리에서 두 손을 흔들어 테라스에 서 있는 남자에게 답례했다. 토니도 돌아보고 손을 흔들었지만, 곧 그 손을 내리고 호텔 쪽에 등을 돌렸다.

"치과의사로는 별로 믿음직스럽지 못하지만, 제법 잘생긴 젊은이야. 그리고 야심이 많은 것 같더군."

토니는 엔진 회전수를 올렸다. 더욱 커진 엔진 소리 속에서 토니는 리디아에게 들으라는 듯이 큰 소리를 질렀다.

"녀석은 아무래도 당신한테 마음이 있나 봐. 나한테 친절히 대해주는 것도 다 그런 꿍꿍이 때문이지."

리디아는 무심히 흔들고 있던 손을 내리고 남편의 얼굴을 바라보았다. 저지르지도 않은 죄를 추궁받은 것처럼 불쾌한 기분이었다.

"뭐라고요?"

리디아가 되묻자 토니는 비로소 자신의 실수를 알아차린 듯 황급히 웃는 얼굴을 지었다.

"아니, 아무것도 아니야. 난 그저 젊음이 샘났을 뿐이오. 용서해주겠지? 난 당신에 비하면 꽤 나이를 먹었어. 그런데 당신이나 저 치과의사 모두 젊으니 샘이 나는 게 당연하잖소?"

"당신도 젊어요."

리디아는 허리를 낮추어 기듯이 고물 쪽으로 다가가더니 토니와 나란히 앉았다. 방금 들은 남편의 말이 어린 시절에 보았던 탐정 영화의 대사와 겹쳐졌다. 강인하고 고독한 사립탐정을 연기했던 그 남자가 바로 옆에 있다. 리디아는 영화에 나오는 상냥한 여자가 된 듯한 기분으로 다시 한 번 말했다.

"당신은 아직 젊어요. 젊고 잘생겼고 강인해요."

"고맙구려."

토니는 순순히 고개를 끄덕이고 리디아의 어깨를 끌어안았다. 리디아는 남편의 듬직한 몸에 두 팔을 둘렀다. 호텔 테라스에 서 있는 젊은 치과의사의 시선이 등 뒤에 있다는 것은 알고 있었지만, 그렇기 때문에 오히려 보란 듯이 자신의 사랑을 일부러 드러내 보였다. 남편의 말이 사실이라면 젊은 치과의사의 존재는 오히려 귀찮았다.

젊은 치과의사는 의자에 느긋하게 앉아서 테라스 난간에 발을 올려놓았다. 종업원에게 주문한 블러디메리를 천천히 마시기 시작했다. 얼음을 띄운 술잔을 들어 올리자 핏빛 술 색깔이 햇빛을 받아 더욱 선명해졌다.

보트는 곧장 난바다를 향해 나아가고 있었다. 젊은 치과의사는 자폭장치를 단 채 리모컨으로 조종되는 모형 보트를 지켜보는 듯한 기분으로 배의 움직임을 쫓고 있었다. 보트에 탄 부부는 고물 쪽에 바싹 다가앉아 서로 끌어안고 있었다. 저 유부녀를 함락시키는 것은 그리 쉬운 일이 아닐 것 같다. 하지만 젊은 치과의사는 자신만만했다. 자메이카는 사랑을 위해 존재한다고 해도 좋은 꿈같은 세계였다. 자메이카는 남자가 혼자 갈 곳이 아니라고 한다. 확실히 지금까지는 그랬다. 하지만 앞으로는…

젊은 치과의사는 블러디메리를 한 모금 마시고 술잔에 가볍게 키스했다. 앞으로는 상황이 달라질 거야. 남몰래 기대했던 대로 돈 많은 유부녀와의 사랑이 시작될 거야. 아니, 그 여자는 이제 조금만 지나면 유부녀가 아니야. 마음의 상처를 달래줄 사람이 필요한 미망인이 되겠지.

젊은 치과의사는 보트를 향해 술잔을 내민 뒤 단숨에 비웠다.

보트는 풀장처럼 얕은 바다를 나아가고 있었다. 바다 밑바닥의 모래까지 또렷이 보인다. 그 모래는 바닷물이라는 필터를 통해 햇빛을 받아 푸르스름한 빛으로 물들어 있으면서도 한없이 밝게 펼쳐져 있었다. 울긋불긋한 물고기들이 해초를 가르며 헤엄치고 있는 것도 보인다.

그 바다가 드디어 조금씩 깊어져 바다 밑 모래 빛깔이 짙푸르게 변했을 때 저 멀리 앞쪽에 하얗게 부서지는 물마루가 보였다. 또 하나의 해변처럼 푸른 바다 한가운데에 선을 그으며 옆으로 뻗어가는 그 물마루는 천연의 방파제인 산호초의 바깥 테두리와 난바다가 맞닿는 접경이었다.

"이제 낙원에 거의 다 왔군. 저 하얀 파도만 지나면 물고기들의 천국이지." 토니는 치통을 잊어버린 것처럼 얼굴을 빛냈다.

그러나 리디아는 갑자기 나타난 하얀 물마루가 왠지 두려웠다. 호수처럼 잔잔했던 바다 한 모퉁이에 이렇게 거친 파도가 있는 줄은 상상도 하지 않았기 때문에 리디아는 더욱 겁이 났다. 그 앞에 토니가 말하는 꿈같은 세계가 있다는 것은 알고 있었지만, 리디아는 아직 한 번도 바닷속에 들어가본 경험이 없었다. 저렇게 파도가 거친 바닷속에 들어갔다가 난바다로 떠내려가면 어떻게 될까?

"아무래도 잠수는 역시 무서워요."

"무섭긴? 잠수라 해도 기껏해야 1, 2미터인걸. 얼굴을 물속에 담그고 헤엄치는 거나 마찬가지야. 산책이나 다를 거 없다니까. 꿈의 세계를 산책하는 거지."

토니는 바다 밑을 들여다보면서 엔진을 껐다. 그러고는 리디아에게 외쳤다.

"여보, 뱃머리로 가서 닻을 내려."

엔진 소리가 사라지자 파도 소리가 귀를 때렸다. 그러나 보트는 전혀 흔들리지 않는다. 난바다의 파도는 산호초의 바깥 테두리에서 완전히 끊겨 있었다. 리디아는 뱃머리로 돌아가 닻을 내렸다. 물은 별로 깊지 않았다. 게다가 물빛이 맑았기 때문에 바다 밑바닥까지 훤히 들여다보였다. 그러나 울퉁불퉁한 바윗덩어리 같은 것들이 우뚝우뚝 솟아 있고, 꼭대기가 물 위까지 불쑥 튀어나와 있는 바위도 있었다. 리디아는 고물 쪽을 돌아보았다.

"바위투성이잖아요."

"바위가 아니라 산호초요. 물고기들의 집이지."

이 언저리에 대해서는 뭐든지 다 알고 있다는 듯한 토니의 말투에 리디아는 전부터 물어보고 싶었던 말을 꺼내려고 했다. 당신은 이곳에 여자를 몇 명이나 데려왔죠? 그러나 그만두었다. 남편을 사랑한다면 남편의 과거를 캐물어서는 안 된다.

리디아는 수중 마스크를 썼다.

"그렇게 하면 안 돼. 머리카락이 끼어 있잖소."

토니는 뱃머리로 다가와서 리디아의 마스크에 손을 댔다. 그는 리디아의 이마와 마스크의 고무테 사이에 낀 금발을 살며시 빼내고는 아내의 이마에 키스했다. 리디아는 난생처음 바다에 와본 어린 소녀처럼 토니의 손을 꽉 움켜잡고 바다를 들여다보았다.

"괜찮아. 살짝 들어와요. 이렇게…"

토니는 마스크를 쓰고는 허리를 낮추더니 바다로 들어갔다.

젊은 치과의사는 방에 들어가 쌍안경을 들고 다시 테라스로 나갔다. 의자에 앉아 시계를 보았다. 계획대로 일이 진행되면, 시한 장치된 독약이 효과를 발휘할 때까지 아직 세 시간이 남아 있었다. 두 사람은 잠시 물속에서 노닐다가 보트로 올라와 술을 마시기 시작할 것이다. 그리고 카리브 해가 석양에 물들어 황금빛으로 반짝이고 두 사람이 슬슬 돌아올 준비를 시작할 무렵이면 독약 캡슐이 터져 남자는 죽고 여자는 보트에 혼자 남겨진 미망인이 될 것이다.

젊은 치과의사는 쌍안경을 눈에 댔다. 하얀 보트의 모습이 커진다. 그러나 두 사람의 모습은 보이지 않았다. 젊은 치과의사는 보트 근처의 수면을 쌍안경으로 더듬으면서 낮은 소리로 중얼거렸다.

"노인 양반, 늦기 전에 실컷 즐기시오."

리디아는 토니와 손을 잡고 신비로운 바닷속의 세계를 헤엄쳤다.

물은 차갑지 않았다. 물속에 들어와보니 파도 소리도 들리지 않았다. 스노클을 통해 전해지는 자신의 숨소리밖에 들리지 않았다. 얼굴만 물속에 담그고 있을 뿐이어서 등은 햇볕을 받아 따뜻했다. 그러나 시야 가득 펼쳐진 것은 지금까지 본 적도 없는 세계였다. 따뜻한 바다 특유의 화려한 빛깔을 띤 작은 물고기들이 떼를 지어 헤엄치고 있었다. 보랏빛으로 반짝이는 물고기도 있고 진홍빛 반점을 가진 물고기도 있었다. 리디아도 그런 물고기들 가운데 하나가 된 기분이었다. 리디아는 토니가 이끄는 대로 고대 유적처럼 늘어서 있는 산호탑 사이를 지나 앞으로 나아갔다.

갑자기 바다 밑이 꺼진 것처럼 깊어지더니 반짝이는 모래가 사라지고 깊은 곳에서 해초가 물결에 흔들렸다. 스노클을 입에 문 토니가 리디아를 돌아보더니 마스크 속에서 윙크를 하며 바다 밑을 가리켰다. 밑으로 내려가보자는 신호인 것 같았다. 리디아는 망설였다. 그러나 토니는 리디아의 손을 잡아끌었다. 리디아는 스노클을 통해 숨을 깊이 들이마신 뒤 얌전히 토니를 따라갔다. 물속에서는 남편의 몸뚱이가 시체처럼 창백해서 무서웠다.

무척 깊이 자맥질한 듯한 기분이 들어 위를 쳐다보니 흔들리는 수면이 바로 머리 위에 있었다. 아래쪽으로 시선을 돌리려 했을 때 리디아는 이변이 일어난 것을 알아차렸다. 마스크에 물이 들어와 있었다. 거의 콧구멍에 닿을 만큼 많은 물이었다. 갑자기 숨쉬기가 힘들어져 리디아는 토니의 손을 뿌리치려고 했다. 그 순간 마스크의 고무테와 얼굴 사이에 틈이 생긴 모양이다. 갑자기 바닷물이 들어오는 바람에 리디아는 숨이 막히고 앞을 볼 수가 없었다.

물을 박차고 수면으로 떠오른 리디아는 이제 작은 물웅덩이로 변한 마스크를 얼굴에서 떼어내려고 두 손으로 잡아당겼다. 그러나 손으로 물을 헤칠 수 없게 되자 몸은 부력을 잃고 당장 물속으로 가라앉았다. 리디아는 다시 짭짤한 물을 잔뜩 마셨다. 두 번째로 떠올랐을 때 억센 손이 리디아의 목을 움켜잡고 수중 마스크를 벗겨주었다. 리디아는 눈부신 햇살을 향해 눈을 크게 뜨고 공기를 마음껏 들이마신 뒤, 기침을 하면서 등 뒤에 있는 늠름한 몸에 매달렸다.

그러나 그 몸은 매달리기에는 너무 작은 통나무처럼 어이없이 가라앉아 리디아를 안아주지 않았다. 리디아는 두 손으로 물을 제치며 위로 떠올랐다. 남편의 모습이 보이지 않는다.

"여보!" 리디아는 외쳤다. 남편이 짓궂은 장난이라도 하는 것이려니 생각했다.

"토니!" 다시 한 번 외쳤을 때, 마스크에 물이 들어간 이변과는 전혀 다른 이변을 느꼈다.

리디아는 물속에서 몸을 떨었다. 수면에는 오렌지빛 플라스틱 스노클이 두 개 떠 있었다. 그러나 남편의 모습이 보이지 않는다. 혹시 뒤에 있는 게 아닐까. 리디아는 뒤를 돌아보았다. 그러나 뒤에는 하얀 소형 보트가 떠 있을 뿐이었다.

리디아는 급히 보트로 헤엄쳐갔다. 뱃전에 매달렸지만, 이상하게도 몸이 무겁게 느껴지고 팔다리가 마비된 것처럼 힘이 없어서 뱃전을 타고 넘는 데 시간이 걸렸다. 그렇게 꾸물거리고 있는 동안, 왠지 귀중한 시간을 낭비하고 있는 것 같아서 리디아는 더욱 초조해졌다. 간신히 보트로 올라간 리디아는 숨을 헐떡거리며 일어나서 주위를 둘러보았다.

토니는 곧 발견되었다. 두 손과 두 다리를 자연스럽게 벌린 채 수면에 반쯤 떠 있었다. 다갈색 머리카락이 해초처럼 펼쳐져 있었다. 토니는 금방이라도 하얀 물마루가 부서지는 쪽으로 떠내려갈 것 같았다.

"여보!" 리디아는 외치고 엔진이 있는 고물 쪽으로 달려갔다.

보트가 크게 기울었다. 리디아는 엔진 옆에 웅크리고 앉았다. 그러나 어떻게 시동을 거는지 알 수가 없었다. 리디아는 입술을 깨물고 토니 쪽을 바라보았다. 그러고는 물속으로 뛰어들었다.

호텔 테라스에 있는 젊은 치과의사는 두 잔째의 블러디메리를 천천히 마시고 나서 쌍안경을 들여다보았다. 난바다의 보트가 이상하게 흔들리고 있었다. 두 사람이 보트에 타려는 모양이다. 우선 여자가 보트로 기어 올라갔다. 올라갔지만 한 손을 보트 밖으로 불쑥 내민 부자연스러운 자세였다. 그리고 상당히 괴로운 듯 어깨로 숨을 몰아쉬며 헐떡거리고 있다. 그러나 여자는 곧 이쪽에 등을 돌리고 상반신을 내밀어 무언가를 끌어올리려고 했다. 여자는 일단 수면에서 끌어올린 것을 다시 떨어뜨린 모양이다. 그러나 그 순간, 정밀도가 높은 쌍안경이 고물 쪽에서 힐끗 보인 남자의 얼굴을 포착했다. 눈을 감은 그 얼굴은 분명 죽은 사람의 얼굴이었다.

젊은 치과의사는 쌍안경을 무릎 위에 내려놓고 시계를 들여다보았다. 예정 시간보다 상당히 이르다. 그러나 계산의 기초로 삼은 타액 분비량은 어디까지나 54세 남자의 평균치다. 타액 분비량은 사람에 따라 차이가 있고 격렬한 운동이 영향을 미쳤을지도 모른다. 젊은 치과의사는 쌍안경을 다시 들여다보았다. 보트 위에서는 리디아가 무거운 시체를 끌어올리려 안간힘을 쓰고 있었다. 젊은 치과의사는 블러디메리 술잔을 들고 방으로 들어가서, 밝은 바깥 햇살에 익숙해진 눈을 어두운 방에 적응시키려고 잠시 멈춰 서 있었다. 그러고는 블러디메리를 천천히 마시고 나서 침대 옆 수화기를 집어들었다.

프런트에 있는 흑인이 스페인어 억양이 섞인 영어로 물었다.

"네, 무슨 일이시죠?"

젊은 치과의사는 사뭇 당황한 척 허둥거리며 말했다.

"사고가 일어난 것 같아요. 아무래도 이상해요. 틀림없이 무슨 일이 일어난 겁니다. 보트를 준비해줘요. 빨리요. 나도 갈게요."

그러고는 수화기를 내려놓고 방 밖을 향하여 야심에 찬 걸음을 내디뎠다.

2

그로부터 4년이 지났다.

치과의사 웨슬리 코먼은 더 이상 미시간주의 시골뜨기가 아니었다. 몸차림에 신경을 쓰고 머리도 단정하게 손질하여 조금도 흐트러진 구석이 없었다. 양복 앞주머니에 꽂힌 검은 손수건에는 향수가 역겹지 않을 만큼 살짝 배어 있었다.

웨슬리 코먼은 벤츠 승용차 운전석에 앉아 로스앤젤레스의 할리우드가를 천천히 달리고 있었다. 우아한 생활에 익숙해진 남자답게 분주한 자동차 물결을 오히려 거스르듯 느긋하게 달리고 있다. 그러나 수수한 색깔의 양복에 감싸인 웨슬리 코먼의 몸속에서는 두 번째 살의가 부글부글 끓어오르는 납처럼 뜨거운 거품을 일으키고 있었다.

4년 전에는 잃을 것이 아무것도 없었다. 그러나 지금은 잃고 싶지 않은 지위와 재산을 갖고 있다. 게다가 웨슬리는 이제 4년 전만큼 젊지 않다. 그래서 살의가 결단에 이르기까지는 오랜 시간이 걸렸다. 천천히 차를 달리듯 신중한 자제력으로, 자칫하면 목표를 향해 치달으려 조급해지는 마음을 억눌러왔다. 위험을 피해서 일을 해결할 방법이 반드시 있을 거라고 생각했다. 그러나 망설일 때는 지났다. 이제 더 이상 빠져나갈 길이 없는 이상, 최선의 방법으로 살의를 발산하고 지켜야 할 것을 지켜야 한다.

길 오른쪽에 벽돌로 치장한 아름다운 건물이 보이기 시작했다. 그 16

층 건물의 맨 꼭대기, 할리우드가 내려다보이는 그곳은 웨슬리가 4년 전 자메이카에서 저지른 과감한 행위의 전리품이었다. 그곳에는 할리우드 스타들을 고객으로 상대하는 '셔윈 치과병원'이 자리 잡고 있는데, 한 층 전체를 차지할 만큼 규모가 큰 치과병원이었다. 웨슬리는 미망인 리디아와 결혼함으로써 그 병원 의사의 지위와 병원 상속인의 자격을 손에 넣었다. 그러니까 리디아의 전남편 토니 리어든은 그 자격을 웨슬리에게 넘겨주기 위해 죽었던 것이다.

리디아의 아버지가 치과병원 원장이자 경영자이고, 게다가 그 병원이 로스앤젤레스 중심가인 할리우드 가에 있다는 말을 듣지 않았다면 리디아를 미망인으로 만들 생각은 물론, 리디아와 결혼할 생각도 하지 않았을 것이다. 또한 리디아의 남편 토니가 치통으로 고생하지 않았다면 웨슬리에게는 어떠한 기회도 주어지지 않았을 테고, 야심을 실현하고 싶어도 방법이 없었을 것이다.

모든 일은 카리브해에 떠 있는 사랑의 섬 자메이카에서 겹친 우연 때문에 일어났지만, 웨슬리는 이제 그 우연의 성과를 지켜야 하는 어려운 상황 속에서 다시 한번 기적을 일으키기 위해 치밀한 계산을 했다. 계산한 결과, 해답은 이미 나와 있었다.

웨슬리는 앞유리창으로 다가오는 벽돌 건물을 힐끗 쳐다보고 핸들을 천천히 오른쪽으로 꺾어 널찍한 공간을 차지하고 있는 주차장으로 다가갔다. 철쭉이 천연 가드레일이 되어 있는 길을 따라가면 주차장 입구에 이른다. 그는 평소처럼 창문으로 손을 내밀어 주차장 입구의 무인 정산기에서 주차권을 빼냈다. 입구를 막고 있던 차단기가 웨슬리를 환영하듯 올라갔다. 웨슬리는 저도 모르게 액셀을 밟은 발에 힘을 주었다. 벤츠의 폭넓은 타이어는 급격한 가속력을 받아 헛돌면서 높은 마찰음을 냈다. 그 마찰음에 웨슬리의 초조한 마음이 드러나 있었다.

주차장에 차를 세우고 엔진을 끈 뒤 웨슬리는 계기판의 시계를 보았다. 의사의 출근 시간에는 꽤 늦었지만 살인에 착수할 시간까지는 아직 여유가 있었다. 초조하게 굴지 말라고 웨슬리는 자신을 타일렀다. 준비는 모두 갖추어져 있다. 이제는 시간이 오기를 기다리기만 하면 된다. 게다가 그 시간은 벌써 일주일 전부터 예약된 시간이었다.

웨슬리는 차에서 내려 긴 머리카락을 한 손으로 쓸어 올리면서 건물 안으로 들어섰다. 적당한 냉방과 은은한 조명 덕분에 저도 모르게 흐뭇한 한숨이 나올 만큼 쾌적한 현관이었다. 이 16층 건물도 장인인 호레이스 셔윈의 소유였다. 1층부터 15층까지는 각종 사무실로 임대되어 있고, 현관의 대리석 벽에는 사무실 명패들이 내걸린 금속판이 박혀 있었다. 사무실은 대부분 영화 프로덕션이었다.

웨슬리는 현관 좌우에 두 개씩 설치된 엘리베이터 가운데 오른쪽 구석에 있는 엘리베이터 앞에 서서 버튼을 눌렀다. 문이 소리도 없이 열렸다. 엘리베이터는 맨 꼭대기인 16층까지 단숨에 올라갔다. 그것은 '셔윈 치과 병원' 전용 엘리베이터였다. 진료비는 비싸지만 치열 교정 같은 기술은 정평이 나 있었고, 옛날부터 할리우드의 일류 배우들이 다니던 곳이어서 이 지역에서는 전설적인 존재가 되어 있었다. 따라서 일정한 자격을 갖춘 사람들만 환자로 모여들었다. 그런 환자들을 위해 전용 엘리베이터를 갖추는 것은 오히려 당연하다고 말할 수 있었다.

맨 꼭대기 층에서 문이 열리자, 문 앞에 화려한 빨간색 드레스를 입은 여자가 서 있었다.

"어머나, 선생님…" 마취제가 아직 덜 풀린 탓인지 여자는 술 취한 듯 분명치 않은 소리를 냈다.

텔레비전 연속극에 출연하여 1년 넘게 유쾌한 꽃집 아가씨를 연기하고 있는 멜리사 더너웨이였다. 눈부실 만큼 하얀 치아 안쪽이 시커먼 담뱃진으로 얼룩져 있다는 것을 웨슬리는 알고 있었다.

"선생님이 늦으셔서, 대신 원장님한테 치료를 받았어요."

"미안합니다. 다른 볼일이 있어서 그만…"

그러나 그날 웨슬리는 멜리사의 예약 따위는 완전히 무시하고 있었다. 그 무성의한 말투는 당장 멜리사에게 전달되어 그녀의 얼굴이 흐려졌다.

"요즘 냉정하시네요, 웨슬리."

꽃집 아가씨를 연기하고 있지만, 아가씨라고 하기에는 너무 늦은 여자의 쓸쓸한 그늘을 내보이며 멜리사는 핑크빛 매니큐어를 칠한 손을 살짝 웨슬리에게 내밀었다. 웨슬리는 그 손을 잡고 멜리사를 엘리베이터 안으로 밀어 넣었다.

"나중에 전화할게요. 사무실로 전화하지요." 웨슬리는 말하고 엘리베이터 단추를 눌렀다.

두 사람 사이에 철문이 닫히고, 멜리사를 태운 엘리베이터는 단숨에 아래로 내려갔다.

멜리사와 관계는 웨슬리가 이 병원에 갓 왔을 무렵에 저지른 실수의 하나였다. 그 무렵 웨슬리는 상대가 할리우드 여배우라는 것만으로 황홀해져서 몇몇 여자와 차례로 관계를 맺었다. 그러나 모두 여배우로서 전성기가 지난 여자들뿐이었다. 웨슬리는 그네들이 자신의 출세욕에 걸맞지 않은 여자들이라는 것을 곧 깨닫게 되었다.

웨슬리는 복도에 깔린 하얀 카펫을 밟으며 자기 클리닉으로 걸어갔다. 호화로운 회원제 살롱 같은 환자 대기실을 힐끗 들여다보니 왕년에 아카데미상을 탄 늙은 여배우가 날씬한 다리를 과시하듯 대담하게 꼬고 앉아서 패션 잡지를 들여다보고 있었다. 웨슬리는 그 여배우가 쓰고 있는 안경이 사실은 돋보기라는 것도, 그리고 그녀의 아름다운 치아가 모두 틀니라는 것도 알고 있었다. 할리우드에 걸었던 웨슬리의 낭만적인 기대는 이미 옛날에 흔적도 없이 사라졌다. 할리우드는 겉치레와 거래로 떼돈을 벌기 위한 도시에 불과했다.

장인인 셔윈의 방 앞에 오자 문이 살짝 열리더니 간호사가 얼굴을 내밀었다.

"원장님께서 찾으십니다. 중요한 용건이랍니다." 간호사는 웨슬리가 그냥 지나가버리는 것을 미리 막으려는 듯 성급하게 덧붙였다. "아까부터 기다리고 계십니다. 줄곧 기다리셨어요."

중요한 용건이 무엇인지는 웨슬리도 알고 있었다. 장인 호레이스 셔윈은 적어도 하루에 두 번은 중요한 용건이 있다면서 웨슬리를 불러들여 잔소리를 늘어놓는다. 그 잔소리를 듣는 것은 오랫동안 웨슬리의 일과가 되어 있었지만 요즘에는 장인의 호출을 무시하고 있었다. 그러나 웨슬리는 얌전히 간호사의 말에 따라 원장실로 들어갔다. 나중에 중요한 일을 하고 있을 때 호출당하고 싶지 않았기 때문이다.

문 안쪽은 간호사 대기실을 겸한 접수실이었다. 오른쪽 구석에 진료실 팻말이 붙어 있는 문이 있고 왼쪽에는 업무실 팻말이 붙어 있는 문이 있다. 그 구조는 웨슬리의 클리닉과 똑같았다. 다만 접수실에는 웨슬리의 클리닉보다 훨씬 많은 스타들의 사진이 벽에 장식되어 있었다.

"어느 방에 계시지?" 웨슬리가 묻자 간호사는 왼쪽 업무실을 가리켰다.

웨슬리는 넥타이 매듭을 가볍게 매만지고 나서 형식적으로 노크하고 문을 열었다.

거기가 16층이라는 것을 증명하듯 커다란 창문 가득 푸른 하늘이 펼쳐져 있었다. 시야를 가로막는 것은 아무것도 없었다. 그 하늘을 배경으로 듬직한 체격의 백발노인이 앉아 있었다. 마호가니 책상 위에서 맞잡은 손가락에는 반짝이는 매니큐어가 칠해져 있었다. 치과의사의 손이라기보다는 미용사의 손 같았다.

"아버님." 웨슬리는 장인에게 다가가 손을 내밀었다.

서원은 그 손을 힐끔 바라보고 굵은 목소리로 호통을 쳤다.

"자네한테 아버님 소리를 듣는 건 이제 질색이야!"

"하지만 아버님…"

"그만 하라는데도 못 알아듣겠나? 자네는 그저 고용인일 뿐이야. 고용인인 주제에 오늘도 지각을 했어."

웨슬리의 귀는 서원의 호통에는 익숙해져 있었다. 가시 돋친 말도 이제는 따갑게 느껴지지 않았다. 웨슬리는 아양 떠는 웃음을 지었다. 장인 앞에서는 으레 그런 웃음을 짓는 것이 버릇이었다. 알랑거리는 웃음을 짓는 굴욕에도 이젠 익숙해져 있었다.

"죄송합니다. 지각할 생각은 아니었는데…"

"자네가 지각하는 바람에 그 추잡한 여자의 이빨을 치료했어. 그 삼류 매춘부의 이빨을…"

"아니, 멜리사는…"

"자네 여자라는 건 알고 있어. 매춘부라는 것도…"

서원은 책상 맞은편에서 다리를 꼬았다. 의자 등받이에 몸을 기대고 은테 노안경 속에서 차가운 시선을 웨슬리에게 쏘아 보냈다. 눈앞의 생선을 어떻게 요리할까 궁리하고 있는 모습이었다. 이윽고 서원은 책상 앞에 놓인 의자를 가리켰다.

"앉아. 우선 지각한 이유부터 설명해봐."

웨슬리는 장인을 조금도 두려워하지 않았다. 언젠가는 죽을 노인이다. 그러나 장인 앞에서는 언제나 두려워서 부들부들 떠는 것처럼 행동하고 있었다. 웨슬리는 조심조심 의자를 끌어당겨 살짝 걸터앉았다.

"아버님, 오늘 아침에는 요전에 말씀드린 그 사람을 만나고 왔습니다. 바비 솔리아노라는 사람 말입니다. 털사(오클라호마주 북동부에 있는 도시)

근처에 유전을 갖고 있지요. 그 사람이 자금 부족으로 어려움을 겪고 있는데, 이 기회를 잘 이용하면…"

"이번엔 또 유전이야?" 셔원은 내뱉듯이 말하고는 셰익스피어 연극배우처럼 두 손을 높이 쳐들었다.

웨슬리는 상관하지 않고 말을 이었다.

"이번에는 틀림없이 잘될 겁니다. 그 사람은 유전을 내놓을 생각이 없습니다. 하지만 공동출자로 컨소시엄을 만들자는 겁니다. 그 자금으로 새 유전을 개발해서… 아니, 시추한 결과 상당히 유망한 유전을 발견했다니까, 자금은 금방 회수할 수 있습니다. 단기 융자로…"

"늘 물어보고 싶었던 게 하나 있는데…" 셔원은 웨슬리의 말을 가로막고 빈정거리는 미소를 지었다. "웨슬리, 자네 직업이 뭐지?"

"직업요?"

"그래. 자네 직업 말이야. 자네 사무실 문에는 분명 치과의사라는 직함이 쓰여 있을 터인데, 그게 잘못됐나?"

"아버님, 그건…"

웨슬리의 가벼운 항의를 무시하고 셔원은 더욱 빈정거리는 말을 던졌다.

"자네는 의사가 아니라 사장이라는 직함을 갖고 싶은 거 아냐? 할리우드의 사업가도 나쁘진 않지. 하지만 자넨 의사로나 사장으로나 실격이야. 차라리 매춘부의 기둥서방이나 되는 게 어때? 그게 가장 어울릴지도 모르지. 얼굴도 반반하게 생겼고 언변도 좋고… 하지만 그 밖의 일에는 전혀 쓸모가 없어."

"말씀이 좀 심하신데요." 말은 이렇게 하면서도 웨슬리는 비굴한 웃음을 지었다.

그러나 셔원은 웃지도 않는다.

"자네는 지난 3년 동안 내 병원에서 일해왔어. 불행히도 내 딸의 남편으로서 말이야. 딸이 사랑스럽기 때문에 나는 참고 또 참았네. 애초부터 나는 자네를 수상쩍은 녀석으로 보고 있었지. 우선 치과의사로는 부적격자인 게 분명했어. 그리고 수상쩍은 사업에 차례로 돈을 쏟아부어 모조리 실패했어. 게다가 천한 계집들에게 손을 대고… 나는 리디아 때문에 이토록 괴로워해본 적이 없어." 셔윈은 잠시 말을 끊고 천장을 쳐다보다가, 마치 날씨 이야기라도 하듯 아무렇지도 않은 투로 말을 이었다. "하지만 그 괴로운 나날도 이젠 끝났어. 리디아는 자네와 이혼하고 앨런 에번스와 결혼할 거야. 앨런은 이미 변호사를 구하고 있어."

이 이야기는 이미 아내 리디아한테 들었다. 그래서 웨슬리는 대항 조치를 준비하고 있었다. 그러나 장인이 직접 이혼 이야기를 꺼낸 것은 처음이었다. 부모 입장에서 이혼을 기정사실처럼 이야기하자 그 얘기에 일종의 권위가 담겼다. 웨슬리는 가슴이 철렁했다.

"아버님, 그 얘기는 리디아한테 들었습니다. 하지만 리디아는 진정으로 그렇게 생각하는 게 아닙니다."

"리디아는 아주 진지해. 진지해지는 게 당연하지. 자네가 지금까지 해온 일을 생각해봐. 예를 들면 5만 달러 쏟아부은 경주마는 어때? 그 말은 출발하자마자 심장마비로 죽어버렸어. 그리고 20만 달러 쏟아부은 토지는? 장차 택지로 개발될 거라는 선전만 믿고 사들였지만, 산 뒤에야 사막 한복판에 있는 땅이라는 걸 알았지. 다음은 3만 달러로 인수한 중고자동차 가게. 자네는 3만 달러면 공짜나 마찬가지라고 했지만, 몽땅 은행에 담보로 잡혀 있다는 걸 나중에야 알았지. 게다가 포커 노름에 지고, 여자한테 손을 대고… 4년 동안 이렇게 여러 가지 일을 저지를 수 있다니, 정말 용하군. 정말 어이가 없어."

"그런가요?" 일단은 얌전하게 고개를 끄덕여 보였지만 웨슬리는 그때까지 꾹 참고 있던 말을 꺼냈다. "아버님의 친아들에 비하면 그래도 제가 나은 편이라고 생각하는데요."

아픈 곳을 찌르자 셔윈은 순간 낭패한 표정을 지었다. 그러나 셔윈은 친아들을 냉정하게 평가할 수 있는 객관성을 갖고 있지 않았다.

"자네는 데이비드를 두고 이러쿵저러쿵 말할 자격이 없어!"

그 말이 웨슬리의 분노를 폭발시켰다. 그러나 그것은 음습한 분노였다.

"호오, 그렇습니까. 저한테는 데이비드에 대해 말할 자격이 없군요? 하지만 아버님의 아들 데이비드는 저처럼 의학부를 졸업할 수 있는 실력이 없었습니다. 게다가 지금은 알코올 중독자예요. 물론 여자한테는 손을 대지 않고 위험한 사업도 하지 않지만, 그건 아무 기력도 없는 알코올 중독자이기 때문이죠. 지금 다니고 있는 증권거래소에서도 언제 해고당할지 모릅니다. 그런데도 아버님께는 훌륭한 아들이라는 겁니까?"

"그래!" 셔윈은 태도를 바꾸어 소리를 질렀다. 그러나 더 이상 웨슬리를 비난할 수는 없었다. 4년 만의 첫 패배에 직면하자 셔윈은 숨죽인 목소리로 말했다. "이제 됐어. 당장 꺼져. 하지만 이혼은 각오해둬."

"이혼에는 절대로 응하지 않겠습니다." 이 말을 남기고 웨슬리는 문으로 걸어갔다.

셔윈이 그를 불러 세웠다.

"웨슬리, 법정까지 가면 자네가 져. 그런데 왜 이혼에 응하지 않겠다는 거지?"

웨슬리는 문손잡이를 잡은 채 뒤를 돌아보며 싱긋 웃었다. 그리고 마음에도 없는 말을 지껄였다.

"왜 이혼에 응하지 않는 거냐고요? 이유는 단 하나, 리디아를 사랑하고 있기 때문입니다."

3

로스앤젤레스 경찰청 강력계 형사실은 여느 때처럼 떠들썩한 점심시간을 맞고 있었다.

그 소동은 햄버거 가게나 간이식당에서 사온 맛없는 점심에 조금이라도 맛을 주려는 쾌활한 잡담 때문이었다.

기껏해야 1달러짜리 샌드위치에는 겨자나 케첩을 아무리 듬뿍 처발라도 그 맛이 그 맛이다. 어지간히 배가 고프지 않으면 도저히 먹을 수 없는 음식이다. 형사들은 형편없는 샌드위치의 맛을 잠시나마 잊기 위해 거리에서 만난 '기막힌 창녀'나 '평생 한 번밖에 볼 수 없는 기막힌 홈런'이나 아내의 요구를 '단호히 거부'하고 끝내 지붕을 수리하지 않았다는 이야기 따위를 큰 소리로 지껄이고 있었다.

그러나 해야 할 일은 결코 화제로 삼지 않는다. 일을 생각하면 소화기능이 떨어질 뿐 아니라, 때로는 시체의 모습이 햄버거의 패티 위에 겹쳐 어른거리는 바람에, 모처럼 75센트나 주고 산 치즈버거를 쓰레기통에 내버리는 결과가 되기 때문이다.

그러나 이 떠들썩하고 유쾌한 잡담 속에서 단 하나 우울하게 침묵을 지키고 있는 사람이 있었다. 실내에 있는데도 레인코트를 걸친 차림에다, 책상 위에 놓인 햄버거를 원망스러운 듯이 바라보며 어려운 정국에 고민하는 대통령처럼 심각한 얼굴을 하고 있었다. 그러나 그 모습은 도저히 대통령처럼 보이지 않았다. 바겐세일에서 구입한 게 분명한 구겨진 양복과 노끈처럼 가느다란 구식 넥타이가 앞가슴이 벌어진 코트 속에서 엿보였다. 게다가 그 넥타이에는 음식 찌꺼기로 보이는 얼룩이 몇 개나 묻어 있었다.

사내는 굵은 눈썹을 치켜올리더니, 옆 책상 위에 놓여 있는 감자튀김을 힐끗 바라보았다. 감자튀김을 싼 종이 냅킨 위에 기름얼룩이 번져 있다.

사내는 옆자리에 앉은 형사에게 낮은 소리로 말했다.

"이보게 크레이머, 그거 조금만 주지 않겠나?"

크레이머라고 불린 젊은 형사는 이마가 벗겨진 남자다운 얼굴을 사내 쪽으로 돌리고는, 감자튀김을 종이 냅킨과 함께 통째로 내밀었다.

"어서 드세요, 반장님."

"아니, 그렇게 많이는 필요 없어. 하나만 먹으면 돼."

반장이라고 불린 사내는 투박한 손을 뻗어 감자튀김을 손가락 끝으로 한 조각 집어들더니, 깨지기 쉬운 소중한 물건이라도 운반하듯 살짝 입으로 가져간 다음 입안에 집어넣고 조용히 씹는다. 그 순간 남자는 "으윽" 하는 신음소리와 함께 왼쪽 뺨을 손으로 누르며 얼굴을 찡그렸다.

떠들썩하고 유쾌한 잡담이 딱 그친다.

"왜 그러세요, 콜롬보 반장님?" 크레이머가 막 베어 문 땅콩 샌드위치를 입에 가득 넣은 채 겁먹은 듯한 목소리로 물었다.

콜롬보는 감자튀김을 급히 삼켜버린 모양이다. 꿀꺽 목을 울리고 나서 간신히 알아들을 수 있는 낮은 소리로 말했다.

"이가 아파서…"

사람들은 콜롬보 앞에 아직 손도 대지 않은 햄버거가 놓여 있는 것을 보았다. 그리고 다시 쾌활하게 떠들어대기 시작했다. 치과에 갔다가 바가지를 썼다느니, 지독한 치료를 받고 치통이 더 심해졌다느니, 치과의사들 중에는 사디스트가 많아서 일부러 환자를 아프게 한다느니, 다들 자신의 체험을 토대로 신나게 지껄이면서 식사를 계속했다.

콜롬보는 주위에서 들리는 한마디 한마디가 모두 날카로운 바늘이 되어 아픈 이에 꽂히기라도 하는 듯 몇 번이나 얼굴을 찡그리고 있다가, 마침내 벌떡 일어나면서 고함을 질렀다.

"다들 그만둘 수 없어?" 외치는 순간 통증이 더욱 심해진 듯 콜롬보의 굵은 눈썹 밑에 있는 눈에 눈물이 고였다. "이제 겨우 치과에 가보기로 결심했는데, 그런 식으로 떠들어대면 결심이 무뎌지잖아."

크레머 형사가 콜롬보의 어깨를 두드려 자리에 앉았다.

"반장님, 그럼 지금 당장 치과에 가시는 게 어때요? 안 계시는 동안 여기 일은 우리가 맡을 테니까요."

주위 형사들이 맛없는 샌드위치를 씹으면서 일제히 고개를 끄덕였다. 그러나 콜롬보는 당황한 듯이 말했다.

"아니 뭐, 지금 당장 안 가도…"

"매도 일찍 맞는 게 낫습니다. 내버려두면 통증이 점점 더…"

그러자 콜롬보가 크레머의 말을 가로막았다.

"점점 심해진다는 건 알고 있어. 나도 난생처음 치통을 앓고 있는 건 아니야."

"하지만 서두르는 게 낫습니다. 지금 당장."

크레머가 재촉하자 형사들이 또 일제히 고개를 끄덕였다. 형사들이 만장일치로 찬성하자 콜롬보는 어쩔 수 없이 자리에서 일어났다.

"자, 빨리 가세요."

크레머가 다시 재촉하고 형사들은 다시 고개를 끄덕였다.

형사실 문 앞까지 간 콜롬보는 한 손으로 뺨을 누른 채 뒤를 돌아보았다.

"아프지 않게 잘하는 치과를 아는 사람은 없나?"

형사들은 서로 얼굴을 마주 보았다. 그런 치과가 이 세상에 어디 있겠느냐는 표정이었다. 크레머가 동료들의 마음을 대변하듯 말했다.

"할리우드 배우를 상대하는 치과라면 특별한 마취제를 갖고 있을지도 모르지요. 하지만 엄청나게 비쌀 겁니다. 그리고 마취 주사를 맞을 때의 통증은 어떤 치과에 가도 마찬가지고요."

콜롬보는 마치 주사 바늘이 잇몸을 찌르기라도 한 듯 낮게 신음하면서 힘없이 한 손을 들어 보이고는 문 저편으로 사라졌다.

4

웨슬리는 크리닉 문을 열었다. 하얀 벽과 연초록빛 카펫에 맞추어 소파와 탁자도 옅은 색으로 통일된 접수실에는 방의 색조에 어울리는 연분홍 드레스를 입은 접수 담당 프랜시스와 하얀 가운을 걸친 간호사 마사가 있을 뿐이었다.

두 사람은 접수 데스크를 사이에 두고 잡담을 나누고 있다가 웨슬리가 문을 열고 들어가자 여느 때처럼 나무라는 듯한 눈으로 쳐다보았다. 그러고는 눈을 내리깔았다.

"아아, 늦어서 미안해."

한 손을 들고 진료실로 걸어가는 웨슬리를 간호사 마사가 불러 세웠다.

"선생님, 오전에 예약한 멜리사 더너웨이 씨 말인데요. 너무 오래 기다리게 할 수도 없어서 제 독단으로…"

"영감한테 보냈다고? 잘했어. 고마워."

웨슬리는 간단히 받아넘기고 진료실에 들어가 손목시계를 들여다보았다. 12시 10분이 지나고 있었다. 웨슬리는 일단 닫았던 문을 다시 열고 접수실로 고개를 내밀었다. 데스크를 사이에 두고 마주 앉아 이야기를 나누고 있던 두 여자가 튕기듯 일어섰다. 웨슬리는 애써 아무렇지도 않게 말했다.

"이제 점심 먹으러 가도 좋아."

간호사 마사는 수모라도 당한 아가씨처럼 얼굴을 붉혔다.

"하지만 선생님, 엄연히 근무 시간이라는 게 있는데요. 우리의 오전 근무는 12시 반까지예요. 아직 20분이나 남았어요."

"그건 나도 알고 있어. 하지만 오후 2시까지는 예약도 없잖아. 그런데 죽치고 앉아 있는 것보다는 밖에 나가서 한숨 돌리는 게 좋겠지."

"하지만…" 마사는 망설이는 기색을 보였다.

여기 있으면 방해가 돼! 웨슬리는 이렇게 호통치고 싶은 심정을 억누르며 태평스러운 어조로 말했다.

"괜찮아. 영감한테 신경 쓸 필요 없어. 거기 앉아 있어 봤자 할 일도 없으니까 한숨 돌리고 와. 예약 전화 같은 건 내가 받을게. 지각한 벌로."

"그러시겠어요? 그래도 만약을 위해 오늘 예약을 다시 한번 확인해볼게요." 접수 담당 프랜시스가 말하고는 미소를 지으며 데스크 위의 예약 장부로 손을 뻗었다.

예약 장부에는 물론 앨런 에번스의 이름이 적혀 있지 않았다. 에번스에게는 웨슬리가 직접 전화를 걸어서 몰래 시간을 정해두었으니까.

프랜시스는 예약장부에서 목을 움츠리며 웨슬리에게 웃어 보였다.

"역시 오후까지는 환자가 없네요. 그럼 실례할게요…" 프랜시스는 말하고 아직도 망설이고 있는 마사를 재촉했다.

웨슬리는 격려하듯이 말했다.

"둘이서 느긋하게 수다나 떨고 와 여기는 내가 맡을 테니까."

두 사람이 복도로 사라지자 웨슬리는 진료실 문을 닫았다.

상의 주머니에서 갈색 봉투를 꺼내어 거꾸로 들고 속에 든 것을 왼손으로 받았다. 지름이 3밀리미터쯤 되는 그것을 재빨리 유리접시에 옮겨놓고 치과용 진료의자에 딸린 트레이(의료용 쟁반)에 놓았다. 시한 장치된 하얀 독약은 창문으로 비쳐드는 한낮의 햇빛을 받아 유리접시 위에서 희미하게 빛나고 있었다. 그 독약의 효과는 이미 4년 전에 자메이카에서 입증되었다.

웨슬리는 시계를 보았다. 12시 15분이었다. 그는 진료실을 나와 접수실로 가서 복도로 통하는 문에 귀를 댔다. 잠시 후 원장실 문이 열리는 소리가 났다. 웨슬리는 살짝 손잡이를 돌려 문을 살며시 열고 밖을 내다보았다. 엘리베이터로 걸어가는 늙은 여배우의 뒷모습이 보였다. 아카데미상을 탄 적도 있는 늙은 여배우는 진료라고 말할 수도 없는 틀니 치료에 큰돈을 쏟아붓고 베벌리힐스(로스앤젤레스 근교에 연예인들이 많이 사는 고급 주택지)의 저택으로 돌아갈 것이다.

예상했던 시각에 장인 셔원은 오전 진료를 끝냈다. 이제 곧 병원에는 아무도 남지 않게 된다. 혼자 남은 웨슬리에게 이제 곧 가엾은 앨런 에번스가 찾아올 것이다.

웨슬리는 카르테(진료기록부)를 보관해둔 업무실로 들어가 흰 가운을 걸치고 나오더니 전쟁터가 될 진료실에 틀어박혔다.

시계를 보니 아직 15분의 여유가 있다. 예약 시간은 12시 40분이었다. 웨슬리는 유리접시에 담긴 독약을 힐끔 바라보고 나서 창가로 다가갔다. 창문 앞에 서서 아래를 내려다보았다.

셔원의 백발이 주차장을 향해 빠른 속도로 다가가는 것이 보였다. 이어서 원장실 간호사들이 건물을 나서고 있다. 이제 손님을 맞아들일 준비는 다 끝났다. 앨런 에번스여, 언제라도 오라! 웨슬리는 의자를 창문까지 가져가서 걸터앉았다. 다시 시계를 본다. 시간의 흐름이 갑자기 느려진 것처럼 느껴졌다. 웨슬리는 손가락 끝으로 창틀을 톡톡 두드리기 시작했다.

건물 밑에는 장난감처럼 보이는 차들이 늘어서 있고, 개미 같은 사람들이 움직이고 있다. 그중 한 사람이 죽는 것은 우주적인 시야에서 보면 지극히 사소한 사건이다. 그러나 그 한 사람을 내버려두면 다른 한 사람의 인생이 파멸하는 것도 사실이었다. 그것은 인생을 망치는 본인에게는 결코 사소한 사건일 수 없다. 그래서 웨슬리는 가만히 기다렸다.

12시 30분이 지나고 35분이 지났다. 그러나 기다리고 있는 배우의 자동차는 나타나지 않는다. 웨슬리의 이마에 땀이 배어 나왔다. 상대는 시간 약속을 정확히 지키는 사람이었다. 그러나 오늘은 여느 때보다 더 정확하게 오지 않으면 곤란하다. 독약을 심는 작업은 12시 45분에서 1시 사이에 끝내지 않으면 안 된다. 그 시간만은 병원에 사람이 아무도 없다.

웨슬리는 시야가 흐려지는 것을 느꼈다. 너무 긴장한 탓이리라.

눈을 비비고 시계를 본다. 12시 40분이다. 웬일일까?

네가 너무 열심히 지켜보고 있으니까 상대가 오지 않는 거야. 어디선가 이렇게 말하는 목소리가 들렸다. 어처구니없는 말이지만 정말 그럴지도 모른다는 생각이 들었다. 잠시 창문에서 눈을 떼고 있으면 올지도 모른다.

웨슬리는 창가를 떠나 진료실 세면대에서 얼굴을 씻었다. 다시 돌아와 아래를 내려다보니, 때마침 검은색 캐딜락 승용차가 주차장으로 들어오는 참이었다. 재빨리 시계를 본다. 12시 45분이다. 캐딜락은 차단기 밑을 빠져나가 건물 현관과 가장 가까운 주차 공간에 멈춰 섰다. 베이지색 콤비 재킷 차림의 남자가 차에서 내린다. 위에서 보면 작은 점에 불과하지만, 화려한 옷차림을 하고 있는 것은 알아볼 수 있다. 그 남자를 향하여 웨슬리는 속으로 중얼거렸다.

'빨리 올라와, 앨런 에번스.'

웨슬리는 창가를 떠나 문을 열고 재빨리 접수실로 가서 프랜시스의 자리에 앉았다. 한가한 사람처럼 두 다리를 데스크 위에 올려놓고 두 손을 머리 뒤로 돌려 깍지를 낀 채 에번스를 기다렸다.

곧 초인종 소리가 들렸다.

"들어오세요!" 웨슬리가 말했다.

천천히 문이 열리고, 185센티미터의 큰 키를 베이지색 콤비 재킷으로 감싼 앨런 에번스가 스크린에서 보여주는 것과 똑같은 매력적인 미소를 지으며 들어왔다. 그러나 잘생긴 외모밖에는 내세울 게 없는 삼류 배우였다. 그리고 그것을 이제야 겨우 깨달을 수 있는 나이가 된 배우였다. 부잣집 딸 리디아를 유혹하는 심정은 웨슬리도 모르는 바가 아니다. 그러나 그렇다고 해서 리디아를 양보할 수는 없는 일이다.

"안녕하십니까, 닥터."

에번스가 손을 내밀었다. 그 손을 잡고 나서 웨슬리는 천천히 일어섰다.

"미안합니다, 이상한 시간에 예약을 해서. 공교롭게도 오늘은 환자가 많아서, 점심시간 외에는 예약이 꽉 차 있군요. 그래서 간호사들도 모두 점심을 먹으러 나가버렸답니다. 좀 휑뎅그렁하지만 참아주십시오."

"아니, 저야말로 미안합니다. 내일 이탈리아로 로케이션을 떠나기 때문에 억지로 부탁을 해서…"

두 사람은 리디아를 사이에 둔 묘한 삼각관계를 맺고 있으면서도 겉으로는 그 관계를 웨슬리 쪽에서 아직 모르는 것으로 하고 있었다. 그러나 아무렇지도 않게 행동하는 것은 언제나 그렇지만 힘든 일이었다. 그런 점에서 에번스는 지극히 자연스러운 태도를 보이고 있었다. 삼류 배우일망정, 역시 배우는 배우다.

"그럼 닥터께서는 점심을 건너뛰시는 겁니까? 이거 정말 미안한데요."

"아니, 나는 아직 배가 고프지 않아요. 그보다 당신은?"

"나는 점심을 항상 저녁때 먹습니다. 아침에 늦게 일어나니까요. 나쁜 버릇이죠."

두 사람은 오랜만에 만난 친구처럼 입을 맞추어 웃었다. 그러나 웨슬리는 억지로 지어낸 웃음을 들키지 않으려고 얼른 진료실로 다가갔다. 뒤에 있는 에번스의 웃음소리도 당장 사라졌다.

에번스는 진료의자에 앉아 긴 다리를 옹색하게 구부렸다. 그러나 그 의자가 사실상의 단두대라는 것은 전혀 눈치채지 못한 채 머리 위의 조명등을 조용히 바라보고 있다. 영화배우는 누구나 조명등을 바라본다. 그것은 웨슬리가 할리우드에 와서 맨 처음 알아차린 일이었다. 미시간주 시골에 있을 때는 진료의자에 앉자마자 눈을 감아버리는 환자들만 대했다. 환자가 눈을 감는 것은 공포 때문만은 아니었다. 눈부신 빛을 얼굴에 직접 받으니까 눈을 감는 것이 오히려 자연스러웠다. 그러나 할리우드 배우들은 조명을 받는 것에 익숙해져 있고, 조명을 받는 것이야말로 사는 보람이라고도 말할 수 있었다. 그것이 진료의자에 앉는 순간 일반 환자들과는 다른 대응 방식으로 나타난다.

안됐지만 네가 조명을 받는 것도 오늘이 마지막이다. 웨슬리는 주사기에 '노보카인'(국소 마취제)을 넣으면서 빙긋 웃었다.

"의사로서는 요전에 뚫은 구멍을 그대로 둔 채 이탈리아에 가게 할 수는 없으니까요."

웨슬리는 노보카인을 듬뿍 빨아들인 주사기를 독약 접시 옆에 내려놓았다. 그리고 슬라이드로 만든 X선 사진을 보면서 말했다.

"왼쪽 아래 어금니군요."

웨슬리가 다가가자 그제야 앨런 에번스는 눈을 감고 그 대신 입을 크게 벌렸다. 웨슬리는 우선 왼쪽 아래 잇몸에 노보카인을 주사했다. 그리고 오른쪽 아래 잇몸에 바늘을 찔러 넣었다. 첫 번째 주사로 마취되어, 두 번째 주사에는 고통을 느끼지 않을 것이다.

"때운 자리가 벌써 썩었군요. 조금만 더 늦었으면 이를 빼야 할 뻔했어요. 하지만 괜찮습니다. 아직 늦지 않았어요." 웨슬리는 여느 때처럼 환자에게 불안을 주지 않기 위해 계속 지껄였다. "그거야 어쨌든, 이탈리아에 가신다니 부럽군요. 무슨 영화를 찍는 겁니까? 마카로니 웨스턴(이탈리아에서 만든 총잡이 영화)인가요?"

앨런 에번스는 입을 벌린 채 희미하게 고개를 끄덕였다. 이탈리아 영화사는 대역을 준비해야 할 것이다. 그러나 웨슬리는 쾌활하게 말했다.

"그럼 마카로니나 스파게티를 잔뜩 먹고 오세요. 아무리 많이 먹어도 끄떡없도록 이를 치료해둘 테니까."

진료의자 위에서 완전히 무력해진 앨런 에번스를 보자 웨슬리는 얼음처럼 냉정해질 수 있었다. 모든 게 계산대로 진행되어 계산한 결과가 나온다는 확신을 가질 수 있었다.

그러나 웨슬리는 그때 클리닉 출입문이 조용히 열린 것을 알아차리지 못했다.

들어온 사람은 접수 담당인 프랜시스였다. 프랜시스는 데스크 앞에 앉아 서랍을 열고 수표책을 꺼낸 다음, 핸드백에 집어넣고 서랍을 닫았다. 점심을 먹으러 나간 김에 옷가게 쇼윈도를 들여다보았더니 마침 사고 싶은 스웨터가 있었다. 그래서 수표책을 가지러 돌아온 것이다. 문 앞까지 왔을 때 프랜시스는 문득 걸음을 멈추었다. 진료실 쪽에서 윙윙거리는 드릴 소리가 들려왔기 때문이다. 프랜시스는 진료실 쪽을 돌아보고 그 닫힌 문에 의아한 눈빛을 던졌다. 프랜시스는 진료실 쪽으로 한 걸음 다가섰지만, 목을 움츠리고는 수표책을 넣은 핸드백을 옆구리에 끼고 재빨리 복도로 나갔다. 문을 닫기 전에 다시 한 번 진료실 쪽을 보았다. 그리고 살며시 출입문을 닫았다.

웨슬리는 이 계산 밖의 사건을 전혀 눈치채지 못한 채 시계를 훔쳐보고는, 시간 여유는 아직 충분하다고 생각했을 뿐이다. 그러나 썩은 곳을 깎아내고 충전물을 채워 넣은 왼쪽 아래 어금니는 그대로 둔 채 손을 대지 않았다. 상대는 이제 더 이상 마카로니도 스파게티도 먹을 수 없는 남자였다. 웨슬리는 왼쪽 아래 어금니의 충전물 주변을 드릴로 조금 깎아내는 척하다가 갑자기 그 손을 멈추고 큰 발견이라도 한 것처럼 소리를 질렀다.

"아니, 에번스 씨! 오른쪽 아래 어금니도 썩었군요. 대단한 건 아니지만 늦기 전에 빨리 치료하는 게 좋겠어요. 조금만 깎아내면 됩니다."

웨슬리는 아무 데도 아픈 곳이 없는 새하얗고 건강한 치아에 드릴을 들이댔다. 앨런 에번스가 얼굴을 찡그렸다. 고통은 없겠지만 건강한 이에 드릴이 주는 격렬한 진동은 두개골까지 닿을 터였다.

드릴은 물을 내뿜어 마찰열을 식히면서 하얀 어금니 중심에 깊은 구멍을 뚫었다. 이윽고 웨슬리는 드릴을 멈추며 말했다.

"양치하세요."

에번스는 물컵을 집어들고 양치질을 하여 이를 깎아낸 찌꺼기가 섞인 액체를 의자 옆에 붙은 양치대에 토해냈다.

"입을 벌리세요."

웨슬리의 명령에 따라 에번스는 다시 입을 벌렸다.

"더 크게."

오른쪽 아래 어금니에는 독약을 집어넣을 지름 3밀리미터 정도의 구멍이 뚫려 있었다. 웨슬리는 핀셋으로 독약을 집어들었다. 타액 분비량을 계산하여 두꺼운 젤라틴으로 싼 독약은 핀셋 끝에서 웨슬리의 손으로 희미한 탄력을 전해왔다. 웨슬리는 겉을 싼 젤라틴이 다치지 않도록 세심한 주의를 기울여 독약 캡슐을 구멍 속에 집어넣었다. 그리고 그 위에 다시 젤라틴을 덮었다.

"자, 됐습니다."

시한폭탄과 같은 독약이 장전된 줄은 꿈에도 모르고 앨런 에번스는 입을 다물었다.

"윗니와 아랫니를 가볍게 씹어보세요. 상태가 어떻습니까?"

그렇게 물어봐도 알 리가 없다. 노보카인 때문에 입속의 신경은 마비되어 있었다.

"괜찮은 것 같은데요."

앨런 에번스는 마취제의 영향으로 술 취한 것처럼 어눌한 소리를 냈다. 의식이 흐려진 것은 아니다. 입술과 혀가 뜻대로 움직이지 않으니까 말이 분명치 않게 된다. 그것을 경험으로 알고 있는 에번스는 꼴사납게 보이는 것이 싫었는지, 되도록 말을 삼가고 그저 미소만 지을 뿐이었다.

"에번스 씨, 의사로서 충고해두겠는데 저녁때까지 뜨거운 커피나 술은 삼가주세요. 노보카인이 작용하고 있으니까 뜻밖에 화상을 입거나 사레가 들릴 우려가 있어요. 가능하면 액체는 무조건 마시지 마세요. 먹을 것도 삼가는 게 좋습니다."

그래야 젤라틴이 녹는 속도가 일정해서 계산한 시간에 독약이 효과를 발휘할 수 있다.

"그러면… 저녁때까지… 먹지도 마시지도 못한다는 겁니까?" 앨런 에번스는 어눌하게 말하고 나서 웃었다.

"그 대신 담배는 마음대로 피워도 좋습니다." 웨슬리는 시계를 보았다. 이제 슬슬 쫓아내야 할 시간이다. "그럼 이탈리아 여행을 즐기고 오세요. 나도 오늘 밤에는 즐길 작정입니다. 이탈리아 여행과는 비교가 안 되겠지만 조촐하게 포커를 할 작정이죠. 매주 금요일 밤에는 새벽 2시까지 포커를 하거든요."

그 금요일 밤이야말로 에번스와 리디아가 밀회하는 밤이라는 것을 웨슬리는 사립탐정의 조사를 통해 알고 있었다. 리디아가 이혼 이야기를 꺼내기 전에 아내의 태도에 의심을 품은 웨슬리는 사립탐정을 고용했다. 두 사람의 밀회는 금요일 밤마다 앨런 에번스의 아파트나 교외 모텔에서 이루어졌고, 그런 상태가 벌써 반년이 넘도록 계속되고 있었다. 그리고 최근에는 리디아도 대담해져서, 남편이 없는 금요일 밤에는 에번스를 집으로 불러들이게 되었다.

복도로 통하는 출입문 앞까지 오자 웨슬리는 에번스와 악수를 하면서 말했다.

"이탈리아에서 돌아오시면 꼭 우리 집에 놀러 오세요. 실은 집사람이 에번스 씨의 팬이라서…"

웨슬리의 손 안에서 앨런 에번스의 손이 힘을 잃었다. 순간적인 동요가 그 손에 반영된 것이다. 그러나 배우로서의 연기력 덕분인지 에번스의 미소는 조금도 흐려지지 않았고 얼굴에는 동요가 나타나지 않았다.

"그때는… 꼭… 찾아뵙지요." 이렇게 대답하고 에번스는 손을 뺐다.

독약 이식을 끝내고 긴장에서 풀려난 웨슬리는 시간 여유만 있다면 이제 곧 죽게 될 이 남자와 오랫동안 담소를 나누고 싶었다. 가능하다면 모든 계획을 말해주고 싶은 심정이었다. 키가 큰 에번스의 얼굴을 쳐다보며 웨슬리는 말했다.

"기억하실지 모르지만 집사람은 1년쯤 전에 파티에서 에번스 씨를 만났다더군요. 그 후 완전히 에번스 씨의 팬이 되었어요. 텔레비전 심야방송 같은 데서 이따금 에번스 씨가 나오는 흘러간 영화를 방영하는데, 그것도 빼놓지 않고 본답니다. 그러니까 꼭 한 번 우리 집에 놀러 오세요."

"그거 정말… 고맙군요. 팬은 한 사람이라도 많은 편이…"

앨런 에번스는 더 이상 긴장을 견딜 수 없게 된 듯 말을 중간에서 삼켜버리고 미소로 얼버무리며 손을 흔들고 나갔다. 서부영화에서 총잡이를 연기하는 큰 키의 억센 사나이도 이제는 어린애처럼 무력해져서, 시한장치된 독약이 효과를 발휘할 오후 9시의 죽음을 향해 걷기 시작했다.

웨슬리는 그 뒷모습을 지켜보다가 문을 닫고 진료의자에 털썩 주저앉았다.

5

콜롬보는 코트를 입은 채 진료의자에 앉아 있었다. 로스앤젤레스 경찰청 근처에 있는 치과였다.

콧수염을 기르고 두꺼운 안경을 쓴 로제티 의사가 말했다.

"아, 하고 입을 벌리세요."

콜롬보는 트레이 위에서 반짝이는 의료기구를 집어삼킬 듯이 바라보고 있었지만 입을 벌리려고는 하지 않는다. 로제티 의사는 그 트레이에 소독을 막 끝낸 주사기를 내려놓으며 다시 한번 말했다.

"아, 하고 입을 벌리세요."

콜롬보는 입을 꽉 다문 채 의자 위에서 몸을 꼼지락거렸다. 이윽고 코트 주머니에서 커다란 배지를 꺼내더니 말없이 로제티에게 보였다. 로제티는 콜롬보가 손에 들고 있는 것을 들여다보고 나서 천천히 말했다.

"당신이 경찰관이라는 건 알았습니다. 하지만 입을 벌리세요. 입을 벌리지 않으면 손을 쓸 수가 없어요."

콜롬보는 배지를 주머니에 집어넣고 트레이의 의료기구를 노려본다. 소독을 끝낸 주사기를 보고는 뺨에 손을 댄다. 그리고 굵은 눈썹 밑의 눈을 질끈 감았다. 로제티의 목소리가 거칠어졌다.

"환자는 당신 혼자만이 아닙니다. 다음 환자가 기다리고 있어요. 게다가 당신은 예약도 없이 뛰어들어 왔어요. 아무래도 치료를 받아야겠다고 억지를 부리길래 어쩔 수 없이 받아준 겁니다. 자, 빨리 입을 벌리세요."

입만이 아니라 눈까지 질끈 감은 콜롬보는 의자에 가만히 앉은 채 꼼짝도 하지 않는다. 이마에서 땀이 배어 나온다. 의사는 마침내 분노를 터뜨렸다.

"이봐요, 도대체 어쩌자는 거요? 그 의자는 낮잠이나 자라고 놔둔 게 아녜요. 당신도 낮잠이나 자려고 여기 온 건 아닐 테고. 당신 안색을 보면 치통이 얼마나 지독한지 한눈에 알 수 있다고요. 밤에도 잠을 이루지 못할 만큼 지독한 통증에 시달리고 있을 거요. 그래서 여기 온 거잖소?"

"그게 아니라…" 콜롬보는 눈을 감은 채 낮은 소리로 중얼거렸다. "나는… 저어… 공무로 왔어요. 정보를 좀 얻으려고…"

"정보라니? 어떤 정보가 필요한데요?"

"아프지 않게 잘하는 치과의사가 있는지 알아보려고…" 이 말만 하고, 이제는 절대로 입을 열지 않겠다고 다짐한 듯 콜롬보는 입술을 굳게 다물었다. 그러나 눈은 떴다. 잔뜩 겁에 질린 너구리가 구멍 속에서 바깥 상황을 살피고 있는 듯한 눈이었다.

로제티는 한숨을 내쉬고 나서 말했다.

"농담은 그만두세요. 당신이 불안해하는 건 충분히 이해합니다. 치통이란 엄청난 고통이니까요. 그 아픈 곳을 의사가 만진다고 생각하면 겁을 먹는 게 당연하지요. 하지만 그런 구차한 핑계로 시간을 벌어봤자 아무 의미도 없습니다. 내버려두면 통증은 지금보다 훨씬 심해질 거예요. 자, 어서 입을 벌리세요."

로제티는 콜롬보의 투박한 턱에 손을 댔다. 콜롬보는 순간적으로 눈을 감고 기계장치가 된 인형처럼 입을 딱 벌렸다.

"열이 나고 있잖습니까. 빨리 하지 않으면…"

로제티가 입속을 들여다본 순간 콜롬보는 입을 꽉 다물어버렸다.

"역시 안 되겠어요!" 이렇게 외치면서 콜롬보는 의자에서 내려왔다.

"이봐요, 잠깐만."

로제티가 콜롬보의 코트 자락을 움켜잡았지만, 콜롬보는 무거운 몸무게의 힘을 빌려 로제티의 손을 뿌리치고 럭비선수 같은 기세로 문을 향해 돌진했다.

요란하게 열리고 요란하게 닫힌 문을 바라보며 의사가 중얼거렸다.

"마음대로 하라지! 저런 겁쟁이가 경찰이라니 원."

6

리디아 코먼은 거울과 마주 앉았다. 이제 곧 서른 살이 되는 나이지만, 목욕을 막 끝낸 얼굴이 발그레하게 상기된 모습은 나이보다 젊어 보였다. 리디아는 거울 속의 자신에게 윙크를 보내고 얼굴에 크림을 바르기 시작했다. 베벌리힐스는 이미 어스름 속에 잠겨 있었다. 창문으로 다가오는 어스름은 거울 속에도 비쳐 있었다. 저 어둠 속 어딘가에 앨런 에번스가 있다. 이렇게 생각하기만 해도 어둠이 사랑스럽게 여겨져 리디아는 창문에 커튼을 칠 마음이 나지 않았다.

그 사랑스러운 배경을 가로막듯 거울 속에 사람의 모습이 뚫고 들어왔다. 앨런 에번스가 아니라 남편 웨슬리였다. 노인처럼 수수한 양복을 입고 있지만 손질이 잘된 장발로 젊음을 강조한 웨슬리였다. 영화배우 같은 그 미소는 최소한 돈과 여자에는 부족함이 없다는 자신감을 나타내고 있었다.

"당신을 비추는 그 거울이 부럽군."

웨슬리는 가까이 다가와서 리디아의 목덜미에 가볍게 키스했다.

"언제 돌아왔어? 난 몰랐어. 차 소리도 나지 않았고…"

"차도 차 나름이지. 그만큼 값비싼 자동차라면 그렇게 큰 소리는 안 나."

웨슬리는 리디아 곁을 떠나 옷장 문을 열고 양복을 벗었다. 넥타이를 풀고는 창가로 다가가 커튼을 기세 좋게 닫았다.

사랑스러운 어둠 대신 남편이 좋아하는 불쾌한 꽃무늬 커튼을 비추고 있는 거울을 향해 리디아는 아무렇지도 않게 말했다.

"아버지랑 얘기했어?"

"불려가서 선고를 받았지."

"당신한테는 좋은 소식이겠지?"

"좋은 소식?" 포커하러 가기 위해 재킷으로 갈아입고 있던 웨슬리가 성난 듯이 소리를 질렀다.

리디아는 더 이상 말다툼을 하고 싶지 않았다. 이제는 질렸다. 실컷 말다툼을 하고, 때로는 드잡이까지 했지만, 그것도 두 사람 사이에 아직 가느다란 희망이 남아 있었기 때문이다. 이제는 헤어져 각자 새로운 인생을 시작할 수밖에 없다.

"웨슬리, 냉정을 잃지 마. 이혼이 우리 두 사람한테는 가장 좋은 해결책이야."

"해결책? 뭐가 해결된다는 거지?"

아무리 피하려 해도 말다툼은 역시 피할 수 없는 모양이다. 그러나 리디아는 어느 쪽이 나쁘다고 잘라 말할 수도 없었다. 마치 싸우기 위해 동거하고 있는 것처럼 두 사람은 얼굴만 마주쳤다 하면 어김없이 말다툼을 시작했다. 아무 성과도 기대할 수 없는 말다툼이었다. 그리하여 대립한 두 사람 사이의 틈은 더욱 깊어지고 쓸데없는 소모전만 거듭해왔다.

"이제 그만둬."

"그래 좋아. 하지만 만약을 위해서 충고해두겠는데 당신은 판단력이 아주 모자라. 때로는 노다지를 캘 때도 있지만 쓰레기를 잡을 때도 있지."

의기양양하게 내뱉고 구두를 갈아 신는 웨슬리를 향하여 리디아는 차갑게 말했다.

"노다지는 당신이고 쓰레기는 그 사람을 말하는 거야?"

"그래. 그 총잡이 녀석은 쓰레기야. 그 녀석의 특기는 장난감 권총을 빨리 빼는 것뿐이야."

"하지만 우리도 거기에 대해서는 벌써 충분히 이야기했고, 당신도 일단은 양해했을 텐데요."

"양해? 그런 따위는 한 적이 없어. 할 수 있을 리가 없지. 하지만 나는 당신을 사랑하기 때문에 어쩔 수 없이 물러서기로 했지, 양해한 건 아니야."

리디아는 얼굴의 크림을 화장지로 닦아내면서 말했다.

"당신이 나를 사랑한 적이 한 번이라도 있어? 조금이라도 사랑해주었다면 이런 지경까지는 오지 않았을 거야."

"사랑했어. 내 나름의 방식으로." 포커하러 나갈 준비를 끝낸 웨슬리는 부끄러워하는 기색도 없이 지껄이고는 다시 이렇게 덧붙였다. "지금도 그래. 내 나름의 방식으로 당신을 사랑하고 있다고."

"그런데 그 방식이 나한테는 통하지 않는다고 말하고 싶은 거야?"

"그래, 통하지 않아. 당신한테 필요한 건 아마 당신을 사랑하는 남편이 아니라 당신에게 봉사하는 노예겠지. 당신은 노예의 사랑을 원하고 있어."

"그렇게 생각한다면 그래도 좋아."

"당신 전남편이 그렇게 된 직후 나는 노예나 하인처럼 당신을 위해주었어. 당신은 내가 언제까지나 그러기를 원했던 거야."

전남편이라는 말을 듣자 리디아는 산호초 바다에 떠 있던 시체를 생각해냈다. 해초처럼 머리카락을 휘날리며 토니는 물속에 떠 있었다. 의사의 진단으로는 심장발작이었다. 공교롭게도 그 후 리디아도 심장병을 앓아서, 지금은 발작을 억제하는 약을 잠시도 떼어놓을 수 없는 신세가 되었다. 마치 토니가 그 병을 그녀에게 유산으로 남겨준 것 같았다. 죽은 토니는 젊지도 않고 장점도 없었지만, 적어도 웨슬리보다는 상냥했다.

"웨슬리, 나는 당신과 결혼한 뒤 줄곧 쓸쓸하게 지냈어. 그때 그이가 나타나서… 알지? 그러니까 당신이 일시적으로 쓸쓸해진다 해도 조만간…"

"좋은 여자가 나타날 거라는 거야?"

"그래. 그이는…"

"그 녀석 얘기는 그만둬!" 리디아와 멀리 떨어진 옷장 앞에 서서 웨슬리는 고함을 질렀다.

리디아는 한숨을 내쉬었다.

"웨슬리, 이제 그만 어른스러워져도 좋을 때가 됐잖아."

웨슬리는 성난 듯이 손을 내저었다.

"어른스러워져야 할 사람은 당신이야. 좋아. 당신 마음대로 해. 어차피 당신 인생이니까. 수속이 끝나면 나는 당장 사라지겠어. 하지만 하다못해 그때까지만이라도 내 마음을 찢어놓는 짓은 하지 말아줘."

"알았어."

웨슬리는 그녀에게 다가와 뒤에서 어깨에 손을 올려놓고 거울을 들여다보며 말했다.

"리디아, 나는 당신을 이해하려고 애쓰고 있어. 지금 당신 입장이 얼마나 괴로운지도 알아. 그러니까 싸움은 이제 그만둡시다."

리디아가 고개를 끄덕이자, 웨슬리는 리디아의 어깨를 가볍게 두드리면서 한마디 한마디를 음미하듯 말했다.

"하지만 이것만은 알아줘. 나는 항상 당신 가까이에서 기다리고 있을 거야. 당신 결심이 바뀌거나… 뭔가 곤란한 일이 일어나면 언제라도 나를 불러줘. 당장 달려올 테니까. 리디아, 알았지?"

리디아는 희미하게 고개를 끄덕이고 나서 중얼거렸다.

"이번에는 당신이 내 마음을 갈기갈기 찢어놓고 있어."

웨슬리는 리디아의 어깨에서 손을 뗐다.

"미안해. 이젠 더 이상 아무 말도 않겠어."

웨슬리는 리디아의 뺨에 키스하고 문 쪽으로 걸어갔다. 복도로 나간 뒤 웨슬리는 뒤를 돌아보며 말했다.

"포커는 여느 때처럼 존 밸런타인네 집에서 할 거야. 전화번호는 알고 있지? 무슨 일이 생기면 그리로 전화해줘. 그리고 약 먹는 것 잊지 마. 당신은 환자니까."

웃는 얼굴로 떠나가는 웨슬리를 지켜보다가 리디아는 거울 앞을 떠났다. 오늘 밤의 웨슬리는 이상하게 상냥했다. 항상 그랬다면 이렇게까지 되지는 않았을 텐데. 리디아는 창가에 서서 커튼 틈새로 밖을 내다보았다. 웨슬리의 회색 승용차가 바깥 거리로 나간다.

리디아는 침대에 걸터앉아 수화기를 들었다. 상대는 곧 전화를 받았다.

"앨런? 어떻게 된 거예요? 오늘은 하루 종일 당신한테 연락이 안 됐어요. 오늘 밤에는 우리 집으로 와줘요. 난 밖에 나갈 기분이 아녜요. 왠지 피곤해서…"

몸이 아프냐고 묻는 앨런의 목소리가 들려왔다.

"아뇨, 아픈 건 아니에요. 좀 피곤할 뿐이에요. 그러니까 집으로 와줘요."

하지만 앨런 에번스는 대답하지 않는다. 왠지 이쪽으로 오는 것을 망설이고 있는 듯하다. 오늘 밤에는 모두가 여느 때와는 태도가 다르다.

"왜 그래요? 앨런, 무슨 걱정거리라도 있어요?"

앨런 에번스는 이 질문에는 대답하지 않고, 8시 30분쯤 그쪽으로 가겠다고 말했다.

"기다릴게요. 내일이면 이탈리아로 떠나잖아요. 그렇게 되면 한동안 만날 수 없고… 그럼 8시 반이에요."

수화기를 내려놓고 리디아는 이브닝드레스로 갈아입었다. 그리고 거실로 가서 찬장에서 와인을 하나 꺼내 홈바의 카운터 위에 놓았다. 앨런 에번스가 좋아하는 '생줄리앙' 67년산이었다.

7

웨슬리는 로스앤젤레스의 밤공기를 가르며 벤츠를 달려 샌타모니카만 근처에 있는 존 밸런타인 저택에 도착했다. 주차장은 먼저 온 사람들의 자동차로 거의 차 있었다.

빨간색 로터스가 있고 은빛 재규어가 있고 노란색 포르쉐가 있었다. 웨슬리의 벤츠도 고급차임에는 틀림없지만, 이런 곳에 타고 오는 자동차로는 최소한의 자격을 갖고 있을 뿐이었다. 그리고 이혼하게 되면 웨슬리는 그 최소한의 자격마저 상실하고 이 호화로운 살롱에는 얼씬거리지도 못하게 된다.

웨슬리는 천천히 벤츠를 굴려 리디아의 오빠인 데이비드의 시트로엥 옆에 세웠다. 프랑스제 자동차답게 새침한 모습을 하고 있는 시트로엥은 도저히 알코올 중독자가 타고 다닐 승용차로는 보이지 않았다. 저런 차는 내가 타면 딱 어울릴 텐데. 웨슬리는 달빛을 받아 희미하게 빛나는 시트로엥을 돌아보며 저택으로 들어갔다.

변호사 존 밸런타인은 마흔 살인데, 얼마 전에 이혼하고 편안한 독신생활을 즐기고 있기 때문에 주말에 포커 장소를 제공하기에는 안성맞춤인 인물이었다. 노름판에는 밸런타인을 포함하여 벌써 여섯 명의 남자가 모여 앉아 자욱한 담배 연기 속에서 게임에 열을 올리고 있었다. 넓은 방이지만 여섯 명이 함께 피워대는 담배 연기가 대단해서, 초록빛 탁자 위에 낮게 매달린 불빛이 짙은 안개 속처럼 어슴푸레하게 보였다.

"늦어서 미안하네." 웨슬리가 말했다.

하지만 모두 노름에 열중해 있어서 가볍게 손을 들어 답례했을 뿐이다.

"풀하우스야. 몽땅 내놔. 고맙네."

영화 제작자인 말레 민스터가 다섯 장의 카드를 탁자 위에 늘어놓고 소리 죽여 웃으면서 칩을 긁어모았다. 오늘 밤에는 민스터가 꽤 설치고 있는 모양이다. 칩은 민스터 앞에만 산더미처럼 쌓여 있고 다른 사람들 앞은 거의 비어 있었다. 밸런타인이 100달러짜리 지폐 석 장을 민스터에게 건네주고 칩을 도로 사들였다. 웨슬리의 처남인 데이비드 셔원도 위스키 술잔을 탁자에 내려놓고 100달러짜리 지폐 몇 장을 민스터에게 건네주었다.

민스터가 시가를 휘두르며 기분 좋은 목소리를 뱉어냈다.

"매번 고맙네. 또 칩을 사고 싶은 사람 없나? 돈이 남아도는 사람은 민스터 은행으로 오십시오. 얼마든지 바꿔드리겠습니다."

웨슬리는 우선 500달러만 민스터에게 건네주고 칩을 받아서 데이비드의 옆자리에 앉았다.

데이비드는 술을 홀짝이면서 칩을 세고 있다. 아무리 거드름을 피워봤자 알코올에 중독된 몽롱한 머리로는 노름에 이길 수 있을 턱이 없다. 그런데도 데이비드는 매주 빼먹지 않고 열심히 찾아온다. 노름에서 잃은 돈을 꼬박꼬박 지불하기만 하면 아무도 뭐라고 하지 않는다. 그 대신 동작이 굼뜨기 때문에 이따금 욕설을 뒤집어쓰고 있었다.

데이비드는 180센티미터 넘는 후리후리한 키에 민낯을 감추는 가면처럼 구레나룻과 콧수염을 텁수룩하게 기르고 있다. 지저분한 옷을 입으면 틀림없이 히피로 보일 타입이지만, 데이비드는 언제나 멋진 콤비 재킷을 입는 신사였다. 신사라는 것을 제외하면 데이비드의 장점은 아무것도 없다.

그 데이비드가 웬지는 모르지만 웨슬리가 들어가자마자 갑자기 돈을 따기 시작했다. 플러시와 스트레이트에 이어 포카드… 기적적이라고 말할 수 있을 만큼 굉장한 패를 잇달아 만들어 눈 깜짝할 사이에 자기 앞에 칩을 산더미처럼 쌓아 올렸다.

"오늘 밤에는 마치 쿠데타라도 일어난 것 같군."

프로듀서 민스터는 화가 나서 창백해진 얼굴로 중얼거리고, 밸런타인은 부지런히 칩을 도로 사들이고, 웨슬리도 몇 번이나 100달러짜리 지폐를 처남에게 건네주었다.

초록빛 펠트천을 깐 탁자 위를 카드가 미끄러지고 칩이 바쁘게 오갔다. 웨슬리는 몇 번이나 손목시계를 들여다보며, 노름보다는 시한 장치된 독약을 더 열심히 생각하고 있었다. 예정된 9시가 다가올수록 웨슬리는 앞으로 카드 한 장만 더 갖추면 로열 스트레이트 플래시를 만들 수 있게 된 사람처럼 손이 부들부들 떨리고 숨이 막혔다.

정신을 차리고 보니 이미 꽤 많은 돈을 잃은 상태였다. 준비해온 현금은 거의 바닥이 났다. 웨슬리는 몇 번이나 수표를 끊어, 무시무시한 선두 다툼을 계속하고 있는 민스터와 데이비드에게 건네주었다.

9시가 지났다.

승부는 이미 결정된 거나 마찬가지라는 누군가의 말을 웨슬리는 꿈결처럼 들었다. 예정 시간이 지나도 전화가 걸려오지 않는 것은 무엇 때문일까? 생각할 수 있는 이유는 두 가지뿐이다. 독약의 시한장치가 계산대로 작동하지 않았거나, 리디아가 전화를 걸지 못할 만큼 동요해 있거나, 둘 중 하나였다.

위험하지만 이쪽에서 전화를 걸어보자고 생각하면서 웨슬리가 몇 장째 수표에 서명하고 있을 때 전화벨이 울렸다. 자리에서 일어난 밸런타인이 수화기를 손으로 막고 말했다.

"웨슬리, 자네 전화야. 부인인 것 같아…"

웨슬리가 황급히 일어서는 바람에 의자가 뒤로 넘어졌다. 그러나 그것을 원래대로 세워놓을 만한 마음의 여유는 없었다. 웨슬리는 뛰듯이 방구석으로 가서 수화기를 들었다.

"여보세요, 리디아?"

수화기는 우선 흐느끼는 소리를 전해왔다. 그것으로 모든 상황을 짐작했지만, 그래도 웨슬리는 확증을 잡으려고 수화기에 대고 아내를 불렀다.

"리디아, 왜 그래?"

흐느끼는 소리가 가냘픈 목소리로 바뀌었다.

"여보, 빨리 돌아와. 제발… 지금 당장 돌아와줘." 그리고 나서 리디아는 왈칵 울음을 터뜨렸다.

웨슬리는 노름을 하고 있는 여섯 남자에게도 들리도록 소리를 질렀다.

"리디아, 무슨 일이야? 울고만 있으면 어떡해. 똑똑히 설명해봐. 대체 무슨 일이지?"

여섯 남자가 일제히 이쪽을 돌아보았다. 그와 동시에 전화기 저편에서는 흐느껴 우는 소리가 딱 멈추었다.

"또 일어났어. 4년 전과 똑같은 일이… 또 일어났어. 이번엔 에번스가… 토니처럼…"

"지금 당장 갈게. 이봐, 리디아, 진정해. 지금 곧 갈 테니까."

웨슬리는 수화기를 내려놓고 포커판으로 돌아갔다. 게임을 멈춘 여섯 남자가 웨슬리를 쳐다보고 있었다. 밸런타인이 입을 열었다.

"무슨 일인데 그래?"

"대단한 건 아니야. 집에 좀 가봐야겠어." 웨슬리는 아무렇지도 않게 말하고 처남을 손짓으로 불렀다.

데이비드는 고개를 저으며 눈앞에 산더미처럼 쌓인 칩을 가리켰다.

"나는 오늘 재수가 좋아. 이럴 때 빠져나갈 수는 없어."

"글쎄, 아무 소리 말고 같이 가줘." 웨슬리는 잔뜩 낮춘 목소리로 말했다.

그러나 알코올로 흐려진 데이비드의 머리 가운데 그나마 활동하고 있는 부분은 완전히 노름에 몰두해 있었다. 데이비드는 그곳을 떠나려 하지 않았다. 데이비드가 이렇게 재수가 좋을 때도 있다는 것은 웨슬리의 계산에 들어 있지 않았다. 데이비드가 고분고분 따라오지 않으면 곤란하다.

웨슬리는 데이비드의 팔을 꽉 움켜잡았다.

"아야, 아프잖아."

데이비드는 웨슬리의 손을 뿌리치려고 했지만 그럴 힘이 없다. 그는 충혈되어 몽롱한 눈으로 웨슬리를 쳐다보며 애원하듯이 말했다.

"지금까지 잃은 돈을 단번에 되찾을 수 있는 기회라고. 무슨 일인지 모르지만, 나는 어차피 아무짝에도 쓸모없는 알코올 중독자야. 날 그냥 내버려둬."

"리디아가 병에 걸렸어."

웨슬리가 낮은 소리로 말하자 데이비드는 벌떡 일어났다.

"리디아가?"

그래도 위스키잔은 내려놓지 않은 채 비틀거리는 걸음으로 웨슬리를 따라왔다.

문간까지 오자 민스터가 불러 세웠다.

"이봐, 데이비드, 승부는 어떻게 할 거야?"

"승부는 내주까지 보류야. 잘들 있게."

누이가 병에 걸렸다는 말을 듣는 순간 창백해졌던 데이비드는 금방 알코올 중독자 특유의 낙천적인 기분으로 돌아가 남은 사람들에게 쾌활하게 손을 흔들었다. 술잔을 한 손에 들고 비틀거리며 시트로엥 쪽으로 다가가는 데이비드의 목덜미를 웨슬리가 거칠게 움켜잡았다.

"자넨 운전할 수 없어. 내 차로 가세."

그러자 데이비드는 뜻밖에 강한 힘으로 웨슬리의 손을 뿌리치고 한 걸음 뒤로 물러섰다.

"이게 무슨 짓이야? 셔윈 집안 사람은 너 같은 시골뜨기한테 이래라 저래라 하는 말은 듣지 않아. 만만하게 보지 마. 물론 너는 내 누이의 남편이지만 신분상으로는 고용인이야."

데이비드는 시트로엥에 다가가더니 술잔에 든 얼음을 달그락거리며 술을 들이켰다.

웨슬리는 앞으로 다가가서 그 술잔을 빼앗았다. 그러고는 얼음과 함께 술잔에 남은 술을 데이비드의 얼굴에 끼얹었다. 고용인은 이제 너야! 입장은 역전됐어! 그러나 그 말은 입 밖에 내지 않고 낮춘 목소리로 말했다.

"큰일 났어. 리디아는 병에 걸린 게 아니야. 터무니없는 일이 일어났다고. 정신 똑바로 차리고 내 말대로 해."

술방울이 뚝뚝 떨어지는 얼굴을 닦으려고도 하지 않고 데이비드는 멍하니 서 있었다.

"자, 가세."

웨슬리는 데이비드를 재촉하고 자기 자동차 문을 열었다.

8

샌타모니카만에서 베벌리힐스까지는 보통 속도로 달려도 20분 남짓한 거리였다. 그 20분을 조금이라도 단축하려고 웨슬리는 샌타모니카 대로를 맹렬한 속도로 날듯이 달렸다. 결과를 한시라도 빨리 확인하고 싶었다. 그러나 그와 동시에 웨슬리는 빠른 속도로 달리는 자동차 안에서 빨간색 로터스나 은빛 재규어나 노란색 포르쉐 등, 밸런타인 저택에 와 있던 멋진 스포츠카들과 은밀히 경쟁을 벌이고 있는 듯한 기분에 잠겨 있었다. 절대로 질 수 없는 경주였다.

베벌리힐스의 저택으로 미끄러져 들어갔을 때 맨 먼저 눈에 띈 것은 앨런 에번스의 캐딜락이었다. 조수석에서 데이비드가 중얼거렸다.

"앨런이…"

웨슬리는 차를 세우고, 동작이 굼뜬 데이비드를 조수석에 남겨둔 채 현관으로 달려갔다. 문은 잠겨 있었다. 웨슬리는 문을 두드리면서 소리쳤다.

"리디아!"

대답이 없었다. 뒤쫓아온 데이비드가 거친 숨을 몰아쉬며 말했다.

"발로 차서 부숴야겠군."

웨슬리는 손으로 데이비드를 제지하고 주머니에서 열쇠를 꺼냈다. 문이 열리자 두 사람은 동시에 안으로 뛰어들었다. 어두컴컴한 현관에서 웨슬리는 잠시 망설였다. 침실문을 열어야 할까? 아니면 거실문을 열어야 할까?

웨슬리는 거실문을 열었다.

커튼을 친 방에 눈부실 만큼 밝은 빛이 가득 차 있고, 그 밝은 실내에 어울리는 빨간 드레스 차림의 리디아가 마네킹처럼 우두커니 서 있었다. 고개를 살짝 기울인 그 창백한 얼굴은 음악에 귀를 기울이고 있는 것처럼 보이기도 하지만, 방구석에 있는 전축은 레코드판 끝부분에서 계속 헛돌고 있어서, 스피커에서 흘러나오는 것은 판을 긁는 바늘 소리뿐이었다.

리디아의 발치에 앨런 에번스의 커다란 몸뚱이가 너부러져 있고, 그 눈은 결투에 진 총잡이처럼 크게 열린 채 천장을 쳐다보고 있었다. 가장 멋진 마지막 장면이라고 말하고 싶을 정도였다. 웨슬리는 속으로 웃었지만, 데이비드가 뒤에 있는 기척을 느끼고 얼굴을 긴장시켰다.

"리디아…" 웨슬리가 불렀을 때 리디아의 뻣뻣한 자세가 갑자기 내부의 버팀대를 잃은 것처럼 크게 흔들렸다.

"리디아!" 웨슬리는 달려가서 리디아의 어깨를 끌어안았다.

발치의 에번스는 유리알 같은 푸른 눈을 드러내고 있었다. 죽은 사람의 눈이라는 것은 알고 있지만, 그 속눈썹은 물체라고 부르기에는 너무 섬세했다.

웨슬리는 아내를 안고 소파로 데려가 살며시 눕혔다.

"리디아, 무슨 일이야? 무슨 일이 일어난 거야? 괴롭겠지만 설명 좀 해 봐."

"그이가 죽었어." 리디아가 불쑥 말했다.

데이비드가 시체에 다가가서 얼굴을 들여다보았다.

"어떻게 죽었지?" 나무라거나 따지는 말투가 되지 않도록 조심하면서 웨슬리는 물었다.

"그때와… 똑같아. 토니와 똑같았어… 그래, 그때와 똑같았어. 우린 여기서 이야기를 하고 있었어. 음악을 들으면서. 여느 때처럼… 그런데 갑자기…" 리디아는 헛소리처럼 중얼거렸다. 그러더니 마침내 울음을 터뜨리면서 입을 다물었다.

웨슬리는 슬쩍 데이비드의 모습을 살폈다. 리디아의 최초의 증언을 데이비드에게 들려주는 것도 계획의 일부였다. 데이비드는 시체의 맥을 짚고 있지만 리디아의 말은 아마 들었을 것이다.

웨슬리는 아내의 어깨를 상냥하게 토닥이면서 말했다.

"알았어. 심장발작이 분명해. 에번스가 혹시 술 같은 건 안 마셨어?"

"와인을 마셨어. 하지만 반병밖에 안 마셨어. 그러다가 갑자기…"

"와인? 저 홈바 탁자 위에 놓여 있는 저거야?"

웨슬리가 술병을 가리키자 리디아는 힘없이 고개를 끄덕였다.

"네, 저 사람은 생줄리앙 67년산을 좋아해서 언제나…" 도중에 말을 삼켰지만 리디아는 더욱 심하게 동요하면서 머뭇거리는 어조로 말했다. "미안해, 웨슬리. 나는…"

웨슬리는 아내의 말을 가로막으며 위로하기 시작했다.

"그건 괜찮아. 어쨌든 당신한테는 책임이 없어. 사랑하는 사람을 잃은 심정은 충분히 이해하지만, 우물쭈물하고 있어도 별수없어. 그보다 이런 상태가 계속되면 당신도 위험해. 심장약은 먹었어?"

리디아는 고개를 저었다.

"그럼 약을 먹고 빨리 누워. 내일이면 모두 해결될 거야. 나하고 데이비드가 모든 일을 잘 처리할 테니까 걱정하지 않아도 돼. 당신은 어서 자."

웨슬리는 데이비드를 불렀다.

"리디아를 침실로 데려가주게. 그리고 약을 정말로 먹는지도 확인해줘."

두 사람이 방을 나가자마자 웨슬리는 재빨리 홈바로 다가갔다.

와인은 꽤 많이 남아 있었다. 웨슬리는 손수건으로 술병 아래쪽을 잡고 또 한 손으로 코르크 마개를 열었다. 와인 특유의 시큼한 냄새가 풍겼다. 웨슬리는 재킷 안주머니에서 약봉지를 꺼내어 안에 들어 있는 가루를 술병 속에 흘려 넣었다. 미세한 하얀 가루가 짙은 술병 속으로 사라졌다. 웨슬리는 코르크 마개를 닫고 술병을 찬장에 놓은 뒤 손수건으로 마개를 닦아냈다. 시체 앞으로 돌아왔을 때 데이비드가 들어왔다.

"약은 분명히 먹였어. 술을 본 김에 나도 한잔할까?"

데이비드는 곧장 홈바로 다가가 와인병에 손을 뻗었다.

"그만둬, 데이비드!" 웨슬리가 저도 모르게 소리를 질렀다.

데이비드는 생줄리앙 67년산 술병을 집어들고 입술을 핥았다.

"하지만 에번스가 애용한 술이야. 맛이 없을 리가 없잖아."

"술에는 아무 이상도 없겠지만 어쨌든 에번스는 그걸 마신 직후에 죽었어. 조심하는 게 좋아. 마시려거든 다른 술을 마셔."

"그도 그렇군." 데이비드는 얌전히 고개를 끄덕이고 카운터를 돌아 홈바 안으로 들어갔다. 그러고는 와인병 대신 위스키병을 내렸다.

"나는 역시 위스키가 좋아."

위스키를 따른 술잔을 들고 홈바에서 나오자 데이비드는 선축 옆의 전화기로 다가가서 수화기를 집어들었다.

"뭘 하는 건가?" 웨슬리가 물었다.

"뭘 하느냐고? 경찰을 불러야지. 이럴 때는 우선…"

웨슬리는 얼른 달려가서 수화기를 빼앗았다. 데이비드의 술잔에서 술이 넘쳐흘렀다.

"이게 무슨 짓이야!" 데이비드가 소리를 질렀다.

웨슬리는 데이비드의 멱살을 움켜잡았다.

"이제 그만 정신 좀 차려. 도대체 언제면 이 사태를 이해할 거야?"

"사태는 이해하고 있어. 앨런이 죽었잖아. 그래서 나는 경찰을…" 약간 주춤한 모습이었지만, 데이비드는 술내 나는 숨을 토해내면서 항의를 계속했다. "앨런은 죽었어. 경찰에 연락하는 게 뭐가 나빠. 물론 나는 너 같은 의사는 아니지만, 그래도 앨런이 죽었다는 것 정도는 알아."

웨슬리는 움켜쥐고 있던 멱살을 놓았다.

"내가 말하는 건 앨런이 아니라 리디아에 대해서야. 리디아를 둘러싼 사태 말이야. 친오빠라면 그 정도는 알아야지."

"리디아?"

"그래. 경찰에 전화할 거라면 리디아가 맨 먼저 했을 거야. 손을 쓰기에는 너무 늦었다는 걸 알더라도 구급차를 불러달라고 부탁했을 거야. 그런데 리디아는 왜 그렇게 하지 않았을까?"

데이비드는 시체를 바라보고 다시 웨슬리를 바라보다가 황급히 눈길을 돌렸다.

"몰라. 어찌된 일인지, 난 전혀…"

"가르쳐드리지. 리디아가 맨 먼저 생각한 건 전남편 토니가 죽었을 때와 상황이 똑같다는 거였어. 토니는 분명 심장발작이었고, 이번에도 심장발작처럼 보여. 게다가 두 사람 다 리디아와 단둘이 있을 때 죽었다는 게 공통점이야. 자칫하면 경찰에 의심을 받게 돼. 그래서 리디아는 경찰에 전화하기를 망설이고, 불륜관계가 들통나는데도 불구하고 우선 나를 부른 거라고."

데이비드는 눈을 동그랗게 떴다.

"그럼 자네는 리디아가… 토니를 죽이고, 에번스도 죽였다고…"

"그건 아니야. 나는 리디아를 믿어. 리디아를 누구보다 사랑하니까. 그런 게 아니라, 의심 많은 경찰이 리디아에게 혐의를 걸고 터무니없는 소동을 일으킬지도 모른다는 거야. 리디아는 그런 미묘한 상황에 놓여 있다고. 알겠어? 내가 말하고 싶은 건 바로 그거야."

"말도 안 돼!" 데이비드는 코웃음을 치면서 술을 홀짝였다. 그러나 허세는 오래가지 않았다. 술잔을 다 비우고 데이비드는 말했다. "잠깐만 기다려주게. 술을 좀 더 마시고 머리를 맑게 해야겠어."

데이비드는 홈바 안으로 들어가 빠른 속도로 술을 퍼마셨다. 마시면서 뭔가를 생각하고 있었다. 이따금 머리를 긁적인다.

드디어 데이비드가 입을 열었다.

"좋아, 알았어. 자네 말에도 일리가 있군. 경찰이 의심할지도 몰라. 하지만 그렇다고 해서 우리가 뭘 어떻게 할 수 있지?"

"시체를 여기서 옮기는 거야."

웨슬리가 거침없이 말하자 데이비드는 술잔을 탁자 위에 탁 내려놓았다.

"뭐라고?"

"시체를 밖으로 옮겨서, 밖에서 죽은 것처럼 꾸미는 거야."

데이비드는 에번스의 시체를 바라보았다. 거기에 시체가 있다는 것을 비로소 실감한 듯한 눈빛이었다. 데이비드는 겁먹은 듯 고개를 숙였다.

"난 그런 짓 못해. 그보다 경찰에 전화하는 게 나아. 만약에 리디아가 의심받게 되면 우리가 변호하면 돼. 그게 낫지 않아?"

"자네는 리디아의 오빠이고 나는 리디아의 남편이야. 우리가 리디아를 변호하는 건 당연한 의무지. 그런 건 애정에 입각한 행위라고는 말할 수 없어."

웨슬리는 차갑게 내뱉어 데이비드의 보잘것없는 자부심을 꺾어버렸다. 그렇게 함으로써 결정적으로 주도권을 잡았다. "리디아를 사랑한다면 변호하는 정도로는 안 돼. 리디아가 놓여 있는 상황은 그렇게 간단한 게 아니라고."

웨슬리는 위기감을 적당히 부추겨놓고 나서 이렇게 조용히 덧붙였다.

"리디아만이 아니라, 나는 아버님도 걱정돼."

"아버지가?"

"그래. 만일 리디아에게 혐의가 걸려 수사를 받고 재판을 받는 소동이 벌어지면 아버님은 어떻게 되겠어? 물론 아버님은 정정하시지만, 그런 긴장은 도저히 견디기 힘들 거야. 그리고 만약 리디아가 억울한 죄로 감옥에 들어가면 아버님은 어떻게 되겠어? 그럴 가능성이 전혀 없다고는 말할 수 없어. 자네도 음주운전을 하거나 취해서 싸우다가 몇 번이나 경찰 신세를 졌잖아. 경찰에서 취조받을 때 경찰관들이 어떤 태도를 취했는지 생각해 봐. 우선 의심부터 하고 들어갔잖아. 단순한 주정뱅이가 아니라 전과자가 아닐까 하고 의심하지 않았어?"

데이비드는 불쾌한 추억을 들이대자 우울하게 입을 다물고 고개를 숙였다. 그러다가 술을 들이켜고는 아래를 내려다본 채 말했다.

"알았어. 자네 말대로 하세. 어떤 계획이지?"

"계획 같은 건 없어. 하지만 로스앤젤레스 외곽 사막으로 에번스를 차와 함께 운반해가면 돼. 어디가 좋을까… 멀홀랜드 도로 같은 변두리가 적당할지도 모르겠군. 어쨌든 그 길은 어두우니까 차바퀴가 도랑에 빠진 순간 심장발작을 일으킨 것처럼 꾸미면 돼."

계획이 없다고 말한 것은 거짓말이었다. 웨슬리는 실제로 멀홀랜드 도로를 지나 사막 지대까지 가서 시체를 놓아둘 장소를 물색해두었다. 공들여 갈고 다듬은 계획이었다. 게다가 그 계획은 아직 끝나지 않았다. 이제 겨우 초장의 일부가 끝났을 뿐이다. 웨슬리는 계획에 따라 자신과 아내 이름을 인쇄한 종이성냥을 탁자 위에서 집어들어 주머니에 넣었다.

이어서 웨슬리는 쭈그리고 앉아 시체 겨드랑이 밑에 손을 집어넣었다. 커다란 모래자루처럼 무겁다.

"데이비드, 좀 도와줘."

홈바에서 나온 데이비드는 잠시 망설이고 있다가 술잔을 바닥에 내려놓고 시체 발목을 잡았다. 마침내 시체 유기의 공범 관계가 성립되었다. 그러나 웨슬리가 든 상체 쪽이 더 무거웠다. 팔이 부들부들 떨렸다. 시체는 웨슬리의 팔 밑에서 고개를 뒤로 젖히고 있었다.

웨슬리의 팔이 떨릴 때마다 그 머리도 흔들렸다.

9

검은 캐딜락이 앞서 달리고 그 뒤를 벤츠가 달렸다.

캐딜락 트렁크에는 차 주인인 앨런 에번스의 시체가 들어 있고 운전석에서는 웨슬리가 핸들을 잡고 있었다.

뒤따라가는 벤츠에는 데이비드가 타고 있었다. 한 손으로 핸들을 잡고 또 한 손으로는 위스키병을 입으로 가져가고 있었다. 그 때문인지 벤츠는 이따금 뱀처럼 구불구불 나아가면서 헤드라이트를 좌우로 크게 흔들었다.

웨슬리는 백미러를 보면서 혀를 찼다.

저 알코올 중독자 녀석! 한밤중이 다 되었기 때문에 고속도로를 달리는 자동차는 적지만, 만약에 사고라도 나면 만사 끝장이다. 웨슬리는 데이비드를 욕하면서도 기도하는 심정으로 백미러를 지켜보고 있었다.

두 대의 자동차는 샌디에이고 고속도로를 북쪽으로 올라갔다. 세풀베다 인터체인지에서 벤투라 고속도로로 접어들어 서쪽으로 달렸다. 낮이라면 오른쪽에 세풀베다 댐의 삼림공원이 보일 것이다. 그리고 왼쪽에는 샌타모니카 산맥이 있다. 그러나 지금은 어둠에 갇힌 시야 속에서 웨슬리는 오로지 앞만 바라보며 속도위반에 간신히 걸리지 않을 정도의 속도로 달리고 있었다.

고속도로를 벗어나 토팽가캐년 대로를 지나 멀홀랜드 도로로 나왔을 무렵에는 뒤따라오는 벤츠와의 거리가 상당히 벌어져 있었다. 웨슬리는 몇 번이나 속력을 늦추어 뒤차가 따라오기를 기다렸다. 때로는 시속 40킬로미터까지 속도를 떨어뜨리지 않으면 안 되었다. 데이비드는 술기운 때문에 졸음이 오는 게 분명했다. 점점 심해지는 초조감이 마침내 한계에 이르자 웨슬리는 욕설을 내뱉으며 차를 세우고는 문을 열고 밖으로 나왔다.

이제 슬슬 사막으로 들어가려는 지점이었다. 나무가 없는 완만한 언덕이 달빛 아래 파도처럼 펼쳐져 있었다. 인가는 보이지 않았다. 그러나 검은 말뚝 같은 전봇대가 길을 따라 끝없이 이어져 있어서 이 황량한 풍경 끝에도 인간의 생활이 있다는 것을 알려주고 있었다. 웨슬리는 몸서리를 쳤다. 사막의 밤은 몹시 추웠다.

데이비드가 운전하는 벤츠가 느릿느릿 다가왔다. 졸음을 떨쳐버리기 위해서인지 데이비드는 운전석 창문을 활짝 열고 팔꿈치를 창밖으로 내밀고 있었다. 모래를 밟으며 둔중한 짐승처럼 다가온 벤츠는 멈춰 서 있는 캐딜락에서 30미터쯤 떨어진 곳까지 다가왔을 때도 그 느릿느릿한 속력을 떨어뜨리려 하지 않았다. 웨슬리는 위험을 느끼고 소리쳤다.

"데이비드!"

그러나 벤츠는 아무 반응도 보이지 않았다. 느린 속력을 유지한 무거운 차체는 앞에 아무 장애물도 없다는 듯이 태평스럽게 다가오고 있었다. 게다가 앞차에 가까워질수록 오히려 속력을 높이는 것 같았다. 벤츠의 헤드라이트가 시체를 실은 캐딜락 트렁크를 비추었다. 웨슬리는 벤츠를 향해 달려갔다.

"데이비드! 차를 세워!"

눈앞을 천천히 지나가는 벤츠를 향해 웨슬리는 화가 나서 종주먹을 휘둘렀다. 둔중한 짐승은 급브레이크를 밟았다. 폭넓은 타이어가 모래를 흩날렸다. 벤츠는 캐딜락에 충돌하기 직전에 간신히 멈춰 섰다.

충돌음을 들으리라 각오하고 있던 웨슬리는 갑자기 찾아온 사막의 정적 속에서 안도감과 비웃음의 가시를 동시에 느꼈다. 그는 벤츠의 문을 열고 데이비드를 차 밖으로 끌어냈다.

"이 쓸모없는 알코올 중독자 같으니라고!"

하반신이 아직도 차 안에 남아 있는 데이비드의 뺨을 웨슬리는 힘껏 후려쳤다. 데이비드는 연체동물처럼 윗몸을 젖히며 길바닥에 나동그라졌다. 일어나면 다시 한번 때려줄 작정으로 웨슬리는 자세를 갖추었다. 그러나 데이비드는 길바닥에 주저앉아 어깨를 축 늘어뜨린 채 중얼거렸다.

"정말 나는 변변치 못한 알코올 중독자야."

"그래, 넌 인간쓰레기야!" 웨슬리는 침을 뱉듯이 말하고는 주먹을 바지주머니에 쑤셔 넣었다.

웨슬리는 주위를 둘러보았다. 예정했던 지점까지는 얼마 남지 않았다. 그러나 데이비드는 그 얼마 안 되는 거리도 견뎌낼 수 있을 것 같지 않다. 할 수 없지. 여기도 괜찮잖아? 확실히 그곳은 사막 한가운데와 별 차이가 없고, 시체를 버릴 장소로 어울렸다. 그러나 데이비드 때문에 계획을 변경해야 한다고 생각하자 속에서 울화가 치밀었다. 사전에 조사하여 예정해둔 장소까지 갈 수 없는 게 계획 전체의 차질을 암시하는 것 같아서 싫었다. 웨슬리는 길바닥에 쭈그리고 앉아 있는 네이비드를 내려다보며 잠시 망설였다. 이윽고 천천히 일어서는 데이비드의 굼뜬 동작을 보았을 때 웨슬리는 마침내 결단을 내렸다.

"데이비드, 시체를 꺼낼 테니까 도와줘."

두 사람은 캐딜락 트렁크를 열고 무거운 시체를 끌어내어 운전석에 앉혔다.

"이제 됐어. 다음은 나 혼자 할 테니까 뒤차에 돌아가 있어."

"나도 돕게 해줘."

뉘우친 듯 말하는 데이비드를 향하여 웨슬리는 냉정한 말을 퍼부었다.

"자네가 옆에 있으면 술 냄새가 나서 견딜 수가 없어. 빨리 저쪽으로 가!"

데이비드가 풀죽은 모습으로 맥없이 물러서자 웨슬리는 손수건을 꺼내어 핸들과 기어 등, 자기 지문이 남아 있다고 여겨지는 곳을 모조리 닦아냈다. 그리고 시체의 손가락을 핸들에 걸어 지문을 묻혔다. 시체의 발을 움직여 마치 운전하고 있었던 것 같은 자세를 만들었다.

이어서 조수석에 올라앉아 왼손에 손수건을 감고 사이드브레이크를 푼 뒤, 뒤에 있는 데이비드에게 소리쳤다.

"차를 밀어줘."

차는 좀처럼 움직이지 않고 데이비드의 신음소리가 들려왔다.

그래도 조금 움직이자, 그다음에는 관성에 따라 점점 속력을 올리기 시작했다.

"좋아, 이제 됐어."

웨슬리는 손수건을 감은 손으로 핸들을 오른쪽으로 꺾었다. 앞바퀴가 길가 도랑에 빠지자 차는 멈춰 섰다. 웨슬리는 상황이 이상하게 보이도록 기어를 주차 위치에 놓고 헤드라이트를 껐다.

마지막으로 주머니에서 종이성냥을 꺼냈다. 웨슬리는 자기 이름과 아내 이름이 인쇄된 그 종이성냥을 시체의 앞주머니에 집어넣고 차에서 내렸다.

시체를 여기까지 옮겨놓았으면서 시체를 자기 집과 결부시키는 단서를 남겨두는 것은 웨슬리가 짠 계획의 중요한 일부였다. 단서인 종이성냥은 또 한 사람을 말살하는 데 이바지해줄 터였다.

웨슬리는 벤츠 운전석에 앉아 문을 닫았다. 헤드라이트를 켜자 도랑에 바퀴가 빠진 채 오른쪽으로 기울어진 캐딜락이 불빛 속에 또렷이 떠올랐다. 웨슬리는 조수석에 앉은 데이비드에게 말했다.

"차체의 지문을 닦아줘. 꼼꼼히."

웨슬리는 담배에 불을 붙이고 세차장 종업원처럼 앞차를 닦고 있는 데이비드를 바라보고 있었다. 데이비드는 이제 완전히 하인이었다. 우선 셔윈 집안의 맏아들이 그에게 함락되었다.

차를 닦고 돌아온 데이비드가 말했다.

"웨슬리, 자넨 정말 대단한 사람이야. 보통 남편이라면 아내를 위해 이런 일까지 하진 않아."

"나는 지극히 평범한 남편이야. 다만 보통 남편보다 훨씬 아내를 사랑하고 있을 뿐이지."

웨슬리는 웃으면서 말하고는 차를 돌렸다. 조수석에 앉은 데이비드는 곧 잠들어버렸다.

제2장

사막으로 가는 뜨거운 길

1

 완만하게 오르락내리락 이어져 있는 언덕에 새벽의 산들바람이 불어오자 언덕을 뒤덮은 관목들의 잎사귀에서 아침이슬이 반짝였다. 사막 근처의 구릉지는 아직 밤의 냉기를 머금고 있었지만, 언덕에 짙은 그림자를 새기는 강렬한 아침 햇살은 이제 곧 타는 듯이 뜨거운 한낮이 오리라는 것을 벌써 예고하고 있었다.

 줄지어 늘어선 전봇대들은 메마른 모래밭에 긴 그림자를 떨구고, 검은색 캐딜락도, 그 주변을 에워싼 순찰차와 구급차도 저마다 길바닥에 가늘고 긴 그림자를 드리우고 있었다. 캐딜락 운전석에서는 삼류 서부영화 배우인 앨런 에번스가 강렬한 조명 같은 아침 햇살을 얼굴에 받으며 살짝 열린 입술 사이로 하얗게 빛나는 치아를 내보이고 있었다. 겉보기에는 평온한 죽음이었다. 고통의 흔적조차 없는 얼굴은 잠들 듯이 죽은 것처럼 보였다. 그러나 그 초록빛 눈은 부릅뜬 채 언덕 위로 막 올라온 태양을 응시하고 있었다.

앨런 에번스 주위에 있는 경찰들은 모두 야근 경찰관이었다. 근무교대를 한 시간 남짓 앞두고 있을 때 현장에 불려 나왔으니 운이 나쁘다고 말할 수밖에 없었다. 야근자들에게는 가장 피로가 쌓인 시간이고 가장 졸린 시간이기도 했다. 짙은 선글라스를 써도 아침 햇살은 눈이 아플 만큼 부시다. 상쾌한 아침과는 정반대로 경찰관들의 움직임은 나른하고 둔했다. 순찰차의 무전기에서 흘러나오는 본부의 목소리도 어젯밤에 도난당한 자동차 목록을 졸린 듯 힘없이 읽고 있었다.

오직 한 사람, 젊은 크레이머 형사만이 기운차게 움직이고 있었다. 벗어진 이마를 아침 햇살에 반짝이며, 옥수수털 같은 머리카락을 산들바람에 휘날리며 크레이머 형사는 감식반원들을 재촉했다.

"빠짐없이 조사해줘. 어디에 지문이 남아 있을지 모르니까. 차 안은 남김없이 조사해줘."

캐딜락에 올라탄 감식반원들은 얼굴을 찡그렸다.

뒷좌석에 가루를 뿌리고 있던 남자가 말했다.

"캐딜락은 큰 차야. 빠짐없이 조사하려면 좀 시간이 걸려."

그래도 태양이 언덕 위로 꽤 높이 떠올랐을 무렵에는 감식반 일이 끝났다. 크레이머는 순찰차 맨 뒤에 서 있는 푸조를 향해 성큼성큼 다가가서 기세 좋게 문을 열었다.

"반장님, 감식반 일은 끝났습니다."

푸조 운전석에 또 하나의 시체처럼 누워 있던 콜롬보가 느릿느릿 윗몸을 일으켰다. 콜롬보는 간신히 눈을 뜨고 멍하니 크레이머를 바라보다가 쉰 목소리로 말했다.

"우리 강력계는 교통사고에는 볼 일이 없어."

콜롬보는 다시 벌렁 드러누워 레인코트 칼라에 턱을 묻었다.

"교통사고로는 보이지 않습니다만, 흔히 있는 병사인 것 같습니다. 확실히 강력계와는 인연이 없는 것 같은데…"

크레이머가 말을 끊자 콜롬보는 누운 채 손을 내저었다.

"그래서 내가 말했잖아. 일부러 여기까지 나올 필요도 없는 일이라고. 내 직감은 틀림없어. 조사하러 가자고 주장한 건 자네니까, 자네가 조사해서 보고서를 써주게."

"그야 물론 오자고 주장한 건 접니다만, 일단은 반장님도 조사해주셔야…"

"나는 환자야. 이가 아파. 아무것도 먹지 못해서 배도 고프고. 섣불리 움직였다가는 나도 황천객이 될지 몰라."

콜롬보는 코트를 부스럭거리며 몸을 움츠렸다. 크레이머가 싱긋 웃었다.

"하지만 반장님, 치과에 가지 않은 건 반장님 책임입니다. 이가 아파서 조사할 수 없다고 말씀하신다면 그것도 보고서에 쓰겠습니다."

그러자 콜롬보가 벌떡 일어났다.

"크레이머, 자네 혹시 청장의 끄나풀 아냐?"

"아니, 저는 납세자의 공복입니다."

크레이머가 곧바로 대꾸하자 콜롬보는 화난 듯이 신음소리를 냈다.

"그래? 알았어. 나는 치통 때문에 쇼크사할지도 모르지만, 일을 하도록 하지. 납세자를 위해서."

콜롬보는 뺨에 한 손을 대고 차에서 내렸다. 발을 내디딜 때마다 진동이 이에 전해지기라도 하는 것처럼 콜롬보는 손을 뺨에 댄 채 천천히 걸어갔다. 정말로 금방 죽어가는 중환자 같은 걸음걸이였다.

크레이머가 캐딜락 문을 열어주었다. 콜롬보는 말없이 운전석에 올라탔다. 아침 햇살을 받고 있는 시체와 어깨를 맞대고 앉아서 수염이 자란 얼굴을 잠시 바라보고 있다가, 드디어 결심한 듯 반쯤 졸린 듯한 눈으로 운전석을 둘러보았다. 그러나 뺨에 댄 손은 떼지 않았다. 콜롬보는 우선 글러브 박스를 열었다. 형식적인 조사라는 것을 분명히 보여주는 태도로 박스 안을 들여다보고, 계기판을 대충 훑어본 뒤 기어를 내려다보았다.

콜롬보의 눈길이 거기서 딱 멈추었다. 주차 위치에 있는 기어를 이상한 동물이라도 보는 듯한 눈빛으로 바라본다. 뺨에 대고 있던 왼손을 천천히 내려 기어를 만져본다. 잠자고 있는 듯한 콜롬보의 얼굴에 갑자기 하나의 표정이 떠올랐다. 한쪽 눈썹만 치켜올라가고 미간에 깊은 주름이 새겨졌다.

콜롬보는 시체에 바싹 다가앉아 주머니를 뒤졌다. 아무것도 없다.

콜롬보는 문을 열고 황급히 차에서 내렸다.

"크레이머!"

순찰차 안에서 담배를 피우고 있던 크레이머는 꽁초를 길바닥에 버리고 구둣발로 짓이긴 뒤 콜롬보에게 다가갔다.

"뭡니까?"

"캐딜락에 탄 사람이 누구지?"

"갖고 있던 운전면허증과 신용카드를 보고 영화배우 앨런 에번스라는 것을 알았습니다. 하기야 카드를 조사하지 않아도 이 사람이 앨런 에번스라는 것쯤은 첫눈에 알았지만…"

"그렇게 유명한 배우야?"

"유명하다고 할 정도는 아니지만, 서부영화를 보는 사람이라면 알고 있지요."

콜롬보는 왼손을 뺨에 대고 눌렀다.

"그렇군. 하지만 나는 서부영화를 싫어해. 그런 게 뭐가 재미있는지, 난 도무지 이해할 수가 없단 말이야."

크레이머는 순순히 고개를 끄덕이고, 수첩을 보면서 말했다.

"반장님, 구급차 사람들 얘기로는 앨런 에번스가 아무래도 심장병 같은 걸로 죽은 것 같답니다. 차를 몰다가 발작을 일으킨 모양이에요. 불행히도 이 언저리는 차가 별로 지나다니지 않으니까 그대로 죽어버렸겠지요."

콜롬보는 눈을 가늘게 뜨고 먼 언덕을 바라보면서 불쑥 말했다.

"부검도 해보지 않고 병사로 단정해도 되나?"

아무렇지도 않은 어조였지만 크레이머는 몸을 긴장시켰다.

"부검요?"

"아아, 배고파. 밥 대신 시가라도 피워야지."

콜롬보는 크레이머의 질문을 얼버무리듯 말하고는 시가를 입에 물었다. 그러고는 아침 산책을 즐기듯 어슬렁어슬렁 캐딜락 주위를 걷기 시작했다.

캐딜락은 오른쪽 앞바퀴를 도랑에 빠뜨리고 오른쪽으로 기울어진 채 멈춰 서 있었다. 그러나 길은 거의 직선으로 뻗어 있으니까 운전을 잘못하여 사고를 일으킬 만한 장소는 아니다. 도랑에 빠진 것은 운전자가 갑자기 운전을 할 수 없게 되었기 때문이라고 생각할 수밖에 없는 상황이었다. 도랑의 깊이는 약 30센티미터 정도였다.

콜롬보는 그 도랑을 건너뛰어 자갈이 섞인 모래밭에 섰다. 그러고는 앞바퀴를 들여다보았다. 도랑이 타이어 반지름보다 깊기 때문에 타이어는 도랑 속에서 허공에 떠 있어서, 콜롬보가 손끝으로 누르기만 해도 빙글빙글 헛돌았다. 차축이 도랑 위에 밀착하여 차체를 떠받치고 있었다. 그러나 차축이 도랑을 스친 흔적은 고작 1인치 정도에 불과하여, 도랑에 빠지기 전에 캐딜락의 속력이 자전거보다 더 느렸다는 것을 말해주고 있었다.

콜롬보는 허리를 펴고 캐딜락 운전석에 앉아 있는 시체를 바라보고 나서 도로로 돌아와 구급차로 다가갔다. 구급차는 강렬한 아침 햇살에 힘을 잃은 빨간 경광등을 점멸시키며 조용히 쉬고 있는 것 같았다. 콜롬보가 문을 열자 핸들에 엎드려 선잠을 자고 있던 흰 가운 차림의 남자가 반사적으로 얼굴을 들고, 자지 않았다고 주장하는 듯한 어조로 말했다.

"조사는 다 끝나셨습니까?"

"끝났소. 시신은 가져가도 좋아요."

"그럼…"

흰옷 차림의 남자는 조수석에서 자고 있는 또 다른 남자를 거칠게 흔들어 깨웠다.

그들은 들것을 들고 캐딜락으로 다가가서, 익숙한 짐을 다루는 듯한 동작으로 앨런 에번스의 커다란 몸을 질질 끌어냈다. 두 사람은 앨런 에번스를 구급차 뒷문으로 날랐다. 좁은 들것에 미처 담기지 못한 앨런 에번스의 두 팔이 축 늘어져 상쾌한 아침 햇살 속에서 흔들렸다. 손목에 진주 커프스 버튼이 반짝거렸다.

시체를 구급차에 싣자 흰옷 차림의 남자들은 다시 운전석에 올라탔다.

"아, 잠깐만…" 콜롬보는 운전석으로 다가가 입에 물고 있던 시가를 가리켰다. "혹시 성냥 가진 거 있소?"

흰옷 차림의 남자가 말없이 종이성냥을 꺼냈다.

"이건 앨런 에번스의 유산이에요. 아까 당신들이 오기 전에 시체의 셔츠 주머니에서 꺼냈지요."

성냥을 받아든 콜롬보가 얼굴을 찡그렸다.

"시체를 만졌단 말이오?"

콜롬보가 묻자 흰옷 차림의 운전기사는 콜롬보보다 더 심하게 얼굴을 찡그리며 무뚝뚝하게 말했다.

"그러면 안 됩니까? 죽은 사람의 신원을 확인하는 것도 우리가 맡은 일일 텐데요. 우리는 당신네 형사 나리들보다 최소한 30분은 먼저 여기에 도착했고…"

콜롬보는 한 손을 뺨에 대고 미간에 깊은 주름을 새기며 눈을 치켜뜨고 흰옷 차림의 남자들을 노려보았다.

"그것 밖에는 아무것도 만지지 않았겠지? 차 안에 있는 것, 예를 들면 … 기어 같은 거 말이오."

"만지지 않았습니다. 무얼 만지지 못해 죽은 귀신이 달라붙은 것도 아니고, 여기저기 만지고 다닐 만큼 한가한 사람도 아니에요. 그런데 우리가 하는 일이 마음에 안 든다는 거요?"

조사가 끝날 때까지 오랫동안 기다린 불만을 단숨에 풀어버리려는 기세로 구급차 운전기사가 얼굴을 쑥 내밀었다. 콜롬보는 한 걸음 뒤로 물러섰다.

"아니, 그런 뜻은… 어쨌든 기어는 만지지 않았지요?"

"정말 끈질긴 양반이군. 만지지 않았다니까요. 그렇게 마음에 걸린다면 우리 지문이라도 조사해보지그래!"

운전기사는 문을 쾅 닫고 시동을 걸더니 다짜고짜 차를 출발시켰다. 황급히 뒤로 물러선 콜롬보의 눈앞에서 구급차는 끼익 소리를 내며 요란하게 방향을 틀었다. 그러고는 아무 필요도 없는 사이렌을 높이 울리면서 멀어져갔다.

콜롬보는 구급차를 지켜보다가 종이성냥을 열었다. 앨런 에번스의 유산이라는 종이성냥은 새것이어서, 아직 한 개도 쓰지 않았다. 콜롬보는 종이성냥 덮개를 살펴보았다. 크림색 바탕에 주황색 글씨로 이름이 새겨져 있다. 자기 이름을 넣은 성냥이 부자들 사이에 유행하고 있었다. 이 성냥에 새겨진 이름은 '웨슬리와 리디아 코먼'이었다.

콜롬보는 성냥을 코트 주머니에 쑤셔 넣고 뭔가 생각에 잠기면서 순찰차로 다가가 크레이머에게 말을 걸었다.

"성냥 좀 빌려주지 않겠나?"

"라이터도 괜찮습니까?" 이렇게 말하고 크레이머는 자동차 창문으로

라이터를 내밀어 불을 켰다.

콜롬보는 그 불에 시가를 가까이 대고 두세 모금 연기를 빨아들였지만, 갑자기 신음소리를 내면서 시가를 길바닥에 내팽개쳤다.

"아야! 연기까지도 이에 스며드는군. 나는 이제 틀렸어…"

그러나 콜롬보는 일단 버린 시가를 도로 집어서 투박한 손가락으로 불을 끈 다음, 그대로 코트 주머니에 쑤셔 넣었다.

2

웨슬리 코먼은 평소보다 일찍 일어나 이제 곧 찾아올 손님에 대비하여 샤워를 했다. 몇 시간밖에 자지 않았지만 머리는 맑고 졸리지도 않았다. 흥분 상태가 아직도 계속되고 있다고 의사로서 자신을 진단했지만, 불안하지는 않았다.

웨슬리는 목욕 가운을 걸치고 공들여 수염을 깎기 시작했다. 거울에 비친 젖빛유리 너머에는 맑게 갠 하늘이 있어서 욕실은 환했다. 여느 때와 같은 캘리포니아의 여름날이 시작되려 하고 있었다.

웨슬리에게는 고약한 종양 제거 수술을 끝낸 아침이었기 때문에, 다소 경계할 필요는 있지만 어쨌든 상쾌한 아침이었다. 그러나 제거해야 할 종양은 또 하나 남아 있었다.

이윽고 현관에서 초인종이 울렸다. 기다리던 손님이 온 모양이다. 웨슬리는 얼굴에 남아 있는 면도 크림을 수건으로 닦아냈다. 현관에서 다시 초인종이 울렸다. 그러나 웨슬리는 일부러 천천히 욕실에서 나왔다. 현관까지 오자 다시 초인종이 울렸다. 레이스 커튼을 친 유리문에 땅딸막한 사내의 실루엣이 비쳐 있었다. 웨슬리는 언짢은 표정을 지으며 문을 살짝 열었다.

"무슨 일이오?"

현관에는 가을 낙엽처럼 초라한 사내가 서 있었다. 입고 있는 옷만이 아니라 얼굴이며 몸집도 꾀죄죄하고, 구부정한 어깨와 부스스한 머리에서는 피로한 기색이 아지랑이처럼 피어오르고 있었다. 뭔가를 팔러 왔거나 구걸하러 온 남자겠지. 기다리던 형사가 아니라고 판단되자 웨슬리는 그냥 문을 닫으려고 했다.

그 순간 초라한 몰골의 사내가 불쑥 손을 내밀어 문을 잡는 동시에 한 손을 코트 주머니에 집어넣었다. 권총을 꺼내려는 게 아닐까 생각한 웨슬리가 몸을 바싹 긴장시켰을 때 사내가 쉰 목소리로 말했다.

"콜롬보 형사입니다. 로스앤젤레스 경찰청에 있는…"

사내는 주머니에서 경찰 배지를 꺼내며 세일즈맨 같은 미소를 지었다. 그러나 그 미소에는 고통을 견디고 있는 듯한 그늘이 있어서 투박한 얼굴이 더욱 초라해 보였다.

"경찰?" 웨슬리가 자못 놀란 듯이 소리를 지르자 콜롬보는 몇 번이나 고개를 주억거렸다.

"예, 경찰에서 나온 콜롬보입니다. 이렇게 일찍 찾아와서 죄송합니다. 모처럼의 주말인데, 주무시고 계신 걸 깨운 것 같군요. 정말 죄송합니다."

"경찰이 무슨 일이죠?"

"좀 알려드리고 싶은 게 있어서요. 괜찮으시다면 잠깐…"

안으로 들여보내 달라는 듯이 콜롬보는 집 안을 가리켰다.

웨슬리는 앞장서서 거실로 들어갔지만, 고쳐 생각하고 부엌으로 가서 식탁 의자에 앉았다. 콜롬보는 박물관에 처음 들어간 어린애처럼 주위를 두리번거리며 웨슬리의 뒤를 따라 벽돌과 타일을 댄 부엌으로 들어갔다.

부엌에 들어오자마자 콜롬보가 외쳤다.

"이거 정말 대단하군요! 우리 집사람이 보면 부러워서 침을 흘리겠어요. 집사람은 〈집과 정원〉이라는 잡지를 구독하고 있는데, 그 잡지에 나와 있던 부엌과 똑같네요. 그 사진 혹시 이 집 부엌을 찍은 거 아닙니까?"

웨슬리는 쓴웃음을 지었다.

"콜롬보 씨, 혹시 배고프지 않으세요?"

"배는 고픕니다. 실은 배가 고파서 죽을 지경이에요. 어제부터 아무것도 먹지 못했으니까요. 덕분에 힘이 없어서…"

"마침 잘됐네요. 나도 지금 막 아침을 먹으려던 참이니까, 같이 드시죠."

웨슬리가 빵을 토스터에 넣자 콜롬보는 격렬하게 고개를 저었다.

"아니, 천만에요!"

"배가 고프다면서요?"

"배가 고파도 먹을 수 없는 사정이 있습니다. 실은 이가…" 하면서 콜롬보는 왼쪽 뺨에 살짝 손을 갖다 댔다.

"그거 안됐군요… 그런데 무슨 일로 찾아오셨죠? 알려주고 싶은 일이 있다고 하셨는데…" 웨슬리가 재촉했다.

콜롬보는 머뭇거리고 있다가, 몹시 당혹스러운 듯 아래를 내려다보며 낮은 소리로 말했다.

"안됐지만 댁의 친구분 일로… 앨런 에번스 씨를 아시지요?" 이렇게 말하고 나서 콜롬보는 반응을 살피듯 고개를 들었다.

실눈으로 바라보는 콜롬보를 향하여 웨슬리는 일부러 당황한 모습을 보였다.

"에번스는 알고 있습니다만… 무슨 일로?"

"영화배우 앨런 에번스 말입니다." 넌지시 속을 떠보려는 듯이 콜롬보는 그 이름을 다시 한번 입 밖에 냈다.

웨슬리는 되물었다.

"그 사람이 어떻게 됐습니까?"

"오늘 새벽에 멀홀랜드 도로에서 발견됐습니다. 시체로."

"시체로요?" 웨슬리는 큰 소리를 지르고 나서 성급하게 캐물었다. "교통사고인가요?"

콜롬보는 과장되게 고개를 젓고 마술의 비밀을 설명하는 마술사처럼 의기양양하게 말했다.

"내가 얻은 정보에 따르면 심장발작인 것 같습니다."

계산한 대로다. 웨슬리는 치밀어오르는 웃음을 억누르며 침통한 어조로 말했다.

"믿을 수 없군요… 에번스가 갑자기 죽다니… 그렇게 건강했는데…"

토스터 안에서 알맞게 구워진 빵이 식욕을 돋우는 냄새를 풍기기 시작했다. 콜롬보는 꿀꺽 침을 삼켰지만, 달콤한 유혹을 이겨내려는 듯 일부러 엄격한 표정을 지으며 말했다.

"그런데 에번스 씨와는 친한 사이였나요?"

"내 환자였습니다."

"환자요?" 콜롬보는 고개를 갸웃했다. "그렇다면 선생은 의사이고 그 사람은 환자였습니까? 역시 심장병을 앓았나요?"

"무슨 병을 앓았는지는 모릅니다. 나는 치과의사니까요."

"치과의사요?" 이렇게 외치자마자 콜롬보는 두 손을 뺨에 대고 몸을 지키려는 듯한 동작으로 한 걸음 물러섰다.

웨슬리는 웃으면서 고개를 끄덕였다.

"예, 그렇습니다. 그런데 내가 치과의사인 게 형사님께는 폐가 되나 보군요?"

콜롬보는 격렬하게 고개를 저었다.

"아니, 천만에요. 치과의사도 훌륭한 직업이고…" 콜롬보는 뺨에서 손을 뗐지만 웨슬리와 거리를 둔 채 움직이지 않았다. "어젯밤 에번스 씨의 태도는 어땠습니까?"

"네?" 웨슬리가 놀란 표정을 짓고 되묻자 콜롬보는 치통도 잊은 듯이 다그쳐 물었다.

"어젯밤 에번스 씨의 태도가 어땠느냐고 물었습니다. 어젯밤에 여기 오셨을 때의 태도 말입니다. 피곤한 것 같았습니까? 호흡이 곤란하다거나 가슴의 통증을 호소하거나, 그런 기색은 없었습니까? 여기 있을 때는 어떤 상태였습니까?"

"여느 때와 별다름이 없었습니다만…" 웨슬리는 일단 대답하고 나서 놀란 시늉을 했다. "그런데 콜롬보 씨, 어떻게 아셨습니까? 앨런 에번스가 어젯밤에 여기 온 걸 어떻게 아셨지요?"

이렇게 물으면 콜롬보가 그 물건을 내보이리라는 것은 알고 있었다. 아니나 다를까, 콜롬보는 코트 주머니에서 종이성냥을 꺼내어 웨슬리에게 내밀었다. 담뱃재 같은 것이 달라붙어 조금 더러워졌지만, 그것은 틀림없이 웨슬리의 성냥이었고, 웨슬리가 일부러 남겨두고 온 단서였다. 그 단서를 남길 때 노린 대로 에번스의 시체는 이 집과 결부되었고, 이제 형사가 그 실마리를 더듬어 집에까지 찾아온 것이다. 그런 웨슬리의 속셈을 전혀 모르는 콜롬보는 의기양양한 미소를 지으며, 너무 뻔한 일이라 쑥스럽다는 듯이 목을 움츠렸다.

"시체의 셔츠 주머니에 이 성냥이 들어 있어서 알았습니다. 이 성냥에 쓰여 있는 이름을 전화번호부에서 조사했지요."

"과연 대단하십니다." 웨슬리는 자못 감탄한 듯이 고개를 끄덕였다.

콜롬보는 점점 더 의기양양해져서 코트 주머니에 두 손을 찔러 넣고 가슴을 폈다.

"하지만 여기 주소를 금방 알아내지는 못했어요. 로스앤젤레스는 큰 도시니까요. 선생과 같은 이름으로 전화번호부에 등록되어 있는 사람이 셋이

나 있더군요. 웨슬리 코먼이 세 사람이나 있었어요. 성도 같고 이름도 같은 사람이 말입니다. 하지만 부인인 리디아 코먼의 이름으로 조사해서 주소를 맞추어봤더니 금방 알 수 있더군요. 그래서 이렇게 찾아온 겁니다."

로스앤젤레스 전화번호부에 나와 있는 세 사람의 웨슬리 코먼은 동명이인이 아니었다. 웨슬리의 명의로 되어 있는 세 개의 전화번호를 모두 전화번호부에 등록한 것이다. 한 개는 자택 전화번호, 또 하나는 클리닉 전화번호, 그리고 마지막 하나는 말리부 해변 별장의 전화번호였다. 그러나 웨슬리는 거기에 대해서는 아무 말도 하지 않고 다시 한번 감탄하는 소리를 냈다.

"대단하십니다! 에번스는 분명 우리 집 커피 탁자에서 그 성냥을 가져갔을 겁니다."

"그렇겠지요." 콜롬보는 고개를 끄덕였지만, 그대로 입을 다물고 사탕이라도 빨고 있는 것처럼 입을 오물거렸다.

아픈 이를 혀끝으로 더듬고 있는 모양이다. 도저히 수사를 할 수 있는 상태가 아니다. 모처럼 웨슬리가 준비해둔 단서도 도움이 될 것 같지 않았다. 그래도 웨슬리는 슬쩍 상대의 관심을 유도했다.

"아내는 에번스의 팬이지요. 우리는 어떤 파티에서 에번스를 처음 만났는데, 그 후 아내는 완전히 에번스의 팬이 되어버려서 그 사람이 나온 영화는 빠짐없이 보았답니다."

"곤란한데…" 하고 콜롬보가 중얼거렸다. "아니, 이 이빨 말입니다."

"되도록 빨리 의사한테 진찰을 받는 게 좋습니다. 자칫하면 목숨을 잃게 될지도 몰라요. 원하신다면 내가 진찰만이라도…"

콜롬보는 황급히 뒷걸음질을 쳤다.

"아니, 천만에요! 이래뵈도 공과 사는 구분할 줄 아니까요."

"그럼 되도록 빨리 의사한테…"

콜롬보는 애매하게 고개를 끄덕이고 나서 혼잣말처럼 중얼거렸다.

"예, 언젠가는… 하지만 그 드릴 소리만 들어도…"

"콜롬보 씨, 초음파 드릴은 그렇게 큰 소리가 나지 않습니다."

"문제는 드릴만이 아닙니다. 그 번쩍거리는 펜치도…"

콜롬보는 웨슬리에게 등을 돌리고 부엌에서 나갔다. 그냥 돌아갈 작정인 모양이다. 웨슬리는 황급히 콜롬보를 불러 세우고 다시 한번 상대의 관심을 유도했다.

"콜롬보 씨, 가능하다면 오늘은 제 아내를 그냥 내버려두세요. 주말 아침에는 푹 자게 해주고 싶습니다. 심장이 좀 좋지 않아서요. 꼭 이야기를 들어야겠다면 오후로 미루어주시지 않겠습니까?"

콜롬보는 뜻밖의 말이라도 들은 것처럼 입을 딱 벌리고 있다가 이윽고 말했다.

"부인한테 이야기를 듣는다고요? 그런 건 생각해보지도 않았는데요."

웨슬리에게는 최악의 대답이었다. 그러나 웨슬리는 말했다.

"그렇다면 좋지만…"

"오늘 찾아온 건 그저 형식적인 겁니다. 에번스 씨가 어젯밤에 여기 온 것 같아서 일단 물어본 것뿐이고요. 물론 에번스 씨가 여기서 나갈 때는 건강 상태가 아주 좋았다는 것만은 보고서에 써두겠지만… 분명히 그랬겠지요?"

웨슬리는 고개를 끄덕였다.

"별 이상은 없었던 모양입니다. 그렇기 때문에 더욱 슬픈 일이지만… 예를 들면 관상동맥 혈전증 같은 병을 앓는 사람에게는 흔히 있는 일이지요. 정말 생각지도 못할 때 발작이 일어납니다. 게다가 젊은 사람일수록 사망률이 높다니까…"

"예, 집사람 동생이 네바다주에 살고 있는데, 그 처남의 친구인 젊은이 하나가 어느 날 길을 걸어가다가 느닷없이…" 콜롬보는 이렇게 말하면서 손뼉을 딱 쳤다.

"역시 관상동맥 혈전증으로?"

"아니, 뒤에서 달려온 어린애 자전거에 치였답니다. 이마에 큰 혹이… 정말 재난은 언제 닥쳐올지 모른다니까요."

웨슬리는 한숨을 내쉬었다. 콜롬보는 성큼성큼 현관으로 걸어갔다. 문을 열면서 콜롬보는 비밀이라도 털어놓듯 낮은 소리로 말했다.

"오늘 일은 너무 괘념치 마세요. 이럴 때는 으레 하는 형식적인 조사일 뿐이니까요."

"아니, 괜찮습니다. 이제 곧 부검을 하면 사인이 심장발작이라는 게 확실해질 테고…"

문밖으로 나간 콜롬보가 뒤를 돌아보며 한쪽 눈썹을 치켜올렸다.

"부검요? 이상한 말씀을 하시는군요. 이런 상황이라면 대개는 부검을 하지 않습니다. 그래서 형식적인 조사라고 말씀드린 것이고요."

콜롬보의 시선은 끈질길 만큼 웨슬리의 얼굴에 달라붙은 채 움직이지 않는다. 전체적으로 투박한 느낌을 주는 얼굴 속에서 눈만이 섬세한 빛을 띠고 있는 것을 웨슬리는 비로소 알아차렸다. 게다가 그 섬세함은 바늘 같은 날카로움을 갖추고 있어서, 그 깊숙한 눈빛이 웨슬리를 당황하게 했다. 그래도 웨슬리는 간신히 빠져나갔다.

"치과의사도 역시 의사임에는 틀림없으니까, 그만 의학적인 관심이 앞서서 쓸데없는 말을…"

콜롬보의 눈에서 깊고 날카로운 빛이 사라졌다.

"당연하십니다."

콜롬보는 손을 들어 작별인사를 하고 문을 닫았다.

웨슬리는 부엌으로 돌아가 의자에 주저앉았다. 찜찜한 기분이었다. 그것은 콜롬보에게 쓸데없는 말을 했다는 후회 때문이 아니었다. 저도 모르게 쓸데없는 말까지 하도록 자극하는 콜롬보의 우둔함 때문이었다.

웨슬리는 소나무 식탁에 또렷이 새겨진 나뭇결을 바라보았다. 그 나뭇결처럼 면밀하게 짜맞춘 계획에 큰 오산이 있었다. 어제까지는 거의 순조롭게 진행되었는데, 그러나 오늘부터 상황이 달라졌다. 협력자가 되어주어야 할 경찰의 움직임이 예상과는 전혀 달랐기 때문이다.

웨슬리는 체스를 하고 있는 거나 마찬가지였다. 상대의 움직임을 몇 수 앞까지 내다보고 온갖 교묘한 장치를 만들었다. 그러나 상대가 예상과는 전혀 다른 움직임을 보이고 있으니, 그런 교묘한 장치도 전혀 도움이 되지 않는다. 물론 종이성냥이라는 단서만은 도움이 된 것 같지만, 그 정도라면 누구나 알 수 있다. 형사의 두뇌 수준은 어느 정도일까? 웨슬리는 무거운 한숨을 내쉬었다.

그때 현관에서 초인종이 울렸다. 혹시… 웨슬리는 기대를 품고 급히 부엌을 나갔다. 현관 유리문에 땅딸막한 사내의 실루엣이 비쳐 있다. 역시 콜롬보는 생각을 고쳐먹고 돌아온 모양이다. 웨슬리는 얼른 다가가 문을 열었다.

"저어, 적당한 때가 아닌 줄은 알고 있지만, 한 가지만 더…"

강해진 햇살을 온몸에 받으며 콜롬보는 한 손을 쳐들었다. 그러나 말을 꺼내려고는 하지 않고 그대로 머뭇거리고 있다. 웨슬리는 채근하듯이 말했다.

"콜롬보 씨, 뭡니까?"

"아니, 실은 우리 집사람 말인데요…"

웨슬리는 실망하여 어깨를 축 늘어뜨렸지만, 콜롬보는 에둘러 말하는 어조로 장황하게 지껄이기 시작했다.

"집사람은 남들 앞에서 별로 웃지 않습니다. 앞니 사이가 좀 벌어져 있기 때문에요. 집사람은 그걸 꼴불견이라고 믿고 있답니다. 내가 보기에는 애교가 있어서 귀여울 정도이고 내 친구들도 역시 같은 생각이지만, 본인은 완강하게 말을 듣지 않습니다. 하지만 남들 앞에서는 웃지 않아도 남들보다 훨씬 민감하게 잘 웃는 편이지요. 그래서 남들 앞에서 억지로 웃음을 참고 있는 집사람을 보고 있으면 너무 짠해서… 가능하다면 어떻게든 해주고 싶은데… 예를 들어 선생 같은 분에게 치아 교정을 받으려면 비용이 얼마나 들까요?"

"글쎄요…" 잠시 생각하는 척하고 나서 웨슬리는 무뚝뚝하게 말했다. "그거야 일의 크기에 따라 다르지요."

"아니, 집사람의 이는 큰 편이 아니고 오히려 작은 편인데…"

웨슬리는 짜증이 나서 콜롬보의 말을 가로막았다.

"이의 크기를 말하는 게 아닙니다. 대개 인간의 이는 누구나 비슷비슷합니다. 크기에는 별 차이가 없어요. 내가 말하고 싶은 건 일의 난이도입니다. 하지만 콜롬보 씨가 경찰에서 받는 봉급 석 달 치를 몽땅 쏟아부을 각오라면 어떻게든 되겠지요."

"석 달 치나!" 콜롬보는 소리를 지르며 두 팔을 벌렸다. 그러고는 고개를 푹 숙이고 말했다. "나는 집사람을 사랑하지만, 석 달치 봉급을 쏟아붓는다면 집사람은 애당초 웃을 수도 없게 될 겁니다."

콜롬보는 한 손을 들어 보이더니, 구부정한 어깨를 더욱 둥글게 구부리고는 멀어져갔다. 웨슬리는 문을 닫고, 그 문에 기대어 한숨을 내쉬었다.

3

시체 안치소는 청결하기 짝이 없었다. 타일 벽과 스테인리스 냉장고로 둘러싸인 공간에는 밝은 형광등 불빛이 쏟아지고, 공기조절도 완벽해서 모든 냄새를 몰아내고 있었다. 그래도 손수레에 실린 시체가 운반되어 오거나 냉장고 문이 여닫힐 때마다 그 소리는 타일 벽에 반사되어 건물 전체에 울려 퍼졌다. 그러면 우연히 거기에 있던 외부인은 그 큰 소리에 놀라 몸을 움츠렸다.

콜롬보도 소리가 들릴 때마다 엉거주춤 몸을 일으키면서 창백해진 얼굴로 검시관인 존슨 박사를 바라보고 있었다. 두 사람이 있는 해부실과 시체를 보관하는 냉장실은 두꺼운 유리로 가로막혀 있었지만, 그래도 그곳은 역시 병원이라기보다 시체 안치소의 일부였다.

흑인 의사인 존슨 박사는 하얀 반소매 가운에서 튀어나온 검고 늠름한 팔을 아무렇게나 해부대 위에 올려놓고 주황색 서류를 훑어보고 있었다. 해부대 위에는 하얀 시트를 머리끝까지 뒤집어쓴 앨런 에번스의 시체가 누워 있었다.

존슨 박사가 서류를 내려놓으며 말했다.

"반장님, 이 사람은 심장병으로 죽은 게 아닙니다." 그러더니 콜롬보의 얼굴을 보고는 갑자기 화제를 바꾸었다. "반장님 안색이 나쁜데, 구역질이라도?"

"아니, 이가 아파서요." 콜롬보는 무뚝뚝하게 말하고 존슨을 재촉했다. "알아낸 것을 빨리 말씀해주세요."

존슨 박사는 다시 보고서를 집어들었다.

"심장병으로 죽은 게 아니라, 심장발작을 억제하는 약 때문에 죽었어요."

"뭐라고요?"

"발작을 억제하는 약이요. '디기탈리스'라고 하지요."

콜롬보가 검은 수첩을 꺼냈다.

"그 약 이름을 다시 한번 말씀해주시겠습니까?"

"디기탈리스. 식물성 독약이지요."

콜롬보는 수첩에서 얼굴을 들었다.

"하지만 금방 말씀하시기로는 심장발작을 억제하는 약이라고…"

"그렇습니다." 존슨 박사가 대답했다. 그러고는 머리가 나쁜 학생한테 강의할 때처럼 한마디씩 또박또박, 그리고 커다란 몸짓으로 그 한마디 한마디를 강조하면서 말하기 시작했다. "우선 병 치료에 사용하는 약은 모두 본질적으로는 독약이라는 사실을 이해해주세요. 아시겠습니까? 약이란 일정한 치료 목적에 도움이 되는 독을 말하는 겁니다. 이 독의 양을 조정하거나 다른 독물과 한데 섞어 독성을 약화하여 치료 효과를 올리는 것이 의료용 약품이지요. 하지만 복용량이 너무 많거나 조합 방법이 잘못되어 있으면 약의 독성만 발휘되지요. 예를 들어 마취약을 대량으로 복용하면 죽거나 중독이 됩니다. 그 밖에 약물은 어떤 목적에는 효과가 있지만 다른 목적에는 해로운 특성도 갖고 있습니다. 그것이 이른바 부작용이지요. 예를 들면 혈압을 내리는 약을 먹고 위궤양에 걸리는 경우도 있습니다. 따라서 심장병 치료에 사용하는 약이 오히려 심장을 멈추게 해서 죽음을 초래하는 경우도 있을 수 있단 얘기지요."

콜롬보는 검은 수첩에 메모할 의지도 잃어버린 듯 수첩을 주머니에 쑤셔 넣고 불안한 듯이 말했다.

"디기탈리스는 어떤 방식으로 죽음을 초래합니까?"

강의를 멈추어야 했던 존슨 박사는 못마땅한 얼굴로 말했다.

"이야기를 끝까지 들어주세요. 디기탈리스는 옛날부터 약초 형태로 사용되어왔습니다. 혈액 순환을 좋게 하여 심장 기능을 강화하는 약이지요. 하지만 너무 많이 복용하면 혈액 순환 기능이 너무 좋아져서 심장에 압박을 주게 됩니다. 따라서 복용량이 문제지요."

"그렇다면 에번스 씨는 치사량이 넘는 디기탈리스를 먹었다는 겁니까?"

존슨 박사는 고개를 끄덕였다.

"치사량의 다섯 배쯤 먹었습니다."

콜롬보는 목에 손을 대고 소리를 질렀다. 목소리가 갈라져 있었다.

"그렇게 많이요?"

"그렇습니다. 치사량의 몇 배나 되는 디기탈리스가 시신에서 검출되었어요. 분해되거나 흡수된 양을 계산에 넣으면 치사량의 다섯 배쯤 먹었다고 보는 게 타당합니다. 하지만 디기탈리스를 정제한 디기톡신이라는 약물이 있는데, 이 약은 미량으로도 똑같은 효과가 있고, 해부 소견에도 똑같은 결과가 나옵니다."

콜롬보는 황급히 수첩을 꺼내어 약품 이름만 적어 넣었다.

"그런데 에번스 씨는 디기탈리스로 죽었습니까? 아니면 디기톡신으로?"

"그건 모르지요. 해부했을 때는 어느 약이나 똑같은 징후를 보이니까요. 하지만 일반적으로는 디기탈리스를 구하기가 더 쉽습니다."

콜롬보는 턱을 쓰다듬으며 수첩을 내려다보았다.

"그렇다면… 에번스 씨가 심장병을 앓은 징후는 있습니까?"

"전혀 없습니다. 아주 건강했으니까, 독약으로 죽은 게 틀림없습니다."

"죽을 때까지의 시간은?"

"독약을 먹자마자 죽었어요. 거의 즉사에 가깝습니다."

이 대답을 듣고 콜롬보는 완전히 당황한 모양이었다. 천장을 쳐다보고 볼펜 끝으로 검은 수첩의 표지를 두드리기 시작했다. 그 메마른 소리는 환풍기의 낮은 소리와 어울려 한동안 계속되었다.

존슨 박사는 주황색 서류를 챙겨 커다란 봉투에 집어넣었다.

"그 밖에 묻고 싶은 게 없다면, 나머지는 이 보고서를 읽어주세요."

콜롬보는 천장을 향했던 얼굴을 내렸다. 그러나 볼펜으로 수첩 표지를 두드리는 손의 움직임은 멈추지 않았다.

"그 밖에는 특별한 게 없나요? 시체에 외상은요?"

존슨 박사는 수첩을 두드리는 콜롬보의 손을 불쾌한 듯이 바라보면서 말했다.

제2장 사막으로 가는 뜨거운 길

"외상은 전혀 없습니다. 깨끗해요. 다만 오른쪽 뺨 안쪽에 상처가 있더군요."

"상처요? 어떤 상처죠?"

"직접 보시죠."

존슨 박사는 일어나서 해부대 위의 시트에 손을 댔다. 수첩을 두드리던 콜롬보의 손이 딱 멈추었다.

"아니, 괜찮습니다. 안 봐도 됩니다. 이야기만 들려주세요. 어떤 상첩니까?"

"이로 깨문 것 같은 상처예요. 죽기 직전에 경련을 일으켜 저도 모르게 깨문 게 아닐까 싶군요."

"알았습니다. 정말 고맙습니다."

콜롬보가 일어나자 존슨 박사가 검은 팔을 뻗어 콜롬보의 코트 소맷자락을 잡으며 말했다.

"제멋대로 억측하는 일은 의사가 할 바 아니지만, 이번 사건은 분명합니다."

콜롬보가 선 채로 대꾸했다.

"에번스 씨는 자살했다. 이렇게 말씀하시고 싶은 건가요?"

존슨 박사는 콜롬보의 코트를 놓았다.

"잘 아시는군요."

"즉사인 데다 아무도 없는 차 안에서 혼자 죽어 있었다면 자살이라고 생각하는 게 보통이죠. 그럼 실례 많았습니다." 이렇게 말하면서 손을 흔들고 문으로 걸어가던 콜롬보가 휙 돌아섰다. "저어, 한 가지만 더요… 박사님은 당연히 의과대학을 졸업하셨겠지요? 그러니까 의학 전반에 대한 지식도 갖고 계시겠군요?"

존슨 박사는 떡 벌어진 가슴을 폈다.

"물론이죠. 나는 법의학으로 학위를 따기 전에 캘리포니아 대학에서 병리학 학위를 땄습니다."

"그럼 좀 가르쳐주세요. 치아에 생긴 질병도 자칫하면 목숨을 앗아가게 된다고 어떤 사람이 말하던데, 치통으로 죽는 경우가 실제로 있습니까?"

"치통의 원인에 따라서 다르지요. 하기야 이가 병들면 여러 가지 합병증을 유발하게 되니까, 그 합병증 때문에 죽는 경우도 있습니다. 만일 반장님 시신이 여기로 날라져오면 내가 특별히 정성껏 해부해서 사인을 알아내드리지요."

존슨 박사는 큰 소리로 웃었다. 하얀 타일 벽에 부딪혀 울리는 그 웃음소리에 내쫓기듯 콜롬보는 왼쪽 뺨을 손으로 누르면서 허둥지둥 밖으로 나갔다.

4

로스앤젤레스 경찰청 부근의 치과병원에서 콜롬보는 턱이 빠진 사람처럼 입을 딱 벌리고 있었다. 지하 1층에 있는 치과는 햇빛이 들지 않아서 음침해 보였다. 그러나 거리를 지나는 자동차 소리만은 잘 들어와서 진료실은 온통 소음으로 가득 차 있었다.

진료의자에 누운 콜롬보는 팔걸이를 꽉 움켜잡은 채 이마에 진땀을 흘리며 입을 벌리고 있다. 눈도 뜬 채다. 굵은 눈썹 밑의 눈은 로제티 의사의 움직임을 충실히 좇아 분주하게 움직였다.

콧수염을 기르고 두꺼운 안경을 쓴 로제티는 한숨을 짓고 나서 말했다.

"내가 벌리라고 할 때까지는 입을 다물고 있어도 됩니다. 그 굳은 결심에는 감탄하지만, 그렇게 입을 계속 벌리고 있으면 피곤할 텐데요. 내가 입속을 보고 있지 않을 때는 입을 다물어도 됩니다. 그런 모습을 줄곧 보았다가는 내가 오늘 밤 악몽을 꿀 것 같아서…"

그러나 콜롬보는 입을 더 크게 벌리고 의자 팔걸이를 더 힘껏 움켜잡았다. 한 번 입을 다물면 두 번 다시 벌릴 수 없게 된다고 여기는 듯한 모습이었다.

로제티가 약물을 적신 탈지면을 핀셋으로 집어들고 의자로 다가오자 콜롬보의 이마에서 솟아 나오는 땀이 더욱 많아졌다. 핀셋 끝에 물린 탈지면이 입속으로 들어간 순간, 콜롬보는 강력한 전류에라도 감전된 것처럼 온몸을 꿈틀했다. 로제티는 콜롬보가 핀셋을 물어뜯을까 봐 경계하듯 황급히 손을 뺐지만, 콜롬보의 입은 열린 채였다. 로제티는 콜롬보의 눈을 들여다보면서 말했다.

"그렇게 힘을 줄 필요 없어요. 역도 선수도 아닌데 왜 그렇게 용을 씁니까. 긴장한 데다 그렇게 힘을 주면 일하기가 더 힘들어져요." 로제티는 콜롬보의 허를 찌르듯 재빨리 손을 뻗어 탈지면으로 입안을 소독하고 나서 말했다. "자, 오늘은 이걸로 끝났습니다."

콜롬보는 입을 꽉 다물었다.

"이빨은 빼지 않나요?"

"빼고 싶어도 뺄 수가 없어요. 요전에 오셨을 때 얌전히 내 말대로 했더라면 이렇게 심해지지는 않았을 겁니다. 잇몸 염증이 너무 심해서 이런 상태로는 도저히 손을 쓸 수가 없어요. 발치는 염증이 가라앉은 뒤에 하겠습니다. 오늘은 이 정도로 끝냅시다."

"이 정도로 끝낸다 해도…"

콜롬보가 불만스러운 듯이 말하자 로제티는 손가락으로 콧수염을 쓰다듬었다.

"걱정하지 마세요. 우선 진통제와 소염제를 처방해드리지요. 약을 먹으면 통증은 금방 사라지고 음식도 먹을 수 있게 됩니다. 하지만 염증이 가라앉거든 빨리 오셔야 합니다. 더 악화하면 큰일 나니까요."

고역은 뒤로 미루어졌을 뿐이지만, 그래도 콜롬보는 안도의 한숨을 내쉬고 진료의자 위에서 다리를 꼬았다. 그러고는 시가를 입에 물면서 말했다.

"이 기회에 한 가지 물어보고 싶은 게 있는데… 치과의사가 가지고 있는 독약에는 어떤 게 있습니까?"

"독약요?" 로제티는 콜롬보에게 처방전을 건네주며 되물었다.

콜롬보는 성냥을 찾느라 주머니를 뒤지면서 시가를 입에 문 채 말했다.

"예, 독약요. 되도록 자세히 알고 싶은데요. 치과의사가 가지고 있는 약 가운데 사람을 간단히 죽일 수 있는 독약으로는 어떤 게 있습니까? 가능하면 즉사에 가까운 상태로 사람을 죽일 수 있는 독약이 좋겠는데…"

로제티는 두꺼운 렌즈 속에서 눈을 크게 부릅떴다. 이윽고 그는 분노 때문에 떨리는 목소리로 으르렁거리듯 말했다.

"치과의사와 살인자를 혼동하지 마세요. 우리 병원에서는 그런 약은 취급하지 않습니다. 그리고… 염증이 가라앉아도 발치는 우리 병원이 아니라 다른 병원에 가서 해주세요. 당신 얼굴은 두 번 다시 보고 싶지 않으니까." 이렇게 말하고 로제티는 천천히 손을 뻗어 콜롬보의 입에서 시가를 빼앗았다. "이 기회에 말해두겠는데 진료실 안에서는 금연입니다." 그러면서 벽을 가리켰다. 몇 번이나 페인트를 덧칠했기 때문에 울퉁불퉁해진 크림색 벽에 '금연'이라고 쓴 빨간 팻말이 걸려 있었다. 그 팻말은 이 진료실의 유일한 장식품이라고 말할 수 있었다.

콜롬보는 꽤 당황하여 굴러떨어지듯 진료의자에서 내려왔다.

"오해하지 마세요. 독약 얘기는 수사 자료로 물어본 것일 뿐, 나는 결코 선생을…"

"살인자로는 생각지 않는다는 건가요? 그거 영광이군요. 하지만 사람을 보고 말하시오. 동네 의사라고 깔보지 말란 말이오. 어쨌든 나는 두 번 다시 당신 얼굴을 보고 싶지 않소."

로제티는 드릴을 집어들고 위협하듯 드릴 소리를 냈다. 콜롬보는 펄쩍 뛰어 피한 다음 문을 향해 달리기 시작했다. 그러나 문 앞에서 뒤를 돌아보고 말했다.

"저어… 그 시가를…"

로제티는 손에 들고 있던 시가를 보았다.

"이건 규정 위반으로 몰수하겠소! 그보다 두 번 다시 여기에는 나타나지 마시오. 만약 나타나면 마취도 하지 않고 이를 전부 뽑아버릴 테니까!"

콜롬보는 강력한 용수철로 튕겨 나가듯 문밖으로 사라졌다. 로제티는 손에 든 시가를 꽉 움켜잡고 부스러뜨린 다음 쓰레기통에 내던졌다. 그러고는 손수건을 꺼내어, 분노의 열기 때문에 흐려진 안경을 닦으면서 나지막하게 중얼거렸다.

"저래서 경찰은 딱 질색이라니까."

5

웨슬리는 거실 소파에 앉아 담배를 피우면서, 방안을 이리저리 돌아다니는 리디아를 눈으로 좇고 있었다. 리디아는 겁에 질린 작은 짐승처럼 허둥대는 걸음으로 돌아다니며, 도저히 잠을 이룰 수가 없다고 하소연했다.

"잠들었다 하면 어김없이 악몽을 꾸고 금방 잠이 깨어버려." 리디아는 걸음을 멈추고 초췌한 얼굴을 웨슬리에게 돌렸다. "어젯밤에도 토니를 꿈에서 보았어. 토니의 시체가 산호초 쪽으로 흘러가는 꿈을. 나는 꿈속에서 필사적으로 헤엄쳐 토니를 따라갔어."

리디아는 가운 앞자락을 모아 쥐고 목 언저리에 손을 올려놓았다.

"물이 너무 차가웠어. 카리브해와는 전혀 달라. 그래도 필사적으로 헤엄쳐가서 겨우 토니를 잡았다고 생각했는데, 어느새 토니의 얼굴이 바뀌어 있었지 뭐야. 토니가 아니라 앨런 에번스의 얼굴이 되어 있더라고!" 그 순간의 공포를 새삼 느낀 것처럼 리디아는 가늘게 몸을 떨었다. "토니가 어느새 앨런으로 바뀌어 있었어. 그리고 나는 흠뻑 젖은 토니의 시체를 안은 채 이 집에 있는 거야. 바로 거기! 그 소파 앞에!"

리디아는 웨슬리가 앉아 있는 소파를 가리켰다. 웨슬리는 담배를 재떨이에 비벼 껐다.

"리디아, 당신은 지쳐 있어. 피곤한 것뿐이야. 이제 곧 편안히 잠잘 수 있게 돼. 너무 걱정하지 마."

그러나 웨슬리는 자기 말에 차가운 울림이 너무나 분명히 담겨 있는 것을 느끼고, 그것을 벌충하듯 소파에서 일어나 리디아의 어깨를 끌어안았다. 리디아는 살짝 빠져나가서 웨슬리에게 거리를 두고 쓸쓸한 미소를 지었다.

"당신도 조심하는 게 좋아. 나한테 접근하는 남자는 모두 죽으니까."

그러나 리디아는 웨슬리만 살아남아 있는 것에 전혀 의문을 품지 않고, 아무 관계도 없는 책임을 오로지 자신에게만 뒤집어씌워 밤에도 잠을 이루지 못할 만큼 고민하고 있는 모양이었다. 사랑하는 남자가 둘이나 눈앞에서 죽었으니 그렇게 되는 것이 오히려 당연했다.

리디아가 미쳐 죽을 가능성이 있을까? 웨슬리는 화장하지 않은 리디아의 얼굴을 물끄러미 지켜보았다. 서른 살이 다 되어가는 여자의 민낯은 초조감을 드러낸 채 거칠어져 있었다. 흐트러진 머리카락은 여자로서의 자의식마저 잃어버린 증거일지 모른다. 그래도 그것은 지극히 정상적인 반응이었다. 웨슬리는 정신분석의는 아니었지만, 리디아가 지극히 정상적인 슬픔에 지극히 정상적인 형태로 잠겨 있다는 것을 알아차렸다.

리디아가 미칠 가능성은 없다. 그렇다면 역시 경찰의 협력을 얻어 리디아를 제거하지 않으면 안 된다. 웨슬리는 새삼 비정한 결론을 내렸지만, 거꾸로 달콤한 말을 던졌다.

"리디아, 당신 심정은 충분히 이해해. 내가 할 수 있는 일이 있다면 뭐든지 할 테니까 말만 해줘. 물론 당신이 보기에는 내가 단지 어릿광대처럼 보일지도 모르지만, 어릿광대도 때로는 도움이 돼. 특히 슬픔을 잊고 싶을 때는…"

뻣뻣하게 서 있던 리디아가 내부의 버팀목을 잃어버린 것처럼 맥없이 고꾸라지듯 달려와 웨슬리의 가슴에 얼굴을 묻고 울기 시작했다. 웨슬리는 하나의 살아 있는 육체가 아니라 돈과 지위를 끌어안는 심정으로 리디아의 몸을 껴안았다.

그때 현관 초인종이 울렸다.

살짝 몸을 뗀 리디아를 소파에 데려다 앉히고 웨슬리는 현관으로 가서 문을 열었다. 밖에 서 있는 사람은 콜롬보가 아니라 알코올 중독자인 처남 데이비드였다. 그러나 데이비드의 뒤에 장인 호레이스 셔윈이 수수한 양복 차림으로 서 있었다. 셔윈이 백발을 흔들며 보일락말락 고개를 끄덕이고 긴장한 얼굴에 억지 미소를 떠올렸을 때 웨슬리는 모든 것을 알아차렸다. 셔윈은 화해를 청하기 위해 찾아온 것이다.

"리디아는 좀 어떤가?" 셔윈은 우선 이렇게 물었지만, 리디아를 위문하러 왔다는 것은 표면상의 이유에 불과했다.

웨슬리는 한 걸음 뒤로 물러서서 장인과 처남을 맞아들였다. 어색한 걸음으로 거실에 들어간 셔윈은 리디아와 부녀간의 의례적인 키스를 나누었다. 이어서 데이비드가 리디아와 역시 남매간의 형식적인 키스를 나눈 다음, 곧장 홈바로 가서 위스키병을 카운터에 내려놓았다.

리디아와 나란히 소파에 앉은 셔윈이 말을 꺼내기가 괴로운 듯 헛기침을 했다.

"이보게 웨슬리, 새삼 이런 말을 하는 것도 이상하지만… 아무래도 내가 자네를 오해하고 있었던 것 같네. 사건이 일어난 날 밤에 대해서는 데이비드한테 자세히 들었네만, 자네가 리디아를 깊이 사랑하지 않았다면 그런 일은 도저히 할 수 없었을 걸세. 그 점에서 나는 자네를 크게 오해하고 있었어."

그러나 리디아는 그 점에 관해서는 일상적인 접촉을 통해 강한 확신을 갖고 있기 때문에 아버지처럼 간단히 생각을 바꾸지 않았다.

"아버지, 이상한 말씀은 그만두세요." 리디아는 불쾌한 듯이 말하고는 소파에서 일어났다.

그 순간을 놓치지 않고 웨슬리가 리디아에게 말했다.

"당신은 침실로 가는 게 좋겠어. 잠을 자도록 노력해봐요."

셔윈도 리디아를 쳐다보았다.

"그래, 너도 피곤하겠지. 어서 가서 좀 자거라. 어린애처럼 앵돌아져 있어 봤자 별수없어. 자, 넌 착한 아이니까 어서 침실로 가."

불만스러운 듯이 서 있던 리디아는 아버지를 내려다보며 내뱉듯이 말했다.

"아버지야말로 어린애처럼 간단히 속아 넘어가지 마세요. 앨런이 죽었어도 웨슬리와 이혼하겠다는 내 결심에는 변함이 없으니까요!"

리디아는 아까 웨슬리의 품에 안겨 울음을 터뜨렸을 때와는 전혀 달리, 이번에는 분노에 불타는 눈으로 웨슬리를 쏘아본 뒤 거실을 나가버렸다. 슬픈 나머지 순간적으로 마음이 흔들렸다 해도 리디아는 언제나 뛰어난 회복력으로 이성을 되찾곤 했다.

이혼을 고집하는 리디아를 어떻게 해서든 제거하라! 웨슬리는 살의에 가까운 격렬한 증오심을 품고 속으로 자신에게 명령했다. 경찰의 협력을 얻는 작전은 생각대로 진행되지 않지만, 경찰의 협력으로 리디아를 제거하는 작업과 병행하여 장인과 화해하지 않으면 안 된다. 장인과 화해하지 않으면 리디아의 제거는 웨슬리 자신의 제거와 직결될 수밖에 없고, 그렇게 되면 웨슬리가 손에 넣을 수 있는 것은 이혼에 따른 약간의 위자료뿐이다. 그러나 화해는 계획대로 이루어질 것 같았다.

셔원은 사라져가는 리디아를 지켜보고 나서 딱딱한 어깨를 흔들며 한숨을 내쉬었다.

"리디아가 제멋대로라서 큰일이야. 내 가정교육이 나빴을지도 모르지만, 귀여운 나머지 그만…"

"아니, 저한테는 그 제멋대로인 점까지도 포함해서 리디아의 모든 것이 사랑스럽게 여겨집니다."

"정말 자네한테는 고개를 들 수가 없네. 할 말이 없을 정도야." 셔원은 화해라기보다 사죄라고 해야 할 말을 늘어놓은 뒤 자신의 큼직한 손을 내려다보며 말을 이었다. "어쨌든 데이비드한테 사건이 일어난 날 밤의 일을 들었을 때는 얼마나 놀랐는지 몰라. 하지만 시신을 여기서 밖으로 날랐다는 말을 듣고는 안심했네. 여기서 시신이 발견되면 리디아한테 어떤 혐의가 걸릴지 모르니까 말이지. 게다가 자네는 그 일을 정말 솜씨 좋게 잘 해주었다고 하더군." 셔원은 고개를 들어 웨슬리를 바라보았다. "게다가 자네는 그런 순간에도 나까지 걱정해주었어. 리디아를 위해서만이 아니라 나를 위해서도 불쾌하고 무시무시한 그런 일을 해주었다지?"

완고한 셔원은 웨슬리에게 악수를 청하려고는 하지 않고 소파에 가만히 앉아 있을 뿐이었다. 그래도 완고하기 때문에 엄격한 성품이 웨슬리에 대한 평가를 단번에 뒤집어버린 것은 분명히 알아차릴 수 있었다. 그러나 그렇게 판단한 순간의 기쁨을 셔원에게 눈치채이면 곤란하다. 웨슬리는 감정을 억누르기 위해 낮은 소리로 말했다.

"아버님, 저는 리디아를 사랑합니다. 그것뿐입니다. 그래서 리디아를 괴로운 처지에 몰아넣고 싶지 않았고, 아버님도 괴롭히고 싶지 않았던 겁니다."

"어쨌든 고맙네. 로스앤젤레스 시경의 형사가 드나들고 있다던데, 앨런 에번스가 이 집에서 죽은 것을 그 형사가 알아내지 못하는 한, 리디아는 안전하겠지?"

"그럼요." 데이비드가 대답했다. 그러고는 홈바 안에서 술잔을 들어 건배하는 시늉을 했다. "아버지, 걱정하실 필요 없어요. 콜롬보라는 형사에 대해서는 웨슬리한테 들었는데, 상당히 얼빠진 놈인가 봐요. 그렇다면 괜찮아요. 앨런 에번스가 여기서 죽은 걸 아는 사람은 리디아 말고는 세 사람뿐이에요. 웨슬리와 나 그리고 아버지. 모두 한 가족이죠. 우리가 힘을 합치면 리디아를 구할 수 있어요."

"확실히 그래. 하지만 네가 믿음직스럽지 못해서 걱정이다."

셔윈이 말했을 때 현관에서 초인종이 울렸다.

웨슬리가 문을 열자 콜롬보가 서 있었다. 콜롬보는 뜻밖의 인물이라도 만난 듯 눈을 가늘게 떴다.

"아니, 웨슬리 씨, 여기서 뭘 하고 계십니까?"

웨슬리는 그 질문의 뜻을 헤아리지 못해 약간 난감했지만, 그렇게 영문 모를 질문을 던지는 콜롬보의 우둔함만은 분명히 알아차리고 차갑게 대답했다.

"여긴 내가 살고 있는 집입니다. 내 집에 있는 게 뭐가 잘못됐습니까?"

콜롬보는 머리에 손을 대면서 눈을 내리깔았다.

"아니, 천만에요. 나는 다만… 점심때가 지났기 때문에 선생은 벌써 병원에 나가 계실 거라고 생각했는데, 좀 뜻밖이라서요."

그렇다면 콜롬보는 나를 만나러 온 게 아니다. 이렇게 생각한 순간 웨슬리의 입가에 미소가 떠올랐다.

"아아, 그거요? 실은 리디아가 앨런 에번스 때문에 충격을 받아서요. 아침에 일어났을 때는 도저히 혼자 놔둘 수 있는 상태가 아니라서 병원에 나가지 않았던 겁니다." 이렇게 말하고 나서 웨슬리는 슬쩍 덧붙였다. "하기야 지금은 상당히 기운을 차렸지만…"

"그거 잘됐군요. 실은 부인께 잠깐 물어볼 게 있어서 찾아왔거든요."

콜롬보는 웨슬리가 기대하고 있던 반응을 보였다. 우둔한 형사도 이제야 드디어 리디아에게 눈을 돌리기 시작한 모양이다. 웨슬리는 콜롬보를 안으로 들여놓고, 침실에 있는 리디아에게 잠깐 나오라고 말한 다음, 거실로 갔다.

"아버님, 경찰에서 나온 콜롬보 형사입니다."

웨슬리가 소개하자 셔윈은 가볍게 고개를 끄덕였지만, 팔짱을 끼고 단단히 대비태세를 갖추었다. 데이비드도 술잔을 내려놓았다. 둘 다 보루에 고립된 채 적의 강력한 공격을 당하고 있는 병사 같았다.

"모처럼 잠 좀 잘까 했더니…" 리디아가 흐트러진 머리를 매만지며 거실로 들어왔다.

"리디아, 요전에 얘기한 로스앤젤레스 시경의 콜롬보 형사야." 웨슬리는 일부러 쾌활하게 말했다.

리디아는 걸음을 멈추고 창백한 얼굴을 긴장시켰다.

둔감한 콜롬보도 그 자리의 어색한 분위기를 눈치채고 몸 둘 바를 모르겠다는 듯이 창가에 선 채 방을 두리번거리며 말했다.

"아, 여러분, 오늘은 날씨가 좋아서 정말… 기분이 좋군요."

"우리는 기분이 좋다고는 말할 수 없소." 셔윈의 얼음 같은 목소리가 날아왔다.

날카로운 긴장이 퍼져가는 가운데, 콜롬보가 마치 연기를 잔뜩 들이마신 것처럼 요란하게 기침을 하기 시작했다. 그러면서도 코트 주머니에서 시가를 꺼내 입에 물었다.

"당연한 일이지요. 가까운 친구가 갑자기 죽었는데 기분 좋을 리가 없지요. 미안하지만 성냥 좀…" 콜롬보는 불안한 듯이 방을 둘러보았다.

웨슬리가 다가가서 라이터를 내밀자 콜롬보는 겨우 제 편을 만났다는 듯이 반가운 미소를 지었다. 콜롬보의 시가에서 뭉게뭉게 연기가 피어오르고, 그와 동시에 매캐한 냄새가 퍼지기 시작했다. 리디아는 불쾌한 표정을 지었지만 성큼성큼 걸어가서 셔원 옆에 앉았다. 데이비드는 전투에 대비하듯 단숨에 술을 들이키고, 셔원은 적개심에 불타는 눈으로 콜롬보를 지켜보고 있었다.

콜롬보는 거기에 있는 모든 사람이 아니라 웨슬리 한 사람에게 말을 거는 듯한 태도로 입을 열었다.

"아 참, 선생 말씀대로 앨런 에번스 씨의 시신은 일단 부검했습니다."

리디아가 작은 소리로 비명을 질렀다. 그 비명을 제지하듯 웨슬리가 말했다.

"결과는 어땠습니까? 심장발작인 게 증명되었나요?"

콜롬보는 웨슬리의 질문에는 대답하지 않고 고개를 돌려, 비로소 리디아를 정면으로 바라보았다.

"부인께서는 심장병을 앓고 계신다고 들었는데, 맞습니까?"

콜롬보는 시가를 입에서 뗐다. 몸집과 마찬가지로 땅딸막한 손가락에 끼워진 시가에서 하얀 담뱃재가 카펫 위로 떨어졌다. 리디아는 그런 일에는 예민하게 불쾌감을 드러내는 성격이지만, 형사가 질문을 던졌기 때문에 긴장하여 말없이 고개만 끄덕였다. 콜롬보는 시가를 쥔 손을 리디아 쪽으로 쑥 내밀었다.

"그런데 부인, 치료에는 어떤 약을 쓰십니까?"

이 질문에 리디아는 더욱 겁을 먹었고, 셔원의 적개심이 더욱 불타오른 것은 분명했지만, 그 질문의 무게를 알고 있는 사람은 오직 웨슬리뿐이었다. 웨슬리가 만든 그림 맞추기는 콜롬보의 우둔함 때문에 예상했던 것보다 훨씬 더 많은 시간을 낭비했지만, 이제 드디어 한 장의 그림으로 완성될 기미를 보였다.

"약은 먹고 있지만, 어째서 그걸…"

리디아가 대답하기를 망설이며 우물쭈물하자 웨슬리가 짐짓 리디아의 보호자인 체 나서면서 콜롬보가 알고 싶어 하는 사실을 제공했다.

"리디아는 디기탈리스를 먹고 있는데, 어째서 그런 걸 물으십니까? 이야기의 요점을 확실히 해주세요."

"디기탈리스라고요?" 콜롬보는 웨슬리를 돌아보며 되물었다. 그러고는 눈부신 것이라도 바라보듯 눈을 가늘게 뜨고 나서 시가를 한 모금 피웠다. 콜롬보는 장막처럼 드리운 담배 연기를 통해 계속 웨슬리를 바라보면서 말했다. "앨런 에번스 씨는 심장병으로 죽은 게 아닙니다. 에번스 씨의 심장은 지극히 건강했어요. 그렇다면 자살했거나 피살되었다고 생각할 수밖에 없지요."

"그건 있을 수 없는 일이에요!" 리디아가 비명에 가까운 소리를 질렀다.

그러자 콜롬보는 다시 리디아에게 시선을 돌려, 뭔가 잘못을 털어놓는 듯한 어조로 말했다.

"말대꾸하는 것 같아서 미안하지만, 앨런 에번스 씨의 사인은 독약입니다. 검시관 소견에 따르면 에번스 씨는 치사량이 훨씬 넘는 디기탈리스를 먹었기 때문에, 또는 누군가가 에번스 씨에게 디기탈리스를 먹였기 때문에 죽었답니다."

그러자 서원이 떨리는 목소리로 외쳤다.

"무슨 말을 하는 거요? 도대체 그게 무슨 뜻이오? 내 딸이… 독약을 먹인 것 같은 말투잖소! 나는 고소하겠소!"

그러자 웨슬리도 장인과 공동보조를 취하여 콜롬보에게 소리쳤다.

"당치도 않아요. 마치 리디아가 살인자라도 된 것 같은 말투군요! 용서할 수 없어요. 변호사한테 연락하겠습니다." 이렇게 외치긴 했지만, 잘했다고 콜롬보에게 박수를 보내고 싶은 심정이었다.

그러나 콜롬보는 잇따른 항의에 자신감을 잃어버린 듯 바닥만 내려다보고 있다.

"부인이 살인자라니… 그건 당치도 않습니다. 나는 다만… 부검 결과 알아낸 사실을 말씀드렸을 뿐…"

그러자 리디아는 반론의 실마리를 잡은 것처럼 차분한 어조로 말했다.

"그렇게 의심스럽다면 내 약봉지를 보여드리죠. 내용물은 분명 디기탈리스지만, 약봉지에 적혀 있는 처방전 날짜와 대조해보면 내가 규정량 이상의 디기탈리스를 사용하지 않았다는 걸 아실 거예요."

그런 짓을 하도록 내버려둘 수는 없어! 웨슬리는 리디아의 반론에 고개를 끄덕이는 콜롬보에게 화를 내면서, 위험한 줄 알면서도 콜롬보를 유도하는 말을 던졌다.

"그보다 앨런 에번스가 그날 밤 건강하게 이 집에서 나갔다는 건 내가 이미 증언했을 텐데요. 이곳에 한 시간쯤 있다가 나갔어요. 와인을 가볍게 마시고 아주 기분 좋게 나갔지요."

이 이야기에 교묘하게 끼워 넣은 유도에 따라 콜롬보의 시선이 꼭두각시 인형처럼 움직여 홈바 쪽으로 향했다. 홈바에 서 있던 데이비드가 황급히 술잔을 내려놓고 손으로 입을 닦았다. 일단 홈바로 향했던 콜롬보의 시선이 어리석게도 웨슬리한테 돌아왔다.

"선생의 증언은 잘 기억하고 있습니다. 그런데 에번스 씨는 여기 있는 동안 뭘 먹지는 않았나요? 샌드위치라든가…"

"아뇨." 웨슬리는 단정적으로 고개를 저었다. 그러고는 덧붙였다. "앨런 에번스가 입에 넣은 것은 와인뿐입니다. 생줄리앙 67년산이죠. 그것뿐입니다."

웨슬리의 말은 콜롬보의 시선을 다시 홈바로 유도했다. 콜롬보는 홈바를 바라보며 시가를 피웠다. 이번에는 상당히 많은 담뱃재가 시가에서 떨어져 바닥을 더럽혔지만 콜롬보는 전혀 알아차리지 못하는 모양이었다.

"그 생줄리앙 76년산…"

"76년이 아니라 67년입니다."

웨슬리가 고쳐주자 콜롬보는 가볍게 손을 들고 고개를 끄덕였다.

"그 67년산 생줄리앙 와인의 빈 병은 이제 남아 있지 않겠지요?"

"빈 병이 아닙니다. 술이 아직 들어 있으니까 홈바에 그대로 남아 있습니다."

웨슬리가 가리키자 홈바 안에 있던 데이비드가 돌아서서 찬장으로 손을 뻗었다.

"잠깐! 잠깐만 기다리세요." 콜롬보가 소리를 질렀다.

그는 코트 자락을 펄럭거리며 재빨리 홈바로 다가갔다. 그러고는 찬장을 쳐다보며 주머니에 손을 집어넣어 더러운 손수건을 꺼낸 다음 데이비드에게 물었다.

"어느 겁니까?"

데이비드는 맨 위에 있는 선반을 가리켰다. 콜롬보는 손수건을 들고 손을 뻗었지만 닿지 않았다. 까치발을 해도 소용이 없다. 콜롬보는 체념한 듯 키가 큰 데이비드를 바라보았다.

콜롬보는 더러운 손수건을 데이비드에게 내밀며 말했다.

"미안하지만 나 대신 좀… 하지만 지문을 묻히지 않도록 조심하세요."

데이비드는 콜롬보가 내민 더러운 손수건을 내려다보고 있었지만, 그것을 받아들려고는 하지 않고 자기 주머니에서 새하얀 손수건을 꺼내어 선반 위의 술병을 내렸다.

콜롬보는 더러운 손수건을 주머니에 쑤셔 넣고 데이비드의 손에서 새

하얀 손수건과 술병을 받아들었다.

서원이 비웃었다.

"거기에 독약이 들어 있다고 말할 셈이오? 웃기지 마시오."

"아니, 이건 그저 형식적인 조사일 뿐입니다. 하지만 리디아 씨의 결백을 증명하는 좋은 자료가 될 겁니다."

콜롬보는 폭발물을 운반하듯 신중한 걸음으로 현관을 향해 걸어갔다. 안심한 웨슬리는 문을 열어주면서 콜롬보를 놀려댔다.

"형사님, 이는 좀 어떻습니까?"

콜롬보가 싱긋 웃었다.

"덕분에 통증은 사라졌습니다. 용기를 내서 의사한테 가길 잘했어요. 약을 먹고 염증을 가라앉혔지요."

"하지만 언젠가는 이를 뽑게 될 겁니다."

웨슬리가 말하자 콜롬보의 웃는 얼굴이 순식간에 흐려졌다. 콜롬보는 다시 치통이 덮친 것처럼 얼굴을 찡그리며 밖으로 나갔다.

웨슬리는 모든 의미에서 오늘 거둔 전과에 만족하여 거실로 돌아왔다. 홈바에서 비틀거리며 나온 데이비드가 현관 쪽을 바라보면서 말했다.

"그 자식이 내 손수건을 가져가버렸어."

6

여름철의 로스앤젤레스에서는 보기 드물게 비가 내린 오후, 할리우드가에 있는 서원 빌딩 주차장에 볼품없는 자동차 한 대가 굴러들어왔다. 먼지는 비에 씻겨 내렸지만 차체의 페인트에는 전혀 윤기가 없고 얼룩덜룩 퇴색한 부분만 눈에 띄는 털터리 푸조였다. 와이퍼의 움직임도 힘이 없고, 게다가 일정한 시간을 두고 경련하듯 떨려, 비를 흠뻑 맞은 늙은 개의 눈꺼풀처럼 처량했다.

주차권을 내주는 기계 앞까지 오자 창문이 열리고 콜롬보가 얼굴을 내밀었다. 기계에서 꽤 떨어진 곳에 차를 세웠기 때문에 콜롬보는 좁은 창문으로 윗몸을 완전히 밖으로 내밀어 주차권을 움켜쥐었다. 지저분하고 구겨진 코트와 까치집처럼 헝클어진 머리는 나름대로 초라한 자동차와 멋진 조화를 이루고 있었지만, 할리우드 가에는 더러운 이물질에 불과했다.

콜롬보가 주차권을 움켜쥐자 주차장 차단기가 자동으로 올라갔다. 그러나 바로 그 순간, 숨이 차서 헐떡이듯 헛돌고 있던 푸조의 엔진이 딱 멈춰버렸다.

콜롬보는 별로 걱정도 하지 않고 다시 시동을 걸었지만 차는 자동으로 열린 차단기 앞에서 못이 박힌 듯 꼼짝도 하지 않는다. 겨우 시동이 걸려 꽁무니의 배기통이 하얀 연기를 내뿜었을 때 차단기는 이미 거의 다 내려와 있었다. 푸조는 그 차단기에 코끝을 들이밀듯 돌진했다. 차단기가 앞유리창에 부딪혀 크게 튀어 올랐다가 유연한 탄력으로 다시 내려와, 막 통과하려는 자동차 지붕을 내리쳤다. 큰북을 치는 듯한 커다란 소리를 꽁무니에 남기고 푸조는 주차장 안으로 미끄러져 들어갔다.

주차장 출구에 있던 경비원이 비를 맞으며 달려왔다.

"이보쇼! 차단기를 망가뜨릴 작정이오?"

열린 창문 안쪽에서 콜롬보는 힘든 경주를 막 끝낸 달리기 선수처럼 눈을 감고 한숨을 내쉬었다. 그러고는 눈을 뜨고 말했다.

"차는 괜찮나요?"

젊은 경비원은 얼굴에 떨어지는 빗방울을 닦아내며 그 후리후리한 몸에 어울리는 쇳소리를 내질렀다.

"차? 나는 이런 고물차 따위를 걱정하고 있는 게 아니오! 차단기가 걱정이지!" 이렇게 말하면서 경비원은 자동차 지붕을 손바닥으로 내리쳤다. 가엾은 푸조는 다시 한 번 큰북 소리를 냈다.

콜롬보는 굵은 눈썹을 치켜올리고 천장을 쳐다본 다음 천천히 운전석 문을 열었다. 밖으로 열린 문에 밀려 후리후리한 경비원은 넘어질 듯 뒷걸음쳤다. 겨우 몸을 지탱한 경비원은 차에서 내린 콜롬보에게 덤벼들었다.

"이보쇼, 대체 어쩔 셈이오? 응? 어쩔 셈이냐고! 차단기가 망가지면 어떡할 거요?"

콜롬보는 발돋움을 하고 자동차 지붕을 살펴보았다.

"과연 유럽산 자동차는 튼튼해. 괜찮군. 그런데 이봐…" 콜롬보는 손에 쥐고 있던 주차권을 경비원에게 내밀었다. "이건 어떻게 하면 되나?"

콜롬보가 갑자기 화제를 바꾸자 경비원은 순간 어안이 벙벙하여 콜롬보의 얼굴을 쳐다보고 나서 우물우물 말했다.

"아, 그건… 이 건물 입주자의 서명을 받아다가 주차장을 나갈 때 나한테 건네주면 돼요. 타임 레코더로 시간을 찍고 절반은 아저씨한테 도로 내줘요. 서명이 있으면 한 시간까지는 공짜예요. 하지만 서명이 없으면 공짜 서비스는 없어요!"

"고맙네."

콜롬보는 주차권을 주머니에 집어넣고 건물 입구를 향해 달리기 시작했다.

"이봐요!"

젊은 경비원은 그제야 정신을 차린 듯 콜롬보를 뒤따라오기 시작했지만, 그 순간 주차장 출구에서 클랙슨 소리가 났다. 출구 옆에 주차장을 나가려는 링컨 승용차가 멈춰 서 있었다.

"제기랄, 기억해두겠어. 나오면 주차료를 두 배로 바가지 씌워줄 테니까!"

빗속을 달려가는 콜롬보에게 고함을 지르고 나서 경비원은 출구에 멈춰 서 있는 링컨 쪽으로 달려갔다.

전력으로 질주한 콜롬보는 웨슬리의 접수실 문을 열었을 때까지도 여전히 숨을 헐떡이고 있었다. 게다가 레인코트는 비에 흠뻑 젖고 까치집 같은 머리에서는 물방울이 흘러내려 얼굴을 적시고 있었다. 접수 담당인 프랜시스는 방을 잘못 찾아온 사람인 모양이라고 생각했다. 그러나 상대는 이렇게 말했다.

"웨슬리 코먼 선생을 만나고 싶은데요."

프랜시스는 문득 웨슬리를 협박하러 온 사람이 아닐까 하고 생각했다.

"예약은 하셨나요?"

"아뇨."

프랜시스는 건물 경비실과 직통으로 연결되어 있는 비상벨로 살짝 손을 뻗었다. 비상벨은 데스크 밑 무릎 위쪽에 달려 있었다.

"죄송하지만 예약이 없으면 선생님을 만나실 수 없는데요."

"아니, 나는 환자가 아니라 경찰이오. 로스앤젤레스 시경의 콜롬보 형사."

프랜시스는 비상벨 근처까지 뻗었던 손을 거둬들였다.

"어머나, 형사님이세요? 영화에서 본 것처럼 형사는 역시 언제나 레인코트를 입고 있군요."

콜롬보는 기쁜 듯이 웃었다.

"나는 영화를 흉내 내고 있는 건 아니지만, 레인코트는 밖을 돌아다니는 사람에게는 여러 가지로 편리하지요."

"오늘처럼 소나기가 쏟아질 때도 편리하겠어요." 프랜시스는 고개를 끄덕이고 나서 화제를 바꿨다. "에번스 씨 이야기는 신문에서 읽었어요. 그 일로 선생님을 만나러 오셨겠죠? 하지만 선생님은 무죄예요."

"뭐라고요?" 콜롬보는 입을 딱 벌렸다.

프랜시스가 말을 이었다.

"신문에는 타살이거나 자살이고, 병사는 아니라고 나와 있었지만, 어쨌든 선생님은 무죄예요. 사건이 일어난 날 밤에 선생님은 밤새도록 포커를 하고 계셨으니까요."

"설마… 포커라니…" 콜롬보는 믿을 수 없다는 듯이 고개를 저었다. 턱 밑에 늘어진 살이 희미하게 꿈틀했다.

"정말이에요." 프랜시스는 몸을 앞으로 내밀었다. 진짜 형사와 대화하는 것은 난생처음이지만, 그것은 프랜시스에게 정말 자극적이고 즐거운 경험이었다.

"선생님은 정말로 밤새도록 포커를 하셨어요."

"지난주 금요일 밤입니다. 잘못 생각하신 거겠죠?" 콜롬보의 말투는 마치 프랜시스가 틀렸기를 갈망하고 있는 것 같았다.

프랜시스는 점점 더 즐거워졌다.

"지난주 금요일에 선생님은 틀림없이 포커를 하셨어요. 매주 금요일 밤에는 포커를 하거든요."

"매주라고요?" 콜롬보는 큰 소리로 외치고는 갑자기 두통을 느낀 듯 이마에 손을 댔다. "설마… 그럴 리가…"

콜롬보는 이마에 손을 댄 채 방안을 놀아다니기 시작했다. 심한 모욕이라도 받은 사람처럼 등을 프랜시스에게 돌렸다. 비에 젖은 코트가 무거워 보였다. 프랜시스는 뭔가 터무니없는 말을 해버린 것 같아서 불안해졌다. 불안한 마음으로 수화기를 들고 업무실에 있는 웨슬리를 불렀다.

"콜롬보 형사라는 분이 찾아오셨는데요…"

수화기 저쪽에서 뜻밖에 밝은 목소리가 돌아왔다.

"그래? 하던 일을 마저 끝내면 곧 갈 테니까, 거기서 잠시만 기다려달라고 해줘."

하던 일 따위는 없었다. 그러나 급히 나가서 애타게 기다리고 있었던 듯한 인상을 주고 싶지는 않았다. 웨슬리는 수화기를 내려놓고 책상에 발을 올려놓았다.

문 너머에 있는 콜롬보가 무슨 용건으로 찾아왔는지는 대충 짐작하고 있었다. 와인병 검사가 끝났을 것이다. 복잡한 정밀검사가 필요한 일도 아니다. 디지탈리스를 그렇게 많이 넣어두었으니까 리디아의 운명은 이제 결정된 거나 마찬가지다. 이혼 수속이 끝나기 전에 리디아가 구치소로 들어가면 웨슬리의 재산과 지위는 보장된다. 다행히 장인과는 화해를 했으니까 문제는 전혀 없다. 셔윈은 딸이 재판을 받게 되면 실의의 수렁에 빠지겠지만, 그것은 셔윈의 죽음을 앞당겨 웨슬리에게는 오히려 유리하다. 그러면 뒤에 남는 걸림돌은 무력한 알코올 중독자인 처남뿐이다.

웨슬리는 창밖의 빗줄기를 바라보았다. 모든 일이 끝나면 더 이상 일할 필요도 없다. 마음 내킬 때 포커를 하고 마음 내킬 때 마음에 드는 여자와 자면 된다. 늙을 때까지 그런 생활을 계속해도 손에 들어온 재산은 꿈쩍도 하지 않을 것이다. 병원은 의사를 고용해서 운영하면 된다. 경리는 회계사한테 맡기고 세금 대책은 세무사에게 맡긴다. 모든 일은 돈으로 해결되고, 그 돈이 또 새로운 돈을 낳는다.

웨슬리는 검은 비구름 저편에 있는 보랏빛 미래를 꿈꾸며 몰래 미소를 지었다. 그러고는 책상에서 발을 내리고 일어나 짐짓 불쾌한 표정을 지으며 문을 열었다.

콜롬보는 방구석에 벽과 마주 보며 서 있었다. 두통을 억누르듯 이마에 손을 대고 있다.

"사전 연락도 없이 일터로 찾아오시면 곤란한데요."

콜롬보가 홱 돌아섰다. 이마에 대고 있던 손이 내려갔다. 그러자 심각한 표정은 마술처럼 사라지고, 그 대신 세일즈맨 같은 미소가 얼굴에 떠올랐다.

"미안합니다, 웨슬리 씨. 시간은 오래 빼앗지 않을 테니까 잠깐만…"

"그럼 되도록 간단히 끝내주세요."

웨슬리는 문을 연 채 놓아두고 업무실로 돌아갔다.

"정말 미안합니다."

콜롬보는 비에 젖은 코트를 벗으려고도 하지 않고 따라 들어오더니 손을 뒤로 돌려 문을 닫았다. 웨슬리는 책상 앞에 앉아 고객용 의자를 가리켰다.

"그런 곳에 서 계시면 눈에 거슬려요. 거기 앉아주세요."

의자에 앉자마자 콜롬보는 낮은 소리로 중얼거렸다.

"우울한 비가 내리면 누구나 다 불쾌해지는 법이지."

"뭐라고요? 비 때문에 내가 불쾌해졌다고 말하고 싶은 겁니까?" 웨슬리가 되물었다.

"아니, 나는 그저 주차장 경비원 얘기를 했을 뿐…"

"경비원 따위는 아무래도 좋아요." 웨슬리는 콜롬보의 말을 가로막았다. "내가 화를 내고 있는 건 어제 리디아를 대하는 당신 태도 때문입니다. 마치 리디아를 의심하는 듯한 말투로…"

"아니, 의심하는 정도가 아닙니다." 이번에는 콜롬보가 웨슬리의 말을 가로막았다. "어제 가져간 와인병에서 디기탈리스가 나랑 검출되있어요."

"디기탈리스가요?" 웨슬리는 깜짝 놀란 표정을 지어 보였다.

콜롬보가 말을 이었다.

"게다가 병에 묻어 있는 지문은 전부 리디아 씨의 지문입니다!"

"그럴 리가!"

"없다는 겁니까? 이왕 말이 나온 김에 말씀드리지만, 오늘은 나도 기분이 불쾌합니다." 콜롬보는 이렇게 말하고는 의자에서 일어나 웨슬리의 책상 앞에 와서 섰다. "다시 말해서 성가신 꼴을 당하고 있는 건 선생이 아니라 오히려 내 쪽입니다. 선생이 이상하게 사실을 숨기고 있기 때문이지요."

콜롬보의 눈썹이 이상하게 치켜올라가 있다. 그러나 웨슬리는 게임을 즐길 여유를 갖고 있었다.

"형사님은 리디아를 살인범으로 만들고 싶은 모양인데, 리디아가 무죄라는 건 내가 보증합니다. 앨런 에번스는 자살한 거예요. 그 사람은 연기에 자신을 잃어버리고 있었거든요. 와인병에 디기탈리스가 들어 있었다면 그건 에번스가 넣은 겁니다. 에번스가 직접 술병에 독약을 넣어 마시고 자살한 거라고요."

콜롬보는 책상에 두 손을 짚고 웨슬리를 정면으로 바라보았다.

"그렇다면 어째서 에번스는 선생 댁에서 죽지 않았을까요? 에번스의 몸에서는 즉사할 만큼 다량의 디기탈리스가 검출되었습니다. 시신이 선생 댁에서 발견되지 않고 먼 사막지대에서 발견된 것은 무엇 때문일까요? 어떻게 된 일일까요? 누군가가 그날 밤 에번스의 시신을 옮겼습니다. 그때 선생 댁에 있었던 사람은 데이비드 씨와 선생이고요."

"시체를 옮겨요? 우린 그런 일을 한 적이 없습니다."

"게다가 선생은 거짓말을 하고 있어요. 그날 밤 선생은 줄곧 부인과 함께 있었던 것처럼 증언하고 있지만, 사실은 밖에서 포커를 하고 있었어요. 그렇죠?"

웨슬리는 당황한 척하면서 입을 다물었다.

콜롬보는 이때라는 듯이 공격해왔다.

"선생은 실제로는 그날 밤 살아 있는 에번스 씨를 만나지 않았어요. 이건 내 추측이지만, 그날 밤 선생은 포커를 하고 있다가 부인의 호출을 받고 집에 돌아가서 이미 죽어 있는 에번스를 보았습니다. 그리고 시신을 밖으로 운반했지요. 안 그렇습니까? 왜 그런 짓을 했죠?"

웨슬리는 말없이 고개를 숙이고 있었다. 기세가 꺾인 모습을 보이면서도 속으로는 승리의 감격에 도취해 있었다. 그리고 창문을 후려치는 빗줄기를 바라보며 말했다.

"아내한테 혐의가 걸리면 안 된다고 생각해서 그만…"

콜롬보는 한숨을 내쉬고 책상 앞을 떠나 고객용 의자를 향해 걸어가다가 갑자기 돌아섰다.

"부인에게 혐의가 걸릴지도 모른다고 생각했군요? 그럼 묻겠는데, 만약 부인께서 살인을 저질렀다면 동기가 뭡니까?"

"상황으로 보아 제 아내가 의심받을 거라고 생각한 건 사실이지만, 실제로 살인을 저질렀다고는 지금도 생각지 않습니다. 하지만 만약 혐의가 걸리게 된다면 살인 동기로는 리디아가 에번스에게 협박당하고 있었던 경우를 상정할 수 있겠지요. 가령 에번스가 리디아와의 관계를 나한테 털어놓겠다고 협박하여 아내한테 돈을 갈취하고 있었다든가… 물론 그건 사실이 아니겠지만 아내한테 혐의가 걸리게 되면 누구나 그런 동기를 부여할 거라고 생각했습니다. 그래서…"

콜롬보는 책상 앞으로 돌아와 두 손을 코트 주머니에 찔러 넣고 웨슬리를 내려다보았다.

"나는 이제 댁으로 찾아가서 부인의 이야기를 들어야 합니다. 함께 가시죠. 선생도 부인의 보호자 입장에서 입회하고 싶을 테니까요. 안 그렇습니까?"

이런 일까지는 계산에 넣지 않았기 때문에 웨슬리는 연기가 아니라 정말로 망설였다. 그러나 권유를 거절하는 것은 너무 부자연스러웠다.

"어쨌든 변호사한테 연락하겠습니다. 이렇게 되면 아내한테는 내 도움보다 변호사의 도움이 더 필요할 테니까요."

"좋으실 대로." 콜롬보는 받아넘기듯이 말하고는 주머니에서 비에 젖어

꾸깃꾸깃해진 주차권을 꺼냈다. "그런데 잊어버리면 안 되니까, 그 전에 여기다 서명 좀 해주세요. 정확히 써주세요. 주차장 경비원은 꽤나 까다로운 녀석인 것 같으니까."

웨슬리는 수화기를 도로 내려놓고 주차권에 서명했다. 주차권을 받아든 콜롬보는 확인하듯 눈을 가늘게 뜨고 바라본 다음, 주머니에 쑤셔 넣었다.

"이왕 부탁한 김에 한 가지만 더 부탁합시다. 주차장을 나갈 때 거기 있는 경비원한테서 나를 좀 보호해주세요. 그렇게 팔팔한 젊은이한테는 약하거든요."

이렇게 말하고 콜롬보는 다시 세일즈맨 같은 미소를 떠올렸다.

7

비에 젖은 찻길에는 이미 변호사 존 밸런타인의 검은색 캐딜락 승용차가 멈춰 서 있었다. 죽은 앨런 에번스의 승용차와 같은 종류의 자동차라서 웨슬리는 순간 흠칫 놀랐다. 비에 젖은 검은색 대형 차체는 정말 음침했다. 꼴사나운 차라고 생각하면서 웨슬리는 벤츠를 몰고 집으로 들어갔다. 할리우드 가의 주차장을 나올 때만 해도 바로 뒤에 바싹 붙어 따라오던 콜롬보의 푸조는 도중에 멀찌감치 뒤떨어진 채 아직도 모습을 나타내지 않고 있었다.

웨슬리는 상관하지 않고 집으로 들어가려고 자동차 문을 열었지만, 고쳐 생각하고 차 안에 머물렀다. 심각한 연극을 오래 하는 것에 이제 슬슬 싫증이 나기 시작했다. 리디아와 마주 앉아 있는 시간은 되도록 짧은 게 낫다. 콜롬보가 올 때까지 기다리자. 웨슬리는 엔진을 끄고 시트 등받이에 몸을 기댔다.

이윽고 콜롬보의 푸조가 다가왔다. 소형차답게 좌우로 가볍게 흔들리면서 다가온다. 꽁무니의 배기통에서 하얀 연기를 자욱이 내뿜고 있었다.

"기다리고 있었습니다, 콜롬보 씨." 웨슬리는 문을 열고 콜롬보에게 말을 건 다음 현관을 향해 달렸다. 그 뒤를 콜롬보가 따랐다.

현관문을 열어준 것은 변호사인 밸런타인이었다. 밸런타인은 직업적인 쾌활한 태도로 웨슬리의 어깨를 불필요할 만큼 힘주어 두드렸다.

"걱정하지 말게, 웨슬리. 모두 나한테 맡겨둬."

기운차게 웃고 나서 밸런타인은 콜롬보를 맞아들였다. 비에 흠뻑 젖은 콜롬보의 코트를 보고 밸런타인은 이마를 찌푸렸지만, 페어플레이를 신조로 삼는 운동선수처럼 콜롬보의 손을 잡았다.

"콜롬보 형사님이세요? 잘 부탁합니다."

밸런타인은 포커를 할 때와는 딴판으로 붙임성이 좋아서, 변호사라기보다는 손님을 안내하는 부동산업자 같았다. 그러나 그런 태도 덕분에 지위와 재산을 쌓아 올렸다는 자부심이 있어서, 애교도 완전히 몸에 배어 있는 듯했다. 밸런타인의 웃는 얼굴은 그와 똑같이 상냥하게 굴려고 억지로 미소를 띠는 콜롬보의 얼굴과는 전혀 이질적인 것이었다.

유능하고 유력한 밸런타인을 변호사로 선임한 게 리디아에게는 큰 도움이 되리라고 믿고 웨슬리는 마음이 든든했지만, 입장을 바꿔놓고 생각해보니 그 강력한 변호사가 자기한테는 새로운 적이나 마찬가지였다. 이런 사실을 뒤늦게 깨닫고 웨슬리는 자신이 설정한 이 복잡한 상황에 약간 기가 꺾였다.

"존, 지금은 싱글벙글 웃고 있을 때가 아니에요."

웨슬리는 자꾸만 움츠러드는 마음을 억누르기 위해 존 밸런타인을 나무라고, 발소리도 거칠게 거실로 들어갔다.

거실 소파에서 리디아가 울고 있었다. 콜롬보가 찾아온 목적을 밸런타인에게 벌써 들은 모양이다. 리디아는 두 손에 얼굴을 묻고 울면서 공포와 비탄과 분노로 어깨를 들썩이고 있었다.

"여보!" 웨슬리는 선량한 남편을 가장하여 비통한 소리를 내면서 리디아 옆에 앉아 그 떨리는 어깨를 감싸 안았다.

리디아는 얼굴에서 손을 떼고 거실로 들어오는 콜롬보를 쳐다보았다.

콜롬보는 리디아의 시선을 피해 천장을 쳐다보며 걸어오다가 탁자에 발이 걸려 비틀거렸다. 요란한 소리가 나고, 기울어진 탁자에서 커피포트가 굴러떨어져 카펫에 얼룩을 만들었다.

"이거 참…" 콜롬보는 커피포트를 집어들어 탁자 위에 올려놓고는 재빨리 창가로 다가가 다시 천장을 쳐다보았다.

그때 리디아가 외쳤다.

"콜롬보 씨! 어째서 내가 앨런 에번스를 죽여야 하죠? 사랑하는 사람을 죽일 필요가 어디 있어요? 설명 좀 해보세요!"

이야기는 다짜고짜 핵심으로 들어갔다. 천장을 쳐다보는 콜롬보의 목이 꿈틀 움직였다. 말이 없는 콜롬보를 향하여 리디아가 다시 소리를 질렀다.

"사랑하는 사람을 죽일 이유가 어디 있죠?" 격렬한 감정에 몸을 내맡긴 리디아는 그 순간 남편의 존재를 깨닫고 목소리를 낮추었다. "미안해요, 웨슬리. 당신 앞에서 이런 식으로 말해서는 안 되지만…"

리디아는 더 참지 못하고 다시 울음을 터뜨렸다. 그런 아내를 내려다보고 나서 웨슬리는 콜롬보에게 말했다.

"형사님 덕분에 우리 부부의 갈등이 더 복잡해졌어요. 나는 리디아한테 남자가 있다는 걸 오래전부터 눈치채고 있었지만… 이런 식으로 부부간의 문제가 남들 앞에 드러나는 건 도저히 참을 수가 없습니다."

"당연한 얘깁니다." 콜롬보는 고개를 끄덕였다. 그러고는 천장을 향하고 있는 시선을 움직이려고도 하지 않고 말을 이었다. "하지만 리디아 씨는 그날 밤 에번스 씨와 단둘이 이 집에 있었습니다. 그렇지요? 아닙니까?"

그러자 홈바 앞에 서 있던 밸런타인이 변호사로서 나설 때가 되었다는 듯 입을 열었다.

"리디아, 대답할 필요 없어요. 그냥 잠자코 있어요. 이런 종류의 질문에는 대답하지 않아도 괜찮으니까."

그러나 리디아에게는 변호사의 조언 따위는 무시할 수 있을 만큼 강한 확신과 정당한 분노가 있었다. 리디아는 변호사의 조언을 물리쳤다.

"하지만 나는 말하고 싶어요. 숨길 일은 아무것도 없으니까요." 리디아는 손으로 눈물을 닦아내고 감정을 억누른 어조로 말하기 시작했다. "앨런 에번스와 나는 매주 금요일마다 만났어요. 금요일은 웨슬리가 포커를 하는 날이니까요. 여느 때는 밖에서 만났는데 요즘은 내가 몸이 안 좋아서 집에서 만났어요. 지난주 금요일 밤에도 여기서 만났어요. 앨런은 8시 반쯤에 왔어요. 그리고 와인을 좀 마시고… 그러다가 갑자기 쓰러졌어요. 다리가 꺾인 것처럼 털썩 쓰러졌어요."

콜롬보는 겨우 천장에서 눈을 뗐지만, 이번에는 창밖의 빗줄기를 바라보고 있었다.

"그 와인 말인데요… 리디아 씨, 그 와인은 큰 병에서 옮겨 담은 겁니까? 아니면…"

"아뇨. 두 달쯤 전에 한 다스 사두었는데, 그게 마지막 병이었어요. 마개는 내가 따서 술잔에 따랐어요. 앨런은 두 잔 마시고, 석 잔째를 절반쯤 마셨을 때 갑자기…"

콜롬보는 창문에서 돌아서서 눈을 똥그랗게 뜨고 리디아를 바라보았다.

"석 잔째라고 하셨나요? 석 잔째를 마시다가 쓰러졌다고요? 틀림없습니까?"

콜롬보가 무엇 때문에 그렇게 다짐하듯 캐묻는지 웨슬리는 손바닥을 보듯 알 수 있었다. 즉사할 만큼 많은 양의 독약이 들어 있는 술이라면 첫 잔을 마셨을 때 쓰러지는 게 당연하다. 그렇지 않았다면 뭔가 이상하다. 여기에 허점이 있었다. 미처 계산하지 못했던 사실에 맞닥뜨리게 되자 웨슬리는 당황하여 허둥지둥 리디아에게 말을 걸었다.

"앨런 에번스는 계속해서 술잔을 비웠겠지?"

그 순간 콜롬보가 웨슬리를 바라보았다. 크게 뜨인 눈이 갑자기 가늘어져, 시력이 약한 사람이 멀리 떨어진 물체의 희미한 윤곽을 억지로 확인하려는 듯한 눈빛이 되었다. 동시에 콜롬보는 이마에 손을 대어 한쪽 눈을 가렸다. 그러나 또 한쪽 눈은 계속 웨슬리를 바라보고 있었다. 웨슬리는 자신을 엿보고 있는 듯한 그 시선에 초조한 나머지 저도 모르게 목소리가 거칠어졌다.

"콜롬보 씨, 뭘 보고 있는 겁니까? 내 얼굴에 뭐가 묻었나요?"

말해버린 뒤에야 웨슬리는 후회했다. 쓸데없는 말을 해버렸구나! 그러나 콜롬보가 뭔가를 눈치챈 기색은 없었다. 콜롬보는 황급히 시선을 돌려 창밖을 내다보면서 비굴한 목소리로 말했다.

"미안합니다. 그만 머리가 멍해져서… 터무니없는 실례를…" 그러고는 이마에 대고 있던 손을 내리고 바깥의 빗줄기를 바라보면서, 잠시 비를 피하고 있는 사람이 잡담이라도 하는 듯한 어조로 말했다. "그런데 리디아 씨, 에번스 씨는 역시 석 잔을 잇달아 마셨나요?"

"그런 것 같아요. 확실히 기억나지는 않지만 앨런은 집에 오면 언제나 술잔을 잇달아 비웠던 것 같아요. 아마 긴장을 풀려고 그랬겠죠. 어쨌든 앨런은 쓰러졌어요. 나는 곧 의사한테 전화를 걸었죠. 내 단골 의사한테."

"그 의사 이름은 뭡니까?" 콜롬보는 창밖을 내다본 채 물었다.

"더글러스, 리처드 더글러스 박사예요." 리디아가 대답했다.

그러자 밸런타인이 변호사로서 두 번째 조언을 했다.

"리디아, 전화번호도 알려드리세요. 콜롬보 형사는 뒷받침 수사를 할 작정이니까. 그런 일에는 협조하는 게 좋아요."

리디아는 변호사의 조언을 받아들여 콜롬보에게 전화번호를 말해주었다. 그러나 콜롬보는 받아적을 생각도 하지 않고 흘려들었다.

"필요하다고 생각되면 나중에 다시 물어보겠습니다. 그보다, 그때 의사는 뭐라고 하던가요?"

리디아는 고개를 저었다.

"의사는 마침 병원에 없었어요. 간호사가 전화를 받더니 박사님은 밤늦게야 돌아온다고 하더군요. 그래서 당장 웨슬리를 전화로 불렀어요. 웨슬리는 오빠와 함께 한창 포커를 하고 있었지만, 곧 달려와서…"

콜롬보는 웨슬리를 바라보았다.

"포커는 어디서 하셨나요?"

웨슬리가 대답하기 전에 밸런타인이 말했다.

"우리 집에서 했습니다. 매주 금요일에는 항상 우리 집에서 포커판이 벌어지거든요. 웨슬리의 알리바이는 완벽합니다. 변호사의 증언이 마음에 들지 않는다면 다른 증인을 세울 수도 있어요. 그날 밤에는 나와 웨슬리 말고도 다섯 사람이 함께 있었으니까."

다소 의혹을 품었다 해도 웨슬리에게는 움직일 수 없는 알리바이가 있었다. 그것이 변호사 밸런타인의 입을 통해 제시되면 더욱 견고한 알리바이가 된다. 콜롬보는 다시 창밖으로 시선을 돌렸다.

웨슬리는 밸런타인에게 고맙다는 눈짓을 보냈다. 리디아를 변호한다는 이유로 적으로 돌렸던 밸런타인이 사실은 아군이 될 수 있다는 것을 알아차리고 웨슬리는 또 하나의 계산 착오를 깨달았다.

그러나 모든 일이 계산대로 진행되지는 않는다는 것을 미리 계산에 넣어두면 난국을 극복할 수 있다는 자신감이 생겼다. 냉정하고 민첩하게 대처하면 원하는 결과를 얻을 수 있다. 다소 먼 길을 돌아가는 것은 각오해야 한다. 웨슬리는 진정한 적인 콜롬보에게 시선을 돌렸다.

바깥의 빗줄기를 바라보고 있는 콜롬보는 종잡을 수 없는 사람이었다. 따라서 좀 모자란 사람이라고 단정하는 것은 삼가는 게 좋을지도 모른다. 그러나 남달리 뛰어난 민완 형사라고 단정할 만한 근거도 없었다. 어쩌면 정체를 간파당하지 않는 아리송한 태도만이 콜롬보의 유일한 장점일지도 모른다.

콜롬보는 정체를 숨기기 위한 보호막처럼 언제나 걸치고 있는 코트 주머니에 손을 집어넣어 시가를 꺼냈다. 그 시가를 입에 물었지만, 흠뻑 젖은 코트 속에서 시가도 젖어버린 모양이다. 콜롬보는 시가를 도로 주머니에 집어넣고 창밖을 향한 얼굴을 움직이지 않은 채 말했다.

"리디아 씨, 한 가지만 더 묻겠습니다. 당신도 그 와인을 마셨나요?"

리디아는 즉석에서 고개를 저었다.

"아뇨. 전 술을 마시지 않아요. 심장에 좋지 않다고 의사가 금지했어요. 그래서 맥주도 안 마셔요."

"그렇습니까. 그건 유감이군요." 콜롬보는 정말로 유감스럽다는 듯이 중얼거리고는 돌아서서 오른손을 높이 쳐들었다. "소동을 피워서 죄송합니다. 그럼 나는 이만…"

콜롬보는 현관을 향해 성큼성큼 걷기 시작했다. 이것은 웨슬리에게 너무나 큰 계산 착오였다. 웨슬리는 저도 모르게 말을 걸었다.

"형사님, 그것뿐인가요?"

현관에 선 콜롬보가 천천히 뒤를 돌아보았다.

"그것뿐이라뇨?"

웨슬리는 잠깐 당황했다.

"이걸로 오늘 수사는 끝났느냐는 뜻입니다."

"네, 끝났으니까 나는 돌아가는 겁니다."

이렇게 말하고 나서 콜롬보는 무슨 속셈인지 모르지만 리디아에게 윙크를 보냈다. 그러고는 빠른 걸음으로 나가버렸다.

밸런타인이 한숨을 내쉬었다. 갑자기 커진 빗소리가 방안을 가득 채웠다. 밖에서 시동을 거는 소리가 들려왔다. 녹슨 쇠를 억지로 문지르는 듯한 소리가 몇 번이나 되풀이되었지만 시동은 좀처럼 걸리지 않는다. 그래도 이윽고 기침하는 듯한 소리와 함께 엔진이 힘없이 부르릉거리더니, 차는 달려가버렸다.

자동차 소리가 사라졌을 때 웨슬리가 진심을 실토했다.

"믿을 수가 없군요. 그대로 돌아가다니, 믿을 수가 없어요."

그러자 밸런타인이 받았다.

"정말 그래. 나도 믿을 수가 없어. 자네한테 전화 연락을 받았을 땐 그 형사가 체포영장을 가져왔을 거라고 생각했지."

"또 돌아오지 않을까요?" 웨슬리는 오히려 기대를 품고 말했다.

"돌아오지 않을 거예요." 리디아가 자신만만한 어조로 말했다.

웨슬리는 콜롬보를 생각하면 실컷 욕이라도 퍼부어주고 싶은 기분에 사로잡혔다.

"어떻게 된 사람인지 전혀 모르겠어요. 얼간이처럼 보이기도 하고."

이 말에 발레타인이 대꾸했다.

"천만에! 그는 결코 얼간이가 아닐세. 내가 보기에 그는 얼간이인 척하고 있을 뿐이야. 우리한테는 아주 위험한 인물이지. 만약 자메이카에서 일어난 일을 냄새 맡으면 일이 귀찮아져. 증거가 없어도 그런 사람은 심증만으로 공격해 들어오거든. 리디아, 자메이카 사건은 뻥끗도 말아요. 이상한 의심을 받을지도 모르니까."

리디아는 고개를 끄덕였다. 자메이카에서 일어난 일을 숨겨야 한다는 점에서는 웨슬리도 리디아와 공통된 이해관계를 갖고 있었다. 자메이카 사건은 리디아에 대한 의혹을 깊게 하는 동시에 웨슬리에게 새로운 의혹을 불러일으키는 양날의 칼이었다. 웨슬리는 리디아의 어깨를 다정하게 토닥였다.

"자메이카 사건은 나도 걱정이야. 그러니까 잠자코 있는 게 좋아. 하지만 걱정할 필요는 없어. 이 불쾌한 일도 이제 곧 끝날 테니까. 괴롭겠지만 용기를 가져."

용기를 가지라는 말은 실은 웨슬리가 자신에게 던지는 격려였다.

8

'전화 비서 서비스'는 일종의 대행업으로, 가입자에게 걸려오는 전화를 받아서 메시지를 전해주거나 가입자의 연락처를 알려주는 용역회사다. 집을 비우는 일이 많은 사람이 가입하여, 이 회사 전화번호를 자택 전화번호와 함께 미리 친구와 지인들에게 알려준다. 그러면 회사의 교환수가 비서 대신 메시지를 받아서 가입자에게 전해주게 된다. 테이프에 용건을 녹음하는 자동응답 전화처럼 일방통행식 통화가 아니라, 전화를 걸어온 사람에게 가입자의 메시지를 대신 전달해줄 수도 있다. 보통 자동응답 전화보다는 비싸게 먹히지만, 그 비용에 상응하는 수입을 얻고 있는 사람들에게는 평판이 좋다.

죽은 앨런 에번스는 할리우드에 수없이 많은 이런 용역회사 가운데 하나인 '퀵 에인절'에 가입해 있었다.

빗줄기가 가늘어진 저물녘에 콜롬보는 뒷골목에 있는 '퀵 에인절'로 들어갔다. 이런 회사는 많은 사람들 눈에 띄지 않아도 얼마든지 장사할 수 있기 때문에 구태여 대로변에 자리 잡을 필요가 없다. 업무 내용은 목소리를 중개하는 것뿐이고, 가입자한테 요금을 징수할 때도 은행 지로를 통해 끝낼 수 있다. 보통 회사나 상점과는 달리 사옥이나 가게를 꾸미는 데에는 전혀 돈을 들일 필요가 없다.

아무리 그렇다 해도 '퀵 에인절'은 너무 심했다. 쓰레기통이 늘어서 있는 뒷골목의 허름한 건물에 자리 잡고 있는데, 과거에는 그 건물의 관리실이었을 것으로 보이는 비좁은 방에 교환대가 하나 놓여 있을 뿐이었다. 뒷골목 건물 복도를 사이에 둔 양쪽 출입문과 유리창에는 신문지를 덕지덕지 발라서 내부가 보이지 않도록 가려놓았다.

복도 쪽 유리문에 붙어 있는 신문지에는 매직펜으로 '관계자 외 출입 금지'라고 적혀 있었다.

콜롬보는 그 문을 밀고 안으로 들어갔다. 좁은 방에 의젓하게 앉아 있는 교환대를 둘러싸고 에인절(천사)과는 거리가 먼 중년 여자 셋이 앉아서 직업적으로 훈련된 나긋나긋한 목소리로 전화를 받고 있었다.

"네, 그렇습니다. 루이스 씨는 오늘 밤늦게야 돌아오신답니다…"

"네, 죄송합니다. 구드윈 씨한테서는 아직 연락이 없습니다. 이제 곧 연락이 올 무렵이니까 그때는 틀림없이… 스미스 부인이라고 하셨죠? 네, 염려 마세요. 여기 대기하고 있으니까요."

"아까 부탁하신 메시지는 전했습니다. 네… 오늘 밤 10시에 댁으로 전화하시랍니다. 그때까지는 바빠서 손이 비지 않는다네요."

"네, 여보세요. 존슨 씨요? 존슨 씨는…"

작은 책상 위에 노트가 몇 권이나 놓여 있다. 교환수들은 그 노트들 가운데 필요한 것을 재빨리 골라내어 책장을 넘기면서 정확하고 신속하게 응답하고 있었다. 마치 전쟁터처럼 분주하다.

콜롬보는 열린 문을 안쪽에서 두드렸다.

금발로 염색한 머리를 뒤로 묶어 틀어 올린 뚱뚱한 여자가 타이트 스커트에서 금세라도 터져 나올 듯한 엉덩이를 의자에 얹은 채 휙 몸을 돌려 콜롬보를 보았다. 화장은 진하지만 나이는 숨길 수 없다. 마흔 살쯤 된 여자였다. 여자는 헤드폰을 벗고, 전화를 받을 때의 나긋나긋한 말투와는 전혀 다른 사나운 목소리로 으르렁거리듯이 말했다.

"밖에 팻말도 안 보여요? 여긴 출입금지예요!"

"바쁘신데 죄송합니다. 나는 로스앤젤레스 시경에 있는 콜롬보입니다. 잠깐 묻고 싶은 게 있어서…"

콜롬보는 애써 웃어 보였지만 여자의 표정은 바뀌지 않았다.

"경찰이라고? 사람 깔보지 마요. 나는 이래뵈도 목소리를 상대로 장사하는 사람이에요. 목소리만 들으면 그 사람의 직업을 대충 짐작할 수 있다고요. 댁의 목소리는 경찰관 목소리가 아니라 택시 운전사 목소리예요. 무슨 일인지 똑똑히 말하지 않으면 진짜 경찰을 부르겠어요."

콜롬보는 헛기침을 하고 경찰 배지를 내보였다. 그러나 여자의 태도는 조금도 바뀌지 않았다.

"배지 따위는 소용없어요. 요즘에는 장난감 배지가 많이 나돌고 있으니까."

콜롬보는 배지를 도로 주머니에 집어넣고 신분증을 꺼냈다. 여자의 손이 재빨리 움직이더니 그 신분증을 낚아챘다. 여자는 신분증에 붙은 사진과 콜롬보의 얼굴을 번갈아 쳐다보았다.

콜롬보는 눈을 내리깔았다.

"비슷하지 않은데요. 전혀 닮지 않았어요." 여자가 고개를 저었다.

"하지만 본인입니다. 틀림없이 본인이에요. 그래도 의심스러우면 시경에 전화해보세요."

여자는 싱긋 웃으며 신분증을 콜롬보에게 돌려주었다.

"그렇게까지 말한다면 좋아요. 경찰관이 택시 운전사 같은 목소리를 낸다 해도 이상할 건 없겠죠. 이 세상에는 잘못된 일들이 수두룩하니까."

그런데 무슨 일이죠?"

"사실은 앨런 에번스 씨 때문에…"

콜롬보가 말을 꺼내자 여자는 무거운 한숨을 내쉬었다.

"안됐어요. 그 사람 목소리는 정말 멋졌는데. 섹시하고 달콤하고…" 그러고는 뒤를 돌아보았다. "앨머, 이봐 앨머, 경찰이 왔어. 그 앨런 때문에…"

앨머라고 불린 여자가 헤드폰을 벗고 이쪽을 돌아보았다. 첫 번째 여자와 마찬가지로 뚱뚱한 중년 여자였다. 펑퍼짐한 엉덩이가 회전의자에 놓여 있고, 니트 스커트 밑으로는 굵은 다리가 삐져나와 있었다.

"앨런이라고, 리자?"

리자라고 불린 첫 번째 여자가 고개를 크게 끄덕였다.

"그래, 그 사람. 정말 좋은 목소리를 가진 사람이었는데…"

"정말 그래…"

짙은 화장에다 화려한 옷차림을 한 두 여자는 동시에 눈물을 글썽거렸다. 교환대에 혼자 남은 여자는 밀려오는 통화를 미처 처리하지 못해 쩔쩔매고 있었다. 교환대가 비명 같은 버저 소리를 잇달아 울렸다. 그러나 두 여자는 교환대를 쳐다보려고도 하지 않았다.

콜롬보가 차분한 어조로 말했다.

"안됐습니다."

두 여자는 동시에 고개를 끄덕이고 동시에 손으로 눈을 덮었다. 미망인 두 사람이 나란히 앉아 있는 듯한 광경이었다.

콜롬보는 마치 조문객처럼 침통한 어조로 입을 열었다.

"이럴 때 이런 얘기를 꺼내서 죄송합니다만… 에번스 씨가 돌아가신 금요일에 어디 들러서 어떤 일을 했는지 되도록 자세히 알고 싶군요. 여기 오면 그 단서가 있지 않을까 해서 찾아왔습니다만…"

"앨머, 금요일 노트 좀 찾아봐."

리자가 말하자 앨머는 교환대 앞 책상을 뒤져서 노트 한 권을 꺼냈다. 표지에 스누피 그림이 새겨져 있는 초등학생용 공책이었다.

앨머는 손가락에 침을 묻혀 책장을 넘겼다.

"별로 기록되어 있지 않군요. 딱 한 번 앨런이 전화를 걸어온 것 같아요. 오후 2시에요. 리자, 기억 안 나?"

그러자 리자가 고개를 끄덕였다.

"그걸 어떻게 잊어. 내가 마지막으로 들은 그 사람 목소리인걸. 이튿날 신문에서 그 사람이 죽었다는 기사를 보고, 아아, 그게 마지막 목소리였구나 하고 생각했지. 정말이지…" 리자는 목메인 소리를 내며 입을 다물었다.

콜롬보는 다시 조문객처럼 침통한 소리를 냈다.

"이럴 때 정말 죄송하지만… 그때 에번스 씨는 어디서 전화를 걸어왔습니까?"

"술집요."

"술집요?"

콜롬보가 되묻자 리자는 화장이 망가지는 것을 걱정하듯 뺨에 손가락을 댔다.

"네, 틀림없이 술집이었어요. 별로 그런 적이 없었는데 그날은 술에 취한 듯한 목소리였거든요."

"오후 2시부터 술에 취해 있었다는 말입니까?"

"시간은 확실히 기억나지 않지만, 노트에 그렇게 적혀 있다면 오후 2시가 맞아요. 무슨 파티라도 있었던 게 아닐까요? 그런데 그 사람이…" 리자는 다시 목메인 소리를 냈다.

"그 밖에는요?" 콜롬보가 물었지만 앨머는 고개를 저었다.

리자가 우는 소리로 말을 이었다.

"그 사람의 술 취한 목소리는 그때 처음 들었어요. 그런데 그게 마지막이라니…"

콜롬보는 앨머에게 손을 흔들었다.

"슬픈 일을 생각나게 해서 죄송합니다. 덕분에 크게 참고가 되었습니다. 고맙습니다."

"괜찮아요." 리자는 손수건으로 코를 풀었다. 그러고는 문을 닫으려는 콜롬보를 불러 세웠다. "그보다 형사님, 실은 택시 운전도 하고 있죠? 비번일 때 시간제로 택시를 운전하고 있죠?"

콜롬보가 고개를 젓고 문을 닫자 앨머가 리자의 어깨에 손을 올려놓았다.

"자, 기운을 내서 일이나 하자고." 리자는 헤드폰을 끼고 나서 중얼거렸다. "그 경찰관, 끝까지 거짓말을 하고 있어. 아르바이트로 택시 운전을 하고 있으면서… 그런 건 숨기지 않아도 되잖아? 내 귀는 틀림없어."

9

사무실 안쪽 벽에는 컴퓨터와 연결되어 주가 변동을 알려주는 대형 표시판이 붙어 있고, 빨간빛을 내는 수많은 숫자가 월가(뉴욕의 맨해튼 남부에 있는 금융 증권가)의 고동 소리를 전하며 깜박거리고 있었다. 석유 주식이 올라가고, 전력 주식은 약간 내려가고, 할리우드 영화 주식은 비교적 높은 가격으로 보합세를 유지하고 있다.

그러나 데이비드 셔윈은 주가의 움직임에는 아무런 흥미도 보이지 않고 자기 방에 틀어박힌 채 창밖의 하늘을 바라보고 있었다.

그가 주식 중개인인 것은 사실이지만, 그것은 아버지 호레이스 셔윈이 몇 번째 직장으로 골라준 직업이고 데이비드 자신이 좋아서 택한 일은 아니다. 그러나 그에게는 혼자 힘으로 직업을 선택할 능력이 없었다. 그것은 데이비드도 알고 있었고, 자신이 이른바 사회인으로서 부적격자라는 것도 알고 있었다. 그것을 잊기 위해서라도 술은 반드시 필요했다. 데이비드는 심약한 알코올 중독자의 회로를 끝없이 빙글빙글 돌면서 몸과 마음을 더욱 소모시키고 있었다.

형사가 면회하러 왔다는 연락을 사무실 구내전화로 받은 뒤 데이비드는 책상 맨 아래 서랍에서 위스키병을 꺼냈다. 긴장이나 불안에서 도망치기 위해 술을 마시는 나쁜 버릇은 전쟁터에서 배웠다.

베트남 중부 고원, 케산 기지(1968년 1~7월 이곳에서 미군 해병대와 북베트남 군대가 대규모 전투를 치렀다). 거기서 데이비드는 적군의 포위망에 갇혀 꼬박 30일 동안이나 공포를 맛보았다. 포위망은 밤낮을 가리지 않고 포탄이 쏟아지는 가운데 나날이 좁혀들었고, 데이비드는 하루도 빠짐없이 전우를 잃었다. 구원하러 온 헬리콥터도 눈앞에서 잇따라 격추되었다. 탄약과 식량 보급마저 중단되자 데이비드는 마지막 남은 위스키병에 선을 일곱 개 그었다. 하룻밤이면 다 마셔버릴 수 있는 술을 일주일 분으로 나누어 하루에 한 눈금씩만 마셨다. 그 가냘픈 위안마저 다 떨어지면 기지 밖으로 뛰쳐나가 적의 총탄에 몸을 던질 작정이었다. 끝없이 계속되는 공포에서 달아날 수 있는 유일한 방법은 술이 다 떨어졌을 때 죽어버리는 것이었.

술이 하루 치밖에 안 남았을 때 데이비드는 구출되었다. 그 후 데이비드는 일단 유예된 죽음을 향하여 보이지 않는 술병의 눈금을 하나씩 줄여가는 나날을 보내고 있었다. 하루 치 눈금의 양은 전쟁터에 있을 때보다 훨씬 많아졌고, 계속 착실하게 늘어가고 있었다. 정신은 모든 일에 둔감해졌지만 공포에 대해서만은 민감했다. 그리고 경찰은 데이비드에게 무엇보다도 두려운 존재였다.

데이비드는 술을 마시고 개인 사무실 문을 열었다.

사무실 입구 근처에 후줄근한 레인코트 차림의 사내가 서 있었다. 온갖 계층의 고객들이 드나드는 곳이기는 하지만 콜롬보의 모습은 이질적이었다. 주식을 사거나 팔 만한 자금력이 없다는 것은 그 모습을 보면 한눈에 알 수 있다. 그렇기 때문에 데이비드의 두려움은 더욱 깊어졌다. 데이비드는 일그러진 웃음으로 두려운 마음을 숨기고 콜롬보에게 다가갔다.

"형사님, 안녕하세요?" 데이비드가 말을 걸었다.

고객에게는 가벼워 보이지 않을 정도로 상냥하게 대하라. 지점장이 귀에 못이 박이도록 말하는 고객 접대 방식을 콜롬보에게도 적용하려고 했지만, 잘되지 않았다. 데이비드의 목소리는 긴장 때문에 떨려서 결코 상냥한 목소리가 아니었다. 오히려 콜롬보가 세일즈맨처럼 붙임성이 좋았다. 콜롬보는 손을 내밀어 악수를 청했다.

"데이비드 씨, 일하시는 데 죄송합니다. 기분은 좀 어떠세요?"

"기분이 좋을 리가 있겠습니까?" 반사적으로 말해버리고 나서 데이비드는 후회했다. 술을 지나치게 마셔 취해 있는지도 모른다.

그러나 콜롬보는 재빨리 그 뒤를 이어받았다.

"당연하겠지요. 그런 일이 일어났으니, 기분이 좋을 턱이 없지요. 그런데 데이비드 씨, 물어보고 싶은 게 있는데요…" 데이비드는 다음에 나올 말에 대비하여 단단히 자세를 갖추었다. "주식을 사면 돈을 벌게 되는 겁니까?"

콜롬보의 입에서 나온 말은 데이비드의 대비태세를 피하는 일상적인 질문이었다. 데이비드는 저도 모르게 한숨을 내쉬었다.

"주식에 흥미를 갖고 계세요?"

"아뇨. 나는 흥미가 없지만 우리 집사람이… 실은 집사람의 아저씨뻘 되는 사람이 덴버에 살고 있는데, 그분이 주식으로 큰돈을 번 모양이에요. 그래서 집사람이 주식에 대해 알아보라고 귀찮게 잔소리를 해서…"

"미안하게도 난 주식에 대해서는 아무것도 모릅니다." 데이비드는 솔직하게 말하고 나서, 알랑대는 웃음을 띤 콜롬보의 얼굴을 향해 차가운 말을 던졌다. "주식에 대해 알고 싶다면 그쪽 전문가를 소개해 드리겠지만, 그 일로 나를 만나러 오신 건 아니겠죠?"

콜롬보의 굵은 눈썹이 꿈틀했지만 웃는 얼굴은 변하지 않았다.

"예, 다름 아니라 그 사건 때문에 잠깐…" 콜롬보는 말을 멈추고 문 쪽을 가리켰다. "어떻습니까. 산책이라도 하면서 얘기하지 않으실래요? 나는 좀 운동 부족이라서요. 괜찮으시다면 잠시 밖으로 나가십시다."

콜롬보는 데이비드의 대답도 기다리지 않고 문을 향해 성큼성큼 걸어갔다. 데이비드도 할 수 없이 콜롬보를 따라 바깥 거리로 나갔다. 콜롬보는 페어팍스 거리를 따라 남쪽의 파머스마켓 쪽으로 걸어갔다.

뒤따라간 데이비드를 돌아보며 콜롬보가 말했다.

"데이비드 씨는 포커를 좋아하십니까?"

이 세상에 좋아하는 거라곤 아무것도 없는 데이비드지만, 술과 노름은 살아가는 데 없어서는 안 될 존재였다.

"위스키와 포커를 빼면 내 생활에는 아무것도 남지 않게 됩니다."

데이비드가 중얼거리자 콜롬보는 고개를 끄덕이고 뒷짐을 졌다.

"웨슬리 코먼 씨도 포커를 좋아하는 모양이더군요."

콜롬보는 앞을 바라본 채 지나가는 말처럼 말했지만, 그 한마디로 콜롬보가 찾아온 목적은 분명해졌다. 콜롬보는 웨슬리에 대해 조사하려는 것이다. 그렇다면 데이비드가 해야 할 일도 분명했다. 매부 웨슬리를 지키는 것이다. 그러나 그 방법이 생각나지 않는다. 한동안 침묵이 흘렀다. 콜롬보가 마침내 걸음을 멈추고 데이비드의 얼굴을 쳐다보았다. 상냥한 미소는 사라지고, 눈부신 물체라도 바라보듯 눈을 가늘게 뜨고 있다.

"데이비드 씨, 숨길 필요 없습니다. 시체를 옮긴 일에 대해서는 벌써 웨슬리 씨한테 들었어요. 그 문제는 보고서만 제출하면 해결됩니다. 하지만 좀 더 자세히 알고 싶어서 이렇게 웨슬리 씨에 대해 묻고 있는 겁니다. 사건이 일어난 날 밤에 웨슬리 씨와 데이비드 씨는 포커를 하고 있었지요? 웨슬리 씨는 꽤 많은 돈을 잃었다더군요?"

데이비드는 말없이 고개를 끄덕였다. 시체를 옮긴 사실을 형사에게 알려준 웨슬리의 속내를 알지 못해 데이비드는 당황했다. 시체를 옮기는 것은 분명 법에 어긋나는 행위이고, 그 사실을 형사에게 알려주는 것은 아무 이익도 되지 않을 뿐 아니라, 리디아를 지키기 위한 방파제의 한 귀퉁이에 커다란 구멍을 뚫는 것을 의미한다. 데이비드는 웨슬리를 만나 대응책을 지시받고 싶었다.

밝은 햇살을 받고 걸으면서 데이비드는 갈증을 느꼈다. 한 모금이라도 좋으니까 술을 마시고 싶었다. 데이비드는 문득 생각했다. 콜롬보는 가까이에 술이 없는 곳으로 일부러 나를 데리고 나온 게 아닐까? 의도적으로 금단증상의 고통을 맛보게 하고, 그 고통을 이용하여 자기가 원하는 답변을 끌어내려는 게 아닐까? 이렇게 생각하자 갈증은 더욱 심해졌다. 데이비드는 넥타이를 늦추고 거리를 둘러보았다. 술집은 보이지 않는다.

"웨슬리 씨는 그날 밤 얼마나 잃었습니까?"

귓가에서 들리는 콜롬보의 목소리에 데이비드는 기계적으로 대답했다.

"5천 달러."

깜짝 놀란 콜롬보가 휘파람을 불었다. 귀에 거슬리는 소리였다.

"5천 달러요? 웨슬리 씨는 항상 그렇게 많이 잃습니까?"

"항상 그런 건 아닙니다."

"그럼 드문 일인가요?"

"아주 드문 일이죠."

데이비드는 사무실 책상에 남겨두고 온 술이 그리웠다. 사무실로 돌아가자고 말하려 했을 때 콜롬보가 먼저 입을 열었다.

"노름에서 좀처럼 잃지 않는 사람이 그날은 드물게도 5천 달러나 되는 큰돈을 잃었다… 이건 어찌된 일일까요? 주의력이 산만해졌기 때문인가요?" 콜롬보가 갑자기 걸음을 빨리하면서 데이비드의 얼굴을 쳐다보았다. "데이비드 씨는 어떻습니까? 노름에 정신을 집중할 수 없을 때도 이길 수 있나요? 주의력이 산만해졌을 때 이길 수 있습니까?"

"이길 수 없지요."

"그렇겠지요. 요컨대 그날 밤 웨슬리 씨는 노름에 정신을 집중할 수 없는 상태에 있었어요. 그렇죠? 뭔가 다른 일에 정신을 빼앗기고 있는 것 같지는 않던가요?"

"그렇게 보이지는 않았어요. 다만…"

데이비드가 도중에 말을 삼켜버리자 콜롬보는 걸음을 멈추고 다음 말을 재촉했다.

"다만, 뭡니까?"

"줄곧 시계를 보고 있었어요."

마법에 걸린 듯 말해버리고 나서 데이비드는 자신의 판단력이 최악의 상태에 있음을 깨달았다. 한시라도 빨리 술이 있는 사무실로 돌아가지 않으면 안 된다.

"형사님, 시계 얘기가 나와서 생각났는데요, 실은 점심 약속이 있어서 급히 돌아가지 않으면…"

"그거 참 유감이군요. 모처럼 날씨도 좋고 해서 좀 더 산책을 즐기고 싶었는데…"

"그럼 나는 이만…"

데이비드는 콜롬보에게 등을 돌렸다. 그 순간 콜롬보가 외쳤다.

"데이비드 씨, 한 가지만 더!"

콜롬보는 사무실을 향해 걷기 시작한 데이비드를 쫓아가 나란히 걸으면서 집요하게 캐물었다.

"웨슬리 씨의 집에서 에번스 씨를 보았을 때 에번스 씨는 분명히 죽어 있었습니까?"

"분명히 죽어 있었습니다."

"그렇다면 왜 경찰을 부르지 않았죠?"

"부르려고 했지요. 그런데…" 대답을 피하려 한 것이 아니라 순간적으로 기억을 잃어버렸다. 왜 경찰에 전화를 걸지 않았는지, 그 이유를 알 수가 없었다. 데이비드는 사무실에 남겨두고 온 술병밖에는 아무것도 생각할 수가 없었다.

"그런데 왜 부르지 않았죠?"

콜롬보가 다시 캐물었을 때 그날 밤의 광경이 문득 선명하게 되살아났다.

"웨슬리가 말렸습니다. 리디아는 히스테리 상태였고 나는 충격을 받아 멍해져 있었습니다. 웨슬리만이 침착했지요. 그래서 나는 무의식중에 웨슬리의 말에 따라 전화 거는 걸 그만두었습니다. 웨슬리는 성미가 급해서 금세 발끈하고 흥분하지만 그때는 아주 냉정했습니다. 냉정하고 침착했지요."

콜롬보는 걸으면서 수첩에 뭔가를 적어 넣었다.

"그렇군요. 웨슬리 씨는 성미가 급해서 금세 발끈하고 흥분하는군요. 그런 사람이 다른 남자와 함께 있는 아내를 보고도 냉정했다는 건 이상하지 않습니까?"

"이상하지 않습니다!" 순간적으로 부인하고 나서 데이비드는 필사적으로 변명했다. "그날 밤 리디아는 히스테리 상태였어요. 그래서 웨슬리는 감정을 억누르고 아내를 도우려고 했던 겁니다. 그것뿐이에요. 웨슬리는 리디아를 깊이 사랑하고 있습니다. 그래서 분노를 억눌렀던 겁니다. 게다가 아주 위험한 일까지 했어요. 자칫하면 자신의 신용을 망칠지도 모르는 일까지 했다고요. 아주 냉정하게."

콜롬보는 수첩을 코트 주머니에 집어넣었다.

"한 가지만 더 묻겠는데, 시체를 옮길 때 에번스 씨의 차를 운전한 사람은 누굽니까? 데이비드 씨인가요, 아니면 웨슬리 씨인가요?"

"물론 웨슬리지요."

콜롬보는 데이비드를 쳐다보다가 머리를 긁적거렸다.

"그건 좀 이상한데요."

"뭐가 이상한데요?"

"에번스 씨가 차를 운전하다가 심장발작을 일으킨 것처럼 보이게 하려고 했지요? 차를 운전하다가 갑자기 발작을 일으켜 차를 배수구 속에 쑤셔 박은 것처럼 위장하려고 했어요. 그렇죠?"

데이비드는 말없이 고개를 끄덕였다. 사무실이 보이기 시작했다.

저곳에 술이 있다. 데이비드의 손이 저절로 목 언저리를 향해 올라갔다. 갈증은 이제 견디기 어려울 정도로 심해졌다. 그 갈증을 더욱 심하게 하는 불쾌한 목소리가 귀로 흘러든다.

"웨슬리 씨가 그렇게 위장하려고 했다면 차를 그런 식으로 세워둔 건 이상합니다. 자동차 기어는 주차 위치에 들어가 있었고 헤드라이트도 꺼져 있었어요. 웨슬리 씨가 차를 운전하여 거기까지 가서 일부러 기어를 바꾸고 헤드라이트를 끄다니, 정말 이상하지 않습니까? 만약 에번스 씨가 운전하다가 심장발작을 일으킨 것처럼 위장하려고 했다면 기어는 주행 위치에 그냥 놔둬야 하고 헤드라이트도 켜져 있어야 하지 않겠어요? 안 그렇습니까?"

"하지만 그런 상황에 놓이면 누구나 당황해서 그처럼 냉정하게 위장할 수는 없지 않을까요?"

"그렇다면 또 이상합니다. 데이비드 씨는 방금 웨슬리 씨가 아주 냉정했다고 말했잖습니까. 냉정하고 침착했다고… 그런 웨슬리 씨가 가장 중요한 순간에 냉정을 잃다니, 그건 어찌된 일일까요?"

사무실을 눈앞에 두고 데이비드는 말문이 막혔다. 판단력이 둔해진 정신은 완전히 함정에 빠졌다. 콜롬보가 살짝 손을 뻗어 데이비드의 팔을 잡았다.

"이왕 만난 김에 한 가지만 더 물읍시다. 웨슬리 씨와 리디아 씨는 어떻게 해서 알게 된 사이입니까?"

데이비드는 팔을 잡고 있는 콜롬보의 투박한 손을 내려다보았다. 그 손을 떨쳐버리기 위해서라면 무슨 짓이든 할 수 있을 것 같은 기분이었다. 데이비드는 손등으로 이마의 땀을 훔치고 마른 입술을 혀끝으로 적셨다.

"두 사람은 자메이카에서 알게 됐어요. 리디아의 첫 남편이 거기서 병으로 죽었을 때…" 데이비드는 다시 콜롬보의 손을 내려다보았다. 그 손은 데이비드의 팔을 잡은 채 움직이지 않았다. 그러나 그 이상 자세한 것은 데이비드도 말할 수 없었다. "내가 아는 건 그것뿐입니다!"

데이비드가 헐떡이듯 쉰 목소리를 냈을 때 콜롬보의 손에서 힘이 빠지더니 데이비드의 팔을 떠나 축 늘어졌다.

데이비드는 술병이 기다리는 책상까지 마지막 남은 수십 미터를 전력으로 질주했다.

증권거래소 앞에 남겨진 콜롬보는 방금 파산한 투자자처럼 입을 딱 벌리고 건물 현관문을 멍하니 바라보고 있었다.

10

사건이 일어난 날로부터 일주일이 지났다.

웨슬리는 밸런타인 변호사의 집에서 여느 주말과 마찬가지로 포커를 즐기고 있었다. 오늘 밤은 재수가 좋아서, 그 앞에는 칩이 산더미처럼 쌓여 있었다. 반대로 처남 데이비드는 재수가 없어서, 초조감을 떨쳐버리기 위해 위스키를 냉수처럼 퍼마시고, 의자에 앉아 있어도 윗몸이 이리저리 흔들릴 만큼 취해 있었다.

웨슬리에게 걱정거리가 없는 것은 아니다. 사건은 줄거리대로 전개되었지만 경찰은 좀처럼 리디아를 체포하지 않는다. 콜롬보라는 괴짜 형사 때문에 계획은 실현을 눈앞에 두고 답보 상태에 빠져 있었다. 그러나 그것도 시간문제였다. 언젠가는 콜롬보도 굴복하지 않을 수 없고, 리디아는 감옥으로 보내질 것이다. 느긋한 마음으로 기다리고 있으면 된다.

웨슬리는 자욱이 피어오르는 담배 연기 속에 느긋하게 앉아서 손에 든 카드를 보았다. 에이스가 한 장, 퀸이 석 장, 10이 한 장이었다. 10을 버리고 새 카드를 집었더니 그것이 에이스였다. 무서울 만큼 운이 좋다. 웨슬리는 카드를 살짝 접었다.

바로 그때 전화벨이 울렸다. 밸런타인이 혀를 차며 카드를 탁자 위에 엎어놓고 자리에서 일어났다. 그러고는 방구석에 놓인 탁자로 가서 수화기를 들더니 웨슬리를 불렀다.

"웨슬리, 자네 전화야. 콜롬보가 바꿔달래."

웨슬리는 카드를 내려놓고 탁자로 다가가서 수화기를 들었다.

"여보세요."

그러자 수화기 저편에서 큰 목소리가 대답했다.

"콜롬보입니다. 즐기고 계시는데 방해해서 죄송합니다. 금요일 밤에는 항상 밸런타인 씨 댁에 가신다고 들었기 때문에 이렇게 전화를 드렸습니다."

웨슬리는 수화기를 귀에서 약간 떼었다.

"그렇게 큰 소리로 고함지르지 않아도 다 들립니다. 그냥 보통 목소리로 말하세요."

"네? 뭐라고요?" 되묻는 목소리가 여전히 컸다.

"큰 소리로 고함지르지 않아도 들린다고 했어요!"

"아, 그렇습니까? 이거 실례했습니다. 하지만 웨슬리 씨 목소리는 이상하게 작군요. 잘 들리지 않아요."

"용건이 뭡니까?"

"네?"

"용건이 뭐냐고요?"

고함을 지르고 나서 웨슬리는 포커 탁자를 돌아보았다. 게임을 멈춘 사람들이 담배를 피우거나 술을 마시고 있다. 모두 통화를 엿듣고 있는 게 분명했다.

수화기 저편에서 콜롬보의 목소리가 들려온다.

"실은 몇 가지 묻고 싶은 게 있어서요."

"그래서 용건이 뭐냐고 물었잖습니까?"

"네?"

"용건을 말해요!"

웨슬리가 고함을 치자 수화기 저편에서 말다툼하는 소리가 들려왔다. 전화가 고장났다느니, 그럴 리가 없다느니, 시끄럽게 싸우는 소리가 전해져온다.

웨슬리는 포커 탁자에 남겨두고 온 다섯 장의 카드를 바라보며 다시 한번 고함을 질렀다.

"빨리 용건을 말해요! 계속 그런 식으로 나오면 전화를 끊겠소!"

"죄송합니다. 오래 기다리셨지요? 하지만 이 전화는 아무래도 상태가 나빠서, 다른 전화로 다시 걸까요?"

"괜찮습니다. 내가 큰 소리로 말하면 되지요? 빨리 용건을 말해보세요."

수화기 저편에서 노트 책장을 넘기는 기척이 나더니 콜롬보가 말했다.

"다름이 아니라 자메이카에서 일어난 일을 알고 싶습니다. 웨슬리 씨도 현장에 함께 있었다고 하던데…"

느닷없이 자메이카 이야기가 나오자 웨슬리는 당황했다.

"자메이카요?"

그가 되물었을 때, 포커 탁자에 앉아 있던 데이비드가 이쪽을 돌아본 뒤, 웨슬리의 시선을 피하듯 얼른 고개를 숙였다.

저 알코올 중독자 녀석이 지껄였구나! 웨슬리는 치밀어오르는 분노를 콜롬보에게 격렬한 말로 폭발시켰다.

"어디서 들었는지 모르지만, 그런 걸 조사해서 어쩔 셈이오! 앨런 에번스 살인사건이나 빨리 해결하지 그래요!"

"살인사건이라고요?" 콜롬보가 되물었을 때 웨슬리는 한쪽 눈썹을 치켜올린 형사의 얼굴이 눈앞에 보이는 듯했다. "살인사건이라니, 그럼 웨슬리 씨도 그걸 살인사건이라고 생각하십니까?"

"아니, 그런 게 아니라… 자살사건이라는 말이 그만 잘못 나와서…"

"아아, 그런가요… 말이 잘못 나온 겁니까? 그런데 자메이카 사건은…"

"리디아와 전남편 토니 리어든은 4년 전에 자메이카에 갔습니다. 거기서 토니가 병으로 갑자기 죽었지요. 그 후 내가 리디아를 돌봐주다가 서로 사랑하게 됐습니다. 할 이야기는 그것뿐입니다."

"그 토니 리어든이라는 사람은 무슨 병으로 죽었나요?"

"심장병입니다."

"아니, 그 사람도 심장발작으로…"

"콜롬보 씨, 다른 용건은 없습니까?"

"지금 상태로는 그것뿐입니다."

웨슬리는 수화기를 내려놓으려다가 다시 입으로 가져갔다.

"콜롬보 씨, 경찰 전화를 조사해서 상태가 나쁜 게 있으면 새 전화기로 바꾸세요. 그게 납세자에 대한 경찰의 의무가 아닐까요?"

"네? 뭐라고요?"

"모르면 됐어요!"

웨슬리는 수화기를 내팽개치듯 전화를 끊었다. 그 소리만은 저쪽에도 분명히 전해졌을 것이다. 그러나 분노는 가라앉지 않았다. 분노는 좀 더 직접적으로, 좀 더 격렬하게 타오를 수 있는 계기를 찾아 가슴속에서 소용돌이치고 있었다.

웨슬리는 데이비드를 노려보면서 탁자로 다가갔다. 데이비드는 고개를 숙인 채 얼굴을 들려고 하지 않는다. 웨슬리가 옆에 앉아도 데이비드는 얼굴을 들지 않았다. 그러나 웨슬리의 찌르는 듯한 시선을 견딜 수 없었는지, 데이비드는 느릿느릿 몸을 움직여 술잔에 남은 술을 단숨에 비우고 혼잣말처럼 말했다.

"난 이만 돌아가겠어."

비틀비틀 일어나는 데이비드를 쳐다보며 웨슬리가 조용히 말했다.

"잠깐만. 자네는 차를 운전할 수 있는 상태가 아니야. 내가 바래다줄게."

탁자 주위에 둘러앉은 사람들이 일제히 불만스러운 듯 소리를 질렀다. 모든 사람의 기분을 대변하여 집주인 밸런타인이 말했다.

"웨슬리, 추접스럽게 굴지 마. 운이 좀 떨어졌다고 해서 그동안 딴 돈만 갖고 달아나는 건 자네답지 않아."

그러자 웨슬리는 일어나서 손에 들고 있던 카드를 탁자 한가운데에 펼쳐 보였다.

"운은 아직 떨어지지 않았어. 그래도 난 돌아가야 해. 데이비드가 교통사고로 죽기라도 하면 큰일이니까."

탁자 한가운데에 펼쳐진 에이스와 퀸의 풀하우스를 놀란 눈으로 바라보는 사람들을 남겨놓고 웨슬리는 방에서 나갔다. 데이비드가 커피 탁자 위에서 위스키병을 집어드는 것이 얼핏 보였다. 빌어먹을 알코올 중독자 녀석! 웨슬리는 현관에서 기다렸다가 비틀비틀 다가오는 데이비드의 팔을 거칠게 잡고 밖으로 끌고 나갔다.

"그렇게 난폭하게 굴지 마, 웨슬리! 아프잖아!" 팔을 잡힌 채 굼뜨게 움직이면서 데이비드가 비명을 질렀다.

웨슬리는 단번에 분노를 폭발시킬 기회를 잡았다.

"데이비드, 언제부터 밀고자가 됐지?"

"미안해. 자메이카 사건을 콜롬보한테 말한 건 잘못했어. 내 실수야. 좀 초조해 있었기 때문에 나도 모르게 그만 지껄이고 말았어. 미안해."

웨슬리는 데이비드의 팔을 잡은 손에 힘을 주었다.

"미안하다는 말로 끝날 줄 알아? 술기운이 떨어지니까 머리가 뒤죽박죽돼서 입에서 나오는 대로 아무렇게나 술술 지껄였겠지. 덕분에 자네 누이동생은 이제 큰일 났어. 자칫하면 감옥에 들어갈지 몰라. 알코올 중독자를 오빠로 둔 덕분에 리디아는 딱하게도 감옥 생활을 하게 됐어. 제정신이 들면 어떤 형태로든 책임을 져야 할 거야. 지금은 우선 자네 매부가 한 방 먹여주지."

이 말을 끝내기가 무섭게 웨슬리는 수염에 덮인 데이비드의 얼굴을 주먹으로 후려쳤다. 손에 확실한 반응이 있었다. 그런데 데이비드는 쓰러지지도 않고 멍하니 그 자리에 서 있다. 기다란 손에 든 위스키병을 흔들거리면서, 잊어버린 중요한 일을 생각해내려고 애쓰는 것처럼 멍하니 서 있다. 그 모습이 웨슬리에게 새로운 분노를 불러일으켰다.

웨슬리는 분노에 사로잡혀 있으면서도 샌드백을 때릴 때처럼 여유 있게, 그러나 충분히 힘을 비축하여 뒤로 당겼던 주먹을 단숨에 뻗었다. 우둔한 거인의 복부를 노린 일격이었다. 그 순간, 생각지도 않은 일이 일어났다. 제대로 걷지도 못할 만큼 취해 있던 데이비드가 번개처럼 재빨리, 게

다가 별로 힘들이지도 않고 효율적으로 몸을 움직였다. 웨슬리의 주먹은 허공을 갈랐고, 그 바람에 웨슬리는 앞으로 고꾸라졌다. 무방비 상태에 놓인 웨슬리의 목덜미를 데이비드가 당수로 내리쳤다.

 순간 눈앞이 캄캄해진 웨슬리는 두 손에 흙의 차가운 감촉을 느끼고 황급히 일어났다. 사태를 이해하지 못한 채 눈을 크게 뜨자, 지금까지 한 번도 본 적이 없는 데이비드가 거기에 서 있었다. 위스키병은 여전히 들고 있었지만, 허리를 반쯤 구부리고 오른손을 번쩍 쳐든 데이비드는 더 이상 우둔한 거인이 아니었다. 알코올 중독자다운 면모도 씻은 듯이 사라졌다. 데이비드는 온몸을 강철 같은 용수철로 무장한 용맹하고 민첩한 남자였다. 웨슬리가 파고들 틈은 어디에도 없었다.

 데이비드는 공격 태세를 조금도 허물어뜨리지 않은 채 위스키병을 뒤에 있는 시트로엥의 보닛 위에 살짝 올려놓았다. 그러고는 이상하게 조용한 목소리로 말했다.

 "웨슬리, 나한테 가까이 오지 마. 난 해병대 출신이야. 맨손으로 사람 죽이는 법을 배운 전문 살인자라고. 자네가 나한테 이상한 짓을 하면, 반사적으로 몸이 움직여 자네를 죽일지도 몰라. 그러니까 제발 나한테 가까이 오지 마."

 치켜든 데이비드의 손은 꿈쩍도 하지 않는다. 그것은 날카롭게 간 도끼처럼 예리하고, 게다가 묵직한 중량감을 갖추고 있었다. 웨슬리는 반격할 방법을 잃고 쓸쓸한 굴욕감을 맛보았다.

 웨슬리는 굴욕감을 떨쳐버리려고 욕설을 퍼부었다.

 "빌어먹을 알코올 중독자! 넌 알코올 중독자일 뿐만 아니라, 살인도 얼마든지 할 수 있을 것 같군. 리디아한테는 정말 훌륭한 오빠야!"

 데이비드의 얼굴이 괴로운 듯 일그러졌다. 몸은 강철 같지만 눈은 약자의 눈이었다. 그 푸른 눈은 후회와 불안을 번갈아 내보이며, 막다른 궁지에 몰린 짐승처럼 불안하게 떨리고 있었다. 웨슬리는 그 눈을 향해 외쳤다.

"책임져! 이 알코올 중독자야! 누이를 경찰에 팔아넘긴 책임을 져!"

공격적인 자세와는 반대로 데이비드는 애원하는 듯한 소리를 냈다.

"제발 가까이 오지 마. 자네 말대로 난 알코올 중독자야. 리디아한테는 성가신 오빠지. 누구한테나 성가신 존재야. 그러니까 나한테 가까이 오지 마."

애원에 경고를 거듭한 뒤, 데이비드는 재빨리 움직여 보닛 위에 놓아둔 술병과 함께 시트로엥의 운전석으로 사라졌다. 시트로엥의 시동이 걸렸다. 그 요란한 소리를 향하여 웨슬리는 고함을 질렀다.

"책임져! 알코올 중독자야! 누이동생을 경찰에 팔아넘긴 책임을 져! 빨리 뒈져버려!"

시트로엥은 날렵한 차체를 번쩍이며 타이어 마찰음과 함께 달려갔다. 아스팔트 도로에서 잠시 헛도는 타이어 마찰음은 마치 데이비드 자신의 비명 같았다.

"당장 뒈져버려라, 알코올 중독자 놈아!"

차가 달려간 어둠을 향해 다시 한번 고함을 지르고 나서 웨슬리는 흥분하여 떨리는 손으로 바지에 묻은 흙을 털었다. 그 흙은 웨슬리가 당한 굴욕을 분명히 보여주고 있었지만, 지금까지의 관계를 역전시킨 데이비드의 반격에는 절망의 그림자가 드리워져 있었던 것도 사실이다. 데이비드에게 무슨 일이든 일어날 것 같다고 웨슬리는 생각했다. 변명할 여지가 없는 실수를 깨닫고 갑자기 달라진 데이비드에게는 무서운 힘이 숨어 있었다. 예를 들면 절벽을 굴러떨어지는 바위의 회전력 같은, 또는 자폭장치가 작동한 순간의 파괴력 같은, 공격과는 인연이 없는 패배자의 힘이었다.

데이비드에게 반드시 무슨 일인가가 일어난다. 웨슬리는 즐거운 예감을 가슴에 품고 집 안으로 들어가서 쾌활한 목소리로 말했다.

"어떻게 해볼 도리가 없을 만큼 취해서 나를 떠다밀고 혼자 돌아갔어.

하기야 그만한 힘을 낼 수 있을 정도니까 그렇게 취한 것 같진 않아. 교통사고를 일으킬 걱정은 없을 것 같더군."

웨슬리는 원래의 자리에 앉아 주머니에서 담배를 꺼냈다. 행운은 아직도 계속될 것 같았다.

11

첫 번째 신호를 무시했을 때 차가 파손되었다. 윌셔 대로를 가로지르는 순간이었다. 그 교차로에서 빨간 신호등이 켜져 있는 것을 알면서 데이비드는 액셀을 힘껏 밟아 뛰어들었다. 이쪽 차선은 무사히 통과했다. 그러나 저쪽 차선에서는 오른쪽에서 트레일러가 다가오고 있었다. 그 트레일러는 갑자기 눈앞에 뛰어든 데이비드의 차를 향해 요란한 경적을 울리며 브레이크를 밟았다. 데이비드는 거대한 그림자가 되어 시야에 들어오는 트럭을 애써 무시하고, 이제까지의 속도와 진로를 유지한 채 핸들을 꽉 움켜잡고 있었다.

육신을 스스로 파괴하는 일에는 역시 공포가 뒤따른다. 데이비드는 옆에서 다가오는 거대한 트럭의 그림자를 떨쳐버리려고, 눈을 크게 뜨고 오로지 앞쪽만 바라보았다. 그것밖에는 방법이 없었다. 그 밖에 어떤 해결책이 있겠는가. 누이동생 리디아는 데이비드가 유일하게 사랑하는 사람이었다. 그 누이에게 결정적으로 불리한 증언을 입 밖에 내버린 이상, 데이비드는 자기가 이 세상에 존재하는 것을 더 이상 용납할 수가 없었다. 그래서 그는 죽음의 빨간 신호등을 향해 돌진한 것이다.

그러나 마지막 순간에는 역시 눈을 꽉 감아버렸다. 데이비드는 죽음을 예고하는 경적과 날카로운 급브레이크 소리를 이상할 만큼 가까이에서 들었다. 그러나 충격은 뜻밖에 작았다. 옆머리에 강력한 타격을 예상하고 있던 데이비드는 자동차 뒤쪽에서 충돌음을 듣고 저도 모르게 눈을 떴다. 시트로엥은 충돌한 반동으로 크게 머리를 흔들었지만 아무 이상도 없었다. 데이비드는 핸들 위에서 아직도 살아 있는 자기 손을 보았다. 그리고 오른쪽으로 빗나가는 시트로엥의 진로를 반사적으로 수정했다.

시트로엥은 아슬아슬하게 트럭의 코끝을 스쳤다. 트럭과 닿은 부분은 뒤범퍼뿐인 것 같다. 뒤에서 금속이 아스팔트 바닥에 끌리는 소리가 나는 것은 그 때문일 것이다.

심장이 격렬하게 고동치고 있었다. 데이비드는 조수석에 놓아둔 술병을 끌어당겨 한 손으로 위스키를 입속에 흘려넣었다. 그리고 세 곳의 빨간 신호등을 잇달아 돌파했다. 그러나 그것은 새삼 죽음을 향해 뛰어드는 행위가 아니라, 간신히 피한 죽음으로부터 되도록 빨리 달아나려는 충동의 행위였다. 자살 시도가 실패한 뒤 데이비드는 이상한 공포에 쫓겨 미친 듯이 달렸다.

데이비드는 기적적으로 세 곳의 빨간 신호등을 무사히 돌파했다. 한밤중이어서 교통량이 적었기 때문일 것이다. 다음 신호는 파란색이었다. 데이비드는 속도를 줄이지 않고 왼쪽으로 구부러졌다. 타이어가 옆으로 미끄러졌다. 시트로엥은 거의 떨어져나간 범퍼를 질질 끌면서 커다란 반원을 그리며 왼쪽으로 돌았다. 다 돌았을 때 범퍼가 튕겨나갔다. 길바닥에 닿아 달그락거리던 금속음이 뒤쪽으로 멀어져가는 것을 들으면서 데이비드는 다시 술을 마셨다.

알코올이 입안에 퍼지는 자극은 분명 살아 있다는 증거이기는 했지만, 죽음에 이르는 마지막 한 병의 술을 다 마셔가고 있다는 의식은 그의 머리를 떠나지 않는다. 데이비드는 취함으로써 더 이상 유예할 수 없는 결단을 행동으로 옮길 용기를 얻고 싶었다.

눈앞에 하버 고속도로 입구를 알리는 초록빛 표지판이 다가왔을 때 데이비드는 망설이지 않고 핸들을 꺾었다. 걸핏하면 삶에 다시 집착하려는 자위본능을 술기운과 속도감으로 마비시키고 싶었다. 그러기 위해서는 좀 더 빠른 속도가 보장된 고속도로로 들어서야 했다.

철근 콘크리트로 세워진 고가 고속도로는 완만한 커브를 그리며 로스앤젤레스 중심부의 빌딩가를 꿰뚫고 있었다. 창문에 불을 켠 건물들이 앞 유리창을 스치며 지나간다. 한밤중의 도로를 비치는 가로등이 규칙적으로 끝없이 이어져 있었다.

데이비드는 액셀을 힘껏 밟으면서 위스키를 마셨다. 술병은 순식간에 가벼워졌다. 앞쪽을 바라본 채 술병을 흔들어보니 희미한 소리가 났다. 술은 이제 조금밖에 남지 않았다. 데이비드는 마침내 마지막 눈금에 도달한 것을 깨닫고 남은 술의 양을 헤아리려고 귓가에서 술병을 흔들었다. 그 시냇물 소리 같은 편안한 물소리를 압도하며 갑자기 사이렌이 울려 퍼졌다.

백미러를 보니 뒤에서 빨갛고 선명한 빛이 깜박거리고 헤드라이트가 쏘는 듯한 빛을 내뿜고 있었다. 데이비드는 속도계를 힐끗 보았다. 바늘은 시속 100마일 언저리에서 흔들리고 있다. 순찰차는 속도위반 차량을 발견하고 쫓아온 것이다. 데이비드는 계속 액셀을 밟았다. 속도계 바늘이 떨리면서 더욱 올라간다.

백미러 안에서 깜박이는 빨간 불은 일단 뒤로 처졌지만, 이윽고 착착 따라붙어 원래의 거리까지 다가왔다. 데이비드는 계속 액셀을 밟았지만 순찰차와의 거리는 벌어지지 않는다.

백미러 안의 빨간 불빛이 번지듯 퍼져 두 개가 되었다. 어느새 순찰차는 두 대가 되어 있었다. 그중 한 대가 왼쪽으로 나와 시트로엥을 추월하려고 했다. 데이비드는 핸들을 왼쪽으로 약간 꺾어 그 순찰차의 진로를 방해했다. 그러자 남은 한 대가 급격히 속도를 높여 오른쪽에서 곧장 추월하려고 했다. 데이비드는 얼른 핸들을 원래대로 돌려 그 순찰차의 움직임도 가로막았다.

그것은 게임처럼 여겨져 조금도 두렵지 않았다. 데이비드는 뒤따라오는 경찰관들의 움직임을 손에 잡힐 듯이 알 수 있었다. 그들은 서로 연락을 취하면서 어떻게든 시트로엥의 앞쪽으로 나갈 기회를 노리고 있다. 동시에 경찰 본부에 연락하여 도로 봉쇄를 준비하고 있을 것이다.

붙잡히는 것은 시간문제였다. 그러나 그때까지는 데이비드에게 격렬히 타오르는 시간, 사는 보람이 있는 시간이었다. 베트남 전쟁터에서 잃어버린 것을 되찾아, 데이비드는 오랜만에 온몸으로 상황과 맞서고 있었다.

그러나 이윽고 앞쪽에 도로 봉쇄선을 알리는 빨간 램프가 이어져 있는 것이 보였을 때 데이비드는 마지막 연소에 마침표를 찍어야 할 순간이 온 것을 깨달았다.

줄지어 늘어선 빨간 램프가 수많은 순찰차의 대열이라는 것을 알 수 있는 거리까지 오자 데이비드는 위스키의 마지막 눈금을 들이켰다. 그리고 빈 술병을 창밖으로 내던지자마자 핸들을 힘껏 왼쪽으로 꺾었다. 원심력을 받은 시트로엥은 한쪽 다리를 들어올리듯 왼쪽 바퀴를 허공에 띄운 채 크게 기울어졌지만, 바깥쪽에 있는 오른쪽 바퀴만은 도로에 단단히 밀착하여 방향을 돌렸다.

쫓아온 두 대의 순찰차는 갑자기 방향을 바꾼 시트로엥에 놀라 황급히 좌우로 갈라졌다. 왼쪽 순찰차는 기세가 넘쳐 반대쪽 차선과 경계를 이루고 있는 중앙분리대에 충돌했다가 그 반동으로 도로 한가운데까지 되돌아왔다.

데이비드의 시트로엥은 두 대의 순찰차 사이를 뚫고 나가자 고속도로를 역주행으로 달리기 시작했다.

데이비드는 또다시 죽지 못한 공포를 맛보았다. 그러나 그 공포는 오래가지 않았다. 앞쪽에 거대한 트럭의 보닛이 있었다. 마주 보고 달리는 두 자동차의 속도를 합하여 급격히 가까워지는 트럭의 헤드라이트를 바라보며 데이비드는 안도의 한숨을 내쉬었다.

돌진해오는 시트로엥을 보고 트럭 운전사는 깜짝 놀라 브레이크를 밟는 동시에 황급히 핸들을 꺾은 모양이다. 트럭은 크게 구부러져, 그 길고 무거운 옆구리를 시트로엥 앞에 과시하듯 드러냈다. 휘발유를 가득 채운 유조차였다. 헤드라이트에 떠오른 원통형 차체를 향하여 데이비드는 액셀을 힘껏 밟았다.

충돌음은 폭발음과 겹쳤다. 충돌의 충격과 폭발의 파괴력을 함께 받은 시트로엥은 분출하는 불꽃 속에서 산산이 조각나 치솟아 오르고, 그 파편은 휘발유 불꽃을 흩날리며 길바닥으로 떨어졌다.

무사히 남은 타이어 하나가 신음소리를 내면서 고속도로를 계속 굴러갔지만, 그것도 먼 어둠 저편에서 힘을 잃고 공허한 소리와 함께 쓰러졌다.

제3장

산호초의 손톱자국

1

경찰청의 오후 4시는 주간 근무자와 야간 근무자가 서로 교대하는 시간이어서 주말을 앞둔 시장바닥처럼 북적거린다. 그러나 그것은 땀내 나는 푸른 제복의 혼잡에 불과하고 시장의 정겨운 분위기는 찾아볼 수 없다. 탐문을 끝내고 돌아온 크레이머 형사가 나이에 어울리지 않게 벗어진 이마에 땀을 흘리며 그 제복들 틈새를 헤치고 2층 형사실로 올라갔다. 잠시 후 콜롬보도 도착해서 2층으로 올라갔다.

2층 형사실로 들어가는 문 바로 옆에 초콜릿 자동판매기가 있다. 형사들은 단것을 좋아하지는 않지만 당직하는 날 밤에는 배가 고프다. 특히 한밤중부터 새벽까지 식당이 모두 문을 닫을 무렵이 되면 왠지 이상하게 배가 고파져서 형사들은 위장에도 나쁘고 맛도 형편없다는 것을 잘 알면서도 자동판매기의 초콜릿을 사 먹게 된다.

그 사정을 잘 이해하고 있었는지 업자는 참으로 적절한 장소에 자동판매기를 설치했다. 한밤중의 어두운 복도에서 램프를 켜고 투명한 플라스틱 창으로 견본 초콜릿을 내보이는 자동판매기는 아무래도 형사들 눈에 띄게 마련이었다. 땅콩이나 젤리나 크림을 넣은 초콜릿이 다섯 종류쯤 들어 있는 자동판매기인데, 25센트 동전을 하나 넣고 원하는 초콜릿의 버튼을 누르면 초콜릿이 하나 나오도록 되어 있다.

배가 고파지는 새벽까지는 아직 열 시간이 넘게 남아 있는 오후 4시, 크레이머 형사는 얼마 남지 않은 옥수수털 같은 머리카락을 흐트러뜨리며 자동판매기 앞에서 미친 듯이 화를 내고 있었다. 높이가 꼭 사람 키만한 직사각형 상자를 손바닥으로 때리고 발로 차면서, 마치 사람을 대하듯 욕설을 퍼붓고 있었다.

"이 빌어먹을 사기꾼 놈아!"

뒤따라 2층으로 올라온 콜롬보가 미친 사람 같은 부하에게 말을 걸었다.

"크레이머, 왜 그래?"

크레이머는 분노로 충혈된 눈을 콜롬보에게 돌렸다.

"이놈은 사기꾼이에요. 이놈이 글쎄 25센트 동전을 두 개나 꿀꺽했지 뭡니까. 두 개나 말이에요. 그저께도 이놈한테 25센트 동전을 하나 사기당했어요. 이놈은 돈만 먹고 초콜릿은 내주지 않아요. 지독한 사기꾼이에요. 고장 났을 때의 연락처도 적혀 있지 않아요. 이건 위법이에요. 업자를 단속해야겠어요."

"크레이머, 우선 이 기계부터 체포하는 게 어때?"

콜롬보가 진지한 얼굴로 말하자 크레이머는 반항하는 범죄자를 대하듯 손을 치켜들고 기계 옆구리를 손날치기로 내리쳤다. 기계는 비웃듯 공허하게 울리고, 크레이머는 신음소리를 내면서 기계를 내리친 오른손을 왼손으로 감싸며 그 자리에 주저앉았다.

콜롬보가 크레이머를 내려다보며 말을 건넸다.

"크레이머, 이제 곧 수사회의가 시작될 거야. 언제나 그렇듯이 상냥하신 과장 나리께서 우리를 혼낼 태세를 갖추고 저기서 기다리고 계셔."

콜롬보가 형사실 문을 가리키자 크레이머는 마지못해 일어나 자동판매기를 내리친 오른손을 어루만지며 형사실로 들어갔다. 뒤따라 형사실로 들어가려던 콜롬보는 문 앞에서 갑자기 발을 멈추고 자동판매기 쪽으로 돌아갔다.

콜롬보는 허리를 구부려 초콜릿이 나오는 배출구를 들여다보더니, 이윽고 그 속으로 손을 집어넣고 얼굴을 찌푸리며 안을 더듬기 시작했다. 그러나 기계는 아무 반응도 보이지 않는다.

콜롬보는 한 걸음 물러서서 살짝 기계를 걷어찼다. 찼다기보다는 발끝으로 살짝 건드렸다고 말하는 편이 옳을 것이다. 이 가벼운 자극에 자동판매기는 이상할 만큼 민감한 반응을 보였다. 상자 속에서 메마르고 날카로운 소리가 나더니 무언가가 작동한 것 같았다.

그 순간 배출구가 초콜릿을 토해냈다. 게다가 초콜릿은 멈출 줄 모르는 흐름이 되어 잇따라 튀어나왔다. 슬롯머신이 코인을 토해내듯 자동판매기는 초콜릿이 갖는 무게에 아무 저항도 보이지 않고 속에 가득 든 초콜릿을 계속 내보냈다.

당장 복도에 초콜릿이 산더미처럼 쌓였다. 콜롬보는 그 산더미에서 펄쩍 뛰어 물러섰지만, 살짝 복도의 상황을 살펴 아무도 없는 것을 확인하고는 재빨리 몸을 구부려 초콜릿을 코트 주머니에 쑤셔 넣기 시작했다.

코트 주머니가 가득 차자 양복 주머니에도 쑤셔 넣었다. 마침내 양복 주머니도 가득 찼을 때 콜롬보는 그래도 계속 초콜릿을 토해내고 있는 기계를 탐욕스러운 눈으로 바라보고 있다가 이윽고 몸을 일으켜 다시 한번 주위를 둘러보았다. 그러고는 크게 부풀어 올라 마치 금괴를 넣은 것처럼 무거워 보이는 주머니를 흔들며 형사실로 들어갔다.

형사실 안에서는 크레이머가 어젯밤의 교통사고와 관련하여 변호사 밸런타인에게 듣고 온 내용을 보고하고 있었다.

"…데이비드는 어젯밤에 상당히 취해 있었던 모양입니다. 하지만 그 사람이 취하는 것은 드문 일이 아니고, 평소에는 무사히…"

"평소에는 무사히 집에 돌아갔다는 거로군."

형사과장인 매킨리 경감이 쇳소리를 질러 크레이머의 말을 이어받았다. 수사회의 주재자는 매킨리였다. 매킨리는 젊은 시절의 게리 쿠퍼(미국 영화배우)처럼 잘생겼고, 늙은 시절의 장 가뱅(프랑스 영화배우)이 즐겨 입었던 짙은 갈색 양복으로 후리후리한 몸을 감싸고 있었지만, 목소리는 쿠퍼나 가뱅과는 조금도 비슷하지 않은 암탉 같은 쇳소리였다. 지금 매킨리는 신경질적으로 그 암탉 같은 쇳소리를 질러대고 있었다.

"…그렇다면 어젯밤의 그 사고는 역시 사고가 아니야. 그건 틀림없이 자살이야. 데이비드 셔원은 누이동생의 범죄를 알고 있었기 때문에 자살했어. 경찰의 뒷북치는 수사를 앞질러 신문은 이미 리디아가 수상쩍다는 것을 줄곧 암시하고 있었어. 그래서 데이비드는 견디다 못해 자살한 거야. 그게 뻔해!"

형사실 안에는 앨런 에번스 사건을 맡고 있는 콜롬보와 크레이머 외에 12명의 형사가 있었다. 서로 분담하여 수사를 진행하도록 되어 있었지만, 저마다 모두 사건을 끌어안고 있어서 도저히 콜롬보나 크레이머를 도와줄 수 있는 형편이 아니다. 그래서 앨런 에번스 사건 관계자인 데이비드 셔원의 죽음을 둘러싸고 형사과장이 호통을 쳐봤자 형사들은 뭐라고 대답할 수가 없었다. 책상 앞에 앉은 형사들은 매킨리가 쇳소리에 얼굴을 찡그리며, 모두가 눈을 내리깔고 고역과도 같은 시간이 빨리 끝나기를 빌고 있었다.

콜롬보는 불쾌한 얼굴로 방구석에 서 있는 크레이머에게 다가가서 코트 주머니에 든 것을 살짝 보여주며 속삭였다.

"사기꾼이 마침내 자백을 시작했어."

코트 주머니에 가득 든 초콜릿을 보고 크레이머는 눈을 휘둥그레 뜨면서 황급히 방을 나갔다.

매킨리는 신문을 집어들고 쳇소리를 질렀다.

"신문은 줄곧 써대었어. 앨런 에번스 살인에 관해서는 리디아 코먼 부인이 의혹을 사고 있는데도 경찰은 신중한 태도를 취하고 있다고… 왜 빨리 리디아를 체포하지 않느냐는 투야. 신문이 그렇게 암시하는 것도 당연하지. 앨런 에번스가 자살한 게 아니라 살해당했다면, 정황으로 보아 가장 의심스러운 인물은 리디아니까 말이야. 리디아를 둘러싼 상황은 오빠인 데이비드의 자살로 더욱 나빠졌어. 여느 때라면 리디아는 벌써 체포되었을 거야. 신병을 구속해 놓고 조사하는 게 당연하다. 그런데 왜 리디아를 체포하지 않는 거냐? 신문과 시민들은 그런 의문을 품고 있어. 그런데 그런 의문은 신문이나 시민들만이 아니라 이 경찰 형사과의 책임자인 나도 품고 있고, 최고책임자인 청장님도…"

그때 매킨리 바로 옆에 있는 문이 열리더니, 두 팔 가득 초콜릿을 끌어안은 크레이머가 나타났다. 매킨리가 그 모습을 노려보았다.

"크레이머, 어린애도 아니고, 그렇게 많은 초콜릿을 어떡할 셈이야? 제대로 수사도 하지 못하면서 이런 것만 먹고 있으니!"

질책을 받은 크레이머는 눈을 질끈 감고 초콜릿을 뚝뚝 떨어뜨리면서 뒷자리로 돌아갔다. 초콜릿을 책상 위에 쏟아놓고는 땅콩 초콜릿 포장을 뜯고 원한이 담긴 소리를 내면서 아드득 아드득 씹어 먹기 시작했다. 콜롬보는 그 소리 때문에 치통이 더욱 심해지기라도 하는 것처럼 뺨에 손을 대고 얼굴을 찡그렸다.

매킨리 과장의 신경질적인 연설이 계속된다.

"경찰 수사가 늑장을 부리고 있으니까 마침내 희생자가 나온 거야. 오늘 아침 신문 제목에도 나와 있어. '마침내 불필요한 희생자!'라고 대문짝만 한 활자로 박혀 있더군. 일은 이제 경찰의 위신과 관계된 사태로 발전했다, 그런 얘기야. 그래서 굳이 싫은 소리를 하겠는데, 이건 대체 어찌된 일이지? 리디아를 체포하는 데 어째서 이렇게 시간이 걸리나? 리디아의 혐의를 굳히기가 어렵다면, 오빠 데이비드나 남편 웨슬리를 시체 유기죄로 체포해서 리디아에 관한 증언을 끌어낼 수 있었을 거야. 그 방법도 쓰지 않는 건 무엇 때문이지?"

매킨리는 마치 배신자를 고발하는 듯한 기세로 방구석에 앉아 있는 콜롬보를 가리켰다.

"이건 대체 어찌된 일인가? 왜 리디아를 그냥 내버려두고 있나? 그 까닭이 뭔지 설명해보게, 콜롬보 경위."

그러나 콜롬보는 허기진 야수 같은 기세로 초콜릿을 씹어 먹고 있는 크레이머를 바라볼 뿐, 매킨리의 신경질적인 요구에는 전혀 신경을 쓰지 않는다. 콜롬보는 빼앗길까 봐 경계하듯 초콜릿으로 부풀어 오른 코트 주머니를 두 손으로 누르며, 크레이머가 딱딱한 땅콩을 깨물 때마다 경련하듯 얼굴을 찡그렸다.

날카로운 질책을 무시당했다고 느낀 매킨리는 주먹으로 책상을 내리쳤다.

"콜롬보, 자넨 도대체 무슨 생각을 하고 있나. 대체 어쩔 셈이야? 응? 콜롬보 경위!"

콜롬보는 그제야 매킨리가 자기를 불렀다는 것을 알아차리고 멍하니 그를 바라보았다. 그 얼굴을 향하여 매킨리가 고함을 질렀다.

"콜롬보, 어떡할 작정이냐고?"

콜롬보는 턱을 문지르면서, 주말에 무엇을 할 예정이냐는 질문을 받은 회사 중역처럼 느긋하게 말했다.

"저어… 자메이카에 갈까 합니다만…"

"자메이카?"

콜롬보는 고개를 끄덕였다.

"자메이카라면 어디? 술집이야 식당이야?"

"아니, 진짜 자메이카요. 카리브해에 있는…"

"카리브해?" 매킨리는 되물었지만, 아무리 설교해봤자 소용없다는 생각에 금방이라도 울음을 터뜨릴 것 같은 소리를 냈다. "이럴 때 바캉스를 가겠다고? 맡은 사건을 내팽개치고 자메이카로 놀러 가겠다는 거야? 자넨 대체 어떻게 된 사람인가? 자네 머릿속은 도대체…"

흥분한 나머지 매킨리가 말을 더듬자 콜롬보는 날아오는 돌을 피하려는 것처럼 손을 앞으로 내밀었다.

"아닙니다, 과장님. 자메이카로 놀러 가겠다는 게 아니라 수사하러 가는 겁니다. 자메이카로 출장을 보내주십시오."

"자메이카로 출장을?!" 매킨리는 더 이상 높이 올라갈 수 없을 것 같은 소리를 지른 뒤, 심장발작을 일으킨 귀부인처럼 우아한 몸짓으로 가슴에 살짝 손을 올려놓았다. 그러고는 천장을 처다보며 하느님을 원망하듯 중얼거렸다. "아니, 지금 꾸물거리고 있는 것만으로도 모자라서 수사를 더 지연시키겠다는 건가? 전혀 불필요한 수사를 위해 납세자의 귀중한 돈을 쓰게 해달라는 건가? 나도 정말 불쌍하군. 저렇게 한심한 자를 부하로 두었으니…"

매킨리의 탄식을 가로막듯 콜롬보의 굵은 목소리가 울려 퍼졌다.

"과장님, 이의 있습니다." 외치는 동시에 콜롬보는 앞으로 나섰다. 초콜릿으로 부풀어 오른 주머니를 형사들에게 부딪히며 콜롬보는 매킨리 앞으로 다가갔다.

"저어, 말대답하는 것 같아서 죄송합니다만, 자메이카에 가는 게 전혀 불필요한 일이라고는 생각지 않습니다."

콜롬보는 허리의 쌍권총에 손을 대는 총잡이처럼 크게 부풀어 오른 주머니를 두 손으로 누르고 짧은 다리를 쩍 벌리며 매킨리와 맞섰다.

"저어, 범인을 빨리 검거하기 위해서라도 자메이카에 가고 싶습니다."

반항하는 태도를 보이고 있는 콜롬보를 앞에 두고 매킨리는 뺨을 씰룩거렸다.

"그런 짓을 할 겨를이 있거든 리디아를 당장 체포해! 자네가 해야 할 일은 한시라도 빨리 리디아를 체포하는 거야."

"내가 왜 그런 짓을 합니까?"

"왜냐고?" 매킨리는 말이 통하지 않는 어린애를 상대하듯 답답하다는 투로 말했다. "체포하는 게 당연하잖나. 리디아는 앨런 에번스가 죽은 현장에 있었던 유일한 인물이야. 문제의 와인병을 딴 것도 리디아야. 리디아만이 독약을 넣을 수 있었어. 게다가 그 독약은 리디아가 심장병 치료에 사용하고 있는 상비약의 주성분이기도 하고 말이야. 요컨대 앨런 에번스를 죽일 수 있는 입장에 있었던 유일한 인물이 바로 리디아가 아닌가! 리디아를 체포하지 않는 건 자네의 태만이야! 엄연한 직무유기라고. 게다가 공금으로 자메이카에 놀러 가겠다니, 당치도 않아!"

"그럼 한 가지 묻겠습니다만…" 콜롬보는 키가 큰 매킨리를 쳐다보며 말했다. "만약 리디아 코먼 부인이 범인이라면 동기가 뭘까요?"

매킨리는 순간 말문이 막혔다. 그러나 말문이 막혔기 때문에 더욱 화가 나서 콜롬보에게 덤벼들었다.

"동기? 본인한테 물어보면 금방 알 수 있잖나. 그걸 범인한테 알아내는 게 자네가 할 일이고. 하지만 참고삼아 내 추리를 들려주지… 리디아는 앨런 에번스에게 협박당하고 있었어. 앨런 에번스 같은 할리우드 인종은 돈 욕심 때문에 흔히 그런 짓을 하지. 유부녀를 유혹해서 육체관계를 맺고는 그 일을 남편한테 알리겠다고 협박하여 돈을 뜯어내는 거야. 리디아도 그런 수법으로 돈을 뜯기고 있었어. 그리고 생각다 못해 마침내 앨런 에번스를 죽인 거야. 이건 물론 단순한 추리에 불과하지만…"

그러나 그 추리에 상당한 자신이 있는 듯 매킨리는 미소까지 머금고 의기양양하게 형사들을 둘러보았다. 형사들은 고개를 숙인 채 아무 반응도 보이지 않는다. 크레이머 혼자 얼굴을 들고 있었지만, 그도 세 개째 초콜릿을 씹어 먹는 일에 전념하고 있다. 어쩔 수 없이 매킨리는 콜롬보에게 다시 시선을 돌렸다.

"콜롬보, 자넨 어떻게 생각하나?"

"글쎄요. 그렇게 생각할 수도 있다는 주장이라면, 과장님 말씀이 옳습니다." 시원스럽게 말하고 나서 콜롬보는 손가락 끝으로 굵은 눈썹을 긁적거리며 아무래도 좋다는 듯이 덧붙였다. "하지만 이 사건에 그 추리를 적용하는 건 무리예요. 그 동기를 뒷받침하는 것이 아무것도 없습니다. 내가 보기에 리디아 코먼 부인은 무죄예요."

"무죄? 그럼 누가 범인이지? 리디아가 범인이 아니라면 범인은 누구지?"

"그걸 조사하러 자메이카에 가려는 겁니다."

"절대로 허락할 수 없어!" 매킨리는 저도 모르게 책상을 내리쳤다.

콜롬보는 어깨를 으쓱하며 말했다.

"그래도 저는 자메이카에 가겠습니다."

콜롬보의 한쪽 눈썹이 이상하게 높이 치켜올라갔다. 그 때문에 찌그러진 듯이 보이는 얼굴을 매킨리에게 돌리며 콜롬보는 부드럽게 말했다.

"내 직감을 믿어주세요, 과장님. 미덥지 못하게 여겨질지도 모르지만, 내 직감도 때로는 들어맞는 경우가 있습니다. 어떻습니까, 과장님."

매킨리는 대답할 수가 없었다. 콜롬보의 말을 부정할 수 없는 이상, 대답할 수는 없다. 과장으로서 위신을 지키려면 한껏 불쾌한 표정을 짓고 침묵을 지킬 수밖에 없었다. 묘하게 긴 침묵을 뚫고 크레이머 형사가 초콜릿을 씹어 먹는 소리가 크게 울려 퍼졌다.

긴 침묵을 견디지 못했는지 매킨리는 한숨을 내쉬며 위로 치켜뜬 콜롬보의 시선을 피해 고개를 돌리고는 떨리는 목소리로 말했다.

"자네가 상관의 지시에 끝까지 맞서겠다면 나로서는 자네를 다른 부서로 보내는 방안을 생각할 수밖에 없어."

떨리는 목소리이기는 했지만 권력자가 힘을 행사하려는 태도는 분명히 엿보였다. 크레이머가 초콜릿을 씹어 먹는 소리가 딱 멈추고, 고개를 숙이고 있던 형사들이 일제히 헛기침을 했다.

"그런 이야기를 듣는 게 이번이 처음도 아닙니다, 과장님."

콜롬보가 코트 앞자락을 벌리고 바지 주머니에 두 손을 찔러 넣으며 반박을 시작하자 크레이머는 다시 초콜릿을 먹기 시작했다. 크레이머가 다섯 개째 초콜릿 포장지를 짝짝 찢는 것과 때를 같이하여 콜롬보는 혼잣말처럼 중얼거렸다.

"언젠가 경찰청 부청장이 살인사건을 일으켰을 때도 그런 얘기를 들었지요. 내가 부청장을 범인으로 추리해서 바싹 추적하자 과장님은 나를 교통과로 보내려고 했어요. 나를 사건 담당에서 제외시키려고 말입니다. 그랬지요, 과장님?" 여기까지 속삭이는 듯한 목소리로 말하고 나서, 콜롬보는 녹음기 음량을 단번에 최대한으로 높인 것처럼 갑자기 큰 소리로 말했다. "하지만 결과는 어땠습니까? 내 추리가 옳았지요. 부청장은 역시 범인이었습니다. 덕분에 과장님은 나에 대한 조치를 철회하지 않을 수 없었지요. 안 그렇습니까?"

콜롬보가 큰 소리로 확인을 요구하자 매킨리는 반사적으로 고개를 끄덕이고 말았다. 모든 사람들 앞에서 실수를 고백한 거나 똑같은 행위였다. 그래도 매킨리는 마지막 저항을 시도했다.

"그때는 자네 판단이 옳았네. 하지만 이번에도 옳다고 말할 수 있는 근거가 있나? 내가 보기에 자네는 여느 때처럼 육감을 믿고 수사를 진행하고 있는 것 같아. 육감으로 리디아는 범인이 아니고 다른 범인이 있다고 단정하고, 육감으로 자메이카에 가면 뭔가 증거를 잡을 수 있다고 판단하고 있는 모양이지만, 자네의 그 육감이 옳다는 근거를 보여주게. 자네가 옳다는 걸 입증하는 근거를 보여주면 나도 흔쾌히 자메이카 출장신청서에 서명하겠네."

콜롬보는 턱에 손을 대며 희미하게 웃었다.

"그러니까 내 육감이 옳다는 걸 입증하는 근거가 자메이카에 있다니까요. 자메이카에 가면 내 육감을 뒷받침하는 증거를 잡을 수 있다는 얘깁니다. 아시겠어요? 그러니까 그 근거를 보여주는 확실한 증거를 잡기 위해 자메이카로 보내달라는 거 아닙니까."

"……"

"과장님은 머리가 좋으시니까 충분히 이해하실 겁니다. 나중엔 그러기를 잘했다고…"

몇몇 형사들이 얼굴을 숙인 채 고개를 끄덕이고, 크레이머는 유난히 큰 소리로 초콜릿을 씹었다.

마침내 입을 다물어버린 과장을 향하여 콜롬보가 마지막 일격을 날렸다.

"서명을 부탁합니다."

콜롬보는 코트 주머니에 손을 집어넣었지만 출장신청서는 좀처럼 나오지 않았다. 콜롬보는 한쪽 주머니에 든 초콜릿을 죄다 과장 책상 위에 쏟아놓았다. 다음에는 또 한쪽 주머니에 든 초콜릿을 꺼냈다. 과장 책상에 초콜릿이 산더미처럼 쌓였을 때 드디어 신청서가 나왔다. 콜롬보는 초콜릿을 옆으로 밀쳐내고 그 자리에 서류를 놓았다.

"서명을 부탁합니다, 과장님."

매킨리는 산더미 같은 초콜릿을 힐끗 바라보고 빈정거리는 미소를 지었다.

"요즘에는 천박하기 짝이 없는 식사가 유행하고 있나 보군."

매킨리는 양복 안주머니에서 볼펜을 꺼내어 그 볼펜 자루로 뺨을 톡톡 두드렸다. 그 여성적인 몸짓을 계속하면서 서류를 훑어보았다.

"콜롬보, 신청서에는 출장 기간이 열흘로 되어 있는데, 3박 4일로 줄여. 자네는 유능한 형사니까 나흘이면 충분하겠지."

콜롬보가 써놓은 글자를 지우는 게 즐거워서 못 견디겠다는 듯 매킨리는 휘파람을 불면서 '10일'이라는 글자를 볼펜으로 지우고 '4일'이라고 고쳤다. 매킨리는 붓을 든 채 자신의 그림을 감상하는 화가처럼 손목을 바깥쪽으로 젖히고 볼펜을 든 채 잠시 신청서를 바라보고 있다가, 이윽고 고개를 갸웃하며 거드름피우는 자세로 서류에 서명했다. 매킨리는 서명한 서류를 손가락 끝으로 튀겨 콜롬보에게 건네주고는, 서류를 튀길 때 사용한 왼손 검지로 콜롬보를 가리키며 묘하게 달콤한 소리로 말했다.

"콜롬보, 그동안 쌓은 실적에 흠이 안 가도록 조심하게. 지금까지는 운이 좋았으니까. 나는 그 행운이 언제까지나 계속되기를 빌고 있네. 이번에는 특히 더. 자메이카가 자네에게 치명상이 되지 않도록 분발해주게."

그 말을 남기고 매킨리는 바지 주머니에 두 손을 찔러 넣고는 산책하러 나가는 영화배우처럼 거드름피우는 걸음걸이로 방에서 나갔다.

형사들이 일제히 한숨을 내쉬었다. 근무를 끝낸 사람들은 자리에서 일어났다. 할 일이 남아 있는 사람들은 수화기를 들고 다이얼을 돌리거나, 타자기 앞에 앉아 보고서를 작성하거나, 코트를 집어들고 탐문하러 나갔다. 그러나 크레이머 형사는 창백한 얼굴로 책상 앞에 앉은 채 꼼짝도 하지 않는다.

콜롬보는 과장 책상 위에 쌓여 있는 초콜릿을 모두 주머니에 집어넣고 나서 크레이머에게 다가갔다.

"크레이머, 내가 자메이카에 가 있는 동안 자네가 조사해줬으면 하는 일이 있네."

크레이머는 아랫배를 두 손으로 누르고 멍한 눈으로 앞쪽을 바라본 채 작은 소리로 말했다.

"반장님, 이야기는 좀 뒤로 미루어주시죠. 초콜릿을 너무 먹어서 속이 안 좋거든요."

크레이머 주위에는 찢어버린 초콜릿 포장지가 흩어져 있고, 책상 위에는 초콜릿이 달랑 두 개 남아 있다.

"그럼 이건 내가…"

콜롬보는 그 초콜릿으로 손을 뻗어 낚아채듯 주머니에 집어넣었다. 크레이머가 어이없다는 얼굴로 콜롬보를 쳐다보았다.

"반장님, 이가 아프다면서 용케도 먹을 걸 챙기시는군요. 그리고 그 초콜릿은 역시 맛이 없어요."

콜롬보가 사팔눈으로 크레이머를 내려다보며 말했다.

"이는 이제 곧 나을 거야. 그리고 여행할 때 길동무로 삼으면 좋을 것 같아서…"

크레이머는 크게 부풀어 오른 콜롬보의 주머니를 힐끗 바라보며 말했다.

"그렇게 먹으면 돌아올 때는 몽땅 틀니를 하셔야 할 겁니다."

2

로스앤젤레스 중심가의 혼잡에서 벗어나 자동차 홍수에서 멀리 떨어진 할리우드 공동묘지를 방문하는 아침은 맑은 날이든 비가 오는 날이든 신선한 냄새를 머금고 잠에서 깨어나는 자연의 숨소리를 전해준다.

그날은 맑게 개어 있었다. 넓은 묘지를 둘러싼 코코야자 숲이 산들바람에 잎사귀 스치는 소리를 내고 있었다. 그러나 웨슬리 코먼에게는 그 메마른 소리가 원한에 사무친 데이비드의 중얼거림으로 들렸다.

묘지에 잠들어 있는 사람들 가운데 웨슬리 때문에 죽은 사람은 이제 셋이 되었다. 지금 땅에 묻히고 있는 데이비드 옆에는 리디아의 전남편인 토니 리어든의 묘비가 있고, 멀리 떨어진 분수 옆에는 최근에 매장된 앨런 에번스의 무덤이 있다. 평온하고 조용한 묘지는 비명에 간 이들이 웨슬리에게 퍼붓는 원망의 소리로 가득 차 있었다.

데이비드의 매장식에 입회한 사람은 별로 없었다. 웨슬리 외에는 고인의 부친인 호레이스 셔윈, 누이동생이자 웨슬리의 아내인 리디아, 그리고 포커 친구인 다섯 남자뿐이다. 데이비드가 생전에 관계를 맺었던 사람은 오직 그들뿐이었다. 뒤늦게 또 한 사람의 관계자가 찾아왔다. 콜롬보 경위. 그는 여덟 명뿐인 조문객들로부터 멀리 떨어진 야자나무 그늘에 몸을 숨긴 채 머리를 깊이 숙이고 있었다. 그 모습을 본 것은 웨슬리뿐이었다.

데이비드의 관이 땅속으로 내려갔다. 산역꾼들이 빨리 흙을 덮으라고 재촉하자 조문객들은 번갈아 삽을 들고 형식적으로 흙을 뿌렸다. 웨슬리는 유난히 많은 양의 흙을 뿌렸다. 웨슬리는 그저께 밤에 본 것을 땅속 깊이 묻어버림으로써 불쾌한 기억을 한시라도 빨리 잊어버리고 싶었다.

그날 밤, 아니 새벽 무렵에 웨슬리는 그 불쾌한 것을 보았다. 긁이모은 시체 조각이었다.

폭발은 두 번 일어났다고 한다. 우선 시트로엥의 연료탱크가 폭발했고, 그것이 유조차의 폭발을 유발했다는 것이다. 유조차 운전기사까지 화상을 입을 만큼 큰 사고였다. 시트로엥에서 원형이 남아 있는 것은 번호판뿐이었다. 그것도 모서리가 구부러져 있었다. 데이비드의 운전면허증도 타버렸지만, 그 면허증을 토대로 신원확인 작업이 이루어져 새벽녘에야 겨우 아버지 호레이스 셔원에게 연락이 갔다. 신원을 확인하러 가는 셔원을 따라 웨슬리도 시체 안치소에 갔다.

그러나 확인하려 해도 스테인리스판 위에 쌓여 있는 것은 검게 탄 살 조각에 불과했다. 그래도 아버지는 재빨리 아들의 흔적을 알아보고 타일 바닥에 쓰러져 울음을 터뜨렸다. 데이비드의 오른쪽 어깨에는 베트남 전쟁터에서 유탄에 맞은 상처가 있었다. 그리고 묘하게도 그 상처만은 무사히 남아, 처참한 형태로 일그러진 오른쪽 어깨가 스테인리스판 위에 놓여 있었다.

물론 웨슬리는 데이비드가 죽기를 원했고, 결과적으로 그 소원이 이루어진 것을 남몰래 기뻐하고 있었다. 그러나 결말은 웨슬리의 상상을 훨씬 뛰어넘는 끔찍한 모습이었다. 웨슬리는 일이 뜻대로 돌아가는 것에 만족하면서도 씁쓸한 뒷맛을 느끼지 않을 수 없었다. 그런 꼴이 될 바에는 차라리 독살하는 편이 나았다. 웨슬리는 코트깃을 세웠다.

셔원은 아들의 무덤 앞에서 또다시 눈물을 흘리고 있었다. 다행히 시체를 보지 않은 리디아는 창백한 얼굴을 검은 베일 안에 숨긴 채 몸을 단단히 긴장시키고 있었다. 두 사람은 극도의 슬픔에 떨고 있었다. 그러나 웨슬리에게는 슬픔이 없었다. 있는 것은 고약한 뒷맛뿐이었다. 웨슬리는 한시라도 빨리 매장이 끝나기를 기다리고 있었다.

의식에 필요한 최소한의 시간이 지나 목사가 떠난 뒤 참석자들은 자동차를 향하여 걷기 시작했다. 웨슬리는 리디아의 팔을 잡으려고 했다. 그러나 리디아는 모욕이라도 받은 것처럼 거센 몸짓으로 남편의 에스코트를 내치고 아버지의 팔에 매달렸다. 아버지와 딸은 남의 개입을 허락하지 않는 슬픔을 나누며 천천히 걸어갔다.

콜롬보는 이미 어딘가로 사라져버렸다. 참석자들을 만나면 욕설을 뒤집어쓸 게 뻔하기 때문에 재빨리 도망쳤을 것이다. 웨슬리는 담배를 피우면서 장인과 아내 뒤를 어슬렁어슬렁 따라갔다. 코코야자 숲을 지나 묘지를 나오자 웨슬리는 두 사람 앞으로 나가서 벤츠 문을 열었다. 그러나 리디아는 그 차에 타려고 하지 않았다. 아버지와 팔짱을 낀 채 벤츠 앞을 그대로 지나쳐서, 그 앞에 있는 아버지 차에 올라탔다.

웨슬리는 달려가는 차를 지켜보고 나서 벤츠에 올라탔다. 멋대로 해라! 너희들 재산은 이제 곧 내 것이 된다. 웨슬리는 싱긋 웃었다. 그때 앞쪽의 코코야자 숲에서 무언가가 움직였다. 사람들이 모두 가버렸다고 판단한 누군가가 코코야자 숲에서 나오려다가 웨슬리의 차를 보고 황급히 몸을 숨긴 것 같았다. 그러나 순간적으로 햇빛에 드러난 후줄근한 코트를 웨슬리는 놓치지 않았다.

웨슬리는 시동을 거는 동시에 액셀을 힘껏 밟았다. 벤츠는 차체가 뒤흔들릴 만큼 요란한 소리를 내면서 코코야자 숲으로 맹렬히 돌진했다. 후줄근한 코트가 움직인 곳 언저리에서 웨슬리는 힘껏 브레이크를 밟았다.

도로를 미끄러지는 타이어의 비명소리에 놀라 숲속으로 달아나려던 콜롬보가 뒤를 돌아보았다. 시선이 마주친 이상 달아날 수는 없다. 콜롬보는 나쁜 짓을 하다가 들킨 아이처럼 멋쩍은 웃음으로 얼버무리며 조심조심 숲에서 나왔다. 이마에 손차양을 대고 눈부신 햇빛을 피하면서 콜롬보가 말했다.

"운전 솜씨가 무척 난폭하시군요."

웨슬리는 차에서 내렸다.

"숲속에서 교활한 여우가 나온 것 같아서 급히 확인하러 온 겁니다."

"그 여우는 발견했나요?"

"여우라고 생각한 건 착각이고, 아무래도 더러운 들개였나 봅니다."

"들개요?" 빗대어 빈정거리는 것도 전혀 통하지 않는 듯 콜롬보는 상쾌한 아침의 잡담을 즐기는 어조로 말했다. "확실히 요즘에는 들개가 많이 늘어났어요. 주인 책임이에요. 우리 집에도 개가 있는데…"

"그 개도 여기저기 냄새 맡고 돌아다니기를 좋아합니까?"

"아니, 냄새를 맡고 다니는 것보다 그냥 돌아다니기를 좋아하는 녀석이지요. 실은 우리 처남이 덴버에 살고 있는데, 친구 집에서 개가 새끼를 열 마리나 낳았기 때문에 우리 처남이 두 마리를 떠맡았답니다. 그런데 그 두 마리가 날마다 싸움만 해대서 형제를 별거시키는 게 좋겠다는 결론을 내리고, 그중 한 마리를 멀리 떨어진 덴버에서 여기까지 자동차로 데려왔더군요. 우리 집에 데려온 놈은 두 마리 가운데 성격이 더 못된 놈인지, 장난을 사는 보람으로 삼고 있답니다. 내가 바빠서 이름을 지어줄 겨를이 없어서 그냥 개라고 부르다 보니, 녀석도 이제는 자기 이름이 '개'라고 생각하게 되었는지…"

웨슬리는 언제 끝날지 알 수 없는 콜롬보의 수다를 제지했다.

"콜롬보 씨, 저기 숨어서 뭘 하고 있었습니까? 리디아한테 뭔가 의심스러운 점이라도 있습니까?" 웨슬리는 뭔가 유도할 작정으로 말했다.

그러나 콜롬보는 뺨의 군살이 흔들릴 만큼 격렬하게 고개를 저었다.

"아니, 천만에요."

"그럼 데이비드의 사인에 뭔가 의심스러운 점이라도?"

"아니, 아닙니다." 콜롬보는 코트 주머니에 두 손을 찔러 넣고 눈을 내리깔며 말했다. "데이비드 씨는 의심할 여지없이 폭사했습니다. 많은 경찰관이 보았고, 유조차 운전기사도 목격했지요. 사인에는 의심스러운 점이 전혀 없습니다."

"그럼 여긴 뭣 하러 오셨습니까?"

콜롬보는 눈을 내리깐 채 당혹스러운 듯이 얼굴을 어루만졌다. 그러고는 알아듣기 어려울 만큼 낮은 소리로 중얼거렸다.

"남몰래 고인의 명복을 빌고 싶어서… 데이비드 씨는 정말 안됐어요.

그건 내 책임이기도 합니다. 내가 형사로서 무능했기 때문에 좋은 사람을 그만 죽여버린 겁니다."

"좋은 사람이라고요?" 웨슬리는 되살아난 불쾌한 기억을 떨쳐버리려고 강한 어조로 말했다. "물론 고인에게 경의를 표하는 것은 장례의 관습이지만, 역겨운 겉치레 말은 그만두세요. 데이비드는 좋은 사람이 아니었어요. 구제할 길 없는 알코올 중독자였죠. 무기력하고 칠칠치 못한 알코올 중독자였단 말입니다. 그 정도는 형사님도 아실 텐데요."

콜롬보는 고개를 끄덕였지만, 한마디 한마디를 씹어뱉듯이 천천히 말했다.

"하지만 데이비드 씨는 좋은 사람이었어요. 잘 표현할 수는 없지만 순수한 사람이었습니다. 너무 순수해서 제정신으로는 이 세상을 살아갈 수 없었기 때문에 항상 취해 있었을 겁니다."

웨슬리는 단순한 겉치레 말이 아니라 진심 어린 말로 데이비드를 평가하고 그의 죽음을 안타까워하는 콜롬보의 말투를 이해할 수가 없었다. 죽기 직전의 데이비드한테서 증언을 끌어내려 한 일이 콜롬보에게 무거운 부담을 주고 있는 것일까. 웨슬리는 슬쩍 콜롬보의 속을 떠보았다.

"형사님, 왜 그렇게 데이비드를 칭찬하시죠? 뭔가 켕기는 일이라도 있습니까?"

콜롬보는 눈을 내리깐 채 표정을 긴장시켰다.

"네, 아무래도… 마음에 걸려서."

데이비드의 죽음을 둘러싼 씁쓸한 뒷맛을 모두 콜롬보에게 뒤집어씌우고 개운한 기분이 되려고 웨슬리는 말했다.

"확실히 그날 밤 데이비드는 꽤 고민하고 있었어요. 형사님이 조사하러 온 것을 걱정하고 있었죠. 아니, 두려워하고 있었다고 말하는 게 옳을지도 모르겠군요. 앨런 에번스 사건으로 자기가 의심받고 있다고 생각했을 겁니다. 그런 의미에서는 콜롬보 씨는 데이비드를 자살로 몰고 간 장본인일지도 모르지요. 그런 식의 죽음은 단순한 사고가 아니라 자살입니다. 신문에도 그렇게 나와 있더군요."

콜롬보가 고개를 들었다. 눈부신 듯이 눈을 가늘게 뜨고 웨슬리를 바라본다.

"내가 마음에 걸린다고 말한 건 그런 뜻이 아닙니다."

"그럼 뭐죠?"

콜롬보는 이마에 주름을 잡았다. 저절로 생긴 그 주름을 억지로 펴려는 것처럼 콜롬보는 이마에 손을 대고 힘껏 문질렀다. 그 움직임은 이윽고 힘없이 멈추고, 투박한 손가락 하나가 이마의 주름을 따라 옆으로 기어갔다. 손가락이 주름살 끝에 이르자 콜롬보는 손을 떨어뜨렸다. 그리고 중얼거렸다.

"내가 마음에 걸리는 건 앨런 에번스 살인범을 그냥 내버려둔 일입니다. 그 때문에 데이비드는 쓸데없는 걱정을 하고…"

웨슬리는 콜롬보의 심상치 않은 기색을 무시하고 냉정하게 대꾸했다.

"범인이란 리디아를 말하는 겁니까? 신문은 그런 암시도 하고 있는 모양이던데…"

"범인은 리디아 씨가 아닙니다." 콜롬보의 굵은 눈썹이 움직이고 크게 뜨인 눈이 웨슬리를 뚫어지게 바라보았다. "범인은 리디아 씨가 아니오." 콜롬보는 같은 말을 되풀이하고, 손가락을 웨슬리에게 쑥 내밀었다.

웨슬리는 콜롬보가 권총이라도 들이댄 것처럼 황급히 한 걸음 물러섰다. 콜롬보는 그런 웨슬리를 향하여 단정적으로 말했다.

"범인은 바로 당신이오. 치과의사 웨슬리 코먼, 당신이 앨런 에번스를 죽였소."

웨슬리는 웃음으로 얼버무리려고 했지만 그게 뜻대로 되지 않았다. 웨슬리는 느닷없는 공격을 되받아치지 못하고 수비태세가 허물어진 채 간신히 콜롬보의 눈을 노려보고 있었다.

증거가 없는 것은 분명했다. 콜롬보는 애매한 심증에 제멋대로의 추측을 더하여 마침내 확신을 갖기에 이르렀을 것이다. 그것은 분명 동물적인 육감의 승리였지만, 지성에 뒷받침된 논리로 반격하면 순식간에 허물어질 승리에 불과하다. 그것을 알면서도 웨슬리는 좀처럼 흔들리는 마음을 추스르지 못하고 무거운 침묵을 지켰다. 침묵을 오래 끌수록 콜롬보의 확신은 점점 더 깊어질 뿐이겠지만, 입을 열 수가 없었다.

두 사람은 손을 뻗으면 닿을 만큼 가까운 거리에 마주 서서 서로 노려보고 있었다.

먼저 침묵을 깬 사람은 콜롬보였다. 그러나 그 목소리는 이미 박력을 잃고 중병에 걸린 환자처럼 힘이 없었다.

"범인이 당신이라는 건 당신 자신과 마찬가지로 나도 잘 알고 있소. 그런데 나는 꾸물거리고 있소. 한심하게도 당신을 잡을 수가 없어요. 앨런 에번스는 당신이 죽였소. 데이비드의 죽음에도 간접적인 책임이 있는 것 같고. 그것만이 아니지. 토니 리어든도 당신이 죽였을지 몰라요. 그런데…"

리디아에게 뒤집어씌우려 했던 모든 죄가 자신에게 덮쳐오자 웨슬리는 더욱 심하게 동요했다. 면밀하게 짜맞춘 계획의 어딘가에 결함이 있었다. 도대체 어디에 결함이 있었을까? 하지만 그 결함은 콜롬보도 지적할 수 없는 모양이다. 그렇다면 아직은 여유가 있다.

웨슬리는 드디어 반격을 개시했다.

"가만히 듣고 있자니까… 대체 무슨 말을 하고 싶은 겁니까? 정말로 내가 앨런 에번스 살인범이라고 생각하는 건가요? 게다가 토니 리어든의 병사까지 살인사건으로 날조하여 내가 그 범인이라니… 그렇게까지 말한다면 상당히 많은 증거를 잡고 있겠군요? 참고삼아 증거를 한두 개만 보여주시죠."

콜롬보는 두 팔을 벌리고 시원스럽게 내뱉었다.

"증거가 있다면 진작에 당신을 체포했을 거요. 증거가 없으니까 이렇게 고민하고 있는 겁니다."

웨슬리는 안도감과 함께 분노가 치밀어올라 콜롬보에게 바싹 다가섰다. 가까이에서 보면 수염이 눈에 뜨이는 콜롬보의 얼굴을 향하여 웨슬리는 분노에 찬 목소리를 던졌다.

"증거가 없다고? 장난치는 거야? 증거도 없이 살인범으로 몰다니, 그러고도 무사히 끝날 줄 알아? 명예훼손으로 고소하겠어!"

콜롬보가 알랑대는 미소를 지었다.

"좋습니다. 고소하고 싶으면 얼마든지 하세요. 하지만 여기서 내가 한 말을 들은 증인은 한 사람도 없다는 걸 잊지 마세요. 여기 있는 건 당신과 나, 두 사람뿐이오. 다시 말하면 두 당사자가 있을 뿐, 제삼자가 없어요. 재판을 하게 되면 나는 당연히 당신 주장을 전면 부인할 테니까, 말을 했다느니 안 했다느니 하는 끝없는 논쟁이 될 뿐이오. 증인이 없으니까 결말이 날 수가 없지. 그런 건 그만두는 게 좋아요. 당신은 어차피 법정에 끌려갈 운명이오. 앨런 에번스 살해범으로…"

웨슬리는 저도 모르게 콜롬보의 먹살을 움켜잡았다가 황급히 놓았다. 실수로 더러운 오물을 잡은 듯한 불쾌감이 그를 덮쳤다.

"미쳤군!"

"그럴지도 모르지. 어쨌든 미치광이와 천재는 종이 한 장 차이라니까." 콜롬보는 은근히 자기가 천재라는 것을 암시하고는 웨슬리에게 손을 흔들었다. "그럼 또 가까운 장래에 뵙겠습니다. 그리고 한 가지만 더 말해두겠는데 나는 비교적 완고한 편이지요. 남에게 미치광이 취급을 받으면 점점 더 확신에 집착하는 곤란한 성격을 갖고 있다는 말이오. 그럼 앞으로도 잘 부탁합니다."

웨슬리는 코코야자 숲속으로 사라져가는 콜롬보에게 아무 대꾸도 못하고 그 자리에 못박힌 듯 멍하니 서 있었다.

그때 콜롬보가 갑자기 걸음을 멈췄다. 이쪽에 등을 돌린 채 머리에 손을 대고 있더니, 홱 돌아서서 웨슬리 앞으로 돌아왔다.

"한 가지 더 말해둘 게 있는데… 나는 자메이카에 갈 거요. 토니 리어든 살인을 둘러싼 당신의 범죄를 조사하러."

이 말은 웨슬리에 대한 위협이었을 것이다. 그러나 웨슬리는 전혀 이질적인 것을 느꼈다. 콜롬보의 초조한 발버둥을 느꼈던 것이다. 콜롬보가 속셈을 굳이 내보인 건 무엇 때문일까? 콜롬보는 나를 동요시켜 자백을 끌어내려 하고 있다. 증거가 없는 이상, 나를 위협하여 자백시킬 수밖에 없다. 결론에 이른 과정은 전혀 언급하지 않고 결론만 내놓으면서 협박하는 방식은 콜롬보의 무능함을 무엇보다도 잘 증명하지 않는가? 궁지에 몰려 있는 것은 내가 아니라 콜롬보다. 웨슬리는 담배에 불을 붙이고 나서 천천히 말했다.

"여름철에 자메이카에 가는 건 가난뱅이뿐이오. 자메이카의 여름은 너무 더워요. 그래서 물가는 싸지만… 진짜 부자는 겨울에 자메이카에 가지요. 물가는 비싸지만 한적한 바다에서 느긋하게 수영을 즐길 수 있으니까요. 내가 거기서 리디아를 만난 것도 겨울이었지요. 그런데 지금은 초여름이오. 형사님 같은 분에게는 딱 좋을지도 모르지만, 나는 이맘때 자메이카에 가고 싶은 마음은 추호도 없네요."

"하지만 나는 놀러 가는 게 아니오. 살인사건을…"

불만스러운 듯이 말하는 콜롬보를 제지하며 웨슬리가 말했다.

"조사하고 싶으면 실컷 조사해보세요. 가설을 근거로 말하기는 싫지만, 가령 형사님 말대로 내기 토니 리어든을 죽였다 해도 증거 같은 건 남아 있을 리가 없지요. 벌써 4년 전 일이니까요. 그리고 토니 리어든의 시체는 이 묘지에 편안히 잠들어 있습니다. 자메이카에 가서 조사한다는 얘기를 듣고 내가 동요할 거라고 생각했다면 큰 오산입니다."

콜롬보는 얼굴을 찡그렸다. 작전을 간파당하여 속수무책이 되었다는 듯이 두 손을 코트 주머니에 찔러 넣고 잠시 침묵을 지키고 있더니, 이윽고 자신을 타이르는 듯한 어조로 말했다.

"자메이카에 가봤자 수확은 없을지도 모르지요. 그래도 나는 자메이카에 가지 않으면 안 돼요. 누가 뭐라고 해도…"

웨슬리는 차가운 웃음을 지으며 말했다.

"그럼 콜롬보 씨, 좋은 여행이 되기 바랍니다. 한껏 즐기고 오세요."

콜롬보는 고개를 크게 끄덕였다.

"예, 다녀오겠소. 어쨌든 자메이카에 가라는 건 데이비드가 나한테 남긴 유언이니까요."

영문 모를 소리를 지껄이고 콜롬보는 숲속으로 사라졌다. 이번에는 다시 돌아오지 않았다.

3

이튿날 아침, 콜롬보는 TWA 항공 가방을 어깨에 메고 셔윈 치과병원에 나타났다.

접수 담당인 프랜시스는 책상에 펼쳐놓았던 패션 잡지를 황급히 집어넣고 일어섰다.

"어머나, 형사님. 어디 여행이라도 가시나요?"

"자메이카에 잠깐."

콜롬보가 짤막하게 말하자 프랜시스는 얼굴을 환히 빛냈다.

"자메이카라고요? 부러워요. 저도 데려가주시지 않을래요?"

콜롬보는 일단 싱긋 웃었지만, 갑자기 당황해서 어쩔 줄 모른 채 얼굴을 긴장시켰다. 그러고는 긴장한 얼굴을 계속 쓰다듬었다.

프랜시스는 당황하여 말했다.

"데려가 달라는 건 농담이에요."

"그야 물론 농담이라는 건 알고 있지요. 그래도 역시 좀 놀라서." 콜롬보는 계속 얼굴을 쓰다듬었다. 그리고 불필요할 만큼 진지한 표정을 지으며 진지한 어조로 물었다. "웨슬리 선생은 계십니까?"

프랜시스는 고개를 저었다.

"아직 안 나오셨어요. 요즘에는 항상 늦게 나오세요. 환자 예약도 오전에는 사절하고 있는 형편이고… 저도 할 일이 없어서 실업자가 된 기분이에요."

"평소에는 몇 시쯤 나오십니까?"

"12시가 좀 지나서 나오실 때도 있고, 10시쯤에 나오실 때도 있고…" 프랜시스는 목을 움츠렸다.

콜롬보는 주머니에서 주황색 주차권을 꺼내, 거기에 인쇄되어 있는 글자를 보면서 말했다.

"앨런 에번스 씨가 돌아가신 날 말인데요, 그날은 웨슬리 씨가 12시쯤 나오셨지요?"

프랜시스는 고개를 끄덕였다.

"그날 일은 잘 기억하고 있어요. 선생님은 여느 때보다 일찍 우리를 점심 먹고 오라고 내보내셨어요. 우리는 12시가 좀 지나서 점심을 먹으러 갔어요. 선생님은 그 직전에 나오셨고요."

콜롬보는 수첩을 꺼냈다.

"점심을 먹고 돌아온 건 몇 시쯤이죠?"

"1시 반이에요."

콜롬보는 그 시간을 메모했다.

"12시 이후부터 1시 반까지 예약한 환자는 없었나요?"

"없었어요. 다만…" 그 순간 기억이 났다. 예약은 없었지만 환자가 온 낌새가 있었던 것을 생각해냈다. "점심시간 도중에 한 번 돌아왔더랬어요. 사고 싶은 스웨터가 있어서 수표책을 가지러 왔었죠. 그런데 그때…"

콜롬보는 성급하게 프랜시스의 말을 이어받아 다그쳐 물었다.

"누군가가 있었군요? 누구였죠?"

"얼굴은 보지 못했어요. 하지만 진료실에서 드릴 소리가 들렸으니까, 환자가 와 있었던 것은 분명해요. 나는 선생님께 말을 걸까 했지만, 모처럼 쉬는 점심시간이었기 때문에 그냥…"

"그 심정은 충분히 해해합니다. 그런데 그게 몇 시쯤입니까?"

콜롬보는 수첩에 메모하면서 물었다.

"1시 조금 전이었던가?"

"그 후 웨슬리 씨는 뭐라고 하지 않던가요? 점심시간에 급한 환자가 왔다든가, 서원 선생 환자가 자기한테 돌아왔다든가, 그런 말은 하지 않았나요?"

프랜시스가 고개를 젓자 콜롬보는 고개를 크게 끄덕여 보였다.

웨슬리는 보기 드물게 정각에 병원에 들어왔다. 장인 서원은 아들의 죽음에 충격을 받아 도저히 환자를 진료할 수 있는 상태가 아니었다. 그래서 웨슬리는 환자를 혼자 떠맡겠다고 자진해서 나섰다. 장인의 신뢰를 확고한 것으로 만들기에는 더없이 좋은 기회였다. 얼마 동안은 부지런히 그리고 무난하게 병원 일을 해나가자.

웨슬리는 휘파람을 불면서 클리닉 문을 열었다.

"안녕, 프랜시스."

쾌활하게 인사한 웨슬리의 시야에 땅딸막한 콜롬보의 모습이 들어왔다. 위험한 상대는 아니라고 이미 판단을 내렸지만, 그래도 웨슬리는 당황했다. 저도 모르게 솔직한 놀라움이 입 밖으로 나와버렸다.

"콜롬보 씨! 벌써 자메이카에 가신 줄 알았는데요."

콜롬보는 TWA 항공 가방을 가리켰다.

"지금 공항으로 가는 길입니다. 그 전에 잠깐 묻고 싶은 게 있어서…"

적개심을 노골적으로 드러내며 대결했던 어제 일 따위는 까맣게 잊어버린 것처럼 부드러운 말투였다. 웨슬리도 박자를 맞췄다.

"일에 열심이시군요. 공항에 가는 길이라면 무척 바쁘실 텐데 일부러 들르시다니… 자, 내 방으로 가서 얘기합시다."

웨슬리는 앞장서서 업무실 문을 열었다. 안으로 들어가 책상을 사이에 두고 마주 앉자 콜롬보는 가면을 벗듯 갑자기 태도를 바꾸었다. 부드러움이나 붙임성 따위는 완전히 그림자를 감추고, 미간에 깊은 주름을 새긴 콜롬보의 눈이 웨슬리의 얼굴을 뚫어지게 살펴본다.

또 나를 위협할 작정이군. 웨슬리는 큰 소리로 웃었다.

"뭐가 우습죠?" 콜롬보가 한쪽 눈썹을 치켜올리며 말했다.

웨슬리는 웃음을 억누르느라 애쓰면서 말했다.

"자못 진지한 체하는 형사님의 얼굴이 우습군요. 그리고 그 태도가 더욱 우스워요." 웨슬리는 억누르고 있던 웃음을 해방시켜 오랜만에 실컷 웃었다. "형사님은 어제 자신이 완고하다고 말했는데, 과연 완고한 분인 것 같군요. 형사님은 아직도 나한테 위협이 통한다고 믿고 있나 본데, 어제 이미 실패했으면서, 싫증도 내지 않고 오늘도 똑같은 수법을 쓰려 하고 있으니… 어처구니없이 완고한 사람이에요."

"나는 위협하러 온 게 아니오. 실은 이걸 보여드리려고…" 하면서 콜롬보는 웨슬리 앞에 주먹을 내밀었다.

주먹을 펴자 그 안에는 주황색 주차권이 들어 있었다. 웨슬리는 콜롬보의 손에서 주차권을 집어들었다.

"주차권이군요. 이게 어쨌다는 겁니까?"

"날짜를 잘 보세요." 콜롬보가 말하자, 웨슬리는 타임 레코더가 기록한 날짜와 시간을 읽었다. 잉크가 모자란 탓에 간신히 알아볼 수 있을 만큼 희미하게 찍혀 있었다. 콜롬보가 설명하기 시작했다. "날짜는 앨런 에번스 씨가 죽은 날과 일치합니다. 혹시나 해서 말해두겠는데 이 주차권은 앨런 에번스 씨의 유류품 가운데 들어 있었어요. 다시 말해서 앨런 에번스는 그날 여기에 왔었다는 얘깁니다."

웨슬리는 주차권에서 시선을 뗄 수가 없었다. 그것이 자기한테 얼마나 불리한 재료인가는 잘 알고 있다. 웨슬리는 주차권을 까맣게 잊고 있어서, 계획을 실행할 때 아무 주의도 기울이지 않았다. 모처럼 남들 눈에 띄지 않도록 앨런 에번스를 불러들여 놓고는, 앨런이 여기 온 것을 증명하는 재료를 처분할 생각은 하지 못했다.

주황색 주차권은 웨슬리의 생활 속에 완전히 녹아 들어가 있어서, 주차권을 다루는 일은 수도꼭지를 트는 일과 마찬가지로 거의 무의식중에 이루어지는 습관적인 행위가 되어 있었다. 그렇기 때문에 주차권에 담긴 위험을 전혀 깨닫지 못했고, 미리 대책을 세워두지도 않았다.

그날도 당연히 앨런 에번스가 가져온 주차권에 서명했을 것이다. 서명이 없으면 에번스는 주차장에서 차를 꺼낼 수가 없다. 그러나 전혀 기억이 나지 않는다. 손은 기계적으로 움직여 주차권에 서명했고, 그동안 두뇌는 뭔가 다른 문제를 생각하고 있었을 것이다.

주차권에서 웨슬리가 서명한 쪽은 자동차가 주차장을 나갈 때 주차장

경비원 손으로 넘어가 그날 안으로 쓰레기통에 들어가도록 되어 있다. 따라서 에번스의 유류품 속에 남아 있는 것은 서명이 없는 부본이지만, 에번스가 여기 온 것을 보여주는 증명서인 것은 부인할 수 없다.

완벽했을 터인 계획에 맹점이 있었던 것이다. 콜롬보는 그 맹점을 찔러 강력한 공격을 가해왔다.

"날짜도 시간도 거기 적혀 있습니다. 나는 그 주차장을 직접 이용해본 뒤에야 주차권에 적혀 있는 사항이 얼마나 중대한 의미를 갖고 있는가를 겨우 깨달았지요."

두꺼운 주황색 종이로 만든 주차권은 콜롬보의 주머니 속에서 혼이 난 듯 모서리가 무지러지고 온통 주름투성이가 되어 있었다. 더러운 쓰레기에 불과한 그 종잇조각이 웨슬리의 손 안에서 가늘게 떨렸다.

책상 맞은편에 앉아 있는 콜롬보가 몸을 앞으로 내밀며 말했다.

"앨런 에번스가 아래 주차장에 차를 세워둔 것은 12시 45분부터 1시까지 15분 동안입니다. 그 15분 동안 에번스는 틀림없이 이곳에 왔습니다. 그런데 당신은 그날 앨런 에번스가 여기 오지 않았다고 했어요. 이상하지 않습니까. 에번스는 그날 이 건물 주차장에 차를 세워놓았어요. 15분 동안 주차장을 이용한 겁니다."

이 말을 더욱 효과적으로 만들 작정인지, 콜롬보는 단어를 엄밀히 골라 쓰면서 객관적인 사실로 웨슬리를 압도하려는 의지를 내보이고 있었다.

웨슬리는 궁지에 몰렸다. 허물어지기 직전까지 몰려, 사실상 범행을 시인하는 거나 마찬가지인 침묵을 지키면서 콜롬보의 말을 듣고 있었다.

그러나 웨슬리는 문득 책상 건너편에서 날아온 콜롬보의 말이 오히려 콜롬보의 논리를 뒤엎는 재료가 된다는 것을 깨닫고 저도 모르게 안도의 한숨을 내쉬었다. 주차권에 적힌 객관적 사실과 콜롬보의 주장 사이에는 사실로 뒷받침되지 않은 논리의 비약이 있었던 것이다.

웨슬리는 천천히 주차권에서 얼굴을 들고 콜롬보의 논리에 포함되어 있는 약간의 허점을 찔렀다.

"형사님 말대로 앨런 에번스는 이 건물에 왔던 모양이군요. 그날 12시 45분부터 1시 사이에 에번스는 분명 이 건물 주차장에 차를 세워두었던 것 같습니다. 하지만 에번스가 이 건물 주차장을 이용했다고 해서 그가 반드시 내 방에 왔었다고 말할 수는 없지요. 안 그렇습니까?"

"뭐요?" 콜롬보는 웨슬리의 손에서 재빨리 주차권을 낚아채어 뚫어지게 들여다보았다.

웨슬리는 작은 소리로 웃었다.

"그렇게 열심히 주차권을 들여다봐도 그 주차권에 적혀 있는 것은 변치 않습니다. 그날 12시 45분부터 1시 사이에 주차장을 사용했다는 사실이 기록되어 있을 뿐입니다. 하지만 콜롬보 씨, 이 건물 현관으로 돌아가 안내표지판을 다시 한번 보세요. 이 건물에는 50개가 넘는 회사가 들어 있습니다. 그 회사들이 모두 그 주차장을 이용하고 있지요. 게다가 그 회사들은 거의 다 영화 관계 프로덕션입니다. 그러니 앨런 에번스가 이빨 치료가 아닌 다른 목적으로 이 건물에 왔을 가능성은 충분하지요. 유감이지만 콜롬보 씨, 그 주차권은 앨런 에번스가 이 건물에 온 것을 증명하는 재료는 되지만 내 방에 왔다는 걸 증명하는 재료는 되지 않습니다."

콜롬보는 나지막한 신음소리를 냈다. 허둥지둥 주차권을 주머니에 집어넣는 콜롬보를 향하여 웨슬리는 빈정거리는 말을 던졌다.

"형사님은 머리가 좀 좋은 사람인 줄 알았는데… 하지만 뜻밖에 경솔한 분인 것 같군요. 앨런 에번스가 내 집에서 죽었다는 사실을 알아낸 건 확실히 형사님의 안타였습니다. 하지만 형사님은 안타는 칠 수 있어도 홈런은 치지 못하는 선수인 것 같네요."

"……"

콜롬보는 주차권을 넣은 주머니를 툭툭 두드리며 말했다.

"앨런 에번스가 당신 집에서 죽은 사실을 알아낸 건 내 안타가 아니오. 그건 당신의 안타예요." 이 말은 겸손의 말로 받아들일 수도 있었지만, 묘하게 음침한 가시를 내포하고 있는 것 같았다. 콜롬보는 새로운 협박의 계기를 잡았을지도 모른다.

"그건 틀림없이 당신의 안타요." 콜롬보는 되풀이 말하고는 입을 꽉 다물고, 자기가 한 말에 스스로 동의한다는 듯 몇 번이나 고개를 끄덕였다.

"그게 무슨 뜻입니까?"

웨슬리가 초조해서 질문을 던지자 콜롬보는 거드름을 피우며 다시 몇 번이나 고개를 끄덕인 뒤에야 겨우 입을 열었다.

"그건 당신의 안타요. 당신은 일부러 단서를 남겨서 나를 당신 집으로 유인했어요. 당신은 앨런 에번스가 길에서 죽은 것처럼 위장하는 한편, 실은 댁에서 죽었다는 것을 알려주는 단서도 빈틈없이 남겨놓았지요. 무척 공들인 수법이에요."

"무슨 소린지 전혀…"

"모르겠다고 말하고 싶은가요? 모를 리가 없을 텐데… 당신 자신이 생각해낸 수법이니까."

"또 근거 없는 협박입니까? 그만 좀 해두세요, 콜롬보 씨."

콜롬보는 싱긋 웃었다. 그늘진 웃음이었다.

"천만에요. 나는 당신을 협박하고 있는 게 아닙니다. 내가 무슨 깡패도 아니고, 남을 협박하는 짓은 도저히…"

"오호, 그렇습니까? 정말 훌륭하시군요." 웨슬리는 과장되게 고개를 끄덕이고 나서 다시 말을 이었다. "그럼 형사님은 지금 도대체 뭘 하고 있는 겁니까? 나를 협박할 작정이 아니라면 대체 뭘 하고 있지요?"

"나는 앨런 에번스가 죽은 장소를 당신이 공들인 수법으로 나한테 알려주었다는 사실을 보여주고 있는 겁니다."

"그 근거는요?"

"현장에 남아 있던 성냥이오." 콜롬보는 주머니에 손을 집어넣어 종이 성냥을 꺼냈다. 콜롬보의 주머니에는 온갖 자료가 가득 들어 있는 모양이다. "이 성냥에는 당신 이름이 새겨져 있소. 당신은 앨런 에번스의 시신에 이것을 집어넣고 사막에 놓아두었소. 범행현장에 명함을 남기는 거나 마찬가지지요."

"그 성냥은 앨런 에번스가 내 집에서 멋대로 가져간 겁니다."

"일단은 그렇게 보입니다. 하지만 에번스는 담배를 피우지 않아요."

"담배를 피우지 않아도 성냥을 갖고 다니는 경우는 얼마든지 있을 수 있습니다."

"그래요? 무엇 때문에?"

"그건 에번스한테 물어볼 수밖에 없겠죠."

"에번스한테 묻지 않아도 나는 다 알고 있어요." 갑자기 콜롬보가 큰 소리를 질렀다. 문 저편에 있는 프랜시스한테도 들릴 만큼 큰 소리였다. 콜롬보는 웨슬리보다 더 초조해 있는 것처럼 보였다.

콜롬보는 벌떡 일어나더니 동물원의 곰처럼 방안을 빙글빙글 돌기 시작했다.

"나는 다 알고 있소. 당신은 일부러 단서를 남겼어요. 명함이나 마찬가지인 성냥을 일부러 시체 주머니에 넣어두었소. 형사가 성냥을 단서로 집을 찾아오도록 일부러 단서를 남긴 거요. 그리고 당신 집에 간 형사는 독약 디기탈리스가 든 와인병을 발견하도록 되어 있었소. 과연 그대로 되었지요. 당신은 애초부터 리디아 씨한테 혐의가 걸리도록 꾸몄어요. 무고한 부인을 살인자로 만들기 위해 공들인 계획을 세웠소. 그리고 다른 사람도 아닌 형사를 앞잡이로 삼으려 했단 말이오."

콜롬보의 목소리가 거칠어지자 웨슬리는 반대로 냉정해졌다. 콜롬보는 정확한 추리를 짜맞추었지만 그 추리를 뒷받침할 재료는 갖고 있지 않다. 웨슬리는 그렇게 확신하고 놀리듯이 물었다.

"이 기회에 한번 물어봅시다. 만약 내가 그런 짓을 했다면 그 동기는 뭘까요?"

"부인의 재산, 아니 셔윈 집안 전체의 재산이겠지."

정확했다. 웨슬리는 여유 있게 확인을 요구했다.

"형사님의 추리에 따르면 나는 셔윈 집안의 재산을 독차지하려고 앨런 에번스를 죽이고, 그 죄를 리디아한테 뒤집어씌워 아내를 교도소로 보내려 했다는 겁니까?"

"그렇소. 앨런 에번스를 죽인 건 리디아 씨가 당신과 이혼하고 에번스와 결혼하려고 했기 때문이오. 부인이 당신과 이혼하면 당신은 모든 걸 잃게 되니까."

이번에도 정확했다. 확실히 콜롬보는 천재인지도 모른다. 그러나 천재는 실무에는 적합하지 않다. 특히 논리를 뒷받침할 물적 증거를 꾸준히 모아야 하는 형사라는 직업에는 어울리지 않는다.

웨슬리는 눈앞의 천재가 얼마나 초조해 있는지 알 수 있었다. 정답은 나왔지만 그 정답에 이르는 공식을 보여주지 못하는 초조함. 아무래도 승부는 끝난 것 같다. 웨슬리는 의자에 몸을 기대며 밀했다.

"형사님의 추리는 꽤 재미있군요. 여러 가지를 설명해주었습니다. 하지만 중요한 것을 아직 설명하지 못했어요. 내 알리바이 말입니다. 앨런 에번스가 내 집에서 죽었을 때 나는 집에서 10마일이나 떨어진 곳에 있었어요. 그것은 여섯 사람이 이미 증언하고 있습니다. 그중 한 사람은 폭사했지만, 여섯 사람이 내 알리바이를 증명한 사실은 변함이 없습니다. 10마일이나 떨어진 곳에 있으면서 어떻게 앨런 에번스를 독살할 수 있었는가?

형사님은 그걸 아직 설명하지 못했어요."

방안을 돌아다니고 있던 콜롬보가 창문 앞에서 걸음을 멈췄다. 웨슬리에게 등을 돌린 채 창밖을 바라보면서 콜롬보는 중얼거렸다.

"전망이 참 좋군요… 이 방에서 쫓겨나지 않기 위해서라면 무슨 짓이든 한다는 건가요?" 콜롬보는 창가를 떠나 웨슬리의 책상 앞에 섰다. 의자에서 몸을 젖힌 웨슬리를 내려다보며, 콜롬보는 친구와 의논하는 듯한 부드러운 어조로 말했다. "실은 바로 그게 내 고민거리요. 10마일이나 떨어진 곳에 있으면서 어떻게 에번스를 죽일 수 있었는가. 그것만 설명할 수 있으면 당신을 지금 당장이라도 체포할 수 있어요. 그림 맞추기 퍼즐이 거의 완성되었는데 마지막 그림 조각이 어딘가로 가버려 보이지 않는 그런 기분이오. 하지만 자메이카에 가면 뭔가를 찾아낼 수 있겠지요. 무슨 힌트 같은 걸…" 피로가 배어 있는 듯한 낮은 목소리였다.

"성과가 있기를 빌겠습니다. 돌아오면 알려주세요. 형사님의 추리는 아주 재미있어서, 나 혼자 듣기에는 아깝군요. 포커 친구들을 불러서 형사님 이야기를 듣는 파티를 열 테니까, 자메이카에서 돌아오면 꼭 연락을 주십시오."

빈정거릴 작정이었지만 웨슬리는 자신의 목소리에도 피로의 그늘이 깃들어 있는 것을 느꼈다. 그리고 콜롬보와의 대화가 격렬한 소모전이라는 것을 새삼 깨달았다.

콜롬보는 가볍게 손을 들어 보이고는 TWA 항공 가방을 어깨에 메고 문 너머로 사라졌다.

웨슬리는 그 문이 다시 열리고 콜롬보가 얼굴을 내밀며 느닷없이 허를 찌르는 질문을 던져오리라 예상하고, 의자에 앉은 채 단단히 대비태세를 갖추고 있었다. 그러나 콜롬보는 다시 나타나지 않았다.

4

TWA 항공 747편 여객기는 산호초가 아로새겨진 카리브해를 스쳐 자메이카의 몬테고베이 공항에 착륙했다.

여객기가 토해낸 승객들은 대부분 미국인이고, 99.9퍼센트가 남녀 한 쌍이었다. 젊은이든 늙은이든, 이곳을 찾아오는 사람은 반드시 이성과 함께 온다. 자메이카는 남자 혼자 또는 여자 혼자 올 곳이 아니었다. 그러나 콜롬보는 0.1퍼센트에 속하는 이례적인 손님으로서 동행도 없이 혼자 공항을 나왔다.

콜롬보는 반짝이는 여름 햇살을 받으며, 레인코트 자락을 펄럭이면서 공항의 렌터카 사무실로 갔다. 비행기에서 내린 손님들은 대부분 공항 내에 있는 허츠나 에이비스처럼 규모가 큰 렌터카 사무실로 몰려갔지만, 콜롬보는 일단 밖으로 나와서 조립식 지붕에 '자메이카 렌터카'라는 간판을 내건 점포로 들어갔다.

안으로 들어가자 열기가 더욱 심하다. 그러나 긴 소매 셔츠를 입은 점원의 얼굴에는 땀이 난 흔적도 없었다.

"어서 옵쇼." 점원은 스페인 말투가 섞인 영어로 말하고는 하얀 이를 내보이며 웃었지만, 그 얼굴은 더러운 짐승이라도 본 것처럼 순식간에 우울하게 흐려졌다.

콜롬보는 이마에서 솟아나오는 땀을 코트 소매로 훔쳤다.

"차를 빌리고 싶은데…"

"차는 빌려드리겠습니다. 장사니까요." 점원은 카운터에 두 손을 짚고 몸을 뒤로 젖히며 거드름피우는 자세를 취했다. "차는 빌려드리겠지만, 그 코트는 뭣 때문에 입고 있는 겁니까? 비가 올까 봐서요? 아니면 방한을 위해서? 비와 추위는 둘 다 자메이카와는 인연이 없는 건데요."

콜롬보는 자기 코트를 바라보았다.

"아, 이런 걸 입고 있으니 확실히 덥군요."

점원은 다시 웃는 얼굴로 돌아왔다.

"그럼 벗으세요. 벗으면 시원합니다. 손님만이 아니라 보는 사람도 시원해지죠. 자메이카에서는 그런 코트가 필요 없어요."

콜롬보는 코트 앞자락을 여몄다.

"하지만 이 코트는 나한테 핸드백 같은 거요. 온갖 잡동사니가 주머니에 들어 있지요. 담배, 수첩, 배지, 지갑, 볼펜, 성냥, 지도 등등… 벗으면 그런 물건을 떨어뜨릴 우려가 있어요."

점원은 콜롬보의 코트를 말똥말똥 쳐다보았다.

"가지고 있는 건 그것뿐입니까?"

"그 밖에도 많지. 손수건, 손톱깎이, 여권, 예비 넥타이… 갈아입을 옷 따위는 이 가방에 들어 있지만…"

콜롬보는 TWA 항공사 이름이 새겨져 있는 가방을 들어 올렸다.

"소지품은 그것뿐입니까?"

"그렇소."

"정말입니까? 그 코트 안쪽에 뭔가 숨기고 있는 거 아닙니까?"

"숨기다니, 뭘?"

점원은 잠시 머뭇거리다가, 카운터에서 두 손을 떼어 살짝 아래로 내리고는 결심한 듯이 말했다.

"예를 들면… 설마 그 코트 밑에 기관총 같은 걸 숨기고 있는 건 아니겠죠?"

"그렇게 보입니까?"

콜롬보가 되묻자 점원은 꿀꺽 침을 삼켰다. 카운터 밑으로 내린 오른손이 슬금슬금 오른쪽으로 뻗어간다.

"걱정하지 마요."

콜롬보가 코트 앞자락을 열었다. 후줄근한 양복과 구부러진 다리가 보일 뿐이었다.

점원은 한숨을 내쉬었다.

"사람 겁주지 마세요."

"나쁜 뜻은 없었는데…"

"나쁜 뜻이 없더라도 그런 꼴로 자메이카에 오는 건 부자연스러워요. 뭔가 흑심이 있어서 코트를 입고 있다고밖에는 생각되지 않아요. 코트 안에 기관총을 숨기고 있다거나 수류탄을 매달고 있다고 생각하는 게 당연하잖아요? 자메이카는 남쪽 섬이에요. 알로하 셔츠를 입고 와야 할 곳이라고요. 그런데 그런…"

"뭘 입고 오든 내 마음대로일 것 같은데…"

콜롬보는 코트 소매로 이마의 땀을 닦았다.

"그야 뭘 입고 오든 마음대로지만, 하필이면 그런 답답한 코트를 입고 오니까 사람들이 놀라잖아요."

"사람들이 놀라다니, 공연히 놀라서 소동을 피우는 건 당신뿐인데."

콜롬보는 이 말을 남기고 홱 돌아섰다. 문으로 나가려는 콜롬보를 점원이 황급히 불러 세웠다.

"아, 손님, 차는 어떻게 하시렵니까?"

콜롬보가 천천히 뒤를 돌아보았다.

"코트를 입은 사람한테도 차를 빌려줍니까?"

점원은 살갑게 웃었다.

"그야 물론이죠. 차를 빌려주는 게 우리 장사니까요. 무엇을 입고 오든 손님한테는 차를 빌려드립니다. 다만 좀 놀랐기 때문에… 기분 나쁘게 생각지 마세요."

점원은 장사로 돌아가, 오랜 세월 손님을 상대하면서 몸에 배어버린 듯한 노래하는 어조로 지껄이기 시작했다.

"자동차 종류는 뭐로 하시겠습니까? 대형, 중형, 소형, 뭐든지 있습니다. 호화로운 냉방차, 아니면 경제적인 천연냉방차… 창문을 열고 달리면 서늘한 바람이 들어오니까요. 품격 있는 세단, 경쾌한 스포츠카… 원하시는 대로 다 있습니다. 보험도 원하시는 대로 고르세요. 게다가 정비도 완벽해서, 어느 차나 쾌적하고 안전하기 이를 데 없습니다."

"로스앤젤레스에서는 유럽산 차를 탔소." 콜롬보가 불쑥 말했다.

"유럽산 차요? 알파로메오입니까? 아니면 페라리? 아니면 포르쉐를 타셨나요?"

콜롬보는 당혹스러운 듯 고개를 숙였다.

"아니, 나는 화려한 차를 좋아하지 않아요. 그보다 훨씬 수수한…"

"수수한 차요. 알았습니다. 벤츠를 타셨군요. 아니면 시트로엥이나…"

"아니, 나는 소형차를 좋아해서 푸조를 타고 다닌다오. 그러니까 가능하면 같은 차로 빌리고 싶은데…"

"푸조요?" 점원은 싱긋 웃었다. "공교롭게도 푸조는 없지만, 그 밖에도 소형차는 많이 있습니다. 모리스 같은 건 어떻습니까? 이탈리아제인데, 유럽산 자동차인 건 틀림없습니다. 게다가 소형이니까요."

"모리스라…"

점원은 망설이고 있는 콜롬보의 손을 잡고 밖으로 나갔다. 조립식 건물 뒤로 돌아가자 모래 깔린 작은 주차장이 있었다. 그러나 그곳에 서 있는 자동차는 낡아빠진 쉐보레 세 대와 폐차나 다름없는 모리스 두 대뿐이었다. 게다가 모두 뽀얀 흙먼지를 뒤집어쓰고 있었다.

콜롬보는 이미 땀으로 흠뻑 젖은 코트 소매를 이마에 대고 불만스러운 듯 중얼거렸다.

"자동차 종류는 당신 말만큼 많지 않은 것 같군."

"공교롭게도 지금 다 나가버려서요." 점원은 뻔뻔스럽게 시치미를 떼고 나서, 모리스를 가리키며 말했다. "유럽산 자동차는 역시 어딘지 모르게 품위가 있어요."

수속을 끝내고 차에 올라탄 콜롬보가 소리를 질렀다.

"이거 곤란한데! 핸들이 오른쪽에 붙어 있잖아!"

차로 달려온 점원은 창문으로 손을 집어넣어, 차에서 내리려고 하는 콜롬보를 좌석에 눌러 앉혔다.

"핸들 위치는 오른쪽이라도 상관없어요. 미국과는 반대로 영국에서는 자동차가 좌측통행이거든요. 자메이카도 좌측통행이에요. 영국, 자메이카, 일본… 전통 있는 나라에서는 자동차가 좌측통행이지요. 미국과는 반대예요. 그러니까 조심하세요. 달릴 때 미국에서 하던 버릇으로 오른쪽 차선에 들어가면 맞은편에서 오는 차와 정면충돌하니까요."

"좌측통행이라고!"

콜롬보는 핸들을 꽉 잡고 격전지로 뛰어드는 전투기 조종사처럼 결연한 표정을 지었다.

"그렇습니다. 좌측통행입니다. 조심하세요." 점원은 위로하듯 콜롬보의 어깨를 토닥이고 나서 덧붙였다. "그 코트는 역시 벗는 게 낫지 않겠어요? 햇볕이 이렇게 뜨거운데… 차 안은 푹푹 찔 겁니다. 땀이 눈에 들어가 사고를 일으키면 안 되니까 벗는 게 어떻겠습니까?"

콜롬보는 말없이 키를 돌리더니 엔진을 최대한 고속으로 회전시켰다.

점원이 펄쩍 뛰어 물러섰다. 고물 모리스는 전투기라기보다는 폭격기 같은 굉음을 내며 출발했다.

흙먼지를 뒤집어쓰며 주차장에 남은 점원은 모리스의 행방을 눈으로 좇고 있다가, 모리스가 공항에서 동쪽으로 통하는 도로로 나간 순간 주차장에 서 있는 쉐보레로 달려가 클랙슨을 요란하게 울렸다.

그 소리를 들었는지 콜롬보의 자동차가 멈춰 섰다. 점원은 뭔가를 외치려고 크게 입을 벌렸지만, 그것을 제지하듯 콜롬보의 외침 소리가 들려왔다.
"알았어! 좌측통행이라고 했지!"

고물 모리스는 다시 폭격기 같은 소리를 내며 반대쪽 차선으로 옮아갔다.

콜롬보는 다음번 삼거리 교차점에 올 때까지 무사히 왼쪽 차선을 달렸다. 그러나 그 교차점에서 오른쪽으로 갈까 왼쪽으로 갈까 망설인 끝에 핸들을 오른쪽으로 꺾은 순간, 미국식으로 오른쪽 차선으로 들어가고 말았다. 그러나 콜롬보는 그것을 알아차리지 못했다. 코트 주머니에서 도로지도를 꺼내어 핸들 위에 펼쳐놓고 운전을 계속했다. 앞쪽을 바라보며 힐끔힐끔 지도를 훔쳐본다.

얼마 동안은 아무 일도 일어나지 않았다. 그러나 해안선을 따라 뻗어 있는 2차선 도로가 오른쪽으로 구부러지는 커다란 커브에 접어들어 콜롬보가 지도를 옆자리에 내려놓는 순간, 커브 그늘에서 거대한 트럭의 보닛이 나타났다. 그것은 틀림없이 콜롬보가 달리고 있는 쪽 차선을 따라와 눈 깜짝할 사이에 묵직한 모습을 드러냈다. 트럭은 요란하게 클랙슨을 울리면서, 마치 그 빛으로 상대편 자동차를 용해시키려는 것처럼 눈부신 헤드라이트를 켰다.

콜롬보는 일단 밟았던 브레이크 페달에서 발을 떼고 핸들을 왼쪽으로 꺾어 반대쪽 차선, 즉 원래 콜롬보가 달려야 할 차선으로 달아났다. 그러나 정면충돌할 위험을 느낀 트럭 운전기사도 황급히 같은 방향으로 핸들을 꺾은 모양이다. 콜롬보가 달아난 곳으로 트럭의 보닛이 바싹 다가왔다. 콜롬보는 힘껏 브레이크 페달을 밟았다.

모리스의 왼쪽 바퀴가 절벽 위에 올라앉고 차체는 크게 기울어지면서 간신히 멈췄다. 그 옆구리에 바싹 다가온 트럭은 폭풍 같은 바람을 남기며 겨우 접촉을 피했다. 트럭이 모리스를 통과한 직후, 트럭 운전석에서 성난 목소리가 날아왔다.

"빌어먹을 미국 놈!"

날아온 것은 욕설만이 아니었다. 창밖으로 윗몸을 내민 갈색 피부의 운전기사는 먹다 만 오렌지를 콜롬보에게 던졌다. 그러나 트럭은 멈추지 않고 달려갔다.

왼쪽 바퀴를 절벽 위에 올려놓고 크게 기울어진 모리스의 운전석에서 콜롬보는 데굴데굴 굴러오는 오렌지를 바라보며 한숨을 내쉬었다.

몇 번이나 바퀴를 공회전시킨 끝에 겨우 절벽에서 차를 끌어낸 콜롬보는 엔진을 끄고 사이드브레이크를 잡아당긴 뒤 차에서 내렸다. 그러고는 잠시 망설이다가 코트를 벗어서 차 안에 던지고, 이어서 후줄근한 저고리를 벗고 넥타이를 풀어서 시트에 집어던졌다.

콜롬보는 도로 지도를 겨드랑이에 끼고 길을 가로질러 반대쪽 모래밭으로 내려갔다.

눈앞에는 에메랄드빛 아름다운 카리브해가 펼쳐져 있었다. 콜롬보는 부스스한 머리카락을 바닷바람에 흩날리며 지도 앞에 털썩 주저앉아 중얼거렸다.

"어디로 가면 되지…?"

눈이 부셔 도저히 똑바로 바라볼 수 없는 석양이 산호초 바다를 금속성의 붉은빛으로 물들였을 무렵, 콜롬보의 차는 겨우 킹스턴(자메이카의 수도) 시내에 이르렀다.

바다만이 아니라 시내 전체가 석양에 물들어 있었다.

구름 한 점 없이 깨끗하고 맑은 공기를 뚫고 바다 저편에서 비쳐오는 비스듬한 햇빛은 영국 식민지 시대 이전의 스페인 식민지 시대의 흔적이 남아 있는 낡은 석조 건물을 붉게 물들였다.

시내의 모든 도로에는 수많은 사람들이 모여 있고, 150마일을 주파하여 섬을 서쪽에서 동쪽으로 가로지른 콜롬보의 자동차는 비로소 혼잡 속으로 들어갔다. 주민들의 갈색 피부도 석양을 받아 붉게 빛나고 있다.

경찰서 안뜰은 이미 어스름 속에 잠겨 있었다.

콜롬보는 그곳에 차를 세워놓고 뒷문으로 경찰서에 들어갔다. 경찰서 건물 안에 있는 사람은 주민과 같은 갈색 피부를 가진 경찰관들뿐이었다. 여기는 미국이 아니니까 그게 당연하다. 경찰서 건물 안에 있는 몇몇 백인은 모두 관광객들이었다. TWA 항공 가방을 멘 백인 콜롬보가 길 잃은 관광객으로 보인 것도 당연한 일이었다.

접수창구의 여순경은 갈색 얼굴에 친밀한 미소를 띠고 스페인 말투가 섞인 영어로 노래하듯이 말했다.

"길을 잃으셨나 보군요. 목적지 주소를 말씀하세요. 킹스턴 경찰은 어디서나 친절하게 길을 알려드립니다."

오랜 운전으로 지쳐버린 콜롬보는 힘없이 고개를 저었다.

"그게 아니라…"

"어머나, 길을 잃으신 게 아니군요."

여순경은 드골 장군이 파리에 개선했을 때 쓰고 있었던 것과 비슷한 원통형 모자에 손을 대며 계속 노래를 불렀다.

"길을 잃은 게 아니라면, 여권을 잃어버리셨나요? 걱정 마세요. 금방 찾을 수 있습니다. 킹스턴 경찰은 여행자에게 신뢰받는 경찰입니다. 여기 여권번호를 적어주세요."

여순경은 책상 위에 볼펜과 하얀 종이를 올려놓았다.

"그게 아니라…"

콜롬보가 말하려고 하자 여순경은 웃음을 띤 채 손을 내저으며 말했다.

"도난을 당했다고 말씀하고 싶으신가 보군요. 그 심정 충분히 이해합니다. 하지만 자메이카에는 도난사건 같은 건 없습니다. 자메이카인은 선량한 국민입니다. 1년에 한두 번 술김에 그만 남의 물건에 손을 대는 지극히 사소한 절도행위는 일어나지만, 소중한 관광객의 물건에 손을 대는 시민은 한 사람도 없습니다. 그러니까 도난당했다고 생각하는 건 선생님의 착각이고, 선생님은 자신도 모르게 물건을 떨어뜨린 겁니다. 흔히 있는 일이지요. 여행을 떠나면 자기도 모르는 사이에 피곤해져서 그만 물건을 떨어뜨리거나 어디에 놔두고 잊어버리는 법이랍니다."

여순경은 콜롬보가 끼어들 틈을 주지 않고 노래하듯 계속 재잘거리며 책상 위에 서류를 또 한 장 올려놓았다.

"그러니까 도난계가 아니라 분실계를 내시는 편이 좋아요. 만약에 발견되지 않더라도 킹스턴 경찰이 분실증명서를 발행해드릴 테니까 귀국하는 데에는 아무 지장이 없습니다. 걱정하지 마세요. 자메이카에는 도난사건 따위는 없습니다. 도난도 폭력도 살인도 일어나지 않습니다."

"살인도?" 콜롬보가 되묻자 여순경의 얼굴에서 직업적인 미소가 사라졌다.

여순경은 분실계 용지와 하얀 메모지와 볼펜을 서랍에 집어넣고 나서 천천히 말했다.

"혹시 사람을 죽이고 오셨나요?"

드디어 설명할 기회가 주어지자 콜롬보는 코트 주머니에서 신분증을 꺼내어 책상 위에 올려놓았다.

"나는 콜롬보 경위요. 미국 로스앤젤레스 시경에 있는 형사지요. 실은 살인사건을 수사하고 있습니다. 국제전화로 이 경찰서의 클레이 서장을 만나기로 약속했는데, 여기까지 오는 데 예상했던 것보다 훨씬 시간이 많이 걸려서 약속시간에 늦어버렸어요. 미안하지만, 내가 왔다고 좀 전해주시지 않을래요?"

여순경은 책상 위의 신분증과 콜롬보를 번갈아 바라보고 있었지만, 그 눈은 이제 더 이상 호의적이 아니다. 여순경은 뜻밖이라는 어조로 말했다.

"우리 서장님을 만나기로 약속하셨다고요? 하지만 자메이카는 지상낙원으로 알려진 관광지로서, 살인사건 따위는 일어나지 않는 것으로 되어 있는데요."

콜롬보는 어색한 듯 몸을 꼼지락거리다가 가방을 열고 초콜릿을 하나 꺼내어 책상 위에 놓았다.

"이건 아가씨한테 드리는 선물이오."

이렇게 말하면서 콜롬보는 살갑게 웃었지만, 여순경은 그 초콜릿을 업신여기는 듯한 눈빛으로 힐끔 바라보며 말했다.

"자메이카에서는 경찰관에게 선물을 주는 것은 위법입니다. 그걸 넣어주세요. 싫다고 하시면 체포하겠습니다."

콜롬보는 초콜릿을 재빨리 가방에 집어넣었다. 그런 콜롬보를 향하여 여순경이 말했다.

"저쪽 벤치에서 기다려주세요. 서장님과 연락이 되면 부를 테니까요."

콜롬보는 접수창구 앞을 떠나 벤치에 앉아서 가방을 무릎 위에 올려놓았다.

그대로 30분이 지나자 경찰서는 전등을 켰다. 그러나 접수창구의 여순경은 콜롬보에게 말을 걸 기색조차 보이지 않는다. 몇 명 있던 백인 관광객은 모습을 감추고 경찰서 안에는 제복 경찰관들밖에 남지 않았다.

경찰관들은 로스앤젤레스 경찰과 똑같은 파란색 제복을 입고 있었지만, 훨씬 더 선명하고 화려한 푸른색이었다. 그리고 제복에는 번쩍번쩍 빛나는 금도금 단추가 달려 있었다. 모자는 원통에 챙을 댄 멋진 형태였다.

경찰관들이 지껄이고 있는 말은 틀림없는 영어였지만 스페인식 말투가 강하게 섞여 있고, 게다가 노래를 부르는 듯한 독특한 억양이 있었다.

무릎 위의 가방을 끌어안고 벤치에 앉아 있던 콜롬보는 이국에 혼자 있다는 불안을 맛보고 있었는지도 모른다. 이윽고 가방을 열고 초콜릿을 꺼내어 먹기 시작했다. 그러나 금방 얼굴을 찡그리며 뺨에 손을 댔다. 이가 아프기 시작한 모양이다. 콜롬보는 벤치에서 일어나더니, 먹다 만 초콜릿을 쓰레기통에 버리러 갔다.

콜롬보가 가방을 안고 벤치와 쓰레기통 사이를 왕복하는 동안, 접수 창구의 여순경은 교도관 같은 눈초리로 콜롬보를 뚫어지게 바라보고 있었다. 콜롬보가 살가운 웃음을 지으며 원래의 벤치로 돌아오자 여순경이 중얼거렸다.

"자메이카에서는 살인 따위는 일어나지 않는데…"

여순경은 대통령 못지않은 애국자인 모양이다.

다시 30분이 지났다. 벤치에 앉은 콜롬보는 일부러 손목시계를 들여다보았지만 여순경은 가슴을 펴고 앉은 채 끄떡도 하지 않았다.

그리고 다시 15분이 지나서야 겨우 접수창구의 전화가 울렸다. 여순경은 수화기를 집어들고 나서 불만스러운 듯한 눈으로 콜롬보를 바라보았다.

"저기요, 형사님, 서상님이 만나시겠답니다. 시장실로 가시죠."

"서장실이 어딥니까?"

콜롬보가 벤치에서 일어나며 묻자 여순경은 날씬한 손가락으로 말없이 천장을 가리켰다. 콜롬보는 2층으로 올라갔다.

서장실은 2층 복도 끝에 있었다. 클레이 서장은 그 문을 열고, 커다란 몸으로 문간을 가로막듯이 서서 콜롬보를 기다리고 있었다.

"오래 기다리셨지요. 자, 어서 들어오세요."

클레이 서장도 선명한 푸른 제복을 입고 있었지만, 불룩 튀어나온 배 위의 단추는 금도금한 것이 아니라 제법 묵직해 보이는 은단추였다.

"먼 길을 오셨는데 너무 오래 기다리시게 해서…"

클레이 서장은 영국에 유학한 경험이 있는 사람만이 갖는 완벽한 영국식 억양으로 말하고 나서 콜롬보에게 손을 내밀었다.

콜롬보는 그 손을 잡고 말했다.

"이렇게 늦게까지 근무하십니까?"

"그 대신 아침 출근 시간이 늦습니다."

클레이 서장은 재치 있는 농담이라도 한 것처럼 배 위의 은단추를 흔들며 웃었다.

방으로 들어가자 콜롬보가 말했다.

"뵙자마자 너무 서두르는 것 같습니다만, 실은 저어…"

클레이 서장은 외교사절을 맞이하는 외무장관처럼 위엄 있는 미소를 지으며 콜롬보의 말을 가로막았다.

"자메이카에는 얼마나 계실 예정입니까?"

"오늘을 포함해서 나흘입니다."

"그건 유감이로군요." 클레이 서장은 자못 유감스러운 듯이 목을 움츠렸다. "여기는 지상의 마지막 낙원입니다. 모처럼 오셨으니까 좀 더 느긋하게 계시는 게 어떻겠습니까. 틀림없이 꿈같은 나날을 보내게 되실 겁니다. 불타는 태양! 눈을 쏘는 하얀 모래! 신비의 산호초! 그리고 끝없이 펼쳐진 푸른 바다!"

클레이 서장은 항공회사 팸플릿에 쓰여 있는 광고 같은 말을 늘어놓고 나서, 살아 있는 게 즐거워 못 견디겠다는 듯이 웃었다.

"모처럼이지만, 느긋하게 머물 수가 없습니다. 그래서… 전보로 부탁한 그 자료를…" 콜롬보는 꺼져 들어갈 듯한 목소리로 말했다.

"자료요?" 클레이 서장은 금시초문이라는 듯이 되묻고 나서, 그제야 생각난 듯 손뼉을 딱 쳤다. "아아, 4년 전의 그 사건 자료요? 자료라고 말할 수 있는 건 아니지만, 일단 보고서를 꺼내두었습니다."

서장은 커다란 몸에 어울리지 않게 민첩한 동작으로 책상에 다가가더니, 서랍에서 얇은 서류철을 꺼냈다. 서류철을 뒤적이며 서장이 말했다.

"나도 잠깐 읽어보았지만 단순한 병사인 것 같습니다. 미국에서 강력계 형사가 일부러 조사하러 오실 만한 사건은 아닌 것 같아요. 여기 첨부되어 있는 의사의 보고서를 보시면 아시겠지만, 미국인 관광객이 수영하다가 심장발작을 일으켜 불행히도 돌아가셨습니다. 그것뿐입니다. 살인과는 아무 관계도 없습니다. 어쨌든 여기는 낙원이니까요. 끔찍한 살인사건 따위는 일어날 리가 없습니다."

클레이 서장은 이렇게 말하고는 다시 은단추를 흔들며 웃었다. 경찰서 안에 있는 모든 사람이 자메이카는 안전하기 짝이 없는 낙원이라는 것을 강조하고 싶은 모양이었다. 클레이 서장은 서류철을 콜롬보에게 건네주며 말했다.

"일단 빌려드리죠. 귀국하실 때 돌려주시면 됩니다. 하지만 한 시간 정도면 다 읽으실 거예요. 그러면 형사님은 나머지 사흘을 마음대로 즐길 수 있을 겁니다. 어떻습니까. 내일쯤 보트를 타고 낚시하러 가시지 않겠습니까? 청새치와 승부를 겨루는 호쾌한 낚시인데, 내가 안내하지요."

그러나 콜롬보는 서류를 읽는 데 열중해 있어서 클레이 서장의 말은 전혀 듣고 있지 않았다.

클레이 서장의 갈색 얼굴이 흐려졌다.

"4년 전의 그런 사건 따위는 아무래도 좋지 않습니까. 낚시가 싫다면 산호초에서 잠수하는 건 어떻습니까? 정말 멋지답니다. 바닷물 속으로 들어가면 여기를 낙원이라고 하는 이유를 알 수 있지요. 어떻습니까, 콜롬보 형사님?"

클레이 서장은 큼직한 손으로 콜롬보의 어깨를 두드렸다. 꿈에서 깨어난 듯 서류철에서 고개를 든 콜롬보는 어깨를 문지르면서 말했다.

"이 서류철을 빌려가도 될까요?"

클레이 서장은 턱을 끌어당겼다.

"그건 아까도 말씀드렸을 텐데요. 귀국하실 때까지 마음대로 쓰십시오."

"그럼…"

손을 번쩍 쳐들고 나가는 콜롬보를 클레이 서장이 큰 소리로 불러 세웠다.

"호텔은 정하셨나요? 원하신다면 우리 집에서…"

그러나 콜롬보는 아무 대답도 하지 않고 서류를 읽으면서 복도를 걸어갔다. 클레이 서장은 거칠게 문을 닫고는 옷에 매달린 은단추를 흔들며 고함을 질렀다.

"미국인은 버릇이 없어! 하나같이 예의를 모르는 벼락부자들이라니까! 부자인 주제에 그런 더러운 레인코트 따위나 입고 다니고…"

해가 지자 자메이카의 풍경도 로스앤젤레스와 똑같았다. 다만 이곳에는 고가식 고속도로는 없다.

콜롬보가 탄 차는 왕복 2차선 아스팔트 길을 달려갔다. 공항이 있는 몬테고베이에서 킹스턴까지 150마일이나 동쪽으로 달려온 콜롬보의 차는 왔던 길을 되짚어 네그릴비치로 달려가고 있었다. 보고서에 따르면 토니 리어든은 네그릴비치의 네그릴 호텔에서 죽었다고 되어 있다. 그곳은 콜롬보의 출발점인 몬테고베이와 멀지 않았다.

길은 해안을 따라 이어져 있었다. 꼬박 세 시간은 걸리는 어두운 길이었다. 헤드라이트에 비친 도로에 뭔가 하얀 것이 수없이 떠올랐다. 큼지막

한 하얀 게 떼였다. 게들은 오른쪽 해안에서 왼쪽 초원으로 이동하고 있었다. 콜롬보는 브레이크를 밟고 속도를 떨어뜨려 게들을 피해 천천히 달렸다. 그러나 게 떼 끝에 있던 한 마리가 황급히 차 밑으로 기어들었다. 타이어가 게를 짓밟는 가벼운 충격이 느껴지고 플라스틱 헬멧이 짜부라지는 듯한 소리가 났다. 운전석에 앉은 콜롬보는 자신이 짓밟힌 것처럼 신음을 토했다.

네그릴 호텔은 바다를 향해 불쑥 튀어나간 반도 끝에 있었다. 차가 코코야자 숲을 빠져나가자 통나무로 지은 산장 같은 호텔이 헤드라이트 불빛에 떠올랐다. 2층의 아담한 건물이었다.

콜롬보는 클레이 서장한테 빌려온 서류철과 TWA 항공 가방을 들고 차에서 내렸다. 현관 유리문에는 나무 팻말이 걸려 있고, '리조트 호텔, 조지와 매기가 여러분을 환영합니다'라고 적혀 있었다.

문을 열자 로비 카운터에 알로하 셔츠를 입은 백인이 서 있었다. 아마 그 남자가 이 호텔 경영자인 모양이다. 남자는 문에서 나는 종소리를 듣고 읽고 있던 잡지에서 얼굴을 들었다. 남자는 재빨리 카운터에서 나와 콜롬보에게 손을 내밀었다. 오랜만에 옛 친구를 재회한 것처럼 열렬한 악수를 하며 남자가 말했다.

"어서 오십시오. 저는 조지 킹이라고 합니다. 이 호텔 주인이죠. 잘 오셨습니다."

분명 미국인으로 여겨지는 말투였지만, 호텔답지 않은 마중을 받고 콜롬보는 당황한 모양이다. 콜롬보는 짐을 받아들려고 하는 킹의 손을 피해 한 발짝 물러서더니, 서류철을 가슴에 꽉 끌어안으며 말했다.

"여기 하룻밤 자는 데 얼마요?"

뚱뚱한 킹은 살짝 얼굴을 찡그리며 벗어진 머리를 손으로 만졌다.

"하룻밤요? 숙박료는 일주일 단위로 계산하는데요…"

"일주일 치 숙박료를 6으로 나누면 하룻밤에 얼마요?"

"6으로 나눠요?"

킹은 새삼 콜롬보의 모습을 바라보았다. 그리고 동행은 없느냐는 듯이 현관 밖을 살폈다.

"6으로 나누면 하룻밤에 20달럽니다. 두 분이서…"

그러자 콜롬보는 고개를 끄덕이더니 의기양양한 얼굴로 말했다.

"나는 혼자요. 그리고 사흘만 잘 거니까 모두 합해서 30달러면 되겠군."

킹은 손님을 포기한 듯 무뚝뚝하게 내뱉었다.

"숙박료는 일주일 단위로 계산합니다. 그리고 혼자 오셨어도 방은 모두 2인용이니까, 2인분 요금을 받아야 합니다."

콜롬보는 코트 주머니에 손을 집어넣어 경찰 배지를 꺼냈다.

"이봐요, 킹 씨, 나는 놀러 온 게 아니오. 로스앤젤레스 경찰에 있는 콜롬보 경위인데, 강력계 형사지요. 어떤 사건에 관해 당신 이야기를 듣고 싶어서…"

그러나 경찰 배지는 기대했던 효과를 거두지 못한 모양이다. 킹은 팔짱을 끼고 고개를 저었다.

"사양하겠습니다. 여긴 리조트 호텔입니다. 속세의 우울함을 잊고 싶은 손님들이 멀리 미국에서 비행기를 타고 모여들지요. 형사가 멋대로 쳐들어오면 견딜 수 없습니다. 모처럼 만난 조용한 분위기가 망가지니까요. 그 경찰 배지도 미국에서는 위력을 발휘하겠지만 이곳 자메이카에서는 쇳조각에 지나지 않아요."

킹은 현관으로 다가가더니 당장 나가라는 듯이 문을 열었다. 그러자 콜롬보는 재빨리 변신하여, 처치 곤란한 경찰 배지를 얼른 주머니에 집어넣고 아양 떠는 미소를 지었다.

"실은 올겨울에 형사들의 단체여행 계획이 있는데, 행선지는 자메이카로 결정되었지만 호텔은 아직 정해지지 않았어요. 그래서 사건 조사를 겸해 호텔의 예비 조사를 하고 오라는 상관의 지시를 받았답니다. 킹스턴 경찰서장의 얘기가 네그릴 호텔이 가족적인 서비스를 한다고 하길래, 그래서…"

킹은 조용히 문을 닫았다.

"단체여행이라고요?"

콜롬보는 고개를 끄덕였다.

"물론 부부 동반이죠. 모두 이 정열의 섬에서 젊음을 되찾고 싶다고 기대가 대단하답니다."

킹은 현관 앞을 떠나 프런트로 돌아갔다.

"그렇다면 얘기가 다르지요. 하지만 사건 조사는 눈에 띄지 않도록 조용히 해주세요."

콜롬보는 코트 주머니에서 얄팍한 지갑을 꺼내 지폐를 세었다.

"그럼 숙박비는 선불할게요. 세금과 봉사료는 나중에 내기로 하고, 우선 사흘 치 30달러만 받으세요."

콜롬보가 카운터에 올려놓은 구겨진 지폐를 내려다보며 킹은 슬픈 듯한 표정을 지었다.

"형사님, 단체여행 이야기는 거짓말이 아니겠지요?"

"못 믿겠으면 로스앤젤레스 경찰에 전화해보세요."

"아니, 그렇게까지 할 필요는…" 킹은 돈을 집어들고, 아까운 듯 방 열쇠를 콜롬보에게 건네주었다. "미안하게도 우리 호텔에는 1인용 방이 없습니다. 2인용 침대에서 편안히 주무세요."

5

해가 뜨자마자 대낮처럼 밝아졌다. 자메이카를 비추는 태양은 그만큼 강렬했다.

아침 식사를 끝내자 호텔 손님들은 일제히 모래밭으로 나갔다. 네그릴 호텔은 작은 후미를 독차지하고 있었다. 그 후미에 선명한 수영복 차림의 손님들이 흩어졌다.

수영복 차림으로 있어야 할 모래밭에 레인코트를 입은 남자가 있으면 아무래도 눈에 띄게 마련이다. 호텔 경영자인 킹은 얼굴을 찡그렸다. 코트를 입은 데다 항공사 가방을 무릎에 올려놓고 해변 의자에 앉아 있는 콜롬보는 후미의 풍경 전체를 망가뜨리고 있었다.

킹은 모처럼 애써 만든 데커레이션케이크에 파리가 잔뜩 꾀었을 때 같은 분노를 품고 콜롬보에게 다가갔다.

"콜롬보 씨, 수영복은 가져오지 않았나요?"

콜롬보는 읽고 있던 서류에서 얼굴을 들었다.

"마침 잘 오셨네요. 지금 막 이야기를 들으러 가려던 참인데… 자, 여기 앉으세요."

콜롬보는 항공사 가방을 안고 일어나더니 빈 의자를 가리켰다. 그러고는 옆에 있던 의자를 질질 끌어다가, 바다를 등지고 킹 앞에 앉아서 항공사 가방을 무릎 위에 올려놓았다.

"콜롬보 씨, 호텔에 묵을 때는 항상 그렇게 소지품을 몽땅 갖고 다니십니까? 호텔 경영자는 그런 손님을 싫어합니다. 이번에는 선불을 받았으니까 괜찮지만, 당신 같은 손님은 대개 숙박비를 떼어먹고 달아날 작정이 아닐까 의심받는 게 보통이죠. 어쨌든 소지품을 몽땅 가지고 다니는 데다 코트까지 입고 있으니 말입니다. 그대로 공항으로 도망쳐도 손해볼 게 없으니까요."

콜롬보는 항공사 가방을 모래 위에 내려놓았다.

"내 나쁜 버릇이지요. 군대에서 몸에 밴 습관이랍니다. 한국전쟁 때 나는 항상 소지품을 가지고 다녔어요. 안전할 때도 지참할 수 있는 것은 모조리 지참하고, 언제든지 달아날 수 있도록 준비하고 있었지요. 그게 버릇이 돼놔서… 낯선 곳에 가면 그만…" 하면서 콜롬보는 모래 위에 내려놓은 가방을 발치로 끌어당겼다. "그런데 킹 씨, 단도직입적으로 묻겠는데, 4년 전에 영화배우 토니 리어든 씨가 여기서 죽었지요? 그때의 일을 좀…"

킹은 주위를 둘러보았다. 가까이에는 손님이 없다. 그러나 만약을 위해 낮은 목소리로 말했다.

"옛날 일이라 잘 기억나진 않지만…"

콜롬보는 가방을 열고 초콜릿을 하나 꺼냈다.

"드실래요?"

킹은 고개를 저었다.

"미안합니다만 단것을 좋아하지 않아서요. 그리고 그런 걸 먹어봤자 내 기억이 선명해지는 것도 아니고요."

콜롬보는 얌전히 고개를 끄덕이고, 부드러워진 초콜릿을 가방에 도로 집어넣으며 말했다.

"토니 리어든이 죽었을 때 이곳에는 웨슬리 코먼이라는 사람도 와 있었을 텐데요…"

"글쎄요, 숙박계를 보면 알겠지만…"

콜롬보는 서류철을 펼치며 말했다.

"분명히 이곳에 와 있었을 겁니다. 이 서류에 그때의 증언이 나와 있어요. 치과의사인 웨슬리 코먼이 사고를 발견했다고…"

"아아, 그 젊은 치과의사 말이군요. 그 사람이라면 기억하고 있습니다. 그 사람은 용케 미망인을 자기 여자로 삼았지요. 자메이카니까 그런 일이 일어난 겁니다. 미망인은 남편이 죽은 직후에 새로운 사랑에 빠졌지요. 그 치과의사는 정말 멋지게 해냈어요."

콜롬보는 코트 주머니에서 작은 검은색 수첩을 꺼내어 책장을 넘기면서 말했다.

"두 사람은 전부터 아는 사이였다고 생각지는 않으세요?"

"아는 사이는 아닙니다. 전혀 다른 루트로 왔으니까요. 리어든 부부는 한 달 예정으로 왔고, 치과의사는 시카고인가 어딘가의 여행사가 모집한 단체여행에 끼어서 2주 예정으로 왔지요. 흔히 있는 일이지만 치과의사의 목적은 여자를 낚는 거였어요. 단체여행은 돈 없는 젊은이가 중심이고, 여학생이나 직장여성이 많이 참가합니다. 그 여자들을 노리고 젊은 남자들도 참가하는 거지요. 여자도 그걸 기대하기 때문에 여기 오면 당장 연애 사건이 잇따라 발생합니다. 대개는 여행이 끝나면 시들어버리는 연애지만, 다음 해에는 친구한테 그 이야기를 들은 남자나 여자들이 기대에 가슴을 두근거리며 단체여행에 참가해서…"

콜롬보는 헛기침을 했다.

"그렇다면 웨슬리 코먼은 토니 리어든이 죽은 뒤에 부인과 알게 됐다는 말인가요?"

"그렇지는 않습니다. 죽기 전부터 알았지요."

"알게 된 계기는 뭡니까?"

"치통이에요."

킹이 대답하자 콜롬보는 뺨에 손을 대고 불쾌한 듯 얼굴을 찡그렸다.

"치통요?"

"네, 토니 리어든의 치통요. 토니 리어든이 저녁을 먹다가 이가 아프다고 말하는 것을 그 젊은 치과의사가 들었답니다. 그가 자기가 치과의사라고 나서면서 리어든 부부의 식탁으로 다가가던 모습이 지금도 생생하군요. 그자는 처음부터 부인에게 마음이 있었어요. 그래서 접근할 기회를 노리고 있었던 거지요. 그 속셈이 너무나 빤히 들여다보였어요."

콜롬보는 수첩에 메모를 하면서 말했다.

"그러니까 토니 리어든도 웨슬리의 환자였군요."

그 모습을 보면서 킹은 불만스러운 듯이 말했다.

"콜롬보 씨, 사건을 조사하러 왔다고 했는데, 어떤 사건입니까?"

"로스앤젤레스에서 일어난 독살사건인데, 범인은 그 웨슬리 코먼이고요."콜롬보는 메모를 하면서 아무렇지도 않게 말했다.

그러자 킹이 엉거주춤하게 엉덩이를 들어 올렸다.

"그 치과의사 녀석이 독살을? 그런데 그 사건과 우리 호텔이 무슨 관계가 있지요?"

콜롬보는 바쁘게 메모를 하면서 중얼거렸다.

"토니 리어든의 죽음도 독살일 가능성이 있어서요."

킹이 벌떡 일어났다. 그러고는 메모를 하고 있는 콜롬보를 내려다보며 애서 낮춘 목소리로 말했다.

"농담하지 마세요. 우리 호텔의 신망을 망칠 셈인가요? 그 사건은 벌써 오래전에 해결됐어요. 독살이 아니라 심장마비라고… 그건 그때 파렐 의사가 분명히 증명했어요. 거짓말이라고 생각한다면…"

콜롬보가 수첩에서 얼굴을 들었다.

"파렐 의사한테는 내일 갈 겁니다. 파렐 의사의 사망진단서도 여기 있으니까 걱정하지 마세요. 다만 나로서는 모든 가능성을…"

바로 그때 킹의 뒤에서 사람이 움직였다. 무릎 밑까지 내려오는 하얀 바지와 하얀 셔츠를 입은 깡마른 노인이었다. 노인은 킹 옆에 재빨리 쭈그리고 앉아서 구식 라이카 카메라를 콜롬보에게 들이댔지만, 셔터는 누르지 않고 자메이카인 특유의 노래하는 듯한 어조로 말했다.

"여행 기념으로 멋진 사진 한 장 찍지 않으시겠습니까? 카리브해를 배경으로 한 장, 어떻습니까? 특별히 싼 값으로 멋지고 아름다운 천연색 사진을 찍어드립니다."

해변의 관광 사진사였다. 갈색 얼굴에 수많은 주름이 새겨져 있고, 짧게 깎은 백발을 흔들며 모래밭을 뛰어다니는 사진사였다.

콜롬보는 렌즈의 시선이 눈부셔 견딜 수 없다는 듯이 고개를 돌리고 수줍은 웃음을 띠며 말했다.

"아니, 괜찮습니다. 나는 사진이 실물보다 못하다는 말을 자주 들어서…"

"선생님, 내 기술을 한번 믿어보세요." 사진사는 들이대고 있던 카메라를 목에 걸고 일어나더니 겨드랑이에서 낡아빠진 앨범을 꺼냈다. "자, 한번 보세요. 내가 찍은 걸작을!"

사진사는 앨범을 펼쳐서 콜롬보에게 건네주었다. 수영복 차림의 남녀를 피사체로 삼은 평범한 사진들이 덕지덕지 붙어 있었다. 스튜디오에서 찍은 브로마이드(연예인들의 초상사진)가 분명한 수영복 차림의 마릴린 먼로 사진도 붙어 있었다.

콜롬보는 앨범을 노인에게 돌려주었다.

"꽤 잘 찍으셨군요. 하지만 나는 괜찮습니다."

"그러지 말고 한 장…"

사진사는 앨범을 겨드랑이에 끼더니 다시 쭈그려 앉아 카메라를 들이댔다.

킹은 노인의 어깨를 쿡쿡 찔렀다.

"새터디, 이제 그만 해요. 영감도 참 둔한 사람이군. 그 장사를 시작한 게 벌써 몇 년째요? 사람을 척 보면 사진을 찍을 만한 사람인지 아닌지 첫눈에 알아볼 때도 되지 않았소?"

"지당하신 말씀…" 새터디는 킹에게 비굴한 웃음을 지어 보이며 가버렸다.

킹은 다시 의자에 앉았다.

"아까 하던 얘기나 계속합시다. 이상한 일을 냄새 맡고 다니는 건 그만 둘 수 없겠습니까?"

"난 냄새나 맡고 다니는 게 아니오. 판에 박힌 수사를 하고 있을 뿐이지. 그리고 경찰관들의 단체여행 문제도 있고…"

콜롬보는 굵은 눈썹을 움직여 킹에게 윙크했다. 킹은 헛기침을 했다.

"콜롬보 씨, 아무리 그래도 이상한 소문이 나면 곤란합니다."

"아니, 걱정하지 마세요. 나는 토니 리어든이 웨슬리의 환자였다는 말을 들은 것만으로도 만족하고 있으니까. 이제 남은 건 리어든 부부가 묵었던 방과 웨슬리가 묵었던 방만 보면…"

킹이 혀를 찼다.

"그래서 곤란하다는 겁니다! 그 방은 둘 다 손님이 들어 있어요. 둘 다 미국에서 온 신혼부부가 쓰고 있는데, 손님들한테 뭐라고 설명하죠? 독살 사건 관계로 방을 조사하겠다고 합니까?"

"하지만 손님들은 낮시간에는 바다에 나가 있잖습니까. 그 사이에 잠깐만… 1분도 안 걸려요. 그러면 더는 폐를 끼치지 않을게요. 남은 일은 내일 진단서를 쓴 파렐 의사를 만나고, 남은 하룻동안 생각을 정리하기만 하면 됩니다. 그것뿐이오. 그 밖에는 목격자도 없는 것 같고…"

콜롬보는 말을 하다 말고 갑자기 입을 다물더니, 뒤를 홱 돌아보았다. 그러고는 무릎 위의 서류철과 수첩을 툭툭 떨어뜨리면서 일어나, 물가에서 젊은 남녀에게 접근을 시도하고 있는 사진사를 가리켰다.

"이봐요, 사진사 아저씨! 이봐요!" 콜롬보는 큰 소리로 부르고는 충혈된 눈으로 킹을 바라보았다. "저 영감 이름이 뭐라고 했지요?"

"새터디요."

킹이 중얼거리자 콜롬보는 두 손을 입에 대고 외쳤다.

"이봐요, 새터디! 새터디!"

새터디가 돌아보았다. 콜롬보는 격렬하게 손을 흔들었다.

"잠깐만 와주세요! 새터디, 잠깐 이리 와주세요!"

마침내 손님이 걸렸다고 생각한 새터디는 백발을 흔들며, 노인이라고는 생각할 수 없을 만큼 빠른 속도로 모래밭을 달려 올라왔다.

웃음을 띠며 어깨로 숨을 몰아쉬고 있는 노인을 향해 콜롬보가 말했다.

"그 앨범을 잠깐만… 아주 잠깐이면 되니까 좀 보여주세요."

앨범을 받아든 콜롬보는 의자에 앉아 황급히 넘겼다.

"있다! 이거야!" 콜롬보는 기쁨이 넘쳐흐르는 얼굴을 들었다. "있어요! 리어든 부부와 웨슬리의 기념사진이 있어요!"

콜롬보의 굵은 손가락이 사진 한 장을 가리키고 있었다. 물가에 선 세 사람의 사진이었다. 가운데에 리디아가 있다. 오른쪽에 토니 리어든이 서서 리디아의 어깨를 감싸 안았고, 왼쪽 끝에 웨슬리가 서 있다. 리디아와 토니는 카메라를 향해 웃고 있지만, 웨슬리는 카메라에 옆얼굴을 돌리고 리디아의 얼굴을 지그시 바라보고 있다.

콜롬보는 코트 주머니에서 지갑을 꺼냈다.

"새터디, 이 사진을 나한테 파세요. 5달러면 어때요?"

콜롬보는 새터디가 거절하리라고는 전혀 예상하지 않은 듯 구겨진 1달러짜리 지폐를 세기 시작했다. 킹이 사진사를 부추겼다.

"새터디, 모처럼 찍은 걸작이니까 비싸게 팔아요."

물론 그럴 작정이라는 듯 새터디는 고개를 끄덕였다. 콜롬보는 지폐를 세던 손을 멈추고 원망스러운 눈으로 킹을 쳐다보았다. 새터디가 노래하듯 말했다.

"100달러면 어때요? 그만하면 싼 거요. 두 번 다시 찍을 수 없는 귀중한 사진이니까."

"100달러?" 콜롬보는 지갑과 사진을 번갈아 바라보며 잠시 생각하다가 값을 수정했다. "그럼 10달러로 합시다."

"반으로 뚝 잘라서 50달러로 하면 어때요?" 킹이 중재안을 냈다.

"당신은 참견하지 말고 잠자코 있어!" 콜롬보가 호통을 치더니, 애원하는 듯한 얼굴로 새터디를 바라보았다. "10달러로 합시다. 그보다 더 많이 내면 나는 내일부터 굶어야 해요. 부탁합니다. 10달러에 초콜릿 열 개를 덤으로 얹어드릴게."

"10달러에 초콜릿 열 개?" 새터디가 비웃듯이 고개를 저었다.

"그럼 초콜릿을 스무 개 얹어드리죠." 콜롬보가 힘없이 말했다.

"초콜릿 따위는 필요 없으니까, 그건 당신이 밥 대신 먹으면 되겠네. 그러니까 50달러 줘요. 손해 보는 거래는 아닐 거요. 이렇게 멋진 걸작 사진이 단돈 50달러라니…" 콜롬보는 아쉬운 듯 앨범을 쓰다듬고 있었다. 킹이 쿡쿡 웃었다. 콜롬보는 그 얼굴을 힐끔 노려보고 앨범을 사진사에게 돌려주었다. "이제 필요 없어요."

킹은 놀라서 웃음을 삼켰다. 새터디도 멍하니 입을 벌린 채였다. 앨범을 받아든 새터디는 겨우 정신을 차리고 다시 노래하는 듯한 어조로 말했다.

"성질도 급하시긴… 장사에는 흥정이 따르는 법이잖소. 사정이 딱해 보이니까 눈 딱 감고 30달러까지 깎아드릴게. 그걸로 매듭을 지읍시다."

새터디는 손을 내밀어 악수를 청했다. 콜롬보는 그 손을 손가락 끝으로 가볍게 잡고 나서 중얼거렸다.

"하지만 이젠 필요 없어요."

노인은 낙담하는 빛을 드러냈다.

"선생, 그렇게 어린애처럼 토라질 거 없잖소. 그럼 좋아요. 선생이 부른 값으로 매듭을 지읍시다. 10달러만 주세요."

콜롬보는 팔짱을 끼고 무뚝뚝하게 말했다.

"됐어요. 이젠 필요 없다니까."

그 말을 듣고 새터디의 노래하는 듯한 어조는 사라졌다.

"무슨 소릴 하는 거야! 10달러는 당신이 부른 값이야! 노인을 그렇게 놀리면 못 써! 그럼 5달러만 내! 5달러라도 좋으니까 사줘!"

콜롬보는 팔짱을 풀었다.

"그렇게까지 말한다면야…" 콜롬보는 1달러짜리 지폐를 다섯장 세었다. 그리고 지갑 속을 들여다보더니 10달러짜리 새 지폐를 꺼내어 새터디에게 건네주었다. "10달러로 매듭을 지읍시다."

사진사는 쾌활하게 노래하는 듯한 어조를 되찾았다.

"피차 좋은 거래예요. 비싸지도 않고 싸지도 않고, 좋은 거래가 됐네요."

새터디는 앨범에서 세 사람의 기념사진을 떼어 콜롬보에게 건네주었다. 콜롬보는 사진을 받아들고는 쭈그리고 앉아 가방을 열었다.

"그리고 초콜릿 스무 개."

새터디는 무서운 것이라도 본 듯 뒷걸음치며 고개를 저었다.

"초콜릿은 필요 없소. 선생이나 먹으시오. 내가 주는 선물이오."

새터디는 이 말을 남기고 백발을 흔들며 도망치듯 달려갔다.

콜롬보는 손에 든 사진을 다시 한 번 바라보고 아무렇게나 주머니에 쑤셔 넣었다.

"재판 자료는 안 되겠어. 토니가 살아 있을 때부터 웨슬리가 리디아에게 관심을 갖고 있었다는 걸 증명할 수 있는 사진이긴 하지만…" 이렇게 중얼거리고 나서 콜롬보는 일어났다.

"그럼 킹 씨, 방 좀 보여주겠소?"

6

금요일 밤, 웨슬리 코먼은 여느 때처럼 포커를 하고 있었다.

밸런타인 변호사의 집에 모인 사람은 여느 때보다 한 사람 적다. 폭사한 데이비드의 자리가 비어 있었다.

웨슬리는 초조했다. 콜롬보가 자메이카에서 돌아올 때까지는 수사가 중단된 상태다. 자메이카에 가봤자 아무것도 나오지 않을 것은 알고 있지만, 그동안 수사는 답보상태에 빠져 리디아의 체포가 그만큼 늦어진다. 보통 형사라면 벌써 리디아를 체포했을 것이다. 웨슬리는 콜롬보가 담당 형사가 된 불운을 저주했다.

그러나 노름에서는 운이 좋았다. 그날도 웨슬리는 칩을 착실하게 늘려갔다.

밤 10시가 지나고 있었다. 손에 든 석 장의 스페이드를 남겨놓고, 플러시를 노려 나머지 두 장의 카드를 바꾸었다. 새 카드는 둘 다 스페이드였다. 새까만 스페이드가 다섯 장 모여 플러시가 완성되었을 때 웨슬리는 깨달았다. 강한 패기는 하지만, 검은 스페이드는 재수가 나쁘다. 이럴 때 하필이면 에이스를 포함한 다섯 장의 스페이드로 플러시를 만들다니… 바로 그때 전화벨이 울렸다.

자리에서 일어난 밸런타인이 수화기를 들고는 긴장한 얼굴로 이쪽을 보았다.

"웨슬리, 자네 전화야. 상대는 토니 리어든이라고 하던데…"

웨슬리는 다섯 장의 스페이드를 탁자 위에 엎어놓고 일어섰다.

콜롬보란 놈! 죽은 토니의 이름을 대다니! 웨슬리는 수화기를 들자마자 고함을 질렀다.

"장난질 좀 그만하시오, 콜롬보!"

그러나 전화 저쪽의 콜롬보는 느긋한 목소리로 대답했다.

"나도 국제전화라는 것을 걸어보고 싶어서요. 방해가 됐나요?"

"물론이죠!"

"그럴 줄 알고 토니 리어든의 이름을 빌렸어요. 콜롬보라고 이름을 대면 전화를 안 받을 것 같아서. 지금 한창 포커를 하는 중이겠지요?"

웨슬리는 탁자에 두고 온 다섯 장의 카드를 돌아보며 말했다.

"짐작하신 대로 한창 게임을 하는 중입니다. 용건이 있으면 빨리 끝내주세요."

그러나 전화 저쪽의 콜롬보는 전혀 서두를 기미를 보이지 않는다.

"내 일정을 알려드리고 싶어서요. 이틀 뒤에는 로스앤젤레스로 돌아갑니다. 그러면 당장 약속한 파티를 열어주셨으면 해서요."

"파티요?"

"그렇습니다. 내가 증거를 잡으면 포커 친구들을 모아놓고 내 설명을 듣는 파티를 열어주겠다고 하셨잖습니까. 당장 열어주세요. 파티장은 할리우드 공동묘지가 어떻습니까? 그곳엔 우리의 공통된 친구도 몇 명 잠들어 있고…"

이건 위협이야. 웨슬리는 자신을 타일렀다. 이건 콜롬보식 고문이야. 콜롬보를 이기려면 이따위 공갈 협박쯤 견뎌야 해. 웨슬리는 쾌활한 목소리로 대꾸했다.

"파티는 언제라도 열어드리죠. 증거가 갖추어지면…"

콜롬보는 잠시 침묵했다. 그러나 이윽고 태평스러운 목소리가 들려왔다.

"재료는 여러 가지를 모았어요. 토니 리어든이 당신 환자였다는 것도 알아냈고요. 앨런 에번스와 같은 관계지요. 환자와 의사의 관계. 그리고 부인을 둘러싼 삼각관계… 똑같네요. 아, 그리고 자메이카에서의 삼각관계를 증명하는 사진도 구했지요."

이번에도 역시 상황 증거뿐이다. 상황 증거를 토대로 자백을 강요하는 더러운 수법!

"콜롬보 씨, 그 정도라면 일부러 게임을 중단시킬 필요도 없잖습니까. 친구들을 너무 오래 기다리게 하면 미안하니까 이만 끊겠습니다. 파티 문제는 알았어요. 증거가 갖추어지면 언제라도 전화 주세요. 그때는 파티를 열어드릴 테니까. 하지만 증거가 없으면 전화도 걸지 마세요. 알았습니까?"

느긋한 목소리가 돌아왔다.

"알았습니다, 웨슬리 씨."

전화를 끊는 것은 콜롬보 쪽이 더 빨랐다. 웨슬리는 수화기를 내팽개치듯 내려놓고 탁자로 돌아와 다섯 장의 스페이드를 집어들었다.

"자, 플러시야. 나는 아직 운이 좋아."

7

파렐 의사는 철학자 같은 풍모를 지니고 있었다. 갈색 얼굴의 아래쪽 절반은 수염에 덮여 있고 이지적인 두 눈은 렌즈가 두꺼운 안경으로 덮여 있었다. 말은 순수한 표준 영어여서 영국 유학 경험자라는 점에서는 클레이 서장과 같았지만, 그 목소리는 훨씬 깊이가 있고 설득력이 있는 목사의 목소리와 비슷했다.

파렐 의사의 집은 네그릴 호텔에서 산 쪽으로 5마일쯤 들어간 곳에 있었다. 나지막한 언덕 중턱에 서 있는 아담한 집인데, 장미 생울타리 너머로 아침 햇살에 반짝이는 바다가 보였다.

콜롬보가 찾아갔을 때 파렐 의사는 정원에 내놓은 탁자에서 아침을 먹고 있었다.

콜롬보에게 홍차를 권한 뒤 파렐은 눈을 가늘게 뜨고 바다를 바라보며, 수평선 너머에서 추억을 끌어당기듯 천천히 말했다.

"4년 전의 그 사건은 잘 기억하고 있습니다. 돌아가신 분이 미국 영화배우였으니까요. 그분의 영화를 나는 런던에서 몇 편이나 보았답니다. 그 무렵 나는 유학생이었고, 영국보다는 미국을 더 동경하고 있었지요. 영국인의 지성보다는 미국인의 야성에 매력을 느꼈을 겁니다. 당시 영화계에서 토니 리어든은 미국인의 매력을 상징하는 액션 배우였어요. 그 배우가 부쩍 늙어서, 게다가 시체로 누워 있는 모습을 목격했을 때 나는 내 청춘의 시체를 보는 듯한 기분이었답니다."

파렐은 김이 피어오르는 홍차를 한 모금 마셔 목을 축이고, 콜롬보에게 옆얼굴을 돌린 채 바다를 바라보면서 조용히 이야기를 계속했다.

"이미 죽었다는 건 알았지만, 가능한 방법은 모두 써보았습니다. 젊은 부인이 가엾게도 제정신이 아니어서… 하지만 나는 부인을 위해서가 아니라 내 젊은 시절의 우상을 살려내고 싶은 일념으로 최선을 다했지요. 하지만 역시 소용이 없었습니다."

콜롬보는 서류철을 뒤적이면서 말했다.

"이 보고서에 따르면 심장마비라고 되어 있는데, 틀림없습니까?"

파렐은 고개를 끄덕였다.

"틀림없습니다. 그 보고서는 내가 썼습니다. 살려내기 위해 모든 각도에서 검토해보았지만, 틀림없는 심장마비였습니다. 그 사람이 원래 심장병을 앓고 있었다는 건 나중에 부인한테 들었지요. 그때는 몰랐지만…" 파렐은 자신의 진단을 자랑하는 기색도 없이, 또한 그 정당성을 강조하는 기색도 없이 담담하게 사실을 지적하는 어조로 말하고 나서, 갑자기 화제를 바꿨다. "바다는 역시 청춘의 상징입니다. 해변에 있으면 노인도 다시 젊어져요. 육체는 늙은 채로 남아 있지만 기분만은 다시 젊어지지요. 그게 위험합니다. 이 자메이카에서는 병사하는 관광객이 상당수에 이릅니다. 바다의 마력이라고나 할까요. 일상생활에서 억압받고 있던 정신이 바다의 자극을 받아 단번에 해방됩니다. 젊은 사람은 젊음이 갖는 야성을 드러냅니다. 늙은 사람도 젊어지는 한편, 자제심까지 잃어버리지요. 예를 들면, 그때까지는 의사의 충고를 충실히 따르던 사람이 갑자기 의사의 처방 따위는 무시해버리는 거예요. 해양 스포츠도 밤놀이도 마음껏 즐기고, 흥겨운 나머지 지나치게 들떠서 떠들어대지요. 토니 리어든도 예외가 아니었을 겁니다. 그 양반은 적어도 죽을 때까지 며칠 동안은 생애의 마지막 액션 영화에 출연한 배우처럼 살았을 거예요. 그리고 죽었지요."

"틀림없이 심장마비였단 말이죠?"

콜롬보가 다짐을 받듯 물었지만, 그 목소리는 파렐의 귀에 들리지 않았던 모양이다. 파렐은 저음의 목소리로 말을 이었다.

"요전에도 이 근처 호텔에서 미국인 관광객이 죽었습니다. 예순여덟 살 된 노부인이었지요. 호텔 안뜰에서 열린 댄스파티에서 웨이터와 함께 두 시간이나 계속 춤을 추다가 털썩 쓰러진 거예요. 젊은이와 똑같이 맨발로 춤을 추었다고 하더군요. 내가 달려갔을 때는 이미 숨이 끊어져 있었어요. 옷을 입은 채 바다에 들어간 것처럼 드레스가 땀으로 흠뻑 젖어 있었지요. 꽤 뚱뚱한 부인인데, 미국에 있을 때라면 숨이 차서 5분도 춤을 추지 못했을 겁니다. 그런데 여기서는 심장발자으로 죽을 때까지 두 시간이나 계속 춤을 추었답니다. 하지만 이 아름다운 섬에서 병사하는 사람은 행운아들입니다. 남에게는 폐를 끼치더라도, 생명의 마지막 불꽃을 단번에 불사르고 죽는 거니까 죽는 순간 본인에게는 아무 후회도 없을 겁니다. 여기 올 만한 경제력을 가진 사람만이 누릴 수 있는 행복한 죽음이지요."

파렐은 빈정거리는 기색도 없이 사실을 지적하는 담담한 어조로 말하고 나서 홍차를 홀짝거렸다.

콜롬보는 무릎 위에 놓은 서류철을 닫고 낙심한 듯 한숨을 내쉬었다.

"토니 리어든의 사건 말인데요, 가능성으로는 어떻습니까? 심장발작 말고 다른 사인은 전혀 생각할 수 없는 겁니까? 예를 들면 독살 같은 거… 독약으로 죽었을 가능성은 전혀 없습니까?"

파렐은 바다에서 시선을 돌려 비로소 콜롬보를 바라보았다. 두꺼운 렌즈 속의 눈이 환자의 이변을 알아차렸을 때처럼 번쩍 빛났다. 그러나 목소리는 여전히 조용했다.

"생각할 수 없습니다. 물론 그 가능성도 검토해보았지요. 하지만 30년 동안 임상의로 쌓아온 내 경험으로 미루어, 그건 틀림없는 심장마비입니다." 파렐은 다시 바다 쪽으로 시선을 돌리며 말을 이었다. "경험이라는 말이 과학적이 아니라는 건 알고 있습니다. 주관적이고 설득력이 모자란 것도 사실입니다. 하지만 경험적인 판단의 내용은 과학적인 겁니다. 그러나 결론이 옳다 해도, 결론을 끌어내기 위한 자료가 경험적인 것이라면 남을 설득하기가 어렵지요. 그럴 경우, 해부를 해두었다면 이른바 과학적인 자료를 당신에게 보여줄 수 있었을 텐데…"

콜롬보는 고개를 끄덕였다.

"아니, 잘 알았습니다. 나도 줄곧 그런 꼴을 당하고 있답니다. 내 경우는 훨씬 더 비과학적이어서, 직감에 의존하여 수사를 하지요. 그리고 내 결론이 옳다는 걸 알면서도 남에게는 잘 설명할 수가 없어서…"

콜롬보는 어깨를 으쓱하며 웃었다. 파렐도 웃었다. 두 사람은 바다를 내려다보면서 입을 모아 웃었다. 콜롬보는 느긋해진 모습으로 코트 주머니에서 시가를 꺼냈다.

파렐이 조용한 어조로 말했다.

"콜롬보 형사님, 당신이 수사하고 있는 사건은 토니 리어든의 죽음과 어떤 관계가 있습니까?"

"글쎄요, 박사님 이야기를 듣고는 관계가 없다는 걸 알았습니다."

그러나 파렐은 흥미를 느낀 모양이다. 긴 다리를 꼬면서 다시 물었다.

"그러면 어떤 사건을 조사하고 있는데요?"

콜롬보는 시가에 불을 붙이고 나서 대답했다.

"어떤 남자가 어떤 영화배우를 독살했습니다. 두 사람은 사건 당일 점심때쯤 만났고, 그로부터 여덟 시간 뒤에 영화배우는 죽었습니다. 그런데 내가 범인으로 보고 있는 남자는 그때 피해자와는 10마일이나 떨어진 곳에 있었어요."

파렐이 미소를 지었다.

"10마일이나 떨어져 있으면 어쩔 도리가 없지요. 시한폭약이라도 장치했다면 모를까… 당신의 육감도 이번만은 빗나간 것 같군요."

"역시 그럴까요?" 콜롬보는 눈을 내리깔았다. "그렇게 되면 나는 모가 진데…"

"그것도 좋지 않나요?" 파렐은 하늘을 쳐다보며 말했다. "퇴직금으로 이곳에 작은 호텔이라도 지으면 어떻습니까?"

"호텔요? 그렇군요. 퇴직금으로 호텔이라… 생각해보지는 않았지만, 뜻밖에 잘될지도 모르겠군요. 우리 집사람은 이렇다 할 장점은 없지만 요리만은 아주 잘 하거든요. 집사람의 숙부뻘 되는 분이 뉴욕에서 레스토랑을 경영하고 있는데, 그 식당 주방장보다 요리 솜씨가 훨씬 나아요. 그리고 우리 집에는 경비견으로 쓸 수 있는 개도 있고…" 유쾌하게 지껄이고 있던 콜롬보가 갑자기 목소리를 낮추었다. "하지만 안 되겠네요. 내 퇴직금으로는 도저히 호텔을 지을 수 없을 테니까요."

"돈이야 빌리면 되잖습니까?"

"돈을 빌린다고요." 콜롬보는 다시 쾌활해져서 황급히 시가를 피웠다. "돈을 빌려서 호텔을 짓는다? 빚은 돈을 벌어서 갚으면 되니까 어떻게든 될지도 모르겠군요. 집사람은 요리를 잘 하고, 경비견도 있고, 나는 붙임성이 좋고…"

그때 콜롬보가 갑자기 얼굴을 찡그리며 시가를 입에서 떼더니 뺨에 손을 댔다.

"아야… 담배 연기가 이로 스며들었군." 그러고는 코트 주머니에 손을 집어넣어 약병을 두 개 꺼냈다. "박사님, 물 좀 먹겠습니다."

콜롬보는 고통을 참기 위해서인지 찡그린 표정을 지으며 컵에 물을 따랐다.

파렐은 탁자 위의 약병을 바라보면서 말했다.

"이가 아픈가 보군요. 빨리 치료하는 게 좋아요. 내버려두면 큰일 납니다."

"알고 있습니다."

콜롬보는 거칠게 내뱉고는 우선 진통제를 먹었다. 그러고는 소염제 약병을 열었다.

그때 파렐이 날카로운 소리를 질렀다.

"잠깐! 잠깐만요!" 콜롬보는 소염제 약병을 든 채, 파렐의 어조에 놀라 몸을 움츠렸다. "그 약병을 잠깐…" 파렐은 손을 뻗어 콜롬보에게서 약병을 빼앗았다. "이건 무슨 약입니까?"

콜롬보는 약병을 빼앗긴 손을 아직도 허공에 든 채 우물거리며 말했다.

"그건… 저어, 염증을 가라앉히는 약이라고 해서 여덟 시간마다 먹도록 되어 있는데, 오늘 아침에는 좀 늦어서… 하지만 늦게라도 먹는 게 나을 것 같아서 진통제를 먹는 김에…"

"잇몸 염증을 가라앉히는 겁니까?"

파렐은 다시 부드러운 어조로 말하면서 약병을 콜롬보에게 돌려주었다. 그러나 콜롬보는 손으로 돌아온 약병을 뚫어지게 바라볼 뿐, 약을 먹으려고는 하지 않았다.

"박사님, 이건 몸에 나쁜 약입니까? 독이라도 들어 있나요?"

"아니, 그런 건 아닙니다. 어서 드세요."

"아무래도…" 콜롬보는 약병을 살짝 탁자에 내려놓았다.

파렐이 조용히 웃었다.

"아니, 걱정하지 않으셔도 됩니다. 그건 보통 약이에요. 놀라게 해서 죄송합니다. 어서 드세요."

파렐은 알약을 꺼내어 콜롬보에게 내밀었다. 콜롬보는 파렐이 내민 알약을 가만히 바라보고 있다가 결심한 듯 알약을 받아서 입속에 집어넣었다. 그러고는 물을 마시고 나서 억지웃음을 지어 보였다.

"박사님, 정말로 독약이 아닙니까?"

"독약은 아닙니다." 파렐은 웃는 얼굴로 고개를 끄덕이고 나서 말을 이었다. "쓸데없는 걱정을 끼쳐드려서 정말 미안합니다. 그 약을 본 순간 문득 어떤 생각이 떠올라서…"

"어떤 생각이라니요?"

콜롬보가 되묻자 파렐은 웃으면서 고개를 저었다.

"아니, 시시한 망상입니다. 이야기할 마음도 나지 않습니다."

"그렇습니까…" 콜롬보는 고개를 끄덕였지만, 아무래도 마음에 걸리는지 약병을 가리키며 물었다. "이 약이 어떤 망상을 불러일으켰나요? 나는 이 약을 보면 무서운 치과의사밖에 생각나지 않는데요."

"좋습니다. 그럼 우스갯소리로 생각하고 들어주세요." 파렐은 말하고 콜롬보의 배 언저리를 손으로 가리켰다. "형사님, 이 약이 형사님 위 속에 들어가면 어떻게 되는지 아십니까?"

콜롬보는 당황하여 배를 손으로 눌렀다.

"그럼 역시 독약입니까?"

"아니, 그런 게 아닙니다. 이 약은 위 속에 들어가도 얼마 동안은 이 형태를 그대로 유지합니다. 약을 둘러싸고 있는 젤라틴이 녹을 때까지는 그대로 남아 있지요. 따라서 약이 효과를 발휘할 때까지는 30분가량 걸립니다. 바깥쪽 젤라틴이 위액으로 녹을 때까지 대개 30분이 걸리니까요." 파렐은 약병에서 알약을 또 하나 꺼내어 콜롬보에게 건네주었다. "잘 보세요. 이 약은 먹기 쉽도록 가루약을 젤라틴으로 싼 겁니다. 투명한 젤라틴 안에 약이 들어 있는 게 보이지요? 따라서 먹어도 금방 효과가 나타나지는 않습니다. 캡슐 모양을 한 바깥쪽 젤라틴이 위 속에서 자연히 녹을 때까지는 젤라틴 안에 든 약은 단순한 가루일 뿐입니다. 나는 이 약을 보고 아까 당신이 한 이야기를 생각했지요. 젤라틴을 이용하면 독약 시한폭탄을 만들 수 있지 않을까 하고…"

"네에…?"

"이건 어디까지나 망상이니까."

"그렇군요!"

콜롬보가 갑자기 벌떡 일어났다. 일어서다가 배가 탁자에 부딪혀, 탁자 위의 찻주전자가 넘어졌다. 엎질러진 홍차가 하얀 테이블보 위에 갈색 얼룩을 만들었지만 콜롬보는 전혀 알아차리지 못한다. 콜롬보는 손을 이마에 대고 외쳤다.

"독약을 캡슐에 싸면 시한폭약이 된다! 여덟 시간 뒤에 녹도록 만든 젤라틴 속에 독약을 넣고, 낮에 만났을 때 먹여두면 된다! 그리고 젤라틴이 녹을 때쯤 범인은 피해자로부터 멀리 떨어진 곳에 있다. 예를 들면 10마일 떨어진 곳에서 포커를 하고 있다. 정말 완벽해!"

콜롬보는 힘껏 손뼉을 쳤다.

파렐은 쓰러진 찻주전자를 도로 세워놓으면서 조용히 말했다.

"하지만 그건 불가능합니다. 의사가 아니라면 젤라틴으로 그런 잔꾀를 부릴 수는 없습니다."

"그런데 의사입니다! 범인은 치과의사예요!" 콜롬보는 이렇게 외치고 불 꺼진 시가를 입에 물었다. "고맙습니다, 파렐 박사님. 역시 자메이카까지 온 보람이 있었네요. 박사님 덕분에 눈앞에 몽롱하게 끼어 있던 안개가 싹 사라진 느낌입니다. 아니, 정말 고맙습니다. 역시 박사님은 대단하세요. 처음 만났을 때 이분은 보통 사람이 아니라고 생각했지만, 과연 내 눈은 틀림이 없었어요."

그러나 파렐은 끝까지 회의적이었다.

"내 망상입니다. 범인이 의사라면 불가능하지는 않겠지만, 여덟 시간이나 녹지 않는 젤라틴 캡슐을 만든다는 건 쉬운 일이 아니에요. 야구공처럼 커다란 캡슐을 만든다 해도 그걸 먹일 수는 없습니다. 그런데 위액의 힘은 대단해서 조그만 젤라틴 정도는 금방 녹아버리니까 여덟 시간은 도저히…"

"하지만 불가능하진 않겠지요?" 콜롬보는 불 꺼진 시가를 씹으면서 물었다.

"그야 물론 불가능한 건 아니지만…" 파렐은 자신의 학설을 굽히지 않는 교수처럼 턱수염을 쓰다듬으면서 완고하게 되풀이했다. "어쨌든 위액의 힘은 대단합니다. 야구공만 한 크기의 젤라틴 캡슐을 만들지 않고는…"

"하지만 불가능한 것은 아니지 않습니까." 콜롬보도 고집스러웠다.

콜롬보는 발치에서 TWA 항공 가방을 들더니 지퍼를 열고 거꾸로 뒤집어, 안에 든 것을 탁자 위에 모조리 쏟아놓았다. 수많은 초콜릿이었다.

"중요한 힌트를 주셨는데 답례로 선물도 드릴 수가 없군요. 원하신다면 이 초콜릿이라도 드세요. 내 고마운 마음을 알아주십시오. 아니, 걱정하지 마세요. 원래 공짜로 얻은 거니까요. 그럼 박사님…" 하면서 콜롬보는 파렐에게 손을 내밀었다.

그 손을 맞잡고 나서 파렐은 의자에서 일어나 겨우 양보하는 태도를 보였다.

"나로서는 자신은 없지만 한 가지 가능성으로는 일단 검토해보는 것도 나쁘지 않겠지요. 하지만 결과는 알려주십시오. 이래봬도 지식욕은 아직 남아 있으니까요."

"그야 물론이죠. 결과는 반드시 알려드리겠습니다." 콜롬보는 파렐의 손을 다시 한번 꽉 움켜쥐었다. "그리고 내가 퇴직한 뒤 호텔을 경영하는 문제에 대해서도 집사람과 잘 검토하여 결과를 알려드리겠습니다."

콜롬보는 거의 비어버린 가방을 어깨에 메고 손을 흔들면서 종종걸음으로 멀어져갔다.

콜롬보가 보이지 않게 되었을 때 파렐은 콜롬보가 소염제 약병을 놓아두고 간 것을 알아차렸다. 약병은 초콜릿 더미에 거의 가려져 있었다.

'한 가지 가능성이라…' 파렐은 중얼거리고는 초콜릿을 한 개 집어서 포장을 뜯었다. '위액으로 녹이는 게 아니라 타액으로 녹이면 불가능하진 않아.'

파렐은 초콜릿을 입안에 넣었다.

제4장

죽은 자의 귀환

1

로스앤젤레스 경찰청 근처의 낡은 건물 지하에 있는 치과는 트럭이 바깥 도로를 지나갈 때마다 싸구려 페인트를 칠한 벽이 가늘게 떨렸다.

콜롬보는 진료의자의 팔걸이를 꽉 움켜잡고 증오에 불타는 눈으로 의사를 노려보고 있었다. 딱 벌린 입은 금방이라도 의사를 물어뜯을 것 같았다.

로제티 의사는 모르는 척하는 얼굴로 콜롬보의 잇몸에 주삿바늘을 찔렀다. 콜롬보의 온몸이 전기 충격이라도 받은 것처럼 경련하고, 팔걸이를 움켜잡은 손에 혈관이 불끈 솟아올랐다.

"우욱." 콜롬보의 목구멍 안쪽에서 뜻 모를 소리가 솟구쳐 나왔다. 공포와 고통과 증오를 담은 그 신음소리는 문 저편에 있는 환자 대기실까지 울려 퍼졌다.

로제티는 아랑곳하지 않고 주사기 실린더를 누르면서 말했다.

"마취 주사를 놓아주는 것만도 고맙게 생각하세요." 주사를 끝내자 로제티는 검은 콧수염을 쓰다듬으며 콜롬보의 핏발선 눈을 바라보았다.

"염증이 가라앉았으면 빨리 오라고 말했을 텐데요. 염증은 사흘만 지나면 가라앉을 겁니다. 그래서 소염제 처방전도 써주었어요. 그런데 오늘이 며칠째인지 아세요?"

"하지만… 그, 그때, 선생님은… 저어, 두번 다시 오지 말라고 했고… 나는 자메이카에 가서…" 콜롬보는 씩씩하게 반론을 제기했다. 주정뱅이처럼 혀 꼬부라진 소리가 나는 것은 벌써 효과를 발휘하기 시작한 마취제 때문이었다.

"지껄이지 말아요! 당신은 잠자코 있으면 돼요. 마취약이 작용하고 있을 때 섣불리 지껄이면 뺨 안쪽을 깨물게 되니까." 로제티는 콜롬보에게 등을 돌리고 트레이의 의료기구로 손을 뻗었다. "자, 입을 벌리세요."

이렇게 말하자마자 로제티는 콜롬보 쪽으로 돌아앉아 펜치 모양의 기구를 콜롬보의 입속으로 쑤셔 넣었다. 은빛으로 반짝이는 기구를 입에 물고 콜롬보는 눈을 크게 떴다.

"참 고집 센 이빨이군. 질긴 뿌리가 박혀 있는 게 꼭 주인을 닮았네요."

그러나 그때 이미 이빨은 빠져 있었다. 콜롬보는 한숨을 내쉬었다. 강철처럼 긴장해 있던 몸에서 힘이 빠지고, 팔걸이를 움켜잡고 있던 손은 바깥쪽으로 힘없이 축 늘어졌다.

"빨리 양치하세요! 다음 환자가 기다리고 있으니까." 로제티는 콜롬보를 재촉했다. 그러고는 상처를 소독하고, 약을 집어넣고, 가제를 눌러댔다. "가제는 잠시 물고 계세요. 이제 곧 피가 멎을 겁니다. 내일 다시 오세요. 오기 싫으면 안 와도 좋습니다. 잇몸이 곪아서 그 때문에 죽는다 해도 나는 아무렇게도 생각지 않을 테니까."

가제를 입에 문 채 콜롬보는 알아듣기 어려운 목소리로 말했다.

"폐가 되지 않는다면, 내일 또 오게 해주세요."

로제티는 싱긋 웃었다.

"이제야 착한 아이가 되었군. 앞으로는 의사 말을 잘 들으세요. 이는 아침저녁으로 꼬박꼬박 닦을 것." 로제티는 방금 뺀 이를 핀셋으로 집어 보였다. "이는 원래 하얀 겁니다. 그런데 당신 이를 좀 보세요. 갈색이에요. 담뱃진 때문에 갈색이 되어버렸어요. 이건 이를 제대로 닦지 않았다는 증겁니다. 게다가 이것 보세요. 이렇게 심한 충치가 됐어요. 커다란 구멍이 뚫려 있지요? 이 구멍은 훨씬 아래쪽까지 뚫고 들어가 있어요. 아픈데도 의사한테 오지 않았기 때문에 이렇게 구멍이 커진 겁니다. 알약이 쑥 들어갈 만큼 커다란 구멍이…"

콜롬보가 불쑥 손을 뻗어 핀셋을 쥔 로제티의 손을 움켜잡았다. 콜롬보는 그 손을 꽉 움켜잡은 채, 기계를 조작하듯 로제티의 손을 움직여 자기 이빨에 난 구멍을 들여다보았다.

콜롬보의 이마에 깊은 주름이 새겨지고 눈이 가늘어졌다. 멀리 떨어져 있어서 잘 보이지 않는 물체를 억지로 확인하려는 듯한 눈빛이었지만, 그 빛은 날카롭기 그지없다. 갑자기 한쪽 눈썹이 치켜 올라가고, 동시에 한쪽 눈만 크게 뜨였다. 반대로 다른 쪽 눈은 더욱 가늘어졌다. 그래도 그 가느다란 틈새로 이를 계속 바라보고 있었다.

로제티는 약간 기분이 나빠져서 핀셋을 든 손을 내리려고 했다.

"선생님, 잠깐만 그대로!" 콜롬보는 로제티의 손을 잡은 손가락에 힘을 주었다. 그러고는 속삭이는 듯한 목소리로 말했다. "선생님, 이 구멍에 독약을 넣으면 어떻게 될까요?"

로제티는 콜롬보의 손을 뿌리치고 핀셋을 트레이에 올려놓았다.

콜롬보는 미련이 남은 듯이 트레이에 놓인 이빨을 들여다보고 있었다. 눈빛은 아까와 똑같다. 한쪽 눈은 크게 뜨고 다른 쪽 눈은 가늘어져 있다.

"치과의사라면 충치 구멍에다 독약을 집어넣는 것쯤은 식은 죽 먹기겠지요?"

그러자 로제티는 콜롬보에게 얼굴을 바싹 들이대고 낮게 억누른 목소리로 말했다.

"나가. 당신은 매번 치과의사를 모욕할 목적으로 찾아오는 것 같군. 당신은 치과의사한테 편견을 갖고 있는 모양인데, 치과의사는 모두 살인자라고 생각하고 있어. 그런 경찰은 꼴도 보기 싫으니까 어서 꺼져." 그러고는 진료의자 팔걸이를 힘껏 두드리며, 문 저편의 대기실은 물론 바깥 도로까지 들릴 만큼 큰 소리로 외쳤다. "나가! 당장 나가! 두번 다시 오지 마. 다음에 또 오면 남은 이빨을 몽땅 빼버릴 테니! 하나도 남김없이 전부!"

그 성난 고함소리도 제대로 들리지 않는 듯 콜롬보는 천천히 일어나 트레이에 놓인 제 이빨을 가리켰다.

"선생님, 저걸 가져갈 수 없을까요? 수사 자료로 삼고 싶은데…"

"갖고 싶으면 가져가!" 로제티는 트레이에 있는 충치를 집어 콜롬보의 손바닥에 탁 내려놓았다. "더러운 이빨로 넥타이핀이라도 만들면 그 더러운 넥타이에 마침 잘 어울리겠군!"

콜롬보는 코트 주머니에 제 이빨을 집어넣고는 비로소 미소를 지었다.

"선생님, 고맙습니다. 귀중한 힌트를 주셔서…"

"힌트?" 로제티는 답답하다는 듯이 고개를 저었다. "이건 힌트가 아니라 경고야. 그래도 모르겠다면 다시 한 번 분명히 말해주지. 당신은 도무지 마음에 안 드는 녀석이야. 이제 두번 다시 오지 마!"

콜롬보는 가볍게 손을 들었다.

"아니, 또 올 겁니다. 내일 상처를 치료받으러 올 거요."

이렇게 말하고 콜롬보는 코트 자락을 펄럭이며 재빨리 밖으로 나갔다.

2

 호레이스 셔윈은 절망의 구렁텅이에 빠져 있었다. 아들 데이비드의 너무나도 무참한 죽음이 지금까지 살아온 인생을 모두 무의미한 것으로 만들어버렸다.
 셔윈은 자신의 성채인 셔윈 빌딩 꼭대기 층에 틀어박힌 채 해질녘이 되어도 집으로 돌아갈 생각을 하지 않았다.
 병원 진료는 웨슬리에게 맡겨버렸으니까, 애당초 이곳에는 볼 일이 없다. 그러나 편안한 집에 있는 것보다 따분한 클리닉에 틀어박혀 있는 게 왠지 마음이 편했다. 그리고 어차피 잠들지 못하는 밤을 보낼 테니까 일부러 집에 돌아갈 필요도 없었다.
 셔윈은 책상 서랍에서 작은 거울을 꺼내어 들여다보았다. 거울에 비쳐 있는 얼굴이 늙음과 추함만 드러내고 있는 것을 깨달을 만한 판단력은 아직 남아 있었다. 벌써 며칠째 면도하지 않은 얼굴에는 희끗희끗한 수염이 빽빽이 돋아나 있었다. 그것이 꼴불견이라는 것은 알고 있지만, 그 수염을 깎을 기력이 없다. 모든 게 귀찮아서 그저 멍하니 앉아 시간을 보낼 뿐이었다. 그럼으로써 셔윈은 늙음에 박차를 가하고 슬픔을 더 깊게 하고 있었다.
 셔윈은 무거운 한숨을 내쉬고 거울을 책상 위에 내던졌다. 그 소리에 응답하듯 문이 열리고 변호사 밸런타인이 긴장한 얼굴을 내밀었다.
 셔윈은 나른하게 말했다.
 "뭐야, 아직 안 갔나?"
 밸런타인은 절대 안정을 취해야 하는 환자의 방에 들어오듯 발소리를 죽여 안으로 들어왔다.
 "기다리고 있으라길래 기다리고 있었습니다. 빨리 대책을 세우는 편이 좋습니다. 이대로 내버려두면 리디아는…"

"알고 있네." 셔윈은 아무렇게나 손을 내저었다.

슬픔만이 아니라 고민거리도 있었다. 데이비드의 죽음을 추격하듯 닥쳐온 리디아의 위기. 아버지로서는 어떻게든 손을 쓰지 않으면 안 된다. 그것도 빨리. 그래서 일단 변호사 밸런타인을 불렀다.

그러나 거기서 앞으로 나아갈 수가 없었다. 셔윈은 사태의 심각성을 뼈저리게 인식하면서도, 어떻게 대처해야 좋을지 전혀 짐작도 가지 않는다. 리디아가 놓여 있는 상황은 너무도 나빴다. 살인 혐의가 걸려도 발뺌할 수 없는 증거가 갖추어져 있다는 것은 셔윈도 알고 있었다. 발뺌할 수 없는 증거와 딸을 믿고 싶은 심정 사이에 끼어 셔윈은 꼼짝도 못하고 앉아 있었다.

그때 문을 두드리는 소리가 들렸다. 밸런타인이 문을 열었다.

"콜롬보 형사!" 밸런타인이 놀라서 소리를 질렀다.

밖으로 밀쳐내려는 밸런타인과 밀려나지 않으려는 콜롬보가 문을 사이에 두고 작은 소리로 실랑이를 벌였다.

"밸런타인! 괜찮으니까 형사를 안으로 모시게." 셔윈이 말했다.

밸런타인은 화난 듯이 셔윈을 돌아보고 나서, 문을 밀고 있던 손을 놓고 옆으로 비켜섰다.

콜롬보는 적진의 수비망을 뚫고 쾌주하는 센터 포워드처럼 기세 좋게 방 안으로 뛰어들어, 앞으로 몸을 숙인 자세로 셔윈의 책상을 향해 달려갔다.

"실례합니다, 셔윈 씨. 좀 더 빨리 찾아뵐 생각이었는데…"

셔윈은 말없이 책상 옆의 의자를 가리켰다. 콜롬보는 그 의자에 앉아서 똑같은 말을 되풀이했다.

"좀 더 빨리 찾아뵐 생각이었는데, 실은 오늘 아침에 이빨을 뺐어요. 마취가 풀리기 시작하자 너무 아파서 경찰 숙직실에 줄곧 누워 있었답니다. 그 사이에 뺨 안쪽을 깨문 모양이에요. 그 부분은 아직 마취가 풀리지 않았는지, 깨물었을 때는 전혀 알아차리지 못했지만… 여길 보세요. 바로 여기예요." 콜롬보는 입을 크게 벌리고 입안에 손가락을 집어넣어 보였다. "보입니까? 여기…"

보이지는 않고 보고 싶지도 않았지만 셔원은 고개를 끄덕였다.

"그거 큰일이군요." 그러나 치통 정도로 고민하는 사람은 행복하다. 셔원은 한숨을 내쉬며 말했다. "콜롬보 씨, 리디아 일로 오셨겠지만 나는 지금 피곤하오. 몹시 피곤해요. 가능하면 내일로 미루어주셨으면 합니다만…"

콜롬보는 의기양양한 얼굴로 고개를 끄덕였다.

"그 심정은 충분히 이해합니다. 데이비드 씨가 그렇게 되었으니, 이럴 때는 누구나…"

그다음은 말하지 않아도 알 거라는 듯이 콜롬보는 목을 움츠렸다. 살인 담당 형사는 직업상 조문하는 말이나 위로의 말을 하는 데에는 익숙해져 있을 것이다. 그러나 참된 슬픔이나 진정한 공포 따위는 알 리가 없다. 셔원은 겉치레뿐인 동정을 거부하듯 냉정하게 말했다.

"내 심정을 당신이 알 리가 없지. 당신, 아들이 그런 식으로 죽은 경험을 갖고 있소? 딸이 어쩌면 살인했을지도 모른다는 생각에 고민한 적이 있소? 우발적인 범행이라 해도 리디아는 사람을 죽였을지 몰라요. 나도 그걸 끝까지 부인하려는 건 아니오. 다만 오늘은 피곤해서…"

"셔원 씨! 변호사로서 충고하겠는데…"

이렇게 말하면서 밸런타인이 책상으로 다가오자 콜롬보가 손을 들어 제지했다.

"아니, 아직은 변호사가 나설 때가 아닙니다. 그리고 리디아 씨한테는 변호사가 필요 없어요."

밸런타인은 콜롬보를 내려다보며 덤벼들었다.

"무슨 소리요? 리디아에게 변호사를 붙여주지 않겠다니, 그게 대체 무슨 뜻이오? 아아, 이제 알겠다. 공소 유지에 자신이 없는 거로군. 그래서 나처럼 유능한 변호사는 방해가 된다, 이거요? 내가 있으면 앨런 에번스 살인 혐의로 리디아를 교도소에 보낼 자신이 없다는 거로군. 그렇소?"

콜롬보는 밸런타인을 무시하고 셔윈을 바라보았지만, 밸런타인의 말에 대답했다.

"리디아 씨를 교도소에 보낼 자신이 없느냐고 물으면, 나는 분명히 없다고 대답하겠습니다. 애당초 리디아 씨를 체포할 생각도 없으니까요."

"뭐라고요?" 밸런타인은 어안이 벙벙하여 말했다.

콜롬보는 밸런타인을 쳐다보았다.

"그러니까 당신은 리디아 씨를 변호할 필요가 없습니다. 리디아 씨는 아무 짓도 하지 않았어요. 아무 짓도 하지 않은 사람을 변호할 필요는 없잖습니까?"

콜롬보는 다시 셔윈을 바라보았다.

"셔윈 씨, 오늘은 셔윈 씨한테 도움을 좀 받을까 해서 찾아왔습니다."

셔윈은 힘없이 고개를 저었다.

"콜롬보 씨, 나는 늙은이오. 게다가 혼란에 빠져 있소. 하지만 달콤한 말로 나를 속여서 뭔가를 알아내려는 짓은 그만두시오. 당신은 리디아의 전남편인 토니 리어든의 죽음에도 의심을 품고, 리디아와의 관계를 조사하러 일부러 자메이카까지 갔다 왔잖소. 사태가 절망적이라는 건 나도 알아요. 혼란에 빠진 아버지라도 모든 증거가 딸에게 불리하다는 것쯤은 알고 있소."

"확실히 그렇습니다." 콜롬보는 시원스럽게 고개를 끄덕였다. 그러고는 말을 이었다. "모든 증거가 따님에게 불리해 보이는 것은 사실입니다. 예컨대 와인병에서 검출된 독약은 움직일 수 없는 증거일 테지요. 하지만 앨런 에번스는 그 독약으로 죽은 게 아닙니다."

콜롬보의 말 속에 조금이나마 희망적인 암시가 있는 것 같아서 셔윈은 몸을 앞으로 내밀었다.

"그게 무슨 뜻이오?"

"그 와인병이 발견되었을 때, 그 병에는 와인이 절반 정도밖에 남아 있지 않았습니다. 그런데 부검 결과, 앨런 에번스는 독약을 마신 순간 즉사에 가까운 상태로 죽었다는 걸 알아냈습니다. 와인에 든 독으로 죽었다면 에번스는 첫잔도 다 마시기 전에 죽었을 겁니다. 반병은 도저히 마실 수 없습니다."

순간 서원은 눈을 빛냈다.

"그렇다면… 앨런 에번스는 독살당한 게 아니라는 거요?"

콜롬보는 고개를 저었다.

"아니, 독살당한 건 사실입니다. 에번스가 죽은 뒤 누군가가 와인병에 디기탈리스를 탔습니다. 와인을 마시고 죽은 것처럼 위장하기 위해서지요. 상황으로 보아 그런 일을 할 수 있었던 사람은 두 사람밖에 없습니다. 그날 밤 현장에 곧바로 달려간 데이비드와 웨슬리, 두 사람입니다."

희망처럼 보였던 것이 새로운 절망과 연결되자 서원은 눈을 내리깔고 중얼거렸다.

"그래서 데이비드가 그런 식으로 죽었군. 그건 역시 자살이었어. 자기가 한 짓이 무서워져서 자살한 거야."

"그렇지 않습니다." 콜롬보의 굵은 목소리가 내답했다. "데이비드 씨가 누이동생에게 불리한 일을 할 리가 없습니다. 그분의 정신은 별로 착란해 있었던 게 아니니까요."

서원은 눈을 가늘게 떴다. 갑자기 고개를 쳐든 원망이 순식간에 분노로 바뀌었다. 온몸을 부들부들 떨리게 하는 분노였다. 보이지 않았던 적을 겨우 발견하고 서원은 낮은 신음 소리를 쥐어짜듯이 말했다.

"그렇다면… 그렇다면… 웨슬리가? 하지만… 어떻게?"

콜롬보는 의자에 앉은 채 두 팔을 벌렸다.

"사실은 그게 문젭니다. 웨슬리 코먼은 어떻게 앨런 에번스를 독살했느냐? 그 방법이 문제예요."

"어떻게 했나요?" 옆에 있던 밸런타인이 호기심을 억누르지 못하고 끼어들었다.

콜롬보는 밸런타인을 슬쩍 쳐다보고 나서 손가락으로 이마를 쓰다듬었다.

"그게 나한테는 큰 문제였습니다. 적어도 몇 시간 전까지는…"

"지금은 더 이상 문제가 아니라는 거요?"

밸런타인이 묻자 콜롬보는 고개를 끄덕였다.

"그 대답을 좀 전에 알아냈습니다. 치통을 참으며 숙직실 침대에서 신음하고 있을 때 뿔뿔이 흩어져 있던 단편들이 내 머릿속에서 하나로 결합되었지요. 아까도 말했지만 나는 전혀 모르는 사이에 뺨 안쪽을 이빨로 깨물어서 상처를 냈습니다. 마취제 때문이죠. 그런데 앨런 에번스의 부검 보고서에 따르면…"

콜롬보는 코트 주머니에서 커다란 봉투를 꺼내 그 안에 든 서류를 꺼냈다. 서류를 뒤적이면서 콜롬보가 말했다.

"부검 결과에 따르면… 에번스의 뺨 안쪽에는 이빨로 물어뜯은 것 같은 상처가 있었어요. 그렇다면 에번스도 죽은 그날 나와 마찬가지로 이를 치료받으러 간 겁니다. 웨슬리한테."

콜롬보는 웨슬리의 클리닉 쪽을 가리키고 나서 말을 이었다.

"에번스가 남긴 주차권도 그 점을 입증하고 있습니다. 그리고 웨슬리의 방에서 일하는 프랜시스도 그날 1시 조금 전에 웨슬리의 진료실에 환자가 있었다고 증언하고 있습니다. 게다가 그날 오후 2시경에 전화를 연결해주는 용역회사 교환수가 에번스의 전화를 받았는데, 그때 에번스는 술에 취한 듯한 말투였답니다. 아직 마취가 풀리지 않았기 때문이겠지요. 이런 사실들을 종합하면…"

"에번스가 그날 웨슬리한테 간 것은 증명할 수 있겠군." 셔원은 콜롬보 대신 결론을 내렸지만, 아직도 커다란 문제가 남아 있는 것을 깨달았다. 셔원은 그 문제를 지적했다. "콜롬보 씨, 하지만 앨런 에번스는 치사량의 디기탈리스를 먹고 거의 즉사에 가까운 상태로 죽었잖소? 만약 웨슬리가 진료실에서 에번스에게 독약을 먹였다면 에번스는 그 자리에서 죽었을 거요. 오후 2시에 전화를 걸 수도 없고, 밤에 리디아한테 갈 수도 없잖소. 이상하지 않아요?"

"그거야말로 이 사건의 열쇠입니다." 콜롬보는 부검 보고서를 주머니에 도로 집어넣고는 천천히 일어났다. "에번스가 클리닉에 온 건 오후 1시경이고 죽은 건 오후 9시경이니까, 여덟 시간의 차이가 있습니다. 에번스가 죽었을 때 웨슬리는 그 현장에 있지 않고 10마일이나 떨어진 곳에서 포커를 하고 있었습니다. 여덟 시간의 시차와 10마일의 거리. 이 시간과 거리의 차이를 웨슬리는 어떻게 만들어냈느냐? 그게 문제였지요."

콜롬보는 셔원의 책상 앞에 서서 시가를 입에 물었다.

그러자 셔원이 말했다.

"콜롬보 씨, 이를 뺀 지 얼마 안 되었으니까 담배는 피우지 않는 게 좋아요. 연기가 상처에 나쁜 영향을 주니까."

한창 명연기를 하고 있는데 야유를 받은 배우처럼 콜롬보는 불쾌한 듯 얼굴을 찡그렸다. 그는 시가를 코트 주머니에 도로 집어넣고 무뚝뚝하게 말했다.

"해답은 젤라틴입니다." 콜롬보는 말하고 의자로 돌아와 걸터앉았다. "젤라틴으로 독약을 싸면, 시간과 거리의 차이를 이용하여 효과를 내는 일종의 시한폭약을 만들 수 있습니다."

콜롬보가 말한 순간 셔원은 머리를 한 대 얻어맞은 듯한 충격을 느꼈다. 콜롬보의 훌륭한 추리보다 살인범 웨슬리의 뛰어난 머리에 공포를 수반하는 놀라움을 느꼈다. 셔원은 저도 모르게 외쳤다.

"그놈은 독약을 젤라틴으로 싸서 에번스의 이빨 속에 묻어두었군! 그렇게 하면 젤라틴이 녹을 때까지 에번스는 살아 있어! 잘도 생각했군. 정말 대단한 생각이야."

콜롬보는 고개를 끄덕이고 다시 웃는 얼굴로 돌아왔다.

"실은 자메이카에 친구가 있답니다. 파렐이라는 치과의사인데, 그 친구가 나한테 젤라틴을 가르쳐주었지요. 아까도 국제전화로 얘기했지만… 그 친구는 내가 퇴직한 뒤의 일도 여러 가지로 걱정해주고… 말씀드리는 게 늦었습니다만 나는 퇴직한 뒤에 자메이카에서 호텔이나 경영해볼까 생각하고 있답니다. 물론 처음에는 조그맣게… 하지만 우리 집사람은 요리를 잘 하고, 우리 집에는 경비견도 있고… 그거야 어쨌든, 여름철의 자메이카는 별로 권할 수가 없더군요. 간다면 겨울에 가는 게 좋습니다. 겨울에는 물가가 조금 비싸지만, 시끄러운 단체 여행객도 없고…"

"콜롬보 씨, 자메이카의 호텔 얘기는 나중에 하고…" 셔원은 갑자기 옆길로 빗나가버린 콜롬보의 화제를 원래대로 돌리려고 말했다. "지금은 웨슬리의 범죄로 이야기를 좁혀주시오. 나는 지금 자메이카에 놀러 가는 얘기를 나누고 있을 기분이 아니오."

"당연하지요." 콜롬보는 고개를 끄덕였지만, 입을 다물어버렸다.

이야기가 옆길로 빗나가 있는 동안 본론을 잊어버렸는지, 아니면 이야기의 흐름을 중단당했기 때문에 의식이 혼란스러워져 버렸는지, 어쨌든 콜롬보는 고개를 숙인 채 침묵을 지키고 있었다. 그 모습을 내려다보며 밸런타인이 재촉했다.

"콜롬보 형사, 다른 재료는 없소?"

콜롬보는 깊이 잠들어 있다가 억지로 깨워진 것처럼 천천히 고개를 들고, 요란하게 하품을 했다.

"재료요?"

"그래요, 재료. 그 밖에 웨슬리의 유죄를 입증할 수 있는 재료는 없소?"

콜롬보는 주머니에 손을 집어넣어 잠시 뒤지고 있더니, 뭔가 작은 것을 집어내어 밸런타인에게 보였다.

"이빨이 있습니다."

"이빨? 앨런 에번스의 이빨을 가지고 있단 말이오?"

밸런타인이 얼굴을 가까이 들이대자 콜롬보가 말했다.

"아니, 내 이빨입니다."

밸런타인이 얼굴을 돌렸다.

콜롬보는 손가락으로 잡은 이빨을 높이 처들며 말을 이었다.

"이게 문제의 내 이빨입니다. 커다란 구멍이 뚫려 있지요? 에번스의 이빨에도 이런 충치가 있었을 게 분명합니다. 그 구멍에 웨슬리가 독약을…"

"이제 됐어요." 밸런타인이 손을 내저었다. "갖고 있는 재료는 모두 나온 것 같군. 일단은 웨슬리의 범죄를 입증하는 데 이바지하는 재료지만…" 밸런타인의 말투는 자연히 법정에 선 변호사 같은 어조로 바뀌어 있었다. "그것만으로는 불충분해요. 간접적인 증거가 많고, 핵심에 가까이 가긴 했지만 핵심을 찌르는 단계까지는 이르시 못했소. 살인사건에서는 우선 흉기를 발견해야 하오. 다음에는 그 흉기와 피해자의 관계를 입증하는 거요. 예를 들면 지문을 발견해야 하오. 그런데 이번의 앨런 에번스 살인사건의 경우에는 그런 종류의 것이 전혀 없소. 이래서는 안 돼요. 콜롬보 형사, 분투는 했지만 당신이 졌소. 앞으로 한 걸음만 더 가면 될 텐데, 아깝게 됐군요."

밸런타인은 셔윈을 바라보았다.

"셔윈 씨, 나는 이만 돌아가겠습니다. 내일 다시 올 테니까 그때 다시 의논합시다. 미안하지만 더 이상 콜롬보 형사와 노닥거리고 있을 시간이 없어서요."

밸런타인은 서원과 악수를 나누고 출입문 쪽으로 걸어갔다. 그가 문을 열었을 때 콜롬보가 불러 세웠다.

"밸런타인 씨, 가까운 장래에 나를 위한 파티가 열릴 테니까 그때는 꼭 참석해주세요. 바쁘시겠지만 부디…"

"당신을 위한 파티? 틈이 나면 가지요."

밸런타인은 문을 닫았다. 콜롬보는 서원을 바라보며 의미심장하게 윙크를 했다.

"저 사람이 돌아가줘서 잘됐습니다. 저 사람은 웨슬리의 변호를 맡을지도 모르니까요. 그래서 지금부터 할 얘기는 저 사람한테 들려주고 싶지 않습니다."

"지금부터 할 얘기라니?"

서원은 물었지만, 대단한 기대는 품고 있지 않았다. 그 이상의 재료는 갖고 있지 않을 것이다. 서원은 콜롬보가 리디아를 의심하지 않는다는 사실을 안 것만으로도 만족하고 있었다. 웨슬리의 범죄를 입증하지 못해도 좋다. 적어도 두려워할 건 이제 아무것도 없으니까. 남은 것은 슬픔뿐이었다.

서원은 의자를 돌려 창밖을 내다보았다. 고속도로를 달리는 차량들이 빛의 띠를 이루고 있었다. 고속도로는 데이비드가 폭사한 지점과 이어져 있었다.

뒤에서 콜롬보가 말했다.

"의사가 환자의 카르테를 공개하는 것이 법률로 금지되어 있다는 건 알고 있습니다만, 이 경우에는 그 환자가 살해당한 피해자니까… 어떻습니까? 앨런 에번스의 카르테를 보여줄 수 없습니까? 카르테 중에서도 특히 뢴트겐 사진을 보고 싶은데요."

셔원은 천천히 의자를 돌려 콜롬보와 마주 앉았다.

"앨런 에번스는 내 환자가 아니라 웨슬리의 환자요. 따라서 카르테는 웨슬리 방에 있고…"

"웨슬리는 벌써 퇴근하고 없었습니다. 아까 들여다보고 왔는데…" 콜롬보는 뺨을 문지르며 말했다.

셔원은 고개를 저었다.

"웨슬리가 어떤 놈이든, 나로서는 담당 의사의 허락도 받지 않고 카르테를 보여줄 수는 없어요."

"역시 수색영장을 가져오지 않으면 안 됩니까?"

위협적인 말투였지만, 그렇게 말하는 콜롬보의 눈에 말투와는 정반대로 사정하는 빛이 담겨 있는 것을 알아차리고 셔원은 무거운 엉덩이를 일으켜 책상 서랍에서 열쇠를 꺼냈다.

"그렇게까지 말씀하신다면… 뢴트겐 사진만 보여드리지."

셔원은 문으로 다가갔다. 복도의 카펫을 밟으며 웨슬리의 클리닉으로 걸어갈 때 셔원은 다리가 후들거리는 것을 느꼈다. 요즘에는 식사조차 제대로 하지 못했다.

웨슬리의 클리닉을 열고 전등을 켰다. 아무도 없는 대기실에서 벽에 걸린 앨런 에번스의 사진이 웃고 있다. 셔원은 대기실을 가로질러 오른쪽 업무실 문을 열었다. 거기도 캄캄했다.

셔원은 전등을 켜고 강철 캐비닛 앞에 섰다. 고객 명단의 머리글자로 분류된 캐비닛을 더듬으며 천천히 움직였다. 콜롬보가 더 빨리 찾아냈다.

"여깁니다." 콜롬보는 창가에 있는 캐비닛의 맨 아랫단을 가리켰다.

셔원은 캐비닛을 열고 앨런 에번스의 파일을 꺼냈다. 파일을 책상 위에 놓고 클립으로 끼워놓은 작은 슬라이드 사진을 떼었다. 그것이 이의 환부를 찍은 뢴트겐 사진이었다.

콜롬보도 코트 주머니에서 똑같은 슬라이드 묶음을 꺼냈다.

"이건 부검할 때 찍은 뢴트겐 사진입니다. 에번스의 이빨을 모두 찍은 거지요." 콜롬보는 말하고 셔윈이 들고 있는 슬라이드를 가리켰다. "그건 언제 찍은 겁니까?"

"카르테에 따르면 죽기 한 달쯤 전이오."

"한 달 전이라면 딱 좋습니다. 그 사진과 부검 때 찍은 이 사진을 비교해봐 주세요. 그러면 웨슬리가 그날 에번스의 이빨에 어떤 잔꾀를 부렸는지 알 수 있을지도 모릅니다."

셔윈은 그제야 콜롬보가 카르테의 뢴트겐 사진을 보고 싶어 한 이유를 이해했다. 부검할 때 피해자의 이를 뢴트겐으로 찍는다는 것을 셔윈은 알지 못했다. 살아 있을 때의 사진과 죽은 직후의 사진을 비교해볼 수 있다면 정말 뭔가를 알아낼 수 있을지도 모른다. 의사가 아니면 알 수 없는 무언가를 눈치챌 수 있을지도 모른다.

셔윈은 책상 앞에 앉았다. 책상 오른쪽 끝에 있는 반사기를 가운데로 옮겨놓고 스위치를 넣은 다음, 밝게 빛나는 반투명 유리판 위에 슬라이드를 올려놓았다. 왼쪽 아래 어금니의 사진이었다.

콜롬보가 셔윈의 등 뒤로 돌아가 고무줄로 묶은 슬라이드 한 뭉치를 책상 위에 놓았다.

셔윈은 그중에서 왼쪽 아래 어금니를 골라내어 카르테의 슬라이드와 나란히 놓았다. 그러고는 저고리 주머니에서 안경을 꺼내 끼었다. 그리고 두 장의 슬라이드를 들여다보았다.

긴장한 탓인지 또는 피로 탓인지, 시야가 희미해서 잘 보이지 않는다. 셔윈은 안경을 벗고 눈을 비볐다. 뒤에서 콜롬보가 무거운 한숨을 내쉬었다.

셔윈은 슬라이드에 얼굴을 바싹 들이댔다. 충치 구멍에 채워 넣은 금속이 검게 찍혀 있다. 그 위에 관 모양으로 씌운 금속판이 있다. 두 장 모두 밀착 촬영한 뢴트겐 사진이라서 이빨 모양은 똑같다. 그러나 그 두 장을 비교해보니 충전재인 금속의 모양과 크기도, 그 위에 씌운 금속판의 모양과 각도까지도 똑같았다.

셔원은 믿을 수가 없었다. 신경질적으로 안경 렌즈를 닦고 다시 보았다. 그러나 아무리 보아도 똑같았다. 이 두 장의 사진은 동일한 물체를 찍은 것에 불과하다. 그렇다면 웨슬리는 에번스의 이를 치료하지도 않았고, 아무 잔꾀도 부리지 않았다는 얘기가 된다.

셔원은 콜롬보를 돌아보았다.

"콜롬보 씨, 유감이지만 확실해요. 웨슬리는 에번스의 이빨에 아무 잔꾀도 부리지 않았소. 그뿐 아니라, 애당초 아무 치료도 하지 않았소. 그렇다면…"

"그럴 리가!" 콜롬보는 외치고, 몸을 앞으로 내밀어 사진을 들여다보았다. 그러나 문외한이 보고 판단할 수 있는 사진이 아니다.

콜롬보는 몸을 일으켰다. 맥이 빠진 듯 낮은 목소리로, 그러나 아직도 미련이 남은 목소리로 콜롬보는 말했다.

"셔원 씨, 그 사진에 찍혀 있는 건 틀림없이 앨런 에번스의 치아겠지요? 에번스의 오른쪽 이빨이지요?"

셔원은 놀라서 콜롬보의 얼굴을 쳐다보았다.

"오른쪽? 이건 왼쪽 이빨이오. 앨런 에번스의 왼쪽 아래 어금니요."

"왼쪽이라고요? 그거 이상한데…" 콜롬보는 부검 보고서를 굵은 손가락으로 두드렸다. "죽었을 때 앨런 에번스의 오른쪽 뺨 안쪽에 이빨로 깨문 듯한 상처가 나 있었어요. 이거 보세요. 분명히 그렇게 쓰여 있어요. 마취 때문에 저도 모르는 사이에 깨물어버린 거죠. 하지만 그 뺨의 상처는 오른쪽이에요. 왼쪽이 아닙니다. 에번스는 오른쪽에도 마취제 주사를 맞았어요. 왼쪽이 아닙니다. 잔꾀는 오른쪽 이에 부린 겁니다!"

셔윈은 부검 보고서 위에 카르테를 겹쳐놓고 웨슬리가 써넣은 독일어 글씨를 읽었다.

"이상하군." 셔윈은 이렇게 중얼거리고는 콜롬보에게 말했다. "앨런 에번스가 치료받고 있었던 건 왼쪽 아래 어금니뿐이오. 그 밖에는 나쁜 이가 없었어요."

콜롬보가 팔을 뻗어 반사기 위에 놓인 슬라이드를 옆으로 밀쳤다. 두 장의 슬라이드는 글라이더처럼 날아가 바닥에 떨어졌다.

"왼쪽 이빨 따위에는 볼 일이 없습니다. 그놈은 오른쪽 이에 독약을 넣었어요! 전혀 아프지 않은 이빨에 구멍을 뚫고…" 콜롬보는 슬라이드를 긁어모았다. "이중에서 오른쪽 이빨을 골라 조사해주십시오. 부검 때 찍은 이 사진에 분명히 무언가가 있습니다. 그놈은 오른쪽 이빨에 잔꾀를 부린 겁니다."

여느 때의 셔윈이라면 이빨 모양만 보아도 첫눈에 어디 이빨인지 알 수 있다. 그러나 그때는 시간이 걸렸다. 그래도 겨우 오른쪽 아래 어금니가 찍혀 있는 슬라이드를 골라내어 반사기 위에 올려놓았다.

안경을 닦지 않아도 금방 알아볼 수 있었다. 셔윈은 흥분을 억누른 낮은 목소리로 말했다.

"콜롬보 형사, 구멍 같은 게 있어요. 지름이 3밀리쯤 되는 구멍이오. 모양으로 보아 드릴로 뚫은 구멍이 분명하오."

그 순간 콜롬보는 격렬하게 기침을 했다. 담배를 피우지 않는 사람이 담배 연기를 대량으로 들이마셨을 때처럼, 콜롬보는 허리를 반으로 접고 고통스러운 듯 기침을 했다.

기침 발작이 가라앉자 콜롬보는 눈 주위에 묻은 눈물을 닦으며 말했다.

"아니, 정말 실례했습니다. 너무 기뻐서 저도 모르게 생침을 삼켰더니 사레가 들려서…" 다시 한 번 기침을 한 뒤 콜롬보는 손을 코트 허리께에 쓱쓱 문질러 닦고는 셔윈에게 내밀었다. "셔윈 씨, 정말 고맙습니다."

콜롬보의 투박한 손을 맞잡으며 셔원이 물었다.

"이제는 웨슬리를 체포할 수 있는 거요?"

"아직은 안 됩니다. 하지만 이걸로 밸런타인 씨가 말하는 핵심적인 증거에 한 걸음 다가선 셈이지요. 결정적인 증거를 손에 넣기 위한 절차를 밟을 수 있으니까요. 잠깐 전화 좀 쓰겠습니다."

콜롬보는 책상 위의 전화를 자기 쪽으로 끌어당겨 다이얼을 돌렸다. 전화가 연결되자 콜롬보는 셔원에게 윙크를 하며 말했다.

"아이, 크레이머? 과장님 좀 대줘… 뭐라고? 벌써 퇴근했다고? 급히 수속 밟을 일이 있으니까 당장 돌아오라고 해." 셔원은 깊은 피로감 속에서 콜롬보의 목소리를 듣고 있었다. 콜롬보는 열띤 어조로 말을 이었다. "뭐라고? 그런 건 아무래도 좋아. 아, 글쎄 괜찮으니까 빨리 과장을 불러줘… 아이, 알았어. 알았다고. 다음에 한턱내지. 그리고 감식반에도 연락해서 준비하고 기다리라고 전해줘. 나도 곧 돌아갈 테니까. 그럼 이따 보세."

3

한낮의 할리우드 공동묘지에 발을 들여놓았을 때 웨슬리 코먼은 문득 생각했다. 나는 어쩌자고 태연히 여기 왔을까. 속이 뻔히 들여다보이는 콜롬보의 초대를 거절하지 않고 온 건 무엇 때문일까? 지나친 자만심 때문이라고 웨슬리는 생각했다.

콜롬보가 클리닉으로 전화를 걸어온 것은 오전 10시경이었다. 그 파티 때문에 전화를 걸었다고 콜롬보는 말했다. "주제넘은 짓이라고는 생각하지만, 내가 파티를 주최할게요. 파티장은 할리우드 공동묘지. 정오에 기다리고 있겠습니다. 파티 참석자도 내가 고르겠습니다. 그럼 잘 부탁합니다." 이렇게 말하고 콜롬보는 웨슬리의 대답도 듣지 않은 채 전화를 끊었다.

증거가 갖추어지면 파티를 열어 축하해주겠다고 말한 것은 웨슬리 자신이었다. 비웃음을 담은 그 도전을 거꾸로 이용하여 콜롬보가 파티 주최자로 나선 것은 언제나 그렇듯이 웨슬리를 위협할 작정이기 때문이다.

그러나 웨슬리에게는 그것이 마지막 위협으로 여겨졌다. 대답도 기다리지 않고 전화를 끊은 콜롬보의 태도에서 용납하기 어려운 오만함을 느끼는 한편, 마지막 기회에 도박을 건 남자의 절망적인 기백을 느꼈다. 웨슬리는 이제 콜롬보의 성품이나 버릇을 모두 알고 있었다. 묘하게도 상대의 마음을 읽을 수 있다는 점에서 콜롬보는 웨슬리의 오랜 친구 같은 존재였다.

콜롬보가 상처 입은 짐승처럼 마지막 싸움을 걸어왔다고 판단한 웨슬리는 그 도전을 이길 수 있다는 자신감을 갖고 있었다. 웨슬리도 상처를 입고 있지만, 마지막 싸움에 이기면 상대를 영원히 매장할 수 있다. 웨슬리는 자신을 결투하러 나가는 총잡이로 간주하고 할리우드 영화 같은 낭만주의에 도취해 있었는지도 모른다.

지정된 장소는 앨런 에번스의 무덤 앞이었다.

콜롬보는 벌써 와 있었다. 그리고 장인인 호레이스 셔원도 와 있었다. 두 사람은 잔디 위에 서서, 얼마 전에 매장된 고인에게 묵념을 바치듯 고개를 숙이고 있었다.

웨슬리는 두 사람 뒤에 서서 말을 걸었다.

"살풍경한 파티군요. 참석자도 이상하게 적고."

그러자 콜롬보가 등을 돌린 채 대답했다.

"참석자는 무덤 속에 잠들어 있는 사람을 포함하여 다섯이오. 고인들도 참석시키고 싶어서 이 묘지를 파티장으로 택한 거요. 변호사인 밸런타인 씨도 초대했지만 공교롭게도 오늘은 바쁘다더군요."

콜롬보는 말을 끝내고 돌아섰다. 그 움직임에 호흡을 맞추듯 셔원도 돌아셨다. 셔원은 수염을 깨끗이 깎고 옛날의 강인한 표정을 되찾고 있었다. 이제는 더 이상 웨슬리에게 완전히 의지해 있던 가련한 노인이 아니었다.

2대 1인가? 웨슬리는 속으로 계산했다. 콜롬보가 말하는 무덤 속의 사람까지 포함하면 4대 1의 세력 관계가 된다. 그러나 실질적으로는 1대 1이다. 웨슬리의 적은 오직 하나, 콜롬보뿐이었다.

"콜롬보 씨, 어서 약속한 증거를 보여주시죠."

"보여드리고 싶지만…" 콜롬보는 곤혹스러운 어조로 말했다. 그러나 그 말투는 순식간에 자신만만한 목소리로 바뀌었다. "공교롭게도 증거는 녹아서 없어져버렸소. 증거물은 타액으로 녹는 젤라틴이었으니까."

입가를 일그러뜨리며 웃는 콜롬보의 얼굴에서 웨슬리는 비로소 유능한 형사의 위엄을 보았다. 단순한 위협이라고 자신을 타일렀지만, 젤라틴이라는 한마디는 그의 냉정한 정신을 뿌리부터 뒤흔들었다. 웨슬리는 물리적인 힘으로 발가벗겨진 사람처럼 견디기 어려운 눈부신 시선을 온몸에 받으며 어쩔 줄 모르고 서 있었다.

콜롬보가 이마를 긁으면서 말했다.

"내 말뜻을 아시겠지요? 당신은 에번스의 이빨에 구멍을 뚫고 젤라틴으로 싼 디기탈리스를 넣었어요. 그것도 미량으로 효과를 발휘하는 정제 디기탈리스를. 그렇지요?"

동의를 구하며 콜롬보가 눈을 가늘게 떴을 때 웨슬리는 드디어 위험한 함정을 깨닫고 고개를 저었다.

"무슨 소린지 모르겠군."

"모를 리가 없을 텐데." 옆에서 셔원의 떨리는 목소리가 날아왔다. "죽은 뒤에 찍은 뢴트겐 사진이 그걸 증명하고 있어. 에번스의 이빨에는 드릴로 뚫은 구멍이 나 있더군. 이 눈으로 똑똑히 보았어."

독창적인 연구 발표를 하듯 셔원은 의기양양하게 말했다. 젤라틴을 콜롬보에게 알려준 것도 셔원이다! 셔원의 배신이 콜롬보와의 역학관계를 역전시켰다! 웨슬리는 바지 주머니 속에서 떨리는 주먹을 움켜쥐었다.

"넌 뭘 해도 안 되는 놈이야." 경멸이 담긴 셔원의 목소리가 계속되었다. "온갖 일에 손을 댔지만 네놈은 무엇 하나 제대로 해내지 못했어. 치과의사로서도 실격이고 내 딸의 남편으로서도 실격이었어. 게다가 살인자로서도 실격이야."

여느 때의 설교라고 생각하고 웨슬리는 흘려들으려고 했다. 그러나 도저히 그럴 수가 없었다.

"이 늙은 배신자!" 이렇게 외치는 자신의 목소리가 들리고, 바지 주머니 속에서 떨고 있던 주먹이 불쑥 밖으로 나왔다. 웨슬리는 4년 동안이나 억눌러온 장인에 대한 반항심을 치켜든 팔에 담아, 빈정거리는 웃음을 띠고 있는 장인의 얼굴에 흉기 같은 주먹을 내리치려고 했다.

그러나 그 주먹은 허공에서 멈추었다. 더러운 레인코트가 장벽을 만들 듯 셔원 앞으로 움직이고 콜롬보의 손이 웨슬리의 주먹을 잡았다. 콜롬보는 그대로 말없이 웨슬리의 뒤로 돌아가더니 웨슬리의 손목을 비틀어 올렸다.

손목의 아픔이 데이비드를 때리려다 오히려 얻어맞았을 때의 기억을 되살렸다. 웨슬리는 굴욕을 떨쳐버리려고 발버둥쳤다. 그러나 움직일 수가 없었다. 어느새 등 뒤의 콜롬보에게 나머지 손도 붙잡혀 웨슬리는 꼼짝할 수가 없었다.

눈앞에 서 있는 셔원의 얼굴에 미소가 번졌다.

"넌 무엇 하나 제대로 해내지 못하는 놈이야. 늙은이를 돌보지도 못할 뿐 아니라 때리지도 못해. 나는 처음부터 알고 있었어. 무엇 하나 제대로 해내지 못하는 놈이라는 걸. 그런 놈이 완전범죄 같은 걸 할 수 있을 턱이 없지."

"할 수 있어!" 이렇게 외쳤을 때 웨슬리는 경보장치의 신호음을 들은 듯한 기분이 들었다. 그것은 아마 웨슬리를 자제시키려고 애쓰는 평형감

각의 비명이었을 것이다. 그러나 그 경보의 울림조차도 그를 비웃는 것 같아서 웨슬리는 자신을 우롱하는 모든 것을 향하여 분노가 담긴 외침 소리를 내질렀다. "얼마든지 할 수 있다고! 나는 이미 완전범죄를 해냈어! 자메이카에서!"

눈앞에 있는 셔윈의 얼굴이 긴장으로 굳어지는 것을 목격했을 때 웨슬리를 사로잡은 것은 승리의 기쁨이 아니라, 마침내 콜롬보의 함정에 빠졌다는 전율이었다. 마침내! 마침내 콜롬보의 수법에 넘어가 자백하고 말았다!

웨슬리의 반발력은 위축되었다. 그것을 느꼈는지 콜롬보는 웨슬리의 손목을 놓아주었다.

"토니 리어든 사건 말이군요." 이렇게 말하면서 콜롬보는 웨슬리 앞으로 돌아왔다. "웨슬리 씨, 마침내 범행을 인정하셨군요. 하지만 당신은 자신이 자메이카에서 범행을 계획한 것은 알고 있지만 그 결과에 대해서는 아무것도 몰라요. 알고 있다고 생각하겠지만 실은 아무것도 알지 못해요. 그래서 완전범죄를 했다고 자부하는 거겠지만…"

콜롬보가 무슨 말을 하려는 것인지 웨슬리는 알 수가 없었다. 그래도 콜롬보의 말에 담긴 적개심만은 분명히 전해져왔다.

겉으로는 부드러운 콜롬보의 목소리가 계속되었다.

"당신은 자메이카에서 토니 리어든을 독살하려고 했어요. 앨런 에번스를 죽인 것과 똑같은 수법으로…" 콜롬보는 분수 저편을 가리켰다. "우리는 저기 있는 토니 리어든의 무덤에서 벌써 백골이 되어버린 토니의 두개골을 파내보았소."

"…무엇 때문에?"

"이를 조사해보았지요."

"그래서…?" 웨슬리는 중얼거리듯이 물었다.

"충치 구멍이 있었소. 그리고 그 구멍 속에 뭐가 있었는지 아시오?"

제4장 죽은 자의 귀환

눈을 치켜뜨고 반응을 살피는 콜롬보에게 웨슬리는 내뱉듯이 말했다.

"아무것도 있을 리가 없지."

콜롬보는 턱을 쓰다듬으면서 천천히 말했다.

"그런데 어떤 것이 들어 있었소. 젤라틴으로 싼 디기탈리스가. 젤라틴은 벌써 많이 녹아 있었지만 디기탈리스는 아직 그대로…"

"그럴 리가!" 웨슬리는 쇳소리를 질렀다.

그 목소리가 뜻하는 바를 충분히 생각할 수 있는 시간을 웨슬리에게 주려는 듯, 콜롬보는 웨슬리의 얼굴을 쳐다본 채 잠시 침묵하고 있었다. 그러고 나서 천천히 입을 열었다.

"웨슬리 씨, 당신의 계산 착오였소. 토니 리어든이 죽었을 때 독약을 싼 젤라틴은 아직 녹지 않았소. 다시 말해서 토니 리어든은 당신의 독약으로 죽은 게 아니오. 헤엄치고 있을 때 정말로 심장마비를 일으켰던 거요. 독약 캡슐은 이빨 속에 그대로 남았소. 당신은 의사니까, 심장마비로 죽으면 그와 동시에 타액 분비도 멈춘다는 건 아시겠지요. 이빨 속의 독약 캡슐은 해부했을 때에도 그대로 남아 있었소."

콜롬보는 날씨라도 확인하듯 하늘을 쳐다보았다. 그러다가 다시 그 시선을 웨슬리에게 돌렸다.

"당신은 자메이카의 의사 파렐 씨를 용케 속였다고 생각했겠지. 하지만 파렐 씨는 속은 게 아니오. 파렐 씨의 진단은 옳았어요. 토니 리어든은 정말로 심장마비로 죽었던 거요. 다시 말해서 당신은 완전범죄를 해낸 게 아니라는 얘기요. 그것 역시 실패였던 거요. 그리고 증거물인 독약을 남겼지."

서원이 큰 소리로 웃고 나서 말했다.

"역시 너는 무엇 하나 제대로 해내지 못했어. 내 생각이 옳아. 넌 아무것도 못해. 네놈이 완전범죄 같은 걸 해낼 수 있을 리가 없지."

이렇게 말하고 계속 웃어대는 서원을 앞에 놓고 웨슬리는 서원에게 반론을 제기한다기보다는 오히려 자신을 위로하는 어조로 중얼거렸다.

"하지만 이번에는 거의 다 됐었는데… 이 별난 형사만 나타나지 않았다면 내 생각대로 일이 진행되었을 텐데. 이제 조금만 있으면 큰일이 완성될 참이었는데…"

그 순간 웨슬리는 분수 저편에서 경찰관들이 줄지어 다가오는 것을 보았다. 순직한 경찰관의 장례식처럼 그들은 새 관을 메고 있었다.

콜롬보는 푸른 제복의 대열을 향해 크게 손을 흔들고 나서 말했다.

"앨런 에번스의 유해를 무덤으로 돌려놓는 거요. 재부검은 오늘 아침 일찍 끝났소. 새로 작성한 보고서는 여기 있소." 콜롬보는 코트 주머니에서 보고서를 꺼냈다. "에번스의 오른쪽 아래 어금니에 구멍이 뚫려 있고, 구멍 밑바닥에 소량의 디기탈리스와 젤라틴 찌꺼기가 달라붙어 있었소. 웨슬리 씨, 구멍이 너무 깊었어요."

웨슬리는 관에서 눈을 뗄 수가 없었다. 경찰관들의 어깨에 얹힌 관은 니스를 칠해 윤기가 났다. 초여름 햇살이 니스칠에 닿아 반짝거린다. 반짝거리는 관이 다가온다. 햇빛에 춤추는 분수의 물보라와 겹쳐 관의 번쩍거림은 눈이 부셨다.

귓가에서 콜롬보의 목소리가 들렸다.

"늦었지만 저 사람이 파티의 다섯 번째 참가자요."

관에 들어 있는 것은 웨슬리의 야망의 시체이기도 했다. 웨슬리는 그 시체를 다시 묻는 의식에 입회할 기력이 없었다. 그는 관에서 눈을 떼고 말했다.

"파티는 이제 끝났군요. 형사님의 고물차로 경찰청까지 데려다주시겠어요?"

형사 콜롬보 2

초판 제1쇄 발행 2022년 7월 1일

지은이 리처드 레빈슨, 윌리엄 링크

옮긴이 김석희

펴낸이 김현주

주 간 함윤수
편 집 한예솔
디자인 노병권
마케팅 한희덕
펴낸곳 섬앤섬

출판신고 2008년 12월 1일 제396-2008-000090호
주 소 경기도 고양시 일산동구 백석로 119, 210-1003호
주문전화 070-7763-7200 팩스 031-907-9420
전자우편 somensum@naver.com
인 쇄 성광인쇄

ISBN 978-89-97454-52-5 03840

이 책의 출판권은 섬앤섬 출판사가 소유합니다. 저작권법에 따라 보호를 받는 저작물이므로 무단 전재와 복제를 금합니다.